Alfred Döblin:
Drama, Hörspiel, Film

Deutscher
Taschenbuch
Verlag

dtv

Von Alfred Döblin
sind außerdem im Deutschen Taschenbuch Verlag erschienen:
Berlin Alexanderplatz (295)
Die Ermordung einer Butterblume (1552)
Ein Kerl muß eine Meinung haben (1694)
Der Überfall auf Chao-lao-sü (10005)
Babylonische Wandrung (10035)

Ungekürzte Ausgabe
September 1988
Deutscher Taschenbuch Verlag GmbH & Co. KG,
München

ISBN 3-530-16684-7
Umschlaggestaltung: Celestino Piatti
Gesamtherstellung: C. H. Beck'sche Buchdruckerei,
Nördlingen
Printed in Germany · ISBN 3-423-02443-7

Das Buch

«Drin in dem stockdunklen, niedrigen Raum glänzt ein mannshohes Leinwandviereck über ein Monstrum von Publikum, über eine Masse, welche dieses weiße Auge mit seinem stieren Blick zusammenbannt. In den Ecken drücken sich Pärchen und lassen entrückt mit den unzüchtigen Fingern voneinander...», schreibt Alfred Döblin 1909 fasziniert über das «Theater der kleinen Leute», das Kino. Döblins früh einsetzende Beschäftigung mit dem Film, dem neuen Medium des Jahrhunderts, ist bislang wenig beachtet worden, weil das Textmaterial weitgehend unzugänglich war. Die nahezu vollständige Herausgabe der Filmszenarien und -erzählungen in diesem Band belegt, in welchem Maße Döblin eine ästhetische und produktive Auseinandersetzung mit den Fragen des Films unternommen hat. – Auch mit den Möglichkeiten des Rundfunks hat Alfred Döblin sich früh auseinandergesetzt. Seine grundsätzliche Beschäftigung mit dem «Massenmultiplikator» Radio findet ihren literarischen Niederschlag in dem Hörspiel ‹Die Geschichte vom Franz Biberkopf›, dessen Text hier vollständig wiedergegeben ist. Daneben enthält der Band erstmals auch alle Dramen Döblins. Ein Buch, welches das in der Literaturkritik vorherrschende Bild von Alfred Döblin als reinem Epiker entscheidend ergänzt und korrigiert.

Der Autor

Alfred Döblin, geboren am 10. August 1878 als Sohn einer jüdischen Kaufmannsfamilie, war Nervenarzt in Berlin; dort Mitbegründer der expressionistischen Zeitschrift ‹Der Sturm›. 1933 Emigration nach Paris, 1940 Flucht nach Amerika und Konversion zum Katholizismus. Nach dem Krieg Rückkehr als französischer Offizier nach Deutschland. Herausgeber der Literaturzeitschrift ‹Das goldene Tor› (1946–1951) und Mitbegründer der Mainzer Akademie (1949). 1953 Rückkehr nach Paris. Er starb am 26. Juni 1957.

Alfred Döblin
Werkausgabe in Einzelbänden

Bereits erschienen:
Jagende Rosse/Der schwarze Vorhang und andere frühe Erzählwerke (2421)
Wadzeks Kampf mit der Dampfturbine. Roman (2424)
Der deutsche Maskenball von Linke Poot/Wissen und Verändern! (2426)
Reise in Polen (2428)
Unser Dasein (2431)
Der Oberst und der Dichter oder Das menschliche Herz/Die Pilgerin Aetheria. Zwei Erzählungen (2439)
Hamlet oder Die lange Nacht nimmt ein Ende. Roman (2442)
Drama, Hörspiel, Film (2443)
Briefe (2444)

Alle Bände sind einzeln erhältlich

Diese Werkausgabe Alfred Döblins ist textidentisch mit der von Walter Muschg begründeten und von Anthony W. Riley – in Verbindung mit den Söhnen des Dichters – herausgegebenen Ausgabe des Walter-Verlags, Olten.
Herausgeber dieses Bandes: Erich Kleinschmidt

INHALT

DRAMEN

LYDIA UND MÄXCHEN

Tiefe Verbeugung in einem Akt

Bei verdorbenem Magen wirkt
Salat oft in jeder Form erfreulich.
(Eigene Beobachtung)

Personen.

Lydia.
Mäxchen.
Landsknechte.
Bote.

Der Dichter.
Der Regisseur.
Der Feuerwehrmann.

Der Stuhl.
Das Spind.
Der Kandelaber.
Der Klabautermann.
Der Mann im Monde.

Ort: Eine Bühne.
Zeit: Während einer Vorstellung.

Die Dachkammer mit dem Balkenwerk der Decke; ein Fenster, durch das später Mondschein fällt. Links vom Zuschauer das Spind, unter Mannsgröße, auf seiner Deckplatte eine Durchbohrung für den weißbärtigen, struwweligen Kopf des Schauspielers; unten und seitlich Löcher für Beine und Arme. Auf dem zerschlissenen Teppich ein Tisch, daneben der Stuhl: hoher Thronsessel, in dessen Rückwand der Spieler Platz hat; auf den Seitenlehnen liegen offen, mit Fransen überhängt, seine Arme. An der linken Wand ein mächtiges Bild: segelndes Schiff, am Steuer der Klabautermann, ein böses, weißbärtiges Gesicht, Matrosentracht, aber zerlumpt. Der Spieler kann, im vollen Habitus des Gemalten, aus einem Schlitze des Bildes hervortreten auf eine Leiter. Schließlich der Kandelaber: griechische Nymphe auf niedrigem Sockel; sie hält mit beiden Händen eine Lichtglocke auf dem Kopf. – Sonst viel totes Gerümpel. – Nacht; die Lampe des Kandelabers brennt.

Erster Auftritt

STUHL *(schüttelt bald nach Aufgehen des Vorhangs heftig die Arme, hustet, reckt sich, brummt, faucht)* Was – was – ja –.

SPIND *(torkelt in den Vordergrund).*

STUHL Ah – was ist?

SPIND *(dumpf, langgezogen)* Ich – will – nicht – leben. Ich bleib hier stehn.

STUHL Was hab ich alles? Ich hab Hände, Arme, Schuhe, kann greifen, auf einem Bein stehen.

KANDELABER *(reibt sich mit einer Hand den Kopf)* Mir tut der Kopf weh.

STUHL Bin ich erschrocken.

KANDELABER Tut mir der Kopf weh von der Glocke. *(läßt statuenhaft die Arme sinken, schreitet vom Sockel, setzt die Glocke in der Nähe ab, stutzt vor dem in sich versunkenen Spind)* Wer ist das? Was tut ihr?

SPIND Ich weiß nicht. Ich möchte selber wissen, was ich soll. Wozu bin ich eigentlich da? Ich hab solche Furcht vor allen Sachen. Sie stehen da, als wollten sie springen auf mich.

STUHL Nun, nun bin ich wach. Nun seh ich, ich bin ganz wach. Du, ihr, schlaft nicht wieder ein. Die Sonne ist schon längst untergegangen; ganz schwarz und weit ist es draußen. Ein Bann löst sich von uns; uns ist im Dunkeln ein Geschenk vom Himmel zugefallen, uns stillen, eins ohnegleichen. Das zuckt und kribbelt, spürt's doch, in den Beinen und Fingern.

KANDELABER Ich bin froh. Mir wär das helle Ding da bald in den Kopf hinein gesunken. Der schlanke Herr ist schuld daran.

STUHL Der schlanke Herr, der, der magere mit dem Kneifer? Ich erinnere mich. Oh wie verkennst Du den! Ich sah ihn eben im zweiten Akt herumschleichen, es ist der Dichter. Überall klopfte er an, tuschelte da und dort zu den Sachen, horchte in Angst und legte den Kopf an. Er trägt eine herrliche Weste. Es ist der Dichter!

KANDELABER Ich kann Männer mit einem Kneifer nicht leiden.

STUHL Eine neue Zeit bricht für uns an. Man hat uns verleumdet und verleugnet. Wir sind lebendig, von großem Einfluß, und ich glaube, er hilft uns zu unserem Recht, der Dichter. Warum fürchtet er uns nur?

KANDELABER *(gähnend)* Möcht' mich gerne setzen.

STUHL Wie dem auch sei, ich geh' unbekümmert meinen Weg. Ich lebe und empöre mich. Rache für mein verschlafenes Leben, Rache an allem Menschlichen.

KANDELABER Darf ich nicht zu Dir kommen?

STUHL In tyrannos.

KANDELABER Weißt Du, ich hätte gern solche rosa Schuh mit Silberschnallen wie die Lydia. Meine sind ganz verstaubt und eklig; sieh nur. Und die seidenen Strümpfe.

STUHL *(ernst)* Geduld, kommt Zeit, kommt Rat.

KANDELABER Es waren von hinten, von der Hacke her, zwei blaue Bänder, breit, aus Atlas. – Du, die Lydia ist frech gegen den Dichter; er war ganz verschüchtert.

STUHL *(sie kosend, die auf ihm sitzt)* Wie reizend antik Du dich trägst. Könntest Du nicht noch – antiker gehen? Am liebsten – ganz antik. – Oh, wir werden sie bestrafen; den Dichter schützen vor diesem Gesindel.

SPIND *(wieder erwachend)* Ich – will – nicht – leben.

KANDELABER S–st, der Mottengreis. Wenn er nur nicht herkommt. Er riecht so nach Kampfer.

SPIND Warum ich nur leben soll? Ich komme mir so furchtbar unwahrscheinlich vor.

KANDELABER Er sieht uns doch nicht?

KLABAUTERMANN *(dröhnend)* Er hat ganz recht.

KANDELABER Der Brummbär da oben, pfui, dieser Heringsfänger, dieses Salzfaß.

SPIND *(stöhnt und murrt)*.

STUHL *(ausbrechend)* Und jetzt hörst Du auf zu stören. Ich hasse das Stänkern auf den Tod, Dämlack blödsinniger. Und schließlich – wir sind beseelt und haben uns anständig zu benehmen; besonders Du mit Deinem Marasmus senilis.

SPIND So unwahrscheinlich komme ich mir vor. Ich mag den Pantheismus nicht. Das Leben ist solch Quatsch.

KANDELABER Er riecht so nach Kampfer.

SPIND Mich macht alles wirr. Ich bin bloß ein Spind und will meine Ruhe.

STUHL Wir dürfen das nicht dulden. Er zieht das Heiligste in den Staub. Man muß ihm beibringen –

SPIND Ich geh zum Dichter und bitte um Pensionierung vom Leben.

STUHL Was willst Du?

SPIND Ich geh zum Dichter.

STUHL Dazu hast Du kein Recht. Der Dichter weiß nicht, was wir schaffen, daß wir leben. Er fürchtet uns, will uns unterdrükken. Und wenn Du es wagst, uns durch den geringsten Schritt zu gefährden, uns zu verraten –

SPIND Das Leben ist ein Quatsch.

STUHL Wer sagt Quatsch?

SPIND *(traurig gebrochen)* Ich.

KLABAUTERMANN *(lacht mit tiefer Stimme)*.

STUHL Wer, ich? Du? Ich habe genug, Du ausgedienter Esel. Stirb, Hal[]unke *(er stößt mit den Füßen gegen das Spind)*.

KANDELABER *(trommelt dem Spind auf den Rücken, greift in sein Haar, hält sich die Nase zu)* Er riecht!

SPIND *(jammernd)* Hilfe – ich – will nicht – leben –

Zweiter Auftritt

DICHTER *(auf die Szene stürzend, im Frack)* S – st – st, wer lärmt hier?

REGISSEUR *(hinter ihm)* Nur ein Wort, Dichter, ich werde verrückt.

DICHTER *(stark)* Wer lärmt hier? Ruhe, sag ich. Es muß still sein, lautlos still muß es sein. Wie zur Feier muß alles gerichtet sein.

SPIND *(zum Kandelaber flüsternd, d[er] ihn noch an den Haaren hält)* Laß mich, ich sag ihm nichts; ich bitte. *(Kandelaber läßt das Spind. Die Dinge stehen stumm mit gesenkten Köpfen. Ab und zu bewegt sich eins mit neugieriger Frechheit auf den Dichter zu, um sofort auf seinen Blick hin zu erstarren).*

REGISSEUR Wer eben gespielt hat im zweiten Akt, wer war das? Ich beschwöre Sie, lassen Sie doch die Kulissen, die Wände. Es ist niemand da.

DICHTER Daß keiner sich rührt. Keiner einen Mucks von sich gibt, Ihr! Ich hab das Gefühl, als ob hier etwas vorgeht.

REGISSEUR Um Gotteswillen, was geschieht hier?! Den ganzen Akt hab' ich Sie gesucht. Die Schauspieler sind nach dem ersten Auftritt fortgelaufen, haben Sie es nicht bemerkt? Die Türen warfen sie laut hinter sich zu, die dicke Förster, die die Lydia spielte, und Warnicke, der Max. Sie hielten sich aneinander fest; gingen nicht, liefen aus der Garderobe auf die offene Straße, in Kostüm und Schminke, als ob der Teufel ihnen auf den Hacken säße. Und wie ich auf die Bühne springe, – geht – das – Stück – weiter. –

DICHTER Nur nicht so laut. Sie stören sie.

REGISSEUR Es ist keiner ins Haus gekommen; niemanden gibt es, der die Rollen kennt, – und – das Stück geht weiter. –

DICHTER *(feierlich)* Und gespielt wurde Lydia und Max, wie ich mein langes Leben noch nicht sah, so satt und reif, als ob sich ein Schicksal abrollt. Das war kein Spiel mehr.

REGISSEUR Dichter, mich grauste. Wer war das?

DICHTER Mich grauste nicht. Aber vorher, als diese beiden spielten, diese Förster und der gespreizte Salbentopf, die mir jedes Wort bespieen, da grauste mich. Da stand ein toter Lärm auf den Brettern und rief nach Blut; meine Worte ächzten nach Blut und Knochen, wanden sich in der leeren Luft unter der Besudelung. Und dann kamen sie. Gingen erst wie auf Krücken, dann wie ein Schicksal, das zu Ende donnert.

REGISSEUR Lassen Sie sich jetzt nicht gehen, Dichter. Ich habe die Verantwortung für alles, was hier geschieht. Ich muß für jedes Unglück einstehen, und ich will wissen, ich muß wissen – ich werde verrückt –; wer hat gespielt?

DICHTER Sie.

REGISSEUR Wer, sie?

DICHTER Sie waren es.

REGISSEUR *(schweigt)*.

DICHTER Verstehen Sie nicht, Mann? Sie wissen es schon; den ganzen Akt starrten Sie auf die beiden, als ob Ihre Blicke Drähte wären, mit denen man Marionetten die Beine bewegt. Und wissen es noch nicht? – Die Geister sind es, *(flüsternd)* die Gespenster, mein fleischgeworden Wort, meine erlösten Gestalten. Sie haben sich herabgefunden, jetzt hab' ich sie geboren.

REGISSEUR *(starrt auf ihn)*.

DICHTER Sie glauben, nur das ist gebären, was unsere Frauen tun? Ein fades Dirnchen wirft sich hin, und die blöde Geilheit schafft ihm ein Lebendiges, unter stupidem Warten, mit Gähnen und dicker Sattheit? Und mein aufgewühltes, berstendes Sehnen sollte nicht fähig sein, zu bändigen, zu schnüren in einen Leib, was mich durchwandelt! Bald kommen sie. Sehen Sie hin, ob es lebt, was ich geboren.

STUHL *(hält den Dichter begeistert umschlungen)* Mein guter Herr.

DICHTER Los, loslassen.

REGISSEUR Was?

DICHTER *(umhergehend, ängstlich sich umsehend)* Entschuldigen Sie; ich war zerstreut.

REGISSEUR *(entschlossen nach einer Pause)* Lachhaft. Schwätzen

Sie, zu wem Sie wollen. Ich sperre das Theater. Ich werde das Diebsgesindel, das uns diesen unerhörten Possenstreich spielt, schon finden. Ich werde die – Kiste schon finden, in der das Geisterpaar haust.

DICHTER *(gelassen, kalt lächelnd)* Machen Sie nur. Suchen Sie. Hier ist nichts zu hindern. Sie wissen ja selbst, Herr Regisseur, daß es nur Worte sind, was Sie sprechen. Sie wissen es ja selbst.

REGISSEUR Um Gotteswillen, um Gotteswillen.

DICHTER Wenn ich nur Herr bleibe, mein Guter, Bester. – Sehen Sie, Sie ungläubiger Thomas, Sie total schlotterndes Gebein, daß es etwas gibt, wovor selbst Sie das Lachen verbeißen. *(Nach der Uhr sehend)* Wir schwätzen, die Zeit ist um.

REGISSEUR Nach meiner Uhr fehlen noch zwei Minuten.

DICHTER Die Pause ist um, sag ich Ihnen. Ihre Uhr geht falsch. Geben Sie das Klingelzeichen.

REGISSEUR *(unsicher)* Ja, was denn? Ich muß das Publikum doch benachrichtigen, das Stück kann nicht weiter gegeben werden; es ist keiner da, der spielt.

DICHTER So klingeln Sie; reden Sie nicht. Sie kommen, wenn das Zeichen gegeben ist.

REGISSEUR – Wer kommt?

DICHTER *(aufstampfend)* Sie.

REGISSEUR Ich – dulde nicht, daß geklingelt wird. Ich klingle nicht.

DICHTER Ich werde selbst klingeln; ich habe ein Recht dazu. Sie morden sie, die Geister. Wissen aber nicht: eh' die Geister sterben, würgern Sie uns den Hals ab, heut' Nacht, brechen im Sturm ins Theater ein, stecken das Haus in Flammen.

REGISSEUR Ich klingle nicht.

DICHTER Sie wissen nicht, was Sie tun. Sie wissen es nicht. Lassen Sie, – Sie – Ahnungsloser Ihre Hand von diesen Mächten. Ich verlange das Klingelzeichen. Lassen Sie mich *(läuft in den Hintergrund)*.

REGISSEUR *(ihm nach)* Fort, gehen Sie vom Apparat.

DICHTER Meine Hand los, meine Hand.

REGISSEUR Menschenskind, ich sage Ihnen.

Sie ringen. Der Dichter gewinnt eine Hand frei und schlägt plötzlich mit voller Faust gegen den Knopf des Apparates; es klingelt lange. Der Regisseur taumelt nach vorn, sinkt in die Kniee, einen Arm vor den Augen.

REGISSEUR Oh, – Sie – Sie. Sie können sie nicht halten, Dichter, Sie können sie – ja – nicht – halten.

DICHTER *(abwesend)* Still.

REGISSEUR Wie ist denn das möglich.

DICHTER So; stehen Sie auf, gehen Sie in die Garderobe, Herr Regisseur, und trinken Sie ein Glas Wasser. In meinem Paletot steckt Natron bicarbonicum. Es geht vorüber. *(Nimmt ihn beim Arm, ab.)*

Dritter Auftritt

STUHL *(tanzend)* Tralalala. Es geht los. Die Gespenster kommen. Verzeihen Sie, teure Gesinnungsgenossen, meinen Freudenausbruch. Aber wenn ein Mann in meinem Alter so Seltsames und Ergreifendes erlebt, so hat er ein Recht, zu toben. Welch ein Dichter ist das! Und welch herrlicher Akt droht uns! Ich verhalte mich völlig als Zuschauer, so objektiv, wie nur möglich. Aber im entscheidenden Moment werde ich hervortreten, mannhaft aussprechen.

KANDELABER Schenkst Du mir die Schuhe der Lydia?

STUHL Wir stehen hier nicht mehr als Kulissen herum. Was die Gespenster können, können wir auch. Der Dichter unterschätzt uns. Jetzt ermannt Euch. Einen Kreuzzug auf die Menschen predige ich, auf Dichter und Gespenster und alle. Wüsten wir wie Hunnen umher, wenn der Augenblick gekommen ist; mit Mut und Gebrüll.

VIELE STIMMEN AUS DEM GERÜMPEL Ja, ja, lustig.

STUHL *(beiseite leise zum Kandelaber)* Ich reiße der Lydia die Kleider ab, werde sie kurzer Hand umbringen und schenk' Dir die Lydia als Berlocque.

Vierter Auftritt

DICHTER *(schräg von hinten über die Bühne)* Nun mögen sie unten klatschen und lachen. *(Eine mittelalterliche Trauermusik mit wirren Zwischenklängen fängt hinter der Szene an.)* Mögen sie sich auf ihren Stühlen brüsten und aus leeren Herzen mir zuwiegen, was sie wollen. Ich danke, ich brauch' es nicht; ich will es nicht. Noch keinem war gegönnt, was mir. Geschaffen, geschaffen, nicht geträumt. Mit Händen nahen sie, in denen Adern pochen, mit starken Knieen, mit Lippen, Augen, mit blutigen Seelen, aus meiner Seele losgerissen, die des Blutes voll war. Und singen es hinweg über die Menschen: die Güte kehrt wieder, die Güte lebt, die herbstreife, verschollene; sie lebt und lacht und hebt sich mit dem königlichem Herzen. Die tiefe Liebe hat die starken Arme und nicht die kranken Klagen und die blassen Lieder. Sie hebt sich über sie dort unten, mit breiten, purpurumrauschten Brüsten und marmorner Stirn, über die verwahrlosten Fr[a]tzen, die klebrigen Wüstlinge, die Hundsgesichter und Pessimisten. – Sie nahen. Ich halte Euch, – so, – so, – Ihr Eigenwilligen *(wie am Zügel ziehend)*, wie eine Erinnye umgeh' ich Euch, die mir entrinnen wollen. Ich durchschau' Euch, zu stolz seid Ihr schon; Ihr wollt meiner spotten *(ganz im Hintergrund)*.

Fünfter Auftritt

Während dessen ist der Trauerzug auf die Szene gedrungen. Ein prächtiger Glassarg wird von Landsknechten getragen, darin Lydia, in violettem Gewande; über diesem ein dicker Gazeschleier. Max in schwarzer Rittertracht (Kettenpanzer), trägt ebenfalls zum Zeichen seiner Gespensternatur einen dicken Gazeschleier vom Kopf bis zu den Füßen.

EINER VON DEN LANDSKNECHTEN Stehen vorn. Wir setzen ab.

EIN ANDERER Langsam, langsam.

EIN DRITTER So. *(Sie knieen nieder, bekreuzigen sich, beten)* Heilige Maria, Mutter Gottes, bitt' für uns arme Sünder, jetzt und in der Stund' des Absterbens, Amen. Maria, gebenedeite *(weiteres Gemurmel)*.

MAX Wir rasten hier. So geht. Ihr mögt Euch indessen ergötzen unten in den Schenken, soviel Ihr wollt. Wann ich gegen das Fenster schlage, bedarf ich Eurer. *(Sie gehen.)*

Sechster Auftritt

MAX *(allein)* Sie sehen auf mich armen Mann so voller Trauer. Ich sag' Euch, es wird keiner gegen das Fenster schlagen. *(Am Sarge, hastig, leise, öfter über den Sarg geworfen.)* Ich will nicht, daß Du tot bist; ich will, daß Du erwachst. Wenn ein Stein in der Luft stehen bleibt, plötzlich, sich nicht rührt, nicht fällt, – wenn dies geschieht, so ist es mir glaublicher, zehnmal glaublicher, als: Du bist tot. Widernatürlich ist es, daß Du hier liegst. Ich glaub' es nimmer solchem Lächeln, solchen Wangen, die einen Kirchhof von Verstorbenen zum Leben jauchzen könnten. Versteckt muß Deine Seele irgendwo sein, verirrt – wo find' ich doch die Stelle? – Sie steht irgendwo in einer Ecke Deines Leibs und findet nicht zurück. Hörst Du, Lydia, hör' mich an, hör. Spiel nicht so lang mit mir; ich gurre nicht wie ein Täuber um Liebe. Die langen Jahre, die ich Dich nicht sah, haben unserer Liebe nicht gut getan. Ich bin so ruhig, und Du bist mein Letztes. Doch wenn Du tot bist, so wäre es besser, Du trügest nicht diese Züge, nicht grade diese, die mein Blut zum Sieden bringen und meine Stimme zum Gewimmer; so wäre es besser, Du wärst ein grüner stinkender Matsch, der mich nichts angeht. Und bist Du tot, und hörst Du mich nicht bald, so mach' ich solchen Matsch aus Dir, ich tue es, einen Quark und Lehm, auf dem ich ruhig trampeln kann. Sieh' mich nicht so lange unbekümmert an, ich bitt' Dich drum; entschließ' Dich, quäle mich nicht länger, wie einen Hund von Bettler, dem man das Brot nach einer

Stunde hinwirft, um sein zerrissenes Gesicht recht auszustudieren. Ich will diese Finger nicht, daß sie verkrampft sind; – habe gebebt vor Glück und Angst, wenn sie mich streiften. Den kalten Schleim auf deinen Lippen will ich nicht, die ich küßte. Gesungen und gejubelt haben ja die Vögel alle, wohin wir Dich trugen. Wo Rauch und Nebel war, über Schmieden und Essen und Häusern, hellte sich die Luft wie guter Wind vor Dir, und alle Blumen und Bäume blühten in den Städten auf, durch die wir zogen. Ich hab' verstanden, Du süße mit den weißen Zähnen und den zarten Brüsten; Dein stummes Seelchen zwitscherte draußen mit den Vögeln und wiegte sich in den Buchen, während Du hier lagst.
Kehr heim in Dein Haus. Ich bring Dir ein Geschenk vom heiligen Land, Prinzessin.
(Nach einer stillen Pause beginnt sich Stimme und Rede zu verändern.) Ah, Du hast Dich versteckt, Lydia. Bequem ist es. Bist ein Bär, zum Winterschlafe eingezogen, eine Mumie, sättigst Dich an Erinnerungen und läßt mich alles abkämpfen allein. So komm doch, komm, widersprich mir. Doch – ich muß meine Hände heben, und in Dein weißes Gesicht sag ich hinein: Du hast kein Recht, zu schlafen, zu sterben, Du feige Seele, hast auf mich kein Recht, den Du mitmordest. Ich muß meine Hände heben; in Notwehr bin ich, das Seelchen soll herauf, auf die Lippen, die Lider, soll sprechen, das eingemauerte. Aus seiner stillen Kammer, darin es sich jetzt wirft und kichert, maure ich es aus. Und segne seine Ruhe. Ein Schwert bittet heißer als zehn Münder. *(Er hebt aus den Waffen in der Ecke ein breites Schlachtschwert auf; schlägt gegen den splitternden Sarg, mit geschlossenen Augen, rettungslosem Gesicht, stoßweise wie unwillkürlich betend):* Sancta Maria – ora pro nobis peccatoribus – nunc et in hora – abeundi.

Siebter Auftritt

LYDIA *(richtet sich mit einem Schrei auf, tändelt nun stumm mit ihrem Haar, ihren Händen, ohne aufzuschauen. Mit halbem Blick auf Max, wie nebenher)* Was schlägst Du mich?

MAX *(abgewandt)* Selig meine Hände, hätten sie zu Ende geschlagen.

LYDIA *(langsam zu sich kommend, tonlos)* Wer bist Du?

MAX Graf Maximilian.

LYDIA *(mechanisch)* Du wagst mich zu schlagen. *(Auf dem Sarge sitzend; unruhig nachfühlend)* Ein Krahn zieht mich; er knarrt, knarrt. Da sitz ich. – *(Erschreckt)* Wo bin ich? Wer bist Du?

MAX Maximilian von Zenza.

LYDIA *(fliegender Stimme, den Blick auf die Sachen)* – Ein Stuhl, ein Tisch, ein Spind, ein Teppich, – Ich bin die Prinzessin Lydia, ich bin die Prinzessin Lydia. Ich habe einen Stall von zwanzig Schimmeln. Ein Elefantenzahn hängt in meinem Zimmer von der Decke herab, doppelt so groß als ich; an der Spitze unten ist ein Loch, in das ich hineinkriechen kann; dann sieht mich keiner. Mein Zimmer ist blau, Libellenflügel an den Tapeten. *(Schluchzend)* Soll ich mir alles herbeten? Wo bin ich? Was willst Du von mir?

DICHTER *(schleicht an der Peripherie herum; klopft an die Kulissen, blickt hinter die Sachen, klettert auf die Leiter und hämmert an dem Nagel des Bildes etc.)*

MAX Du sollst nun beigesetzt werden in dem schönen Flintesberg, Prinzessin, wo Deine Mutter begraben liegt, die holde Frau, um deren Güte dies herbe Land seit lange weint. Wir sind geritten fünfzig Meilen, durch ödes Brachland und durch weite Flußtäler. Gesungen und gejubelt haben die Vögel alle, wohin wir Dich trugen. Wo Rauch und Nebel lag, hellte sich die Luft vor Dir wie vor gutem Wind, und alle Bäume und Blumen blühten in den Städten auf, durch die wir zogen. Noch zwanzig Meilen geht jetzt unser Weg.

LYDIA Es ist jetzt Herbst?

MAX *(nickt).*

LYDIA Sonst würd' ich glauben, Du hast 'nen Sonnenstich und bist verrückt. *(Lachend)* Und Du bist mein –

MAX Leichenführer.

LYDIA Du bist ein Narrenführer, der seine Schellen versteckt – Du –. *(Verzweifelt)* Hier steht ein Sarg; hilf mir doch einer!

MAX *(verhalten, dicht vor ihr)* Verstehst Du nicht? Ich will nicht, daß Du tot bist; ich will, daß Du erwachst, daß Deine Finger sich entkrampfen; den kalten Schleim auf deinen Lippen will ich nicht. –

LYDIA Der Krahn – er zieht. – Du hast mich gerufen, und so war – ich tot. *(Ein scharfer Blick auf ihn; rasch in den seitlichen Vordergrund.)* In meinem Garten war's; eine Bank stand im Garten meines Palastes. Auf mich zu trat ein Mann mit grauen Augen, die mich – heischten, mein Oheim, der Herzog. Mein Vater ging neben ihm. Sie drangen auf mich schweigende ein, rissen an mir, zum tausendsten Male. Und wie mich der graue Herzog an sich drückte, meinen Mund küssen wollte, bin ich – umgefallen.

MAX Ein Büßer zog fünf Jahre durch die Wüste; doch schien er nur ein Büßer, wiewohl ihn alle «Vater» nannten und seine Finger netzten. Ihn trieb Unheiliges in das heilige Land. Die Wunderblume wollte er finden, von der man sich raunt, die Krankheit auf jeden wirft, der sie mit dem Fuße berührt oder auch nur unwissentlich anblickt. Astarte heißt die Heidengöttin, die in dem Kelch der verruchten Blume schillert, und die Krankheit – brünstiger Liebeswahnsinn, die sie auf die Menschen speit. – Der Büßer wandte jedes Blättchen, jedes Steinchen um. Nach fünf Jahren kehrte er heim. Seine Hände leer. Ein Läuten zog ihn über das Meer, ein endloses Glockendröhnen. Tote empfingen ihn zu Haus.

LYDIA Wer war so ruchlos und wer so jedes Gottes bar, daß er dies gut hieß, dich wandern hieß? Wer spielte so mit einem Menschen, hielt ihn nicht kettenfest, fest an beiden Armen, umschlang ihm nicht den lieben Hals, als er Abschied nahm?

MAX Ich – weiß nicht mehr.

LYDIA Und wenn die Sonne Dich brühte, Vipern nach Dir züngelten, so hast Du dem Menschen nicht geflucht, der Dich gehen hieß nach der Blume? Denn Dich schickte einer, um einen seltenen Haarputz zu tragen? –

MAX *(verbirgt den Kopf, am Tisch sitzend).*

LYDIA Wer bist Du? Wem hast Du diese Lippen gestohlen, sprich?

MAX *(sieht sie voll und schweigend an).*

LYDIA Wem hast Du diese Augen ausgerissen, Maximilian? Nenn' Dich nicht Graf von Zenza.

MAX Du fragst so viel.

LYDIA Wem diese Haare? Welches süße Haupt hast Du beraubt?

MAX War es süß? War's Dir einst süß?

LYDIA Oh grau sind sie geworden. In wessen Maske hast Du Dich versteckt, Erbärmlicher, Eidechse, seltener Vogel aus dem Süden. *(Ganz dicht an seinem Gesicht)* Oh Liebster mein. – *(Weinend, nach einer Pause)* Maximilian, frag jetzt nicht. Sprich nicht. Du weißt nicht, was geschah. –

MAX *(der sich mählich aus der Umschlingung aufrichtet, verfinstert sich immer tiefer).*

LYDIA Woran denkst Du?

DICHTER *(im Hintergrund, drohend und flüsternd)* Nicht träumen! Faß Dich!

MAX *(reibt sich die Stirn, senkt den Kopf; leise)* Dein Vater ist hinter uns her.

LYDIA *(unbekümmert)* Mein Schwesterchen fragt so oft nach Dir, Liebster, und putzt dein Bild wie ein Püppchen.

MAX Die kleine dicke Fledermaus?

LYDIA Mein Schwesterchen ist groß geworden, stiehlt keine Kirschen mehr. Mußt nicht glauben, Du. Meine Kappen trägt sie schon, und den Falken hält sie wie eine echte Edeldame auf der Faust.

MAX Das Fledermäuschen fliegt bald wie seine Schwester.

DICHTER *(hinten, das Gesicht zum Boden gewandt, knieend)* Müßt ihr denn sterben, ihr hohen, müßt ihr denn Abschied nehmen, in deren Blut das Leben tost, wie kaum in einem, den eine Mutter gebar? Den Kuß auf eure Haare pressen, eure Finger umklammern, – bleibt, bleibt. Seid ihr Vampire, saugt mich aus und laßt mich sterben. Ich will, will euch nicht halten, nehmt mich selber hin!

MAX Und Du bist wach, lebst, siehst mich an, fast erschlug ich Dich. – Dein Vater ist nicht eine Stunde hinter uns, Lydia; dicht auf den Fersen hockt er uns. Bald hämmert er an die Tür.

LYDIA Was hat er erduldet um mich?! Er hegt mich: fürcht Dich nicht.

MAX Du verbotst mir, zu sprechen, Lydia, aber für Dich gilt es in diesem Augenblick zu fragen.

LYDIA Du lächelst so. Wie hast Du Dich gewandelt, Max.

MAX Ich kam mit leeren Händen aus der Wüste; doch ich war beladen mit manchem, was meine Hände nicht trugen. Einem Priester rettete ich das Leben; für eine Todsünde hatte ich im voraus Absolution.

LYDIA Was soll hier kommen? Ich hab' Dich wieder. Wenn Du mir verzeihen kannst. Was soll mein Vater mit Deiner Absolution?

MAX Und weil ich unbezahlte Rechnungen nicht liebe, so machte ich die Rechnung zwischen mir und dem Himmel quitt. Ich kam mit stummer Seele von der Wallfahrt. Dein Trauerzug fuhr mir mit Gepränge entgegen; aber an der Spitze ritt der graue Herzog: da war ich gut gelaunt. Sieh: nicht ich, – der graue Herzog war Dein Leichenführer und –

KLABAUTERMANN *(einen Augenblick hervortretend, mit dröhnendem Gelächter, sich den Schenkel schlagend)* Ihn schlug er tot, hoho.

LYDIA *(sinkt zitternd auf den Stuhl).*

MAX *(unberührt, zurückgeworfenen Kopfes).*

DICHTER *(auf die Szene stürzend; vor dem Klabautermann).* Was – wagst – Du? Wer bist Du? – Sei unbesorgt, Lydia, Du holde. –

KLABAUTERMANN *(höhnisch lachend).*

DICHTER *(knirschend)* Ich schlage Dich. Wer noch einen Laut von sich gibt, ist eine Leiche.

STUHL *(heimlich)* Das nenn ich Vergewaltigung, Notzucht. Brüder, besinnt Euch; jetzt nicht länger zögern.

DICHTER [] Du zitterst, – teuerste Prinzessin.

REGISSEUR *(hinten)* So gehen Sie doch von der Bühne, Dichter. Was soll sich das Publikum denken!

DICHTER Lassen Sie. Mich sieht keiner. Es glaubt, es gehöre zum Stück.

REGISSEUR *(jammernd)* Sie können sie nicht halten; es gibt ein Unglück.

LYDIA Und erschlugst Du ihn, Max, so hast Du mich ja nur gerächt für Qualen ohnegleichen, die ich Dir nicht nennen darf. – *(Hastig, flüsternd)* Komm, fliehen wir. Ich hasse diese Stille, diesen Ort und dieses Graun. Der Ort hat wirre Zungen und ein Schweigen, das mich erstickt.

MAX Wir sitzen in der Falle, Lydia. Meine Mannen sind längst geflohen, ich weiß es. Zu dieser Stunde sitzen wir in weitem Umkreis allein. Der König rollt wie ein Lastwagen, schwer, aber lautlos, auf uns heran und über uns weg. Horch auf, bald flüstert's in den Hecken und jauchzt: dann beten wir zum letztenmal.

LYDIA Sprich nicht; es sticht mich in der Brust. Was hab' ich Dir alles abzubitten. Ich war ein unbewußtes Kind, als ich Dich gehen hieß, neugierig, grausam, verliebt. Ich werfe für das Leben meines Oheims mein eigenes hin, das Du erweckt hast.

MAX *(fast keuchend)* Zu spät. Und vermöchte er den Herzog zu wecken, den sie in die Hauptstadt getragen haben, und käme Dein Oheim selber, der erschlagene, und böte mir aus Freundschaft seinen Kopf zum Ballspiel an, – es wäre zu spät. Und wenn, köstlich wie unser erstes Liebesfieber, der König mit Friedensliedern käme, der den Mord an mir auf der Zunge trägt, – ich will nichts. – Lydia, D[u] wachst, Deine Augen sind offen. Hast Du Dir den Schlaf aus den Augen gewischt?

DICHTER Was soll das? Was bedeutet das? Er trivialisiert mich wie ein Schüler.

MAX Sieh mich an. Sieh, was meine Augen sagen.

DICHTER Er höhnt mir ins Gesicht. Oh ich fürchte mich. *(Zu Max)* Du sprichst: «Ich rang mich frei. Der König wird mich erheben neben sich, weil ich ihm seine Tochter wieder gab.»

MAX *(mit harter, lallender Stimme)* Er wird mich erheben neben sich, weil ich ihm seine Tochter wieder gab. Ich rang mich frei.

LYDIA *(entsetzt)* Oh Dein Gesicht. Ich schrei nach einem Priester um Absolution für Dich.

MAX Laß! Kein Schatten hemmt mir das Atmen. Oh, ich habe Dich. Ich – kann nicht mehr, ich kann nicht mehr.

DICHTER Sie verdrehen mir das Wort im Munde; es ist verkehrt. Oh *(zitternd)*, ihr sollt Euch umarmen; Ihr sprecht wie Totengräber. *(Gegen das Publikum)* Verzeihen Sie, meine Herrschaften. Die Schauspieler sind zerstreut, Stichwort verloren. Ich bin *(mit Verbeugung)* – Logenschließer, der die Plätze anweist. Sie wissen. Verzeihen Sie.

LYDIA Ich muß Dich fragen, Max.

DICHTER Was willst Du fragen? *(Immer ängstlicher)* Ihr müßt ja tanzen, Kinderchen. *(Flüsternd)* Macht keine Scherze, Kinderchen, für das Pack da unten. – «Oh dieser Augen grüne Fackeln gegen mich her. Ich habe Dir Wasser vom heiligen Quell gebracht; aller Stachel ist aus meiner Seele.» *(Er agiert die beiden Helden mit dilettantischer Übertreibung.)* Lydia schluchzend: «Sieh, Max, entgegen bin ich Dir gewachsen. Mich hat ja die Angst und die Not grade gehämmert. So mußte auch ich zu einem heiligen Quell finden.» –

(Es donnert gegen die Tür. Stimmen; Waffen.)

DICHTER *(schreiend)* Das Stichwort. Laßt die Hände los; starrt euch nicht an! Um Gotteswillen, was ist, was geschieht uns? Der König ist da. Das Stichwort. Lauter klopfen, lauter schlagen.

REGISSEUR Dichter, was geht vor? Explodieren die Geister?

DICHTER Nichts. Sie hören schlecht. Sind keine Pauken da? *(Zwischendurch und hinterdrein.)*

MAX Der Boden zittert. Die Erde krümmt sich wie ein Katzenrücken.

LYDIA *(an Max hängend)* Du mußt mir schwören, daß Du sterben wirst, wenn Du mich berührt hast, daß Du mit eigenen Händen den Scheiterhaufen schichten wirst für uns. Du mußt mir schwören, daß Du es gewollt hast, ohne mein Bitten, meinen Blick und Wunsch. Ich will nicht, daß Du meine Liebe wie einen Federschmuck durch die Gassen trägst. Ich seh's Dir an, Du wirst mir schwören.

MAX Du sollst mich etwas fragen. – Eines Nachts hat mich in der Wüste etwas überfallen, im hohen Grase, daß ich mit den Zähnen knirschte.

BOTE *(erscheint, furchtsam)* Versteck Dich, Herr, flieh.

MAX Darauf wanderte ich tagelang umher, ohne von mir zu wissen.

BOTE *(der Zeichen vom Dichter erhält) []* Ich flehe, Herr, sie kommen.

DICHTER *(halb ohnmächtig) []* Lydia spricht jetzt: «Der Vater kommt; vertrau auf mich. Wir fallen vor ihm ins Knie, Geliebter.»

MAX *(ausbrechend)* Siehst Du es nicht, was mich im Grase packte? Ist es nicht eingegraben in meiner Stirn? Die Blume hab' ich – gefunden, nach der Du mich schicktest. Ich hab' sie, hier, hier. Aus meinen Haaren lodert sie, aus meinen Augen schillert nun Astarte; sie lacht aus meinem Munde – phönikisches Gelächter.

DICHTER *(schwankend, offen gegen sie her)* Seht mich an; da bin ich. Es ist gelogen. Die Blume hast Du nicht gefunden, das gab ich Dir nicht auf den Weg, die Blume des Hasses, des Wahnsinns und Mordes.

REGISSEUR *(Hände ringend)* Was soll sich das Publikum denken?! Ich wasch' meine Hände in Unschuld.

DICHTER Hier ist kein Publikum. Ich werfe meine Maske ab; hier bin nur ich und sie. Gebt euch nur offen, ihr Gespenster, ihr Höllengeister!

LYDIA *(gegen Max, noch starr)* Wer ist das?

DICHTER Der König pocht an die Tür. Noch einmal: besinnt euch.

MAX *(erst unsicher, dann finster)* Der König? Welcher König? Was schwatzst Du hier?

LYDIA *(blickt sich wie verzaubert um, dann Aufatmen, plötzlich kichernd, wirft sich auf den Teppich)* Wovon redet er? Wie sieht er aus! Ein Harlekin ist ernst gegen ihn.

MAX Seine Stimme klingt – bekannt.

DICHTER Es ist, daß ich's euch sage, die Güte, die holdselige Liebe und Überwindung, die ich bringe, die ihr nicht kennt und mit Straßenkot bewerft. Aus der Hölle müßt ihr aufgestiegen sein, ihr listigen Gespenster, die meine Seele bestricken. Es ist nicht wahr, was hinter euren heißen Stimmen flackert, was eure Mienen drohen wider meinen Willen.

MAX *(mit tiefem Grimm)* Einen Haß spüre ich doch auf diesen Possenreißer; wie ein betrunkener Taglöhner greint er.

DICHTER Ihr wagt zuviel, euer Weg geht ins Verderben. Bald müßt ihr Abschied nehmen, aber rein sollt ihr hingehen, woher ihr kamt; Lydia, Geliebte, teurer Herr, meine Kinder.

LYDIA Er erschrickt mich.

MAX Du schiefgewachsener Narr, Du Seelenfolter. Ich hab' das Plärren satt. *(Er verwundet den Dichter mit dem Schwert.)*

DICHTER *(fliehend)* Wehe, wehe mir! *(Der Kandelaber wirft die Glocke schmetternd hinter den Dichter drein; der Stuhl, der schon während der letzten Debatte vergnügt herumgehüpft ist, gibt dem Dichter mit einem leisem Jauchzer einen Stoß ins Gesäß. Die Sachen bewegen sich von hier ab mit immer größerer zuckender Unruhe und Freiheit).*

Achter Auftritt

LYDIA *(dem Dichter nachstarrend, gell)* Bleib, Du, Du, bleib! – Was schwurst Du mir?

MAX Ich schwör Dir alles, was Du willst. Ich glaube, Du mißverstehst mich. Du mißverstehst das Zucken meiner Hände, das Pfeifen meiner Worte. – Komm. *(Er umfaßt sie. Am Fenster, wo das Mondlicht liegt.)* Sieh, wie der Mond alle Gassen frei bläst; blank liegen alle Wiesen da. Horch, wie er an unsre Herzen klopft und tropft. – Ich habe keine Lust in mir gefunden, wo ich auch suchen ging. Wo eine wachsen wollte, mußte ich sie zerdrücken: Du, Du standest ob meiner Seele herrisch, qualenfordernd.

LYDIA *(reißt sich los, bebend)* Ich mißversteh Dich nicht.

MAX Ich will Dich nicht; ich begehr Dich nicht. Ich lache über die Fieberbrünste unserer Leiber. Als ich Dich im Sarge liegen sah, da wußte ich, nach wem die höllische Göttin in mir rief, warum mich die Trauerglocken zogen, warum ich Dich wekken mußte. Du hast mich ganz und gar verdorben. Nichts sind alle Feinde, die ich traf, gegen Dich, die mich beglückte, Du Feind der Feinde.

LYDIA *(zwischen Lachen und Angst)* Du nahmst mich ernst; ich weiß; Du nahmst mich immer ernst. Jetzt hab' ich Dich ganz.

STUHL *(reißt Lydia die Schärpe ab, schlingt sie dem Kandelaber um).*

KANDELABER *(flüsternd)* Gib' mir mehr von ihr; sie ist so schön.

MAX Wenn nichts in mir gediehen ist, wenn ich ein Krieger war, den alle fürchteten, und nun kein Gott und Teufel mich – ohne zu höhnen ansehen kann, wenn ich mich anspeie wie eine Made, – Du, Du, wem hab' ich das zu danken?

LYDIA Ich lache und freue mich. Du gefällst mir. So tapsig wie ein junges Elefäntlein bist Du. Sag' mir Dein Abc.

MAX Bald wird Dein Gelüst vergehn.

LYDIA *(ans Fenster)* Verkriech Dich nicht, hinter Rache und Rache versteck Dich nicht. Astarte ist es, die schreit in Dir nach – mir. Ah, nach diesem Augenblick sehnte ich mich alle Jahre. Astarte, die Blume bringst Du mir; ich hätt' es nicht von Dir geglaubt, von Dir. Dachte, Du würdest verrecken dort oder Dich schlafen legen; wie dank ich Dir. Und sieh, daß ich's Dir sage: ich glaube, auch mich will sie segnen! – Ich weiß nicht, was Du mir tun wirst. Du wirst mir die weiße Brust aufreißen, das Herz zerquetschen und malmen, – aus eitel, eitel Liebe. So stark wie der Tod ist Deine Liebe. *(Sie lacht aus voller Kehle).*

DICHTER *(hinter der Szene brüllend)* Schlagt mich tot, schlagt mich tot.

MAX Lydia, ich sterbe, Du bist in meine Hand gegeben. Ich will Dir die Seele aus dem Leibe graben, will sehen, wo sie sich versteckt hat, Du – bloße Maske, nichts als Maske.

LYDIA Darf ich Dir Zitrone sein, mein teurer Schatz, um eine Auster schmackhaft zu machen? Magst Du eine Limonade trinken: Darf ich Dir süßer Himbeer sein? Ich mißverstehe Deine Liebe nicht. Hänselchen, komm, tanz mit mir.

REGISSEUR Ich will die Feuerwehr alarmieren.

DICHTER Es ist bald zu Ende.

KLABAUTERMANN *(ist aus dem Bilde getreten, steht mit seinen Donnersteinen in der rechten Hand grinsend oben auf der Leiter).*

DICHTER Einen Revolver, Regisseur, der Klabautermann; sehn Sie, sehn Sie. Ich schieß ihn tot. Laufen Sie, der Revolver!

REGISSEUR Ich bewaffne das Personal. Wir schießen alle über den Haufen *(stürzt ab).*

(Lichter, Kerzen laufen umher. Alle Sachen bewegen sich neben- und gegeneinander. Das Tohuwabohu auf der Bühne ist groß).

KANDELABER *(über einige Zudringlichkeiten)* Pfui, sind die frech. *(Sie schl[ä]gt.)*

STUHL Auf, Freunde! Steckt alles in Brand! Laßt Kartätschen dröhnen. Wir gründen ein neues Königtum. *(Er kippt das Spind um, schleppt es hinter sich her)* Ich kehre zum Menschenfressertum zurück, hö[r]st Du, Du Jammergreis, Du Naftaquelle.

SPIND Ai, ai.

STUHL Von der Bühne herunter, in den Zuschauerraum. Los auf das Publikum.

MANN IM MONDE *(hat die Fensterscheiben eingeschlagen, hockt auf dem Fensterbrett)* Morjen. Verfluchter Spektakel! Was macht ihr für einen Spektakel zu nachtschlafener Zeit! *(Bläst auf seinem Nachtwächterhorn).*

MAX *(nähert sich waffenlos der Lydia).*

LYDIA *(tränenüberströmt plötzlich)* Siehst Du nicht, daß ich Dich liebe, Du häßlicher, Du Teufel. *(Sie blickt, als sein Gesicht unbewegt bleibt, ihn in heißem Grimm von unten an).*

MAX Ich bring' Dir ein Geschenk vom heiligen Land, Prinzessin;

die wundersamste Blume will ich Dir in den Schoß legen, o Liebste mein.

(Wie sie ihn unklammert, seine Hände ihre Kehle fassen, wirft der Klabautermann einen explodierenden Stein auf Max. Max wendet sich taumelnd um, wankt mit dem aufgerafften Schlachtschwert gegen den Klabautermann, stürzt aber auf halbem Weg tot nieder. Lydia nach einem Aufschrei ist starr stehen geblieben).

KLABAUTERMANN Willst Du auch meine Pasteten kosten? Sie schmecken gut. *(Zweite Detonation; Lydia fällt nach ein paar Schritten neben Max.)*

DICHTER *(mit ausgestrecktem Arm zum Klabautermann)* Du, – Du *(wirft sich vor der Leiter auf den Boden).*

KLABAUTERMANN *(breites Gelächter)* Schlappschwanz. *(Geht ruhig in seinen Rahmen zurück.)*

Neunter Auftritt

DICHTER *(irrt zu den Leichen)* Kinder, meine lieben. *(Er beugt sich über sie. Nach einer kleinen Weile rauschen die weißen Gespenster auf und verschwinden durch die Decke. Nur der Dichter ist auf der Bühne. Die Sachen sind starr und steif. Pause.)*

FEUERWEHRMANN *(hinten)* Sie, pst, brennt es wo? Sie, pst! Ist alles in Ordnung?

REGISSEUR *(halb auf der Bühne)* Hier ist ein Revolver, Dichter. *(Sieht die leere Bühne.)* Ah.

DICHTER *(still, ohne sich umzudrehen)* Lassen Sie, so lassen Sie doch. Es ist schon zu Ende. *(Gleichtönig zu den Sachen.)* Singt, liebe Kinderchen, singt doch was zum Schluß. Sagt ihr was? Wie? – – Jetzt steh' mir bei, was mir beistehen kann. Ich bin es nicht, ich bin es nicht, ich wehre mich. Was habe ich getan, daß mir das wurde?! Kein, kein Wort glaub' ich euch, ihr verruchten, ihr wart nicht meine Kinder.

REGISSEUR *(hinten)* Vorhang runter. *(Es klingelt.)*

DICHTER Aber ihr seid Höllengeister, niedrige, gemeine, nichts als das, die mich gemißbraucht haben, sich eingedrängt haben in mein Werk, mich zu schmähen, die Menschenhoheit zu verspotten. Voller Gespenster ist die Welt.

REGISSEUR *(hinten laut)* Vorhang runter.

DICHTER Vorhang. Ah die Lumpen im Parkett. Das war ein Fraß für sie: Geilheit, Grausamkeit und Geschrei. *(Die Fäuste ins Publikum schüttelnd.)* Teufel sinds, die hier geschmaust haben, wie ihr, grinsende blöde Dämonen, die grinsen wie ihr, über jedes Reine, die herrenlos in der Welt vagabundieren. Einen Popanz hat man statt meiner gesehen; ich bin es nicht, ihr Wüstlinge, ihr verwahrlosten, verrotteten Fratzen unten! Ihr werdet euch sättigen an meiner Weisheit, aber *(langsam sprechend)* daß ichs euch ins Gesicht sage: bin ich das, so – ekelt – mich vor mir. *(Geht langsam zurück; am Stuhl, nach einem langen Blick über die ganze Szenerie, leise zu sich)* Du, – Du lügst, Du lügst. Mein Blut schrie hier, – sagte ichs nicht schon? Leibhaftig kam es ja geschritten, so war es – doch mein eigenes Blut, das hier tobte; mein fleischgeworden Wort. Die Güte lebt, sag' ich, sie hebt sich mit dem königlichen Herzen und rauscht purpurn über euch und mich. *(Sich steigernd)* Die Meute, die hier gebellt hat, – ich bin es. Der Kot, der alte Kot, – bin ich. Umsonst gekämpft, umsonst gerungen, es lebt noch! *(Streicht sich mit den Händen in Ekel und Entsetzen am Körper)* Das, hier, das hier, das ist es, alles. *(Keucht wortlos)* Herr Regisseur, ich will den Revolver, für den – Klabautermann. Ich schickte Sie schon, vor einer halben Stunde. Der Klabautermann. *(Wälzt sich auf dem Teppich am Boden)* Ich will den Revolver. Schnell, schnell. *(Stopft sich sein Taschentuch in den Mund.)* –

Der Vorhang fällt.

Alle finden das Stück nun reizend, bis auf zwei Stellen, nämlich erstens –, zweitens – Schade, daß selbst den schönsten Sachen solche Mängel anhaften. –

COMTESS MIZZI

Spiel in einem Aufzug

[Personen]

DER GRAF
DIE KOMTESS
BARON NEUSTÄTTER
ABDUL ABBAS
DIE EXCELLENZ
PETER, der Dichter
XAVER, der Bildhauer
WILHELM PRÖLSS
KLARISSE
ERNA
FRAU FRÖHLICH
HERREN UND DAMEN

(Die Szene ist ein kleiner maurischer Saal im Palast des Grafen. Links vom Zuschauer vorne die überlebensgroße Statue der Demeter; vor dem Sockel auf einem sehr schmalen Piedestal ein goldgefaßtes Glaskästchen; darin auf rotem Samt ein Dolch. Der Hintergrund wird nach rechts zu durch einen Vorhang, der den Durchblick zu einem Tanzsaal gestattet, gestellt. Teppiche, Polster, Sitze, Dekorationsgegenstände nach Bedarf.)

1. Auftritt

(Clarisse und Erna auf einem Teppich am Boden, links hinten an der Wand in leichten Phantasie-Hauskostümen)

CLARISSE: Wir rollen uns wie Pudel über den Teppich hin, qualmen wie Türken –.

ERNA *(weint)*: Ich bin unglücklich, ich bin sehr unglücklich.

CLARISSE: Die Straße – kommt noch. Mir fehlt nichts – Man verblüht langsam.

ERNA: Nicht einen Pflasterstein bekommt man unter die Füße,

kein Schaufenster zu sehen. Ich kann mir kaum noch denken, wie eine Elektrische aussieht, wie der Schnee sich anfaßt. Lernen, tanzen und Gemeinheiten, wie die Schulmädels.

CLARISSE: So sind die ersten Monate. Als ich unser Haus verließ, hätte ich auch eher gedacht, daß ich unter die Hottentotten käme als hierher, zum Grafen. Hure ward ich, sagte ich sehr dramatisch zu meinem Hans.

ERNA: Hans hieß deiner? Wenn das der Alte hört: ein Schatz.

CLARISSE: Ja, das ist unanständig. Man soll sich nicht versündigen gegen sich, und sich an einen hängen. Hier diese Spange ist von ihm; er war ein Arzt. Faß nicht so derb an; sie ist unglaublich dünn; unheimlich dünn. Ich war die erste, die er geheilt hat – von einem Irrtum.

ERNA: Nicht mal ein Kind darf man kriegen.

CLARISSE *(gähnt)*: Nein, das verdirbt die Perspektive. Wie läppisch du doch redest. – Gottchen, Kind, setzt dich auf meinen Schoß, komm. Brauchst du einen Schatz? Du hast so schöne Haare, so blanke Augen. Ich mag deine Schätzin sein.

ERNA *(heult)*: Clären, ich möchte mal spazieren gehn.

CLARISSE: Wirst bald unter das Volk gehen; wirst das Juwel der jungen Dichter und Soldaten sein, die Ehefrauen aus den Plätzen drängen – , in deinem Haar werden sich hundert atmende Gedichte verfangen, deine kleinen Ohren werden 1000 Bisse fühlen. –

ERNA *(als Clarisse sie gegen die Statue zu schaukelt)*: Stoß nicht gegen den Kerl. Wie heißt der Teufel eigentlich?

CLARISSE: Demeter.

ERNA: Demeter.

CLARISSE: Wir beten zu ihr, wir opfern ihr. – Und du bist heute dran, heut abend, mein Kindchen, du bist dran.

ERNA *(reißt sich los)*: Was wollt ihr mit mir machen? Ich trau euch alles zu, ich laß mir das nicht gefallen, du Biest.

CLARISSE: Heut abend opfern wir ihr Menschen, – wahrhaftig. Ich soll dich darauf vorbereiten.

ERNA *(außer sich)*: Die Comteß soll sich nicht blicken lassen. Sie glauben, ich lasse mich treten. Ich werd dem Grafen sagen, wie sies mit dem Neustätter treibt. Ich hab das Leben satt, ihr gemeinen Menschen; ich häng mich auf.

CLARISSE: Redest du noch einmal von Mizzi! Übrigens schrei nicht so. Mach dir die Haare zurecht; die Gnädige kommt. Man glaubt sonst Gott weiß was von uns.

2. Auftritt

(Frau Fröhlich in Abendtoilette hinzu; ruhiges vornehmes Wesen)

FRAU FRÖHLICH: Kinder, macht, daß ihr fortkommt. Wie sieht es hier aus! Ihr habt geraucht.

CLARISSE: Bitte, kommt meine süße Mizzi heut?

FRAU FRÖHLICH: Du bringst mein Kleid in Unordnung. Die Herren kommen.

CLARISSE: Gehts ihr schon besser? Sag mir doch: was macht meine süße Mizzi? Sie war so ängstlich gestern abend, heut läuft sie seit dem frühen Morgen in der Stadt herum. –

FRAU FRÖHLICH: Es geht schon besser, die süße Comteß wird schon wissen, weshalb sie herumläuft. *(Ordnet im Zimmer)*

3. Auftritt

(Excellenz und Baron Neustätter hinzu, hinter ihnen Willi Prölß. Excellenz weiß mit schwarzer Halbmaske; Baron Neustätter nicht groß, – stark. Willi P[rölß] schon grau, scharfes Gesicht.)

EXCELLENZ: Zahlen beweisen, Verehrtester. In ihrem Alter sollte man das schon wissen. – Ah, guten Abend *(Verbeugungen)*.

ERNA *(mit Clarisse ab)*: Sie entschuldigen uns, wir pflegen vor dem Spiel noch etwas der Ruhe – [.]

CLARISSE: Komm doch. *(ab.)*

EXCELLENZ: «Pflegen der Ruhe»? Jemand hat aus Versehen ein pa[a]r Redensarten bei ihr stehen lassen, Neustätter.

NEUSTÄTTER: Der Mann wird sie wieder abholen, Excellenz.
FRAU FRÖHLICH: Sie ist ein Kind, noch ohne Erziehung.
NEUSTÄTTER: Wenn ich mir gestatten darf, – Excellenz von Kronbach – Frau Fröhlich, die Dame des Hauses.
FRAU FRÖHLICH: Welche Ehre, Excellenz – . Wenn ich aber bitten darf, inkognito. Es freut mich gewiß, das gräfliche Haus der Geneigtheit unserer hohen Behörden so empfohlen zu sehen, aber vielleicht hat mancher Furcht vor dem hohen Gast, – von den Gästen, mein ich. Inkognito nicht wahr?
EXCELLENZ: Ganz nach Wunsch.
FRAU FRÖHLICH: Machen sichs die Herren einen Augenblick auf den Polstern bequem, inzwischen.
EXCELLENZ: Meine Gnädige – . *(Fr[au] Fr[öhlich] ab.)*

4. Auftritt

NEUSTÄTTER: So still, Excellenz.
EXCELLENZ: Sie wissen, das Haus ist umstellt. Es ist eine freundliche Person.
NEUSTÄTTER: Es sind noch freundlichere hier.
EXCELLENZ: Es wird um Kopf und Kragen gehen. War mit einem Wink nichts zu erreichen?
NEUSTÄTTER: Excellenz glauben nicht, wie sicher und tief dieses Unternehmen fundiert ist, wie weit verzweigt, wie geradezu unangreifbar sich das ganze stellt. Ihr Herr Vorgänger hielt es geradezu für aussichtslos hier durchzugreifen, so sehr, daß er die Ignorierung für das Richtigste hielt.
EXCELLENZ: Sie sind sehr rege in der Verfolgung und Aufdekkung dieser Angelegenheit gewesen. Ihre ganze Muße haben sie die letzten Wochen drangegeben. Wir haben die besten detaillierten Angaben über das Treiben von ihnen erhalten. – Wer ist der Esel, der uns da dauernd anfeixt?
NEUSTÄTTER: – Ah, Wilhelm, – pardon, daß ich die Herren nicht vorstellte.

WILHELM *(hager, nicht jung, höhnisches Wesen)*: Neue Acquisition? Wie vertieft sie sind. Wilhelm Prölß.

EXCELLENZ: Freut mich sehr, mein Herr *(schütteln sich die Hände) [.]*

WILHELM: Ich schenk Ihnen Ihren Namen, heiße übrigens auch anders *(lachen)*. Die Reize unseres Instituts scheinen Sie intensiv zu fesseln.

EXCELLENZ: – Äh – , wir unterhielten uns über – ein Ehepaar, das gemeinsam mit uns hier eintrat. Es ist doch auffällig –

WILHELM: Inwiefern auffällig?

EXCELLENZ: Wollen Sie mich beenden lassen, – daß jedenfalls gleichzeitig zwei Leute, die miteinander verheiratet sind, hier einen Besuch machen.

WILHELM: Zweifellos sind Sie unverheiratet, Sie mein Herr.

EXCELLENZ: Bitte?

WILHELM: Sonst wüßten Sie, daß man nach fünf- bis zehnjähriger glücklicher Ehe den Wunsch hegen darf, zu changieren oder doch wenigstens seine Frau neu aufbügeln zu lassen. Wenigstens wenn man treu ist, oder die Neuanschaffungskosten scheut.

EXCELLENZ: – Ja.

WILHELM: Es ist nett, wie ironisch dein Freund Würde prästiert. Zu treue Frauen lehrt man hier die Untreue, untreue die Treue; man lehrt Chik, Würde, Naivität und Sentimentalität: das sind leicht herstellbare Kleidungsstücke. Wir haben Cyklen auf unserer Akademie und Kurse für die Arten des Lächelns, des Seufzens, des Gurrens, und für Vieles, das sich nicht sagen, sondern nur tun läßt. Die Liebe ist bekanntlich ein Gänseblümchen und wächst wild auf jeder Straße; aber man kann sie nach Bedarf und Talent umzüchten zu einer knalligen Rose, einer elegischen Lilie und einer exotischen Orchidee. Nun das sind ja Dinge, die die Spatzen auf den Dächern pfeifen. Wir treiben hier mit Gefühlen einen schwunghaften Engroshandel. Grüne Seife und sittliche Entrüstung gibt es gratis.

EXCELLENZ: Ich sehe von dem Scherzhaften Ihrer Darstellungsweise ab, deren Berechtigung ich nicht in Erwägung ziehe. Aber das Tatsächliche, – lieber Baron, wie steht es?

WILHELM: Ernste Sache, ganz Ihrer Meinung.

NEUSTÄTTER: Es ist so. Der Graf steht auch mit Schulen in Verbindung, mannigfachen Schulen, auf die er seine Zöglinge schickt. Übrigens sowohl Mädchen wie junge Männer, Damen wie Herren. Manche lernen hier nur auf der Liebesakademie gleichsam poliklinisch, kommen täglich auf ein zwei Stunden her; andere, die sich auf längere Zeit ganz in Pension begeben, sich anstrengenden Studien hingeben.

WILHELM: Und schließlich die Krone, die Elite.

PAUL [NEUSTÄTTER]: Wie?

WILHELM: Von ihr zu schweigen. Ich ahne, ich verstehe.

EXCELLENZ: Was ist das, Elite?

WILHELM: Sie kennen unsere Elite nicht!

EXCELLENZ: Nein.

WILHELM: Ah. Zu schweigen! Oder zu singen! Setzen Sie sich auf diesen Polster. – Das sind Mädchen, junge Mädchen, – schöne Frauen, die wir erziehen, *(leiser)* die wir beladen mit allem, was sich süßes und zärtliches in den Magazinen der Liebe seit Jahrtausenden aufgestapelt hat, – und die wir eines Tages entlassen. Sie gehen lautlos auf bloßen Füßen wie die Amazonen zum Brautkampf. Überall, wo sie gehen, entzünden sich Hochzeitsfackeln; die finstersten, trockensten Herzen fangen zu knistern an. Der Boden schwingt unter ihren Füßen, aber sie lauschen nur still auf den Ruf, der sie schickt und gehen heißt, und kehren heim. Haben sie die küssenden Münder zum Gebet geschlossen, den Seelen ihr Gewicht und ihre Angst abgenommen, ziehen sie sich wie die Schnecken in ihr Haus zurück, – rascheln davon, unverbrannt wie Salamander. Dies sind unsere geweihten Töchter.

EXCELLENZ: Wer aber nicht heimkehrt? Wer selbst verbrennt?

WILHELM *(noch versunken)*: Wer könnte leben ohne sie? Wer wünschte nicht eines Abends mit einer von ihnen zu sterben? zu verbrennen? Tuen manche. Ihre Namen lernt jeder kennen, den der Graf aufnimmt; und den Demeter, die Kybele, bindet. Abtrünnige, Verworfne, Sünderinnen. Nicht ihres Lebens sind sie draußen sicher, denn der Anhang des Grafen ist groß.

EXCELLENZ: Abenteuerlich. –

WILHELM: Sie können wieder aufstehen. – Wer könnte aber ohne sie?

EXCELLENZ: Es ist mir recht angenehm, daß ich die Principien dieser Akademie, die mir fast wie ein Lustspielscherz vorkommt, hier einmal an der Quellen kennen lerne.

WILHELM: Oh wir sind – unnahbar. Oder waren es. Seit dem neuen Polizeipräfekten soll ein schärferer Wind um dies Haus wehen. Das arme Tapperl, der neue, ist grade zu dem Zwecke hierher gese[t]zt. Sein Vorgänger, wissen Sie, hatte hier im Hause die besten Beziehungen, bis es ihm einfiel, hier Monopolwirtschaft einführen zu wollen; Monopol, Sie wissen; er fliegt, entwischt völlig und empfiehlt zu einem Nachfolger das moralische Tapperl aus der Provinz. Er denkt sich mit Schläue, das Schaf wird mich rächen.

EXCELLENZ *(zu N[eustätter] nervös):* Reizend ist er informiert, reizend, nicht wahr? Haha. Wenn Sie wüßten.

WILHELM: Wir sehen großen Ereignissen entgegen. Der sittliche Koller ist vom medizinischen Standpunkt schlimmer als die Hundswut, fast gefährlich, übertragbar und – nicht tö[d]lich. Kennen Sie die, Hochverehrter?

EXCELLENZ: Nein.

WILHELM: Oder den Rotlauf, den Schweinerotlauf?

EXCELLENZ: Nein.

WILHELM: Die Tiere sehen dabei so wie gekocht aus. Rote, scharlachrote Flecken an den Ohren, am Bauch, den Schenkeln. Werden ungenießbar. Aber nichts gegen den Koller. Es ist empörend, daß die hygienischen Behörden nicht einschreiten, – nicht wahr, empörend? Hygienisch, mein ich?

EXCELLENZ *(hart)*: Bedaure, bin anders situiert. Ich meine auch man müsse einschreiten – gegen das Laster. Gegen das Laster, mein Herr.

WILHELM: Lieber Herr, ich bin ein einfacher Mann, aber das Unternehmen ist so schön, daß es fast irreal ist. Lassens noch ein bissel leben. Ich stehe der Sache völlig teilnahmslos gegenüber. Aber es handelt sich hier um einen Sieg des Menschen über die Natur. Sie werden, – ich kenne Sie zwar nicht, aber ich nehme an, daß Sie ein Mensch sind, – Sie werden doch nicht leugnen, daß wir in puncto Liebe fast alle den Anschluß versäumen, daß wir herunterschlucken, was uns der Zufall in den Mund steckt, daß wir verbogen, unsicher, kurz Autodidakten sind. Hier graben wir der blödsinnigen Prostitution, dem Inbegriff des Zufalls, das Wasser ab. Hier aber finden Sie Auswahl, Verständnis, Routine, Sättigung, ja Weihe – .

EXCELLENZ: Sie beunruhigen mich. Sind Sie Weinreisender, mein Herr?

WILHELM: Bedaure. Vorübergehend leite ich das Seminar, das Seminar für höhere Obszönität, aus Passion, laut vorliegender Akte.

EXCELLENZ: Zeigen Sie mal her.

WILHELM: Bitte. Behalten Sie die Maske auf; ich schäme mich Ihrer Schamröte.

NEUSTÄTTER: Er glaubt kein Wort von dem [,] was er vertreten muß.

WILHELM: Blas dich nicht auf, mein Jungeli. Höre, man munkelt, deine letzte Stunde hier habe geschlagen. – Kommen Sie lieber zu den Damen. – Sollte nicht Ihre Unerfahrenheit den Schluß zulassen, daß Sie Polizist sind? *(ab)*

5. Auftritt

EXCELLENZ: Wir wollen sofort gehen. Es ist haarsträubend; ganz ordnungsmäßig ausgestelltes Schriftstück. Während wir uns bemühen, der Unsittlichkeit Herr zu werden, während man nachgiebt; ein Auge, beide Augen zudrückt, dem notwendigen Übel einen gewissen Spielraum zu lassen, bläht sich das Laster unter unsern Augen in einer Weise, die ich auch nicht im entferntesten ahnte. Mit Frivolität, dem abenteuerlichsten Götzendienst. Es ist Leichtsinn, bodenloser Leichtsinn.

NEUSTÄTTER: Excellenz, wir können nicht gehen, es fällt auf.

EXCELLENZ: Der Graf, ein Mann von höchstem Ansehen, spielt mit seinem Namen. Dies geht zu weit. Seine eigene Tochter, – ich habe Ihnen davon noch nichts gesagt Neustätter, – scheut er sich nicht zur Dirne zu machen, dieses gütige liebliche Geschöpf, das unsere Salons entzückt. Er läßt es so weit kommen, daß sie an mich einen Notschrei richtet, den eigenen Vater denunziert. Die Ärmste, scheint es, gehört zu den geweihten Töchtern. Wo hab ich nur den Brief?

NEUSTÄTTER: Er ist wahnsinnig. Er ist kein Mensch, ein Leichnam. Mit seinen ungezählten Reichtümern lebt er nur seinen Ideen. Ihn soll ein furchtbares Schicksal bei seiner diplomatischen Mission dort in Arabien verwirrt haben. Man erzählt sich, daß er jeden Mittag zwischen 11 und 12 Uhr, Tag um Tag, sich fremdländisch vermummt, lange vor dieser Bildsäule sitzt, über dem Dolch hier in dem Glaskästchen brütet. Dann geht er mit bloßem Degen durch die Säle und ficht; die Türen sind geschlossen.

EXCELLENZ *(Besieht den Kasten)*: Ein Dolch. – Die weiteren Anordnungen werde ich unten treffen. *(Faßt seine Hand)* Ich bewundere die Unerbittlichkeit Ihrer moralischen Anschauungen, die uns Ungläubige zu den Recherchen trieb, und die Sie heute einen Triumph erleben lassen wird.

6. Auftritt

(Mizzi, Clarisse, Damen, Herren. Es kommt für das Verständnis der Situation viel auf die Inscenierung und Kostümierung an. Die Damen des Hauses in verwegenen freien Costümen; ab[e]r mit Dezenz; geschlitzter Rock zum Teil, eine in schwarzer Pagentracht mit Schönheitspflastern im Gesicht. Zwei fremde Damen helle Gesell-

schaftstoilette; eine Halbmaske. Die Herren teils Frack, teils Beardsleycostüm. Mizzi zuletzt, allein; streng, stilisiert einfach.)

NEUSTÄTTER *(flüstert)*: Trennen wir uns, Excellenz. Ich begleite Sie in einem günstigen Moment hinaus.

EIN HERR: Spät wird es, Lux. Hast du schon das Neuste gehört?

EIN ANDERER: Na?

DER 1.: Ich mein auf diesem Gebiet. Die Gegenpartei der moralischen Brüllaffen verlangt von uns, man solle sich ein nacktes Weib ansehen können, ohne daß sich in einem da etwas regt.

DER 2.: Lebend, gemalt, Holz oder Stein?

DER 1.: Lebend!

DER 2.: Welche Distanz?

DER 1.: 1 – 3 M[eter].

DER 2.: Jung?

DER 1.: Jung.

DER 2.: Wer sagt das? Ein Eunuch?

DER 1.: Weiß nicht. Die Straßendirnen erwarten vor der Tür die Herrschaften und erzählen Lieder von dieser neuen Kunsttheorie.

DER 2.: Weißt du: Ich liebe zwar die Kunst überhaupt nicht. Aber dazu ist sie mir doch zu – schlecht.

FRÄULEIN *(Gast)*: Ich bin nur ganz erstaunt, wie geordnet es hier zugeht.

WILHELM: Gesellschaftsabend, gnädiges Fräulein. Wir feiern doch keine Orgien. Jedenfalls schüttelt sich sowas nicht aus dem Ärmel. Etwas Obszönität wird aber auch hier gern gesehen.

FRÄULEIN: Eigentlich riesig vernünftig, was Sie mir da von Ihrem Unterrichtssystem sagten.

WILHELM: Ja, wir haben nur sehr unter dem Eindringen unsittlicher Elemente zu leiden.

MIZZI *(langsam nach dem linken Vordergrund zu, bewegt die Lippen und Hände.)*

NEUSTÄTTER *(flüsternd)*: Mizzi, ich erwarte dich nachher, hier oder auf deinem Zimmer. Verstehst du mich? – Wir dürfen keinen Augenblick verlieren. Ich fleh dich, sei heut nicht trotzig.

MIZZI *(hängt mit dem Blick an der Bildsäule.)*: Das ist eigentlich gleich, zu wem man betet. Weiß ich sie nur mütterlich. *(Dicht vor der Säule, abgehackt, vom Flüstern bis zum Schrei am Schluß)* Wenn Gewalt in dir ist, du Göttin, mach mich frei. Wenn Gewalt in dir ist, Göttin, zeig mir einen Weg, zeig mir einen Weg, welchen du willst. Steh mir bei. Ich opfere dir, was du von mir willst, willst du mein Gold, willst du D[i]amanten von mir, willst du mein Haar, meine Finger, meine Hände. Ich will morgends und abends, – morgends und abends und mittags will ich vor dir knieen, an den Straßenecken und Plätzen für dich betteln, mich jedem Betrunkenen hingeben, in den Dorfkneipen dein Lob singen, die mir geholfen hat, wo die frommen Bilder stumm geblieben, und nur Glas und Farbe waren. Du kannst den Stein aufhalten; er rollt immer näher, denn ich hab mich versündigt und muß zu Grunde gehen. Und wenn du mir nicht hilfst, so muß ich dich zerbrechen, dich erschlagen und zermalmen, wenn du nur lebtest, du Maske, du weiße tote Heuchlerin. –

CLARISSE: Mizzi, Schwesterle.

MIZZI: Laßt mich liegen.

CLARISSE: Mizzi.

MIZZI: Jesses, Clarisse, liebes Schwesterchen. – Aber guten Abend.

CLARISSE: Sie träumt am hellichten Tage.

MIZZI: Ich bin so in meine Rolle vertieft. Schaut nur, hab gar niemand von Euch gesehen.

1. HERR: Sie spielen Ihre Rolle vorzüglich, Comteß. Wir sind noch ganz perplex.

CLARISSE: Es ist das neue Stück, das wir heut Abend spielen werden.

NEUSTÄTTER *(leise)*: Schatz, wann kommst du herunter? Jede Sekunde ist kostbar.

MIZZI *(laut, hart)*: Nicht bald, mein Freund. Es eilt nichts. – Kennen Sie unsere Spiele nicht? Aber setzen sich die Herrschaften doch, Herr Baron Neustätter wird inzwischen nachschaun, wo mein Vater bleibt. *(Neustätter ab)* Ich bitte um Entschuldigung für ihn; er hat großen Besuch aus meiner Heimat bekommen. – Neue Gesichter; willkommen, willkommen, meine Gnädige, mein Herr – *(Vorstellung).*

EXCELLENZ: Wo ist gleich Ihre Heimat, Comteß?

MIZZI: Aber spotten Sie nicht, Südarabien. Mein Vater war lange Zeit von Gesandschafts wegen da. – Ernste, würdevolle Männer sind das, mit einem – Burnus um den Kopf, bronzene Gesichter, fast gefährlich. *(Setzen sich zu den andern.)*

CLARISSE *(zu dem 1. Herrn)*: Niemand kennt unsere Stücke vor der Aufführung, niemand, bis auf einen, der führt, und doch spieln wir alle mit.

FRÄULEIN: Ach das denk ich mir hübsch.

CLARISSE: Was nützt uns das Theater spielen! Nur eins gibt den Ton, zu Spiel tritt Gegenspiel, Werben, Kampf, Konflikt, – die andern werden hingerissen – , wehren sich, reißen den Mund auf – .

1. HERR: Ich verspreche stumm zu bleiben wie ein Stockfisch.

FRÄULEIN: Nicht wahr doch, wir stillen Bürgersleute, die ihrem bischen Beruf Jahr um Jahr nachgehen, und ohne Leben und ohne Aufgabe sind, – das müßte schon ein rechtes Feuerlein sein, das uns heiß machen wollte.

CLARISSE: Aufgabe, Leben, Mizzi. Unsere Aufgabe – .

MIZZI *(die versunken mit dem Gesicht in den Zuschauerraum gesessen hat, still)*: Unsere Aufgabe. Ich bin nur schön. An meinem Körper ist nichts, was nicht jedem, Mann oder Weib, schön und begehrenswert erschiene. Und so ist meine Seele fromm und gut.

PETERLE *(der Dichter, Harlekinkostüm schwarz, mit Spitzen an den Hosen, auch Beardsley)*: Die Pyramiden wurden erbaut von den Reichtümern, welche die Völker um die Schönen und die Frommen aufgestapelt haben.

MIZZI: Oh mein Vater hat Recht. Restlos sich aufgeben! Niemand auf der Welt ist so voller Güte; er liegt auf dem Grunde aller Dinge wie ein weißes Licht.

FRÄULEIN: Lernen denn, meine Gnädige, verzeihen Sie die Frage, Sie die Gäste alle – näher kennen?

CLARISSE *(wirft sich lachend zurück)*: Man verwechselt uns.

PETER[LE] *(mit Gebärden)*: Ich verübe einen Staatsstreich an Ihnen, Jungfrau!

MIZZI *(lebhafter)*: Setz dich hierher, mein Dichterlein. Komm, du hast doch nicht getrunken? – Wenn ich einen fremden Menschen an den Händen halte, dünk ich mich bald wie ein Brunnenbauer. Ehe man auf Grundwasser kommt, nein viel Schlamm, Sand und Gips, – Steine, die sich kaum mit Dynamit sprengen lassen. Sie kommen zu mir, so verkümmert, so jämmerlich wie eine Drossel im Regen. Und wie sie die Köpfe heben, wenn ich sie nur eine halbe Stunde gebadet habe. Wie sie sich unter meinen Händen strecken, zittern und aufschauern. Wieder Mut zu sich bekommen.

2. HERR: Und enttäuscht von dannen ziehen.

MIZZI: Höhnen Sie nicht! Das ist der Fluch, der auf Ihnen allen liegt und sie ekel macht. Sie sitzen in den Kirchen, sie beten zu einem Gott, an den sie nicht glauben. Mit aller Macht zwingt Ihr Eure Herzen zu ihm, der Euch helfen soll, weil Ihr hoffnungslos und schal seid. Resurge me, resurge me! Steh mir bei! Warum seid Ihr geängstigt, was läßt Euch keine Ruhe? Weil Ihr die Türen in Euren Seelen geöffnet habt, der Pfuhl ist da, hinein mit dem Lebendigen, Zuckenden. Und nun gibt es keine Ruhe. Es will wieder herauf, und bohrt und drängt, Euer Heimliches, unser Heißes und Glückloses, das Euch sündig macht und das Ihr in Euren Zimmern versteckt, als ob es eine Mißgeburt wäre. Resurge me! Wie es ruft! Das schmutzige Gesicht hebt! Und auf Eure Verwandlung wartet! Auf Eure rettenden vereinigenden Hände! Auf Eure Wiedervereinigung mit ihm.

1. HERR: Auf die große Vereinigung.

PETER[LE]: Ja Mizzi. Es war ein Rausch über der Welt, als wir es hörten. Es war, als wenn zuerst ein Fenster in meinem Zimmer aufgestoßen und dann heimlich irgendwo ein Banner draußen entfaltet würde und man hörte nur das Flattern. Ich erinnere mich noch der ersten Wochen. Die Straßen sahen uns nicht; so schönes Herbstwetter draußen war, wir öffneten nicht die Augen, wir hörten nur verzaubert auf diese Musik von unten, gingen ihr nach, mit lockeren Händen; bis wir uns heimgetastet hatten, das Märchen war Wirklichkeit, ich, – von den geweihten Töchtern, unseren geweihten Schwestern, die uns helfen wollt[e]n, – wir entdeckten das Brandmal unter der linken Brust – . Und die Entdeckung dieses – Tages schien mir wichtiger als die Amerikas durch Kolumbus 1[493] *(nachdenklich)*.

CLARISSE: Peterle dichtete damals einen Vers – ; an mich. Hier ist er: Erst seit ich Euch sah, Ihr Frommen und Süßen,
Wandle ich gerade, auf sicheren Füßen.

(Lachen)

PETER[LE]: Der Rausch ist eine ernste Sache, meine Herrn. Weh dem, der lästert.

(Diener mit Getränken etc. gehen herum. Die Gesellschaft gruppiert sich öfter um, wird lebhafter.)

EXCELLENZ *(der erregt, Hände auf dem Rücken auf und abgegangen ist)*: Gut, gut. Der gesunde Menschenverstand wird Ihnen aber immer vorhalten: Schwärmen Sie nicht zu weit! Die Folgen berechnen! Fürchten Sie sich vor einem anderen rettenden Arm, dem der Gesellschaft. Als Poesie gehts! Aber, um Gotteswillen, die Ehe, meine Herrschaften, die Grundlage unserer Gesellschaft.

MIZZI *(lacht)*: Als Poesie, Mister?

PETER[LE] *(offener Mund)*: – Was?

WILHELM: Den kennst du noch nicht. Ja ja, was muß man erfahren, Bitteres. Aber dieser Entdecker hat mehr gefunden als du. Kennst du das Sofa, das zugleich Bett, Waschtisch und Ofenschirm sein kann? Das ist sein Ideal. Seine Ehe dient ferner als Schuhauszieher, Taschentuch, Corsettstange für dich, mich, deinen vertrockneten Onkel und den verteufelten Lux. Das Universalmöbel.

1. HERR: Als Spießrute!

WILHELM: Nicht spotten über die Ehe. Sie ist gut, meine ich, aber es giebt noch anderes. Ich verteidige das wundervolle Möbel – auch gegen Sie, Herr Bundesgenosse.

MIZZI *(ernst)*: Die Ehe ist sogar heilig, ohne Gleichen, wofern nur die Menschen immer heilig in ihr blieben.

MEHRERE: Bravo, bravo!

(Neue Bewegung der Gruppen)

XAVER *(ist mitten unter ihnen aufgetaucht. Pelerine, Schlapphut, Stock)*: Begrüßt Ihr mich? Danke.

PETER[LE]: Xaverl!

CLARISSE: Ein seltener Gast bei uns. Der große Bildhauer Xaver.

XAVER: Guten Abend allerseits. Ich sah von unten Licht. Ich wollte bloß Peterle abholen, auf daß wir ein wenig trinken.

PETER *(mit einem Blick auf Mizzi)*: – Du siehst mich in Schwarz gekleidet. Ich habe – Landestrauer angelegt.

XAVER: Was hast du?

PETER: Der Großfürst Wladimirowitsch, der Sohn des seligen Dimitri und seiner Gemahlin Klementine, ist vorige Woche entschlafen.

XAVER: Den kanntest du doch garnicht.

PETER: Ich kannte ihn nicht. Aber denk mal, wenn ich ihn gekannt hätte. Man muß auch die Möglichkeit erwägen. Das wäre für mich ein trauriger Fall, *(weinerlich)* ein sehr trauriger Fall.

XAVER: Der geht dich doch garnichts an.

PETER: Wie viele sterben, die mich garnichts angehen. In diesem Einen ehre ich symbolisch die andern. – Warum sieht man dich garnicht, Xaver?

XAVER: Ich bin bei einem reichen Herrn angestellt.

PETER: Fest?

XAVER: Fest. Den begleite ich auf seinen Reisen, bin bei den Audienzen zugegen, und abends muß ich ihm in Brot die Herrschaften modellieren, die ihm bei Tag vorgestellt wurden. Sein Gedächtnis ist nämlich sehr schwach.

PETER: In Brot? Das zerbröckelt doch rasch.

XAVER: Oh, wir gießen öfter Wasser darauf.

CLARISSE: Zu uns magst du also garnicht mehr kommen, Xaver?

XAVER *(brummig)*: Bin schon zu alt für Euch. – Und außerdem –

MIZZI: Nun?

XAVER: Ich hab es heraus, worauf es im Leben ankommt.

MIZZI: Nämlich?

XAVER: Auf nichts.

MIZZI: Ach.

XAVER: Auf garnichts. *(Zu P[eter])* Was du auch tust, mein Freund, es ist richtig.

PETER: Jawohl, es ist richtig.

MIZZI: Bist wirklich bequem geworden, Xaver.

XAVER: Es ist bequemer, alles falsch zu finden, zu bereuen, besser machen zu wollen. – Also alles richtig finden.

CLARISSE: Ja, das hat manchmal seine Schwierigkeit.

XAVER: Ich habe viel um mich gesehen. Ich habe Weltverbesserer, Reue, Entrüstung, Betrug, Jammer und Jubel gesehn. – Ich mahne. Ich warne. Kein Streit, keine Hoffnung! Vom Standpunkt der Ewigkeit ist alles nur Tatsache. Das andere ist Hochmut, Eitelkeit, Größenwahn.

PETER: Sag mal, was hängt dir denn da über den Bauch?

XAVER: Das – ist mein Wappen.

PETER: Ein Esel. Auch aus Brot. Da *(zeigts den Mädchen)*.

XAVER: Ich kenne nur eine Tugend: Die Geduld. Abwarten, wies weiter kommt. Entschuldigen die Herrschaften. *(Zieht Peter nach vorn Seite)* Peter, willst ein Märtyrer [w]erden?

PETER: So gern.

XAVER: Mußt aber schweigen. Die ganze Bude fliegt nachher in die Luft.

PETER: Dabei soll ich Märtyrer werden?

XAVER: An die dreißig Kriminals wimmeln auf der Straße, sie lassen unten jeden rein, aber keinen raus. Als ich das sah, dachte ich mir, hier habe ich ein Amt zu erfüllen. Ich gehe rauf. Um vorzubereiten. Beruhigend zu wirken. Du hasts ja gehört.

PETER: Ich habe garnichts gemerkt.

XAVER: Bei den andern wird sich die Wirkung schon bemerkbar machen. Du wirst Märtyrer, Peter, trittst für deine Überzeugung ein.

PETER: Ja, welche hab ich denn? Du hast deinen Esel, aber ich –.

XAVER: Du, ich habe noch das Bild meines Chefs *(giebt ihm eins aus der Tasche)*. Auch die Gedächtnisschwäche wirkt welterlösend. Alles vergessen heißt –

PETER: Nichts behalten. –

XAVER: Na du weißt ja schon alles. Wo ist das Büfett?

PETER: Drüben im zweiten Saal.

XAVER: Wer bedient?

PETER: Die Gustel.

XAVER: Das dumme Luder. Ich werde viel zu erdulden haben mit ihr, Peter. Inzwischen – schweigen – und – warten, bis es kommt *(ab nach dem Saal)*.

PETER *(setzt sich zu Mizzi)*: Uh jegerl, Mizzi. Ich sehe wohl sehr herrisch aus?

MIZZI *(beugt sich über ihn)*: Was?

FRÄULEIN *(hinter Mizzis Stuhl getreten)*: Ich bitte vielmals um Verzeihung –?

MIZZI: Mein kleines Fräulein?

FRÄULEIN: Und Sie selbst dürfen garnicht –?

MIZZI: Haserl steh auf. – Wie meinen gnädiges Fräulein?

PETER *(faßt sie um die Taille)*: Gern, Sie haben einen flötenden Gang; ich möchte auf meinem Instrument akkompagnieren –. *(Läßt sie los, nach ihrem schwärmerischen Blick)* Autsch, sie hat mich angeblickt! Sie hat mir angeblickt, gerade mir, gerade mir *(wimmert)*.

CLARISSE: Du bist ungezogen heut, Peter. Troll dich in die Ecke, marsch.

PETER[LE] *(nach hinten)*: Sie hat mich auch verwechselt, auch mir Clarisse, mich auch.

FRÄULEIN: Ich weiß nicht, wie ich mich ausdrücken soll. Wenn ich als Frau zur Frau sprechen darf?

Sie lernen Ihre Freunde so gut kennen, in ihre Gesichter dringen Sie so tief ein, daß Sie sie umwandeln, wie Sie sagen. Und Sie selbst müssen dabei – kalt bleiben, unberührt im Herzen.

MIZZI: Oh nicht nur im Herzen. Vielleicht bin ich noch ganz – ganz rein am ersten Tag.

FRÄULEIN: Das ist über die Kraft. Das ist – unnatürlich. Man erzählt sich, Sie sollen ein Nonnen Gelübde ablegen, auf ihrer Mission kommen, wohin man Sie schickt.

MIZZI: – und gehen, wenn man ruft.

FRÄULEIN: Dann kennen Sie die rechte Liebe nicht. Oh nein. Sicher nicht. Die läßt nicht los, brennt, geht durch den Tod –.

PETERLE *(hinten, grämlich)*: Ja.

FRÄULEIN: Wie wollen Sie dann die Liebe lehren – ? *(Mizzi steht auf)*

EXCELLENZ: Eine wahrhaft psychologische Bemerkung, mein Fräulein! Ein offenes Wort zur rechten Zeit, mein Fr[äu]l[ein]! *(Den Arm erhebend, laut)* Es ist ruchlos. Die jungen lebensfrischen Geschöpfe, diese jungen Wesen Opfer eines wahnwitzen Gedankens! *(Bewegung der Gäste)*

MIZZI: Wer ist das? Wer hat hier so zu sprechen? *(Auf ihn zu)*

EXCELLENZ: Meine Gnädige, lassen [Sie] das einem alten Mann durch. Ich geh schon.

MIZZI: Wer hat Sie eingeführt? *(beide vorn)*

EXCELLENZ *(leise)*: Baron Neustätter.

MIZZI: Sind Sie – ? Ah. Heute schon; er hatte es sehr eilig. Gut. Sie dürfen nicht gehen, bis ich mit Ihnen gesprochen habe, Excellenz *(herrisch)*.

1. HERR *(zum Fr[äu]l[ein])*: Sie wird den Alten bald bekehren. – Und was Sie anlangt –.

MIZZI: Neustätter hat mich gedrängt und gequält, den Brief an Sie zu schreiben; er hat ihn mir diktiert. Von Anfang bis zu Ende. Es ist gelogen, ich bin niemands Opfer. Neustätter ist ein Betrüger, ein infamer Verführer. Versprechen Sie mir, nicht zu gehen – vor dem Spiel?

EXCELLENZ *(wischt sich den Schweiß)*: Aber ich sehe doch selbst...

MIZZI *(zornig)*: Sie sind blind, Sie sehen nichts. Ich lasse die Türen absperren vor Ihnen, mein Herr.

7. Auftritt

(Der Graf mit Abdul Abbas. Graf mit grauem struppigen Backenbart; Geht leicht nach vorn gebückt. Graugrüne Hausjacke; Hände meist in den Taschen. Spricht abgehackt. – Abdul in arabischer oder türkischer Tracht; gleichaltrig dem Grafen. Graf geht, überall grüßend, nach vorne; die Gäste verteilen sich, meist ab in den großen Saal)

GRAF: Guten Abend, guten Abend. Ich hab dich lange nicht gesehen, Mizzi, zwei Tage.

MIZZI: Ich war nicht ganz wohl, Pappi.

GRAF: Meine Tochter, – ein alter Freund, Abdul Abbas.

ABDUL: Lassen Sie sich ansehen. Ich sehe gerne das Kind meines Freundes. – Darf ich Ihre Hände küssen?

MIZZI: Aber ja. Und ich küsse Ihnen noch den Mund.

GRAF: Lassen sichs die Herrschaften wohl sein. – Ich bin sehr munter heute. Hätte Laune, mit Euch mitzuspielen. Spielt etwas Lustiges heute; wer führt, Mizzi?

MIZZI: Clarisse, ich – wen der Geist erfaßt.

GRAF: Ich bin versucht, wie Polykrates auf die Zinnen meines Daches zu steigen: Gestehe daß ich glücklich bin.

MIZZI: Papchen, ich will mich noch rasch umkleiden.

GRAF: Ja mein Kind. *(Mizzi fällt ihm um den Hals.)* Mein liebes Kind.

MIZZI: Ich hab dich 2 Tage nicht gesehn. Adieu *(Mizzi ab)*.

GRAF: Sie reden also von mir in Paris?

ABDUL: Erstaunliches.

GRAF: Man kommt weit her zu mir; in allen Hauptstädten sitzen meine Schüler. Nicht viele sind verlässig.

ABDUL: Sie nennen dich – Motanabbi, – Affen des Propheten.

GRAF *(lacht)*: Sie mögen. – Du bist weitgewandert. Was ist das Größeste von allem? Aber was scheint ihnen das Größeste von allem? – Diese Krankheit, diese Tollwut der Menschen heile ich. Und da mag ich nachäffen jedem, der mir vorgeäfft hat.

ABDUL: Du brichst die Wut. Dies also ist das Geheimnis: Du erziehst sie nicht zur – Liebe?

GRAF: Ich gebe Sättigung und Genüge. Ich wasche erst ab, was die andern beschmutzt haben. Habe Zeit, meine Früchte reifen langsam.

ABDUL: Ich ahnte es.

GRAF: Dies – ist meine Saat. Denn: hart, nackt, grausam, ungequält sollen sie reiten, wie sie sind, die Hunnen, freie Herren, ohne Sattel.

ABDUL: Es geht um den Mord der Liebe. Jetzt kann ich dich gut sehen. *(Zieht den Vorhang ganz zu.)*

GRAF: Was willst du? –

ABDUL: Sie tanzen drüben. Du warst lange nicht zu Hause.

GRAF: Bei Euch.

ABDUL: Du bist vergraben hier, Mechmed Ali. Du predigst, lehrst, deine Stimme klingt über das Land, – nur so sieht dich keiner. Wir andern – wandern in der Welt herum.

GRAF: Wer seid Ihr?

ABDUL: Ich schleiche seit zehn Jahren um dich herum. Ich höre, auch du hast nichts vergessen.

GRAF: Was willst du?

ABDUL: Sie warten auf dich. Die Brüder der Siddi sind alt und müde. Wenn sie abends und morgens beten, schließen sie dich ins Gebet ein.

GRAF: Sie schließen mich ins Gebet ein.

ABDUL: Mit Verwünschungen. Und hoffen auf den Tag, wo Allah dich in ihre Hände gibt und sie dich zerschnitten den Schakalen vorwerfen können.

GRAF: – Du hattest auch um die Tote geworben.

ABDUL: Ihre Schwester ist mein Weib, – die zehn Jahre seit ich um dich schleiche.

GRAF: Du bist abgeschickt. Meuchler, ich schrei um Hilfe!

ABDUL: Rühr den Dolch nicht an, mit dem du sie gemordet hast. Er wird früh genug heraus springen.

GRAF: Du bist in meinem Hause.

ABDUL: Dein Gast. Ich sah, auch du kommst nicht von ihr los. Noch immer ist es Siddi, nach der du wimmerst.

GRAF: Du, du bist so klein; ich hatte dich nie gesehen.

ABDUL: Sie war so schön, daß meine Augen noch blind nach zwanzig Jahren sind. Nicht anrühren hab ich sie mögen. Ich erschrak, wenn ich sie sah. Aber eine geile Katze ist gekommen, hat sie zerfleischt.

GRAF *(leidenschaftlich)*: Über Häuser, Meilen weg dachte ich all die Jahre zu ihr hin. Ich schob nur drehte die Zeit zurück, bis ich zu ihr kam, täglich. Aber so oft ich zu ihr kam, geschah dasselbe. Sie blühte nur so abgewandt. Es gab keine Wahl, keine Rettung. Immer wieder suche ich ihre Augen, – immer wieder schlagen sich meine Arme um sie, senkt sich mein kleiner Dolch in ihren Hals. Ach, wie er sich einbiß, Abbas, wie er sich sehnsüchtig in den Leib unserer Geliebten vergrub, ich konnte ihn kaum lockern.

ABDUL: Ihr Kind, das wir dir vor die Türe legten, – ist diese *(zeigt gegen die Tür)*.

GRAF: Aber niemand soll mehr leben in dieser höhnenden zehrenden Angst. Lachen sollen sie können über die Schönheit, über die blinden Augen.

ABDUL: Und Siddis eigene Tochter opferst du diesem Hasse, dieser Rache? Deine eigene Tochter? – Ich geh zum Spiel *(durch den Vorhang ab)*.

GRAF *(auf dem Sitz, versunken)*: Mir nützt nicht das Fechten, der Dolch will nicht los, sie ist tot. *(Es ist dunkel.)*

8. Auftritt

(Hinter der Demeter taucht eine schwarze Gestalt auf, etwa arabische Tracht.)

Mechmed Ali, Mechmed Ali. Rühr dich nicht. – Es ist umsonst. Laß ab. Machst keinen frei von der höhnenden zehrenden Angst. Dich verlangt's nach deiner Tochter, nach Siddis Tochter. Oh, noch mehr verlangt dichs nach Siddi. Grinst ihr keine Rache. Leugne nicht. Heb deine Hand nicht. D[e]in Dolch soll locker werden, sie soll wieder erwachen und ihre Tochter willst du umarmen. Still! Aber das Leben geht keinen Schritt rückwärts, geht keinen Schritt vorwärts. Und es ändert sich nichts, Mechmed Ali, es ändert sich nichts. *(Verschwunden)*

9. Auftritt

(Der Graf erhebt sich langsam, geht auf die Statue zu. Neustätter tritt ins Zimmer.)

GRAF: Wer ist da?

NEUSTÄTTER: v[on] Neustätter, Herr Graf.

GRAF *(nach einer Pause)*: Sehen Sie sich vor, Neustätter. *(Graf durch die Tür links ab)*

10. Auftritt

NEUSTÄTTER *(flüstert durch die Vorhangspalte)*: Komm herein.

MIZZI *(hat etwas Starres, Gebundenes in ihrem Wesen)*

NEUSTÄTTER: Dein Vater war eben hier.

MIZZI: Ja.

NEUSTÄTTER: Mizzi, ich suche dich, du weißt nicht, was vorgeht.

MIZZI: Ich bete heute den ganzen Tag. Es legt sich um mich und dreht sich um mich und über meinem Mund wie ein dicker Schlangenleib. Drei Stunden war ich in der Kirche. Ich habe gebeichtet. Die Kniee sind mir wundgerieben.

NEUSTÄTTER: Es ist drüben so laut. Wir sind ganz unbelauscht. Dein Vater weiß alles, wir müssen fort.

MIZZI: Wo ist er hinausgegangen?

NEUSTÄTTER: Da.

MIZZI: Heut wird er ins Gefängnis gebracht. Auf der Pritsche an der Wand wird er heut Nacht schlafen.

NEUSTÄTTER: Mußt nicht daran denken.

MIZZI: Mich wird er verhöhnen. Und ich kann ihm nicht widersprechen. Dich wollte ich fragen: wollen wir uns nicht erschießen? Wir beide? Oder wollen wir mein Papchen erschießen? Ich will es übernehmen; wir rufen ihn heraus. Er ist rasch hin.

NEUSTÄTTER: Mizzi!

MIZZI: Ja, nimm mich. Du hast mich also lieb.

NEUSTÄTTER: Es wird dir schwer, Katzerl. Ich habe schon alles gerichtet; eine kleine Villa steht für uns bereit.

MIZZI: Man hat mich zu dir geschickt; ich habe vergessen heimzukehren. Er war es selbst.

NEUSTÄTTER: Ich wurde ja gleich zum Bettler vor dir und jetzt zieh ich wie ein König gleich mit meiner Beute davon. Über die Felder, in der reinen Nachtluft, durch den bittern Märzenwind.

MIZZI *(ist auf den Teppich geglitten, seufzt gequält, stopft sich die Ohren zu)*: Sprich weiter. – Ich möchte auf seinem Schoß liegen, ich möchte mich von ihm – küssen lassen. *(springt auf, umhalst Neustätter.)* Komm! Komm!

NEUSTÄTTER: Oh siehst du.

MIZZI: Ich will nichts sehen, will nichts hören. Wir werden reiten. Über die Felder, durch den bitteren Märzenwind. In der Bibel steht: Du sollst Vater und Mutter verlassen und dem Mann anhangen, den du liebst. Ich will nichts wissen vom Vater.

NEUSTÄTTER: Er hat dich verderbt und ganz um deine Seele gebracht.

MIZZI: Ich will nur haben – dich. Der Pfarrer hat mich gefragt, ob ich wieder sündigen wolle, und als ich drei Stunden gebetet, habe ich gesagt und gejubelt, hab mein Kleid zerrissen und ihm mein Herz gezeigt: «Ja, ja, ich will wieder sündigen. Und wilder als ich jemals getan!» *(Clarisse und ein anderes Fräulein sind durch den Vorhang eingetreten.)* Kommt nur herein.

CLARISSE: Spielst du mit?

MIZZI: Ja; ich komme.

NEUSTÄTTER: Du darfst heute nicht. *(Mizzi ist schon aufgesprungen.)*

MIZZI: – Da hast du mein Strumpfband, Liebster – .

NEUSTÄTTER: Wenn ich dich heut in den Armen eines andern sehen muß – . Mizzi, du gehörst mir, bist meine Braut. Spiel nicht mit mir. – *(Mizzi ab. Für sich)* Wehe, wer sie berührt von den Lumpen *(sucht seinen Taschenrevolver hervor)*.

1[1]. Auftritt

(Der hintere Vorhang öffnet sich ganz. Die Gesellschaft strömt herein. Es bildet sich bald eine Art Spalier.)

EIN FRÄULEIN DES HAUSES: Es ist fraglich, ob die Comteß mitspielt.

EIN HERR: Platz lassen vor der Demeter.

FRÄULEIN: Was wird denn nur?

HERR: Wenn wir wollen, können wir gleich zu spielen anfangen.

FRÄULEIN: Ach nein.

[1. HERR]: Du, warum sagst du mir denn davon kein Wort? Hier soll ein Laboratorium im Hause sein. Wo ist denn das?

[2. H]ERR: Ich habe auch nur was läuten hören.

1. HERR: Sie sollen mit Tieren, Hunden und Katzen, auch Menschen, die sonderbarsten Versuche machen. Mit chemischen Mittel[n], allerlei Combinationen in ekstatische Zustände versetzen.

2. HERR: Red nicht so laut. Unten in den Kellerräumen ist es. Oh die gehen der Liebe zu Leibe. Der Fanatismus ist schon erschreckend.

EXCELLENZ *(angeheitert)*: Neustätter, Mann!

NEUSTÄTTER: Wie sagen Excellenz?

EXCELLENZ: Ich hab mir mit Ihnen morgen was zu erzählen, Jungeken. Sie sollen ja ein doller Feinschmecker sein. Sehen Sie zu, daß die Leute unten nicht zu früh rauf kommen. Ich habe zu rufen.

1 [2]. Auftritt

(Vorn Verdunkelung. Bei Eintritt der Fackelträger auch hinten. Schwarz kostümierte Männer und fellgekleidete Mädchen mit kleinen Fackeln; ziehen von hinten bis an die Statue; allerlei zarte Tanzbewegungen.)

1. TÄNZERIN: Sie ist nicht zu finden.

2. TÄNZERIN: Schadet nichts. Ça va. Flott.

PETERLE *(tritt tanzend zwischen die Tänzerinnen, Laute umgebunden. Tänzerinnen weichen zurück, nachdem P[eter] ein paar Akkorde angeschlagen; P[eter] singt zur Statue)*: Demeter, pan, psychai, aei.

CLARISSE *(fortfahrend)*: Oh heilger Thymian.

PETERLE: Demeter pheu, kai panta rhei.

CLARISSA: Schau unser Tänzchen an.

EINE DICKE *(dazwischen springend)*:

Mantel von Seide schwirrt,
Männlein und Weiblein girrt,
Zittert und tatscht ihren Rock,
Grad wie ein Bock.
Willst du sein, willst du sein mein Schatz hinieden,
Sollst du, sollst du – mich lieben, –
Eins zwei drei, eins zwei drei, eins zwei drei,
Ich bin frei! *(zurück weichend)*

PETERLE *(wieder vortretend)*: Demeter, pan, psychai, aei.

CLARISSE: Schau unser Tänzchen an.

PETERLE: Demeter pheu, kai panta rhei.

CLARISSE: Du heilger Thymian.

EINER MIT STIERMASKE: Der Göttin zu Ehren bring ich ein Opfer *(hält eine zappelnde Dirne in den Armen)*.

DIE DIRNE: Ach lieber Herr, lassens mich sein; bitte, bitte.

PETERLE: Die Göttin wird das Opfer annehmen. Sünderin, wir müssen den bösen schreienden Geist aus dir vertreiben. Um zu begegnen dem Tiere, gebrauch ich diese drei Lux! Handerl! Gusti! *(3 Männer kommen)* Legt die Mäntel an, die schwarzen

Mäntel. Wendet ihr Gesicht mir zu. Zunächst ihre Schultern frei, den Nacken, die Brust und die Schenkel.

CLARISSE: Herr, verstattet mir Ärmsten ein Wort.

PETER: Es sei, Dirne.

CLARISSE: Ich erhebe die Competenzfrage. Ihr habt kein Recht – kein Verständnis, das Mädchen zu prüfen und uns zum Gespött zu machen.

DIE DIRNE: Ach Gott, ich schäm mich.

PETER: Stör uns nicht, Weib.

CLARISSE: Dies ist unsere Sache. Und ich verlange, daß du dein Werk einer Frau abgiebst.

PETER: Willst du Mizzi?

MEHRERE: Ja, Mizzi, Mizzi.

PAUL [NEUSTÄTTER]: Nein, sie spielt nicht mit.

PETER: Das Volk wünscht das Plebiscit! Zuerst bändige man die Bestie mit Gesang. Vorn auf die Kniee! Singt, was ich vorsinge lalalala – la – lalalala.

VOLK: Lalalaa.

PETER: Zwei Fackelträger schreiten mir vorauf, tanzen tanzen. – Lux, acht auf Paul. Der hat was im Sinn.

VOLK: *(immer)*: Lalala –

EINIGE *(hinten)*: Sie kommt schon! Ah. Nackt. Sie ist ganz nackt. Ah. – Sie kommt!

PETER *(triumphiere[nd])*: Schweigt, schweigt. Euphemeite! Sie ist nur schön. An ihrem Leib ist nichts, was nicht jedem, Mann oder Weib, schön und begehrenswert erschiene. – *(Nach hinten zurück)* Schreite heran! Wir kommen, Priesterin, Hohepriesterin, dich einzuholen – .

PAUL NEUSTÄTTER *(ist von vorne nach hinten durchgedrungen, brüllend)*: Du läßt die Hände von ihr, du läßt die Hände weg, Peter. Verworfne, Gesicht weg. Wer sie ansieht –

PETERLE: Los, Blödsinniger.

PAUL: Was – !

(Ein Schuß fällt)

MEHRERE: Hilfe, Licht, Licht.

PAUL: Sie ist mein. Ihr habt sie nicht zu berühren. Ihr Betrunkene, Rowdys und Fatzkes. Dich schlag ich zu Gelump.

MEHRERE: Licht! Wer ist das? Neustätter. Hinaus mit ihm! *(Licht. Gedränge um Neustätter. Lärm.)*

1. HERR: Ist jemand getroffen?

ANDERE: Nein, in die Decke.

EIN HERR: Sind Sie des Deubels Mensch? Man sollte Sie mit einem Strick der Göttin um den Hals hängen. Geben Sie den Revolver her –. *(entwindet ihn ihm)*

PAUL: Verflucht *(festhaltend)*.

DER HERR *(hält den Revolver)*: So.

ZWEITER HERR: Dem unreifen Burschen schlägt man eins hinter die Ohren.

DRITTER HERR: Vor die Türe! Hinaus. Hinaus!

(Mizzi in einem Überwurf schlüpft nach vorn)

NEUSTÄTTER *(hängt sich sogleich an sie)*: Ich kann dich hier nicht sehen! Keinen Augenblick länger *(fast weinend)*. Du mußt mit mir kommen.

MIZZI: Mein Vater hier? Nein, nein; suchen Sie ihn nicht. *(zischend)* – Hast du keine Peitsche für mich? Kein Messer, um mich zu zerfleischen? Soll ich dir deine Füße küssen? Bestie! Ich bin dir nichts, mein Vater ist dir nichts, deine Sklavin muß ich sein. *(Langgezogen:)* ich bereue –. *(Zu den andern)* Schauns sich nur die Tonne an, die tragische Tonne. Ich möchte sie gleich zerschlagen und rollen.

ERSTER HERR *(schon angesäuselt)*: Komm, schönes Mädchen, bist zu schad für dieses Faß.

MIZZI *(lacht plötzlich aus vollem Halse, hält sich den Leib)*: Hohoho, hohoho! – *(Andere lachen mit)* – Wer will mich? *(Paul bleibt immer links ziemlich vorn stehen)*

MEHRERE: Mizzi!

MIZZI *(im Vorübergehen zu der Straßendirne, sie umfassend)*: Lauf Haserl, lauf, was du kannst.

(Mizzi wandert in dem kreischenden Kreis der Männer und Mädchen von Arm zu Arm)

PETERL[E] *(kommt jämmerlich)*: Demeter pan, psychai, aei.
XAVER *(kommt ziemlich betrunken)*: Du Peter, ists schon so weit?
PETER: Was willst du denn?
XAVER: Du weißt doch, unten.
PETER *(weinerlich)*: Wir spielen hier noch.
XAVER *(klopft ihm auf die Schulter)*: Immer kalt Blut. Noch warten; ruhig warten. *(geht zurück)*
MIZZI: Da Peterle! *(Er nimmt sie auf den Arm; sie wandert erst spät weiter in dem kleinen kreischenden Kreis der Männer und Mädchen.)*
MIZZI: Wohin wollt Ihr mich tragen? Werft mich immer in den Fluß.
CHOR DER MÄNNER *(brüllend, singend, roh)*: In den Rhein, in den tiefen Rhein *(mehrfach wiederholt)*.
(Mehrere des Kreises tanzen lachend in den großen Saal ab.)
MIZZI *(zuletzt in Peters Armen)*: Laß mich.
WILHELM: Excellenz gehen schon? Sie verlieren Ihr Taschentuch.
EXCELLENZ: Wo ist der Ausgang? *(ab)*
WILHELM: Ich begleite Sie.
NEUSTÄTTER: Um Gotteswillen, Mizzi.
MIZZI: – Ein brünstiger Dolch ist gekommen und hat mich zerrissen *(steht abgewendet)*.
NEUSTÄTTER: Dirne also Dirne bist du vom Kopf bis zu den Füßen. Oh weh. – *(heiß)* Ich fasse den Verbrecher, den Kuppler, der dich verführt hat. Ich werde ihn stellen. Du bist ja schuldlos, du kannst für nichts; aber meine Fäuste sollen die Kehle schnüren, die die verderbten Worte zu dir getragen hat. Der verrückte Betrüger soll mich fühlen. *(ab)*

1[3]. Auftritt

MIZZI *(allein; es ist dunkler wieder im Saal)*: Das muß weg. Das hat seinen Mund geküßt, das hat ihn umarmt, das hat den Brief geschrieben. Alles weg. Alles weg. Weg. *(Seufzt laut und eigen-*

tümlich; steht in bekümmerter Haltung da) Immer, wenn ich einen Bissen im Munde habe, kommen die Fräulein unter meinem Bett hervor und schnappen ihn mir weg. Weg doch, geht doch weg. Ich geb Euch ja schon, alles, was ihr wollt; ja, ich kann die nicht leiden mit dem dicken Kopf, ich will die nicht sehen *(weint)*. Hu die greulichen Augen, die Haare, die zotteligen; es ist ein Wolf, hu, hu – . *(Steht wieder still, streicht sich die Stirn)* Ach mein Kopf. – Sie werden gleich heraufkommen, mein Papchen holen. Nichts sehen, nichts hören! Weg! *(sucht im Zimmer)* Kein Revolver, kein Revolver. Der Dolch *(zerschlägt den Kasten, hört Schritte)* Oh nicht so bald. – Ich will nicht, – ich mag noch nicht. – Hier durch das Brandzeichen hindurch. – Bitte, noch einen einzigen, winzigen Augenblick. *(Ersticht sich)*

1[4]. Auftritt

(Abdul tritt sehr langsam durch den Vorhang ein. Als er sie liegen sieht, wirft er sich über sie, küßt ihr Gesicht; legt eine Decke über sie. Zieht seinen Burnus ganz über; murmelt knieend arabische Totengebete, monotoner Sprechgesang)

1[5]. Auftritt

(Duch die Tür links kommt der Graf, in arabischer Tracht; krummer Säbel in der rechten Hand; schon beim Türöffnen spricht er)

[GRAF]: Der alte Schuft hat mich warm gemacht. Sie warten in seiner Heimat auf mich. Und sie sollen mich haben. Ich bin gewappnet, ich kann mein Los tragen. Heute will ich zu dir alten Göttin beten, die mich beraten hat. Heute wird sie auf meinem Schoße liegen, werden ihre Arme mich umschlingen. In ihrer Tochter ist Siddi zu mir erwacht. – Der Dolch zerfällt in Stücke. Ein Gesicht wird mich wieder anblicken. *(Ficht herum)* Sie sollen mich haben. *(Sieht Abdul, unbeirrt)* Abdul, haha, du hier?

(Abdul betet weiter) Sieh mich einmal an! Was tust du? – Was ist – ? *(Hebt die Decke ab. Abdul geht an die Wand, legt die Stirn an)* Ah – . Mutter! *(bricht zusammen)* Weh mir. – Was hast du ihr getan? *(zu Abdul)*

ABDUL: Sie war dir treu. Und darum liegt sie hier.

GRAF: – Ich wußte, es war schwer für dich. Also zu schwer. Mizzi, mein Einziges, mein Geliebtes. *(Sich aufrichtend)* Ein Gesicht blickt mich an. –

ABDUL: Ihr Blut kommt über dich.

GRAF: Nicht über mich. – *(sieht sich finster um)* Ist jemand hier[?] Er ist nicht hier. *(Brütet einen Augenblick; dann seinen Säbel fallen lassend)* Deck sie zu; ich will sie noch nicht anfassen. – *(Abdul legt wieder die Decke über Mizzi. Graf zum Vorhang, ruft)* Der Baron! Neustätter! Wo ist Baron Neustätter? – Ruhe in meinem Haus!

NEUSTÄTTER *(verfallen)*: Ich wartete schon auf Sie, Herr – Graf.

GRAF: Wir haben miteinander zu reden, meinen Sie. *(Jährzornig)* Wir haben vielleicht miteinander zu tanzen? Der ist es, der ist es; der ist es. *(Hebt den Säbel rasch auf, schlägt Neustätter nieder)* Reden Sie! So reden Sie doch. Hund! *(Geht hin und her)*

ABDUL: Komm Mechmet, wir müssen eilen.

GRAF *(an der Leiche, die er aufdeckt)*: Mizzi, mein Kind, es hilft nichts, mein Liebes, mein Liebes. Blick mich an.

ABDUL: Mechmet Ali, heb sie auf, nimm sie.

GRAF: Der Dolch. – Das Unzugängliche. Die Türe schlägt vor mir zu.

ABDUL: Komm mit mir heim, mein Freund. Wir müssen flüchten, wir müssen auf dem Geheimgang hinaus. Die Polizei ist schon in den Sälen.

GRAF *(hält die Leiche auf den Armen, wankt zur linken Türe)*: Die Erde nimmt alles auf. Du bist so schnell gelaufen, kleine Mizzi, zu deiner Mutter. Will sehen, daß ich Euch einhole.

ABDUL: Komm, Mechmed.

Schluß

LUSITANIA

Drei Szenen

Erste Szene

Deck der Lusitania. Frühmorgens. Einige Meergeschöpfe kommen geschlichen.

ERSTES: Das ist aus Hanf. Es ist geflochten. Ein Tau.

ZWEITES: Was machen sie damit?

ERSTES: Alles ist voll Taue. Aber es wächst nicht hier.

DRITTES: Es ist ein Schiff. Ich habe schon gesehn. *(Sie klettern und rufen herunter.)* Sammsammsarasa. *(Wirft einen Ball auf Deck.)*

ZWEITES: Sammsammsarasa. *(Läuft danach.)* Still. Komm weiter. Da steht einer. *(Sie schleichen weiter, laufen nach den Bällen. Ein Dicker geht stolzierend herum.)*

DER DICKE: Man trocknet aus. Schwere Luft. *(Von weitem zusammenknicksend vor dem Deckoffizier.)* Hi. Mein Schatz. Was stehst du da? Hi[.] Steckst die Nase in die Luft. *(Näher.)* Die Nase weg. Du sollst die Nase, die Nase nicht in die Luft stecken. *(Hat eine Art Gerte, peitscht damit von unten gegen das Gesicht des Deckoffiziers. Der stöhnt.)* Maul zu. Mach das Maul zu.

DIE DREI WEIBER *(in seiner Nähe, lachend)*: Willst du wieder einen fressen?

DER DICKE *(läßt sich nicht stören)*: Ich stopfe dir die Nase mit Sand zu. Ich hab' Gras; ich polstere dich aus, daß du eine Form bekommst.

DIE ERSTE: Was machst du mit ihm?

DER DICKE: Erst die Ohren zum Taubwerden. *(Ein delphinartiges Wesen ist neben sie geschnellt. Es schliddert über Deck.)*

ZWEITE: Schwupp, Delphinchen, bist neugierig?

DELPHINCHEN *(sehr hohe Stimme)*: Es kommen mehr. Mehr. Mehr. *(Ein schwerer Schritt kommt herauf. Deckoffizier stöhnt stärker.)*

DER DICKE: Hundskopf. *(Sie verschwinden tuschelnd seitlich. Dem Deckoffizier rollt der Ball vor die Füße.)*

KAPITÄNLEUTNANT *(zum Deckoffizier)*: Was sind Sie blaß. Gründlich durchfroren die Nacht?

DECKOFFIZIER: Ja.

KAPITÄNLEUTNANT: Na, was denn?

DECKOFFIZIER: Was denn?

KAPITÄNLEUTNANT: Sie sind perplex.

DECKOFFIZIER: Wie lange stehen Herr Kapitänleutnant hier?

KAPITÄNLEUTNANT: Ich? Komme ja eben. Da – so. *(Bummst mit den Füßen.)* Ich dachte, wenn ich ordentlich trompete, es kann nicht schaden. Falls einer eingeschlafen ist.

DECKOFFIZIER *(immer starr)*: Ich habe eben geträumt.

KAPITÄNLEUTNANT: Sehn Sie.

DECKOFFIZIER: Ich habe geträumt, wir gehen unter.

KAPITÄNLEUTNANT: Mensch. Reden Sie keinen Blödsinn. Nehmen Sie sich zusammen. Sie sind an Bord.

DECKOFFIZIER: Ich habe eigentlich etwas anderes geträumt. Daß wir schon untergegangen sind. Und die Frauen ankommen, die unter Wasser wohnen.

KAPITÄNLEUTNANT: Die Frauen unter Wasser. Praktische Frauen, mein Lieber.

DECKOFFIZIER *(schreit, erblickt den Ball)*: Was ist das für ein Ball? Was ist das für ein Ball?

KAPITÄNLEUTNANT: Sieh da. Immer ruhig.

DECKOFFIZIER: Ich hab's noch in den Ohren. Werg. Da ist es ja.

KAPITÄNLEUTNANT: Kommen Sie. Trinken Sie.

DECKOFFIZIER *(fortgezogen)*: Sie waren da, Herr Kapitänleutnant. Sie waren doch da. Was wollen wir tun?

⋆

MANN: Sieh da, die See.

FRAU: Sieh nicht da. Blind möchte ich sein. Hätt ich einen Kopf ohne Augen. Mich ekelt's, wenn ich heraufkomme und sie ansehe.

MANN: Das schöne Wasser.

FRAU: Das Riesenkänguruh. Es hüpft; macht seinen weichen dumpfen Beutel auf für uns.

MANN: Wir fahren glatt.

FRAU: Hab ich Sehnsucht nach dem Land. Was man greifen kann mit den Fingern. Nicht fortläuft.

MANN: Drei Tage und wir sind in Southampton.

FRAU: Es ist keine Existenz, die ich führe. Ich bin nicht der Mensch, der abgefahren ist.

MANN: Komm, freu dich mit mir über den – warmen Himmel, über die Luft.

FRAU: Wenn ihr wüßtet, wie ihr alle ausseht. Gelb. Wie Totenlarven. *(Sie setzt sich.)*

MANN: Was hast du da?

FRAU: Was geht's dich an.

MANN: Zeig. Ein Blumentopf.

FRAU: Ja. Ein Blumentopf. Ich hab ihn gestohlen.

MANN: Wem?

FRAU: Aus einer Kabine. Weiß nicht, wer drin wohnt. Da, Erde.

MANN: Gib mir.

FRAU: Siehst du.

MANN: Ich mach mir keine Sorgen. Möcht es nur auf der Hand haben. Krümelchen Erde. Ich fühl es so gern.

FRAU: Da wachsen Blumen drauf.

MANN: Wälder.

FRAU: Eichwälder, Birkenwälder, Gebüsche. Vögel singen.

MANN: Man geht darunter.

FRAU: Hier hast du Sand. Wie schön.

MANN: Tu weg.

*

ERSTER HERR: Da wären wir.

ZWEITER HERR: Ich, ich habe schön geschlafen. Es war eine so fröhliche Nacht. Der Schritt der Wache war das einzige, was man hören konnte.

ERSTER HERR: Dann haben Sie doch nicht geschlafen.

ZWEITER HERR: Wenn man gelegentlich aufwacht.

ERSTER HERR: Ich habe aus Ihrer Kajüte stöhnen hören.

ZWEITER HERR: Es wird ein Kranker auf dem Gang gewesen sein. *(Gehen am Ehepaar vorüber.)*

ERSTER HERR: Was haben Sie da?

FRAU: Ist der Herr neugierig.

ZWEITER HERR: Was ist es?

FRAU: Eine Zither und ich singe: Lang ist es her, lang ist es her.

ERSTER HERR: Ach, geben Sie mir. Streuen Sie mir ein bißchen, ein bißchen in die Hand.

FRAU: Sie wollen darunter spazieren gehen.

ERSTER HERR *(hat sich gebückt, den Topf gefaßt).*

FRAU *(schreit)*: Sie sollen ihn hergeben. Ich laß ihn mir nicht wegnehmen.

ERSTER UND ZWEITER HERR: Wir wollen – ihn – nur – in der Hand halten. Noch eine Minute, eine Sekunde. *(Erster Herr zum zweiten.)* Was ist das. Sie essen Erde? Sie stecken sie sich in die Tasche?

MANN: Ihr werdet euch wegen eines Blumentopfes schlagen? *(Nihilist und sein jüngerer Begleiter sind seitlich dabei.)*

NIHILIST: Der Spaß. Der Spaß. Sehn Sie das. Ein Haufen Menschen schlägt sich um einen Blumentopf.

BEGLEITER: Sie fangen an, nervös zu werden.

NIHILIST: Nervös, lieber Freund, ein schwacher Ausdruck. Sie schmelzen.

FRAU *(jubelt)*: Ich hab ihn. *(Davon.)*

BEGLEITER *(leise)*: Es wirkt.

NIHILIST: Nun verstehen Sie, warum ich an Bord gegangen bin. *(Zieht ihn nach vorn.)* Hier sehn Sie besser. Wie an Krücken kommen sie aus den Kajüten gekrochen und schnüffeln. Ich bin im Kaukasus gewesen, war dabei, wie die Tataren über die Leute in Tiflis hergefallen sind, wie sie sich zerfleischt haben. Man muß das Theater kennen lernen. Hier ist Ihre Schule.

BEGLEITER: Ich bin schwach.

NIHILIST: Das Theater. Sie irren um einander. Die Konsulate haben gewarnt vor diesem Schiff; es wird abgefangen werden. In den Zeitungen standen Inserate. Da laufen sie. Sie konnten's nicht lassen. Das ist der Mensch.

BEGLEITER: Das können Sie so sagen.

NIHILIST: So, so ist ein Mensch: voll Begierde und doch in Angst. Treiben Sie, steigern Sie.

BEGLEITER: Ich tue, was ich kann.

NIHILIST: Nichts tun. Nicht eingreifen. Sie sind mit der Angst an Bord gekommen; wir lassen es nicht einschlafen. Wir entwikkeln. Nichts in die Menschen hineintragen. Locken, locken. Ein Feuer daraus machen.

BEGLEITER: Man muß sich stählen. Ich erliege selbst bald.

NIHILIST: Ducken. Die Welle geht über ihren Nacken weg[.]

BEGLEITER: Ich habe mit Dutzenden über das Torpedo gesprochen. *(Ein großer, dicker Mann, Heilsarmee, in ihrer Nähe.)*

NIHILIST: Ein Detektiv. *(Läßt ihn über seinen Stock stolpern.)* Frommer Tölpel. Pardon.

HEILSARMEE *(zart, scheu)*: Der Herr ist sehr heftig.

NIHILIST: Geben Sie Ihre Traktate her. Ich glaube an Gott.

HEILSARMEE: Sie meinen?

NIHILIST: Der Vorfall ist also erledigt. *(Lacht ihm ins Gesicht.)*

HEILSARMEE: Der Herr tut mir sehr leid.

NIHILIST *(zum Begleiter)*: Kommen Sie.

HEILSARMEE: Ich bin dem Herrn schon beim Einschiffen begegnet. Sie hatten einen so schrecklichen Gesichtsausdruck.

NIHILIST *(schon gehend, sich umkehrend, lachend.)*

HEILSARMEE: Ich möchte Ihnen doch helfen.

*

Inzwischen ist der Lärm stark geworden. Einzelne und Gruppen laufen über Deck. Werfen sich hin.

ERSTER: Heulen, heulen. Ich hab es nicht gewollt.

ZWEITER: Heulen, heulen. Der Tag, der Morgen ist wieder da. Es ist alles wieder da.

DRITTER: Derselbe Morgen. Der Tag.

VIERTER: Ich will nicht, nicht mehr. Es ist zu viel. Ich hab es nicht gewollt.

FÜNFTER: Ich hab nicht auf das Schiff gewollt. Ich hab nichts mit dem Schiff zu tun.

ERSTER: Lusitania! Was geht uns die Lusitania an. Es ist das Schiff eines Rheeders, einer Gesellschaft; sie haben uns gerufen, wir sind nicht mit ihnen verbunden.

ZWEITER: Wie ich in New York auf der Straße ging, fiel es mir ein. Ich hätte noch warten können. Ich hätte nicht fahren brauchen.

DRITTER: Die Kinder laufen mir auf den Gängen nach. Ich kann nicht mit ihnen spielen.

MEHRERE: Die Kinder. Unsere Kinder.

VIERTER: Nehmt mich herunter. Ich will von Bord. Ich will auf ein Ruderboot.

FÜNFTER: Herunter von der Lusitania.

MEHRERE: Nackt auf dem Meere schwimmen. Es geschieht uns nichts.

ERSTER: Ich will blind sein. Ich will tot sein.

ZWEITER: Ich will diesen Tag nicht erlebt haben.

DRITTER: Herr, Herr. Ich bete: halte das Schiff an und führ' uns zurück.

VIERTER: Wie gut wäre das.

FÜNFTER: Ich träume. Ich liege zu Hause auf dem Sofa.

ERSTER UND MEHRERE *(darauf)*: Heulen, heulen. Klebt mir die Augen zu. Stopft mir die Ohren zu. Oh, oh. Was haben wir verbrochen. Ein Billet genommen, warten auf das Sterben.

ZWEITER: Langes, langes Sterben.

ERSTER: Heulen.

DRITTER: Wasser. Liebes, großes Wasser, laß mich los. Liebes Wasser. Du hast schon Millionen verschluckt. Du bist so sanft. Laß mich los.

ALLE: Liebes Wasser. Liebes, liebes Wasser.

HEILSARMEESOLDAT: Es war eine Hochzeit zu Kana in Galiläa und es war die Mutter Jesu daselbst. Und als der Wein ausblieb, sagte Jesu Mutter zu ihm: Sie haben keinen Wein. Es standen daselbst sechs steinerne Weinkrüge. Sie füllten sie bis zum Rand. Als aber der Tafelmeister das Wasser schmeckte, das Wein geworden war, wußte er nicht, woher es war. Dies Zeichen gab Jesu zu Kana in Galiläa.

Kapitänleutnant mit Doktor.

DOKTOR: Was da. Es ist die dritte Stelle.

MEHRERE *(am Boden)*: Herr Kapitän, Sie geben uns Auskunft. Wir flehen.

KAPITÄNLEUTNANT *(scharf auf den Heilsarmeesoldaten los)*: Packen Sie sich. Sie machen die Leute verrückt. Nehmen Sie sich zusammen. Herrschaften. Was ist über euch gekommen. Kaufleute, Soldaten, Gelehrte. Abkömmlinge der Männer, die den neuen Kontinent kultiviert haben. Liegen, heulen.

MEHRERE: Aufklärung. Sie werden uns sagen.

KAPITÄNLEUTNANT: Ich warne. Ich werde mit Schärfe gegen die vorgehen, die Unruhe auf das Schiff bringen.

MEHRERE: Sie werden uns aufklären.

KAPITÄNLEUTNANT *(wild)*: Hier ist keine Gefahr. Ermannen Sie sich. Wählen Sie eine Kommission, die mit mir berät.

ERSTER: Es ist Munition an Bord.

ZWEITER: Die Feinde wollen sie in die Luft sprengen.

KAPITÄNLEUTNANT: Wir haben keine Feinde. Amerika führt keinen Krieg.

MEHRERE: Munition.

KAPITÄNLEUTNANT: Nichts von Munition. Ich bitte um eine Kommission und sie geht mit mir durch alle Räume.

MEHRERE Ich gehe mit.

KAPITÄNLEUTNANT: Wenn Sie gewählt sind.

MEHRERE *(drängen sich an den Doktor, drücken ihm unter Rufen die Hand)*.

DOKTOR *(abgewandt)*: Toll.

KAPITÄNLEUTNANT: Fürchterlich. Es wird meine letzte Fahrt während des Krieges sein. Und wenn, wenn wir untergehen: was ist?

DOKTOR: Die Leute hatten schließlich etwas anderes vor.

*

PASSAGIERE *(um den Deckoffizier schreiend)*: Ich. Bitte. Sehen Sie hierher.

EIN LANGER *(mit Stentorstimme)*: Es darf eine beliebige Zahl Menschen ausgesucht werden.

DECKOFFIZIER: Wer spricht von Aussuchen.

DER LANGE: Eine Menge Passagiere ahnt nicht, was vorgeht.

DECKOFFIZIER: Das ist nicht richtig.

DER LANGE: Die übrigen müssen hergerufen werden.

DECKOFFIZIER: Wir können nicht alle zusammentrommeln.

DER LANGE: Ich bestehe darauf.

DECKOFFIZIER: Das heißt die Panik allgemein machen.

DER LANGE: Eine Menge Passagiere ahnt nicht, was vorgeht, leben!

ANDERE: Wir wollen Hilfe.

ANDERE: Ich will herunter vom Schiff. Das Wasser ist nicht schlimm.

EINIGE *(werfen sich hin)*: Ich will blind sein. Ich will tot sein.

ANDERE: Langes, langes Sterben. Ich hab es nicht gewollt.

KAPITÄNLEUTNANT *(drängt sich durch)*: In Gottes Namen. Rufen Sie die anderen.

(Die Schiffsglocke. Unter rasch anklingender und verhuschender Musik.)

RUFE *(aus der Luft)*: Kommt! Kajüten auf! Ihr werdet noch lange genug liegen. Aus den Höhlen. Noch lange genug.

(Sie kommen, einzeln und zusammen.)

DIE MEERWEIBER *(laufen lockend vor ihnen)*: Hahaha! *(Springen rückwärts.)* Kommt herauf, hier herauf. Man braucht euch. Man sucht euch. Hahaha.

PASSAGIERE *(auf dem Deck)*: Da! Wir sind alle zusammen. Nun sind wir beisammen.

EIN NEUER: Ist es was Wichtiges?

ANDERER: Es ist wegen der Munition.

ERSTER: Ach Gott, die explodiert nicht. Wo so viel Wasser ist.

ANDERER: Sag das lauter.

AKROBAT *(geht mit Bällen jonglierend durch)*.

EINER: Sie können jetzt Ihre Späße machen.

AKROBAT: Gehen Sie mir aus dem Weg.

KAPITÄNLEUTNANT: Ich kann nicht still daran vorübergehen, daß Gerüchte kolportiert werden. Es soll Munition im Schiff lagern.

MEHRERE *(Zwischenrufe)*: Kanonen. Kriegsmaterial. Panzerwagen.

KAPITÄNLEUTNANT: Kriegsmaterial. Man erinnert an Zeitungsartikel. Eine Kriegspartei soll uns torpedieren wollen.

EINIGE: Und was ist? Und was? Was ist?

KAPITÄNLEUTNANT: Wählen Sie eine Kommission, die mit mir alles durchsucht.

DER LANGE: Drei Männer oder Frauen über sechzig, drei über fünfzig, drei über vierzig, drei über dreißig.

NEGER: Ein farbiger Mann darf mit.

DER LANGE: Ein farbiger Mann.

EINIGE *(Rufe)*: Gut, gut.

DER LANGE: Wir losen. Hierher. *(Sie ziehen sich seitlich herüber. Viele ab.)*

KAPITÄNLEUTNANT *(vorn mit Deckoffizier)*: Gott sei Dank.

(Geknatter auf See.)

DECKOFFIZIER: Was war das?

KAPITÄNLEUTNANT *(laut)*: Entenschießen.

DECKOFFIZIER: Entenschießen.

KAPITÄNLEUTNANT: Mund halten. *(Gezwungen.)* Ich denke, wir gehen zum Tee.

LEUTNANT *(eilig)*: Torpedoboote, englische oder amerikanische.

KAPITÄNLEUTNANT: Wir sind in sicherer Hut.

MATROSE: Sie scheinen ein U-Boot zu jagen. Man konnte es tauchen sehen.

KAPITÄNLEUTNANT: Das Torpedoboot. Versprechen Sie sich nicht, Mann. *(Brüllt.)* Ich habe Sie überhaupt nicht befohlen. Scheren Sie sich Ihrer Wege. Gehen Sie zum Dienst. *(Zur Umgebung.)* Lungerer. Zigarettenräuber.

*

ZWEI FREUNDINNEN *(auf dem mäßig leeren Deck. Die eine zärtlich)*: Nun werden wir es bald wissen.

ZWEITE: Wie ich glücklich bin.

ERSTE: Das Meer. Himmlisch ist es. Wir fahren so schnell.

ZWEITE: Daß die Spitzen der Wellen heraufreichen. Es sind Spitzen, die man anlegen möchte; am Hals, um den Rock.

ERSTE: Ich hatte Angst, wie die Glocke schlug. Hast du noch Angst?

ZWEITE: Sehnsucht nach dem Wasser. Dieses Wonnige. Sieh da, was ist das? Was kommt?

EIN MEERWEIB *(berührt sie, aus dem Schiff kommend, von hinten; ahmt ernst nach)*: Was ist da? *(Flüchtet nach vorn zu anderen, die sich frei bewegen.)*

ERSTE *(freudig nachgehend)*: Sieh da. Es ist Maskerade. Für heut Abend.

ZWEITE: Wirklich.

ERSTE: Der Kapitän hat Maskerade angesetzt, um die Aufgeregten zu beruhigen.

ZWEITE *(rufend)*: Liebes Fräulein! Der drollige Kerl. Von welchem Deck sind Sie? *(Werfen sich mit confettiartigem Gras. Erste mischt sich haschend ein.)* Von welchem Deck sind Sie?

MEERWEIB: Kommen Sie doch mit, Fräulein.

ERSTE: Wo wollen Sie denn hin?

MEERWEIB: Haben Sie keine Angst, Fräulein. Bist doch ein schönes Geschöpf.

ERSTE: Du auch. *(Sie lacht; sie nähern sich dem Schiffsrand.)* Nein, wenn ich mit Ihnen gehe, habe ich gar keine Angst.

DER DICKE *(mit ihr über Bord)*: Sammsammsarasa, Sammsammsarasa.

DAS MEERWEIB *(stellt sich vor die zweite auf; piepsend nachahmend)*: Was – ist – da?

ZWEITE *(schreit umsinkend)*: Bessie!

DIE WEIBER *(reißen ihr schmeichlerisch die Kämme, Schuhe ab; weg)*.

*

EINER *(läuft strahlend über Deck)*: Nichts an Bord. Das Schiff ist frei. *(Einzelne hinterher ebenso. Jubel.)* Es ist nichts an Bord. Keine Munition an Bord.

ERSTER: Es ist Wahnsinn gewesen. Wer war das? Sie laufen die Treppen herum. Ich mach nicht mit. An Bord ist nichts.

ZWEITER *(schreiend)*: Wasser. Wasser. Schöne Meerfahrt.

DRITTER *(entzückt)*: Wonnige Meerfahrt.

FRAU *(mit Blumentopf)*: Es ist bewiesen. *(Verstreut Erde.)* Hier Erde. Wir sind zu Hause. Liebe Leute, liebe Leute. *(Umarmungen; es sind nicht viele auf Deck.)*

ERSTER: Schweinerei. Sie haben es mir an den Hals geworfen.

FRAU *(lachend)*: Schweinerei. *(Übermütig.)* Es juckt. *(Leise Tanzmusik.)*

EIN FRISCHANKOMMENDER, REPRÄSENTABLER: Meine Herren, meine Damen!

ANDERE: Liebe Leute, liebe Leute.

REPRÄSENTABLER: Es hat sich herausgestellt, daß keine Munition an Bord ist, keine Kanonen, keine Materialien. Wir lassen unseren wackeren Kapitän hochleben, der uns Vertrauen geschenkt hat. Wir veranstalten eine Sammlung für unsere Matrosen, damit ihre Kabinen komfortabler werden.

EINZELNE *(unter dem Getanz)*: Der Kapitän!

FRAU: Jetzt habt ihr alle bessere Farbe. Gebt es zu. Ihr alle.

ZWEITE FREUNDIN *(in Strümpfen, losem Haar herumirrend)*: Bessie. *(Brüllendes Gelächter.)*

FREUNDIN: Er hat sie geholt. Bessie.

FRAU *(lachend)*: Fräulein, Sie haben keine Strümpfe an.

FREUNDIN *(gell)*: Mich holen sie auch. Sie laufen herum.

ERSTER: Keine Munition an Bord.

NIHILIST: Sieh nur. Hab ich nicht recht? Ist das nicht Material? Ist das nicht schön?

BEGLEITER: Berauschend. Ich kann mich nicht halten. Ich erliege.

NIHILIST: Was willst du tun?

BEGLEITER: Ich weiß nicht. *(Plötzlich ausschreiend.)* Wenn doch das Schiff unterginge.

NIHILIST: Ah!

BEGLEITER: Du hast das in mich gepflanzt.

NIHILIST: Nichts in den Menschen hineintragen. Locken, locken.

BEGLEITER *(sich vorschleppend, stammelnd, unter dem Wirrwarr, der aber übersichtlich ist)*: Verzeihet, verzeihet.

STIMMEN: Liebe Leute. Liebe, liebe Leute.

BEGLEITER *(ekstatisch, aus sich pressend)*: Wenn das Schiff unterginge. Wollt ihr es nicht?

EINIGE *(verlockt, bei ihm)*: Was – ist?

BEGLEITER: Was erwartet ihr vom Leben? Was soll denn das Leben?

WEIB *(ihn angreifend)*: Oh, du hast recht.

ANDERE *(tief erregt, die Hände gefaßt)*: Wenn das Schiff unterginge?

BEGLEITER: Wollt ihr es? Zu Ende. Diese Minute.

STIMME: Ich wollte es.

FREUNDIN: Bessie. Bessie. Da – sind sie.

(Die Meergeschöpfe haben sich eingeschlichen; es sind immer nur wenige Personen auf Deck.)

FREUNDIN: Da sind sie. *(Schreit, flüchtet.)*

EINIGE *(schreien mit, laufen davon. Schüsse auf See)*.

STIMMEN: Herunter von Deck; man schießt.

EINIGE *(leise)*: Kommt, kommt. Kommen Sie.

BEGLEITER *(kniend)*: Ich geh nicht davon. Nun wollen wir untergehen. Laß uns versinken. *(Schüsse. Erschütternder, dumpfer Krach.)*

BEGLEITER: Ich hab es erwartet.

NIHILIST: Wir müssen uns bewaffnen. Nimm dich zusammen.

EINIGE: Davon, davon – – –

*

(Das Deck ist fast leer.)

EIN EINZELNER *(rennt mit hochaufgehobenen Armen, sich oft hinwerfend, quer herüber)*: Keine Munition an Bord. Es ist keine Munition an Bord.

EIN ZWISCHENDECKLER *(robust)*: Alle davongeschwirrt. Hä. *(Überschaut das Deck gierig.)* Hä. In die Kajüten alle herunter. Holen ihre Sachen. Hol sie der Teufel.

ZWEITER ZWISCHENDECKLER *(lang)*: Paß auf. Wir wollen da rüber. Da wohnen die Fettsten.

ERSTER ZWISCHENDECKLER: Sie kommen schon an. Bleib stehen. Schleppen alles im Koffer.

ZWEITER ZWISCHENDECKLER: Du paßt auf, drüben den Gang. Ich hier. *(Ein dritter Zwischendeckler kommt.)*

ERSTER ZWISCHENDECKLER: Der! Was willst du?

DRITTER ZWISCHENDECKLER: Was wollt ihr?

ERSTER ZWISCHENDECKLER: Weg mit dir.

DRITTER ZWISCHENDECKLER: Was?

ERSTER UND ZWEITER ZWISCHENDECKLER: Aus dem Weg. *(Sie ringen mit ihm leise; werfen ihn hin, daß er liegen bleibt.)*

ZWEITER ZWISCHENDECKLER: Der hat's. Paß jetzt auf. Du deckst mir den Rücken.

EIN PAAR *(alt, irrt von links über das Deck)*.

SIE *(schreit)*: Hilfe, Kerl. Mein Gott. Was wollen Sie?

ZWEITER ZWISCHENDECKLER: Los, altes Vieh. *(Reißen ihnen die Handtaschen weg.)*

HERR *(stammelt)*: Mein Heiland, mein Heiland.

ZWISCHENDECKLER *(knallen hinter ihnen her, lachen)*: Lauft, lauft. Die machen Beine. Benekens in die Hand, kuck mal.

ERSTER ZWISCHENDECKLER: Patrouillen!

ZWEITER ZWISCHENDECKLER: Mach dich dünn.

*

(Hinter einer langsam das Deck abgehenden Patrouille, die Pistolen vor sich streckt, Personen.)

DAME: Ich kann mich legitimieren. Ich bin keine Amerikanerin. Ich hab nichts verbrochen.

FRAU *(mit Blumentopf)*: Ich hab's gewußt. Es ist aus.

MANN: Die Hunde bringen uns um. Sie sind schon entwischt.

FRAU: Ich will nicht. Ich will nicht. Ich bin nicht dazu auf das Schiff gegangen. Ich hab mit dem Schiff nichts zu tun.

HEULENDER HERR: Das Schiff ist geborsten. Es hat einen Riß von unten nach oben. Es kann uns nicht tragen. Man soll mich 'runterlassen.

FRAU: 'Runter. Sie lassen uns nicht an die Boote 'ran.

ZITTERNDES FRÄULEIN *(allein)*: War das der Stoß? Es ist mir gar nichts passiert. Ich hab' es mir viel schlimmer vorgestellt. Ich bin froh, daß ich schon aufgestanden bin. Ich hab meinen Mantel angezogen.

(Unter Tosen sausen Meermänner von den Tauen herunter.)

EIN ÄLTERER: Seid gut. Seid behilflich. Tut keinem etwas Böses.

MEERWEIBER *(von unten heraufkommend)*: Es wackelt. Es wakkelt. Tausend Fischchen sind zerrissen. Ist ein Loch so groß wie ein Tor. Man kann mit dem Wagen durchfahren. Da kommt auch der Lange. Bin ich müde.

DER LANGE *(auf Stelzen)*: Wie ein Berg so groß ist das Loch. Ihr habt keine Strickleitern. Wer will die Menschen schleppen.

EINE: Laß sie sinken. Ich trag schon meins.

EINE ANDERE: Wer zu mir kommt, nehm ich auf den Rücken. Ich bin stark. Wer zu mir kommt, wird nicht naß; ich kann blasen, pfff, pfff. Da macht das Wasser Platz. Ich hol die Strickleiter; wir tippeln runter.

DRITTE: Wen fängst du dir? Nur gut sein, hab doch keine Angst.

FREUNDIN *(als Meerweib)*: Karla.

KARLA: Bessie. Du bist es.

BESSIE: Hab keine Furcht. Nur einen Moment ist es.

KARLA: Ich fürchte mich. Vor dem Ertrinken.

BESSIE: Mit mir. Hab keine Furcht. *(Trägt und schleppt sie fort.)*

(Die Meergeschöpfe juchzen laut, schliddern über das Deck, gießen aus Eimern Wasser herüber; zu einem wachsend großen Teil verschwinden sie mit und hinter Personen. Es treten wiegende kippende Bewegungen auf Deck auf. Von links bricht eine Horde Menschen her.)

DIE MENSCHEN: Platz, Platz. Es wird in Reihen gegliedert. Wir sinken. Das Schiff sinkt. Wir leben nur noch Minuten. Minuten! Minuten! Keinen Vater mehr! Dich nicht mehr! Nichts mehr.

EIN HERR *(wird von seiner Frau geführt, schreit)*: Der Herr hat's gegeben, der Herr hat's genommen, der Herr hat's gegeben. *(Immer gell weiter, während sie ihn durchführt.)*

EINER *(kommt blutend an mit zerrissenen Kleidern)*: Hier. Hier bleiben. Geht nicht zu den Booten. Sie stechen. Sie schlagen die Hände ab, wer ins Boot will.

EIN JÜNGERER MENSCH *(verzückt)*: Alle Kinder sind gerettet. Die kleinen süßen Geschöpfe sind alle in den Booten. Es fahren Boote für Kinder.

FRAU: Wo, wo? Ich hab keine gesehen.

JUNGER MENSCH: Es ist Milch und alles für sie da. Decken, Öltücher. Eine Schwester sitzt bei ihnen und singt. Sie haben viele Büchsen Milch und Keks.

ERSTE: Wir wollen nicht sterben.

ZWEITE: Du! Wer bist du? Mußt du sterben? Muß ich sterben?

DRITTE: Du! Wer bist du? Was hast du für einen Rock an? Halt mich fest.

ERSTE: Du hast Haare. Wir sind noch nicht tot. Halt mich fest.

ZWEITE: Das ist deine Schleife. Die ist aus Tuch. Die kommt nicht um.

ERSTE: Ich warte. Ich warte. Kneif die Augen. Du mußt die Fäuste zusammenballen.

ZWEITE: Die Augen zumachen. Schreit doch laut. Schrei laut: Hi-hi-hi. *(Sitzen mit zugekniffenen Augen.)* Tod, komm. Tod, komm. Jetzt, jetzt, nicht zu lange. *(Leise Musikklänge.)*

EINE *(flüstert)*: Ich schreie nicht – Hi. Ich lese. Ich habe eine Zeitung bei mir. Ich les dir vor.

ANDERER: Lesen Sie laut. Die schreien so.

SIE: Lombardhaus, Henry Lewes, 10. Avenue 112, volle Beleihung von Brillanten, Uhren, Perlen, Schmucksachen, Gelegenheitskäufe.
EINE ANDERE *(betend)*: Lombardhaus, Henry Lewes.
DRITTE: Lesen Sie was anderes.
SIE: Nein, man muß es verstehen. Lombardhaus, Lewes, Henry Lewes. Volle, vol – le Beleihung. Vol – le Be – lei – hung.
STIMME: Hi, hi. Wie lange noch?
MEERGESCHÖPF: Nicht springen. Ich trage dich.
ANDERE: Mich! Mich!
DECKOFFIZIER *(finster)*: Ich bin so froh. Als wäre ich losgebunden. Wir sinken doch. Da seid ihr wieder.
MEERDICKER: Steck nicht die Nase in die Luft. Die Nase weg.
MEERWEIB: Meinen Ball, meinen Ball. Gib mir her.
ANDERER OFFIZIER *(aufspringend, mit sich ringend)*: Ich – verhafte Sie – im Namen des Gesetzes. *(Zu dem Dicken.)*
MEERDICKER: Nase weg. Ja, tu das, Kleiner.
OFFIZIER: Ich verbitte mir –
MEERDICKER: Das Mündchen zu. Sieh mal, das stopf ich dir ins Ohr. In das eine Ohr ein bißchen. In das andere Ohr ein bißchen. Noch ein bißchen.
OFFIZIER *(geschleppt, lässig)*: Was man alles macht, wenn man spazieren geht.
MEERDICKER: In die Nase.
OFFIZIER *(somnolent mit dem Dicken das Bord übersteigend)*: Der Goldbedarf des Königs Salomo war groß. Meine Mutter hat gesagt, man kann auf einem Seil von einem Kirchturm zum anderen gehen.
(Ein blaugrüner Schleier hebt sich als Zeichen des Meeres vorn über die ganze Szene.)
ERSTES MEERWEIB SQUARA *(zum Deckoffizier)*: Gehen Sie auf Zehen, Herr.
DECKOFFIZIER: Es fängt alles noch einmal an.
SQUARA: So vorsichtig, mein Herr.
DECKOFFIZIER: Ich habe Angst vor der Narkose.

SQUARA *(ihn führend)*: Warum?

DECKOFFIZIER: Da kommen auch die anderen. Sie sind es. Es sind Fische. Drollig. Sie sind hier zu Hause.

SQUARA: Fürchten Sie sich?

DECKOFFIZIER: Wenn einem solche Maske vorgesetzt wird. Wie atmet man dann?

SQUARA *(vor dem Rand)*: Es ist nicht so schlimm.

DECKOFFIZIER: Wenn Sie es mir versprechen. *(Reicht ihr den Arm.)*

(Es hat immer, während der Schleier hochstieg, Musik gehuscht.)

Zweite Szene

Meeresboden. Die Endmusik der ersten Szene eine Zeit lang lauter, dann verschwindend.

ALTER MEERMANN: Was schleppt ihr an? Lauter Plunder. Geröll.

MEERWEIB: Sessel. Tischchen.

ALTER: Seid ihr verspielt.

WEIB: Noch mehr. Noch mehr.

ALTER: Das haben sie alles. Es muß schwer sein, als Mensch zu leben.

SIE: Haare von Vögeln. Das haben wir nicht. Federn.

ANDERE *(entzückt)*: Federn. Von was für Tieren? Ein Kissen. Darauf zu schlafen. So.

DER DICKE: Es fallen noch immer welche herunter, viele Menschen. Das Schiff sitzt auf einer Klippe, ist aufgespießt und schaukelt. So macht es mit dem Kopf, als wenn es verzweifelt wäre. Sie rutschen herunter.

ZWEITES MEERGESCHÖPF: Die Arme schwimmen ihnen hinter dem Nacken.

DRITTES MEERGESCHÖPF: Sieh, wie es wirbelt. Es sinken immer neue.

VIERTES MEERGESCHÖPF: Wie an einem Arm rutschen sie herunter: so ganz langsam; ganz behutsam.

ALTER: Was seid ihr lieben Kinder so lange auf der Erde gewesen. Hat euch die Sonne gebrannt. Habt ihr euch die Füße wund getreten. Hier ist es feucht und stiebt. Wie ihr hinsinkt. Oh wie ihr hinsinkt. So langsam. Wie Betrunkene taumeln. Kreuzt die Beine, wechselt die Arme, dreht und rollt den Kopf. Es ist alles an euch ohne Willen. Langsam biegt ihr euch. Und da liegt ihr. Bei mir. – Wie Diener liegen sie vor meiner Tür. Sie machen eine tiefe feierliche Verbeugung und legen sich hin.

ZWEITES MEERWEIB: Guten Tag, meine Herren, meine Damen. Willkommen. Die Fahrt war beschwerlich. Nun sind wir angekommen.

ALTER: Sie haben sich rechtschaffen an allen Kanten wundgerieben. Nun liegen sie da.

DICKER: Ich schaff sie fort.

ALTER: Laß. Sie sammeln sich. Es ist mein schöner, stiller Garten. Da kommt es herunter, mit Röcken, ein junges Weib. Mit großem Schmuck am Hals, Perlen an den Ohren. Vielleicht eine Sängerin. Leg' sie ab.

ZWEITES MEERWEIB: Zwei Männer.

ALTER: Sie lassen sich nicht los. Haben sich noch im Versinken gepackt. Die großen kräftigen Wesen. Trenne sie. So Hand von Hand. Laßt euch nur los. Seid gut. Es ist schon alles aus. Es ist geschehen.

ZWEITES MEERWEIB: Die trüben Gesichter. Haben Menschen solche trüben Gesichter?

ALTER: Squara!

VON OBEN: Was, was?

ALTER: Squara!

(Squara mit taumeligem Deckoffizier.)

ZWEITES MEERWEIB: Wen sie bringt. Sieh wie er geht. Er schwimmt. Er rudert. Geht von ihr weg.

SQUARA: Du mußt immer einen Schritt nach dem andern tun. Das Wasser schiebt dir die Beine seitlich und rückwärts. Das spielt und drängt; man muß mit ihm umgehen. Du mußt die Zehenspitzen vorausstrecken.

ZWEITES MEERWEIB: Er will weg von ihr.

SQUARA: Zehenspitze, Zehenspitze.

DECKOFFIZIER: Warum gehen meine Füße so und dann so?

ALTER: Dieses trübe dunkle Gesicht. Was seid ihr lange auf der Erde gewesen...

DECKOFFIZIER: Da singen welche. Hinter mir, nein oben sitzen sie, auf dem Chor, Knaben mit ganz hohen Stimmen. Horch.

SQUARA: So sagen alle, die herunter kommen.

DECKOFFIZIER: Sie sitzen da. Horch. Was für hohe Stimmen. Wofür die singen.

SQUARA: Es ist in deinen Ohren. Das Wasser macht so, im Anfang. Du bist im Wasser.

DECKOFFIZIER: Es ist ein Kirchenlied: Requiem, Requiem aeternam dona eis, domine.

SQUARA: Du bist im Wasser. Über dir ist Wasser, um dir, um mir. Sieh, wie es sich langsam bewegt.

DECKOFFIZIER *(hilflos vor ihr sinkend)*: Ich, ich bin im Wasser.

SQUARA: Du liegst auf dem Meeresboden.

DECKOFFIZIER *(der Kopf vornüberfallend)*: Ich. Ich liege auf dem Meeresboden.

SQUARA: Noch in Narkose, mein stiller Herr?

DECKOFFIZIER: Ich. Ich liege auf dem Meeresboden. *(Schreiend.)* Ertrunken. Das Schiff. Mein Schiff. Untergegangen ist das Schiff.

SQUARA: Fürchte dich nicht. Es ist nicht schlimm.

MEERWEIB: Die vielen Menschen. Sie schleifen mit den Beinen, als wenn sie oben an Stricken baumelten.

ALTER: Sie bringen sich eine ganze Schar herunter, wollen gut mit ihnen sein. *(Geht langsam.)*

MEERWEIB: Bleib hier.

ALTER: Sitz. Empfang sie. Ich will weg in meinen Garten, meine Blumen betrachten. Die Toten sind solch schönes Geschlecht [.] Ein schöneres Geschlecht.

*

MEERGESCHÖPFE *(vor der Schar der Menschen, lockend)*: Kommt. Kommt. Immer zappeln, ein Bein, ein Händchen, ein Köpfchen. Wo werft ihr eure Hände hin, wollt ihr sie verschenken? Küß die Hand. Schwapp! Wirf sie mir in den Mund. Samsarasa. Samsarasa. Haha. Plumps, da fällt er. Ja, du bist es. Ich nicht. Da sitzt das Freundchen –

MENSCH *(klagend)*: Ich kann hier nicht gehen.

ZWEITER MENSCH: Was ist das? Ich will hier nicht sein.

DRITTER MENSCH: Hilf mir auf. Ich will in meine Kajüte gehen. Ich gehe in meine Kajüte. Leg mich lang hin und schlafe bis Mittag. Ihr könnt klingeln, soviel ihr wollt.

VIERTER MENSCH UND ANDERE: Wer sind Sie? Wer bist du? Bist du schon lange hier? Es singt immer einer.

ERSTER MENSCH: Ich – du, komme, ich will dir was sagen.

ZWEITER MENSCH: Ja.

ERSTER MENSCH: Ich bin eine Frau aus New York. Das ist eine große Stadt, man kennt sich nicht, da bin ich her. Mein Mann hat eine Spinnerei, er hat mich in Spanien kennen gelernt. Weißt du, ich bin mit meiner Zofe gereist. Hast du das gehört?

ZWEITER MENSCH: Ja.

ERSTER MENSCH: Du hast Zähne, zeig, einen Mund, da. Es ist alles wahr. Sag's mir doch. *(Umarmt sie.)*

ZWEITER MENSCH: Ich glaube dir. Hast du Zähne? Zeig mir.

ERSTER MENSCH: Da.

ZWEITER MENSCH: Ja. Du bist aus New York.

ERSTER MENSCH: Weiter.

ZWEITER MENSCH: Und daß du aus Spanien bist. Und dein Mann, ja, eine Spanierin.

ERSTER MENSCH: Siehst du. Das ist wahr. Das weißt du selbst. Und wer bist du? Du hast auch Augen, Arme.

ZWEITER MENSCH: Ich.

ERSTER MENSCH: Ja, sag's mir ganz laut. Ich glaub's dir. Du kannst es mir sagen.

[ZWEITER] MENSCH: Ich bin aus Philadelphia.

ERSTER MENSCH: Das kenn ich, siehst du.

ZWEITER MENSCH: Ja, da bin ich her.

ERSTER MENSCH: Noch mehr. *(Halten sich fest aneinander.)* Ich glaub dir alles.

ZWEITER MENSCH: Es ging mir gut. Ich bin mit einem kranken Freund gereist. Er hatte ein schlecht geheiltes Bein.

ERSTER MENSCH: Dein Freund hatte ein schlecht geheiltes Bein?

ZWEITER MENSCH: Es war schrecklich mit ihm.

ERSTER MENSCH: Was hast du getan?

ZWEITER MENSCH: Drück mich nicht so.

ERSTER MENSCH: Tu ich dir weh?

DRITTER MENSCH: Ja, dich kenn ich. Du bist aus Philadelphia. Du hast ja nicht weit von uns gewohnt. Ich habe meine Eltern begleitet. Wohin? Wir wollten nach – Ja, wo bin ich denn?

ERSTER MENSCH: Nach London. Das ist hier – nicht London.

VIERTER MENSCH: Heiß ist es. Washington ist eine reiche Stadt. Ich habe Geschäfte in England. Zu Hause sitzen eine liebe Frau und drei kleine Kinder, mein Vater. Die wohnen alle in einem Haus, das ich gebaut habe.

ZWEITER MENSCH: Oh, ich habe Angst. Ich will nach Hause.

DRITTER MENSCH: Wir sind in einem Schiff gefahren. Das Schiff ist weg. Das Schiff ist weg.

ERSTER MENSCH: Da ist meine Fahrkarte.

DRITTER MENSCH: Zeig her.

ERSTER MENSCH: Ich behalt sie.

MEERGESCHÖPF: Ihr müßt auf eure Füße achten. Streckt die Zehenspitzen, als wenn ihr etwas treffen und zertreten wollt. Denkt, ihr wollt was zertreten.

ZWEITES MEERGESCHÖPF: Eure Köpfe torkeln. Die Beine marschieren für sich. Knix, liegen sie da.

DECKOFFIZIER: Was hast du für einen Fischschwanz, du?

MEERGESCHÖPF: Kümmert's dich?

DECKOFFIZIER: Ich pack dich. Pack dich schon.

MEERGESCHÖPF: Du kannst mich packen. Du hast mich schon gesehen. Samsamsara. Hab mit dir Ball gespielt. «Die Nase weg. Du sollst die Nase nicht in die Luft stecken. Ich stopf sie dir zu.»

DECKOFFIZIER: Das war an Bord.

MEERGESCHÖPF: Wo denn?

DECKOFFIZIER: Ich kenne die *(schluchzend)* mit dem Fischschwanz.

MEERWEIB: Den Ball hab ich mir wiedergeholt.

DECKOFFIZIER: Wo ist der Ball?

MEERWEIB *(nachahmend)*: Heulen. Heulen. Ich hab es nicht gewollt. Heulen. Der Tag, der Morgen ist wieder da. Es ist alles wieder da.

ANDERE MENSCHEN *(drängen sich zu)*: Was sagt die? Was sagt sie?

MEHRERE MEERGESCHÖPFE *(imitierend)*: Es ist alles wieder da. Ich hab es nicht gewollt. Ich hab nicht auf das Schiff gewollt. Ich will blind sein.

MENSCHEN: Das sagt sie. Das sagt sie: Das Schiff!

MEERGESCHÖPFE: Ich will diesen Tag nicht erlebt haben. Heulen. Liebes großes Wasser. Laß mich los. Du bist so sanft. Liebes, liebes, liebes Wasser.

MENSCHEN: Unser Schiff. Unser großes Schiff.

SQUARA: Ihr – müßt auf eure Füße achten. Knix liegt ihr da.

DECKOFFIZIER *(heiser)*: Wer seid ihr. Nennt euch.

ZWEITER MENSCH: O Kapitän, uns ist etwas passiert.

DECKOFFIZIER: Ich bin nicht der Kapitän.

EIN SCHREI: Ertrunken sind wir. Hier sind zerbrochene Stühle.

MEHRERE: Ertrunken, wir sind ertrunken. Die Fische. Wir sind auf dem Meeresboden. Das Schiff ist zerbrochen. Die Lusitania ist zerbrochen.

ALLE: Lusitania.

ERSTER MENSCH: Hu! Hu! Meine Kinder werde ich nicht sehen. Meine Kinderchen. Wo sitzt ihr? Was spielt ihr? *(Hinstürzend.)*

ZWEITER MENSCH: Hu! Hu! Mein Haus. Meine Frau. Ich bin hin. Ich bin weggerafft. *(Hinstürzend.)*

DRITTER MENSCH: Sei gut zu mir. Küsse mich. Sei lieb zu mir. Halt mich fest.

VIERTER MENSCH: Ich geh nicht mehr in den Wald. Wir rudern

nicht mehr auf dem Wasser. Wir sehen nicht mehr das schöne süße Sonnenlicht.

MEHRERE: Süßes Sonnenlicht.

DECKOFFIZIER: Requiem, requiem, [ae]ternam dona eis domine.

VIERTER MENSCH: Zehn Meilen über unseren Köpfen ist der Wasserspiegel. Schlagen Wellen, sind Küsten, fahren Menschen, bin ich zu Hause.

DRITTER MENSCH: Jetzt ist alles vorbei.

ALTER *(der wiedergekommen ist)*: Du bist zu Hause. Es ist alles vorbei.

*

MENSCHEN *(kommen einzeln angekrochen)*.

ERSTER MENSCH: Bereuen! Meine Sünden! Es ist noch nicht zu Ende mit mir.

ZWEITER MENSCH: Was ich getan habe.

DRITTER MENSCH: Fische. Sand. Ich bin eine Sünderin.

VIERTER MENSCH: Ich leiste keinen Widerstand. Ich bin ein Hund, laß mich deine Füße lecken. Mich kannst du würgen. Ich hab's verdient.

DECKOFFIZIER: Gefaßt, liebe Kinder. Ich hab von einem Gott gelesen, der Gericht hält. Faßt euch. Was habt ihr mit uns vor? Wofür bewahrt ihr uns auf?

VIERTER MENSCH: Man soll mich verfolgen. Ich entziehe mich nicht. Da bin ich.

ALTER: Der Tang wächst seit Jahrtausenden. Die Korallen wachsen seit Jahrtausenden. Hier liegen Feldherren, Fischer, junge Frauen, Steine. Das Meer ist sehr still und kühl. Hier ist kein Gericht.

EINIGE *(Aufschreie)*: Gericht. Es muß geschehen. Mach es rasch über uns.

ALTER: O ihr Kinder.

MEERGESCHÖPF: Sei gut zu ihnen.

ALTER: Ihr trüben Gesichter. Kommt zu mir.

ERSTER MENSCH: Da lieg ich. Nichts soll dir verborgen bleiben.

ZWEITER MENSCH: Ich zittre. Mein Leben ist vorbei. Ich muß zu Ende kommen. Mach mit mir, was du willst.

ERSTES MEERGESCHÖPF *(klagend)*: Befrei sie; laß sie nicht. Sie machen solch wirres Geschrei.

ZWEITES MEERGESCHÖPF: Ich ängstige mich vor ihnen. Wie sie Grimassen schneiden.

DRITTES MEERGESCHÖPF: Ich versteck mich hinter den Stein. Komm, komm. Sie tun uns etwas an.

ERSTES MEERGESCHÖPF: Hilf ihnen. Hilf ihnen.

*

ALTER: Du, was willst du? – Oh, mein stiller schöner Garten.

ERSTER MENSCH: Ich bin ein Mann. Muß ich dir ins Gesicht sehen?

ALTER: Tu, was du magst.

ERSTER MENSCH: Ich konnte keinem Menschen ins Gesicht sehen. Tat jedem Böses an. Ich war ein Wolf und ein Fuchs. Weiber, Kinder, Greisinnen vergewaltigte ich, in Gedanken und sonst. Ich weiß, die meisten Männer tun so, oder taten so, aber das befreit mich nicht. Ich habe gestohlen, meinen nächsten Verwandten. Bei alledem – bei alledem war ich glücklich.

ALTER: Glücklich.

ERSTER MENSCH: Ich hätte noch hundert Jahre so leben mögen.

ALTER: Warum, Kind, sind Wölfe und Füchse schlechte Tiere?

ERSTER MENSCH: Eine Bestie war ich.

ALTER: Steh auf. Sieh mich an. Es gibt keine Sünde. Du bist nur ein Mensch. Bist du glücklich, wenn ich dir sage, du hast keine Sünde begangen?

ERSTER MENSCH: Ich – will – Gericht, weil ich schlecht war. Überliefere mich dem letzten Gericht nicht so.

ALTER: Steh auf.

ERSTER MENSCH: Du gibst mir ein Urteil. Ich hab es versäumt mich zu reinigen. Der Schiffsbruch hat mich überrascht.

ALTER: Steh auf. Hebt ihn auf. Was willst du?

DRITTER MENSCH: Laß mich vor. Laß mich.

VIERTER UND FÜNFTER MENSCH: Wir sind noch viele. Wir sind vor dir.

ALTER: Nun, Kind.

ZWEITER MENSCH: Ich will dir von meinen 10 Millionen erzählen. Wie ich dazu gekommen bin. Es war keine Bewegung dabei, die nicht Unterdrückung war. Erst hatte ich nichts. Dann tat ich mich mit einem zusammen. Den nützte ich aus. Der machte mir Appetit. Dann schickte ich ihn weg, nahm ihm seinen Anteil. Dann kaufte ich mir eine Fabrik und hatte es nun fein; die Leute ließ ich hungern, sie mußten frohnden, der Staat wachte, daß sie es taten. Ich hielt andere meiner Art an der Gurgel, wir kämpften, ich blieb Sieger. Ich war geschickt. Erst hungerten hundert in meinen Fabriken, dann tausende, zehntausende. Ich wußte es; für mich waren es Kröten. Sie werden vor Gericht kommen, gegen mich aussagen. Aber ich – bin schon da.

ALTER: Du bist fertig. Du hast es sehr schwer gehabt. Jetzt wird dir besser werden. Komm, lege deinen Kopf an meine Brust.

ZWEITER MENSCH *(die Arme ausstreckend)*: Ich warte. Ich warte.

ALTER: Vergiß. Sieh um dich. Sieh wie alles ist.

ZWEITER MENSCH: Entsühne mich.

ALTER: Laß ihn beiseite gehen. Geh ein paar Schritt.

DRITTER MENSCH: Ich. Ich. Ich hungere nach deinem Urteil.

ALTER: Ja, du.

DRITTER MENSCH: Da.

ALTER: Wie lange hast du auf der Erde gelebt.

DRITTER MENSCH: Fünfundzwanzig Jahre.

ALTER: Und?

DRITTER MENSCH: In dieser Zeit habe ich es fertig gekriegt, meinen Mann in eine Irrenanstalt zu bringen, mir meine Mutter zu verfeinden. Kinder hab' ich nicht gehabt, ich hab dafür gesorgt. Ich wollte meinen Spaß haben.

ALTER: Du hast schöne Haare und schöne Füße.

DRITTER MENSCH: Ich hatte keine ernsteren Gedanken. Keine Kirche habe ich besucht.

ALTER: Du wirst unseren Töchtern hübsche Tänze zeigen.

DRITTER MENSCH: Ja, an Tanz hab ich meine schlechten Gedanken gehängt.

ALTER: Was meint ihr? Squara, du. Ich bin neugierig, was ihr von dem lieben Kind lernen werdet.

SQUARA: Kommt, Liebchen.

DRITTER MENSCH: Was geschieht mit mir? Was hat er gesagt?

SQUARA: Komm.

DRITTER MENSCH: Oh, ich komme.

SQUARA: Paß auf: eins-zwei-drei, eins-zwei-drei. *(Tanzschritt.)*

DRITTER MENSCH: Verhöhne mich nicht.

SQUARA: Eins-zwei-drei.

ALTER *(zum zweiten Menschen)*: Warum gehst du nicht weg?

ZWEITER MENSCH: Ich will zuhören. Wohin schleppt ihr die? Was ersinnt ihr für Grausamkeiten.

ALTER: Nehmt ihn beiseite.

ZWEITER MENSCH: Muß ich weg? Hab ich kein Recht zuzuhören?

MEHRERE: Laß ihn.

ALTER: Sein Fall ist erledigt. Bin ich euer Richter oder bin ich's nicht?

MEERGESCHÖPF *(zerrt eine heran)*: Frag sie aus. Sie steht herum, zittert, schnüffelt.

FÜNFTER MENSCH *(schreit)*: Na!

MEERGESCHÖPF: Sie wagt sich nicht heran.

ALTER: Nun komm doch näher.

FÜNFTER MENSCH: Bestraf die, die mich hier gestoßen haben. Die da.

ALTER: Was hast du zu sagen?

FÜNFTER MENSCH *(bockig)*: Ich. Ich habe nichts Böses getan. Mir ist es gut gegangen. Ich will wieder weg.

ALTER: Du willst auf die Erde?

FÜNFTER MENSCH: Was soll ich hier. Ich möchte nicht solche Fratze wie du und die da.

MEERGESCHÖPF: Du Schlechte.

FÜNFTER MENSCH: Du – Biest. *(Sie gehen aufeinander los, auf den Wink des Alten weicht das Meergeschöpf ab.)*

FÜNFTER MENSCH: Ihr glaubt wohl hier mit einem umspringen zu können.

ALTER: Laß sie zufrieden.

FÜNFTER MENSCH *(kreischend)*: Geht weg. Lumpen. Pack. Man sollte euch hängen. Man sollte euch über die Straße ziehen und ins Genick treten. Man sollte euch zermahlen. Zermahlen.

ALTER *(zum Meergeschöpf)*: Faß sie nicht an.

MEERGESCHÖPF *(jammernd)*: Ich schwimme nach oben. Ich gehe auf ein Schiff. Ich kehr nicht wieder.

DER DICKE: Jetzt läßt du mich zum Gericht. Du, Vater, laß mich her. Ich will dich vertreten.

ALTER *(steht auf, läßt ihn sitzen)*: Ich bleibe hier.

DICKER: Du brauchst nicht nach oben schwimmen. Du bleibst hier. Und jetzt der nächste.

MEERGESCHÖPF *(schwarz, hornig, tiefe Stimme hinten)*: Hört auf den. Wie bös der ist. Sie verhöhnen euch. Es sind Teufel.

MEHRERE: Teufel.

SCHWARZER: Reißt ihnen die Haut vom Leib. Reißt ihnen die Ohren ab. Geh 'ran.

FÜNFTER MENSCH *(kreischend)*: Ich pfeife aufs Gericht.

SECHSTER MENSCH: Wenn du ein Richter bist, sorge, daß die nicht so sprechen über uns.

DICKER: Der Wicht, verkrümmele dich. Geh in die Reihe. Zu den übrigen da. Wart ab, bis du gerufen wirst. Die Rute wird für dich noch geschnitten und geschmiert werden. Samsamsarasa. Samsamsarasa.

MEHRERE: Gericht. Wir wollen Gericht.

DICKER: Für euch alle wird eingeheizt werden. Ihr Dicken, Fetten und Ihr Mageren. Seid nicht ungeduldig.

MEHRERE: Wer hat Mut?

SCHWARZER *(im Hintergrund)*: Wer hat Mut. Wißt ihr, wo ihr seid?

SECHSTER MENSCH: Ist das die Hölle?

SCHWARZER *(im Hintergrund)*: Wer hat Mut? Ihr könnt sie beseitigen.

MEHRERE: Es ist die Hölle. Wir wollen Gericht. Nicht von euch.

DICKER: Von wem denn? Wie muß denn der aussehen, der euer Hochwohlgeboren richten soll? Samsamsarasa. Ha!

SCHWARZER *(vortanzend)*: Brumbara. Brumbara *(Herausfordernd.)*

SIEBENTER MENSCH: Die Fratzen. Die dicken Tiere. Die schlagen wir ein.

ALTER *(zum Dicken)*: Bleib sitzen. Faß keinen an. *(Gegen den Schwarzen mit einem Rutenschlag.)* Du, weg. *(Der Schwarze heulend ab, erhält weiter Schläge.)*

MEERWEIBER *(ängstlich um ihn bedacht)*: Hilf uns. Hilfe.

ALTER *(unter die Menschen tretend, sie berührend)*: Es ist alles vorbei. Die Wellen zehn Meilen über euren Köpfen. Deine Frau ist nicht mehr, die Kinder sind nicht mehr. Es ist kein Schiff.

MENSCHEN *(höhnend andrängend)*: Pack ihn. Tritt ihm gegen den Bauch. Rundherum.

ALTER *(zurückweichend, keuchend)*: Ihr Schlechten. Ich nehme meine Hände von euch. Auseinander. Flieht auseinander. *(Grausig zu dem Meergeschöpf.)* Meine Peitsche her. Ihr sollt nicht leben. Ihr sollt verwelken. *(Das Wasser verdunkelt sich, wird unruhig; es tost.)* Hinweg. Das ist das Gericht. Jagt sie mit mir. Nach oben. Hinauf. Hinauf.

MENSCHEN *(Wehgeschrei, sie verschwinden)*.

MEERGESCHÖPF: Schlagt sie. Werft sie. Laßt keinen zurück.

ALTER *(donnernd tauchend)*: Hinauf.

*

FÜNFTES MÄDCHEN *(liegend)*: Mich laß hier. Ich will nicht hinauf.

ZWEITES MEERWEIB: Willst du ein Fischlein werden?

FÜNFTES MÄDCHEN: Ich will nicht hinauf. Ich will bei euch bleiben.

ERSTES MEERWEIB: Es fallen noch immer Trümmer.

ZWEITES MEERWEIB: Willst du mit mir schwimmen? Dreh dich, dann hast du Flossen. *(Leise Musik.)*

ERSTES MEERWEIB: Es fallen von der Klippe noch immer Menschen. *(Weint.)* Ich finde keinen Gespielen. Ein Gürtel liegt da. *(Hebt auf.)*

FÜNFTES MÄDCHEN: Mich. Mich. Nimm mich.

ERSTES MEERWEIB: Jetzt steigen sie aus dem Wasser. Der Mond geht auf. *(Weinend heiß.)* Warum sind sie nicht bei uns geblieben?

Dritte Szene

Die Straße gewunden treppig hochführend. Es ist dunkel; vor einigen entfernten Häusern Laternen. Langgezogener Ruf von oben seitlich.

DIE NACHT ALS RUFERIN VOM DACH: Das Mädchen, das an der Ecke für 20 Pence Blüten verkauft hat, ist müde nach Hause gegangen, hat die Röcke abgelegt, die Haare aufgemacht, die Schuhe ausgezogen, den Sand herausgeschüttelt. Hingestreckt. In Leinen gehüllt. Schläft. Der alte Mann, der den Hundewagen führt und den Abfall, Knochen und Lumpen zieht, ohne Mantel im Wind geht, den Hut ohne Krämpe, sein Wagen steht im Hof in einem Winkel. Hingestreckt in der Stube auf Säcken und Fellen. Schläft. Der Hund vor dem Tor hat sich voll Wasser aus dem Holztrog gesoffen, liegt auf einem Brett im Schlaf. In Leinen gehüllt der reiche Herr, der auf Gummirädern durch die Straßen fuhr, unter einer Ampel, die Augen geschlossen, die Hände liegen da. Die junge Frau im Federhut, die eine halbe Stunde unter der Bogenlampe stand und wartete, die Tür hat sie hinter sich geschlossen, den Hut abgenommen. Sie liegt auf dem Gesicht. Sie weint nicht. Sie träumt. Der Mann ist aus der Trambahn gestiegen, die Tochter auf zarten Schenkeln daneben; über das Trottoir mit leichten Schritten gewiegt, schlafen. Zusammengeknäult. Auf die Seite gelegt.

SCHUTZMANN: Gebt acht, ihr Leute. Es ist dunkel. Schließt die Häuser.
EINER *(ins Haus gehend)*: Die Sterne kommen hervor, sich alles anzusehen.

*

Vom Hafen unten schleichen einzelne langsam die gewundene Straße herauf; unter Tüchern, Schiffbrüchige.
ERSTER: Es sind Häuser.
ZWEITER: Es sind die Häuser.
DRITTER: Pflastersteine, Türen; Läden.
VIERTER: Laterne. So freue dich.
ERSTER: Ich kann keine Freude haben.
ZWEITER: Warum klingelst du.
DRITTER: Will wissen, wie es sich anhört, wenn man klingelt. *(An einer Laterne sich sammelnd.)*
VIERTER: Laterne. Laterne. Sie scheint so hell.
ERSTER: Solch helles Licht.
ZWEITER: Weiter.
VIERTER: Helles Licht.
DRITTER: Weiter.
NACHT *(Ruf von oben)*: Der Kutscher auf dem Mehlwagen, der alte Mann, hü, die Pferde, hü, hi, die Pferde: auf einen Tonnenboden gewälzt.
ERSTER: Einer ruft.
NACHT *(Ruf)*: Hü, die Pferde. Nicht auf den Straßen. Hängt euch nicht an die toten Häuser.
ERSTER: Weiter. Weiter.
ERSTER BÜRGER *(drin)*: Es rammelt an der Tür. Schlägt am Gitter. Tappt auf dem Pflaster.
ZWEITER BÜRGER *(drin)*: Da gehen welche.
DRITTER BÜRGER *(drin)*: Da kommen neue.
EINIGE *(welche heraustreten)*: Tapp. Tapp.
ERSTER BÜRGER: Sie hängen sich wie Spinnen an die Wände.
ZWEITER BÜRGER: Rutschen am Boden entlang.
DRITTER BÜRGER: Hier hat es geklingelt.

VIERTER BÜRGER: Immer neue. Sie kommen vom Hafen herauf.

FÜNFTER BÜRGER: Du bist es gewesen. Was für Leute.

SECHSTER BÜRGER: Meister. Wo geht der Weg hin? Trinkt ihr ein Glas mit mir?

SIEBENTER BÜRGER: Nach Manhattan ist es weit. Ihr werdet eure Schuhe noch zerreißen.

ACHTER BÜRGER: Gute Menschen, gute Menschen. Bleibt stehen. Bringt Laternen, daß man sie erkennen kann.

ERSTER SCHIFFBRÜCHIGER: Weiter. Weiter.

ZWEITER SCHIFFBRÜCHIGER: Aus den Höhlen heraus, aus den Käfigen.

DRITTER SCHIFFBRÜCHIGER: Warmes, verschlafenes Menschengelichter.

VIERTER SCHIFFBRÜCHIGER: Hemden, Tücher, Tabakspfeifen. Schwatzen, murmeln.

ERSTER SCHIFFBRÜCHIGER: Weiter, weiter. Sie greifen nach mir. Klatschen mich an.

ERSTER BÜRGER: Abgerissene Menschen. Mit Muscheln und Tang überzogen. Mit nassen Kleidern und Stiefeln.

ZWEITER BÜRGER: Da eine Krebsschere. Da hat sich ein Krebs an dich geklammert.

DRITTER BÜRGER: Laß dich begucken. Menschenkind. Habt wohl lang nichts zu beißen gehabt. Bringen euch Brod, Suppe.

ERSTER SCHIFFBRÜCHIGER: Wir hungern nicht. Wir sind sattgegessen.

ZWEITER SCHIFFBRÜCHIGER: Durch. Laßt uns durch. Weiter. Platz gemacht.

NEUNTER BÜRGER: Sie sind von einem Schiff, das aus dem Hafen fuhr.

ZEHNTER BÜRGER: Es sind Verbrecher.

ELFTER BÜRGER: Geht weg von unseren Häusern. Beschmiert unsere Fenster nicht. Holt Polizei.

NEUNTER BÜRGER: Sie kommen aus dem Wasser.

EINER *(Schrei)*: Lusitania.

MEHRERE: Es sind Schiffbrüchige.

ANDERE: Sie sind von der Lusitania.

ANDERE *(elementar)*: Die Lusitania ist torpediert.

NEUE BÜRGER: Was sagt ihr? Kommt aus den Häusern. Aus den Häusern.

NEUE BÜRGER: Die Lusitania ist torpediert. Die Lusitania. Sie haben sie versenkt.

ERSTER BÜRGER: Sie haben es gewagt. Da stehen sie. Wie einen Lumpen haben sie die Lusitania zerrissen.

ERSTER SCHIFFBRÜCHIGER: Laßt uns durch. Durch.

WEIB: Es ist nicht wahr. Mein Mann fuhr auf dem Schiff.

ERSTER SCHIFFBRÜCHIGER: Weiter.

WEIB: Warum immer weiter? Wo ist mein Mann? Wo habt ihr ihn?

DRITTER SCHIFFBRÜCHIGER: Vorbei. Platz, ihr.

ZWEITER BÜRGER: Frag, wie sie sich gerettet haben.

WEIB: Das ist Tang. Das ist Blut. Blut ist das. Du!

DRITTER SCHIFFBRÜCHIGER: Blut ich nicht genug, du. Siehst du nicht, daß mir zwei Finger fehlen.

WEIB: Zwei Finger. Wird dir einer abgebissen haben, den du umgebracht hast.

DRITTER SCHIFFBRÜCHIGER: Weg von ihr.

WEIB: Wo habt ihr die anderen?

ERSTER BÜRGER: Die Lusitania – ist – torpediert.

ZWEITER BÜRGER: Jammer. Wie Verbrecher schleichen sie an unseren Häusern vorbei.

DRITTER BÜRGER: Zerrissene Jacken, matte Arme. Die schlimmen Blicke. Die Sprache ist ihnen verschlagen.

VIERTER BÜRGER: Sie können nicht sprechen. Und das sind zwanzig, dreißig. Wo stecken die anderen?

FÜNFTER BÜRGER: Fünfhundert, tausend, zweitausend. Soviel die Straße faßt und die Nachbarstraßen und alle Häuser bis an das Dach.

SECHSTER BÜRGER: Was ist mit ihnen geschehen? Ihnen sind nicht die Finger abgebissen.

ERSTER BÜRGER: Sie sind erstickt.

SIEBENTER BÜRGER: Die Wasserfäuste in den Rachen gefahren.

ACHTER BÜRGER: Sie kriechen nicht an den Häusern entlang.

ZWEITER BÜRGER: Erstickt.

NEUNTER BÜRGER: Sie ziehen nicht an den Klingeln. Ihre Hände sind lahm.

ZEHNTER BÜRGER: Sie liegen bäuchlings auf dem Sand. Im Ozean. Um nichts.

DACHRUFERIN NACHT: Die Männer und Frauen, die in den Fabriken an den Maschinen standen, die Soldaten, die in Kompagnien hinter ihrem Oberst marschierten, hingestreckt. In Leinen gehüllt. Die Schimmel, auf denen die Kavalleristen ritten, Trompeten und Flöten, Gewehre, dröhnende Kanonen – im Schlaf.

ERSTER BÜRGER: Erstickt. Um nichts.

ZWEITER BÜRGER: Wir wollen Krieg.

DRITTER BÜRGER: Rache! Wir wollen uns wehren.

ERSTER SCHIFFBRÜCHIGER: Ich – ich wohne nicht bei euch. Wer hält mich fest? Brüller.

ZWEITER SCHIFFBRÜCHIGER: Menschengelichter. Böses Menschengelichter. Affengesindel.

DRITTER SCHIFFBRÜCHIGER: Schurken. Ich bin aus dem Wasser gestiegen. Was wollt ihr von mir?

VIERTER SCHIFFBRÜCHIGER: Du, ich kenn dich nicht, wer du bist. Tu dich mit mir zusammen, schlagen wir uns durch die Hunde durch.

BÜRGER: Rache. Wir wollen uns wehren. *(Sie heben einen Hingebrochenen auf ein Bett. Er ächzend.)*

SECHSTER SCHIFFBRÜCHIGER: Laßt mich herunter.

DIE SCHIFFBRÜCHIGEN *(dumpf)*: Laßt uns durch. Auseinander. Weiter.

SECHSTER SCHIFFBRÜCHIGER *(auf der Trage)*: Hunde. Ich will 'runter. Ihr seid verrückt.

MENGE *(Geschrei)*: Rache an den Mördern. Seht den Sterbenden. Die Tausende im Ozean sollen gerächt werden. In den Krieg. Wir müssen in den Krieg.

NEUE: Rache, Rache. Wehren wir uns. Zeig dich. Das ist er. Ein Sterbender. Das Meer ist voll Toter.

ER *(oben)*: Weh mir.

VOLK *(ab)*.

★

DACHRUFERIN NACHT *(langgezogen)*: Ich rufe nicht mehr. Meine Stimme ist nichts. Sie hören mich nicht.

ERSTER SCHIFFBRÜCHIGER: 'raus aus der Stadt.

ZWEITER SCHIFFBRÜCHIGER: Rennt Hals über Kopf.

NEUE SCHIFFBRÜCHIGE *(antappend)*: Was für Häuser? Was für Fenster? Was für Straßen?

DRITTER SCHIFFBRÜCHIGER: Was stehst du? Warum rennst du nicht.

VIERTER SCHIFFBRÜCHIGER: Und du. Wer bist du? Geh mir aus dem Weg.

DRITTER SCHIFFBRÜCHIGER: Ich bin erstarrt im Sommer. Ich bin ein Eiszapfen, komme nicht vom Fleck.

FÜNFTER SCHIFFBRÜCHIGER: Ich kenn dich nicht. Dich kenn ich nicht.

SECHSTER SCHIFFBRÜCHIGER: Du langer Leib. Was giftest du herum?

FÜNFTER SCHIFFBRÜCHIGER: Die Pest.

SECHSTER SCHIFFBRÜCHIGER: Dich such ich hier nicht.

FÜNFTER SCHIFFBRÜCHIGER: Pest, du.

SECHSTER SCHIFFBRÜCHIGER: Du Menschenvieh.

ERSTER SCHIFFBRÜCHIGER *(imitierend, gekauzt)*: Rache. Hihi. In den Krieg.

ZWEITER SCHIFFBRÜCHIGER *(imitierend)*: Das Mädchen, das Blumen verkauft hat, die Schuhe ausgezogen, die Haare aufgemacht, sie – macht die Haare wieder zusammen.

DRITTER SCHIFFBRÜCHIGER: Haha.

ZWEITER SCHIFFBRÜCHIGER: Macht die Haare wieder zusammen. Es klopft. Herein.

VIERTER SCHIFFBRÜCHIGER: Satan.

FÜNFTER SCHIFFBRÜCHIGER *(brüllend)*: Verfluchtes Dasein.
NEUE *(von unten)*: Tapp, tapp, tapp. Was sind das für Häuser?
DACHRUFERIN: Von der Straße weg. Von meiner Straße weg.
(Tosend)
ERSTER SCHIFFBRÜCHIGER: Was sollen wir? Warum sind wir aus dem Wasser gestiegen? Warum haben wir die Hände nicht in die Tasche gesteckt und sind verreckt? Wie man einen Lehmklumpen unter der Sohle zertritt.
ZWEITER SCHIFFBRÜCHIGER: Ich mag nicht mehr. Mir hat man den Darm aus dem Leib gerissen. Tod, wo ist dein Stachel? Wo ist dein Stachel? Für mich. Ich brülle. Ich pfeife auf das Menschengelichter in den Betten, auf dem Pflaster. Verrückt, die sich mit Kartoffeln und Fleisch stopfen. Für wen? Für was?
MEHRERE: Für was?
DRITTER SCHIFFBRÜCHIGER: Daß ihr lacht, für was? Daß ihr weint, für was?
MEHRERE: Für was?
EINER: Hahaha.
VIERTER SCHIFFBRÜCHIGER: Wir wecken sie aus den dicken Betten. Habt ihr nicht Wärme in euch und ist es nicht egal, ob ihr euch wärmt oder erfriert?
EINER: Hahaha.
FÜNFTER SCHIFFBRÜCHIGER: Brücken, Chausseen, Eisenbahnen, Flugzeuge, Telegraphen. Es ist egal, ob ihr redet oder stumm seid. Ob ihr fahrt oder liegen bleibt.
MEHRERE: Hahaha.
SECHSTER SCHIFFBRÜCHIGER: Torpediert oder nicht torpediert.
MEHRERE: Hahaha.
NACHT *(hervortretend)*: Ich kann euch nicht aufhalten. Gegen euch bin ich wehrlos. Ihr könnt die Nacht verwüsten. Könnt machen, als ob ich nicht vorhanden war. Ihr könnt Feuer in die Luft werfen, so daß ich «Weh! Weh!» schreie, wie ihr mich brennt. Ich seh von der heißen Erde weg. Ihr Stillen im Weltraum. Ich bin in Angst. Steht mir bei gegen die Verhöhnung.
ERSTER SCHIFFBRÜCHIGER *(liegend)*: Komm. Komm, Tod.

ZWEITER SCHIFFBRÜCHIGER: Komm, Tod.
MEHRERE: Komm, komm, komm, komm.
(Man hört ein gleichmäßiges Geräusch, Rollen und Trappeln.)
DRITTER SCHIFFBRÜCHIGER: Ah! Da ist er. Da kommt er. Klipp, klapp.
VIERTER SCHIFFBRÜCHIGER: Hör ihn.
FÜNFTER SCHIFFBRÜCHIGER: Jetzt zerreißt er uns.
SECHSTER SCHIFFBRÜCHIGER: Da zerreiß mich.
ERSTER SCHIFFBRÜCHIGER: Da zerreiß mich.
ZWEITER SCHIFFBRÜCHIGER: Ich fall nicht hin. Ich seh ihm ins Gesicht.
DRITTER SCHIFFBRÜCHIGER: Klipp, klapp, klipp. Er hat die Sichel. Er sägt mich durch.
VIERTER SCHIFFBRÜCHIGER: Ich seh ihm ins Gesicht.

*

Die große, völlig verhüllte, auf Kothurn und unter Maske sich schwer bewegende ERSCHEINUNG *(unter großem Gestampfe):* Sieh mir ins Gesicht!
ERSTER SCHIFFBRÜCHIGER: Oh, du!
ERSCHEINUNG: Laß deinen Kopf. Er ist rund und weich.
ERSTER SCHIFFBRÜCHIGER: Meine Mutter!
ZWEITER SCHIFFBRÜCHIGER: Ich seh dir ins Gesicht, du, mein Bruder!
ERSCHEINUNG: Bin ich das?
ERSTER SCHIFFBRÜCHIGER: Du hast die Stimme und das Auge meines Bruders. Laß dich betasten.
DRITTER SCHIFFBRÜCHIGER *(sich anschleppend)*: Laß dich betrachten. Evelein! Wie warst du klein, als ich wegfuhr. Oh, bist du schön geworden, Ärmlein, Äuglein, Mündlein.
VIERTER SCHIFFBRÜCHIGER: Liebe Frau, wo gehst du denn herum? Da treff' ich dich? Hast du mich nicht ganz vergessen? Bin ich froh, bin ich froh.
ERSCHEINUNG *(sich weiter wendend).*

SCHIFFBRÜCHIGER: Bleib bei mir. Bei mir. Wo soll ich denn hin?

ERSCHEINUNG: Ich – bin – ja – da. Nein, kommt doch. *(Sie zieht – der Mantel wird von den Leuten gefaßt – über die Straße.)*

FÜNFTER SCHIFFBRÜCHIGER *(ächzend)*: Meine Hände brennen.

ERSCHEINUNG: Halt meinen Mantel! Sieh du mich an!

FÜNFTER SCHIFFBRÜCHIGER: Nein.

ERSCHEINUNG: Sie du mich an!

FÜNFTER SCHIFFBRÜCHIGER: Du bist –

ERSCHEINUNG: Buchstabiere weiter.

FÜNFTER SCHIFFBRÜCHIGER: Du – bist der Knecht, den ich gemordet habe.

ERSCHEINUNG: Gemordet habe, auf der Landstraße. Wo ist dein Gesicht? *(Zu einem andern.)*

SECHSTER SCHIFFBRÜCHIGER: Ich hab dich schon gesehen. Die Male auf der Brust. Ah, weg von dir!

ERSCHEINUNG: Dichter 'ran!

SECHSTER SCHIFFBRÜCHIGER: Weh mir! Soll das nie vergehn? Wer bist du?

ERSCHEINUNG: Ins Auge mir! Dichter 'ran!

SECHSTER SCHIFFBRÜCHIGER: Ich will nicht!

ERSCHEINUNG: Ins Auge mir! *(Der dritte Schiffbrüchige nach Schrei legt sich um.)* Hoho! Bist hin? Zappelst wie 'ne Gans.

ERSCHEINUNG: *(aufgerichtet)*: Hinter mir her! Ein Stücklein Weg. Damit ihr es nicht verpaßt. *(Immer mit dröhnender Stimme, sie vorwärtsschleppend.)* Soll ich euch tragen, zum Dach hinaus, zum Schornstein hinaus? Wo ist's euch weit genug? Für euch hab ich Hörner, eine langgespaltene Zunge, Klauen und Bocksbein. Ich bin der Tod und laß keinen los. 'Rauf und 'runter, wie man eine Peitsche knallt. *(Knallt mit der Peitsche.)* Hotte – hü! Hotte – hü! So geht's. Hierhin, dorthin. *(Gellt)* Wer – will – mit? Ha? Auf die Reise. Wer will mit auf die Reise? Hotte – hü! Fahrt ohne Billet. *(Reißt an seinem Mantel.)* Da liegt ihr. –

EINIGE *(stöhnend)*: Meine verkrampften Hände! Los! – Krieg' ich meine Hand frei? – Mein Herz, weh, mein Herz!

ERSCHEINUNG *(knallt)*: Wer will mit? Meine Pferde trappeln.

STIMME *(tief von draußen)*: Kutscher, der Wagen wartet!

ERSCHEINUNG *(abgehend)*: Davon! Ihr! *(Von draußen.)* Schon bin ich da. Brrr! Brrr! Pferdchen! Noch eine Weile. Hotte – hü!

SCHIFFBRÜCHIGE: Mein Herz! Weh, mein Herz!

ERSCHEINUNG *(entfernt, drohend)*: Beten! Ihr! Lernt beten! Kinder! Beten! *(Rollen und Stampfen.)*

*

ERSTER SCHIFFBRÜCHIGER: Rappel dich! Rappel dich hoch!

ZWEITER SCHIFFBRÜCHIGER: Sieh mich nicht an, du –

DRITTER SCHIFFBRÜCHIGER: Hebt den auf! Helft! Er hat ihn angefaßt. Er zappelt noch.

VIERTER SCHIFFBRÜCHIGER: Steht auf! Kinder! Haltet euch fest! Mir fließt Blut aus dem Mund.

DRITTER SCHIFFBRÜCHIGER: Du hast dir die Lippe aufgeschlagen. An meinem Stiefel. Deinen Arm gib mir. Deine Beine sind wacklig. Meine auch.

FÜNFTER SCHIFFBRÜCHIGER *(einen rüttelnd)*: Biest! Der ist hin. Stört keine Fliege mehr. Da! Der jappst nicht.

VIERTER SCHIFFBRÜCHIGER *(dumpf ausspeiend)*: Weiter! Es geht weiter! Die Zähne zusammen!

ZWEITER SCHIFFBRÜCHIGER *(gebückt, hinter ihm)*: Jungs! Fuß hinter Fuß! Kein Erbarmen! Weiter, Jungs!

SIEBENTER SCHIFFBRÜCHIGER *(liegend)*: War das der Tod?

MEERGESCHÖPFE *(schleichen ungesehen in hellerem Licht hinter ihnen)*: Sammsarasa! Sammsarasa! Was gibt es für Spiele? Schöne Häuser. Schöne Straßen.

ACHTER SCHIFFBRÜCHIGER: War das der Tod?

NEUNTER SCHIFFBRÜCHIGER *(stehend, verzweifelt)*: Kracht die Häuser an! Dröhnt gegen die Türen! Reißt die Klingeln ab!

ZEHNTER SCHIFFBRÜCHIGER *(sich drehend)*: Ich – geh in den Krieg! In – den Krieg! *(Ab.)*

DRITTER SCHIFFBRÜCHIGER *(brüllt löwenartig, fällt den ersten beißend an)*: Du!

ZWEITER SCHIFFBRÜCHIGER: He! Jetzt kommst du 'ran! Dich verschling ich! An dir soll nichts bleiben, was sich regen kann! An dir soll keine Rippe ganz bleiben!

ERSTER SCHIFFBRÜCHIGER *(schreiend)*: Schlagt ihn nieder! Helft mir!

ZWEITER *und* VIERTER SCHIFFBRÜCHIGER *reißen am* DRITTEN: Kruzifix! Dich wird man kriegen! Laß ihn los! Die Zähne wird man dir ausbrechen!

DRITTER SCHIFFBRÜCHIGER *(allein stehend)*: Verfluchte Hunde! Kommt nur 'ran! Ihr kriegt mich nicht klein! Ich bin ein Löwe! *(Brüllt.)* Kommt 'ran! Hopp! Hopp! Es geht los! Achtung, eins, zwei drei! *(Tobend ab.)*

VORN: Kein Erbarmen! Die Hacken aufgesetzt! Weiter!

MEERGESCHÖPF: Fackeln! Fackeln! Es ist finster bei den Menschen. Ich ruf sie, die Sternlein oben. Es sind so viele. Kommt herab, ihr kleinen Pünktlein! Kommt näher! Laßt euch rufen!

SCHIFFBRÜCHIGER: Kein Erbarmen!

STIMME DER ERSCHEINUNG: Beten! Ihr! Lernt beten! Kinder! Beten!

*

(Einige stürzen hin.)

ERSTER STERN: Kling, ling, ling! Da bin ich! Holterpolter bin ich gelaufen. Eiskalt war es in der Luft. Hier ist es besser. Ich kann meine Finger nicht bewegen. *(Faucht sich die Hand.)*

MEERWEIB: Zu mir! Du, Schöner! Zu mir her!

ERSTER STERN: Ich kann von meinem Platz nicht lange weg.

ZWEITER STERN: Sasa! Sasa! Gib acht! Ich brenne und rase! Das ist ein Leben! Das ist ein Gluten!

MEERGESCHÖPF: Sachte! Sieh dich selbst vor! Hier unten liegen welche!

DRITTER STERN: Krach! Gib acht! Ich bin da! Bohr mich in die Erde. Bin noch im Fall. Und dreh mich herum. Ringsherum.

MEERWEIB: Halt, du! Komm mit mir spazieren!

DRITTER STERN: Wenn du mich haben willst, ich kann nicht stehen. Muß mich drehen. Mußt dich drehen mit mir.

MEERWEIB: Ringsherum. Immer herum. Rundherum.

SCHIFFBRÜCHIGER: Erbarmen! Große Mächte! Großer Tod! Gib uns Hoffnung! Errette uns! Laß uns nicht versinken! Wir beten!

ERSTER STERN: Wer ist das? Sie beißen in die Erde.

MEERGESCHÖPF: Menschen. Der große Donnerer war bei ihnen. Wir haben ihn gehört. Sein Wagen ist gerasselt. Er ist durchs Meer gefahren. Ganze Inseln sind verschwunden. Er hat getobt und geknallt. Er war hier.

ERSTER STERN: Und hat sie nicht mitgenommen?

MEERGESCHÖPF: Vielleicht war sein Wagen voll.

SQUARA: Samsara! Freut euch! *(Zu den Liegenden.)*

ERSTER SCHIFFBRÜCHIGER: Wer faßt mich an?

SQUARA: Herr Offizier! Frisch auf die Beine! Mein gnädiges Fräulein, Sie haben so schönes Haar; soll das alles im Schmutz liegen?

SCHIFFBRÜCHIGES WEIB *(schreit)*: Tu mir nichts. Ich hab dir nichts getan.

ZWEITER STERN: Weg du vom Boden. Sonst schmeißt dich die Erde hoch. Husch! Eine Viertelstunde mit uns auf die Reise.

ERSTER SCHFFBRÜCHIGER: Meine Knie wackeln.

VIERTER SCHIFFBRÜCHIGER: Ich blute noch immer.

ZWEITER STERN: Laß dich ansehen. Das ist nichts. Will was haben von dir, da ich so weit hergekommen bin. Sternlein, springt mir! Nixchen, springt mit! *(Sie bewegen sich.)*

STERNE: Alles, was Odem hat, springt mit uns. Angefaßt! Bald geht es davon.

ERSTER SCHIFFBRÜCHIGER: Faßt du mich an? Ich hab mich aus dem Wasser gerettet. Gehst du mit mir? Du mit mir? *(Fassungslos, verhaltener Jubel.)*

ZWEITER SCHIFFBRÜCHIGER: Kann ich mich an dich hängen?

ZWEITER STERN: Ich trage dich, wenn du nicht gehen kannst.

VIERTER SCHIFFBRÜCHIGER: Ihr – seid – heruntergekommen?

DRITTER STERN: Warum denn nicht? Wer sind denn wir?

ERSTER SCHIFFBRÜCHIGER: Du mit mir! Du mit mir!

STERN: Alles, was Odem hat, springt mit uns.

SQUARA: Samsarasa! Nicht mehr in Narkose, mein Herr?

ERSTER SCHIFFBRÜCHIGER: Küsse mich, du! Ich seh dich selten. Heute und wann wieder? Ich beiß dich, ich drück dich, ich bin der Tod. *(Lachend.)*

(Schweres, rollendes Geräusch, Peitschenknall.)

ERSTER STERN: Der Donnerer! 'Rauf und 'runter! Wir müssen bald davon. Er wird uns suchen und jagen.

(Sie bewegen sich die gewundene Straße aufwärts.)

ZWEITER SCHIFFBRÜCHIGER: Beten. Beten. Bleibt noch zwischen den Häusern bei uns. Laßt uns nicht allein.

ERSTER STERN: Ich funkle oben. Ich zwinkere dir zu.

NACHTDACHRUFERIN *(oben)*: Husch. Die Straßen frei. Gebt die Straßen frei. Jedes an seinen Platz. – Die Männer und Frauen, die an den Maschinen standen, hingestreckt, in Leinen gehüllt. Trompeten und Klarinetten, Gewehre und Pferde – in Schlaf.

DRITTER SCHIFFBRÜCHIGER: Weiter.

ERSTER SCHIFFBRÜCHIGER *(verzückter lauter Ruf)*: Die Lusitania – ist – nicht – untergegangen.

VIERTER UND FÜNFTER SCHIFFBRÜCHIGER *(höher trappelnd)*: Beten. Beten.

ERSTER SCHIFFBRÜCHIGER UND ANDERE: Die Lusitania – ist – nicht – untergegangen. *(Noch im Fallen des Vorhanges.)*

Ende

ANHANG AUS DEM NACHLASS

Sprechtext eines Ansagers

Vor Beginn der ersten Szene (S. [62])

(Ansager, mit gelegentlichen unterstreichenden Trommelschlägen)
Wer hier zuhört, unsichtbar mir, der hier spricht, – wer hier zuhört, wird vernehmen vom Untergang des Schiffes Patagonia, eines großen Passagierdampfers. Es fuhr, wie viele frühere Male, von der heimatlichen Küste des Ozeans ab, um Waffen nach der anderen Küste zu tragen. Aber es war auch ein Schmugglerschiff, und alle auf dem Schiff wußten es. Sie hatten nicht nötig gehabt, die Menschen, auf das Schiff zu steigen, gerade auf dieses, – aber die Gefahr reizte sie, der dunkle Trieb riß sie hin, den Ozean zu befahren gerade da, wo die Jäger hinter ihnen lauerten, wo die Maschinengewehre hinter ihnen knatterten und zuletzt der Kanonenschuß auf sie wartete. In Angst, in Verkrampfung, in einer schrecklichen Stunde sind sie in das Meer versunken, – aber ihr schlimmes Leben war noch nicht zu Ende, sie mußten sich noch einmal zur Erde wenden.
Nun hört jetzt, Ihr, die Ihr mir lauscht: wie sie auf der großen Patagonia fuhren und das Meer um sie rauscht. Das Meer schickt schon seine Kinder aus, um nach ihnen zu greifen, hört, wie die Meergeschöpfe rufen und spotten und pfeifen.

⋆

Vor Beginn des Auftritts S. [63]

Aus den Kajüten die Menschen kommen vor, – wie sie sich umblicken, wie sie zittern, ein einziger hilfloser, gejagter Chor.

⋆

Zu S. [74] nach der Torpedierung

(Musikalisch akzentuiert!)

(Hart und laut) Das Schiff ist getroffen, es ist vorbei mit seinen Menschen. Wer ausfuhr, um zu verdienen, es ist aus mit ihm. Wer ausfuhr, um Freude und Abwechslung zu suchen, – es ist aus mit ihm. Aus mit ihm. Es gibt keinen Verdienst mehr. Es gibt keine Freude mehr. Das Schiff versinkt! Versinkt!

*

Vor Beginn der zweiten Szene (S. [78])

Das Schiff ist getroffen. Das Schiff versinkt. Sie sinken zum Meeresgrund hinab, die Menschen, die zuletzt mit der Patagonia fuhren und denen dieses Leben nur Angst und Erregung und Freude und sonst nichts weiter gab. Ihr Leben ist noch nicht vorbei, jetzt werden sie erst langsam, langsam erwachen, jetzt werden sie wandern und suchen und sich besinnen, oh mögen wir auch mit ihnen Besinnung finden. Hinab, zum Meeresboden geht es hinab, da wohnt ein anderes, ein schuldloses stilles Geschlecht, – zu ihnen, in ein tiefes Bad, sinken die Menschen, die das schwere Torpedo getroffen hat.

*

Vor Beginn der dritten Szene (S. [90])

Ja warum sind sie nicht bei ihm geblieben? Wie konnten sie denn bei ihm bleiben, wo die Angst und der Kampf und die Schuld zu ihm gehört und immer gehört, – wer nimmt ihnen das ab, wie finden sie zu sich? Sie wandern, müssen weiter wandern. Das Meer, das trauernde, schuldlose, wirft sie hoch, aus dem Ozean treiben sie langsam empor, in Tang sind sie eingewickelt, nasse Tücher schleppen sie hinter sich, das sind die

Schiffbrüchigen der Patagonia, des großen Passagierdampfers, des Schmugglerschiffs, das einmal von der Küste des Ozeans abfuhr, um Menschen nach der anderen Küste zu tragen, die Gefahr reizte sie, der dunkle Trieb riß sie hin. Jetzt ist die alte Erde wieder da, das Leben wieder da, sie strudeln an der Küste empor, die Nacht ruft über das Meer hin, die Nacht über die Dächer der Stadt hin:

*

Vor Beginn des Auftritts S. [91]

Sie trappen die Treppe vom Hafen empor, in Tang sind sie gehüllt, nasse Tücher schleppen sie hinter sich, «trapp» geht ihr Schritt, trapp trapp geht ihr Schritt. Die gewundenen langen Straßen geht es hinauf, trapp geht ihr Schritt, trapp trapp geht ihr Schritt. Sie kommen einzeln, zu zweit, zu dritt, wie das Meer sie freigibt, gebrochen und matt, aber doch lebendig, denn ihr Leben ist noch in ihren Seelen inwendig, und wird sich nicht beruhigen, bis es nicht gefunden hat, was es schon vor der Meerfahrt verloren hat.

*

Zum Schluß (S. [102])

Nun haben sie das Ziel gefunden! Ihr, die ihr zuhört, fühlt mit mir, fühlt mit ihnen, und seid mit ihnen verbunden!

*

DIE NONNEN VON KEMNADE

Schauspiel in vier Akten

Vorwort

Dies Stück schrieb ich im Sommerbeginn 1921, nachdem ich mich schon den vorangehenden Winter damit beschäftigt hatte. Ich wälzte in dem Winter wieder einen früheren Plan, den Untergang des mittelalterlichen Byzanz. Bevor ich an den Wallenstein-Roman heranging, hatte ich Material dazu gesammelt, hatte dann alles beiseite gelegt; wollte den dialektischen religiösen Dingen aus dem Wege gehen; die Streitigkeiten im syrischen Frankenstaat ermüdeten mich. Der entschiedene massive politisch-militärische Wallenstein drängte alles rasch beiseite.
Wie ich Ende 20 durch die alten Daten ging, hie und da über die Kreuzzugszeit las, stieß ich in den Jahrbüchern der deutschen Geschichte, Band Konrad III., auf eine Angabe aus dem Jahre 1147 vom Reichstag zu Frankfurt am Main. Dort kam unter anderm die Sache der Judith von Bomeneburg, Äbtissin von Kemnade, zur Verhandlung. Diese Judith, Schwester des mächtigen Siegfried von Bomeneburg und des abgesetzten Abtes Heinrichs I., war Äbtissin von Kemnade geworden, das nördlich von Corvey in der Diözese Minden lag, und hatte auch die Stifter Eschwege und Geseke in ihre Hand gebracht.
Über sie berichtet der Bischof Bernhard von Hildesheim an den Papst Eugen III.: In Kemnade pflege man nicht den heiligen Dienst, sondern feire Lupanarien. Judith hat alle Religiösen gegen sich erregt. Abt Wizelin von Sankt Blasien klagt demselben Papst, sie verstreue alle Güter der Abtei unter ihre Liebhaber.
März 1146 wurde ihrem Bruder Heinrich Corvey durch den Kardinal Thomas abgesprochen, gleichzeitig ihr Kemnade. Sie kehrte sich nicht daran, zumal Thomas kurz darauf starb, ver-

geudete weiter jung und lebenslustig den Klosterbesitz mit ihren Freunden. Juni, am Tag des heiligen Veit, wurde sie von einem Vogt, der die Abtei für seine Tochter wollte, bei einem Gelage im Kloster ergriffen, mit Gewalt unter Mißhandlungen weggeschleppt. Sie erschien klagend auf dem Reichstag vor König Konrad III., wurde abgewiesen. Kemnade erhielt Abt Wibald nebst dem Stift Fischbeck als Eigentum Corveys.

Die Wendungen im Bericht des Bischofs Bernhard: *«Kaminatensis abbatissa»*, *«lupanarium»* fesselten mich außerordentlich. Sie stachen mir in die Augen, zwangen mich zu dem Buch zurück. Besonders das Wort *«abbatissa»* ließ mich nicht los. Es hatte einen eigentümlichen bildlichen Reiz. Es war mir im Augenblick klar, daß sich hier nichts Episches, sondern Dramatisches ankündigte, ja, daß ich die Abbatissa in den Mittelpunkt eines Dramas stellen müßte. Und eine der ersten Szenen, die ich hatte, war die des Templers, des Ketzers aus dem vierten Akt – die nachher eigentlich überflüssig wurde –, des Verkünders der irdischen Gottheit. Ein Nachklang des byzantinischen Komplexes, der große Prozeß der Templer und ihre Geheimlehre.

Breit und behäbig fuhr ich mit dem Stück zu Tal. Um Modernität der Aufmachung habe ich mich nicht gekümmert. Es galt Judith und den Strudel, den sie um sich zog, und das war mehr als ein moderner Akzent. Voluminös bewegte sich im Urtext der erste Akt etwa von einem Pförtnergespräch bis zu einem Judenpogrom, wie sie historisch waren. Das war der Strudel.

Die spätere Durchsicht, besonders die Aufführung in Leipzig, 21. April 1923, ließ die vorliegende Fassung entstehen. Ich habe die klugen klärenden Striche des Leipziger Spielleiters Alwin Kronacher großenteils übernommen, weiter geändert und die breiten Massen so eingestampft, daß hier eine Fassung zweiter Hand vorliegt.

Die Templerszene vierter Akt vierte Szene habe ich im Buch stehen lassen, eine Variante für ihren eventuellen Fortfall an den Schluß gesetzt. Scharfe Kompression gestattet aber, von der dritten Szene sogleich zur fünften zu gehen.

Gern denke ich an die Judith. Das Epische bewegt Himmel, Erde und Hölle. Das Dramatische mit der strahlenden, wärmenden Ichführung der Handlung tut nichts anderes. Was sind Konflikte, Probleme, Psychologien, Zeitkritiken. Diese Welt: bunt und zugleich – welch Geheimnis – seelenhaft. Ein Katarakt von Ichs.

Personen:

JUDITH, Äbtissin von Kemnade
AMBROSIUS, Mönch
CYRILL, Mönch
KARDINAL THOMAS
BISCHOF VON PADERBORN
ABT HEINRICH VON CORVEY
SULIKE, eine Nonne
VOGT VON KEMNADE
WENDELIN } Geistliche
HONORIUS } Geistliche

LAURENZ, Diener der Judith
DER TEMPLER
BOTE DES KARDINALS

Nonnen
Ein satanischer Mann
Wächter
Ritter
Kreuzfahrer

ERSTER AKT

Zimmer im bischöflichen Palast in Paderborn.

Erste Szene

Äbtissin und ein Ritter sind rasch hereingerauscht.

JUDITH: Herr Ritter, ich fliege Euch voran.
RITTER: So stürmisch fliege ich nach.
JUDITH: Es könnte gefährlich für Euch sein.
RITTER: Warum, meine Dame?
JUDITH: Ihr könntet in Euer Gefängnis geflogen sein.
RITTER: Dann bin ich mit Euch gefangen.

JUDITH: Wißt Ihr, wo Ihr seid?

RITTER: Braucht mich nicht kümmern.

JUDITH: Wer weiß, Herr Ritter.

RITTER: Bin ja nur Euch nachgeflogen, edle Frau. Seit die Kirchentür geschlossen wurde, seit dem ersten *gratias dei,* habe ich gewartet auf Euren Blick. Hab ihn gelockt und gerufen.

JUDITH: Ich habe Euch gefühlt. Ich stand wie auf einer Wolke. Ihr nahmt mir immer den Boden unter den Füßen, Ihr hülltet mich vom Kopf bis zu den Füßen ein. Das rieselte und rann um mich, von den Ohren über die Knie bis zu den Zehen, als wenn ich in einem Bade wäre. *Lacht.* Es kitzelte mich förmlich. Sagt, Herr Ritter – *Sie betrachtet ihn.*

RITTER: Sucht Ihr etwas an mir.

JUDITH: Ihr wolltet das Kreuz nehmen. Wo ist es?

RITTER: Ja wo.

JUDITH: Du hättest zu mir kommen sollen. Du hättest mein Kleid berühren sollen. Ich bin die Äbtissin von Kemnade. *An seinem Hals.*

RITTER: Was murmelst du?

JUDITH: Ich bin die Äbtissin von Kemnade. *Immer an seinem Hals.* Wenn Ihr alle das Kreuz nehmt, was soll aus uns werden.

RITTER: Was gaukelst du? Du bist Nonne?

JUDITH: Laß dich Engebert nennen. Soll ich dich mitnehmen, Engebert? Ich bin nur Gast beim Bischof. In zwei Tagen muß ich wieder reisen.

RITTER: Was Ihr verlangt, süße Frau. Macht mich zur Chorfrau bei Euch. Wenn Ihr wollt, schminke ich mich, zirpe wie ein verzagtes Jungferlein, lisple hinter Euch.

JUDITH: Schwarzes Fell, weiß gestreift, Pfötchen herunter, rosiges, leckres Zungchen, mauzt und singt. Kriecht, kuscht hin, zeigt, was Ihr könnt. *Er tut es, sie kreischt und klatscht in die Hände.* Süß sind die Männer.

Zweite Szene

Laurenz ist zögernd eingetreten, hat rasch die Tür hinter sich geschlossen.

RITTER: Warum klopfst du nicht, Schelm?

JUDITH *kichernd*: Steckt Euren Degen ein, Herr Ritter. Warum klopfst du nicht, Laurenz?

LAURENZ: Ihr kreischtet so; ich glaubte, Euch sei etwas geschehen.

JUDITH: Ich hab nicht gekreischt. In die Ecke. Wenn du mich noch einmal erschreckst. Seid mein Kätzchen, Herr Ritter. Flink. Ich schlichet so zierlich. Nun hat er Euch erschreckt? *Stampft.*

RITTER *ernst*: Herrin.

JUDITH: Ja.

RITTER: Sprecht, daß Ihr mit mir verfahren wollt wie eine edle Herrin mit einem Ritter.

JUDITH *ihn eine Weile stumm anblickend, heftig*: Wie redet Ihr mit mir! Was nehmt Ihr Euch heraus. *Kichert plötzlich.* Er ist zu komisch. Seht, was er macht.

RITTER: Schelm, scher dich davon.

JUDITH: Ihr könnt rufen. Solange ich hier bin, weiß er, auf wen er zu hören hat. Eine Sekunde, holder Freund, laßt mich. *Auf Laurenz zu.* Laurenz, was ist dir widerfahren? Nimm die Hände von den Ohren. Du weinst.

RITTER: Sprich, Bursche.

JUDITH: Du, Laurenz.

LAURENZ *schwerfällig*: Bonhorst den Zimmermann aus Kemnade hab ich getroffen.

JUDITH: Bonhorst hat dich gequält.

LAURENZ: Nichts hat er mir getan. Er dient bei den Kreuzpredigern. Sie sprachen über Euch.

JUDITH: Über mich die Kreuzfahrer. Was denn. Verlangt man auch, daß wir Frauen in den Kreuzzug gehen.

LAURENZ: Nicht, Herrin.

JUDITH: Ich weiß schon, was die Herren reden, die grauen Mönche. Laurenz, sind nur Kreuzprediger da oder auch andere, Visitatoren für die Klöster?

LAURENZ: Sie sind schon in Herford und Fischbeck gewesen.

JUDITH: Sollen auch bei mir willkommen sein. Über Wie und Was hast du nichts erfahren.

LAURENZ: Ein grauer Mönch kam dazwischen. Er wußte, daß ich zu Euch gehöre, hat mich davon gescholten.

JUDITH: Geschlagen?

LAURENZ: Nein.

JUDITH: Sie haben dich nicht geschlagen, Laurenz.

LAURENZ: Nein, Frau Äbtissin, nein.

JUDITH: Woher ist dein Wams zerrissen und hier – hast du Erde, an der Schläfe auch. Sie haben dich geschlagen, dich hingeworfen. *Sie hält sich die Hände vors Gesicht.*

RITTER: Es ist wie eine Wolke, die aus Welschland herüberkommt. Die Mönche blasen diesen eisigen erstarrenden Wind über die Länder; ich bin seinem Ziehen vom Rhein her begegnet: überall Hände, die an der Schönheit und Ritterlichkeit rühren, mit Schärfe, Finsternis, Grausamkeit.

JUDITH: Was habe ich denn verbrochen.

RITTER: Der Trübsinn, Herrin, ist in der ganzen Welt an der Arbeit, uns zu vernichten. Die Hohläugigkeit, die früher in den Klosterzellen saß, wagt sich heraus. Das hat sich stark gemacht, gemästet, will uns und die Minne nicht mehr. Wir sollen weg von der Erde.

JUDITH: Ich bin fromm. Ich bete. Ich bin kein Feind der Mönche. *Wirft sich dem Ritter an die Brust.* Engebert. Steht still. Wie Euer Herz klopft. Ihr könnt ruhig Eure Hand auf mein Haar legen. Wenn ich so stehe, weiß ich nicht, wer Ihr seid und ich. Ich liege auf der Erde auf dem Rücken, die Sonne scheint, es ist warm. Jetzt mach ich die Augen zu; ich werde bald sterben.

RITTER: Lebt lange, Herrin. Ich will die Erde sein, die Euch trägt.

JUDITH *sich lösend*: Laurenz, du begleitest den Ritter. Verzeiht mir, ich muß wahrhaftig weinen, wenn ich Männer sehe, Männer, wie sie lebendig sind, sich bewegen und gut zu mir sind. Ich könnte immer bei Euch sein. *Judith ab.*

LAURENZ: Seht, wie ich blute, wie sie mich zerschlagen haben, weil ich in ihrem Dienst bin.

RITTER: Erzähle mir.

LAURENZ: Man kommt.

Beide ab.

Dritte Szene

Bischof, Vogt, Türhüter.

BISCHOF: Meine Nichte war hier?

TÜRHÜTER: Die Frau Äbtissin.

BISCHOF: Eure Äbtissin von Kemnade, Herr Vogt. Man riecht es. Man sieht es. Überall wo sie steht und geht, liegen Kissen herum, ist das Gras im Garten gedrückt, schleichen irgendwelche rote, puterrote Männergesichter davon. Seit unsere liebe Judith bei uns zu Gast ist, hab ich im ganzen Haus befehlen müssen, langsam zu gehen, stark mit den Füßen aufzutreten, sehr laut an Türen zu klopfen.

VOGT: Da merkt man das welfische Blut. Eine Fürstin ist ein ander Ding als eine Lohgerberstochter.

BISCHOF: Ich möchte aber, daß man den Visitationen vorbeugt und daß Ihr in Kemnade daran denkt.

VOGT: Was Nonnenübermut, Benediktinerregel! Hier heißt es: wer beugt sich – den Römern und wer nicht. Sie ist als Welfin über das Kloster gesetzt und nicht, weil sie fasten kann. Es ist denen da eine Wonne in der Brust, daß das Lastervolk hier herumspringt. Da hetzt es die grauen Mönche heran, läßt sie auf uns los und will – Kemnade schlucken.

BISCHOF: Was Ihr tun wollt, Vogt?! *Türhüter schenkt ein, ab.*

VOGT: Und wenn sie es treibt wie ihr versoffener Bruder, der Abt Heinrich; meine Faust davor.

BISCHOF: Nein. Die Kirche hat eine schreckliche Zeit hinter sich. Sie muß hinter ihr liegen. Eisern muß zugegriffen werden. Entweder wir machen ein Ende oder wir werden Türken.

VOGT: Wem nützt dies Ächzen.

BISCHOF: Ich bin kein Freund der grauen Mönche. Aber sie mußten einmal kommen. Jetzt das Heilige Grab in den Händen der Sarazenen. Versteht das Zeichen. Jetzt keuchen wir und winden uns hoch, weil wir den Abgrund sehen.

VOGT: Der Kardinal Thomas, der über Kemnade urteilen soll, wo sitzt er?

BISCHOF: Zwei Tagereisen von hier. In Möllenbeck.

VOGT: Werde ihm was zwischen die Zähne schmeißen, daß er weiß, wie sächsisches Brot schmeckt.

Türhüter tritt ein.

BISCHOF: Ich habe Besuch, mein Freund!

TÜRHÜTER: Will Euch ein wüster Mönch sprechen. Ist außer Rand und Band.

BISCHOF: Ich habe Besuch.

TÜRHÜTER: Er steht und trommelt.

BISCHOF: Ich habe –

Vierte Szene

Bote in Mönchstracht kommt torkelnd herein.

VOGT: Was ist, Mensch?

BOTE *stammelnd*: Hier ist der Bischof.

VOGT: Steht.

BOTE: Einen Schluck. *Geht zum Tisch, trinkt.*

BISCHOF: Du trinkst Wein. Von welchem Orden bist du?

VOGT: Er trägt auch einen Degen.

BOTE: Bin Dienstmann des Grafen von Möllenbeck, habe die Kutte genommen, um ungestört zu Euch zu dringen. Bringe Euch ein Zeichen.

BISCHOF: Ein Gürtel, mein Heiland.

VOGT: Satan.

BISCHOF: Er trieft von Blut. Das war mein Knecht, den ich zum Kardinal schickte.

BOTE: Wir wollten zu Euch. Mit eingeschlagenem Schädel lag er, zuckte mit den Beinen und war eben neben mir geritten. Hohoho! *Lacht abwesend laut.*

BISCHOF *entsetzt*: Ihr, was lacht Ihr.

BOTE: Hab ich gelacht. *Lacht abwesend weiter, streicht sich das Gesicht.* Mich aber haben sie für einen Mönch genommen, obwohl ich focht, bischöfliche Gnaden. Welfenhunde, Gesindel des Abtes von Corvey und seiner verhurten Schwester! Ließen uns an sich herankommen, fünf bewaffnete Mann, fragten hin und her. Euer Bote, Herr Bischof, ließ sich nicht aufhalten; da rissen sie ihm die Tasche vom Gurt. Fünf Schwerter, fünf Schwerter bei ihm, krach, über den Schädel, krach. Hoho! *Lacht wieder.*

BISCHOF: Lacht nur nicht.

BOTE: Hoho. Ja so war es.

BISCHOF: Wo ist das Schreiben des Kardinals?

BOTE: Ein offener Brief des Kardinals an die Nonnen von Kemnade. Enthob sie des Gehorsams gegen die verhurte Äbtissin. Ist weg! Mit den Welfen!

VOGT: Einer reitet. Andere noch rascher.

BISCHOF: Ich hab nie die Unzucht beschützt. Mein eigener Knecht ist erschlagen. Wer hat das getan. Ihr wißt es.

VOGT: Werden Sachsen gewesen sein, die das lateinische Gebäck nicht fressen wollten.

BISCHOF: Man hat sich an meinem Knecht vergriffen. Gott sei es geklagt. Ein Schandwerk hat man getan.

VOGT: Der Mann ist hin.

BISCHOF: Maßlose Frechheit und Zügellosigkeit, Vertierung. Die heilige Kirche geschmäht, ihre unschuldigen Diener niedergeworfen. Ich will eine Messe lesen für meinen Knecht.

BOTE: Was seid Ihr für einer.
VOGT: Lacht doch noch einmal so wie vorhin. Hoho. Das gefiel mir.
BOTE: Was.
VOGT: Kennt Ihr die Katze, Herr, die um den heißen Brei herumschleicht [?]
BOTE: Beliebt?
VOGT: Ich meine, die Katzen sind doch klüger als die Menschen. Sie springen nicht mitten hinein in den Brei.
BOTE: Ja.
VOGT: Glaubt Ihr, Eure Mönchskutte schützt Euch weiter vor dem Feuer, he, Euch und den Kardinal Thomas? Ich rate Euch, Euch hier nicht zu lange aufzuhalten, etwa hier im Lande unnachweisliche Gerüchte herumzutragen wie das, was Ihr vorhin vorbrachtet, daß die Äbtissin Judith vom Kardinal Thomas abgesetzt sei.
BOTE: Das ist unnachweislich!
VOGT: Ich rate Euch, solch verlogenen Schwamm hier nicht herumzutragen. Weil man Euch mißverstehen und glauben könnte, der Kardinal hätte wirklich so gesprochen.
BOTE: Ich das ein Gürtel?
VOGT: Und?
BOTE: So wahr an dem Gürtel hier Blut ist, so wahr habe ich das offene Schreiben des Kardinals Thomas gelesen mit diesen gesunden Augen.
VOGT: Solche Lüge von Euren gesunden Augen zu verbreiten, widerrate ich Euch aufs allerdringlichste, Tierchen.
BOTE: Haha. Parteigänger der Judith! Der alte Mann! Da habt Ihr mein Schwert. Solche Furcht habe ich vor Euch.
VOGT: Danke, junger Held. Bin an meins gewöhnt. Ihr habt Hunger.
BOTE: Ja, mein Seel.
VOGT *am Tisch*: So stärkt Euch.

BOTE *kauend*: Haben die Kälber hier starke Knochen. Brech mir die Zähne aus.

VOGT: Stärkt Euch, Herr. Was werdet Ihr tun, wenn Ihr in Paderborn herumgeht, Euer Brief ist weg.

BOTE *immer kauend*: Mein Maul ist nicht weg. Ihr seht, wie es arbeitet.

VOGT: Vom Kardinal werdet Ihr sprechen?

BOTE: Und von den arglistigen mörderischen Welfen.

VOGT: Dabei bleibts? Dabei bleibts. *Steht seitlich, schwer mit sich kämpfend, faßt sich öfter an die Kehle und macht auch mit beiden Händen unbewußt würgende Bewegungen.*

BOTE: Und wenn Ihr mich fragt nach der Katze, die sich die Schnauze verdirbt am heißen Brei, so frage ich nach dem Äffchen, das hier mit Bändern, Düften, lustigen Rittern herumspaziert. *Höhnisch.* Und schon liegt das Kettchen da, die feste eiserne Kette, die man der Judith um das Beinchen schließt. Und zieht ihr die Röcke aus, setzt sie nackt rittlings auf den Esel. Pfeifen und Blasen, durch die Gassen, über die Plätze. Hui, Hiebe über die Arme, den Rücken, hui über die Schenkel.

VOGT: Das habt Ihr gesagt.

BOTE: Und ausgeheult die Welfen.

VOGT: Die Welfen, als sie Euch angriffen, haben sie lange gewartet?

BOTE: Solange wie dies Glas, um Euch an den Kopf zu springen.

VOGT *wiegt die Arme, sich kaum bezwingend*: Eins zwei drei, eins zwei drei.

BOTE: Eins, zwei –. *Hebt das Glas zum Wurf.*

VOGT: Der Blitz. *Stürzt auf ihn los, schon im Lauf mit würgenden Handbewegungen, würgt ihn vom Stuhl herunter.* Den Knochen zerkaut? Das Maul leer? Schluckt, schluckt, es muß runter. Den Teller dazu. Die Tunke. Den Wein. Herr, seid Ihr alle? Eins zwei drei. Hat ein Genick wie ein Hühnchen und gedachte uns zu verderben.

Sechste Szene

Der wampige Abt
Heinrich von Corvey in Kreuzfahrertracht
an der Tür.

VOGT *ihn kaum ansehend, noch besessen*: Schmeißt den Kerl raus.
HEINRICH *tritt näher*: Schmeißt den Kerl raus. Im Namen des Heilands, unseres Seligmachers.
VOGT: Den dämlichen Kerl raus. Ich will ihn nicht sehen.
HEINRICH: Christus Jesus mit dir, wie mit uns allen.
VOGT: Du sollst es fühlen. *Richtet sein Schwert auf ihn.*
HEINRICH *kläglich in die Knie sinkend, die Hände faltend*: So muß ich von meinem eigenen Dienstmann verderben. Dahin habe ich es gebracht.
VOGT: Dein Dienstmann?
HEINRICH: Hier ist mein Los bestimmt.
VOGT: Die Sintflut über uns! Abt Heinrich!
HEINRICH: Dies Schiff ist im Sinken. Ich habe das Kreuz genommen. Von meiner Schwester und dir, meinem Vogt, will ich mich verabschieden.
VOGT: Man hat dir dein Schwert genommen.
HEINRICH *immer klagend*: Ich büße.
VOGT: Deine Abtei hast du verlassen?
HEINRICH: Mich reut meine Sünde.
VOGT *sich das Haar raufend*: Sintflut über uns! *Rasend, läuft zur Tür, schließt sie ab.* Der Krieg hat angefangen, Mann.
HEINRICH: Ich hab verloren.
VOGT: Du mußt nach Corvey. Ich schlag dich in Stücke.
JUDITH *draußen*: Wer lärmt. Was geschieht.
HEINRICH *fortstrebend*: Meine Schwester Judith. Ich muß zu ihr.
VOGT: Schwesterchen. Wahrhaft dein Schwesterchen.
HEINRICH: Judith. Judith, arme Verlorene.
JUDITH *von draußen*: Auf, Vogt. Heinrich, mein Bruder.
VOGT *grimmig zur Tür*: Kommt nur, Frau Äbtissin.

JUDITH *ist langsam eingetreten*: Wie seht Ihr aus, Vogt? Heinrich. Was ist mit dir.

HEINRICH: Judith. Ich will Abschied nehmen von dir.

VOGT *die Fäuste ballend*: Er, er hat Corvey aufgegeben.

JUDITH *ihn loslassend*: Wie sieht er komisch aus. Sie haben ihn ausgeplündert. *Immer lachend.* Ich hab ihm vor Ostern ein Faß Salernerwein geschickt. Der war sehr süß, ich kenne mein Brüderchen Heinrich.

HEINRICH: Ja, du kennst mich, Judith. Aber die Zeit des Weinstocks ist gekommen, daß die unfruchtbaren Äste abgehauen werden und die gesunden desto reifere Frucht tragen. Lebe auch du wohl. *Er kniet an der Leiche.*

JUDITH *hinzustürzend*: Wer ist das. Mein Heiland, was ist das.

VOGT *sie eisern beseite führend*: Nichts, Äbtissin. Nichts.

JUDITH: Ihr habt einen erschlagen.

VOGT *zischend gegen Judith*: Der erste, der für Euch erschlagen wurde. Und nicht der letzte.

JUDITH: Was habt Ihr mit dem Mann gemacht.

VOGT: Sollte Euch ankündigen vom Kardinal, daß Ihr Äbtissin von Kemnade wart.

JUDITH *erst starr und entsetzt, dann weinend an der Leiche*: Jungfrau Maria, die du ein Weib warst, steh mir bei, erwirke mir Verzeihung. Sei mein Fürsprach, wenn ich vor Gericht muß. Ich habe dies nicht verschuldet. Dies fällt nicht auf mich.

HEINRICH: Judith. Wandere mit mir. Die Heiligen stehen uns bei.

JUDITH: Dir vertraue ich, Heinrich. Nimm meine Hand.

VOGT *höhnend*: Beide Hände. Gib ihm beide Hände. So ist es recht.

JUDITH *sieht den leise lachenden Vogt an*: Was stiert Ihr mich an. Laß mich los, Bruder. *Sie steht, geht einen Schritt rückwärts, bedeckt plötzlich das Gesicht mit den Händen.*

VOGT *lacht schallend los.*

JUDITH: Worüber lacht Ihr, Vogt.

VOGT: Über Euch. Weiland Äbtissin. Judith ohne Land.

JUDITH *nach einigem Zögern zum Vogt, zuletzt fluchtartig, hält sich an ihm fest*: Das ist wahr? Das ist also wahr? Lacht nicht! Nein. Nicht lachen! Ah *wilder Ekel.* Er soll ihn rausbringen. Ich will die Leiche nicht sehen. Sagt ihm, Vogt, er soll ihn wegschaffen.

VOGT *geht zu ihm*: He. Du. Der Mann muß raus. Du mit ihm. Verstehst du.

HEINRICH: Ich will einen Priester holen.

VOGT: Du mußt ihn fortschaffen: Meine Leute schmeißen ihn auf den Acker. Hopp. Meine Leute verstehen keinen Spaß.

HEINRICH *zieht an der Leiche*: Der Wein hat meine Muskeln zerstört.

VOGT *an dem Teppich, auf dem die Leiche liegt, schiebend*: Pack an. Den Teppich kannst du mitnehmen. *Sie sind an der Tür.* Über die Schwelle. *Heinrich mit der Leiche ab.* Daß du den Hals mit ihm brichst. – Lebt wohl, Äbtissin.

JUDITH *leise*: Geht beichten, Vogt.

VOGT *wild*: Hab ich einen Mord begangen. Geht Ihr beichten. Bei den grauen Mönchen.

JUDITH: Seid mir nicht gram.

VOGT *tobend ab*: Lebt wohl!

Siebente Szene

JUDITH *allein, erst still, dann erregt*: Ich will –. Wo ist Laurenz. Laurenz! Laurenz! *Laurenz herein.* Sie gehen mir an den Leib, Laurenz. Es ist Krieg.

LAURENZ: Herrin. *Judith umarmt ihn.* Kommt davon, um Himmels willen, Herrin.

JUDITH: Ich will weg von hier.

LAURENZ: Wo ist der Vogt.

JUDITH: Er geht mich nichts an.

LAURENZ: Ein Kreuzfahrerheer zieht über den Markt. Alle Straßen sind voll. Sie stehen vor dem Palast. Die grauen Mönche sind unter ihnen. Rufen die Welt auf. Von Euch reden sie.

JUDITH: Bin ich denn ängstlich. Ha. Sie mögen anziehen. Die grauen Mönche, pfui die häßlichen. Sie mögen kommen. Mich ekelt vor ihnen. – *Blickt auf den früheren Ort der Leiche.* Das, das soll weg. Laß mich einmal sehen, oh. *Sie ist begierig an den Ort der Leiche gegangen.* Ich werde mich hinlegen, wo er gelegen hat. Ich will es. Oh, oh, ich – mag nicht. Drück mich. Drück mich herunter. Auf die Schulter. Ich kann nicht, nein. Ich will nichts wissen. *Verbirgt das Gesicht.*

LAURENZ: Wir müssen fort aus Paderborn.

JUDITH: Ich geh nicht. Du –. Du Zottelbärchen. Du bist ein Zottelbär. Kannst du brüllen?

LAURENZ: Frau Äbtissin. Äbtissin Judith.

JUDITH: Kannst du brüllen.

LAURENZ: Wenn Ihr es verlangt. O Jungfrau Maria.

JUDITH: Brüll. Brüll einmal. Recht laut.

LAURENZ *brüllend*: Öh öh.

JUDITH: Noch mehr. Mach mir angst. Mach mir angst.

LAURENZ *brüllt.*

JUDITH: Mach mir angst. Laurenz, du mußt wackeln wie ein Bär, greif mit den Tatzen.

LAURENZ *bewegt sich*: So.

JUDITH: Ja! Mach mir angst.

LAURENZ: Öh.

JUDITH: Komm doch. Komm doch. *Sie läuft vor ihm weg. Er wird immer rasender, brüllt.*

JUDITH: Ich habe angst. Laurenz.

LAURENZ: Ich bin der Bär.

JUDITH: Laurenz, laß sein.

LAURENZ: Ich bin der Bär. Ich fresse Euch.

JUDITH: Ah. Bleibt doch stehen. Du bist schrecklich. Ich laufe weg. Ich verstecke mich. Ich will nicht. Ich schreie. Hilfe. Hilfe. *Laurenz hat sich im Sprung auf sie gestürzt, die sich hilflos niedergeduckt hat.*

LAURENZ: Jetzt ist es um Euch geschehen.

JUDITH: Willst du mich umbringen, Laurenz.

LAURENZ *stöhnend*: Ja.
JUDITH *ihn umhalsend*: Du willst mich umbringen. Küß mich. Du tust mir nichts. Du bist ja fromm wie ein Ritter. Dir fehlt nur ein Schwert. Du bist ja ein *trällert* Hikadi, Hikadi, haha, haha. Was ist, Bärchen. *Laurenz ist zusammengefahren.*
LAURENZ: Sie rennen.
JUDITH: Laß sie doch.
LAURENZ *horchend*: Laßt mich los, Herrin. Hört, wie sie laufen. Sie kommen die Treppe herauf.
JUDITH: Ich will nicht. Ich mag noch nicht. Ich hab noch keine Lust.
LAURENZ: Sie sind auf den Gängen. Sie sind oben. Hört. Es sind viele, viele. Es kommen immer neue. Das Haus muß schon voll sein. Es werden die Kreuzfahrer sein.
JUDITH: Hast du kein Schwert. Da hängt eins. Gib es mir. Ich will auch eins. Gib mir das andere herunter. Das, ja. Danke. Stemm die Tür zu. Antworte nicht, auch wenn man dich fragt. Keinem, verstehst du, Laurenz, keinem. Sie laufen vorbei. *Laurenz blickt sich plötzlich nach ihr um, sieht sie stehen, wird schwach, fällt ihr zu Füßen, läßt sein Schwert fallen, weint.*
JUDITH: Wenn sie mich haschen sollten, schlägst du mich tot. Auf der Stelle. Gegen den Hals. Ich setz mich in die Ecke, da hinten bei den Kissen.
LAURENZ *weinend*: Herrin.
JUDITH: Versprich mir, daß du mich totschlagen wirst, wenn sie mich haschen.
LAURENZ *sich langsam aufrichtend*: Es wird Euch keiner fesseln, so lange ich lebe.

Achte Szene

LAURENZ *die Tür zustemmend; es klopft heftig*: Was wollt Ihr. Was – wollt – Ihr.
JUDITH *entsetzt*: Sprich nicht, Laurenz. Verrat mich nicht.
VOGT *von draußen*: [Ö]ffnen. Macht auf. Die Tür auf.

LAURENZ: Ich öffne nicht.

VOGT *draußen*: Der Vogt von Kemnade. Macht auf.

LAURENZ *öffnet, Vogt stürzt herein ohne Gürtel und Kopfbedekkung, schließt die Tür hinter sich.*

VOGT: Weg. Duckt Euch beiseite. Ich habe die Gitter des Ganges zugeworfen, sie kommen von da nicht durch. Wir müssen aus dem Palast.

JUDITH: Was ist, Vogt.

VOGT: Hört, wie sie singen. Euer blödsinniger Bruder war schuld. Er stand vor dem Tor, sie haben die Leiche des Boten erkannt.

JUDITH: Was habt Ihr getan, Vogt.

VOGT: Sie wären auch ohne die Leiche gekommen. *Man hört feierlichen Gesang, Kyrie eleis.*

JUDITH *leise einfallend*: In unserer lieben Frauen Land. Kyrie eleis.

VOGT: Ich öffne. Wir müssen davon.

JUDITH: Es ist mein Lied auch. Ich kann es auch singen. Es ist nicht ihres allein.

VOGT: Weib, bist du still.

JUDITH: Ihr könnt mich ruhig erwürgen. Es ist mein Lied auch. Laurenz, wir singen mit.

VOGT: Durch den oberen Gang in den Keller. *Öffnet die Tür. Ab.*

JUDITH: Ich fliehe nicht.

LAURENZ: Da sind sie. Da sind sie. *Drängt sie hinter einen Vorhang in eine Nische.*

JUDITH: Laurenz!

Kreuzfahrer sind ruhig eingetreten.

ERSTER KREUZFAHRER: Lieben Leute, hier sind sie durchgeschlüpft. Das ist das Zimmer des bösen Bischofs.

ZWEITER KREUZFAHRER: Sie sind wahrhaftig entwischt. Der Teufel hat sich ihrer angenommen.

DRITTER KREUZFAHRER: Wir haben alle gesündigt. Auch sie sollen aufbewahrt werden zum Ruhm des Kreuzes.

ERSTER KREUZFAHRER: Hier hat die Hure sich getummelt. Die

Kissen. Was ist das. Seine Mütze. Die Mütze des Boten. Hier ist er ermordet worden. Da steht ein Becher. Sie haben ihn trunken gemacht.

ZWEITER KREUZFAHRER: Die Satansfalle.

DRITTER KREUZFAHRER: Lieben Brüder. Laßt uns für die Missetäter beten.

ERSTER KREUZFAHRER: Kommt weiter, fromme Leute. Der Henker wird das Weib fassen.

Sie gehen aus dem Zimmer. Gesang: Nun ist die Betefahrt so gut, hilf uns Herr durch dein heilig Blut, das du am Kreuz vergossen hast und uns in dem Elend gelassen hast. Kyrie eleis.

JUDITH *ist aus der Nische getreten, wird von dem dritten Kreuzfahrer, der sie anblickt, gesehen. Sie hält ihn fest im Auge; er entgeistert rückwärtsgehend ab.*

LAURENZ: Äbtissin.

JUDITH: Er hat sich nicht an mich herangewagt.

LAURENZ: Was habt Ihr getan.

JUDITH: Ich stehe in Gottes Hut. *Knirschend.*

LAURENZ: Was soll ich, süße Herrin.

JUDITH: Ich weiche nicht. Ich werf mich unter sie, die Bestien. Da. *Hält ihren Arm hin.*

LAURENZ: Was soll ich.

JUDITH: Schlag mich. Beiß mich. Beiß mir in den Arm. Ich will schreien. Ich will zu mir kommen.

LAURENZ: O Herrin.

JUDITH: Nimm einen Stock, schlag mich.

LAURENZ: Kommt aus der Stadt.

JUDITH: Ich fleh dich an, Maria, gib mir recht über sie. Laß sie nicht triumphieren über mich. Wenn ich fromm war und zu dir gebetet habe, laß mich nicht aus deiner Huld.

LAURENZ: Nach Kemnade. Wir kommen durch.

JUDITH: Nach Kemnade. *Stürmisch ab.*

ZWEITER AKT

Klosterhof in Kemnade

Erste Szene

JUDITH *auf Sulike zu*: Sulike! *Umarmung.*
SULIKE: Judith!
JUDITH: Du hast mich nicht erwartet.
SULIKE: Ich freue mich. Du Liebe.
JUDITH: Wer ist im Haus?
SULIKE: Alle Schwestern.
JUDITH: Und die – Ritter?
SULIKE *leise*: Es hat sich nichts verändert.
JUDITH: Wirf sie hinaus. Wirf sie hinaus.
SULIKE: Ich soll sie –
JUDITH: Heute noch, gleich, Sulike. *Zu den sich nähernden Nonnen.* Steht nicht herum. Habt ihr nichts zu tun. Kichernde Affen. Weg mit euch.
SULIKE: Judith!
JUDITH: Ich kann ihren Anblick nicht ertragen. *Rasch in Tränen ausbrechend.* Es war schrecklich, Sulike. Erst das mit dem Boten des Kardinals. Ich hab den toten Kerl fortwerfen lassen. Er lag unter dem Tisch, besudelt mit Wein, mit Fleisch. Dann mein Bruder.
SULIKE: Nach Paderborn?
JUDITH: Er ist auf der Flucht. Sulike, was ist aus uns geworden. Er hat alles weggeworfen. Jetzt sind sie hinter mir her, die Kreuzfahrer. Die grauen Mönche hetzen gegen mich. O die grauen Mönche. *Geht weinend, von Sulike geführt.*
SULIKE: Schwester, Judith. Du zitterst, du wirst krank. Komm in deine Kammer, erfrische dich.
Judith und Sulike ab. Nonnen flüsternd über den Hof.
ERSTE NONNE: Sie war ja rasend.
ZWEITE NONNE: Was hat sie vor. Wir sollen Vigilie lesen.

DRITTE NONNE: Sie will die Regel des heiligen Benedikt bei uns einführen.

SULIKE *ist zurückgekehrt, auf Laurenz zu, der von der andern Seite ankommt*: Laurenz.

LAURENZ: Zum Gruß, Schwester Scholastika. *Leise.* Der Bischof kommt mit uns. Er ist fünfzig Schritt hinter mir.

SULIKE: Was ist geschehen. Der Herr Bischof muß flüchten.

LAURENZ: Wir waren in großer Gefahr. Herren vom Domkapitel sind mit.

SULIKE: Kommen alle unter.

LAURENZ: Die Ritter?

SULIKE: Sie jagen im Wald. Sag ihnen, sie dürfen nicht ins Kloster, bis du sie rufst.

Der Bischof und kleines Gefolge. Sulike nähert sich ihm.

SULIKE: Ehrwürdiger Herr Bischof.

BISCHOF: Du bist, meine Tochter?

SULIKE: Ich bin die Nonne Scholastika, Gehilfin der Frau Äbtissin.

BISCHOF: Scholastika, Christus Jesus, unser Seligmacher, verleihe dir und deinen Schwestern alle seine Gnaden.

SULIKE: Amen.

BISCHOF *im Gehen stehen bleibend, traurig*: Ja sieh, Schwester. Da gehe ich in dem Kloster Kemnade. Ich habe auf Ordnung und Gerechtigkeit in Paderborn gehalten, in den Streit um die Klöster habe ich mich nicht eingemischt, die Straßen des Bistums sind friedlich gewesen. Da toben diese Menschen an, die Kreuzfahrer, fromme Wesen. Ich soll mich entscheiden zu ihnen, soll Judith ausliefern, Klöster verbrennen. Ich – kann nicht. Aber ich weiß: wir haben nicht mit Fleisch und Blut zu kämpfen, sondern mit den eigentlichen Fürsten und Gewaltigen der Welt, die in der Finsternis herrschen, mit den bösen verstrickenden Geistern.

Bischof ab mit Sulike und der Begleitung.

DRITTE NONNE: Es ist der Bischof. Ich kenne ihn.

ERSTE NONNE: Von Paderborn? Was will er hier.

ZWEITE NONNE: Sie will uns ins Bett schicken. Wir sollen nichts merken. Der Bischof hat vor den Kreuzfahrern davonmüssen.

DRITTE NONNE: Da kommt der Vogt.

VOGT: He! Macht Platz. Was steht ihr herum.

ERSTE NONNE: Wir können hier stehen. Das ist unser Klosterhof.

VOGT *wütend zum Schwert greifend*: Hä, Bestie. *Nach hinten rufend.* He, vorwärts.

Heinrich wird über den Hof geführt.

NONNEN: Wer ist es. Heinrich! Abt Heinrich! *Zudringend.* Abt Heinrich!

HEINRICH: Ja. Abt Heinrich.

ERSTE NONNE: Warum bindet ihr ihn. Laßt ihn los.

VOGT: Steck die Nase in deine Psalmen.

HEINRICH: Ich bin der Bruder eurer Äbtissin. Ist dies eines Abtes würdig?

VOGT: Plärre, Heinrich. Die Schwestern werden dir helfen.

HEINRICH: Man bindet mich. Man wird mich ermorden, wie andere ermordet sind.

VOGT: Heinrich von Corvey ohne Corvey, Mönch vom Weinkübel, Welfe mit Lämmerblut. Man wird dir zu trinken geben.

HEINRICH: Feind der heiligen Kirche, du.

VOGT: Soll ich euch eine Geschichte erzählen von unserm lieben Abt von Corvey. Wie er in Paderborn am Stadttor saß mit einem Toten. Die Kreuzfahrer zogen vorüber und er plärrte wie zehn Trauerweiber, – weil ich auf den grausigen Einfall kam, einen Feind totzuschlagen!

HEINRICH: Einen Boten des Kardinals, mit dem Urteil über Kemnade. Sagt euch von diesem los. Die Kreuzfahrer ziehen schon an, euch auszurotten!

VOGT: Vom Hof herunter das Giftmaul.

Ab mit dem Abt Heinrich.

NONNEN *flüsternd*: Es ist wahr. Kreuzfahrer nach Kemnade. Ein Urteil über uns. Sie kommen. Sie sind unterwegs. Sie wollen uns ausrotten. Weh, unsere Sünden!

SULIKE: Was schreit ihr. Was ist mit euch. Warum liegt ihr.

NONNEN: Die Kreuzfahrer kommen, die Kreuzfahrer.

SULIKE: Einsperren werde ich euch lassen.

ERSTE NONNE: Wird das Kloster überfallen?

EINZELNE NONNEN *flehend und schmeichelnd nacheinander zu Sulike*: Sulike, wir werden nicht verjagt. Sulike, sag du. Wir werden geplündert und verjagt. Die Äbtissin ist von der Reise zurückgekehrt. Sie war voll Angst. Sie hat uns gescholten. Was ist für ein Urteil gegen uns.

SULIKE: Ich will euch erzählen.

NONNEN: Sulike.

SULIKE: Ein Sendbote, der uns mit einem unwahren Spruch verwirren wollte, ist erschlagen worden. Sein Werk ist zuschanden geworden. Der Kardinal Thomas, unser Feind, selber – soll –

ERSTE NONNE: Soll?

ZWEITE NONNE: Soll?

DRITTE NONNE: Auch?

SULIKE: O du schwarze Seele. Geh beichten, weil du solche Sünden gedacht hast. Er ist nicht erschlagen worden. Er soll – gestorben sein.

NONNEN: Hahaha *jubelnd.*

ERSTE NONNE: Gottes Finger!

ZWEITE NONNE: Maria ist über uns.

ERSTE NONNE: Maria ist nicht grausig. Hat nicht Peitschen und Pferde, um uns in die Einöde zu treiben.

DRITTE NONNE: Süße Königin des Himmels, die alle Wonnen der Erde überstrahlt.

MEHRERE NONNEN: Wunder Gottes. Gottes Finger. Der Kardinal Thomas ist gestorben, der uns vertreiben wollte. Maria unsere Hilfe. Er ist an ihrer Sonne wie Schnee geschmolzen. Süße. Süße Himmelskönigin.

ZWEITE NONNE: Nehmt grüne Äste. Brecht Flieder.

DRITTE NONNE: Sulike, laß uns feiern. Wo sind die Ritter, was werden sie tun.

VIERTE NONNE: Unsere seligen Tage, Schwestern, werden nicht vergehen.

ERSTE NONNE *ekstatisch*: Laßt uns beten, Schwestern. Wenn wir altern, – wir werden altern, – wir sind nicht mehr wie heute, neue, junge sind neben uns aufgetaucht. Unser Fleisch ist trokken geworden, unsere Brüste hängen, die Haare, unsere wehenden Haare, die duftenden Wolken, wo sind sie. Das Zittern in den Knien, die sich über den grünen Wiesen gebogen haben, das Schleifen der Füße über den Steinen. Wenn ich singen will, Maria lobpreisen, Magd, Wonne aller Mägde, wird meine Stimme ein Zirpen von sich geben und rasseln. Die Jungen, Neuen singen das Lied, das ich gesungen habe, und ich, ich freue mich an ihnen, sie singen mein Lied und lassen es nicht vergehen. Ich liege hier wie heute, armselig, ein weicher Klumpen, die Minne ist in mir dieselbe. Mein Fleisch gebe ich von mir, meine Minne, Maria, bleibt bei dir.

ZWEITE NONNE: Schwestern, wir wollen die Ritter holen.

JUDITH *ist langsam über den Hof gekommen, steht, von Sulike nicht bemerkt; leise*: Sulike!

SULIKE *auf sie zu*: Judith. Sie wollen die Ritter einholen. Sie dürfen?

JUDITH: Ja.

SULIKE: Du bist ja erstarrt. Hat dir das Bad nicht geholfen. Hast du Wein getrunken?

JUDITH: Die Geistlichen sind alle einquartiert?

SULIKE: Ja. Du kommst mit, Herz? Du kommst?

JUDITH: Ja wollt ihr mich denn mitnehmen? *setzt sich.* Ich bin ja so jämmerlich, Sulike, ich bin so verbohrt in mich. Wie ein Schiff, das einmal eine Richtung, eine falsche Richtung eingeschlagen hat, und jetzt kann es nicht mehr anders fahren. Das

Steuer ist eingerostet. Ich kann es nicht bewegen. Ich rüttle und rüttle, es folgt nicht, es folgt nicht.

SULIKE: Schreien sie noch, die Kreuzfahrer?

JUDITH: Alles nacheinander: Ich bin in der Stadt, Laurenz kommt blutend herein, ein Bote meldet, daß ich verurteilt bin. Er ist tot, Heinrich kommt, ich werde fast gesteinigt, den Bischof verjagen sie. Sie sind hinter mir her.

SULIKE: Komm, Kind. Geh mit mir.

JUDITH: Was willst du mit mir?

SULIKE: Setz dich mit uns an die Tafel. Wir feiern den schönen Tag.

JUDITH: Laß mich, Sulike!

SULIKE: So bleib, Judith. So siehst du uns doch und hörst uns. Du wirst wieder froh.

JUDITH *hauchend*: Ja. *Während Judith stillsitzt, kniet Sulike seitlich von ihr abgewandt stumm am Boden hin.*

SULIKE: Gott, großer Gott, errette uns, errette mich. Wenn wir gesündigt haben, wenn wir auch gesündigt haben, laß uns nicht vom Satan zerrissen werden. – *Aufstehend.* Das Tor auf! Das Tor soll auf! Das Tor!

Dritte Szene

Ritter treten ein, vereinzelt, dann mehr.

SULIKE *immer mit durchbrechender Verzweiflung*: Schwestern, tretet hinter mich.

NONNEN: Was willst du.

SULIKE *vor den Rittern*: Wer seid ihr? Habt ihr Waffen? Könnt ihr fechten, kämpfen für uns, im wirklichen mordenden Krieg. Hier tritt niemand ein, der nicht schwört bei der Treue zu Maria, daß er für uns sein Leben einsetzen will.

RITTER: Kein Ritter, Herrin, der diesen Eid schwören müßte.

SULIKE: Seit der Frühe hat sich etwas im Kloster verändert. Eure Geliebten sind flüchtig geworden. Sie sind unversehens, wie Hexen, zum Haus hinausgefahren. Ich will euch helfen, sie wiederzufinden. Bewegt euch nicht. Ihr werdet sie finden. Drückt die Hände vor die Augen, fest, alle. Habt keine Furcht. Ich zeig euch ein Geheimnis. Ihr werdet eure Geliebten finden. Soll ichs Euch sagen, wie Eure Geliebte heißt?

RITTER: Meine Geliebte?

SULIKE: Eure Dame heißt «Überall». Geht. Sucht die Dame «Überall».

RITTER *mit bedeckten Augen langsam vorwärts, lachend*: Nein, nein.

SULIKE *geht auf sie zu*: Ihr faßt immer uns, immer uns. *Zu den Nonnen*: Bedeckt eure Augen, wenn euch Angst ist. Sigune, zittre nicht, schließ die Augen, streck die Hände aus.

SIGUNE: Sulike, was machst du mit uns.

SULIKE: Daß keine spricht.

SIGUNE: Nein, ich will das nicht, ich mag nicht, ich lauf weg.

SULIKE *leidenschaftlich flüsternd bei ihr*: Ich bin nicht Sulike und du nicht Sigune. Wir sind eine und alle. Bist du zu stolz, um dich neben mich zu stellen.

DITLE *ihrem Ritter die Hand abziehend*: Ihr seid es.

JUTTA *von einem Ritter umfaßt*: Haha. Nein, Sigune, das ist Konrad, er ist mein, gib ihn mir.

SIGUNE: Du hast ihn ja, da ich ihn habe.

SULIKE: Geht wie Wellen über uns. Wären wir eine einzige Frau und ihr ein einziger Leib, um uns zu umhalsen.

EIN RITTER *vor Sulike*: Du, meine Dame, ich diene dir, fasse deine Hand.

SULIKE: Eine Mauer um uns. – Ich küsse deinen Mund, umhalse dich. Die Tafel steht im Saal.

Ritter und Nonnen sind unter Musik in das Haus gegangen; die Türe des Saals steht offen. Der untere Teil der Tafel ist sichtbar, über die Schwelle reichend.

SULIKE *den Kopf an Judiths Knien*: Es ist aus, Judith, zu Ende. Ich fühl es in mein Mark hinein. Nichts hilft mehr. Wir taumeln zu Ende.

JUDITH: Meinst du, Sulike.

SULIKE: Wir werden nicht mehr lange hier sein, Schwester. Sie sollen noch einmal alle den Schmerz fühlen, um uns und sich.
JUDITH: Geh liebkosen, Sulike. Man erwartet dich.
SULIKE *stürmisch aufstehend*: Ich will! Ich will! *Musik aus dem Saal.*
NONNEN *von draußen über den Hof*: Hier, Herr Abt. Seht, welch heller Tag. Heia.
HEINRICH: O ich dank euch, ihr lieben Schwestern. Ihr habt mich befreit.
EINE NONNE: Wir feiern ein Fest. Gebt uns die Ehre, Herr Abt.
HEINRICH: Ihr Sündigen.
NONNE: Wie oft habt Ihr mit uns getrunken. Wir lieben Euch.

Vierte Szene

Drei Pilger, ein alter: (der Kardinal) und zwei junge, sind langsam über den Hof gekommen.

EIN RITTER *an der Tafel*: Wer sind die Pilger. Heißt sie bei uns willkommen.
ZWEITER RITTER: Drei Könige aus dem Morgenland.
NONNE: Hier nehmt einen Trunk. Man wird euch Brot geben. Wollt ihr euch ausruhn.
ALTER PILGER: Gewährt uns Obdach für diese Nacht. Morgen in der Frühe wandern wir weiter.
HEINRICH: Wein! O Labsal, Verhängnis. Nun seht, ihr, die ihr nach dem heiligen Land pilgern wollt, seht einen Mann, der jetzt aufbricht und in einer kleinen Stunde an den Strand Syriens setzen wird.
RITTER: Nimm uns mit, Heinrich.
HEINRICH: Jerusalem, du heilige Stadt. Das Leben ist voller Bitterkeit, in der Minne ist Betrug. Ihr werdet mich fliegen sehen. Die Fahrt geht stürmisch. Wir fahren über das Adriatische Meer. Bei Sizilien tobt ein großes Unwetter. *Trinkt selig.* Ich komme durch.

AMBROSIUS: Der Bursche macht einen erbärmlichen Spaß.
KARDINAL: Der Bursche?
AMBROSIUS: Die Bestie.
KARDINAL: Du hältst dich für nichts Kleines, Bruder Ambrosius, daß du den Abt von Corvey für einen Burschen nimmst.
AMBROSIUS: Nein.
KARDINAL: Dies ist der Abt von Corvey. Er war schon wieder fest im Glauben. Nun ist es vorbei.
SULIKE *ist auf den Hof zu den Pilgern getreten*: Ihr frommen Männer, setzt euch zu uns.
KARDINAL: Wer, liebe Schwestern, ist Äbtissin eures Klosters.
SULIKE: Ihr wollt sie sprechen.
KARDINAL: Wir sind Pilger auf der Fahrt. Wir sind dem ehrwürdigen Kardinal Thomas bei Möllenbeck begegnet. Er sprach freundlich zu uns. Er bat uns, wenn wir zurückkehren zu ihm, ihm von eurer Frömmigkeit zu erzählen.
SULIKE: Die Äbtissin – sitzt in ihrer Zelle. Sie betet, ihrer Sünden gedenkt sie. *Mit Seitenblick auf Judith, die den Kopf gesenkt sitzt.*
KARDINAL: Meine Tochter, wir sehen Euch an. Ihr tragt bunte Kleider an Euerm Leib, an Euern Gürteln hängen neben den Stricken Blumenäste, da Blumen, heller, frischer Flieder.
SULIKE: Wir – lieben die Blumen.
KARDINAL: Da tut Ihr gut, meine Tochter. Es sind sanfte, stille Wesen, die sich gern zu Nonnen gesellen.
SULIKE: Marias Altar ist Tag und Nacht bei uns mit frischen Blumen geschmückt.
KARDINAL: Und ihr bekränzt euch selber, ihr jungen Menschen, ich tadle euch nicht. Wenn ich euch sehe, ihr seid selber Flieder, Reseda und Thymian. Mit euren schönen Augen, euren zarten Blicken. Aber du magst lieber hineingehen zu den anderen.
SULIKE: Nein, ich höre Euch gern zu, ehrwürdiger Pilger. Ihr sprecht doch gut zu mir.
KARDINAL: Sag mir, meine Tochter, was tut Ihr da drin. Es sitzen Männer an der Tafel. Sollen meine beiden Brüder zurücktreten. Sprich dich aus.

SULIKE *zurücktretend, mit verändertem Ausdruck*: Ich – will – sie rasend machen. Sie sollen uns noch einmal fühlen. Sie werden kämpfen für uns. Wenn man uns würgt, wir werden uns nicht ergeben.

KARDINAL: Es will Euch einer an den Leib.

SULIKE: Wir haben nichts verbrochen. Man will uns erschlagen und ausrotten. Wie Untiere will man uns in die Einöde jagen. Mein Flieder ist keine Giftschlange.

KARDINAL: Du, wie heißt du.

SULIKE: Ich bin Sulike.

KARDINAL: Du bist Nonne, dies ist nicht dein Name.

SULIKE: Die Schwestern sprechen zu mir so. Ich bin die Schwester Scholastika.

KARDINAL: Sag, Scholastika, wer ist das, der Euch in die Einöde jagen will?

SULIKE: Tolle Kreuzfahrer, von grauen Mönchen gehetzt, die uns hassen. Seid Ihr ihnen in den Wäldern begegnet. Geht hinaus, sagt ihnen, wer wir sind. Helft uns.

KARDINAL: Meine Tochter, warum weinst du.

SULIKE: Helft uns, helft Ihr uns.

KARDINAL: Bete nicht zu mir. Bete doch zur Maria. Zu Christus Jesus. *Flüsternd.* Tu es. Du – kannst – nicht.

SULIKE *entsetzt*: Was sagt Ihr.

KARDINAL: Du kannst nicht. Widersprich doch. *Er nimmt ihren Strauch, wirft ihn hin.* Da ist dein Fliederstrauch. Sieh zu, ob er beten kann für dich. Da liegt er. Spitz die Ohren, wie er betet. Hörst du es? Ich höre nichts.

SULIKE: Schont meiner.

KARDINAL: Erbarmen willst du, von mir? Von Gott mußt du es suchen. Aber wie kann er sich Eurer erbarmen, wenn Ihr Euch Euer Leben lang nicht einmal seines Sohnes erbarmt habt. Wie habt Ihr ihm die ungeheure Liebe vergolten. Weggeblasen ist sie. Ihr seid heute, wie Ihr vor seiner Ankunft wart.

SULIKE: Weh mir, weh mir.

KARDINAL: Gott war zuviel für dich, sprich es doch aus. Faß ihn an, pack ihn bei der Kehle. Du hast Bänder, erwürg ihn damit.

SULIKE *die Arme ausstreckend, schreiend*: Genug! Genug! Rettung!

KARDINAL: Es ist Rettung, so lange man lebt.

SULIKE: Eure Hand. Gebt mir Eure Hand. Ich glaube, was Ihr sagt, ich wußte es schon immer.

KARDINAL: Geh an den Tisch zu ihnen. Führ uns. Du bist die Gehilfin der Äbtissin. Setz dich ruhig neben uns, damit wir sie erkennen.

Kardinal und die beiden Brüder gehen langsam, von der zögernden Sulike geführt, in den Saal, aus dem von Zeit zu Zeit stärker Musik und Lärm kam. Judith hat stumm auf ihrem Platz gesessen; Sulike geht verstört an ihr vorbei.

Fünfte Szene

JUDITH *sich rasch dem jüngeren Bruder nähernd*: Bleibt Ihr.

CYRILL: Laß mich zu meinen Brüdern.

JUDITH: Bleibt.

CYRILL: Was begehrst du von mir, Frau.

JUDITH: Ich weiß nicht, Mann. Ich bin die Äbtissin von Kemnade.

CYRILL: Was willst du?

JUDITH: Ich weiß nicht, was ich von dir will. Wonach ich hungrig bin, weiß ich nicht. Ich bin leer und wild und erbittert. Ja, wie ein geknechtetes, gepeitschtes Pferd auf der Straße bin ich, kann nur stoßen und ausschlagen. Und dich hab ich.

CYRILL: Laß mich gehen, Weib.

JUDITH: Du siehst an meinen Bändern herunter. Was willst du von mir. Du brauchst es mir nicht sagen, ich seh es dir schon an. Aber du sollst es doch sagen, du sollst es. Ich werde dich schütteln, und wenn ich lange genug an dir geschüttelt habe, wird es aus dir herausfallen.

CYRILL *schleudert sie beiseite*: Los.

JUDITH: Los, los, Maria, dies mir, dies mir.

CYRILL: Laß meinen Mantel los. Ich schäme mich.

JUDITH: Ich bin auch ein Mensch, wenn ich auch schlecht bin. Ich laß dich schon los. Geh, Mönch, *schreit* geh.

CYRILL: Schwester, wenn ich dich betrübt habe, verzeih mir.

JUDITH: Geh, ich bin ein Tier. *Hat sich in äußerster Erregung auf die Knie geworfen, verbirgt das Gesicht.*

CYRILL: Fasse dich, steh auf.

JUDITH: Herr, hebt mich, ich bin eine Sünderin. *Verändertes Gebaren.*

CYRILL: Steh auf.

JUDITH: Ich habe verdient, daß Ihr hart zu mir seid.

CYRILL: Dies ist ein Sündenort, mein Kind. Ihr Frauen wart euch zuviel selbst überlassen.

JUDITH *lacht*: Ich muß lachen, verzeiht, Ihr nennt mich Kind, Ihr seid nicht viel älter als ich. Wollt Ihr schon gehen. Laßt mich nicht allein. Belehrt mich. Ihr bleibt heute nacht noch hier?

CYRILL: Ja.

JUDITH: Ich verstecke mich in der Nacht, oder ganz in der Frühe. Gönnt mir noch ein Wort. O wendet Euch nicht ab. Wollt mich nicht verdammen zu meinem sündigen Blut.

CYRILL: Morgen früh – werde ich dich sehen.

JUDITH *leise jubelnd*: Ja ja. Ihr werdet mir Rettung bringen. Ihr werdet kommen. Geht jetzt, Dank, Dank. Hier will ich Euch erwarten. *Cyrill ab in den Saal. Judith allein, hohnvoll verändert.* Ja, mein Vater. Mein Kind, mein Vater. *Sich umdrehend, mit hochgestreckten Armen über den Hof rufend*: Sigune! Ditle! Elena! *Sigune kommt angelaufen.* Du, Sigune, liebe süße, geliebte Sigune. Komm her, komm zu mir. *Hält sie umschlungen, führt sie nach vorn, stammelt immer*: Komm zu mir, komm her, komm her. Komm, komm, komm.

SIGUNE: Was ist, ich bin ja hier, Judith.

JUDITH: Komm her, Sigune. Ich – bin – froh. Ich bin wieder froh.

SIGUNE: Wie ich mich freue. Jetzt kommst du an die Tafel zu uns.

JUDITH: Mein Schiff hat Wasser, mein Schiff kann schwimmen. *Zeigt nach dem Saal.* Weißt du, wer da ist. Ich weiß es. Von den grauen Mönchen. Sie sind verloren. Ich werde sie strafen, – strafen *biegt sich stöhnend über sich.* An mir herunterblicken, mich mit der Hand stoßen, mir das.

NONNE *kommt gelaufen*: Kommt, Sulike sitzt an der Tafel wie eine Leiche neben den Pilgern. Sie ist umgefallen.

ZWEITE NONNE: Judith, Schwestern, kommt in den Saal. Hört, wie die Ritter und Schwestern singen. Sie feiern die Himmelskönigin.

Von drinnen voller Gesang.

JUDITH: Ich komme, ich komme.

Dicht hinter Sulike sind die drei Pilger aus dem Saal getreten; Ambrosius, das Gesicht bedeckend, voran. Judith streift sie, in den Saal gehend, winkt ihnen zu, lacht herausfordernd; langer Blick auf Cyrill.

Sechste Szene

KARDINAL *als Cyrill stockt*: Geh weiter, Cyrill. – So stürmisch, mein Bruder Ambrosius.

AMBROSIUS: Ich fluche meinen Ohren für das, was sie hören mußten.

KARDINAL: Der Richter darf nicht Furcht vor dem Verbrechen haben.

AMBROSIUS: Kreuzfahrer müssen herein, nichts sonst.

KARDINAL: Ruhig, mein Bruder Ambrosius.

AMBROSIUS *wirft sich vor ihm hin, hämmert den Boden mit den Fäusten*: Laßt mich fort von hier. Was ein Pfuhl ist, ein Menschenpfuhl, ich habe es bisher nicht gewußt. Was Schlechtigkeit, Abscheulichkeit ist, ich habe es nicht gewußt. So ist Satan gewesen, den der Herr aus dem Himmel stieß. Diese Maske hat er gehabt. Und damit hat er sich in die Klöster geschlichen, um uns zu vernichten.

KARDINAL: Besänftige dich. Du bist jung. Ich sehe den Satan, aber ich sehe auch die Menschen.
AMBROSIUS: Die Tore auf. Die Kreuzfahrer stehen im Walde und warten.
KARDINAL: Meinst du das auch, Cyrill. Du bist müde.
CYRILL: Erschöpft bin ich von der Reise; erlaubt mir, daß ich mich hinlege, Herr Kardinal.
KARDINAL *ihm eine Hand reichend*: Mein Kind, Friede mit dir.
CYRILL *langsam abgehend*: Friede mit Euch. Und mit dir, Bruder Ambrosius.
KARDINAL: Geh auch schlafen, Ambrosius.
AMBROSIUS: Ich schlafen? Wenn Sie Fackeln zur Nacht anzünden, werde ich eine nehmen und den Brand in die Zellen werfen.
KARDINAL: Weißt du, zu wem du sprichst, mein Sohn.
AMBROSIUS: Ihr mögt an mir tun, was Ihr wollt.
KARDINAL: Bezähme dich, Mönch.
AMBROSIUS: Was lohnt es, Mönch zu sein, wenn ich dies erdulden muß. Ich flehe Euch an. Verzeiht Ihr hier, so werde ich nicht in mein Kloster zurückgehen. Ich will dann nicht mehr.
KARDINAL *zitternd*: Steh auf. Warte. Warte. Welcher Geist ist in der Welt. Gib mir deinen Arm, Ambrosius. *Als Ambrosius zögert, drohend laut*: Komm!

DRITTER AKT

Klosterhof – Morgengrauen

Erste Szene

CYRILL *mit einem jungen Ritter*: Ich habe Vertrauen zu Euch, Herr Ritter. Laßt mich nicht allein.
RITTER: Gern begleit ich Euch, Bruder Cyrill. Ihr schauert wie im Fieber.
CYRILL: Gott gebe mir Frieden. Gestern um diese Stunde kniete

ich neben meinen Brüdern und betete. Bis zum hellen Morgen. Nach einer Weile sind wir durch den Wald gegangen, den warmen Tag über. Überall sind die armen Menschen an uns herangetreten, ich habe zu ihnen gesprochen. Es war die Welt, die ich kannte. In dies Kloster trat ich – mit Verachtung. – Halt mich fest.

RITTER: Bruder. Du hast wahrhaftig den Frost.

CYRILL: Da ist ein Wesen aus den Geschöpfen, aus den winselnden, die ich gestern beruhigt hatte, an mich herangetreten. An mich. Was bin ich? *verzweifelt*: Ich habe den Rock an, den ich gestern trug. Du bist mein Freund, sag mir: wer steckt in dem Rock. Ich – bin – es – nicht!

RITTER: Frau Minne kam ganz ohne Lärm. Klopfte nicht an die Tür.

CYRILL *bedeckt sein Gesicht*: Ich will dir sagen, ich muß dir sagen, was geschehen ist. – Es ist eine Frau. Eine Frau. Eine Frau – *erschüttert* – ist – ein Mensch – *faßt ihn an*: Weißt du das. Ich hab sie gesehen. Sie ging an mir vorüber, vor einer Stunde.

RITTER: Als du an meine Kammer klopftest? Es war Judith.

CYRILL: Es drehte sich in den Hüften, drehte sich, bewegte die Schultern, tänzelte auf dünnen Knöcheln. Ich wußte nicht, was das war. Es ging wie ein junger Ritter, rief mich an im Dunkeln. Dann trat es ins Mondlicht. Da sah ich die Brust, die Lokken, das Lächeln: eine Frau. Es stach mir durch das Herz; es riß mir die Brust bis zur Kehle auf. Ein Mensch, ein Mann, wie ich.

RITTER: Geh zu ihr, faß sie bei der Hand an, sprich zu ihr.

CYRILL: Ich würde glauben, ein Blitzschlag tötet mich.

RITTER: Es kommt jemand. Sie ist es. Judith. Ah, sie geht verkleidet.

CYRILL: Da ist es. Wie es stolziert. Die Füße setzt.

RITTER: Duck dich zur Seite.

CYRILL: Und ist mir süß, als wenn ich mich selber im Spiegel erblickte.

RITTER: Du Guter. Ich will dich verlassen. *Ab.*

CYRILL: Bleib.

Zweite Szene

Judith ist in Edelknabentracht langsam herumgegangen.
Wie Cyrill einen Schritt vorwärts geht ins Licht, kreischt sie.

JUDITH: Wer ist da.

CYRILL: Ich. Cyrill. Ich bin der Bruder Cyrill.

JUDITH: Wer seid Ihr? Was tut Ihr auf dem Hof. Was erschreckt Ihr mich.

CYRILL: Ich bin – der Bruder Cyrill. Ihr habt mich eingeladen gestern, hierher. Ihr wolltet mit mir sprechen.

JUDITH: Ich? Wer weiß, wer Euch bestellt hat. Wer sich mit Euch einen Spaß gemacht hat. Seht zu, daß Ihr Euch nicht erkältet.

CYRILL: Judith. Äbtissin Judith.

JUDITH *spaziert weiter.*

CYRILL: Judith. *Sie steht plötzlich still, kehrt um, steht vor ihm, ihn fest anblickend.*

JUDITH: Seid Ihr schon reif?

CYRILL: Was meint Ihr.

JUDITH: Wer war vorhin mit Euch. Ihr wart nicht allein. Ihr spracht mit jemand. Was bedeckt Ihr das Gesicht. Warum gebt Ihr keine Antwort. Nehmt die Hand vom Gesicht.

CYRILL: Ich tue es schon, Schwester.

JUDITH: Schwester.

CYRILL: Ja, Schwester. Wer bist du. Bist du ein Mann?

JUDITH: Judith!

CYRILL: Kommst du mich zu verführen. Hast du dich darum verkleidet?

JUDITH: Sieh einer, die Bestie. Ihn verführen. Ich dich. Warum dich. Was ist an dir.

CYRILL: Schwester, ich hab dich gekränkt.

JUDITH: Zeig deine Arme, zeig deine Knie. Da! Und ich soll hinter dir herlaufen, daß du mich nimmst. Such dir eine Geiß zum Gemahl aus; ich werde dir den Stall öffnen lassen.

CYRILL: Judith, ich hab nur einen Wunsch. Dich zu sehen. Ich habe nie gewußt, wozu ich Augen und Ohren habe. Jetzt weiß ich es. Du. Du. *Fällt vor ihr hin.*

JUDITH: Was willst du. Was tust du.

CYRILL: Komm. Ich kann meinem Arm nicht gebieten. Ich kann meinem Kopf nicht gebieten. Was tut mein Arm. Schwester, süße Schwester. *Umarmung.*

JUDITH: Holder Bruder.

CYRILL: Halt mich fest. Ich sterbe nicht. Du bist von meinem Blut. Und wunderbarer, wonniger.

JUDITH: Wie süß du redest. Komm. Nimm mich, du, Cyrill.

CYRILL: Wie eine Kette hängst du an meinem Hals. Du sollst sie nicht lösen.

JUDITH: Was tut dein Mund.

CYRILL: Ich bins ja gar nicht. Ich halte dich. Man muß mich erschlagen, will nicht wieder aufwachen.

JUDITH: Es wird Morgen. Wach auf.

CYRILL: Laß Morgen werden, laß Abend werden.

JUDITH: Nun ist die Kette gelöst. Blick auf. Man wird über den Hof kommen.

CYRILL: Meine Kette. Gib mir meine Kette wieder.

JUDITH: Was wird man sagen, Cyrill, wenn du hier bist. Du mußt fort, Cyrill.

CYRILL: Fort.

JUDITH: Du mußt fliehen. Du wirst gepeitscht von deinen Brüdern, weil du mich angefaßt hast.

CYRILL: Dich angefaßt.

JUDITH: Wach auf, Cyrill. *Schüttelt ihn.* Bestraf mich nicht. O hab ich gesündigt.

CYRILL *immer gebunden*: Ich muß fort.

JUDITH: Du nimmst ein Pferd. Ich lauf bis zum Wald mit dir, dann wartest du still, bis ich dich rufe. Komm. Wach – doch – auf!

Judith führt ihn; wie er sie einmal umarmt hat, steht sie entsetzt da, ringt die Arme, führt ihn fort.

Dritte Szene

Ambrosius geht langsam über den Hof. Der junge Ritter springt rasch an ihm vorbei, überzeugt sich, daß der Laubenplatz leer ist.

AMBROSIUS: Wer ist der Herr. Was tut der Herr so früh im Kloster. *Laut.*

RITTER: Mäuse fangen, ehrwürdiger Pilger, Mäuse fangen. Die ganze Nacht hab ich Mäuse gefangen. Jetzt bin ich müde, ist auch keine mehr da.

AMBROSIUS: Ihr nennt mir Euren Namen nicht. Ich werde mir Euer Gesicht einprägen.

RITTER: Werdet mich noch verschlingen. Kommt näher, seht mich an –. Riecht Ihr nichts an meinen Kleidern, an meinem Haar? Veilchen, Veilchenduft.

AMBROSIUS: Elender.

RITTER: Seid Ihr nicht auch ein Mann? Ich werde heut abend auf Euch warten. *Lachend ab.*

Vierte Szene

KARDINAL *kommt langsam*: Dein Bruder ist nicht bei dir.

AMBROSIUS: Bruder Cyrill ist früh aufgestanden, ganz in der Frühe. Er stöhnte, betete lange Zeit neben mir. Dann schlich er davon. Er wird sich geißeln.

KARDINAL: Ich will warten, bis er wiederkommt. Hast du auch gebetet um Erleichterung, mein Sohn. Mir – ist nicht wohl, mein Kopf dumpf, meine Schultern matt. Die Nacht hat mich angestrengt.

AMBROSIUS: Ich – hatte erst geschlafen. Dann wurde ich geweckt durch Geräusche. Die Türen klappten da, dort, über mir, neben mir. Es kicherte. Der höllische Geist, der durchs Haus ging, hat mich gepreßt.

KARDINAL: Ich werde heute Gericht halten.

AMBROSIUS: Gesegnet der Tag, der dies von der Erde fegt.

KARDINAL: Rufe die Schwestern zusammen. Alle. Auch die Äbtissin Judith rufe.

AMBROSIUS: Dank. Dank.

KARDINAL: Was dankst du.

AMBROSIUS: Ich empfinde die Befreiung von dem Übel.

KARDINAL: Ich bin nicht für dich. Ich habe Gericht zu halten.

AMBROSIUS: Ich weiß, mein Vater.

KARDINAL: Wenn sie zusammengerufen und gehört sind, wird das Urteil kommen. Ich bin alt. Bin dir wohl zu alt.

AMBROSIUS: Mein Vater.

KARDINAL: Du glaubst, weil ich hinfällig bin, du könntest es besser machen als ich. Aber es ist gut, daß ich noch bin.

AMBROSIUS: Das Urteil wird gesprochen werden.

KARDINAL: Und du kennst es.

AMBROSIUS: Hätte es Zisterziums bedurft, wenn dies hier stehen bliebe. Hätte es Benedikts und eines einzigen Mönchsordens bedurft. Hier ist unsre Aufgabe gestellt, jeder Handgriff ist vorgeschrieben. Wie die Säge einen Ast abtrennt, so wir die Nonnen von dem Kloster. Wie das Feuer den Seuchenherd zerfrißt, so wir dieses Kloster.

KARDINAL: Da ist das Urteil. Du weißt es. Du hast nicht beten brauchen. Brauchtest keinen Gott dazu. An dein Urteil ließest du Gott nicht heran.

AMBROSIUS: Ich habe gebetet, das Urteil hat sich nicht geändert.

KARDINAL: Bei diesem Gebet hätte ich nicht in deine Seele sehen mögen, Bruder Ambrosius. Wenn du gestern, vor einem Jahr, vor zwei Jahren gefragt wärest, du hättest es schon gewußt. Denn du bist sicher. Ein Jahr jünger, zwei Jahr jünger: um so sicherer wußtest du es. – Ich habe gestern hier eine Nonne gesprochen.

AMBROSIUS: Die Schwester Scholastika.

KARDINAL: Sulike sagten sie. Diese war sanft und hörte auf mich. Ich will sie sehen. – Das hier, Ambrosius, was ist es?

AMBROSIUS: Ein Stein, vielleicht von einem Schwert.

KARDINAL *wirft*: Sieh. Ich werf ihn hin, Splitter sind abgesprungen. Und wenn ich jeden Splitter nehme, so ist er Stein. Stein und immer wieder Stein.

AMBROSIUS: Ja.

KARDINAL: Nur Gott kann das ändern. Die Gnade. Die Natur ist unbeweglich. Entzieh dich Gott nicht. In deinen Gedanken lodert schon der Brand, den die Kreuzfahrer hinwerfen; die Beile und Messer. Das Schreien der Nonnen, die man peitscht, – schallt in deinen Ohren, süß, süß.

AMBROSIUS: Vater. Vater.

KARDINAL: In die Knie, Mensch.

AMBROSIUS: Was hab ich verbrochen.

KARDINAL: In die Knie. Bei dem Gehorsam, den du geschworen hast.

AMBROSIUS: Ich demütige mich. Ich stehe in Eurer gnädigen Hut.

KARDINAL: Ruf die Nonne Scholastika.

Ambrosius geht, kommt bald mit Sulike.

KARDINAL: Sulike, du hast gestern einem Pilger Auskunft gegeben. Ich bin Thomas, dem der heilige Vater in Rom einen Auftrag für euch gegeben hat.

SULIKE: Nehmt Euch unserer an, Herr Kardinal.

KARDINAL: Ich will das nicht hören. Niemand kann sich eurer erbarmen, es steht niemandem zu, niemand kann die Last der Verantwortung übernehmen. Weil eure Herzen gehurt haben, werden sie zerschnitten werden. Das sag ich euch.

SULIKE: Herr Kardinal.

KARDINAL: Ich will nicht.

SULIKE: Erbarmen.

KARDINAL: Spei das Wort beiseite aus, nicht gegen mein Ohr. Steh auf. Die Nonne Scholastika aus meinem Gesicht. Heb sie, Ambrosius. Deck sie zu, bedeck ihr Gesicht, Ambrosius. Du bist keine Nonne mehr. Ihr alle nicht. Ruf sie zusammen; führ sie in die Kapelle; sage ihnen, wer ich bin; ich werde zu ihnen sprechen.

Ambrosius führt sie weg; ist gleich wieder da.

AMBROSIUS: Der Herr hat mich gesegnet, daß ich neben Euch gehen durfte.

KARDINAL *blickt ihn lange stumm an, wendet sich*: Komm mit mir.

AMBROSIUS: Wohin wollt Ihr, Herr Kardinal. *Kardinal langsam gehend.* Wohin wollt Ihr.

KARDINAL: Wir wollen das Kloster verlassen. Ich werde fromme Mönche herschicken, die sollen mit den Nonnen sprechen. Gericht werde ich später halten.

AMBROSIUS *fassungslos*: Was wollt Ihr?

KARDINAL: Versperr mir nicht den Weg. Es ist gut, daß du da stehst. Messer, nicht wahr, Beile, Schwerter. Ich erkenne dich. Dein Gesicht zu, Mensch, *hält ihm die Hand über*, deine Augenlider herunter. *Geht.*

AMBROSIUS: Bin ich wahnsinnig geworden. Was ist hier geschehen.

KARDINAL: Blick weg, Ambrosius.

AMBROSIUS: Diese Pest laßt Ihr wüten.

KARDINAL: Die Hand vor dein Gesicht.

AMBROSIUS: Ihr seid sehr blaß, Herr Kardinal. Gebt mir die Vollmacht des Papstes, daß ich Euch vertrete.

KARDINAL: Ruf meinen lieben Cyrill, er soll mich führen.

AMBROSIUS: Ich bin wahnsinnig geworden. Ist das ein Kloster von denen, die der heilige Benedikt errichtet hat, damit sie das Wort Gottes verbreiten und die Menschen aus der Vertierung heben. Die Dirnen sollen weiter prahlen, jubilieren, «in seinem Namen». In seinem Namen, dem ich, ich, ich, diene. *Läuft dem Kardinal nach.*

KARDINAL: Ich erwarte dich in den Wäldern.

AMBROSIUS: Christus Jesus, du hast mir deinen Schutz in schweren Stunden gewährt; verlaß mich nicht. *Mit einem Satz zum Kardinal*: Herr Kardinal, noch ein Wort. Es mag alles sehr klar sein. Was, sagt mir noch einmal, was soll hier geschehen.

KARDINAL *laut*: Die Beile! Die Messer! Mensch: dein Gesicht zu.

AMBROSIUS: Ihr kommt hier nicht vorbei. Ich bin mir meiner Sinne bewußt. Ich habe meine Pflicht nicht zu versäumen.

KARDINAL: Du. Laß mich vorbei.
AMBROSIUS: Ich kann nicht.
KARDINAL: Beim heiligen Gehorsam.
AMBROSIUS: Ich weiß.
KARDINAL: Das lock ich aus dir heraus.
AMBROSIUS: Es ist zuviel. Da – ist mein Kreuz. *Wirft es ab.*
KARDINAL: Was – soll – das?
AMBROSIUS: Da ist mein Kreuz, das Ihr mir gegeben habt. Ich bin Mönch gewesen. Ich gehöre keinem Orden mehr an.
KARDINAL: Du Unbändiger.
AMBROSIUS: Jetzt bin ich ein einzelner Mann, der die Partei des Papstes ergriffen hat. Der Vogt von Corvey hat unsere Boten niedergeschlagen. Ich bin nicht anders als der Vogt. Ihr dürft nicht heraus, Herr Kardinal, ohne das Urteil gesprochen zu haben.
KARDINAL: Und nicht einmal vor meinem Alter hast du Scham?
AMBROSIUS: Nehmt Euren Platz ein. Ich werde die Nonnen rufen, die Äbtissin, die Chorfrauen und die Laienschwestern.
KARDINAL: Leb wohl. *Will gehen.*
AMBROSIUS *greift ihn an*: Hier setzt Euch auf die Bank.
KARDINAL: Du greifst mich an.
AMBROSIUS: Heinrich[s] heiße ich. Ich habe von meiner Bruderschaft her noch Stricke. Damit werde ich Euch fesseln.
KARDINAL: Das tust du mir Schwachem.
AMBROSIUS: Ihr seid schwach – vor mir. Eure Krankheit bin – ich. *Bindet ihn. Der Kardinal ist in den Stricken vornüber gesunken, tot.*
AMBROSIUS: Um – des – Heilands – willen. Mutter Gottes, Mutter Gottes!

Fünfte Szene

SULIKE *die schon beobachtet hat, stürzt herzu*: Du hast ihn ermordet. Du hast ihn ermordet.
AMBROSIUS *als Sulike dem Kardinal die Stricke abbindet*: Die Hän-

de von ihm, Weib. *Entfernt selbst die Stricke.* O mein Heiland. O allerliebste Jungfrau Maria. Ist er denn tot.

SULIKE: Du hast ihn ermordet.

AMBROSIUS: Wie prüft mich Gott. Was legt er mir auf. *Steht versunken.*

SULIKE: Ich trag ihn weg von dir. Er ist tot.

AMBROSIUS *murmelt ein Gebet.*

SULIKE: Deine Krallen von ihm. Du Sanfter, du Süßer. Gertraute. Gertraute. Dietle. Sigune. *Kommen.* Helft mir tragen. Es ist der Kardinal, der heilige Mann. Nehmt ihn mit mir. Du den Kopf, du den Leib. Ich will seine Füße halten. Wir wollen ihn in die Kapelle bringen. Wir wollen ihn bekränzen und aufbahren. Langsam, Schwestern.

Sechste Szene

Judith ist gekommen, ihre gewöhnliche Tracht.

AMBROSIUS *benommen*: Was stellst du dich vor mich.

JUDITH: Ich bin Judith, die Äbtissin von Kemnade.

AMBROSIUS: Ihr seid das. Euretwegen sind wir in das Kloster gekommen.

JUDITH: Was blickt Ihr mich an, aus glühenden Augen, wie ein Wolf, der mich verschlingen will.

AMBROSIUS *stöhnend*: Wir wären nicht – auf diesen Weg – gekommen, wenn Ihr nicht wärt.

JUDITH: Man hat eben einen fortgetragen. Da liegt etwas von Euch. Ihr habt es verloren. Ein Strick.

AMBROSIUS: Ich dank Euch.

JUDITH: Ein Kreuz.

AMBROSIUS: Ich dank Euch. *Steht, die Dinge in den Händen bewegend.*

JUDITH: Man legt es um den Hals.

AMBROSIUS *Strick und Kreuz umbindend*: Im Namen des Vaters, des Sohnes und des heiligen Geistes.

JUDITH: Amen.

AMBROSIUS: – Ich habe, Äbtissin Judith, in Eurem Kloster ein Amt zu vollziehen. Den Kardinal Thomas, den der Papst geschickt hat, hat der Herr zu sich genommen. Ich habe die Vollmacht, an seiner Stelle über Euch Recht zu sprechen. Ruft die Schwestern, die zu Euch gehören, zusammen.

JUDITH: Drei seid Ihr hergekommen. Drei Donnerkeile im Mund. Der eine – Gottes Finger – ist eben von Euch gegangen, Bruder. Der zweite – wo ist er?

AMBROSIUS: Wo ist er?

JUDITH: Ihr echot gut. Im Wald. Ich hab ihn hinbegleitet. Er erholt sich von Euch, im Wald.

AMBROSIUS: Das habt Ihr getan, Äbtissin.

JUDITH: Mit meinen Händen, meinen Füßen, meinem Mund.

AMBROSIUS: Das habt Ihr meinem Bruder Cyrill angetan.

JUDITH: Wie Ihr leidet. Bleibt von den dreien nur noch Ihr.

AMBROSIUS: Wir hatten Boten geschickt, zwei Boten, mit Schreiben des Kardinals.

JUDITH: Wo sind sie. Fragt einmal selber. Der eine soll schon im Wald still geworden sein. Und der andere – ritt Huckepack auf meinem Bruder Heinrich. Sagte aber auch nichts mehr. Euch könnte ich festnehmen lassen, Bruder Ambrosius, tu es nicht, die Heiligen sind gegen Euch, rufe nicht einmal den Vogt.

AMBROSIUS: Die Boten des Kardinals habt Ihr umgebracht. Den Bruder Cyrill von uns genommen.

JUDITH *gell*: Geht Eures Wegs, junger Mönch, aus Zisterzium. Blickt mich nicht an wie ein Wolf in der Falle.

AMBROSIUS *leise*: Ruft mir die Schwestern.

JUDITH: Gern. Sie sollen ihre Freude haben an dem Wolf, der schnappen will und das Bein nicht loskriegt. Wir haben auch viele schöne Ritter im Haus: dürfen sie vor Euch treten.

AMBROSIUS *immer leise*: Ich will auch die Ritter sehen.

JUDITH: Hei! Viel Glück! Pförtner! Es ist ein Abgesandter aus dem Totenreich da. Ruf die Ritter. Und die Schwestern.

Siebente Szene

Die Ritter. Ambrosius versunken.

ERSTER RITTER: Ein Pilger.

ZWEITER RITTER: Herr Pilger!

ERSTER RITTER: Es scheint, er hat Zeit. Wir auch.

ZWEITER RITTER: Bringen wir ihm ein Morgenlied; vielleicht erwacht unsere Holde.

VIERTER RITTER: Ich will einmal herangehen, ihn fragen, ob wir da sind.

ERSTER RITTER: Wirf dein Schwert hin.

DRITTER RITTER: Herr Pilger, Herr Mönch *wirft das Schwert hin.*

AMBROSIUS *leise zu sich kommend*: Laß das Schwert liegen. Wer seid Ihr, Herr Ritter?

DRITTER RITTER: Ich bin Folkwin von Schwalenberg, habe zwanzig Monate im Kriege mit den Wenden gelegen. Tapfer hab ich gekämpft.

AMBROSIUS: Was seid Ihr sonst?

DRITTER RITTER: Liebhaber und Diener der Frauen. Gemahl der schönen Jolente von Lara. Freund des Weins.

ANDERE RITTER: Das ist er.

AMBROSIUS: Was sonst.

DRITTER RITTER: Krieger, Diener der Frauen. Gemahl der schönen Jolente. Ist das nicht genug.

AMBROSIUS: Sonst seid Ihr nichts. *Bekreuzigt sich.* Wo bin ich hier?

DRITTER RITTER: In Kemnade, im Nonnenkloster. Nun seht, Herr Pilger, ob wir nicht Verehrer der Frauen sind.

AMBROSIUS *leise*: Blindgeborenes Rudel Hunde. In einen Sack gebunden, in einen Teich geworfen.

DRITTER RITTER: Was murmelt er.

AMBROSIUS: Komm nicht näher an mich heran. Bei den Heiden gibt es ein Märchen von einer Zauberin, die Männer anlockte und sie in Tiere verwandelte. Euch braucht keine Zauberin verwandeln. Wozu kettet ihr ein Schwert um. Um Nonnen zu kitzeln?

ERSTER RITTER: Bruder Mönch. Ihr haltet Eure Zunge im Zaum oder denkt Euer ganzes irdisches Leben an diese Stunde.

AMBROSIUS *geht ruhig herum, reißt ihm das Schwert ab*: Da; in den Dreck. *Zum zweiten ebenso.* In den Dreck. Bleibt stehen. Da, das Band der Hure, der ihr dient: herunter.

DRITTER RITTER: Das ist zuviel von dem tollen Mönch.

AMBROSIUS *vor ihm*: Bock, komm her. Laß dich abschirren. Die Hörner herunter. Das Geweih ab. Die Klauen. Das Fell. Wirf es selbst hin. *Ritter läßt zögernd Bänder und Ketten fallen.* Hin! Hin!

VIERTER RITTER: Dies nimmt sich ein Mönch heraus. Dies, Mönchlein, sollst du büßen. Heb das Schwert auf.

AMBROSIUS: Ich?

VIERTER RITTER: Leg es ihm um.

AMBROSIUS *nachdem er ihn lange angesehen hat, hebt es langsam auf, gibt es ihm in die Hand.*

VIERTER RITTER: Die anderen. Besinne dich nicht, Mönchlein. Du wirst es bereuen.

Ambrosius nimmt langsam zwei Schwerter, gibt sie den Rittern in die Hand.

VIERTER RITTER: Brav, Mönchlein. Und jetzt Fußfall vor uns und *pater peccavi.*

AMBROSIUS: Der Papst, unser Heiliger Vater in Rom, der den Schlüssel zu Himmel und Hölle hat, hat den Kardinal Thomas geschickt, die Christenheit in den Klöstern und dem Lande zu prüfen. Der Kardinal ist tot. An seiner Stelle stehe ich.

Der Ritter stutzen, beugen die Köpfe, einzelne die Knie, legen die Waffen hin.

AMBROSIUS: An den Boden. Tiefer. In den Boden hinein. Durch die Erde. In die Hölle. Pfui. Anblick von Menschen. Dafür ist Christus gestorben. Dafür ist der Kardinal gegangen.

ERSTER RITTER: Vergib uns, Herr.

ZWEITER RITTER: Wir sind Sünder. Nimm uns nicht unser Seelenheil.

AMBROSIUS: Die Kirche ist nicht süß. Der Heiland und die Märtyrer waren Männer, haben Waffen getragen, geblutet für uns.

ERSTER RITTER *bückt sich nach seinem Schwert*: Ich will mein Schwert.

AMBROSIUS: Dein Schwert? Wie heißt du hier?

DRITTER RITTER: Folkwin von Schwalenberg.

AMBROSIUS: Brigitte! Brigitte heißt du. Scharwenzeln, Bänder, Küsse sind doch deine Lust. He, Weibchen.

ERSTER RITTER: Die Pest. Ich brech mich in Stücke.

AMBROSIUS: Hättest du es längst getan. Wir hätten diesen Ort nicht gesehen.

ZWEITER RITTER: *ist hingesunken*: Wir sind Christen. Mich reut mein Tun.

DRITTER RITTER: Weg die Bänder. Du Kreuz, du bist mein Heil, du bist mein Führer. Du warst es immer.

AMBROSIUS *leise*: Die Hölle brennt. Das Feuer brennt. Menschen. Oh, will ich denn noch.

ANDERER RITTER: Herr, hilf uns beten.

AMBROSIUS *abgewandt, tonlos*: Die Schwerter auf. Verlaßt dieses Kloster.

ERSTER RITTER: Ich zieh zum Heiligen Grab. Gebt mir das Kreuz.

ZWEITER RITTER: Hier mein Schwert. Ich leg es vor dich. Befiehl mir, was ich tun soll.

AMBROSIUS: Sprecht mich nicht an. Geht fort. Reinigt das Gesicht der Welt von Euren Schandtaten.

RITTER: Wider die Sarazenen. *Ab.*

Achte Szene

JUDITH *steht da; Sulike bald hinter ihr*: Brav Mönch! Die Helden, die Helden, haha, die Helden!

AMBROSIUS: Und Eva. Und Eva. Erbarmenlose. Daß ich sie fasse. Daß ich sie enthülle.

Schwestern kommen.

JUDITH *zu Sulike*: Laß gut sein, Schwester.

Sulike langsam zu dem Mönch.

AMBROSIUS: Schwester Scholastika, hast du ihn aufgebahrt in der Kapelle.

SULIKE: Aufgebahrt in der Kapelle.

AMBROSIUS: Ich danke dir. – Nimm den Schleier ab, Sulike. Du bist keine Nonne mehr.

SULIKE: Wehe.

AMBROSIUS: Den Schleier ab, Hirsunde. Und du.

NONNEN: Wehe, wehe.

AMBROSIUS: In eure Dörfer, damit ihr nicht zugrunde geht.

NONNEN *hingeworfen*: Herr, Herr!

AMBROSIUS *hebt die Arme auf*: Ich – mag nicht – verzeihen.

Hinter den Nonnen Ambrosius ab.

JUDITH *laut*: Der Wolf rüstet sich zum Sprung. Seid lieb zu ihm, daß er euch nicht verschlingt. *Ditle fällt vor ihr hin; sie hebt sie auf.* Auch du, Ditle? Was verstehst du davon, du Kleine?

Neunte Szene

JUDITH *rechts und links laufend*: Wo ist der Vogt? Vogt! Alle Zellen leer! Die Ritter fort. Der Vogt schläft. Vogt! Vogt!

VOGT *torkelnd*: Nun! Nun! Äbtissin Judith, Ihr habt eine Stimme. Wenn die Posaune von Jericho verstopft ist am Jüngsten Gericht, so holt man Euch; Ihr könnt rufen.

JUDITH: Und Ihr könnt schlafen.

VOGT: Warum weint Ihr denn, Kind. Schöne Luft, tut mir gut. Wir haben gefeiert im Refektorium. Dann haben wir ein Faß in die Sakristei gerollt.

JUDITH: Wo ist Laurenz?

VOGT: Der wollte uns hindern zu trinken. Wir müßten kämpfen, meinte er. Da haben wir ihn hingelegt. Er hat trinken müssen, die Nase zu: sauf, du Kerl, sauf. Ruft Ihr ihn. Vielleicht kommt er aus der Sakristei geschwommen.

JUDITH: Der Kardinal war hier! Ihr. Ja, Ihr.
VOGT: Wer. He, was.
JUDITH: Der Kardinal war hier! Der Kardinal Thomas von Rom.
VOGT: Trara, der war hier. Ich war auch hier. Was hat er denn gemacht.
JUDITH: Der Kardinal war hier. Glotzt mich nicht an.
VOGT: Du bist wahnsinnig. Wo ist der Kardinal? *Will losstürmen, Schwert in der Hand.*
JUDITH: Ihr braucht ihn nicht mehr erschlagen. Er ist schon tot.
VOGT *jubelnd die Arme ausstreckend*: Ihr! Judith. Ihr!
JUDITH: Er ist gestorben. Ein Mönch stellte sich für ihn hin. Der hat uns alle Ritter aus dem Kloster genommen. Und alle Nonnen. Alle Ritter, alle Nonnen.
VOGT: Sie haben mit mir getrunken.
JUDITH: Ruft sie.
VOGT: Ihr habt diesen Mönch am Leben gelassen.
JUDITH *klagend*: Sulike ist mitgegangen. Ditle ist mitgegangen.
VOGT: Warum seid Ihr nicht auch mitgegangen. Der Wein, der vermaledeite Wein. Ich reite, hole Leute. Sie werden uns Zeit lassen zu fliehen. *Hornsignal. Lärm.* Wir sind dicker drin als in Paderborn. Da! Da sind sie. Die Schufte blasen zur Jagd. Judith. *Auf sie zu, sie umarmend.*
JUDITH: Schmäht Ihr mich aus?
VOGT: Was, schmähen und schimpfen. Mich freuts, daß Ihr nicht mit geflohen seid. Ich laß sie nicht an Euch heran. Schön, Äbtissin Judith, Euch zu halten; es ist was an Euch. – Kommt. *Knien beide hin, murmeln. Stärkerer Lärm.* Lauft Ihr zwischen die Ställe. Seht zu, daß Ihr entwischt. Duckt Euch ins Stroh.
JUDITH: Ich kann das Schwert nicht halten.
Kreuzfahrer, langsam.
ERSTER KREUZFAHRER *sehr laut*: Ergebe sich, wer hier ist. Wer hier ist, Ritter oder Nonne oder Knecht.
VOGT: Um Christi willen, Judith, lauft.
JUDITH: Ich – kann – mich – nicht – bewegen.

VOGT *auf den ersten Kreuzfahrer zu*: Einer hat sich ergeben! *Stößt ihn nieder.*

ERSTER KREUZFAHRER *fallend*: Brüder!

Neue Kreuzfahrer weichen zurück. Zwischen den Kreuzfahrern ist ein auffallender Mann hindurchgesprungen, ohne Schulterkreuz, satanisch gekleidet. Er schreit, grölt durch die Hände.

MANN: Judith! Judith! Wo ist Judith?

VOGT *springt vor*: Was wollt Ihr?

MANN *grölend*: Judith! Judith!

JUDITH *sich schwer bewegend*: Ich bin es, die Äbtissin von Kemnade.

MANN *die Arme ausbreitend*: Komm her zu mir.

JUDITH: Sind die Kreuzfahrer solche Lumpe.

MANN: Mir machts nichts aus, was du für Reden führst. Ich gebe nur auf deine Waden, deine Brüstlein und Schenkel.

KREUZFAHRER *unter sich*: Der Satan ist da. Sie hat sich dem Satan verschrieben.

MANN *ohne Waffen gegenüber dem Vogt*: Gut! Ihr seid wohl, Herr, das Kleid, das sie anhat. Das Kleid muß herunter, ist verbraucht.

Vogt steht dauernd starr.

MANN: Beobachte, Judith, wie ich mich ausmache bei dem Turnier. Ob du mich haben willst. Wie ich mich mache. Wie ich den Arm hebe, die Muskeln spanne. Da meine Fresse, wie ich prusten kann. Da mein Bein, wie es dem Alten ins Gekröse fährt. Schön, schön, was.

JUDITH: Vogt, macht ihn hin.

Vogt fällt ohne Gegenwehr auf einen Faustschlag des Mannes.

MANN *vor ihr*: Jetzt du: Mut, Weibchen, schönes Weibchen, strammes Weibchen.

JUDITH: Weg, deine Hände, fass' nicht nach mir.

MANN: O strammer Leib! Offener Mund. *Umarmt sie.* Hier wird geplündert. Dich plündere ich. Du kommst mit mir. Komm, Hurchen. Mut!

JUDITH: Maria steh mir bei.

MANN: Schrei nicht, Hurchen. Leben oder Tod, was willst du.

JUDITH: Leben!

MANN: Komm. *Reißt sie vorwärts.*

JUDITH *sich wehrend*: Dich will ich nicht!

MANN: Davon!

JUDITH: Ich – will – nicht, ich will nicht.

MANN *sie hinwerfend*: Die Pest. Wirst verrecken bei dem zahmen Gelichter. Da habt ihr das Täubchen. Ich schenk sie euch. Ich bin ihr zu sauer. Freßt sie. Und daß sie euch nicht die Därme zerreißt. Fromme Schäflein . Mäh! Mäh! *Ab.*

ZWEITER KREUZFAHRER: Bindet sie. Mit dem Teufel steht sie im Bund. Ich fass' sie nicht an.

Viele Kreuzfahrer.

AMBROSIUS: Eva. Die Schreckliche. Vor unser Gericht. Es steht uns bevor, sie zu erkennen. Tragt das Weib fort. Sucht im Kloster. Was ihr Lebendiges findet, schleppt heraus. In die Stadt, gekettet, in den Kerker.

KREUZFAHRER: Feuer in das Kloster!

AMBROSIUS: Feuer in das Kloster. Mir die erste Fackel!

VIERTER AKT

Marktplatz. – Eine Bühne mit Tuch beschlagen. Auf der Bühne Tisch und Sitzbank.

Erste Szene

CYRILL *tritt an das Gerüst*: Zu dir, du geschnittenes Brett, zu dir, trockenes Tuch, nehme ich meine Zuflucht. Ich bin, du totes Holz, aus dem Wald, wo die Vögel fliegen, die Bäume sich in die Luft strecken, zu dir gekommen. An dich habe ich Stunde um Stunde gedacht. Jetzt fühl ich dich. Gejagt war ich, solange ich dich nicht hatte. Ich bin zu Hause, kann mich an dir ausdehnen. Bald werden Judiths Füße auf dich treten, Judiths Füße. Sei gesegnet, du totes Holz.

HONORIUS *alter Geistlicher*: Das ist ein stolzes Wesen. Nicht den Mund hat es aufgetan zu uns. Blickt auf uns herunter, als wäre er selber der Kardinal oder der Papst.

WENDELIN: Der Mönch verachtet uns. Wir sind nur Geistliche in der Stadt und auch in den Sumpf versunken, den er trocken legen soll. Wie er mich angestiert hat, als ich ihn vor meiner Kirche begrüßte.

HONORIUS: Die Kirche bedarf solcher Gewaltmenschen. Das Kloster Kemnade hat er niedergebrannt, den Bischof bewogen, sein Amt niederzulegen.

WENDELIN: Solcher Menschen bedarf unsere heilige Kirche nicht. Wenn sie solcher Menschen bedarf, so wünschte ich, sie möchte gleich zugrunde gehen.

HONORIUS *während Ambrosius kommt*: Er ist der Jüngste von uns. Schaut, ob er einen Gruß für uns hat.

Setzen sich.

Zweite Szene

AMBROSIUS: Kardinal Thomas, mein Führer und Vater, ist in dem Kloster Kemnade, das von der Erde vertilgt ist, vom Los des Fleisches ereilt worden. Das Schreiben des Papstes, unseres Heiligen Vaters in Rom, bestimmt mich, den Mönch Ambrosius von Cisterz, zur Vertretung des Kardinals bei seiner Behinderung. Dies das Schreiben.

HONORIUS: Wir haben Euch, Bruder Ambrosius, als Beauftragten des Papstes, zur Revision der Mönchs- und Nonnenklöster empfangen. Wir erörtern nicht, wie weit das Schreiben des Heiligen Vaters seine sinngetreue Auslegung im Augenblick erfährt. Sofern nämlich das Schreiben von Behinderung des Kardinals spricht und man fragen könnte, ob mit Behinderung nicht etwas anderes gemeint ist als der Todesfall; von diesem Fall sagt das Schreiben nichts. Wir erörtern diesen unklaren Punkt nicht. Wir stellen uns zu Eurer Verfügung, Bruder Ambrosius von Cisterz. Wir werden Euch nach Kräften zur Seite stehen mit unserer Lebenserfahrung, mit der Kenntnis dieses Landes, mit der Umsicht unseres Alters. Bedient Euch unserer nach Wunsch.

AMBROSIUS: Der Satan hat den schwersten Angriff seit Menschengedenken auf die heilige Kirche unternommen. Der Boden der ganzen Erde bebt unter den Hufschlägen des Unwesens. Die Sarazenen sind von ihm aufgehetzt worden, haben das Grab des Erlösers in Besitz genommen. Und während wir uns aufraffen und die Christenheit antreiben, das Heiligtum zu retten, hat sich der Böse, der Feind der Menschen, daran gemacht und erschüttert uns in unseren eigenen Reihen. Die Gleichgültigkeit, die Stumpfheit hat er sich zunutze gemacht, das Wohlbehagen, das Gehenlassen ist ihm recht gewesen. Und hinzu hat er als Waffe genommen das Weib. Wir sollen, ringend, tausendmal uns erhebend, vom Sündenfall nicht loskommen. Wir sollen zurückgedrängt werden auf Adam. Jesus, der den Teufel überwunden hat, soll nicht gewesen sein. Das Weib ist unser finsterster Feind. Wir müssen ihn entlarven. Bringt Judith, die Hure von Kemnade. *Zu den Knechten. Judith wird geführt.*

Unter den Zuschauern: Die Äbtissin!

AMBROSIUS: Verbeuge dich vor dem Gericht.

JUDITH: Ich seh kein Gericht.

AMBROSIUS: Ich kenne dein störrisches Wesen. Ich habe Vollmacht, dich zur Verantwortung zu ziehen. Wirst du dich verbeugen.

JUDITH: Ihr wolltet doch weiter sprechen. Zur Verantwortung ziehen und strafen. Sagt doch gleich strafen.

AMBROSIUS: Ruten! Du wirst dich verbeugen.

JUDITH: Ihr wollt mich mit Ruten streichen lassen. Ihr wollt ein Weib mit Ruten schlagen, vor den Männern. – Ich – verbeuge – mich – schon.

AMBROSIUS: Du hast einen Bruder meines Ordens, der mit mir das Kloster besichtigte, an dem du selbst Äbtissin warst, verführt durch die Künste, die dir als Weib zur Verfügung stehen. Du hast das willentlich und aus Haß getan. Hast die Künste, die dir verliehen sind, nicht benutzt, um deine Lüste zu befriedigen, sondern sie gegen die heilige Kirche gewandt aus bloßer böswilliger Feindschaft.

JUDITH: Ja. Das habe ich getan.

AMBROSIUS: Das gestehst du ein.

JUDITH: Ich bereue nur, daß ich nicht Zeit fand, Euch selbst zu beseitigen. Keine Gerechtigkeit erwarte ich von Euch. Ich habe Cyrill verführt, um Euch, so tief ich konnte, zu zerfleischen. Ihr wart im Krieg gegen mich. Es war meine Waffe. Ich bin unterlegen.

AMBROSIUS: Du wirst noch weiter unterliegen.

HONORIUS: Das war ein einzelner Fall. Es liegt ein Eingeständnis vor. Sie hat einen Mönch verführt, um der heiligen Kirche Schaden zuzufügen.

JUDITH: Da sitzt die heilige römische Kirche, hat eine graue Kutte an, blickt mir nicht ins Gesicht und ist ein Mann mit zwei Beinen. Der auf dem Stuhl, der mich nicht anblickt, damit er sich nicht an mir besudelt, den habe ich treffen wollen.

HONORIUS: Es ist nichts anderes. Der verführte Mönch war nicht sein Bruder, Vater oder Sohn.

AMBROSIUS: Die Kirche weiß, wessen sie sich von Weibern zu gewärtigen hat. – Du warst Äbtissin von Kemnade. Das hohe Gebäude, das Gott loben sollte, ist durch deine Schuld eingerissen. Was wolltest du gegen uns? Welche Wut, welche Rachsucht trieb dich gegen uns an? Wolltest du uns wieder nackt, wehrlos zu deinen Füßen haben, wie damals, als wir uns nachts geißelten, auf den Steinen knieten? Die Vorsteherin der Huren soll Rechenschaft ablegen, wie sie es getrieben hat, welche Wege sie eingeschlagen hat. Gesteh es genau; ich hab Spannbrett und Zange richten lassen.

JUDITH *steigend erregt, fast rasend*: Tu es doch. Wenn du es kannst.

AMBROSIUS: Warum sollte ich nicht.

JUDITH: Weil ich doch ein Weib und ein Satan bin. Beelzebub wird mich nicht im Stich lassen. *Sie schäumt.* Blick mich an. Ich verzaubere dich.

AMBROSIUS: Werft sie nieder.

JUDITH: Das Gericht ist zu Ende. Die Maske ist ab!

AMBROSIUS: Auf die Pritsche.

JUDITH *sich wehrend, immer gegen Ambrosius drängend*: Ich bin stärker als er. Laßt mich. Er fürchtet mich. Ich bin stärker als er. *Sie wird gehalten.*

JUDITH *zusammensinkend*: Maria, Stern der Schiffbrüchigen über dem Meer, schwimmendes Holz, an das ich mich klammere, man vergewaltigt mich. Greif du mich mit deinen süßen Händen an. Ich hab dir doch gedient.

AMBROSIUS: Sie betet. – Glaubst du an Gott, Maria, die Heiligen?

JUDITH: Wenn ich dich anblicke, wenn ich dich an diesem Platz sehe, weiß ich nicht, ob ich glaube.

WENDELIN: Judith, überlegt, was Ihr redet.

JUDITH *immer Ambrosius fixierend*: Nein, an dich glaube ich nicht. Gott muß von deiner Art sein: ein Mann, herrschsüchtig, ingrimmig, voll Wut. Du ruhst nicht, bis du mich gemordet hast wie den Kardinal. *Unruhe im Gericht.*

WENDELIN: Was redet Ihr, Frau Judith.

JUDITH: Nun sitzt du hier, du wolltest hier sitzen gegen mich. Geschafft hast du es.

AMBROSIUS: Ja, ich habe mit dir abzurechnen, du Schreckliche, unser Grauen. Du wirst gestehen, welchem Dämon du gefolgt bist, wer dir Einflüsterungen gegeben hat.

JUDITH: Weiter, Mörder! Schlage weiter!

HONORIUS: Es geht nicht, daß das Weib Anklagen ausstößt. Wir müssen ein Ende machen.

AMBROSIUS: Aufseher! Das Weib auf das Spannbrett.

WENDELIN: Ich erhebe Widerspruch. Es liegt mir fern, Bruder Ambrosius, Euch einzuengen. Aber sie behauptet Bestimmtes, Ungeheuerliches.

AMBROSIUS: Ich bin ihr keine Rechenschaft schuldig.

WENDELIN: Sie muß sagen, was sie vorzubringen hat.

AMBROSIUS: Sie will das Gericht zerstören. *Leise.* Ich werde sie befragen. Beiseite, Aufseher.

JUDITH: Ich spreche nicht.
AMBROSIUS: Sage, was du weißt.
JUDITH: Der Kardinal geht mich nichts an. Ich hasse euch, einen wie den andern.
SULIKE *durchdringend*: Ich! Ich will aussagen über den Kardinal.
JUDITH: Dich hat keiner gerufen. Was willst du?
AMBROSIUS: Wer bist du?
SULIKE: Scholastika, Chorfrau am Kloster Kemnade.
AMBROSIUS: Blicke mich an, blicke nicht die an.
SULIKE *Judith ansehend*: Judith! – Er hat den Kardinal ermordet. Auf dem Hof in Kemnade. Er schrie, warf sein Kreuz ab und griff nach dem Kardinal.
WENDELIN: Er warf das Kreuz ab.
SULIKE: Er griff den Kardinal mit Händen an.
WENDELIN *zu Ambrosius*: Ihr habt ihn nicht angegriffen.
AMBROSIUS: Laßt sie sprechen.
SULIKE: Er band ihn. Unter meinen Händen ist der heilige Mann gestorben.
HONORIUS *an Ambrosius*: Ist das wahr?
AMBROSIUS: Ja.
Das Gericht steht auf.
HONORIUS: Man muß die Verhandlung abbrechen.
AMBROSIUS *zu Judith*: Du triumphierst?
Judith das Gesicht abwendend.
AMBROSIUS: Bruder Honorius, mein Sitz für Euch.
Setzen sich um.
HONORIUS: Scholastika, hast du mit eigenen Augen gesehen, wie dieser Mönch den Kardinal erwürgte?
JUDITH: Wenn Ihr mir eine Wohltat erweisen wollt, treibt das Weib fort.
HONORIUS: Scholastika, du bist gefragt.
SULIKE *immer mit dem Blick auf Judith*: Er – hat – ihn –
HONORIUS: Erwürgt?
SULIKE: – Sie will – sterben.
AMBROSIUS: Der Herr hat ihn getötet. Der Kardinal wollte ver-

zeihen, nicht urteilen. Zwingen wollte ich ihn, nach seiner Vollmacht zu handeln. Gott hat sich auf meine Seite gestellt.

HONORIUS *als Sulike sich verhüllt*: Führt die Lügnerin beiseite.

Sulike fällt vor Judith, die sie fortstößt.

HONORIUS *nach einer Pause*: Euer Platz. *Tauschen den Platz.*

AMBROSIUS: Du siehst, Judith, hier zu sitzen ist mir bestimmt. In deine Geheimnisse müssen wir dich verfolgen. Das Weib war zur Äbtissin von Kemnade bestimmt. Im Augenblick, wo sie erschien, hat das Kloster aufgehört, Kloster zu sein. Du wirst büßen für die Schande, die du uns angetan hast. Aber vorher, Judith, gib dich zu erkennen. Die Hüllen von dir. Du wolltest uns unterwühlen, wolltest an unsere Herzen heran, du, blühend vom Satan ausgestattet.

HONORIUS: Sie ist schwach. Ereifert Euch nicht.

AMBROSIUS: Hier steht unser Heil auf dem Spiel. Wir müssen erkennen, ob es sich lohnt zu leben. Jetzt, Judith, sofern du ein Geschöpf, ein Mensch bist wie wir, sprich zu uns. Fast muß ich bitten: Erbarme dich unser.

JUDITH: Ihr redet grausig. Ihr reißt mir die Brust auf.

AMBROSIUS: Wer bist du? Blick zu uns her. Hörst du, wie ich zu dir spreche? Du brauchst nicht wie ein Hund gegen den Boden knurren. Du sollst dich nicht verstecken.

JUDITH: Nichts vermag ich zu sagen. Ich war eine Welfin. Ich war jung. Das Kloster hat man mir gegeben. Ich habe es nicht gewollt. In Eure Hand bin ich gefallen. Verflucht bin ich. Gott – ist schrecklich. *Fällt um.*

HONORIUS: Wir bitten Euch, Bruder Ambrosius, das Urteil zu sprechen.

AMBROSIUS: Sie schließt den Mund. Will uns ihre Hand nicht geben. – Ein vorzeitiges Urteil. – Die Nacht über bleibt sie im Käfig. Ein Priester für die Beichte in ihrer Nähe. Morgen früh der Scheiterhaufen.

Aufbruch.

HONORIUS: Das Gericht ist zu Ende.

AMBROSIUS *im Heruntersteigen*: Die Wächter achten, daß dem

Weib nichts geschieht. Ich – sehe sie noch vor Morgen. – Ein widriges Geschäft, die menschliche Kreatur anzufassen. Von diesem Stoff sind wir selber. Viel muß weg von uns, wenn wir zu Gott wollen. *Ab.*

Dritte Szene

WENDELIN: Das Gericht ist nicht zu Ende, Honorius.

HONORIUS: Die heilige Kirche wird auch diesen Mann überwinden.

WENDELIN: Das Urteil des Mönches laß ich nicht gelten. Es ist erwiesen, daß er sich an dem päpstlichen Legaten vergangen hat.

HONORIUS: Ich werde den Mönch festnehmen lassen. Das Urteil gegen die Nonne wird nicht geändert.

WENDELIN: Er! Er. Ich will nicht Christ sein, wenn er Christ ist. Er ist eine andere Art Wesen. Kein Mensch. Ich dulde ihn nicht. Ich kann ihn nicht dulden, Bruder Honorius. Verjagt den Mönch. Erkennt ihn nicht an.

HONORIUS: Ihr zittert, Wendelin.

WENDELIN: O Honorius. Der Herr hat mir keine leichte Zunge verliehen. Wenn ich Euch sagen könnte, was ich empfinde. Wir dürfen nicht weichen und nicht wanken. Wir müssen dieses Mannes Herr werden.

HONORIUS: Was tut Ihr! Kommt.

WENDELIN *leise:* Ich bete. Ich bin von Schauern befallen. Ich kann nicht zur Ruhe kommen. Hier hat er gehaust. Niederzwingen. Niederzwingen. Um Christi willen. *Ab.*

Vierte Szene

KNECHT *zu Cyrill, der noch am Gericht halb hingeworfen kniet:* Weg hier. Das Gericht ist zu Ende. Hilft nichts. Auf dem Platz hat niemand was zu suchen.

Cyrill schleicht davon.

ERSTER KNECHT *setzt sich, singt. Es wird dunkel*: «Als von Braunschweig Herzog Heinrich zog zum Heiligen Grabe, mit seiner Gemahlin letzt er sich, ein halbes Ringlein er ihr gabe.»

ZWEITER KNECHT: Sie ist schön, schön.

ERSTER KNECHT: Die Äbtissin schläft. Aber bevor sie verbrannt wird in der Früh, hähä.

ZWEITER KNECHT: Was denn?

ERSTER KNECHT: Was möchtest du wohl?

ZWEITER KNECHT: Und was möchtest du?

ERSTER KNECHT: Was möchten wir wohl mit der Äbtissin, bevor sie in der Frühe verbrannt wird? Hähä. Fleisch von gefallenem Vieh für die Freibank.

DRITTER KNECHT: Ei, ei, hähä.

ZWEITER KNECHT: Da möchten wirs eben alle zusammen.

ERSTER KNECHT: Laßt erst die Stadt ruhig werden. *Singt*: «Als von Braunschweig Herzog Heinrich zog zum Heiligen Grabe, mit seiner Gemahlin letzt er sich, ein halbes Ringlein er ihr gabe.»

KNECHT *angelaufen*: Auf. Kommt einer. Trägt einen weißen Mantel. Hat gefragt, wo der Markt und das Gericht ist.

Templer setzt sich auf die Richtertribüne; das Mondlicht fällt auf ihn. Templer wirft ihnen einen Geldbeutel zu.

KNECHTE *springen zu*: Dank, Herr.

TEMPLER: Bringt mir Judith.

ERSTER KNECHT: Oh weh, Herr. Die ist verurteilt.

Templer noch einen Beutel werfend.

ZWEITER KNECHT: Er will mit ihr – kosen. Darüber läßt sich reden.

DRITTER KNECHT: Wird einer von ihren Liebhabern sein.

ERSTER KNECHT: Stolz ist der Mensch. Bringt sie heraus. Ich lauf inzwischen in die Stadt, hol Wein für uns.

ZWEI KNECHTE *gehen an den Käfig*: Äbtissin! Äbtissin! Komm, sanftes Weibchen. Er tut dir nichts. *Knechte ab.*

JUDITH: Meine Augen sind voll Tränen. Ich kann nichts erkennen.

TEMPLER: Ihr seid im Himmel, Judith.

JUDITH: Verspottet man mich?

TEMPLER: Es liegt nur an Euch, Judith, ob Ihr im Himmel seid.

JUDITH: Wer spricht zu mir?

TEMPLER: Judith, nimm das Gericht nicht an. Was hast du getan? Gesündigt? Du hast getan, was recht ist. Mit Rittern gespielt, dich gefreut, Minne in die Klöster getragen.

JUDITH: Mein Heiland.

TEMPLER: Es geht um dein Leben. Willst du es verlassen? – Sieh um dich. Sieh die Nacht auf dem Markt. Draußen im Wald, an den Seen ist sie noch herrlicher, reicher an Duft. Sieh die kleinen Sternlein. Fühlst du nicht, wie sie dein sind, wie sie um dich gehen, durch dich pulsen. Und die willst du verlassen. Wofür? Für nichts, für ein Wort, eine Predigt.

JUDITH: Ah! Ihr seid Ketzer, Ihr seid Templer.

TEMPLER: Nur ein Wort sollst du sprechen. Dein Leben, wonnig, wie es war, auf deine Zunge kommen lassen. Sieh, Judith, was ich bei mir trage. Im Mantel in der Seide, den Stein. Das Mondlicht fällt auf ihn: das Gestirn begrüßt seinen Herrn. Der Wind bewegt das Tuch; er will seinem Herrn schmeicheln. Dies ist unser Gott, der niedere Gott.

JUDITH *sich windend*: Oh, oh.

TEMPLER: Bete an, wenn ich den Stein entblöße. Er ist ein Jüngling mit der Seele eines Mannes und eines Weibes, der niedere Gott. Er ist in dir. Wenn er dich verläßt, bist du tot. Er ist in uns allen, in den Tieren, den Bäumen, in der Luft. Du mußt dich zu ihm bekennen. Knie nieder. Willst du ihn küssen.

JUDITH: O ist er schön.

TEMPLER: Küß ihn. Fühlst du ihn. Fühlst du ihn.

JUDITH: Ich habe ihn geküßt.

TEMPLER *küßt den Kopf*: Herr unseres Lebens. Nur in dir ist Wahrheit. Wir beugen uns dir. Komm aus der Finsternis, du Leuchtender. – Steh auf, Judith. Du hast dich zu dir bekannt. Ich hole Ritter, die Wache niederzuwerfen. *Ab.*

Fünfte Szene

Judith allein. Dann heimlich Cyrill.

CYRILL: Judith.

Sie schrickt zusammen.

CYRILL: Judith. Ich bin es, Cyrill.

JUDITH: Ich – will – Euch zerschlagen. Ich will – Rache nehmen an Euch.

CYRILL: Ich habe keine Gewalt über meine Knie. Ich muß mich hinwerfen vor Euch.

JUDITH: Was hast du bei dir. Womit soll ich dir dienen. Zeig her. Worauf muß ich schwören? Ist es von Stein oder von Blei oder von Wachs. Trägst du es am Gürtel oder am Busen oder am Hals. Du hast es doch angeschleppt. Zeig meinen Herrn.

CYRILL: Ich habe nichts bei mir.

JUDITH: Dann trägst du es in Worten mit dir herum und ich muß es anbeten. Wie habt ihr Männer mich gehetzt. Wie wart ihr über mich her. Wie bin ich froh, daß ich verbrannt werde.

CYRILL: Das haben sie aus dir gemacht. Ich verlasse dich nicht.

JUDITH: Küß nicht mein Kleid. Küß meinen Mund.

CYRILL: Deinen Mund.

JUDITH: Er hat einen grünen Stein geküßt. Hier sind meine Lippen.

CYRILL: Mein Licht, mein Spiegel.

JUDITH: Du sanftes Blut. Du bist das Leben.

CYRILL: Mein Knabe, mein süßer Mensch.

JUDITH: Du wirst mich töten, Cyrill.

CYRILL: Seliger Gott, der uns geschaffen hat.

JUDITH: Mit dir will ich sterben, Cyrill.

CYRILL: Wir sterben nicht, Judith.

JUDITH: Ich muß weg von der Erde. Der Mönch, der Richter, hat mich bis in das Herz getroffen. Ich kann nicht mehr sein. Einen Dolch nimmst du und stichst mich nieder. Ich mach die Augen zu.

CYRILL: Du bleibst bei mir.

JUDITH: Nein, errette mich. Ich bin nicht mehr am Leben. Mich verlangt es nach dem Dolch.

ERSTER KNECHT *kommt mit einem Korb auf sie zu, leicht torklig*: Ah, der Mönch. *Nach rückwärts zu den andern.* Ich schlag ihn nieder. Was bist du für ein Mönch, daß du dich erfrechst, auf offenem Markt Gefangene der Obrigkeit anzufassen.

ZWEITER KNECHT: Der sakrische Mönch.

ERSTER KNECHT: Wir pumpen ihnen Wein ein. Wir müssen sie haben. Ehrwürden, wollt uns gnädigst die Ehrwürde geben, an einer Gastlichkeit teilzunehmen mit Eurer edlen Frau, Eurem Ehegemahl. – Hühi. Sie ist lecker.

JUDITH *leise zu Cyrill*: Sie tragen Dolche. Ich muß einen haben. Komm Cyrill, verlaß mich nicht.

CYRILL: Geh nicht, Judith.

JUDITH: Ich komme zu Euch! *Auf den Boden haben die Wächter Wein gestellt; sie trinken. Judith und Cyrill hinzu.*

ERSTER KNECHT: Wir danken ehrerbietig, daß die edle Frau sich zu uns herabläßt. Denkt nicht an Euern Tod. Verrecken will ich, wenn ich nicht auch sterben muß.

ZWEITER KNECHT: Ich setz mich neben Euch, würdige Frau. Und wißt Ihr, Weibchen, zu wessen Ehren ich dieses Fest angestiftet habe? Zu Euren, nur zu Euren.

Gelächter der Knechte.

JUDITH: Kommt nur nahe an mich. Ihr auch. Aber drückt mich nicht so sehr.

ERSTER KNECHT: Drück mich nicht hin. Drück mich nicht her.

JUDITH: Nehmt Euren Gürtel und den Dolch ab, Herr.

ERSTER KNECHT: Süßes Weib. Feines Weib. *Läßt sich den Dolch abkoppeln.*

KNECHTE: Die Äbtissin von Kemnade soll leben. Vivat. Wir würfeln um sie.

Sechste Szene

Ambrosius steht seitlich

ZWEITER KNECHT *vor Gelächter brüllend*: Ein Mönch. Noch ein Mönch. Wir würfeln!

AMBROSIUS: Leb wohl, Judith von Kemnade. Ich wollte dich noch einmal sehen.

JUDITH *die aufgestanden ist, während Cyrill seitlich in sich gesunken ist*: Du – mich –

AMBROSIUS: Ja. Es ist mir lieb, daß ich dich – so sehe.

ZWEITER KNECHT *zieht den ersten beiseite*: Um des Heilands willen! Der Richter.

Knechte ab.

JUDITH: Das Gericht ist vorbei. Du vermagst nichts mehr über mich. – Ah, Mönch Ambrosius. Du bist – auf der Flucht.

AMBROSIUS: Du weißt es.

JUDITH: Sie werden dich hernehmen wegen des Kardinals, und du stellst dich ihnen nicht.

AMBROSIUS: Ich habe dich gestört. Du bist unbesiegbar.

JUDITH: Und darum kommst du her. Du wolltest noch einmal an meinem Käfig vorbei. Sehen, was du erreicht hast. Ist es genug. Bist du zufrieden? – *Höhnisch.* Nun lauf. Sonst wirst du gehascht. Den Knechten werde ich sagen, daß du auf der Flucht bist.

AMBROSIUS: Ich werde mich zu dir setzen.

JUDITH: Du wirst dich –

AMBROSIUS: Ja, bist du nicht zufrieden damit. Ich gebe mich zu den übrigen deiner Leute.

JUDITH *starr*: Du setzt dich hin. Das tust du.

AMBROSIUS: Hier sitze ich an deiner gastlichen Tafel.

JUDITH *auf ihn zu*: Was tust du?

AMBROSIUS: Gönnst du mir nicht diesen Platz. Bin ich schlechter als die?

JUDITH: Du bist – verloren. So sehr bist du auf der Flucht. Ich hab gewußt, daß sie dich ausstoßen werden. Ich habe gesehen, wie sie triumphiert haben.

AMBROSIUS: Und du, hast du nicht auch triumphiert? – Oder *sehr leise* hast du dich geschämt? Judith!

JUDITH: Geschämt? Wessen soll ich mich geschämt haben.

AMBROSIUS: Du weißt es ja.

JUDITH: Ich weiß nichts.

AMBROSIUS: Weil du mich nicht – preisgeben wolltest.

JUDITH: Du bist wahnsinnig.

AMBROSIUS: Und jetzt – schämst du dich.

JUDITH: Du willst mich reizen. Ich hab dir wohl noch zu danken, daß du mich zum Scheiterhaufen verurteilt hast.

AMBROSIUS: Ja. Du hast mir zu danken.

JUDITH *knirschend*: Sieh zu, daß ich dich nicht erwürge.

AMBROSIUS: Leb wohl, Judith.

JUDITH *ihn glühend und starr betrachtend*: Du sitzt und wirst mit mir trinken. He, du Dicker. Bring Wein.

ZWEITER KNECHT: Jetzt hat sie den andern auch, du Satan.

ERSTER KNECHT: Hier ist der Wein. *Rebellisch.*

AMBROSIUS: Ich seh, wie Euer Auge funkelt.

JUDITH: Wohl mir, daß ich Euch sehe, daß ich wieder gesunde. Vielleicht könnt Ihr auch noch gerettet werden. Ein Templer war hier. Er wird Euch mitnehmen, wenn ich ihn bitte.

AMBROSIUS: Das wolltet Ihr mir sagen.

JUDITH: Seht, wie ich mich schäme, Euch den Stadtherrn ausgeliefert zu haben.

AMBROSIUS: Du wirst mit dem Templer gehen, Judith?

JUDITH: Ich habe seinen grünen Stein, den Kopf geküßt. Es ist mir gleich, ob es ein höherer oder niederer Gott ist.

AMBROSIUS: Die Saat ist reif.

JUDITH: Was murmelst du. Du hast mich gequält und zerrissen. Ich werde dich nicht im Stich lassen.

AMBROSIUS *ihre Hand festhaltend*: Trink nicht mehr. Und dies sind die Wächter, die die Aufsicht über dich haben.

JUDITH: Sie haben mich aus dem Käfig geführt. Und nun lassen sie mich nicht mehr – hinein!

AMBROSIUS: Das hast du alles aus eigener Kraft vollbracht.

JUDITH *strahlend*: Ja! Ambrosius! Nicht den Finger habe ich dazu bewegt. Und sieh, wer hier sitzt. *Zieht die Kapuze Cyrill ab.*

CYRILL: Wehe, Judith.

JUDITH: Dein Bruder Cyrill. Mein süßer Freund, mein Beschützer. *Sie umschlingt Cyrill.* Sieh: hast du mich besiegt? Sieh, bin ich verlassen?

CYRILL: Judith, was tust du.

AMBROSIUS: Du bist nicht verlassen. *Hat den Dolch vom Gürtel des Knechts genommen, stößt Judith nieder.*

JUDITH *sterbend*: Weh. Weh mir.

Cyrill greift nach ihr, läßt sie auf die Erde sinken.

AMBROSIUS: Beschützer! Beschütz sie doch.

Siebente Szene

DRITTER KNECHT: Er hat sie niedergemacht. Er hat sie niedergemacht. Er hat die Gefangene niedergemacht.

ZWEITER KNECHT: Der Richter hat sie niedergemacht.

ERSTER KNECHT: Wir holen das Gericht. Mordio! Mordio! *ab.*

AMBROSIUS *Cyrill beobachtend*: Ich kam hierhier, um zu wissen, ob ich recht getan habe gegen den Kardinal. Wenn ich dich sehe und die hier, – sage du, habe ich recht getan?

CYRILL: Judith! Judith! Süßer Mund. Süßer Hals. Mein Knabe! Mein holder. Was ist dir? Hast du Schmerzen. Was ist dir geschehen. Ich bin da. Ich halte dich ganz fest. Mach die Augen – zu. Warum machst du die Augen nicht zu. Sieh doch hierher; hier bin ich, Judith. Wo siehst du denn hin. Sie atmet nicht. Die Augen macht sie nicht zu. *Geller Schrei, stürzt über sie.* Judith, du bist nicht tot. Du sollst leben. Du bist nicht tot. Du sollst leben, leben, leben.

AMBROSIUS: Steh auf, Cyrill.

CYRILL *steht auf*: Du sollst leben. – Ich hab Blut an den Fingern. Am Gesicht. *Zu Ambrosius.* Gib mir den Dolch. Ich hab versprochen, mit ihr zusammen –. *Leerer Blick auf Ambrosius; plötzlich ruckartig ängstlich flehend dicht bei Ambrosius.* Du – hast den Dolch. Du hast zugestoßen. Warum hast du das getan. *Umfaßt ihn.*

AMBROSIUS: Geh von mir.

CYRILL: Mich hast du am Leben gelassen. Du hast kein Recht, uns zu zerschneiden.

AMBROSIUS: Ich habe dich befreit von ihr, Bruder Cyrill. Du wirst wieder zu dir kommen. Du wirst Herr über dich werden.

CYRILL *zitternd weiter*: Was soll ich tun. Du hast ohne Bedacht gehandelt. Warum hast du mich leben gelassen. Mach ein Ende, Bruder Ambrosius.

AMBROSIUS: Das ist nicht mehr menschlich.

CYRILL *immer angstvoller*: Ich kann nicht warten. Mach schnell, schnell. Da liegt sie. Mein Knabe! Mein Knabe ist tot, Judith! Oh! Oh! *Taumelt zur Leiche.*

AMBROSIUS: Unter das Vieh bist du geraten.

CYRILL *an der Leiche*: Judith, meine Wonne! *Schluchzend.* – Ein Vieh bin ich. Von dem allen verstehst du nichts, Ambrosius. Du verstehst nichts davon. *Während sich sein Gesicht verzerrt, steht er schwerfällig auf, krampft die Fäuste, klagend.* Ein Vieh bin ich: Toter – du! Nicht einmal ein Mörder bist du. Die – Hölle soll dich begraben in ihrem Abgrund. Der Satan – soll – dich – herunterschlingen.

Honorius ist mit den Knechten gekommen.

ERSTER KNECHT: Da steht er.

HONORIUS: Du bist verhaftet, Mönch Ambrosius. Du wirst beschuldigt, Gewalt gegen den Kardinal Thomas angewandt zu haben. Du hast die Gefangene, die Äbtissin Judith –. *Ist näher an die Gruppe getreten, sieht Cyrill und die Leiche.* O süßes Jesukind. *Verbirgt das Gesicht.*

AMBROSIUS: Laßt mich erst mit dem reden. *Sich Cyrill nähernd.* Wir sind noch nicht zu Ende.

CYRILL *ist in derselben Stellung verharrt, ihn immer fixierend*: Ich kann mich nicht satt sehen an dir. Komm her. Ich will dich haben.

AMBROSIUS: Hier hast du meine Hand. Bezwinge dich. Du bist ein Mensch.

CYRILL: Deine Hand gib her. Geh an die Leiche. Dein Leben und ihres gehören zusammen. Bück dich zu ihr herunter.

AMBROSIUS: Bezähme dich, Cyrill.

CYRILL: Bück dich herunter, Ambrosius. Du gehörst zu ihr, du bist gebunden an sie. *Plötzlich aufschreiend, einen Arm hebend.* Töte dich! Töte dich! Es muß geschehen.

AMBROSIUS: Mich wagst du zu berühren.

CYRILL: Kein Widerstand. Jetzt ist dir dein Wille genommen. *Ihn herunterstoßend.* Bruder, herunter zu ihr. Versag dich mir nicht. Es muß geschehen.

AMBROSIUS: Herunter zu ihr. *Im Ringen.* Herunter, herunter. Da! *Hat den Dolch gefaßt und Cyrill in die Brust gestoßen.*

CYRILL *fallend*: Mein Heiland.

AMBROSIUS: Herunter. Einer zum andern.

CYRILL *sterbend*: Mein Heiland.

Wendelin ist hinzugekommen; die übrigen stehen starr.

ZWEITER KNECHT: Greif ihn an.

ERSTER KNECHT: Ich kann nicht.

AMBROSIUS *kniet*: Menschliche Seelen, die ihr mit dem Satan gerungen habt und unterlegen seid, der Herr sei mit euch. Er führe euch zur Läuterung. Er möge euch reinigen durch die große Gnade, die er gezeigt hat, indem er uns seinen einzigen Sohn schickte.

HONORIUS: Amen.

WENDELIN: Amen.

ERSTER KNECHT *packt ihn*: Jetzt hab ich dich. Stricke!

ZWEITER KNECHT: Ich würg ihn auf der Stelle.

WENDELIN: Ungeheuer, aus der Hölle getriebenes, ermordet hast du den Kardinal, die Äbtissin Judith, den jungen Mönch.

AMBROSIUS: Die Kirche hat keine Zeit, Menschen zu zählen.

WENDELIN: Christus weiß nichts von dir.

AMBROSIUS: Er weiß von niemandem als von mir.

HONORIUS: Nicht sehen. *Verbirgt sein Gesicht.* Nicht sehen.

WENDELIN: Und doch, Herr im Himmel, obwohl wir uns zerreißen, du lebst. Sieh her: das sind wir, armselig, hilflos, schreckerregend; wir möchten nicht leben. Rette du uns. Nimm du dich unserer an.

Ende

VARIANTE ZU AKT 4

Szene 4

(Fortfall des Templers)

ZWEITER KNECHT: Da möchten wirs eben alle zusammen.

ERSTER KNECHT: Wir holen sie aus dem Käfig. Still. Wir trinken mit ihr.

DRITTER KNECHT: Eiei, hähä.

ZWEITER KNECHT: Jetzt gleich. Ich hole sie.

ERSTER KNECHT: Ich lauf in die Stadt nach Wein. *Ab.*

ZWEITER KNECHT *am Käfig*: Judith. Äbtissin. Kommt, sanftes Weibchen.

JUDITH *hervorkommend*: Meine Augen sind voll Tränen. Ich erkenne nichts.

ZWEITER KNECHT: Ihr seid traurig. Wir wollen Euch unterhalten. Wir sind muntere Burschen.

CYRILL: O Judith. Wollt mich zu der Frau lassen.

DRITTER KNECHT: Dich? Das ist der Mönch.

CYRILL: Nur eine kleine Weile wollt mich zu ihr lassen.

ZWEITER KNECHT *zum dritten*: Bis der Wein da ist; dann kitzeln wir ihn fort. Er ist ein Mönch. – Nur zu; bis ich hundert zähle.

DRITTER KNECHT: Eiei. Wir decken inzwischen.

Beide ab.

(Darauf Szene 5)

DIE EHE

Drei Szenen und ein Vorspiel

Anweisung

Bühne ist ein einfaches Podium, keinerlei Dekoration, kein Requisit.
Den Hintergrund bildet die Leinewand, auf die Stehbilder und Texte projiziert werden.
Die Spieler sitzen, stehen oder agieren vor der Projektionswand.
Es findet oft im Text angezeichneter Übergang aus der Sprache in Gesang statt, und zwar manchmal zu liedartigen Stücken, häufiger zu bloßen Rezitativen mit musikalischer Untermalung.
Der Sprecher geht durch alle Szenen. Er verhält sich chorartig, stellt die menschlich-sachliche Beziehung der Zuhörer mit den Vorgängen her, urteilt und zieht Resultate.
Das Stück hat ein Vorspiel und drei Szenen: Die junge Ehe, die große Familie, die Ehe der Bourgeoisie.
Das Stück stellt in einem Querschnitt das Verhältnis der heutigen Wirtschaft zu den menschlichen Formen der Ehe und der Familie dar. Das Stück demonstriert: die heutige Wirtschaft wirkt zerstörend und auflösend auf die alte Ehe und Familie, vermag aber von sich aus die menschlichen Beziehungen nicht neu zu regeln und neu zu ordnen, ihr sind diese menschlichen Beziehungen gleichgiltig.

Musik und Projektionsbild sind obligatorisch für das Stück.
Requisiten sind nicht erlaubt. Wo sie unvermeidlich sind – Stuhl, Bank –, muß jegliche naturalistische Absicht unterbleiben.

Die Reihenfolge der Szenen ist: 1. Die junge Ehe, 2. Die große Familie (zwei proletarische Szenen), 3. Die Ehe der Bourgeoisie. Diese Reihenfolge ist logisch. Die beiden ersten Szenen geben die Wirkung der Geldmacht, die letzte zeigt diese Macht im eigenen Haus. Theatralisch ist noch folgende Reihenfolge erprobt: 1. Die junge Ehe, 2. Die Ehe der Bourgeoisie, 3. Die große Familie, wobei die «Ehe der Bourgeoisie» in einer operettenhaften Kürzung zwischen den ernsten proletarischen Szenen steht.

Für die Aufführung bestehen folgende Möglichkeiten:

1. Es kann jede Szene selbständig, da sie in sich geschlossen ist, für sich gespielt werden. Dies etwa für Arbeiterbühnen.
2. Die 1. und 2. Szene mit oder ohne Vorspiel bilden einen Theaterabend.
3. Die 3. unverkürzte Szene, am Schluß mit Bruchstücken der beiden ersten, bildet einen Theaterabend.
4. Das Ganze wird, mit Detailkürzungen, unter Fortlaß des Zwischenspiels, unter Fortlaß oder Kürzung des Vorspiels, gegeben. (Beginn etwa am Ende des Vorspiels mit den Worten des Sprechers: «Dies ist der Krieg.»)

Man faßt das Stück am besten als Volksstück mit aufklärendem Hintergrund und gibt ihm einen simplen, revueartigen, erzählenden Ablauf.

Vorspiel

1

Bildtext: Ruhe! Der große Meister dichtet für die feinen Leute.

(Auf zwei Stühlen sitzen in mäßiger Entfernung nebeneinander, das Gesicht zum Zuschauer, der Dichter und seine Frau. Sehr sparsame Gestikulationen.)

FRAU: Ich habe das Glück, die Frau dieses einzigartigen Mannes zu sein. Ich habe nicht nur wie andere Frauen für seine äußere Ordnung zu sorgen, für seine Kleidung, seine Wäsche, seine Korrespondenz, – ich habe vor allem die Ruhe und Abgeschiedenheit zu schaffen, deren diese zarte Seele bedarf. Obwohl sein Ruhm nicht unbestritten ist, weiß ich, wer er ist und was wir alle ihm schulden. Hier liegen Teppiche, damit ihn kein Schritt stört. Die Türen unserer Zimmer sind gepolstert. Hierher langt kein Telefon, ich halte die Zeitungen von ihm fern.
DICHTER: Ich will dir sagen, Emilie, was ich jetzt schreibe. Vom Schicksal, vom großen dräuenden Schicksal.
FRAU: Wie die Stimme aus seiner Brust kommt.
DICHTER: Ich schreibe, wie es über zwei Menschen herzieht.
FRAU: Wie ein Gewitter.
DICHTER: Und niederfährt. Es gibt keine andere Lösung.
FRAU: Du sagst es.
DICHTER: Paula ist die Frau von Robert. Paula hat eine junge blonde Freundin, die an ihr hängt. Und Paula nimmt die Freundin zu sich ins Haus.
FRAU: Ja es ist wahr.

Bildtext: Wovon aber leben diese Menschen? Was arbeiten sie?

DICHTER: Das Schicksal nimmt seinen Lauf, es kommt der zweite Akt, Robert liebt die Freundin.
FRAU: Und die Freundin hält sich zurück, aber sie liebt ihn auch.
DICHTER: Und eines Tages hält die Freundin nicht zurück und die Tür springt auf und sie werden überrascht.
FRAU: Warum haben sie die Tür nicht zugemacht?
DICHTER: Verhängnis! Vielleicht hat er das Schicksal selbst gerufen, es sollte kommen.

Bildtext: Wovon aber leben diese Menschen?
Es scheinen lauter Bankiers zu sein.

FRAU: Oh, ist das tief.

DICHTER: Alles wird offenbar, die Ehe ist zerbrochen, die Liebenden verlassen das Haus und gründen ein neues Heim.

Text: Aha, Bankiers! Sie kaufen sich eine Villa.
Sie haben viel Zeit für ihre Liebesgeschichten.

FRAU: Doch mit des Geschickes Mächten ist kein ewiger Bund zu flechten.

DICHTER: Ja, es ist noch nicht zu Ende, das Verhängnis schwebt über uns allen, es fürchte die Götter das Menschengeschlecht.

FRAU: Ich gebe dir zu trinken, deine Stimme läßt nach, oh, du bist groß.

DICHTER: Ich bin es nicht, nicht ich.

FRAU: Es ist eine Gnade.

DICHTER: Ich danke dir. Sie ziehen zusammen, Robert und die Freundin, die blonde. Sie geben sich ungestört ihrem Liebesglück hin, wir sind im dritten Akt.

FRAU: Und es ist noch nicht zu Ende.

DICHTER: Das Schicksal ist gerufen, es kommt auch in dies Haus.

FRAU: Ein zweiter Mann?

DICHTER: Nein, eine Frau.

FRAU: Wieder eine Frau, o Gott, es gibt so viele Frauen.

Text: Überfütterung! Masterscheinungen.
Man soll die Bande auf halbe Kost setzen.

DICHTER: Es ist eine schwarze. Und was die blonde Freundin an der Frau gesündigt hat, an Paula, das geschieht ihr jetzt selbst, im vierten Akt.

FRAU: Das Fatum.

DICHTER: Und sie ziehen hinaus, die Freundin entsagt, und nun enthüllt sich der Hauptgedanke. Jene schwarze, die den Mann der Freundin geraubt hat, ist – Paula, niemand anders, seine Frau, die sich verkleidet hat, der Mann erkennt sie nicht.

FRAU: Ist das möglich!

DICHTER: Ich habe viel darüber nachgedacht. Aber jede andere Lösung wäre schief. Ich habe mich entschlossen, Paula wiederkehren zu lassen, verändert, verjüngt durch die Sehnsucht, er erkennt sie nicht, er liebt sie.

FRAU: Wunderbar! Der Silbergriffel, den die Kritiker an dir rühmen.

DICHTER: Und sie gibt sich ihm zu erkennen. Oh, diese Szene der Begegnung, des Wiedersehens und Sichfindens.

Text: Rührei mit Schinken, große Portion eine Mark zwanzig.

FRAU: Zum weinen.

DICHTER: Diese Szene, wie sie sich ihm nähert und sie beieinander sitzen und ihn überkommt ein Gefühl und er versteht noch immer nicht. Und die Freundin sieht alles, wankt davon. Sie entsagt. Das Schicksal hat getroffen. – Woran denkst du, Emilie?

FRAU: Wenn – aber Robert wieder eine blonde will?

Musik: «Ja, das macht der Müßiggang und das viele Geld, daß man seinen Kopf für 'ne saure Gurke hält. Man schmeißt ihn in den Rinnstein, er trudelt um die Welt. Ja, das macht der Müßiggang und das viele Geld.» (Schallplatte.)

DICHTER: Du weißt es nicht?

FRAU: Sie färbt sich die Haare?

DICHTER: Das Schicksal hat seine Grenze am Menschen! Das heimliche Schlußwort des Stückes heißt –

FRAU: Wasserstoffsuperoxyd.

DICHTER: Ja.

FRAU: Wonnig, ein wonniger Schluß! Alle Frauen werden dir zujubeln. Du wirst Ehrenpräsident der Dichterakademie. Ich telefoniere an den Kultusminister.

DICHTER *(steht auf)*: Aufs Theaterbüro.

(Beim Übergang von Szene zu Szene keinerlei Zäsur, weder Verdunklung noch Gongzeichen oder ähnliches. Personen gehen offen ab und kommen.)

2

Text: Das Stück ist angenommen.

(Hier und bei den folgenden Szenen entsprechendes Stehbild. Zum Übergang: «Ja, das macht der Müßiggang und das viele Geld.»)

DICHTER: Es wird ein großer Erfolg, ein ganz großer, wie das Buch «Nichts Neues bei Hugenberg».

FRAU: Ich nehme Adalin, ich nehme Bromural, ich nehme Veronal 0,5, meine Ohren dröhnen vom Beifallklatschen, ich kann es nicht aushalten.

DICHTER: Ja, sie werden klatschen.

3

Text: Der Erfolg.

DICHTER: Sie weinen, sie weinen furchtbar.

FRAU: Alle weinen.

DICHTER: Die Schleusen des Himmels sind geöffnet, das Wasser ergießt sich auf die Erde.

FRAU: Was singst du, Mann?

DICHTER: Singe, wem Gesang gegeben.

FRAU: Was für ein Geräusch?

1. ARBEITER: Sie pumpen Tränen ab, die Feuerwehr hat Schläuche zwischen die Sitzreihen gelegt.

DICHTER: Sieg, Sieg.

1. ARBEITER: Wat sagst du bloß zu det Stück, Karl?

2. ARBEITER: Det ersetzt eine ganze Bewässerungsanlage, det Stück eignet sich vorzüglich für landwirtschaftliche Betriebe.

1. ARBEITER: Gloobst du?

2. ARBEITER: Max, wenn du det Stück mang die Kamele in die Wüste aufführest, denn gibts da keen Sand mehr, denn kannste da Kohl bauen.

4

Text: Das Stück ist aus.

DICHTER *(winkt nach allen Seiten)*: Dank, heißen Dank, allen allen!
FRAU: Reg dich nicht auf, Geliebter.
DICHTER: Dank und immer Dank.
FRAU: Komm, du mußt nach Hause, in dein Heim, schone dich. *(Frau ab.)*

Text: Der Dichter soll wieder eingemottet werden.

DICHTER: Laß mich allein! Das ungeheure Erlebnis! *(Er geht während des ganzen Folgenden langsam auf und ab, breitet die Arme aus.)* Das ungeheure Erlebnis, jetzt wirkt es sich aus, draußen unter den Menschen, das ungeheure Erlebnis.

5

Text: Das ungeheure Erlebnis? Die wahre Wirkung des Stückes.

Stehbild oder Film (Die Garderobe, wie die Leute sich drängen. Während dessen wird unsichtbar gerufen und gesprochen): Fräulein, ich stehe hier schon eine halbe Stunde, wie ist das möglich, Herr, da müssen Sie sich unsichtbar gemacht haben. Nee, Sie geben immer da drüben, kommen Sie doch mal hierher, da müssen Sie sich an den Direktor wenden, soll er mehr Leute anstellen, ich hab ooch bloß zwee Arme, drängeln Sie sich doch nicht so, was fällt Ihnen ein, das ist ja unerhört, unerhört ist das, Kinder, haut euch nicht, vertragt euch, Schokolade, Zigaretten, die neusten Abendzeitungen, die Nachtausgabe, Tempo 10. Ausgabe, Tempo 20. Ausgabe, Tempo 30. Ausgabe.

SIE: Du Schatz, heut war es aber wunderschön. Beinah wie im Kino.
ER: Nu mal los, Kind, ick muß die Rennberichte haben, was hat denn nu Schmeling eigentlich mit Bülow abgemacht, Donnerwetter, erst zehn, wir kommen noch zurecht nach dem Sportpalast. Auto, Auto!
SIE: Herrlich, das ist lieb von dir.

6

Text: Das ungeheure Erlebnis?

(Direktionsbüro. Der Dichter ist unverändert da.)
DIREKTOR *(berlinert)*: Hätt ich mir als alter Theatermann auch nicht träumen lassen, daß so ein Schmarren, buchstabiere: Schmarren wie Schuhsohle, solchen Erfolg hat. Schreiben Sie, Fräulein: Höchst verehrter Meister, abgelebtes Subjekt, Sie haben sich schon wieder einmal als Meister in einem echten Liebesspiel bewährt. Kann man sagen: Meister im Liebesspiel?
FRÄULEIN: Er ist eigentlich nicht jung genug dazu.
DIREKTOR: Schreiben wir grade, Fräulein, kriegt seine Olle die Platze, soll ich als Theaterdirektor noch Briefe schreiben können. Sie haben die Menschheit auf die Höhe ihres Daseins geführt, für Tage, Wochen und Monate, mit Frühstück billiger, die Preise bei uns im Theater sind überhaupt zu billig, die Kraft Ihres Genius, der vulkanisch lodert, o Gott, muß mir das auf meine alten Tage passieren, was steht denn da? *(Zeigt auf den Text.)*

Text: Der Theaterdirektor überschlägt die Einnahme.

DIREKTOR: Lesen Sie det, Fräulein, der Mann hat recht.

Musik: «Das macht der Müßiggang und das viele Geld.»

7

Text: Die Wirkung des Stückes. Der Kritiker.

KRITIKER: Verlag XY, Berlin SW 68, Chefredaktion. Telegrammadresse, Telefon, Postscheckkonto, die Zeitung erscheint zweimal täglich, am Sonntag und Montag einmal, Preis der Morgenausgabe, der Abendausgabe, Debatte in Paris, die Verhandlungen beim Völkerbund, Großfeuer in Wandsbeck, Vorschau auf Hoppegarten, ich habe eine feste Redakteurstellung, ich bin unverheiratet, 36 Jahre alt, nu mal los, der Autor ist eine typische Künstlerbegabung, er sieht Gestalten, ihre Umrisse verschwimmen, aber vielleicht ist es gerade das, was er will, soll ich wissen, was er will, woher soll ich das wissen, bleibt stehen, ich streich nichts aus, ich bin mit einem Gehalt von x Mark angestellt, verflucht wenig, wenn man denkt, das ist schon so lange, aber son schofles Organ, wenn ich hier nicht wäre, also: Künstlerbegabung, man kannte ihn eine Zeitlang nur als glänzenden Novellisten, inzwischen hat er sich ganz auf das Drama verlegt, jedoch seine Begabung, nee nicht immer Begabung, lieber Talent, Talent ist beleidigend mit 60 Jahren, das ist gut, Überschrift: «talentierte Jugend von 60 Jahren», die Sache geht mich im Grunde garnischt an, ich muß vor allen Dingen einen politischen Dreh reinbringen, den haben die andern nicht, wieviel Uhr ist es jetzt, mal runtergehn, beim Umbruch nachfragen, was los ist, wir verlangen Aktualität, wovon ich meine Sommerreise machen soll, weiß ich auch noch nicht.

Musik: «Das macht der Müßiggang» hart abbrechend.

8

1. ARBEITER *(ist der Sprecher)*: Staubsauger her, Max, runter von der Bühne, alles mit Mann und Maus.

Bild oder Film: Ein Staubsauger in Aktion.

2. ARBEITER: Hat ja alles keenen Zweck, wat soll uns det hier, mal Luft machen, raus mit euch.
DICHTER: Was machen Sie hier? Was haben Sie hier zu suchen, Sie, Kerl?
ARBEITER: Regen Sie sich man nicht auf, Herr, wir können Sie hier nicht brauchen, wir brauchen Platz für wat Richtiges.
DICHTER: Ich bin der Dichter dieses Stücks. Es war ein ungeheures Erlebnis.
ARBEITER: Wat ungeheures Erlebnis. *(Drängeln ihn weg.)*
DICHTER: Ich habe den Menschen ihre Seele gezeigt, mein Stück ist ein Kunstwerk, das verstehen Sie nicht.
ARBEITER: Wolln wir auch nicht, können keine Kunstwerke brauchen, im Krieg gibts keine Kunstwerke.
DICHTER: Wo ist Krieg, es ist Frieden.
ARBEITER: Sagen Sie. Wer im Fett sitzt, sagt Frieden. Ist nicht Frieden. Und weil Sie det nicht wissen, Herr, sage ich Ihnen, hier weg! Bühne frei. *(Trommelwirbel.)*

9

Bild: Marschierende Soldaten, Krieg. Zugleich Trommeln, Schüsse, Angriffssignale.

SPRECHER *(bisher Arbeiter)*: Das ist der Krieg, den man sieht, den man hört. Das ist der Krieg, den wir alle kennen. Er wird mit Soldaten geführt und mit Offizieren, Generälen. Die Soldaten sind alle bepackt mit Tornistern, Gasmasken, Stahlhelmen, mit Handgranaten, Seitengewehren, haben alle eine Uniform an, Kanonen sind bei, Maschinengewehre, Minenwerfer und dann Flieger. Überall, wo die gehen, kennt man sie und sieht man sie. Aber es gibt noch einen Krieg, den keiner sieht und keiner hört. Der hat keine Uniformen und Tornister, marschiert nicht die breiten Straßen. Ist überall im Land. In dem Krieg schlagen sich nicht bloß die Männer, auch die Frauen und Kinder, und müs-

sen leiden, wenn die Kugel kommt. Die Kugel, wie heißt sie, Flinte, Schrapnell, Granate? Sie heißt: kein Geld, keine Arbeit, keine Löhnung. Und weiter: Geld, viel Geld und doch Erbitterung, Verwahrlosung, kein Ziel, keine Gemeinschaft. Die Kugel trifft die Körper und die Seelen. Sie wirft auch den um, der sich lange sicher glaubt.
Vom Krieg in unserm Land!
Berichte vom Kriegsschauplatz!
Sehen und erkennen! Wissen und verändern!

Text: Wissen und Verändern!

ERSTE SZENE

1

Text: Die junge Ehe.

Musik voraus, sehr feierlicher Beginn. Die Bläser akzentuieren die zusammengehörigen Teile des Folgenden.
SPRECHER: Es bewegt sich alles. Der Mensch wird geboren, lebt, wächst, altert, stirbt. *(Spricht sehr langsam.)*

Bildleinewand, Stehbild oder besser Film, entsprechend dem Text: Fötus des Menschen, Säugling, laufendes Kind, Jugend auf Wanderungen, reifer Mensch am Schreibtisch, an der Maschine, zuletzt ein großes Gesicht gealtert, der Kopf wird gesenkt, hingesunkener Mensch.

SPRECHER: Die Menschenvölker bilden sich, Staaten wachsen, gehen zugrunde.

Bild: Französisches Kaiserreich unter dem Ersten Napoleon, stürmende Truppen, Trommeln.

Trompeten, die Marseillaise. Dann das geschlagene Heer in Rußland, dann Napoleon auf St. Helena, mit *Text:* «Geschlagen auf St. Helena.»

SPRECHER: Auf der Erde wechseln Zeitalter, die Erde dreht sich um die Sonne, sogar die Sonne steht nicht still.

Bild: Der Sternenhimmel, die Milchstraße.

SPRECHER: Auch die menschlichen Verhältnisse ändern sich, der Mensch war nicht immer, wie er heute ist. Die Wahrheit ist kein ewiges Gesetz, die Wahrheit muß immer neu geschaffen werden, die Wahrheit ist eine Pflicht von heute. Wer nicht zur eigenen Wahrheit durchdringt, zur Wahrheit seiner Natur und seiner Lage, der lebt nicht, hat nicht gelebt, ist nicht geboren.

(Musikalisch untermaltes Rezitativ.)

(Die folgende Szene ist in Spiel und Musik auf einen volkstümlichen, einfachen Ton abzustellen. Die beiden Personen wie im Vorspiel nebeneinander, keine Dekoration, kein Bühnenaufbau.)

2

Text: Die junge Ehe. Die Verhältnisse über den Menschen.

FRAU: Na, Karle, ick warte schon auf dir.

MANN: Tag, Guste.

FRAU: Ick sitze immer hier und denke: wat wird Karle zuerst machen, wenn er rin kommt.

MANN: Na, wat wird er machen?

FRAU: Da die Blümchen ankucken.

MANN: Himmelschlüssel, weeß schon.

FRAU: Hast mir doch mal welche gekooft in Grünau, weeste noch. – Nicht viel in die Lohntüte heut, Karle?

MANN: Wie immer, 33,50. Sind die letzten.

FRAU: Wat?
MANN: Die letzten, Guste. Ick hab die Papiere gekriegt. Die Firma macht die Bude zu. Is nischt los in der Holzbranche.

Bild: Holzbranche, ökonomische Daten. Schilder mit Aussperrung. *Text:* Export gehemmt.

FRAU: Du kriegst schon wat anderes, Karl.
MANN: Verfluchter Mist.
FRAU: Sind denn alle bei euch raus?
MANN: Sag ick dir doch.

Bild: Bei dieser Szene und auch an anderen Stellen in Permanenz über den sprechenden Personen Bilder von der Börse, allgemeine Anspannung des Geldmarkts, Sinken der Effektenkurse, Preisrückgänge auf dem Warenmarkt, die Bewegung des Produktionsindex.

FRAU: Sei doch nicht böse. Gehst du eben stempeln. Und vielleicht fang ich wieder an, mein früherer Meister stellt mir schon ein. *(Mann ab.)*

Bild: Versagen der Kapitaleinfuhr, keine Auslandsanleihe.

3

DIE MUTTER: Siehste Mädel, wat hängste dir an son leichtsinnigen Mann, son Windbeutel. Jetzt biste verheiratet und kannst wieder arbeiten gehn.
FRAU: Ist kein Windbeutel. Die haben die Bude zugemacht.

Bild: Wie vorhin.

MUTTER: Wird ihm gut passen. Jetzt kann er bummeln, der feine Herr.

FRAU: Geht nicht bummeln.

MUTTER: Nee deiner nich, Guste, weils deiner is. Da kennste die Männer.

FRAU: Wat willste denn von mir, Mutter.

MUTTER: Siehst so schmal aus. Is wat mit dir.

FRAU: Nee bloß die Uffregung.

MUTTER: Nu laß man, wohnst ja bei uns. So lange Vater arbeitet, kommste nich um. Bloß – mit wat Kleenes könnt ihr ja wohl warten.

FRAU: Ick weeß ja, Mutter.

MUTTER: Na reg dir nich uff, Mädel.

4

FRAU *(allein, Lied)*: Bloß es is wat unterwegs bei mir. Und sie kann gut reden. Und Karl wird schimpfen. Aber es kann doch jedem wat passieren. Und ick hab mir so druff gefreut. Und wat mach ick bloß.

Das ökonomische Bild in Permanenz.

DER CHORISCHE SPRECHER *(Rezitativ mit kleinen musikalischen Figuren)*: Dies ist die Lage der Frau. Die Situation ist nicht neu. Tausende haben sie erlebt und erleben sie noch heute. Die Frau möchte ein Kind haben, von ihrem Mann, gewiß, aber es ist schlechte Konjunktur in der Holzbranche und sie wohnen bei ihren Eltern zusammen und sie fürchtet um ihren Mann und ihre Ehe. Wenn kaltes Wetter ist, dann kann die Pflanze keine Blüte tragen, dann zieht sie ihre Säfte zurück, sie wartet auf wärmere Tage. Dies geschieht in der Natur. Aber die Menschen wollen klüger sein, sie befehlen einander allerhand.

FRAU: Bloß es is wat unterwegs bei mir. *(Wie vorhin.)*

FRAUEN *(ärmlich neben ihr erscheinend, bewegen sich nach vorne; Musik)*: Wir haben zu gebären, das sagt der Staat, womit ein Kind ernähren, das sagt er nicht. Es ist bloß unser Leben, das geht kaputt, und wir sind kleine Leute, die schlagen sich, vertragen sich, wer kümmert sich um Pack.

FRAU: Bloß es is wat unterwegs bei mir, ick muß zum Doktor gehn. *(Sie steht auf, macht ein paar kleine Schritte. Leise Trommelschläge bezeichnen hier und im Folgenden jedesmal ihre Schritte von Tür zu Tür.)*

5

Bildtext: Die erste Tür. Der Arzt.

FRAU: Herr Doktor, kann ich mich wieder anziehn?

ARZT: Sie sind eine junge Frau, vielleicht etwas zart, krank sind Sie nicht.

FRAU: Aber was ist das, ich hab solch Herzklopfen, da muß doch das Herz krank sein, und meine Nerven sind ganz hin.

ARZT: Das ist beim ersten öfter so, na freuen Sie sich doch.

FRAU: Freu mir ja ooch, hab mir ja die janzen Wochen drüber gefreut. Herr Doktor, ick wollt Sie wat fragen.

ARZT: Na schießen Sie los.

FRAU: Herr Doktor, könnten Sie mir nich Arbeit verschaffen?

ARZT: Aber liebe Frau.

FRAU: Mein Mann hat die Papiere gekriegt, is nischt los in die Holzbranche, die machen die Bude zu. Sie wissen doch allerhand, sind ooch so gut.

ARZT: Ich weiß nicht, liebe Frau.

FRAU: Kann alles arbeeten, zuletzt war ick Bogenfängerin. Oder wissen Sie was anderes?

ARZT: Ich weiß nichts.

FRAU: Is nur wegen det Kind. Wenns erst da ist, freut sich mein Mann ooch.

ARZT: Ich weiß nichts.

FRAU: Dann sagen Sie mir vielleicht. Wir wohn bei mein Vater, in eine Stube, nebenan schläft mein Bruder.

ARZT: Ich weiß nicht.

FRAU: Wohnungsamt gibt uns nischt, Abstand kann ick nich zahlen.

ARZT: Haben Sie Geduld, Ihr Mann ist arbeitslos, da wird er stempeln gehn, und Sie warten, bis es wieder Arbeit gibt.

FRAU: Inzwischen krieg ick das Kleene, und meine Mutter wills nich haben, und er wird schimpfen und treibt sich rum.

ARZT: Haben wohl Angst, daß er auf Abwege geht.

FRAU: Wir sind uns gut. Herr Doktor, wenn Sie mir keene Arbeit verschaffen können und für ne Wohnung wissen Sie ooch nischt, dann –

ARZT: Also was denn, liebe Frau?

FRAU: Denn nehmen Sies mir ab. Aber das sage ick Ihnen, die Leute, die mir so weit gebracht haben, die mir das wegnehmen, die sind nich gut.

ARZT: Das darf ich nicht.

FRAU: Was?

ARZT: Das darf ich nicht.

FRAU: Wat? Wat is hier los? Bin ick verrückt oder wat is? Geld gibts nicht, Wohnung gibts nicht, wat soll ick denn machen?

ARZT: Schreien Sie doch nicht, liebe Frau.

FRAU: Ick schrei aber. Warum soll ick denn nich schreien? Wann soll denn eener schreien? Das kann doch keen Mensch verstehen. Hier steh ick, hab keen Geld und keene Wohnung, und jetzt sag ick und reiß mir mein Herz kaputt: nehmen Sies mir weg, und dann sagen Sie: ick darfs nich.

ARZT: Ich darf nicht.

FRAU: Das können Sie. Ich bitte Sie drum, lieber Herr Doktor. Wir sind erst ein paar Monate verheiratet, wenn es uns besser geht, werden wir uns schon ein Kleines anschaffen. Ich habe ja Kinder so gern und mein Mann auch. Manche Leute sind ja jahrelang zusammen und haben keine Kinder, warum sollen wir denn schon nach den paar Monaten eins haben?

DOKTOR: Da müssen Sie den lieben Gott fragen.

FRAU: Den kann ich nicht fragen. Herr Doktor, machen Sie doch keine Witze mit mir.

DOKTOR: Ich mach keine Witze, ich kann Ihnen nicht helfen, ich bin nicht die Vorsehung.

ÄRMLICHE FRAUEN: Wir haben zu gebären, das sagt der Staat. Wie wir unsere Kinder ernähren sollen, das sagt er nicht. Es ist bloß unser Leben, das geht kaputt. Wir schlagen uns, vertragen uns, wer kümmert sich um Pack.

FRAU: Aber Sie könnten gut sein.

DOKTOR: Und mich ins Zuchthaus bringen.

FRAU: Ich bring Sie nicht ins Zuchthaus.

DOKTOR: Ruhig Frau, stehn Sie auf.

FRAU: Das ist ja ein Unrecht, lieber Herr Doktor, daß Sie mich so lassen, ich kann mich ja nicht zu Hause sehen lassen, wie wollen Sie mich hier so wegschicken.

DOKTOR: Beruhigen Sie sich. Wenn das Kind da ist, renkt sich schon alles wieder ein.

FRAU: Bei mir kommt kein Kind.

(Sie geht Schritte wie oben musikalisch akzentuiert.)

6

ARZT: Verdammter jämmerlicher Beruf. Da heißt es: nur ein guter Mensch kann ein guter Arzt sein. Zu einem Stein müßte man gemacht werden, bevor man dies Handwerk übt. Jetzt geht das hin und flucht auf mich.

DER SPRECHER: Bericht einer deutschen Kammer der Ärzte: es haben sich Härten des Gesetzes gezeigt. Da war ein 30jähriges Mädchen, schwachsinnig und krank, sie hatte schon ein taubstummes Kind, jetzt sollte sie wieder eins haben. Es mußte zur Welt kommen, das Gesetz kennt keine Ausnahme.

ARZT: Sie fürchtet, ihre Ehe geht kaputt. Aber wenn ich die eine annehme, kommen mir morgen fünf und zehn. So sind schon viele gestolpert.

SPRECHER: Die Gesetze sind von denen gemacht, die den Besitz haben. Das Gesetz kann nicht zwei Herren dienen.

ARZT: Ich bin nicht schuld dran, ich hab keinen Vorteil davon, mir sind die Hände gebunden.

7

Bild: Eine Kneipe.

SPRECHER *(Gesang)*: Der Mann ist jetzt nicht viel zu Haus, der Mann geht Tag für Tag zum Stempeln und Rumlungern aus. Er weiß, bei seiner Frau is was los. Er meckert: laß mir damit in Ruh, hab ich nich selber genug Sorgen, du. Um so was muß sich ne Frau alleene kümmern. Er zieht in die Kneipe, und nach altem proletarischen Brauche sauft er das Bier, die Aktienjauche.

MANN *(singt)*: Ist mir alles eins, ob ich Geld hab oder keins. Die Herren, die die Biere brauen, die großen Keller und Brauereien, verdienen damit so vieles Geld, daß sie davon 10000 Budiker in Brot setzen können. Das ist ja ein ganz großartiges Geschäft. Da schlagen sie gleich zwei Fliegen mit einer Klappe, zuerst pumpen sie einem das Geld aus der Tasche, und dann machen sie einem das Hirn benebelt, daß man nicht weiß, was mit einem geschieht. Aber ich laß nich auf die Bierbrauer schimpfen, ich weiß, am Bier da hat man was dran. Denn helfen kann einem doch keiner nich, und ein Quatsch ist die ganze Politik. Aber das Bier, da weiß man nicht, wie es zu Haus aussieht, da is man vergnügt, da is der Himmel offen, da ist man sternhagel besoffen, und alles in der Welt ist in Butter. Das Bier soll leben, die reichen Bierbrauer daneben. Ist mir alles eins, ist mir alles eins, ob ich Geld hab oder keins.

8

(Die Schritte der Frau mit den entsprechenden Rhythmen. Schritte und Haltung der Frau immer zager.)

Bild: Die zweite Tür. *Text:* Fürsorgestelle. Die kleine Wohlfahrt für den kleinen Mann.

FRAU: Jetzt komm ich zu Ihnen, liebe Schwester, ob Sie mir nicht Rat geben können. Bei mir ist was Kleines unterwegs.

SCHWESTER: Ach, das ist ja schön. Sie sind verheiratet?

FRAU: Ja.

SCHWESTER: Nun sehen Sie, da ist ja schon die erste Schwierigkeit weg, da braucht man nicht die langen Recherchen nach dem Vater.

FRAU: Ja. – Wenn er bloß bei mir bleibt.

SCHWESTER: Ach was! Wieviel Kinder haben Sie schon?

FRAU: Ist das erste.

SCHWESTER: Herrlich, und Sie sind glücklich, und es geht Ihnen gut, nicht wahr?

FRAU: Nein, mein Mann geht stempeln, und ich muß Arbeit suchen, wir sind erst ein paar Monate verheiratet, wir wohnen bei meinen Eltern, alle fünf zusammen zwei Stübchen.

SCHWESTER: Das müssen Sie nicht glauben, liebe Frau, daß da was Besonderes dran ist. Wir hören hier immer dasselbe Lied, jeder glaubt, wie schlecht es grade ihm geht, dem andern gehts auch nicht besser. Nur Mut, wir helfen schon.

FRAU: Wie sollen Sie helfen.

SCHWESTER: Wollen Sie zu Hause entbinden oder in einer Klinik? Wir können Sie auch in ein Heim bringen, da arbeiten Sie ein bißchen mit. Und wenn Sie kräftig sind, nähren Sie vielleicht später noch ein Kind.

FRAU: Ich bin doch verheiratet, ich muß bei meinem Mann bleiben.

SCHWESTER: Da kriegen Sie also die Unterstützung, mit Wäsche stehen wir Ihnen auch bei. Jetzt sind wir grade knapp, gestern sind unsere letzten Sachen ausgegangen.

FRAU: Dann werden Sie für mich betteln.

SCHWESTER: Junge Frau, was macht man nicht aus Barmherzigkeit.

FRAU: Ick will keene Barmherzigkeit. Ich will Arbeit, ich will ne Wohnung.

SCHWESTER: Da haben Sie sich aber an eine falsche Adresse gewandt.

FRAU: Es gibt bloß falsche Adressen dafor. Da können Sie in de ganze Welt rumloofen, gibts keene Adresse für unsereins. Dann helfen Sie mir mit dem Kind. In dem Dreck, wo ich bin, will ich kein Kind.

SCHWESTER: Versündigen Sie sich nicht.

FRAU: Quatschen Sie mich nicht an, Sie können mir ja nicht helfen, was soll ich mitn paar Windeln.

SCHWESTER: Weil Sie nicht wollen. Weil Sie in Tanzlokale wollen. Seidene Strümpfe tragen. Und wenn es mal heißt, ein Kind austragen, dann schreien Sie, ich kann nicht.

FRAU: Sie alte Ziege, ich in Tanzlokale gehn. Wir haben een kleenes Zimmer bei meine Eltern, meine Mutter will keen Kind, mein Mann will keens. Auf mir hacken sie alle rum, wat verstehn Sie davon. *(Ab.)*

SCHWESTER: Mit solchem Pack muß man sich rumschlagen. Das ist ja wie ein Tier, das ist noch unter dem Tier, ein Tier kennt doch Muttergefühle. Das und Pflichten, pah. Genuß will das, Jazzmusik, Ehen ohne Kinder, pfui.

SPRECHER: Und du hast keine Augen, du lebst in einer versunkenen Welt. Du bist ohne Bewußtsein.

9

(Schritte der Frau, begleitet von rhythmischen Schlägen.)

SPRECHER *(zu der Frau, musikalisches Rezitativ)*: Komm gehn wir weiter, liebes Kind. Zwei Türen sind zugeschlagen, bei Menschen wirst du keine Hilfe finden. Aber da ist eine dritte Tür. Es gibt Pflänzchen, Pflänzchen wachsen, da trinkt man von, und dann bist du wieder gesund. *(Er nimmt die Frau bei der Hand, sie machen zusammen Schritte.)*

BLUMENVERKÄUFERIN *(tritt heran)*: Blumen gefällig, Madam?

FRAU: Danke.

SPRECHER: Da ist die Tür.

10

Bildtext: Die dritte Tür.

FRAU: Da ist eine Drogerie. Herr Drogist, ich habe draußen gelesen, Sie haben ein Mittel für Blutstockung.

DROGIST: Ein ganz vorzügliches, meine liebe Frau. Ich kann es Ihnen sehr empfehlen. Wir haben die besten Empfehlungen, lesen Sie hier.

FRAU: Sie müssen nicht glauben, ich möchte kein Kind haben.

DROGIST: Aber davon ist ja gar keine Rede, wer denkt denn an so was.

FRAU: Ick möcht schon eens haben, aber sie setzen einem so zu. – Und wenn man in anderen Umständen ist, kann denn ein Kind von sowat krank werden?

DROGIST: Aber das ist ja ein ganz unschädliches Mittel, vollkommen harmlos, sonst würde ich es doch nicht verkaufen, hier die glänzendsten Empfehlungen.

FRAU: Wie groß muß denn so ein Kind sein, wenns was merken soll.

DROGIST: Ich weiß nicht. Das kommt auf das Alter an.

FRAU: Wie alt muß es sein, ich möcht ihm nichts tun.

DROGIST: Da müssen Sie schon einen Doktor fragen, liebe Frau.

FRAU: Nein, nein, sagen *Sie* doch.

DROGIST: Na wenn es schon groß ist, wenn die Hälfte der Zeit um ist.

FRAU: Vorher nicht? Bestimmt nicht? Geben Sie her.

DROGIST: Dieses Päckchen nehmen Sie eine Woche lang, und wenn es nicht gewirkt hat, dann ist hier ein zweites. Lesen Sie genau die Gebrauchsanweisung.

FRAU: Und das ist ganz unschädlich und tut nicht weh?

DROGIST: Ganz unschädlich. Kostet 2,50 Mk. das erste Päckchen. Und dann warten Sie erst fünf Tage, und dann nehmen Sie das zweite, kostet fünf Mark.

FRAU: Ist aber sehr teuer.

DROGIST: Weil es aus Afrika kommt, liebe Frau, und ein ganz besonderes Geheimmittel ist. Liegt hoher Zoll drauf, wir bekommen es schwer über die Grenze.
FRAU: Hilfts denn auch.
DROGIST: Bei Blutarmut, Schwächezuständen, Blutstockung aller Art ganz bestimmt.
FRAU: 7,50 Mark! Das ist fast alles, was ich noch für die Woche habe.
DROGIST *(lacht)*: Ja, was tut man nicht für die Gesundheit.

Bildtext: So umgeht man Gesetze. So schlägt man aus der Not der Armen Kapital.

11

Bildtext: Vor der letzten Tür.

SPRECHER: Du denkst, nun ist es gut. Du gehst mit deinen Päckchen hin. Wirf sie weg. Es steht nur eine Tür für dich offen.
FRAU: Es hilft nichts, es hilft nichts, was mach ich bloß. Die jagen ein in die Welt rum! Das Geld ist rausgeworfen. Das Kind hätt ich gern gehabt, aber wenn ich jetzt noch warte, dann wirds zu spät, und es tut ihm weh. Ich hab noch zehn Mark gespart, damit will ich zu der Alten rübergehn, die muß mir beistehn.
SPRECHER *(gesangsartig)*: Sie geht jetzt ohne Wort aus dem Haus. Sie sagt nicht dem Vater und der Mutter oder dem Mann adieu, sie sagt nicht, wo sie hingeht. Sie blickt sich nicht um und blickt nicht zurück, sie denkt, ich komme in einer Stunde wieder nach Hause zurück. Jetzt zähle die Stufen du, sieh dir die Straße an, sieh das Schuhgeschäft, sieh den Milchwagen an, sieh die Jungens auf dem Roller; da fährt die Elektrische, der Autobus. Du bist jung, und es ist schönes Wetter. Aber du siehst alles zum letzten Male.
Schritte der Frau.

FRAU: Hier ist das Haus, ich will raufgehn. Oder soll ich nicht gehn? Ach wenn ich doch alles erst hinter mir hätte.

Bild eines elenden Hauses. Darauf Bild einer Klinik, eines Operationsraumes.

CHORISCHE FIGUREN *(Sprechchor)*: 6000 Ärzte gibt es in Berlin. Sie haben große Sprechzimmer und Untersuchungszimmer, sie sind mit allen Instrumenten ausgestattet. Sie haben viele Jahre studiert und noch lange Jahre assistiert. Hier sind die berühmten Kliniken mit einem Stab hervorragender Ärzte, mit großen Gelehrten, Assistenten und Schwestern. Sie haben die modernsten Laboratorien, die Asepsis ist auf das vollkommenste ausgebildet. Von weither kommen Ärzte gereist, um hier zu lernen. Und da an der Tür steht die Frau.

FRAU: Soll ich raufgehn? Aber ich muß mich doch beeilen, sonst merken die zu Hause was. Wenn es hier nur nich so eklig aussieht. Und das riecht wie im Lumpenkeller.

CHORISCHE FIGUREN *(entsprechendes Bild)*: Hier sitzen die Richter und Rechtsgelehrten, die die Frau zwingen, in dieses muffige Haus zu gehn. Hier sitzen um einen Tisch zusammen die, die Macht innehaben, und wollen den armen Leuten befehlen.

(Es wird unsichtbar gesprochen.)

1. STIMME: Die Seuche der Abtreibung verwüstet die Volkskraft. Das Volk muß sich dagegen schützen. Der Lebenswille des Volkstums verlangt Bestrafung.

2. STIMME: Der Staat hat die Aufgabe, die Ehe zu beschützen. Er schützt auch das ungeborene Kind gegen böswillige und genußsüchtige Eltern.

EINZELSPRECHER: Die Frau ist jetzt in dem Haus verschwunden. Sie steht an der Tür, der Vorhang ist über alles gefallen.

12

FRAU *(Lied)*: Karl, komm! – Auf dem Tanzboden, Karl, hab ich dich kennengelernt. Ich war mit einer Freundin da, das war fein. Du hast mir Jimmy gezeigt, Walzer und Blues, ich trat dir immerfort auf den Fuß. Du hast drüber gelacht und mich ganz fest gefaßt. War schön.

MANN *(abseits, den Rücken gegen sie, den Kopf in den Händen. Lied)*: Ich hatte vor dir manches nette Mädel, dein hellbraunes Haar war genau wie meins. Wenn wir tanzten, glaubten die Leute, wir sind Bruder und Schwester. Du konntest nicht tanzen, und das war fein. Wir haben geheiratet und sind zusammengezogen, glaubst du nicht, es wird besser mit uns? Dann geh ich wieder mit dir auf den Tanzboden schwofen und brauch nicht immer stempeln loofen.

FRAU: Ach Karl, ich hab dich so gern, so gern.

13

ALTE FRAU: Ich erteile Hilfe und Rat in diskreten Fällen, wo man nicht von spricht. Zu mir kommen Frauen und Fräuleins gelaufen und manchmal sogar welche aus der feinen Gegend, ganz junge, die sich schämen und sich nicht zum Doktor trauen. Wenn wir nicht wären, ging es den armen Frauen ganz schlecht, wo sollten die hin mit die vielen Gören. Und die Kliniken fragen nicht, wies so einem armen Menschen geht. Die können bloß schimpfen auf uns, und die Polypen sind auch hinter uns her. Die wollen einem nischt gönnen. Man kann sich ganz schön ernähren dabei, und ich habe auch schon paar Groschen auf die hohe Kante gelegt. Wer geht auf der Treppe, wer kommt da?

14

ALTE FRAU: Guten Tag, Fräulein.

FRAU: Guten Tag. Ich bin Frau. *(Sinkt hin.)*

ALTE FRAU: Nun setzen Sie sich mal. Womit kann ich dienen?

FRAU: Ich hab von einer Freundin von Ihnen gehört.

ALTE FRAU: Gott, was die Leute alles von einem erzählen, das ist ja zum Piepen. Dabei bin ichs gar nicht. Die Frau Krause meinen Sie.

FRAU: Sie sinds nicht?

ALTE FRAU: Ih Gott bewahre, die ist nach dem Wedding gezogen oder nach Neukölln, da ist sie totgeschossen worden am 1. Mai.

FRAU: O Gott.

ALTE FRAU: Weg mit Schaden, ab mit die. Na erlauben Sie mal, Fräulein, möchten Sie sich mit so was einlassen, was die gemacht hat, wo einem jeden Tag die Polizei auf die Bude rückt und man seines Lebens nicht sicher ist.

FRAU: Dann sind Sies gar nicht?

ALTE FRAU: Ih Gott bewahre. Was wollten Sie eigentlich von der Person?

FRAU: Ich –

ALTE FRAU: Na, wo drückts?

FRAU: Ich –

ALTE FRAU: Ist was passiert, hats geschnappt, was?

FRAU: Ja.

ALTE FRAU: Na denn müssen Sie zu der ollen Krause gehn, det is schon richtig, die is aber tot, seit dem 1. Mai.

FRAU: Denn nützt es mir doch nischt.

ALTE FRAU: Wat die Olle kann, können andere aber auch, können Se denn zahlen?

FRAU: Was kosts?

ALTE FRAU: Na zehn.

FRAU: Ich hab schon soviel für die Tees ausgegeben.

ALTE FRAU: Det hilft alles nischt, ist ja bloß Bauernfängerei.

FRAU: Dann kann ich wohl gleich hierbleiben?

ALTE FRAU: Natürlich, Mensch, werden Sie erst wegloofen? Und wo wohnen Sie denn? Nachher werden Sie mir noch blümerant, und ich weiß nich, wer Sie abholen soll.

FRAU: Ich wohn graderüber, hinten im zweiten Stock. Ich heiße Panke, am Schild steht Schröder, das ist mein Vater. Sagen Sie aber nichts, um Jotteswillen nichts, mein Mann is schon so wütend. Wenn mir schlecht wird, warten Sie lieber n bißchen, ich bin bloß aufgeregt, ich komm schon wieder zu mir, meinen Sie nicht auch.

ALTE FRAU: Natürlich, Mädel, bist doch so kräftig.
FRAU: Hab ja die ganzen Jahre gearbeitet. *(Beide ab.)*

15

(Hinter dem Stuhl sofort die schwarze verhüllte Todeserscheinung.)

Bild, möglichst Film, mit entsprechender Musik: eine Dampframme saust auf und nieder, ein Feuer äschert ein Haus ein, ein entgleisender Zug.

ALTE FRAU *(geht im Zickzack neben den leeren Stuhl)*: Trinken Sie doch ein Gläschen Wasser. Da Mensch, beißen Sie doch nicht die Zähne so zusammen. Gott, hat sich die Frau. Hat man seine Plage mit die paar Pfennige. Nun aber, liebe Frau, Kind, Kindchen, haben Sie sich doch nicht so. Jotteswillen. Kommen Sie, legen Sie sich mal runter an die Erde. Jotteswillen. Was mach ick bloß. Da is was passiert. Ick schrei. Jotteswillen. Mal rüber zu dem Mann… *(Schwarze verhüllte Erscheinung bleibt während des Folgenden.)*

16

Bild: Kneipe, Trinklied im Orchester.

ALTE FRAU: Ach, Herr Panke, kommen Sie rasch, Ihre Frau, Sie wissen schon, die war bei mir, nu kommen Sie doch, die is schlecht geworden. Ich kann gar nich laufen. Gehn Sie man allein, is drüben, geraderüber, hier haben Sie meinen Schlüssel.
MANN: Wo ist meine Frau, was ist denn passiert?
ALTE FRAU: Nee, ick komm nich mit.
MANN: Ick weeß ja nich, wo Sie wohnen.
ALTE FRAU *(setzt sich in Bewegung mit ihm)*: Nee, ick geh nich, ich machs ja nich wieder.

17

(Durcheinander von Trinklied und Lärm der Dampframme.)

Bild: Stube der Frau, hinter dem Stuhl unbeweglich die schwarze Erscheinung.

ALTE FRAU: Ich habs doch so oft gemacht, mit einmal wird ihr blümerant.
MANN: Die is ja dot, die is dot.
ALTE FRAU: Ich geh aus dem Fenster.
MANN: Wat habn Sie mit ihr gemacht, Sie Engelmacherin, Sie haben sie umgebracht. Ick hol den Doktor.

18

ARZT *(allein, singt lustig)*: Da kommt die Feuerwehr mit lautem Schall daher.
MANN: Herr Doktor, kommen Sie rasch, is ja bloß über die Straße.
ARZT: Da kommt die Feuerwehr. Wird alles nicht so schlimm sein, junger Mann. Wissen Sie, junger Mann, das erste Heilmittel in allen Sachen ist: Ruhe. Wenn was ruhig ist, wenns sich nicht bewegt, der Magen oder ein Arm oder ein Bein, ist schon zur Hälfte gut. Das gilt für den Kranken und für die Angehörigen.
MANN: Meine Frau ist schlecht geworden.
ARZT: Nun wollen wir uns mal erst unsern Kasten langen. Wenns wo sehr eilig ist, ganz eilig, dann ist es bestimmt eine Hysterie, und der Schaden ist mit zwanzig Baldriantropfen repariert.
MANN: Ach ich gloob nich, Herr Doktor.
ARZT: Sie kriegen auch ein paar ab, Sie Zappelphilipp.

19

ALTE FRAU: Ihr ist blümerant geworden, Herr Doktor, vielleicht hat sie ein schwaches Herz, horchen Sie mal nach.
ARZT: Sehen Sie mal, die Frau kenn ich doch. Die war doch bei mir.
DIE SCHWARZE ERSCHEINUNG *(hinter dem Stuhl, imitiert Stimmen aus dem Bild Nr. 5)*: Das ist ja ein Unrecht, lieber Herr Doktor, daß Sie mich so lassen, ich kann mich ja nicht zu Hause sehen lassen, wie wollen Sie mich hier so wegschicken. *(Stimme des Arztes:)* Beruhigen Sie sich, wir kennen das, wenn das Kind da ist, renkt sich schon alles wieder ein.
MANN *(während die Erscheinung verschwindet)*: Herr Doktor, was ist los mit meine Frau? Meine Guste.
ARZT: Na wenn sie bei Ihnen war, dann werden Sie wohl wissen, was Sie mit ihr gemacht haben.
ALTE FRAU: Ich geh ausm Fenster, ich bin keene Verbrecherin.
ARZT: Das können Sie alles auf der Wache erzählen.
ALTE FRAU: Ja, warum haben Sies denn nich gemacht, Sie feiner Herr, wenn sie bei Ihnen war, dann soll unser eens dran glauben.
MANN: Nu schimpft euch mal aus, ihr beeden, was hab ick davon, mein Geld hats gekostet. Euch sollt man alle totschlagen.

20

(Trauermarschmusik.)

Bild: Ein Leichenzug.

MANN *(liedartig)*: Jetzt muß ich hinter deinem Sarg hergehn, Guste, dat hättst du nich gesollt. So hab ich dir doch nich gehetzt und getrietzt, wir waren doch beide immer lieb, wir sind durch den größten Dreck gegangen, da hätt ich mir lieber mit dir uffgehangen, als daß du das machst und läßt mir alleen.

Bild: Wiederholt Ökonomisches von früher.

MANN: Das Unrecht, das Unrecht! Ick hab kräftige Arme, ick bin stark, ick steh meinen Mann. Ick möchte arbeiten, es jiebt keene Stelle, ick lieg auf dem Pflaster, das Unrecht, das Unrecht. Wir haben nur eine Stube zusammen, wir wohnen bei andern, und dann ist sie zu einer Frau gegangen, und dabei ist sie umgekommen. Das Unrecht, das Unrecht.

CHORISCHE FIGUR, ARBEITER *(geht hinter ihm, imitiert)*: Das Unrecht, das Unrecht!

2. CHORISCHE FIGUR *(ebenso, höhnisch)*: Das Unrecht, das Unrecht!

SPRECHER: Was sagt ihr zu diesem Mann?

EINER ODER SPRECHCHOR: Er gefällt uns nicht.

SPRECHER: Warum gefällt er euch nicht?

EINER: Weil es keinen Sinn hat zu schreien und zu weinen. Er muß nicht jammern und nicht fragen, er muß auch eine Antwort sagen.

SPRECHER: Und wie lautet die Antwort?

(Während des letzten Zwiegesprächs leiser Trommelwirbel als Vorhalt.)

LAUTSPRECHER *(wie im Beginn musikalisch begleitet)*: Es bewegt sich alles, der Mensch wird geboren, lebt, altert, stirbt. Staaten wachsen, gehen zugrunde. Wer erstickt, muß sich Luft machen!

KARL: Und was soll ick machen?

(Die Trauermarschmusik geht in einen kessen Marsch über.)

SPRECHER: Da mußt du marschieren, mein Junge, mit allen, vom Himmel ist keinem was runtergefallen, da heißt es erst mal, die Fäuste ballen, und dann heißts, mit die Sohlen knallen.

CHOR *(wiederholt das Marschlied.)*

Schrift grell: Wissen und verändern!

(Die Marschmusik führt zum Zwischenspiel.)

Zwischenspiel

1

Bild, *davor Erklärer, scharfer lustiger Ton.*

SPRECHER: Hier ist zu sehn das Pferd Castor des Millionärs Simpson. Das Pferd ist ein gutes und vortreffliches Tier. Es hat in einem englischen Rennen gewonnen.

Bild. Dies ist das feinste Restaurant der Stadt. In diesem Saal hält man ein Bankett ab zu Ehren des siegreichen Pferdes. Die Kellner haben sich alle Jockeiuniformen anziehen müssen, die Tische haben sie zu einem Hufeisen zusammengestellt, die Herren tragen alle Nadeln im Knopfloch mit dem Namen des Pferdes Castor.

Bild. Jetzt ist elf Uhr. Seht, das Pferd ist hereingeführt, ein edles Pferd. Ein Kellner muß hier eine große silberne Schüssel nehmen, die sie mit Hafer füllen und dem Pferd zum Fressen vorhalten. Er bekommt dafür zehn Mark.

Bild. Hier trägt ein anderer Kellner einen Silberkübel herbei, er gießt drei Flaschen Sekt hinein und hält sie dem Pferde hin. Das säuft davon. Der Kellner bekommt dafür zehn Mark. Dies berichten die Tageszeitungen vom Pferde Castor.

Bild. Hier wird der Zeitungsbericht ergänzt. Dies sind die Pferdeäpfel, die das edle Roß beim Verlassen des Bankettsaals hat fallen lassen und die wir für die Nachwelt so aufbewahrt haben.

Bild. Hier sind die Häuser und das Bergwerk, aus denen der Lord Simpson seine Gelder bezieht, in denen sich Menschen schwer plagen müssen, um das Geld zusammenzubringen, von dem er Bankette und Champagner für ein Pferd bezahlt.

Bild. Hier sind die Maulschellen, die wir ihm für seine Tierfreundschaft erteilen.

2

Bild. Hier ist zu sehn ein edler Freiherr. Dem zahlt der Preußische Staat noch heute eine Rente, weil seine Ureltern einst Standesherren waren und zur Zeit der Leibeigenschaft zahlreiche Untertanen besaßen. Die Leibeigenschaft in Preußen ist abgeschafft, der Anspruch des Freiherrn auf Weiterbezug seiner Rente jedoch ist vom obersten deutschen Gericht bestätigt.
Bild. Hier werden dem Freiherrn Beträge ausgezahlt, um ihn zu entschädigen dafür, daß die Leibeigenschaft abgeschafft ist in Preußen.
Bild. Hier sieht man den Dank des Volkes und die Ovationen, die man dem edlen Freiherrn bringt, daß er sich mit dem Geld begnügt und uns nicht alle in die Sklaverei abführt.

3

Bild. Hier ist zu sehen die Gerechtigkeit, Justitia genannt, die, wie bekannt, eine Binde vor den Augen trägt.
Bild. Hier ist ein berühmter Augenarzt. Eine Kriegerwitwe führt ihn zu der Justitia und bittet, er möchte die Frau doch endlich sehend machen.
Bild. Hier blickt der berühmte Augenarzt die Gerechtigkeit an und sagt: sie ist nicht blind, sie trägt nur eine Binde, die man versäumt hat ihr abzunehmen.
Bild. Hier nimmt er ihr selber die Binde ab.
Bild. Seltsames Verhalten der Frau Justitia. Sie sieht, was ringsum ist und was geschieht, und läuft und läuft davon. Erschrecken von Kriegerwitwe und Augenarzt.
Bild. Hier sieht man sie laufen. Man muß zugeben, sie läuft für eine uralte Göttin ausgezeichnet. Sie sieht auf ihrem Weg immer mehr und kommt dadurch in immer stärkeres Tempo. Hier biegt sie auf die Avusbahn ein.
Bild. Dies ist der finnische Meisterschaftsläufer Nurmi. Er läuft wie ein Personenzug in der Stunde. Er sieht die Frau Ge-

rechtigkeit laufen und beschließt, mit ihr um die Wette zu laufen.

Bild. Hier rennen die beiden über die Avusbahn, die infolgedessen für Autos gesperrt ist. Man sieht, Nurmi hat einen Vorsprung, aber die Frau blickt immer rechts und links in das Land und kommt dadurch rascher in Fahrt.

Bild. Hier rennen die beiden nebeneinander, Nurmis Rekord ist gefährdet.

Bild. Und hier hat die Gerechtigkeit auf ihrer Flucht Nurmi, den finnischen Weltmeister, geschlagen. Der Weltrekord liegt jetzt bei ihr!

Zweite Szene

Die große Familie.

(Diese Szene ist ebenso wie die erste auf einen volkstümlichen einfachen Ton abzustellen. Es sind scharf voneinander abzusetzen die altertümlich-fromme Art der Wohnungssucher, der harte Ton der Spekulanten, der herausfordernde der Arbeiter. Während die erste Szene mehr liedartig zu halten ist, hat diese Szene rascher und theatralischer zu verlaufen.)

1

Bildtext: Die große Familie. Seid fruchtbar und mehret euch.

(Mit archaisch-frommer Musik, Singsang, dann gesprochen.)

FRAU: Wir sind die Familie H., wir wollen unsern Namen nicht nennen, denn sonst könnte uns einer von euch erkennen, und wir schämen uns sehr.

MANN: Ich bin der Vater dieser Familie, ich bin Gärtner, und weil ich krank bin, bin ich seit acht Monaten arbeitslos.

TOCHTER: Wir sind die Kinder der Familie H., ich bin vierzehn Jahre alt, aber das Kleine ist erst elf Monat. Wir haben keine

Wohnung, wir wohnen in einem Trockenspeicher, in einem dunklen Raum. Die Mutter hat mit unserm früheren Hausherrn gezankt, dem hat der Krach von den Kindern schon lange nicht gepaßt, da hat er uns ausgeklagt, und wir mußten aus unserer Wohnung raus.

MANN: Kommt, wir wollen sehen, daß wir eine Wohnung kriegen. Ich bin immer froh und fromm gewesen.

ZU DRITT: Wir haben einen Dringlichkeitsschein, Herr Wirt, laß uns ein. Wir wohnen in einer Bodenkammer, wir hocken wie die Flundern beieinander, Herr Wirt, wir tun nicht lügen. O weh, da kommen die andern.

2

2. GRUPPE, die Frau spricht: *(bei jeder Gruppe ein entsprechendes Stehbild, etwa Photo der beschriebenen Wohnung)* Unsere Wohnung ist nicht sonderlich schön, wir wohnen in einer abgeschrägten Mansarde. Seit zweieinhalb Jahren wohnen wir da, inzwischen ist die Mansarde nicht schöner geworden. Drin stehen ein Erwachsenenbett und ein Kinderbett, darin schlafen wir, zwei Erwachsene und drei Kinder. Die Wände sind verschimmelt, in den Betten ist es feucht, der Regen dringt durch die Decke. In unserer Mansarde müssen wir wohnen und kochen und essen und große und kleine Wäsche waschen. Das Wasser läuft manchmal durch unsern Fußboden, die Leute unten haben auch nicht zu lachen. Mein Mann ist ruhig und hat dauernd Arbeit, er würde gern zwanzig Mark für eine Wohnung mehr zahlen, aber die Kinder sind klein, da sagen alle Wirte nein. Aber: *(Refrain)* ich denke, hier ist es gut und dabei ein kleiner Garten, vielleicht brauchen wir diesmal nicht umsonst zu warten.

3. GRUPPE, die Frau spricht: *(Stehbild)* Wir sind die Familie P., wir haben auch einen Dringlichkeitsschein, wir sind Flüchtlinge aus dem besetzten Gebiet, mein Bruder hat uns hergeholfen in diese Stadt, wir sind sieben Köpfe, mein Mann und ich und

dann die fünf Kinder. Drei Kinder sind schon die ganzen Jahre in Pflegestellen, zwei sind nachgekommen, und die mußten ins Kinderheim. Die Pflege und alles ist furchtbar teuer, wir sind der Stadt schon über tausend Mark schuldig, wir möchten endlich mit unsern Kindern zusammen. Ich bin schon soviel gelaufen, aber ich denke: *(Refrain)* hier ist es gut und dabei ein kleiner Garten, vielleicht brauch ich diesmal nicht umsonst zu warten.

4. GRUPPE, der Mann spricht *(Stehbild)*: Ich bin ein Schuster und hab einen Ladenraum, für den ich sechzig Mark monatliche Miete zahle. In meinem Laden ist eine zwei Meter hohe Bretterwand, vorn ist die Werkstatt, und hinten da wohnen wir, schlafen und essen, meine Frau und ich, mein sechsjähriger Junge und das Kleine, das eben fünf Monat ist. Hinten da ist es ganz dunkel, und man kann nicht lüften, da ist den ganzen Tag Geruch von Leder und Essen und von den Betten. Für das Kleinste habe ich eine Hängematte gemacht, da schläft es nun an unserm Bettrand. Es ist ein Elend, und ich hab solche Sorgen, ich wünsche schon manchmal, wir erleben alle nicht morgen. *(Refrain)* Aber: ich denke[,] hier ist es schön und dabei ein kleiner Garten, ach vielleicht brauch ich diesmal nicht umsonst zu warten.

3

WIRT: Ich bin der Wirt dieses Hauses. Ich bin durch keinen Regierungserlaß dazu ernannt, es war nicht nötig, daß ich dazu studierte, es war auch nicht nötig, daß ich dazu ein besonders guter Mensch bin. Ich habe das Haus in der Inflation für einen Pappenstiel gekauft, und nun habe ich es und bin ein großer Mann und habe über viele Menschen etwas zu sagen. Denn ich darf wählen, wenn etwas leer ist, wen ich aufnehmen will, und wenn sich einer übel in meinem Haus benimmt, so kann ich ihn ausklagen, und wenn er mir schuldet, so kann ich barmherzig sein oder ihn auf die Straße setzen. Das ist doch eigentlich wunderbar, daß ich hier am Schreibtisch sitze und das Haus gehört

mir, ohne daß mich die Regierung zum Hausbesitzer ernannt hat und mich kontrolliert und von mir verlangt, ich soll ein besonders guter Mensch sein, denn mir ist viele Macht übergeben. Aber ich werde sie auch brauchen können, ohne studiert oder ein Bürokrat zu sein. Da sind sie, das Wohnungsamt schickt sie mir her, und ich soll wählen, wen ich nehme.
(Die Parteien treten heran.)

4

WIRT: Ich zähle ab, ich wäge ab, ihr dürft nicht denken, daß ich ungerecht bin, und was ich beschließe, sollt ihr alle kontrollieren, die Verhandlung ist öffentlich. *(Beiseite:)* Ich sage rechts, da ist ein Ofen, und ich sage links, da ist das Fenster. Wo der Ofen ist, ist es gleich hinaus zur Tür, und wo das Fenster ist, da ist nicht weit mein kleiner schöner Garten. *(Zu den Parteien:)* Zuerst wer die meisten Kinder hat.
1. GRUPPE: Wir sind eine ordentliche achtköpfige Gärtnerfamilie. Wir haben sechs Kinder, der älteste ist neunzehn Jahr, das aber das Kleine ist erst elf Monat. Wir wohnen in einem Trockenspeicher, die Mutter hat sich mit unserm früheren Hausherrn gezankt, da hat er uns ausgeklagt, und wir mußten auf einen ganz dunklen Boden.
WIRT: Ja, es gibt solche Menschen. Sie kommen zuerst. Sie stellen sich da an den Ofen. Und Sie?
3. GRUPPE: Wir sind die Familie P., wir sind Flüchtlinge aus dem besetzten Gebiet, mein Bruder hat uns hergeholfen in diese Stadt, wir haben fünf Kinder, wir möchten endlich mit ihnen zusammen.
WIRT: Sie haben fünf. Ist gut, ist gut. Sie stellen sich dahinter. Und Sie?
2. GRUPPE: Wir wohnen in einer abgeschrägten Mansarde, da schlafen wir, zwei Erwachsene, und Kinder sind drei. Die Wände sind verschimmelt, in unserer Mansarde müssen wir wohnen und kochen und essen.

WIRT: Das ist schlimm, das ist sehr schlimm. Die Wohnungsnot ist sehr groß. Und Kinder haben Sie drei, Sie stellen sich dabei. Und nun ist es auch wichtig für den Hausherrn zu wissen, ob Arbeitslose in der Familie sind, denn dieses, weiß ich, erschwert die Not.

1. GRUPPE: Ja ich bin arbeitslos, schon acht Monat.

WIRT: Da rücken Sie noch einen Schritt näher an den Ofen. Und dann, wo einer krank ist.

DIE ANDERN GRUPPEN: Bei uns, bei uns.

WIRT: Das ist recht, so wirds schon klarer. Schließen Sie sich nur an, einer hinter dem andern. *(Freundlich zu zwei andern Herrschaften, die gut gekleidet dastehn:)* Und was haben die Herrschaften für ein Gewerbe, für einen Beruf, für ein Geschäft, sind Sie vielleicht Beamte, Doktoren, Fabrikanten oder sonstwie bemittelte Leute?

BEMITTELTER: Pünktlich jeden Ersten.

WIRT: Nun öffne ich euch die Tür, ich wollte euch nicht kränken, denn glaubt mir, ich bin kein schlechter Mann. Es sieht aber jeder auf seinen Vorteil.

TRAURIGER ABMARSCH: Wir haben einen Dringlichkeitsschein, Herr Wirt, ach laß uns ein. Wir werden weiter suchen gehn, Gott wird uns doch schon helfen.

5

SPRECHER *(Rezitativ)*: In diesem Land gibt es viele Parteien, die sich bekämpfen und nicht leiden können. Es glaubt jede Partei, sie weiß, wie sies machen soll, und vielleicht ist es auch richtig, aber sie schaffens doch nicht. Die Parteien haben große Macht im Reichstag, da können sie stimmen und sich überstimmen, sie können auch Gesetze machen und Ministerposten gewinnen, aber die wahre Macht haben sie nicht. Wie sie nicht Macht haben über den Regen und den Wind und die Kälte und das Gift, so können sie auch nichts in andern Dingen, sie können keine armen Familien zu Wohnungen bringen. Denn was nützt es, daß sie Wohnungsämter haben und alle von oben bis unten gewiß guten Willens sind? Die Armut hat sich wie Rost eingefressen, da kann schon kein guter Wille und Putzpulver mehr bessern, da muß mans auf andere Weise versuchen, man muß mal fragen nach dem Warum und Wieso. – Die da, – sie wandern weiter aufs Wohnungsamt.

6

Bild: Wohnungsamt.

TOCHTER: Wir sind jetzt nur noch sieben, zuerst da waren wir acht. Unser Kleinstes ist auf dem Speicher gestorben. Nun sind wir weniger, und eigentlich könnte es jetzt leichter sein. Wenn nur der Vater nicht so traurig wär.

BEAMTER: Ihr wart erst vorige Woche auf dem Amt, was wollt ihr denn jetzt schon wieder?

VATER: Sie wissen, was wir wollen. Sie müssen nicht fragen und aufschreiben, wann wir hier waren, sondern wann wir was gekriegt haben. Da sehen Sie unsere Hände an, wir haben nichts. Aber ein Kind, das haben wir weniger, das ist ja nun glücklich auf eurem Speicher gestorben. Und wenn ihr mir nicht helft und nicht bald was gebt, dann schlag ich hier alles kurz und klein, und wenn von euch einer hops geht, solls mir recht sein. Ihr sollt mit in den Himmel vor euren Richter mit denen zusammen, die ihr habt verkommen lassen.

BEAMTER: Sie wollens mit Gewalt schaffen, guter Mann, das geht nicht. Sie wollens machen wie der Farmer Langkopp, der die Bombe auf das Amt getragen hat.

VATER: Der hats schlecht gemacht, erpressen will ich nichts, ich mach mal einen Punkt.

BEAMTER: Da tun Sie uns Unrecht, lieber Mann, denn daran, was hier geschieht und nicht geschieht, sind wir nicht schuld dran. Wir haben Gesetze, Verfügungen, Erlasse, Ausführungsbestimmungen, was können wir machen?

VATER: Das sagen Sie hier so. Das heißt abwimmeln.

BEAMTER: Das ist schon so. Wir sind auch nur kleine, schlecht bezahlte Beamte. Es ist uns auch keine Freude, so hier herumzusitzen und Tag um Tag zu sehen, wie die Menschen Tränen schwitzen.

VATER: Dann werden wir eben nach oben gehen, wo die Gesetze gemacht werden, und denen sagen, wie alles ist.

TOCHTER: Unser Vater ist krank, wir laufen so rum, und nie ist was da.

VATER: Krank oder nicht krank, laß das meine Sorge sein, wir gehen nach oben, wir werdens denen zeigen.

BEAMTER: Hier haben Sie eine neue Adresse, nun gehen Sie weiter.

VATER: Ich dank Ihnen auch. Man muß nicht verzagen. Wir sind *(Abmarsch)* eine arme siebenköpfige Gärtnerfamilie, wir haben einen Dringlichkeitsschein, wir werden weiter suchen gehn. Gott wird uns doch schon helfen.

7

1. SPEKULANT: Mein werter verehrter Mitspekulant, haben Sie gehört, wie die Leute geredet haben. Sie wollen nach oben gehen.

2. SPEKULANT: Was wird er da erfahren? Der Staat schützt den Besitz und damit auch die Besitzlosigkeit. Er kann schließlich nur jedem garantieren, was er hat: wer was hat, dem sichert er das, – wer nichts hat, dem sichert er das. Das ist Gerechtigkeit.

1. SPEKULANT: Die Begehrlichkeit der Leute wird immer erschreckender. Ich las neulich von den Verhältnissen in Indien oder in China: die Ruhe der Menschen, diese Bescheidenheit, sie wohnen in Hütten, in wirklichen Erdlöchern, seit Jahrhunderten, sie sitzen am Ufer des Ganges, trinken etwas Wasser, nicht mal filtriert, essen eine Handvoll Reis oder eine Banane für fünf Pfennig. Unsere Dichter sollten das wieder besingen.

2. SPEKULANT: Ich finde, mein lieber Mitspekulant, Leute, die schimpfen und sich benehmen wie diese vorhin, sind gar keine

richtigen Menschen. Das denkt nur an Brot, an Essen und Trinken, und daß die Wohnung noch ein bißchen größer sein muß. Als wenn das das Leben wäre. Als wenn unsere Kultur nichts wäre, als hätte Goethe nicht gelebt und allen zugerufen: Edel sei der Mensch, hilfreich und gut. Edel! Kennen Sie «Freude, schöner Götterfunken»?

1. SPEKULANT: Das von Lehár?

2. SPEKULANT: Beethoven. Ich sage, das müßten die Leute anhören. Die Mondscheinsonate von Beethoven, das gibt ein Bild von der großen Harmonie der Welt.

1. SPEKULANT: Ein vorzüglicher Gedanke.

2. SPEKULANT: Von außen ist die Wohnungsnot nicht zu beheben. Sie kann nur von innen überwunden werden, aus der Seele heraus. Meine große Parole: Die innere Überwindung der Wohnungsnot. Raum ist in der kleinsten Hütte für ein glücklich liebend Paar.

1. SPEKULANT: Herr Sowieso, Sie sind hier Leiter des Wohnungsamts, nehmen Sie sich unserer Ideen an: man muß Aufklärung in die Massen tragen. Ein Zufriedenheitsfeldzug muß geführt werden, man muß das Volk lächeln machen.

BEAMTER: Über wen.

1. SPEKULANT: Die Phantasie der Menschen muß geweitet werden, denn auf Erden ist jeder Quadratmeter teuer. Was kostet übrigens in Dahlem von Ihrer Ecke der Quadratmeter, ich habe da einen Mann an der Hand.

2. SPEKULANT: Na für Sie –

1. SPEKULANT: Und die Provision extra?

2. SPEKULANT: Kommt drauf an, wie hoch man den Quadratmeter treiben kann.

1. SPEKULANT: Ja, sehen Sie, Herr Direktor, wenn die Preise so steigen, so muß das Volk daraus seine Konsequenzen ziehen und sich einrichten!

BEAMTER: Ich glaube, Herr, die Leute sind sehr mißtrauisch.

1. SPEKULANT: Verhetzung! Wir werden dagegen auftreten. Erheitern Sie die Leute.

BEAMTER: Ja, womit?

1. SPEKULANT: Der Mann paßt nicht für seinen Posten. Man muß ihm eine Zulage machen.

8

Bild: Mansarde.

FRAU *(liedartiger Beginn)*: Nun sitzen wir alle wieder zu Haus; jammert nicht, Kinder, seid zufrieden, einmal kommen wir doch raus. – Guten Tag, meine Dame, oh, solche feine Dame, meine Dame, womit kann ich Ihnen dienen. Mach einen Schemel frei, Mädel, – ach verzeihen Sie diese Unordnung und diese Luft, wir sind eine ordentliche siebenköpfige Gärtnerfamilie, wir kommen nur aus der Unruhe nicht raus.

DAME: Ich bin von einem privaten Verein zu Ihnen geschickt, wir suchen die Not ein bißchen zu lindern, soweit wir vermögen, viel können wir ja auch nicht, wie steht es bei Ihnen?

FRAU: Ein Kleines ist uns gestorben, und dann – mein Mann liegt auch, er ärgert sich überall in der Welt herum. Der Zorn tut ihm nicht gut, wenn er zufriedener wäre, würde er auch gesunder sein.

DAME: Und Sie wohnen hier, etwas eng, aber freundlich, und haben sechs niedliche Kinderchen.

FRAU: Fünf, das Jüngste ist ja nicht mehr.

TOCHTER: Und kleen sind wir auch nicht, Fräulein, mein großer Bruder ist neunzehn, und ich bin vierzehn, und reden Sie meiner Mutter bloß nicht wat vor von die hübschen niedlichen Kinderchen, sonst kriegt sie noch sechs.

DAME: Du bist ein merkwürdig naseweises Mädel, du.

TOCHTER: Ich bin vierzehn Jahr, Fräulein, Sie meinen woll, mit vierzehn hat man noch keine Oogen im Kopp, die werden einem erst mit fünfzig eingesetzt.

DAME: Ich bin nicht Fräulein.

TOCHTER: Also Frau –

MUTTER: Dame sagt man, Mädel, meine Dame.

TOCHTER: Dame, meine Frau Dame.

DAME: Ich möchte nur mit Ihnen sprechen, liebe Frau.

TOCHTER: Warum sagen Sie eigentlich zu meiner Mutter «liebe Frau», und sie sagt zu Ihnen «meine Dame». Sag doch mal zu ihr «liebe Frau», Mutter.

FRAU: Kind, ich bitte dich, verzeihen Sie ihr, verzeihen Sie mir, meine Dame.

DAME: Wir wollen das Kind ganz ignorieren. Es scheint, das Straßenleben von Berlin wirkt verheerend auf die Jugend.

TOCHTER: Ganz verhörend. Darum wollen wir ja auch nachem Kurfürstendamm.

DAME: Ich wollte über etwas mit Ihnen sprechen, liebe Frau, Sie müssen mich nicht mißverstehen, wir haben im Verein sorgfältig über Sie nachgedacht, und ich habe mich ja nun selber über Ihre Verhältnisse orientiert.

FRAU: Vielen herzlichen Dank. Es ist ein Elend, wir suchen immerzu, aber Sie haben nun was, ein paar helle Stübchen, ein bißchen Licht und Sonne?

DAME: Wir sind für Sie mehrmals auf dem Wohnungsamt gewesen und haben uns die Listen angesehn. Wirklich, der Andrang ist übergroß.

FRAU: Wir haben einen Dringlichkeitsschein.

TOCHTER *(grölt lachend)*: Wir sind die Familie H., wir wollen unsern Namen nicht nennen, denn sonst könnt uns einer erkennen, und wir schä-ä-ämen uns sehr.

DAME: Da dachten wir uns, wir müßten einmal mit Ihnen einen Entschluß fassen, auf die alte Weise geht es nicht mehr. Sehen Sie, diese Stube ist ja freundlich, aber dunkel und nicht groß.

FRAU: Und wo ist denn die Wohnung, gnädige Frau, sagen Sies doch, Sie machen mich ganz glücklich, das Wohnungsamt konnte uns wirklich nicht helfen.

DAME: Wir haben gemeint, grade darum müßten wir mal die Sache mit Ihnen persönlich besprechen und Ihnen klarmachen, was geschehen muß. Wir dachten, wenn Sie alles überlegen, was Sie so durchgemacht haben, wie schwer es ist, eine richtige Altwohnung zu kriegen und wie teuer die Neubauten sind, weil der Boden so im Preis gestiegen ist, und alles ist teurer geworden, – würden Sie nicht da Ihre Kinder vielleicht woanders hingeben?

FRAU: Meine Kinder, meine Kinder?

DAME: Wir haben in der Stadt und bei der Stadt die herrlichsten und schönsten Kinderheime, Kindergärten, Horte. Es ist alles da, was Sie suchen, liebe Frau, Licht, Luft, Hygiene, Bäder, Schwestern, Ärzte beaufsichtigen alle Einrichtungen.

FRAU: Meine Kinder weg, meine Kinder.

TOCHTER: Siehste, Mutter, die gnädige Frau.

DAME: Du bist still, Jöre, das ist ja unerhört, warum bist du denn nicht in der Schule?

TOCHTER: Weil ick gemerkt hab, Sie kommen ruff, da hat mir der Lehrer frei gegeben, netter Mann, was?

DAME: Es ist höchste Zeit, daß hier was geschieht. Wenn Sie an Ihre Familie denken, hören Sie auf mich.

FRAU: Ich will meine Kinder zusammen behalten, ich geb meine Familie nicht auf. Das können Sie mir nicht zumuten.

DAME: Das ist keine Zumutung, das ist eine Notwendigkeit, in unsern Heimen fühlen sich die Kinder wohler als in Ihrer Bodenkammer.

FRAU: Meine Kinder nicht, meine bleiben bei mir, dann schaffen Sie mir was anderes als diese Bodenkammer. Ich geb meine Familie nicht auf, Sie werden Ihre doch auch nicht aufgeben.

DAME: Ich hab doch auch nicht sechs Kinder.

TOCHTER: Mutter, jetzt kriegst du Saures.

FRAU: Meine Dame, das hätte ich nicht erwartet, Gott hat uns mit Kindern gesegnet, wir danken ihm für jedes einzelne.

TOCHTER: Merken Sie wat, liebe Frau, meine Olle ist stark von gestern.

DAME: Also überlegen Sie sich das, liebe Frau, hier hat Ihnen unser Verein einen kleinen Zuschuß zur Wirtschaft gestiftet.

FRAU: Und sonst soll es so weitergehen? Haben Sie nicht selber eine größere Wohnung?

DAME: Mein Gott, was fällt solchen Leuten ein.

FRAU: Wir wären mit zwei Stuben und Küche zufrieden.

DAME: Aber liebe Frau, dazu ist doch die Öffentlichkeit da, dazu haben wir Behörden, das Wohnungsamt.

FRAU: Aber die können doch nichts. Und was wollen Sie denn. Meine Familie kaputt machen, die Kinder mir wegnehmen. Hier gib der Dame das Geld wieder.

TOCHTER: Schade. Is er ooch echt?

DAME *(empört)*: Auf Wiedersehen, liebe Frau.

TOCHTER: Sie, loofen Sie doch nicht, warten Sie doch, können Sie Rätsel raten. Fängt mit V an, macht piep und sitzt in Ihrem Kopp.

DAME: Scher dich deiner Wege, du Balg.

TOCHTER *(grölt)*: Wir sind die Familie H., wir wollen unseren Namen nicht nennen.

(Die übrige Familie ab, Tochter bleibt.)

9

(Während dieser Szene spielen zwei Gruppen nebeneinander, ohne voneinander Notiz zu nehmen, links Tochter, rechts Spekulanten und Dame.)

DAME: Ach lieber Freund, da hab ich eine Gärtnerfamilie eben besucht, die Frau hat geweint, und die Not ist wirklich groß, ich glaube, der Mann geht hops, aber wie ich ihr Geld angeboten habe, sind sie so frech geworden, sie und eine Tochter; diese Leute haben kein Verständnis für unser Mitleid. Ich kann mich noch nicht erholen von der Gemeinheit, und dieser Geruch da oben, ich muß ins Freie. *(Ab.)*

TOCHTER: Meine Mutter und der Vater, die sind von gestern und vorgestern, aber darum gehen wir noch lange nicht raus in die Quetsche. Wär ja gelacht.

SPEKULANT: Ich bin schon immer gegen die Philanthropie. Ist eine Altweiberangelegenheit. Die Not ist groß. Da heißt es durchgreifen.

TOCHTER: Da könnten sie einen ebensogut in Fürsorge bringen, und wie kommen die dazu, wir haben ja nischt ausgefressen. Nee, da kann der Muff bei uns noch so dicke sein, in eure Quetsche kriegt ihr mir nich rein.

SPEKULANT: Es hat sich alles nach der Decke zu strecken. Wer Geld hat, kauft sich eine richtige Wohnung. Für die kleinen Leute baut man Massenquartiere. Die Fabriken werden hell und luftig gemacht, da fühlt sich der Mann wohl. Zu Hause da schläft man bloß.

SPEKULANT: Und die Kinder?

SPEKULANT: Die Jören, soll das auch ein Problem sein? Rin in die Kinderheime. Die Bälger loofen ooch so rum.

SPEKULANT: Bloß die Familie geht dabei hops!

SPEKULANT: Haben doch alle genug von unsern Familien. Sie etwa nicht?

SPEKULANT: Na ob.

SPEKULANT: Wats denn los mit der Familie? Bäuerlicher Muff mit Klatsch. Kindergebrüll. Überlebte Sache. Familie, – was das ist? Unrationeller Kleinbetrieb, Stufe Hausschlächterei.

10

Bild: Schupo holt ab, Autofahrt, dann Heim.

TOCHTER *(schreit)*: Wenn Sie mir anfassen, Sie, dann schrei ick Hilfe, Schupo, ich hab nischt getan, Schupo, Hilfe, die bringen mich um, ich geh nich weg, wo soll ick denn hin, wir sind die Familie H., ich hab nischt getan. Wo bringen Sie mir denn hin?

SCHWESTER: Nu komm schon, Kind, reg dich doch nicht so auf, das ist doch besser, du bist bei uns im Heim, ihr könnt doch da nicht bleiben, das Haus wird abgerissen.

TOCHTER: Wenn ich groß bin, geh ich zum Gericht und verklage alle, die uns rausgeschmissen haben, ich merke mir alle Namen, passen Sie uff.

SCHWESTER: Sieh mal, dein Brüderchen ist auch hier. Du bist doch ein großes, vernünftiges Mädel, du weißt doch, ihr mußtet da raus, der Vater ist nun auch schon gestorben in dem fürchterlichen Loch.

TOCHTER: War nicht fürchterlich, Sie, war ganz schön. Und wird auch gar nicht abgerissen. Und wenns fürchterlich war, warum haben Sie uns keine andere Wohnung gegeben, wir sind doch so viel gelaufen.

SCHWESTER: Nun sei man ganz still, und hier hast du ein Buch, nachher bring ich dir was zum Stricken. *(Ab.)*

TOCHTER *(allein)*: Ich bleib nicht hier. Ich bleib nich in dem Kaff. *(Entschlossen:)* Ich rück hier aus. Ick such uns mit Mutter eine andere Wohnung. Wir finden schon eine. *(Läßt den Kopf sinken.)* Ick bleib nich hier.

Bild: Kinder im Heim.

TOCHTER: Hier spielen die Kinder in dem Heim, wo finde ich mein kleines Mütterlein.

SCHWESTER *(kommt)*: Na, freut ihr euch, wie schön ihr es habt? Jede Woche werdet ihr gebadet, draußen ist Licht und ein großer Garten, da braucht ihr keinen Augenblick zu warten.

TOCHTER: Was macht mein Bruder?

SCHWESTER: Welcher Bruder?

TOCHTER: Der Franz.

SCHWESTER: Na Mädel, hier schlafen doch bloß die Mädchen, weißte doch alleine.

TOCHTER: Kann ich nicht mal rüber zu die kleinen Jungs?

SCHWESTER: Nein, Kind, du mußt dich schon an Ordnung gewöhnen, hier kann man nicht hin und her laufen.

TOCHTER: Kann man nicht?

SCHWESTER: Nein, Mädel. Nu sei doch vernünftig, hier hast du deine Ordnung, Wartung und Pflege, zu Hause habt ihr in solchem Schmutz gesessen, das war doch wirklich nicht schön.

TOCHTER: Nein. Schwester, kann ich ein bißchen was singen, oder darf man auch nicht?

SCHWESTER: Aber nicht zu laut. Die Kleinen schlafen schon. *(Ab.)*

TOCHTER *(allein. Durcheinander von Gesang und Gespräch)*: Will bloß, daß die Olle rausgeht, sonst quatscht sie mir den Kopf voll, ick wer schon was singen, wie kommen die mir dazu, mir herzubringen, wo ick nischt ausgefressen hab, und unser kleiner Franz dazu, aber warte man du. *(Singt)*: «Sah ein Knab ein Röslein stehn, Röslein auf der Heiden», ick hau euch noch hier die Bude kaputt, «und ich wills nicht leiden.» Ick steck ihnen noch die Bude an, wenn sie mir nich rauslassen, was hat meine Mutter denn getan, was hat unser kleiner Bruder denn getan, ist ja Quatsch, daß sie das Haus abreißen. «Sah ein Knab ein Röslein stehn», ich hau ihnen hier die Bude zusammen, «war so jung und morgenschön.» «Fuchs, du hast die Gans gestohlen, gib sie wieder her», – wem hat er sie gestohlen, mir hat er sie gestohlen, ick werd sie mir schon wieder holen, ihr Aasstücke, ihr sollt schon sehen, – «sonst wird euch der Jäger holen mit dem Schießgewehr, euch soll noch der Jäger holen mit dem Schießgewehr.» *(Laut:)* «Seine große lange Flinte schießt auf euch das Schrot, daß euch färbt die rote Tinte, und dann seid ihr tohohot, daß euch färbt die rote Tinte, und dann seid ihr tot.» Jetzt mach ich wat, jetzt ist sie weg, mal rüberjehen zu meinem Brüderchen. *(Etscht.)* «Was weißt denn du, was ahnst denn du, wie ich verliebt bin, was weißt denn du, was ahnst denn du, wie ich betrübt bin, bin ich bei dir, dann schweig ich still, ich weiß ja selbst nicht, was ich will» – euch einseifen, euch den Buckel runterrutschen, von oben nach unten –, «links um die Ecke rum, rechts um die Ecke rum, gradeaus ist die Holzauktion.»

11

1. SCHWESTER: Die goldige Kleine hat sich hingelegt, ich hab ihr erlaubt, daß sie noch ein bißchen singt, es ist eine Gärtnerfamilie, man mußte die Familie auseinandertun, sie hingen wie Kletten aneinander, – obwohl ich Ihnen sagen kann, Schwester Ulrike, so eine Wohnung, man muß schon sagen, so einen Stall, haben Sie noch nicht gesehen.

2. SCHWESTER: Hab ich gesehen, hab ich schon gesehen. Der Mann ist arbeitslos?

1. SCHWESTER: Tot.

2. SCHWESTER: Na ja.

1. SCHWESTER: Der eine Sohn verdient schon was, die Mutter hat zu tun, das Brot zusammenzubetteln, da ist schon das beste, man bringt jeden für sich unter.

2. SCHWESTER: Wollen aber nicht, was?

1. SCHWESTER: Ja.

2. SCHWESTER: Kennen wir alles.

1. SCHWESTER: Die Kleine jammert, das ist immer so in den ersten Monaten, die müssen sich eingewöhnen.

2. SCHWESTER: Kommt ihnen vor, als wären sie gefangen, sind sie schließlich auch.

1. SCHWESTER: Was tun wir ihnen denn?

2. SCHWESTER: Nichts, Kindchen. wollen bloß nach Hause.

TOCHTER *(hat eine Puppe, das Brüderchen, auf dem Arm)*: «Sah ein Knab ein Röslein stehn, Röslein auf der Heiden», – komm, mein kleines Brüderchen, wir gehen zu unserer Mutter, «ob sies mögen leiden oder nicht.» Schrei bloß nicht, bist mein gutes Franzeken, hier haste ein Stückchen Zucker, – «daß du ewig denkst an mich.» «Was weißt denn du, was ahnst denn du, wie ich verliebt bin», – die Ollen sitzen da und schmusen. Wir gehen übern Gartenzaun, ick kann klettern, Franz, – «Was weißt denn du, was ahnst denn du, bin ich bei dir, dann schweig ich still, ich weiß ja selbst nicht, was ich will.» *(Scharf:)* «Straße frei am 1. Mai, Straße frei am 1. Mai, Straße frei.» *(Ab.)*

1. SCHWESTER: Schläft die denn noch immer nicht? Was ist denn los? Die sind immer so aufgeregt nach der Trennung. – Jeh, die ist weg.

2. SCHWESTER: Wieder eine.

1. SCHWESTER: Ich habe sie doch singen hören. Vielleicht ist sie zu ihrem kleinen Bruder nach Station B.

2. SCHWESTER: Laufen Sie mal rüber. Sie muß sich hinlegen.

TOCHTER *(seitlich, gell)*: Straße frei am 1. Mai! Mein Brüderchen, jetzt schrei nur, schrei, wir sind übern Zaun, uns kriegen sie nicht. Freßt euren Reispamps alleine, freßt euren Salat alleine, wir finden, wat wir brauchen, ooch ohne euch. *(Gell:)* Achtung! Straße frei! Wir machen zu Muttern.

1. SCHWESTER: Gotteswillen.

12

Bild: Ein Siechenhaus, Tor.

MUTTER *(allein, untermalende, breit ausladende Musik an den Hauptstellen)*: Was soll man denn zu den Menschen sagen, sie sind ganz von Gott unserm Herrn verlassen. Ich beneide keinen Menschen, daß er Hab und Gut und Ehre und Gewinn hat, man kann vielleicht auch nicht verhindern, daß es arm und reich gibt. Aber daß sie Menschen von Menschen reißen, daß sie die Mutter von ihren Kindern trennen und meine Kinder in ein Heim stecken, bloß aus Geld, weil sie sagen, sie haben keine Wohnung für uns, das ist eine Schande, und da steht kein Gesetz und kein Recht hinter. Das ist Menschenwillkür. Zu sagen, es ist keine Wohnung da, es ist kein Geld da, darum uns auseinanderzureißen, wo tausend Villen und Schlösser leer stehen, da ist kein Recht mehr da, da ist kein Volk. Mir haben sie keine Wohnung zuweisen können, da bin ich stille zu gewesen, aber weil nun mein Jüngster und der Mann gestorben sind, kann ich nicht stille sein. Ich bin wahrhaftig eine fromme Frau, und mein Mann ist fromm wie ich gewesen, ich verzweifle auch nicht an unserm großen Gott, dazu wird mich keine Not und Trübsal treiben, der Herr bringt Prüfungen über uns, und ich werde meine bestehen. Ich habe wohl viel Sünden begangen. Aber sie, die mich verjagt haben, sollen nicht glauben, daß es schon zu Ende ist, wenn der Herr zu ihren Verbrechen schweigt. Sie sind Sünder und Verbrecher, und ich kann nicht anders, ihnen soll nicht verziehen werden, ihnen soll mit dem gleichen Maß zugemessen werden, wie sie mir zugemessen, – darum, und wenn ich eine Sünde begehe, darum bitte ich den Herrn, er möchte mir das erfüllen. Es ist nicht meinetwegen, ich bin eine kleine arme Frau, und mir kann geschehen, was will. Aber Kinder und Eltern haben sie auseinandergerissen, das ist das Äußerste, das ist eine Schande, daß ich in solcher Welt muß leben, mein armer Mann hat gut getan, ich hab nicht mitgehn dürfen, wir sind so lange zusammengeblieben, ich will meine Kinder nehmen, ich will weg, weg von diesen Menschen.

13

EIN RUF *(nach Kinderart)*: Huhu.

MUTTER: Ich werd schon rauskriegen, wo meine Kinder sind, ich werde sie holen, sie sagens mir nicht.

(Ruf: Huhu.)

MUTTER: Ihr könnt spielen, ihr habts gut, ich werde aber meine auch schon finden.

RUF: Mutter, Mutterken.

MUTTER: Wer is det, was is denn det?

TOCHTER: Mutterken.

MUTTER: Else! Franzeken!

TOCHTER: Da sind wir Mutter. Dir haben sie wohl auch ingelocht, det is wohln Siechenhaus.

MUTTER: Ick steh hier am Zaun, ick denke, unser großer Gott lebt doch. Dank dir, großer Gott.

TOCHTER: Wat is denn, Mutter.

MUTTER: Nischt, Mädel. Da seid ihr ja. Wie habt ihr denn hergefunden?

TOCHTER: Ick hab mir durch die halbe Stadt durchgefragt, der Franzeken hat schon so geschrien, ick dachte schon, ick muß wieder zurück.

MUTTER: Nee, brauchste nicht. Gehst nicht zurück. Keener geht hier zurück.

TOCHTER: Wir können hier nicht lange quatschen, Mutter, wir müssen Beene machen, sonst sind die hinter uns her.

MUTTER: Laß man, Elsken, komm man los. Wo das Unrecht und die Unbarmherzigkeit so auf einem Haufen sitzt, da soll man davonrennen, Hals über Kopp.
TOCHTER: Wohin denn, Mutter.
MUTTER: Komm, bloß weg, pfui, pfui.

14

Bild: Straße im Grünen. Zwei Arbeiter.

1. ARBEITER: Die habens aber eilig, wo tippeln die hin.
2. ARBEITER: Weeß ick. Is ja Sonne. Vielleicht zu Mutter Grün.
1. ARBEITER: Gehen sich auslüften, wer weiß, in was für ne Löcher die stecken. Ick möcht nich verheirat sin. Lieber zahl ich Alimente.
2. ARBEITER: Na dann sieh man zu, wie du ein anständiges Mädel herkriegst.
1. ARBEITER: Wat heeßt anständig. Wenn sie nicht versteht, wat fürn Prolet das Richtige ist, kann sie mir gestohlen bleiben.
2. ARBEITER: Na Jungeken, mal winkt dir doch eene zum Standesamt.
1. ARBEITER: Die soll noch geboren werden. Karl, kuck dir die an, wie die loofen. Alles Gerede vom Klassenkampf und Streik ist Quatsch, wenn du die Sache nicht anfaßt, wos richtig ist, zu Hause.
2. ARBEITER: Is mir janz neu.
1. ARBEITER: Wer kann denn streiken, wenn du verheirat bist, und zu Hause schreien die kleinen Würmer? Det sollen sie sich mal überlegen mit ihre Streikparolen und sechs Dreier in die Kasse. Hungerration, det kann ick aushalten, weil ick will. Aber die Jören zu Haus und die Frau, wie det vorkommt, – nee, det macht schlapp.
2. ARBEITER: Bist weich, du.
1. ARBEITER *(Lied)*: «Wer von gestern ist, kommt unter die Räder. Das Geld regiert die Welt, das Geld versteht keinen Spaß.

Das Geld, das kann nur rechnen, nur rechnen, und an uns Armen ist nichts zu rechnen, da werden wir einfach wegradiert.» Was kommts jetzt uff uns an, uff arme Hunde wie wir. Verheiratete Männer sind halbe Männer. Was een guter Prolet ist, is Soldat, und ein Soldat hat keine Frau und keene Kinder. *(Musik: «Das Geld regiert die Welt.»)*

15

Bild: Wald.

TOCHTER: Wo loofen wir hin, Mutterken.

MUTTER: Der Krug geht so lange zu Wasser, bis er bricht, darüber sind zwei Menschen gestorben, die anderen sind weg, und wir sind bloß drei. Paß uff, jetzt singste ein anderes Lied.

TOCHTER: Mutter, wir wollens noch mal versuchen.

(Singt:) Wir haben einen Dringlichkeitsschein.

MUTTER: Det singste nicht.

TOCHTER: Ick möcht doch Mutter, komm doch zurück.

MUTTER: Dumme Jöre, ick wer mir doch nich von dir belehren lassen. Wir gehn nich zurück, wo die Sünde und das Verbrechen und die Faulheit sitzt. Ick geh nich in die Stadt zurück. Jetzt singste: Wem Gott will rechte Gunst erweisen.

TOCHTER: Wem Gott will rechte Gunst... *(Singt kläglich.)*

MUTTER: Jetzt verstehste det Lied. Er wird uns seine Wunder weisen. Der arme Mensch gehört zu den Bäumen und zu den Steinen, nicht zu den Menschen.

TOCHTER: Und wo werden wir schlafen, mit Franzeken, wir können ihn doch nich so lange schleppen, und wo kriegen wir wat zu essen.

MUTTER: Hier schmeißt uns keiner raus, zu essen werden wir finden.

TOCHTER: Ich will wieder ins Heim, Mutterken, ich nehm Franzeken mit.

MUTTER: Komm, Mädel.

(Musik: «Das Geld regiert die Welt.»)

16

Bild: Endlose Chaussee.

TOCHTER: Geh, Mutter, ick, ick komme gleich nach. *(Allein.)* Ich geh nicht mit, ich geh nicht mit, was macht Mutter bloß, die ist so aufgeregt, die schmeißt uns noch ins Wasser. Nun loofen wir schon sechs Stunden, es is schon ganz duster, und wenns erst Nacht ist, dann sitzen wir allein aufm Feld oder im Wald und dann kommen Strolche oder Zigeuner, die passen uff, wo Kinder sind und stehlen uns für ihren Zirkus. Dann müssen wir in ein fremdes Land und immer im Wagen fahren. Ick geh nicht mit Muttern. Die kann doch nicht uffpassen die ganze Nacht, wir wollen wieder ins Heim, det Franzeken soll mit.

PFADFINDERGESANG:

> Wenn wir marschieren, ziehn wir zum neuen Tor hinaus, schwarzbraunes Mädel, du bleibst zu Haus.

TOCHTER: Du, psst, du! *(zu einem Pfadfinder)* Du Junge, komm doch mal her, wie alt biste?

JUNGE: Sechzehn.

TOCHTER: Kannste mir helfen, helf mir doch.

JUNGE: Was denn? Aber fix doch, die andern sind schon weiter.

TOCHTER: Wo geht ihr denn hin?

PFADFINDER: Nach Haus.

TOCHTER: Kannste mir ne Stulle geben.

PFADFINDER: Stulle? Ja. Warum machste nich nach Haus, bist wohl ausgekratzt?

TOCHTER: Haste keinen Schutzmann gesehen?

PFADFINDER: Paß mal uff, da kommt schon einer, der ist dicht hinter uns, aufm Rad. Adjes du, mach lieber nach Hause. *(Ab.)*

TOCHTER: Herr Wachtmeister, Herr Wachtmeister.

WACHTMEISTER: Wo denn? Ach so.

TOCHTER: Herr Wachtmeister.

WACHTMEISTER: Na, was willste denn?

TOCHTER: Herr Wachtmeister, ick hab nischt getan.

WACHTMEISTER: Na, was schreiste denn? Was haste eigentlich hier zu suchen?

TOCHTER: Ick kann nich mehr loofen, es geht nicht weiter, können Sie mir nich mitnehmen, Herr Wachtmeister?

WACHTMEISTER: Na nu mal sachte! Wo sind deine Eltern?

TOCHTER: Haben Sie keen Wagen? Die Mutter ist vorne weg, die läuft noch weiter mit unserm kleenen Franz, die schmeißt uns noch ins Wasser.

WACHTMEISTER: Wo wohnt ihr denn?

TOCHTER: Oder wenn sie uns nicht reinschmeißt, dann kommen die Zigeuner, Mutter kann doch nicht den ganzen Tag aufpassen.

WACHTMEISTER: Wo ihr wohnt?

TOCHTER: Wir haben gar keine Bleibe, wir haben keine Wohnung gekriegt, aber was sollen wir auf der Straße.

WACHTMEISTER: Komm mit.

TOCHTER: Bringen Sie uns wieder ins Heim.

WACHTMEISTER: Komm, Mädel.

17

TOCHTER: Da sitzen sie, das ist meine Mutter und mein kleiner Bruder Franz. Ich bin mit ihm ausm Heim ausgekniffen. Mutterken, wir wollen doch lieber ins Heim, gib mir doch unser Franzeken.

FRAU: Was wollen Sie von mir, ich geh nicht ins Wasser. Hier kann mich keiner vertreiben. Hier sitz ich mit meinen Kindern, und die gehören mir. Weh euch, wenn sich eener ran wagt. Komm, Mädel, setz dich her.

WACHTMEISTER: Es ist Nacht, liebe Frau, Sie können hier nicht sitzen, es ist auch gar nicht erlaubt, hier zu übernachten, darüber hat die Feldpolizei zu bestimmen, wir werden Sie in eine warme Stube bringen.

FRAU: Die Feldpolizei, und ich kann nicht hier sitzen und hier übernachten? Ihr Jagdhunde, ihr Mörder, ihr Verbrecher, schämt ihr euch nicht, mich zu verjagen, wir sind jetzt schon sechs Stunden gelaufen, das Kind muß schlafen. Das ist hier Gottes freie Natur.

WACHTMEISTER: Die Feldpolizei erlaubt es nicht. Kommen Sie, Frau, ich nehme Ihnen das Kind ab, wir besorgen einen Wagen.

FRAU: Mein Kind! Ich laß mir mein Kind nicht nehmen, das Kind hab ich geboren. Sie haben mir schon ein Kleines sterben lassen und meinen Mann dazu.

TOCHTER: Komm, Mutter, ick besuch dir ooch.

FRAU: Ick geh nich mit euch. Ich will von dem Menschendreck nichts mehr wissen. Ick setz keene Hoffnung mehr uff Menschen. Gott wird euch zur Rechenschaft ziehen am Jüngsten Gericht, wenn er uns alle aus den Gräbern ruft. Die Sünder und Verbrecher, ihnen soll nich verziehen werden. Komm. Elsken, komm.

TOCHTER: Ich komm schon, Mutter.

FRAU: Komm, faß mich an. *(Spricht abgehend:)* Wem Gott will rechte Gunst erweisen, den schickt er in die weite Welt.

18

SPRECHER *(nachdenklich, spricht im Singsang des Liedes)*: Das war eine arme achtköpfige Gärtnerfamilie. Sie ist aus der Stadt vertrieben worden. Was von ihr übrig ist, geht in die weite Welt hinaus. Zehn kleine Negerlein, da blieben nur noch neun. Neun kleine Negerlein, da blieben nur noch acht. Acht kleine Negerlein, – sie sind so sachte zerblasen worden, es konnte nicht anders kommen. «Das Geld regiert die Welt, das Geld versteht keinen Spaß, das Geld kann nur rechnen, nur rechnen, und an den Armen ist nichts zu rechnen, da werden sie einfach wegradiert!» *(Musik abbrechend.)* Ich denk mir aber, wir können auch rechnen. *(Veränderter Ton, zunehmend laut:)* Familien zerschlagen, Menschen zerblasen wie Späne, – das kann das Geld, der Tischler, dieser große Hobler!

(Musik des Tischlerliedes, Lied:)

Späne, wir sind Späne, und wo ist denn ein Brett? Das Brett ist nicht zu sehen, zu sehen ist ein Dreck. Der Tischler hobelt täglich bis in die Nacht hinein, wir wollen nicht mehr Späne, wir wollen Tischler sein.

Dritte Szene

Bildtext: Die bürgerliche Ehe.

1

Bildtext: Der Unternehmer.

(Der Unternehmer ist ein Aufbau oder Projektion, Schornstein auf einem Kopf, Schreibmaschine und Telefondrähte aus den Händen, eine Fabrikfront als Brust, die Augen viereckige helle Fenster. Der Aufbau oder die Projektion ist der Hintergrund aller Szenen.)

UNTERNEHMER: Da bin ich, den man haßt und verflucht, der Unternehmer, der Industrielle, der Kapitalist. Was hat das Fluchen auf sich, man zeige, wie man es besser macht. Was soll das Schimpfen auf meinen Besitz? Ich gebe dem zehntausend Mark, der mich sieht, – er sieht mich nicht. Ich habe Fabriken, Aktien, das ist alles, was ich habe, und mehr bin ich nicht. Ich habe meine Villa in Italien, ein Wohnhaus in der Stadt, man mag alles wegnehmen. Jedes Frühjahr und Herbst gebe ich meinen Leib in die Behandlung von Ärzten, sie schicken mich in Bäder, damit ich wieder stehe, wie ich stand. Vergnügung und Erholung, Feierabend und Sonntag – für meine Arbeiter. Man wage nicht, mich zu photographieren; wer meine Photographie will, nehme meine Werke auf. Man frage nicht nach meinem Lebenslauf, meine Zahlen – die Daten meiner Patente, die Krisen, die Rückschläge. Mehr bin ich nicht. – Jetzt bin ich alt. Meine Tochter soll einen Mann nehmen, der mich ersetzt.

2

SPRECHER *(lustiger, conférencierartiger Ton, Rezitativ)*: Ein Schneidermeister bin ich, Schneidermeister bin ich, man sieht es schon. Kleider machen Leute, wir wollen das einmal näher untersuchen, wissenschaftlich, vom Standpunkt des Anatomen, des Menschenkenners, ob sie auch sind, was ihre Kleider zeigen. Das ist eine Figur *(führt Lucie als Modedame vor)*, seht ihr, wie sie im Schaufenster steht, eine elegante Dame, modern, der letzte Schliff, ein Modegirl, was singst du, mein Puppchen? (*Sie singt ein paar Takte:* «Ja, da muß man sich doch hinlegen..») Ah, von Weill, brillante Musik. Sie treibt Sport, spielt Bridge, verdient ihr Geld, jawohl, verdient ihr Geld, hat ihren Freund, jawohl ihr kennt sie! Hallo mein Kind, ich bin der Schneidermeister, ich bin der Bademeister, nun laß dich sehen, ich will dich vorführen, zieh dich aus, eins zwei drei, die Kleider ab. Du bist ein Mannequin, wir sind unter Erwachsenen, da ist der Vorhang, ich werde darauf achten, daß sich keine Unschicklichkeit ereignet, eins zwei drei, da wären wir. *(Lucie im Trikot tritt hinter dem Vorhang vor.)* Und wer ist sie jetzt, und wie alt bist du? O diese Dame hat vorhin einen modernen Song gesungen, jetzt singt sie ihn nicht, studiert sie nicht, jetzt hat sie das alles nicht nötig. Sie weiß was anderes. Sie hat ihre weiche Haut, hat ihren Mund, ihr Lachen. Da steht ein zartes, starkes Tier, ein Tierchen, Weibstierchen, ein keckes, warmes Muttertierchen. Und die moderne Dame, das Modegirl, das ist die ewige Eva, achtzehn Jahre und hunderttausend Jahre zugleich!
Der Schneidermeister bin ich, der Bademeister, der Durchleuchter, Kleider machen Leute. Nun bist du Lucie! Komm, zeige, wer du bist!

3

UNTERNEHMER: Du bist zweiundzwanzig Jahr, Lucie, ich habe dich lernen lassen, was du willst, wie steht es mit dir?
LUCIE: Danke, Vater, gut.

UNTERNEHMER: Ich bin nicht der Meinung, daß du noch ins Ausland gehst.

LUCIE: Ich bin deiner Meinung, Vater.

UNTERNEHMER: Was willst du tun?

LUCIE: Ich werde in dein Werk eintreten, Vater. Was mir Spaß macht, werde ich mir unverändert gönnen.

UNTERNEHMER: Daß du in meine Fabrik willst, freut mich. Eine Frau ist gut, aber ein Mann ist besser.

LUCIE: Warum ist er besser?

UNTERNEHMER: Weil er zuverlässiger ist. Ich möchte, daß du heiratest.

LUCIE: Du hast mich bisher frei herumlaufen lassen, ich habe dich nicht gestört.

UNTERNEHMER: Ich brauche einen Mann, der mich ersetzt.

LUCIE: Ich bin aber nicht für die Ehe. Warum packst du mir den alten Unsinn auf.

UNTERNEHMER: Die Ehe ist notwendig. Wie du sie führst, geht mich nichts an.

LUCIE: So.

UNTERNEHMER: Wenn ein Land unruhig wird, dann machen die Regierungen Kriege. So ist die Ehe: Kleinkrieg im Land, Beschäftigung der Leute mit sich. So belästigen sie uns weniger. Willst du heiraten, oder willst du dein Privatleben führen?

LUCIE: Ich werde die Lächerlichkeit begehen und heiraten.

VATER: Du bist meine Tochter.

4

LUCIE: Mein Vater ist ein alter Mann. Er will mich nicht ins Werk nehmen. Seit wann sind Männer zuverlässiger als Frauen? Ich werde ihm den Gefallen tun und heiraten. Ich werde weiter leben, wie ich mag.

5

LUCIE: Dank dir, Bobbie, süßer Bobbie, daß du kommst. Ich heirate.

BOBBIE: Wen?

LUCIE: Dich nicht.

BOBBIE: Ich habs gewußt.

LUCIE: Und warum nicht dich, du Affe, du Dummkopf? Weil ich dich gern habe.

BOBBIE: Mich nicht.

LUCIE: Was hat das mit heiraten zu tun? Vielleicht will ich noch ein Kind von dir. Jetzt geh deiner Wege, marsch. Ich muß euch alle wegschicken.

BOBBIE: Wen hast du noch?

LUCIE: Ich hab einen ganzen Stall von Jungs wie dich. Glaubst doch nicht, Süßer –

BOBBIE: Du hast noch andere?

LUCIE: Für diese Frechheit müßte ich dir gleich ein paar hinter die Ohren schlagen.

BOBBIE: Was, Lucie, du bist mir nicht treu?

LUCIE: Unverschämter! Raus!

6

LUCIE: Er liebt mich, und darum soll ich ihm treu sein! Witzbolde, die Männer! Ich werde heiraten. Man muß das Gesindel loswerden.

7

(Moderne Gesellschaftsmusik.)

LUCIE: Dies ist die Gesellschaft, die ich eingeladen habe, Vater, um mir einen Mann zu suchen, wie du gewünscht hast. Ich werde ihnen kein Rätsel zu raten geben wie eine Märchenprinzessin. Ich weiß, worauf es ankommt, – für dich und mich.

VATER: Ich habe nicht gewünscht, Lucie, daß du dir einen Mann auf einem Fest aussuchst. Welche Vorkehrungen du triffst, um einen Mann zu finden, ist mir gleich. Die Arbeitsmethoden der Menschen sind verschieden. Mich interessiert nur das Resultat.

TOCHTER: Du wirst zufrieden sein, Vater.

VATER: Ich denke.

8

GEORG: Die Dame führt mich in die dunkelste Ecke. O sink hernieder, Nacht der Liebe.

LUCIE: Wissen Sie, daß Sie mir auf die Nerven fallen. Ich hab es satt. Sie belästigen mich. Ich hab heute abend keine Zeit für Späße.

GEORG: Das ist schon möglich.

LUCIE: Wer sind Sie eigentlich? Sind Sie überhaupt eingeladen?

GEORG: Das gerade nicht.

LUCIE: Was heißt das?

GEORG: Ich bin mitgekommen, mit einem Gast.

LUCIE: Bitte, mit wem?

GEORG: Ich kenne den Namen des Herrn nicht, aber wenn Sie Interesse daran haben, zeig ich ihn Ihnen.

LUCIE: Sie sind einfach hier reingekommen?

GEORG: Ja, einfach, nicht kompliziert. Durch die Tür.

LUCIE: Machen Sie das öfter so?

GEORG: Daß ich durch die Tür hereinkomme? Eigentlich immer.

LUCIE: Nein.

GEORG: Was ist dabei wunderbar, meine Gnädige? Ich komme durch die Tür, die von mir geöffnet wird, als Legitimation habe ich diesen Smoking, meine guten Manieren, mein Lächeln, mein Ihnen schon bekanntes fröhliches Temperament.

LUCIE: Ja, was wollen Sie? Das ist toll. Wollen Sie von mir Geld?

GEORG: Aber ich bitte Sie, meine Gnädige, ich will den Abend verbringen. Ihr Gesicht fiel mir bloß auf, – mich interessieren traurige Menschen.

LUCIE: Ich könnte Sie einfach rauswerfen lassen.

GEORG: Das ist mir eigentlich noch nie passiert. Was sind das übrigens für Herren. Ziemlich grüne Hammelherde. Ihre Freunde, Gnädige? Dann verstehe ich Ihren verzweifelten Gesichtsausdruck.

LUCIE: Ich nehme Sie für einen Clown.

GEORG: Nehmen Sie mich für einen Gentleman, der seine Menschenfreundlichkeit spazierenführt. Und die jungen Damen da, – kennen Sie den Ausdruck: Nutte, Edelnutte?

LUCIE: Sie sind Schauspieler?

GEORG: Wieder zu hoch gegriffen. Man hat doch nicht nötig, meine Dame, etwas zu sein, in dieser Periode des Hochkapitalismus. Man hat auch nicht nötig, etwas zu lernen, es lernen schon viel zu viel Leute etwas.

LUCIE: Und ich habe studiert.

GEORG: Ich – habe meinen Smoking.

LUCIE: Ein fröhliches Temperament.

GEORG: Bin Menschenfreund. Wozu Geldschrankknacker werden? Das sind alberne Methoden von Subalternen, von Lappländern, Eskimos, die nicht wissen, wie bei uns Straßen aussehen. Ich bin orientiert. Die Geldschränke stehen überall weit auf. Unsere Bourgeoisie weiß nicht, was sie mit ihrem Geld anfangen soll. Wem gehört übrigens dies Haus?

LUCIE: Mir.

GEORG: So. – Und wozu ist dieses Fest?

LUCIE: Ich will mich verheiraten. Ich suche einen Mann.

GEORG: Um Gottes willen.

LUCIE: Sein Sie ruhig. Ihnen tu ich doch nichts.

GEORG: Nein, mein Fräulein, sobald ich von Ehe höre, fall ich in Ohnmacht. Ich war drei- oder viermal verlobt.

LUCIE: Genau wissen Sie das nicht mehr.

GEORG: Es geht alles in eine einzige Schwärze über. Meine Gnädige, ich warne Sie, ich bin Menschenfreund.

LUCIE: Was ist denn mit der Ehe? Von einem gewissen Einkommen ab hören alle Eheprobleme auf. Man trägt sie wie Sie Ihren Smoking. Zu Hause gehen Sie doch – nach Belieben.

GEORG: Oh, Sie sind rührend! Sie können sich nicht denken, welcher abgrundtiefen Veränderung, Verblödung gesunde moderne Menschen verfallen, wenn sie eine Ehe eingehen. Es ist ein Rückfall in alte Entwicklungsstufen.

LUCIE: Aber Sie verstehen nicht. Bei kleinen Leuten!

GEORG: Oh, Sie hören nicht; ich rate Ihnen, bevor Sie diesen verhängnisvollen Schritt tun, überlegen Sie es sich.

VATER *(lacht tief)*: Ich würde dir raten, Lucie, diesen Mann zu heiraten.

LUCIE: Ich dachte auch schon daran.

GEORG: Wer hat da gesprochen?

LUCIE: Das war mein Vater. Er hat mich gewarnt, Sie zu heiraten.

GEORG: Hören Sie auf den Mann, er hat Erfahrung, das Leben steht hinter ihm.

LUCIE: Und wenn ich nun darauf bestehe, Sie, gerade Sie zu heiraten?

GEORG: Gegen den Willen Ihres Vaters?

LUCIE: Ja.

GEORG: Haben Sie denn nicht so viel Anhänglichkeit an den alten Mann, wollen Sie ihm seine letzten Tage so verbittern, ist Ihr Ödipuskomplex nicht so stark, daß er Sie von solcher Bosheit zurückhält?

LUCIE: Nein, ich habe nicht so viel Anhänglichkeit an den alten Mann, ich will ihm seine letzten Tage verbittern, mein Ödipuskomplex ist nicht so stark, daß er mich vor solcher Bosheit zurückhält.

GEORG: Niemals aber würde ich eine Frau heiraten, die so gegen ihren Vater handelt. Ich muß gehen.

LUCIE: Darf ich Sie begleiten, mein Herr, Ihren Arm bitte? Ich hole meinen Mantel.

9

LUCIE *(allein)*: Ein frecher Hund! Was kommts drauf an? *(Liedartig:)* Eins, zwei, drei, vier, da ist die Tür, durch die er gekommen ist, er wartet auf mich. Fünf, sechs, sieben, acht, wir wollen sehn, wer zuletzt lacht – wer zuletzt lacht, lacht am besten. Ich werde an ihm meinen Spaß haben, ich nehme mir zum Mann diesen lustigen Knaben, ich gehe nicht in die Fabrik hinein, aber der junge Fabrikherr, der gehört mein. Oho, ihr Männer, ihr schlauen Halunken, zu eurer Dummheit sind wir noch nicht herabgesunken, macht nur eure Fabrik, gesegneten Appetit. *(Tanzt ab.)*

10

(Musik, langgezogener trauriger Gesang eines einzelnen.)

ARBEITERLIED:

Morgens früh aus dem Bette raus,
in die Strümpfe rein,
die Hosen an,
morgens früh kaltes Wasser ins Gesicht,
Brot ins Papier, auf die Straße runter,
in die Elektrische, in die Untergrundbahn.
Und in die Fabrik und in die Fabrik und in die Fabrik.
Ah, das geht so Tag um Tag,
Tagschicht, Nachtschicht, Nachtschicht, Tagschicht.
Frühling, Sommer, Herbst und Winter.
Montag, Dienstag, Mittwoch, Donnerstag;
Mittwoch, Donnerstag, Freitag, Sonnabend.
Und am Sonntag schläft man aus –, aus –, aus.
Ah, das geht so Tag um Tag,
ah, das geht so Jahr um Jahr,
ah, das geht das Leben lang,
Rücken krumm, Schläfen grau, Schädel blank,
ah, das geht so Tag um Tag.

11

GEORG: Das Werk. Ich habe mich der Tochter des Unternehmers zur Verfügung gestellt. Der Vater ist groß. Er hat mich nicht gefragt, wer ich bin, er hat mich in das Werk gesteckt und gesagt: das Weitere wird sich ergeben. Ich hab mich dafür interessiert, was aus der Sache zwischen Lucie und mir wird, aber die Sache mit dem Alten ist besser. Die Lucie habe ich schon manchmal vergessen, aber auf den höllischen Kerl bin ich versessen. Seinetwegen werde ich die Tochter nehmen.

UNTERNEHMER: Komm nur an meine Stelle, du hast ausgelebt. Bald wirst du keine Armbänder mehr tragen, bald wirst du keine Krawatten mehr betrachten, die Knochen werden dir aus den Backen stehen, du wirst sprechen wie ich: man wage nicht, mich zu photographieren, man frage nicht nach meinem Lebenslauf, die Krisen, die Rückschläge, mehr bin ich nicht.

12

LUCIE *(Lied)*: Goldenes Kalb,
du schönes Goldenes Kalb,
ich kannte dich nur halb,
jetzt aber kenn ich dich, und ich verehre dich.
Ah, durch dich kann ich lustig sein, üppig sein, herrschen,
durch dich kann ich schlafen und singen und tanzen.
Frühling, Sommer, Herbst und Winter,
Montag, Dienstag, Mittwoch, Donnerstag,
Mittwoch, Donnerstag, Freitag, Sonnabend,
alle Tage ist ein Sonntag.
Durch dich kann ich den Mann haben, den ich will,
kann tun und lassen, was ich will, –
Tag um Tag, Jahr um Jahr, das Leben lang,
muntere Füße, süße Lippen,
selige Arme. –

Da bist du im Werk, mein lieber Boy. Ich könnte auf dich eifersüchtig sein.

GEORG: Warum?

LUCIE: Weil ich hineinwollte.

GEORG: Das ist kein Platz für Frauen.

LUCIE: Ich bin nicht zuverlässig, Herr Smoking, Herr fröhliches Temperament.
GEORG: Was bist du böse. Wie du küßt.
LUCIE: Ich habe eine gute Schule gehabt.
GEORG: Das merk ich.
LUCIE: Und werde auch in Zukunft noch mehr lernen, von dir und von anderen.
GEORG: Du bist böse.
LUCIE: Ich bin ja nur eine Frau. Das Werk ist herrlich, nicht wahr? Das Werk mordet, wir wollen uns nicht töten lassen. Wir wollen das Geld fassen, wir wollen uns freun damit, wozu ist es denn. Alle Freiheit für uns, alle Freude für uns. Wir wollen leben, du.
GEORG: Ich eigne mich schlecht für Tristan und Isolde.
LUCIE: Ich müßte dich eigentlich hassen, du, es ist mir ein unerträglicher Gedanke, daß du in meinem Haus sitzst. Was brauche ich dich eigentlich?
GEORG: Wenn wir verheiratet sind, wird sich das ändern.
LUCIE: Ja, du sagtest, die Menschen verändern sich in der Ehe. Du sagtest, sie sinken auf eine tiefere Stufe der Entwicklung.
GEORG: Aber doch wir nicht, Lucie.
LUCIE: Wir versprechen uns, jeder führt in der Ehe sein Leben, ich meins und du deins. Eine wirklich freie Ehe, Boy.
GEORG: Ich werde dich nicht stören.
LUCIE: Weh dir, Boy.

13

(Starke Musik, Arbeitsrhythmik, Fabrikchor.)
UNTERNEHMER: In meiner Fabrik sitzt mein Nachfolger, das Werk ist befestigt, das Werk läuft lustig mit allen Maschinen. Arbeitet, arbeitet, ich bin kein Fronvogt, es gibt keine Peitschen, ihr seid keine Sklaven und keine Neger.
ARBEITER: Wir haben kein Geld. Das Geld hast du. Wir müssen fronden, obwohl wir keine Sklaven sind und keine Neger. Wir

arbeiten und arbeiten immerzu, es ist dein Geld, und bleibt es immerzu.

UNTERNEHMER: Das Werk muß rechnen, es hat seine Gesetze.

ARBEITER: Was haben wir vom Leben? Die Armut ist immer hinter uns, die Peitsche ist immer über uns.

UNTERNEHMER: Hinter euch die Armut, hinter mir die Krise. Ihr habt kein Leben, ich habe kein Leben.

ARBEITER: Ram tam tam, ram tam tam, viele Worte, wer klagt dich an?

UNTERNEHMER: Arbeitet, arbeitet, meine Kinder. Ich bin nicht da, ihr seid nicht da.

ARBEITER: Wer ist denn da? Du bist nicht da, wir sind nicht da, wer ist denn da?

UNTERNEHMER: Die Arbeit, das Werk ist da.

ARBEITER: Das Werk, haha! Und die Expansion, haha! Und die Krise, haha! Und der Krieg, haha!

14

GEORG: Wir sind in der Welt herumgefahren, am Nordkap sind wir gewesen und haben Eisberge gesehen, wir waren bei den Fellachen, bei den Pyramiden. Die Natur war überall herrlich, das Meer war schön, die Wüste war schön. Das Werk ist wieder da. Ja, so geht es Tag um Tag, ja, so geht es Jahr um Jahr, ja, so gehts das Leben lang.

UNTERNEHMER: Bald wirst du keine Armbänder mehr tragen, bald wirst du keine Krawatten mehr betrachten, sprich nach: man wage nicht, mich zu photographieren, man frage nicht nach meinem Lebenslauf.

GEORG: Ich fürchte mich. Einmal bin ich ein junger Mann gewesen, bin durch eine offene Tür in das Haus getänzelt, habe den Reichtum ausgenutzt, das war lustig. Ich führe einen vorbildlichen Haushalt, ich werfe mich zu Hause schlaff in einen Stuhl, ich schlucke meine Mahlzeit herunter, meine Gedanken sind auch nachts nur bei dem Werk. Bei dem Werk, bei dem

Werk. Ich fürchte mich. Ich muß mir Luft machen. Wozu bin ich reich, wozu bin ich frei?

15

SPRECHER *(rasches Lied)*: Es hat alles zwei Seiten. Alle Dinge im Leben haben zwei Seiten, zumindestens zwei, aber manche haben auch drei und vier. Zum Beispiel ein Würfel vier und dann noch zwei. Aus welchem Grund sollte der Mensch nur eine haben, wo er rund gewachsen ist und eher einer Walze gleicht als einer ebenen Fläche? Ich bin der Meinung, man darf nicht übertreiben, man muß die Dinge sehen, wie sie sind. Es ist gesorgt dafür, daß die Bäume nicht in den Himmel wachsen, das macht die Wurzel, die nach unten geht. Man darf es keinem Menschen verdenken, wenn er sich auf seine Natur besinnt. Und wenn er unlogisch lebt und ihn sein bester Freund nicht versteht, die Ursache davon ist, es hat alles zwei Seiten, zumindestens zwei, eventuell drei oder vier. Einige sind sichtbar, andere sind unsichtbar, einige werden gepflegt, andere verschweigt man mehr. Aber *(Refrain:)* es kommt alles ans Licht von den zwei Seiten, so bitter und schmerzlich das manchem ist.

(Duett des Büropersonals, schnell.)

1. PERSON: Was sagen Sie zu unserm Junior?

2. PERSON: Was sagen Sie zu Herrn Georg?

1. PERSON: Was sagen Sie zu unserm liebenswürdigen neuen Chef?

2. PERSON: Was sagen Sie zu der Zukunftsgröße unseres Werks?

1. PERSON: Woher wissen Sie was?

2. PERSON: Woher wissen Sie?

1. PERSON: Genau wie Sie.

2. PERSON: Nämlich?

1. PERSON: Nämlich?

2. PERSON: Mir hat die kleine X was gestoßen.

1. PERSON: Mir hat die kleine Z was gestoßen.

2. PERSON: Und Herr U hat gesagt, er weiß was von Fräulein R.

ZU ZWEIT: Ah, es spricht sich herum, es spricht sich herum, es spricht sich herum.

(Zweite Strophe.)

1. PERSON: Es ist das Fräulein Y, mit dem pussiert unser Junior.

2. PERSON: Mit der studiert unser Junior.

1. PERSON: Er arbeitet sich in die Geheimnisse der Fabrik ein.

2. PERSON: Vorläufig in eine kleine Partie, in eine ganz kleine Partie.

1. PERSON: In eine stille Partie, eine süße Partie, eine verschwiegene Partie.

2. PERSON: Die Nachtigallen singen in unserer Fabrik. Er hat mit ihr angefangen, ein wissenschaftliches Buch zu lesen.

1. PERSON: Ein wissenschaftliches Buch.

2. PERSON: Woher wissen Sie das?

1. PERSON: Woher wissen Sie?

2. PERSON: Mir hat es die kleine X gestoßen.

1. PERSON: Mir hat es die kleine Z gestoßen.

2. PERSON: Herr U hat gesagt, er weiß es von Fräulein R.

ZU ZWEIT: Ah, es spricht sich herum, es spricht sich herum, es spricht sich herum.

(Dritte Strophe.)

1. PERSON: Was haben sie denn getan, als sie das großartige Buch gelesen?

2. PERSON: Sie sind nicht ganz zu Ende gekommen.

1. PERSON: Sie haben das Buch zugemacht.

2. PERSON: Dann haben sie wohl nicht weitergelesen.

1. PERSON: Dann haben sie entschieden nicht weitergelesen.

2. PERSON: Dann haben sie sich geweigert, weiterzulesen.

1. PERSON: Dann haben sie ohne Frage was anderes gemacht.

2. PERSON: Was haben sie dann aber da gemacht?

1. PERSON: Dann da gemacht?

2. PERSON: Gemacht? Bange Pause.

ZU ZWEIT: Es spricht sich herum, es spricht sich herum, es spricht sich herum.

(Schlußstrophe.)

1. PERSON: Sie haben anscheinend noch nichts gemacht, aber das findet sich schon.
2. PERSON: Das gibt sich schon.
1. PERSON: Sie haben bloß vor sich hingeblickt.
2. PERSON: Bloß hingeblickt, bloß hergeblickt.
1. PERSON: Sie haben sich bloß die Hände gedrückt.
2. PERSON: Aber morgen ereignet sich mehr.
1. PERSON: Vielleicht, vielleicht.
2. PERSON: Bestimmt, bestimmt.
ZU ZWEIT: Es kommt alles ans Licht von den zwei Seiten, so bitter und schmerzlich das manchem ist.

16

FRÄULEIN Y *(Lied)*: Ich bitte mich anzusehn, ich bin das berühmte Fräulein Y, so lange hat mich niemand gekannt, bis mich ein gewisser junger Herr fand. Spieglein, Spieglein an der Wand, wer ist die Schönste im ganzen Büro? Ich oder wer anders? Ich. Das hätt ich nicht gedacht, als ich mir den kleinen Lohnbuchhalter zum Schatz nahm, das schien mir schon eine großartige Sache, aber jetzt der Herr Junior, das ist ein feiner Herr, ein Dussel, der könnte tausend andere kriegen, elegante, pikfeine, moderne, aber er liebt eben mir. Und die andern in unserer Abteilung sind kolossal neidisch auf mich, besonders Fräulein X von der Revision, die will sich jetzt mausig machen. Wenn ich will, werde ich dieselbigte entlassen lassen, Fräulein X, Sie sind entlassen, warum, wir haben zur Zeut keinen Bedarf. Mein Herr Junior wird es Ihnen bestätigen. Oh, Georg, mein Georg, wie lieb ich dich… *(Aus Friederike.)*
BÜROPERSONAL *(Chor)*: Da steht das freche Luder, was nimmt die sich raus, die hat den kleinen Lohnbuchhalter, und dann pussiert sie mit dem Junior, und morgens kommt sie zu spät, und abends macht sie schon eine halbe Stunde vorher Schluß.
FRÄULEIN Y: Ja, mein Schatz, der will es so, der will nicht, daß ich mich überanstrenge, nachher bekommt mich das nicht so gut.

2. PERSON: Vielleicht bekommt ihr das nicht so gut, vielleicht fliegst du hier bald raus.

FRÄULEIN Y: Ja, er nimmt mich bald raus aus dem Werk, ich soll mich schonen und nur in einer ganz feinen möblierten Wohnung wohnen. Denn er ist ein großer Ochse, vielleicht will er mich sogar heiraten.

1. PERSON: Und der Lohnbuchhalter Ernst?

FRÄULEIN Y *(Lied)*: Das ist mein Freund, und der bleibt mein Freund, und er wird mich auch besuchen. Und dann schenk ich ihm was für seine Treue von meinem vielen Draht, vielleicht ne Uhr odern Motorrad, vielleicht aber auch was anders. *(Georg kommt, sie tanzen zusammen. Fräulein Y ab. Georg setzt sich. Lucie setzt sich neben ihn.)*

17

GEORG: Nun führen wir unsere Ehe, Lucie, wir führen sie, wie sie gedacht war. Wir fahren gemeinsam zu den Bädern, zu den Fellachen, zu den Pyramiden, wir geben große Festlichkeiten, wir führen ein vorbildlich vornehmes Haus, die Creme der Gesellschaft ist bei uns zu Gast. Nun möchte ich hören, Lucie, was du zu unserer Ehe zu sagen hast.

LUCIE: Ich sitze neben dir und heiße deine Frau, und du heißt mein Mann. Ich werde nicht gestört von dir in dem, was ich will oder nicht will, du wirst von mir nicht gestört – *(aufstehend, heftig:)* ich finde, der Vater hat mich betrogen!

GEORG: Worin hat der Vater dich betrogen?

LUCIE: Er hat mich bewogen, diese Ehe zu schließen, ich habe keine Ehe schließen wollen, was soll mir diese Lächerlichkeit? Da hat er gesagt, die Ehe ist nur ein Schein, aber sie ist notwendig, und ich bin verpflichtet, eine Ehe zu schließen.

GEORG: Er hat recht.

LUCIE: Es ist eine Form, hat er gesagt, und wir müssen den Schein wahren.

GEORG: Du bist doch frei, Lucie, willst du verreisen?

LUCIE: Es ist ein Unsinn mit dieser Ehe. Der Vater hat mich betrogen. Ich hätte in diese Ehe nicht gehen sollen. Ich bin entwürdigt. Ich bin gedemütigt.

GEORG: Um Gottes willen, wer hat dir was getan?

LUCIE: Du nicht, du ganz und gar nicht. Ich muß mit dir sprechen, Georg.

GEORG: Wer hat dir was getan, wer hat dich gedemütigt?

LUCIE: Ich bringe es nicht heraus.

GEORG: Wer ist es?

LUCIE: Es ist lächerlich. Ich schäme mich.

GEORG: Hast du einen Freund, bist du verliebt?

LUCIE: Was geht das dich an?

GEORG: Ich frage ja nur.

LUCIE: Wir haben abgemacht, daß keiner sich um die Sachen des andern zu kümmern hat.

GEORG: Ich respektiere deine Gefühle, ich wollte dir nur zu Hilfe kommen.

LUCIE: Ich möchte mir die Zunge abbeißen. Du hast eine Freundschaft mit einem Fräulein Y.

GEORG: Richtig.

LUCIE: Was heißt richtig?

GEORG: Es ist richtig, sie ist meine Freundin.

LUCIE: Und was ist das: Freundin?

GEORG: Nun Lucie, du hattest Freunde oder hast welche.

LUCIE *(wild)*: Ich habe keine.

GEORG: Das tut mir leid, ich bin nicht schuld dran.

LUCIE: Ich will wissen, was das ist: Freundschaft?

GEORG: Dann weißt dus aus der Erinnerung.

LUCIE: Es ist alles!

GEORG: Bloß – nicht Ehe.

LUCIE: Was heißt dann Ehe?

GEORG: Das, was wir führen.

LUCIE: Lächerlich, laß das Affentheater, dann ist Ehe nichts.

GEORG: Aber ich bin todernst, ich bin tief erschrocken, daß du keine Freunde mehr hast, wir haben verabredet, jeder bleibt, wie er war, und ich bin erschrocken über deine Auffassung von der Ehe.

LUCIE: Was ist meine Auffassung von der Ehe?

GEORG: Du nimmst Anstoß daran, daß ich unsere Verabredung halte. Ich aber nehme zur Kenntnis, daß du keine Freunde mehr hast, mit anderen Worten: daß du unsere Verabredung nicht hältst, daß du einen Betrug an mir verübst.

LUCIE: Rede nur weiter, du zynischer Kerl, ich sehe, du hast dich nicht verändert. Du hast nie begriffen, was sich zwischen Menschen gehört.

GEORG: Ich stelle fest, daß du unsere Ehe störst.

LUCIE: An ihr ist nichts zu stören, sie ist nicht vorhanden.

GEORG: Das ist wahnsinnig. Du wünschst etwa, meine Freundin zu sein?

LUCIE: Ich verbitte mir das, verwechsele mich nicht.

GEORG: Dann wünschst du, ich soll dein Freund sein?

LUCIE *(plötzlich weinend)*: Ich weiß nicht, du Schuft, ich weiß nicht.

GEORG: Etwas Drittes kenne ich nicht. Ich achte dich, ich ehre dich. Unsere Ehe ist vorbildlich, und wir tun für die Gesellschaft, was wir ihr schulden.

LUCIE: Ich bin für dich nichts als die Tür ins Werk gewesen.

GEORG: Dafür will ich dir immer dankbar sein.

LUCIE: Und jetzt fürchtest du um deinen Platz im Werk?

GEORG: Nein, Lucie, um den fürchte ich nicht.

LUCIE: Der Platz ist dir sicher?

GEORG: Ja. Deine Sorgen sind Frauensorgen, sie sind Luft für das Werk und für mich.

LUCIE: Wir werden zum Vater gehn, ich werde ihn fragen, ob er sein Kind zum Portier bestellt hat für dich.

GEORG: Er wird lachen über dich, er wird wie ich sagen, was willst du eigentlich? Tristan und Isolde, haha. *(Ab.)*

LUCIE: Ich bin so gedemütigt. Ich bin so entwürdigt. Ich weiß nicht, was ich will.

18

LUCIE: Vater, ich habe diesen Menschen, den zu heiraten du mir geraten hast, mitgebracht. Er soll selbst reden. Er hat den Mut und die Stirn, sich selbst beschuldigen zu wollen.

GEORG: Ich beschuldige mich, mein verehrter Chef.

UNTERNEHMER: Wessen beschuldigst du dich?

GEORG: Ich beschuldige mich, den Vertrag gehalten zu haben, den wir beim Eingehen unserer Ehe geschlossen haben.

UNTERNEHMER: Was ist das für ein Vertrag?

GEORG: Es ist kein Vertrag vor dem Gesetz. Es ist eine Abmachung zwischen uns.

UNTERNEHMER: Und die lautet?

GEORG: Wir brauchen die Gesellschaft, und darum respektieren wir ihre Formen. Wir respektieren darum die Ehe. Sie schafft aber keine Veränderung zwischen uns.

UNTERNEHMER: Das ist gut und in Ordnung. Und was verlangst du, mein Kind?

LUCIE: Das ist nicht gut und nicht in Ordnung.

UNTERNEHMER: Und warum?

GEORG: Ich habe sie auch gefragt und dieselbe Antwort bekommen.

LUCIE: Welche Antwort?

GEORG: Keine.

LUCIE: Wenn du die Ohren gespitzt hättest, hättest du meine Antwort gehört.

UNTERNEHMER: Welche? *(Pause.)* Du bringst mir diesen Mann her, Lucie, du wirst mir nicht böse sein, wenn ich dir sage, wir arbeiten, wir können uns nicht mit Privatdingen aufhalten.

LUCIE: Ich weiß.

UNTERNEHMER: Hat er dir deine Freiheit genommen?

LUCIE: Eure Arbeit, macht euch nicht lächerlich mit eurer Arbeit! Lärm und Spektakel!

UNTERNEHMER: Sie ist wahnsinnig, das ist nicht meine Tochter.

LUCIE: Was kommt bei eurer Arbeit heraus? Für wen ist sie da? Verfluchtes Goldenes Kalb!

ARBEITERCHOR *(herausfordernd, zustimmend, mit Lachen)*: Wer ist denn da? Du bist nicht da, wir sind nicht da, die toten Maschinen sind da, die toten Sachen sind da, und Krise und Expansion und Krieg.

UNTERNEHMER: Du hast diesen Mann vor mich gebracht, du sollst endlich sagen, was du willst. Hat er dich beleidigt, hat er dir deine Freiheit genommen?

LUCIE *(sehr leise, abgewendet)*: Er – hat mich beleidigt, indem er – mir meine Freiheit gelassen hat.

GEORG: Sie ist eifersüchtig. Ich soll nicht ich sein, ich soll ihr Ehemann sein, das ist: ihr Schuhputzer.

LUCIE: Ich hasse dich.

UNTERNEHMER: Das sind Gespräche aus alten Romanen. Habt ihr nichts weiter zu tun?

ARBEITERCHOR: Wer ist denn da? Du bist nicht da, die toten Maschinen sind da, nur die toten Sachen sind da.

LUCIE: Das ist mein Gespräch, Vater. Du sollst mir beistehen gegen den Mann, du hast mich in die Ehe hineingejagt.

GEORG: Ich habe meine Arbeit. *(Ab.)*

19

LUCIE: Ich muß mit dir sprechen, ich muß mit dir sprechen.

UNTERNEHMER: Was ist da zu sprechen?

LUCIE: Vater, ich beschwöre dich, laß mich nicht im Stich.

UNTERNEHMER: Du mußt einen Arzt sprechen.

LUCIE: Ich bin dein Kind, hilf mir. Ich bin gedemütigt von diesem Mann, du hast mich in die Ehe hineingejagt, ich hab keinen Wunsch danach gehabt.

UNTERNEHMER: Deine Freiheit hat er nicht angerührt.

LUCIE: Ich beschwör dich, daß du mir beistehst, wenn ich deine Tochter bin. Wenn ich dir geholfen habe, diesen Mann in dein Werk zu bringen, so mußt du mir jetzt helfen.

UNTERNEHMER: Wozu?

LUCIE: Ihn zu demütigen, Vater, ihn zu bestrafen.

UNTERNEHMER: Das sind Lächerlichkeiten. Geh in dein Haus.

LUCIE: Ich kann nicht, ich werde in das Haus nicht mehr gehen.

UNTERNEHMER: Verreise.

LUCIE: Ich will diese Ehe nicht.

UNTERNEHMER: Du wirst diese Ehe wollen.

LUCIE: Ich will es, wenn du mir hilfst. Komm heraus, Vater, laß dich doch ansehen. Sieh mich auch einmal an. Kann ich dir nicht einmal meine Hände geben? Du bist doch mein Vater.

UNTERNEHMER *(kommt aus dem Aufbau, sehr alt und klein, weißhaarig, gebückt)*: Was willst du?

LUCIE: Gott sei Dank, daß du da bist.

UNTERNEHMER: Nun ja, was soll ich denn, Kind?

LUCIE: Ach hilf mir, Vater. Ich hasse den Mann so, er ist mir Gift, ich kann die Luft nicht mit ihm atmen. Wenn unsere Ehe so bleibt, lebe ich nicht mehr lange.

UNTERNEHMER: Ich bin kein Zauberer. Es gibt tausend Männer. Was hast du gegen diesen?

LUCIE: Ich – ich liebe ihn.

UNTERNEHMER: Gerade ihn?

LUCIE: Du versprichst mir, Vater, wenn ich es will, hältst du ihn nicht im Werk.

UNTERNEHMER: O ja.

LUCIE: Sag nicht o ja, willst du mir helfen?

UNTERNEHMER: Es ist die frechste Erpressung, es ist die komplettste Romansituation. Von A bis Z ist unwahr, was du verlangst.

LUCIE: Ich kann nicht mehr so leben.

UNTERNEHMER: Ich werde dir helfen. Verflucht, ich werde dir helfen! Verflucht! Verflucht! *(Geht in das Gehäuse zurück, stöhnt:)* Man wage nicht, mich zu photographieren, man frage nicht nach meinem Lebenslauf, meine Zahlen sind meine Patente, die Krise, die Rückschläge.

20

Stehbild: Ein Sanatorium auf einem Berg.

GEORG: Erstklassiges Sanatorium! Für Nerven- und Gemütskranke, für Erschöpfte, Erholungsbedürftige, alle Arten Entziehungskuren für Rauschgiftsüchtige. Da sitze ich, das hat sie geschafft. Vielleicht bin ich rauschgiftsüchtig, vielleicht bin ich gemütsleidend, vielleicht habe ich einen Knoten im Gehirn und soll ihn auskurieren. Ein lustiges Sanatorium. So viel man hier lacht, lacht man in der ganzen gesunden Welt nicht.
(Doktor tritt auf.)
GEORG: Ich möcht bloß wissen, ist das hier ein Sanatorium oder ein Zirkus, wodurch unterscheidet sich dies Sanatorium von einem Lachkabinett?
DOKTOR: Ich hoffe, durch nichts.
GEORG: Oder von einem Bums? Da bitte ich um meine Entlassung.
DOKTOR: Dann gehn Sie die Treppe herunter, der Page wird Ihnen zeigen.
GEORG: Was soll ich hier, es ist absolut lächerlich.
DOKTOR: Es täte uns auch aufrichtig leid, wenn Sie gingen. Denn sehen Sie: die andern Patienten fragen genau wie Sie: ist das hier ein Zirkus oder ein Lachkabinett? Da zeigen wir dann auf Sie: hier sehen Sie einen, der weint.
GEORG: Kurz und gut, wie komm ich raus?
DOKTOR: Die Treppe runter, der Page wird Sie führen.
GEORG: Welchen Grund hab ich, hier zu bleiben?
DOKTOR: Das interessiert uns eigentlich auch.
GEORG: Sie sind ein merkwürdiger Doktor. Es ist doch ein unerhörter Zustand, daß ich hier bin. Ich führe ein glückliches Leben, ich sitze im Direktorium unseres Werks, ich habe Freude an meiner Arbeit. Die Arbeit geht voran, die Arbeit braucht mich.
DOKTOR: Ein unerhörter Zustand.

GEORG: Ich habe eine Frau, führe eine erstklassige, modern aufgezogene Ehe mit allen Schikanen, beruhend auf Respekt vor der Ehe bei gleichzeitiger Freiheit beider Partner.
DOKTOR: Großartig.
GEORG: Eine wirklich moderne Ehe, die sowohl mit den Bedürfnissen der Gesellschaft wie mit unsern eigenen Bedürfnissen rechnet. Ein Muster von Ehe, denn ich ignoriere meine Frau. Und nun, – aus Eifersucht, hören Sie, aus vorsintflutlicher Eifersucht vertreibt mich die Frau hierher, an die Höhenluft.
DOKTOR: Dann haben Sie vielleicht eine vorsintflutliche Frau geheiratet?
GEORG: Das Modernste vom Modernen, ein Markentyp, Ausbildung Ia.
DOKTOR: Dann ist es ein Rückfall der Frau in eine vorsintflutliche Verfassung. Eigentlich müßte doch Ihre Frau hier sein.
GEORG: Sage ich auch.
DOKTOR: Ja, ist ein falscher Einlieferungsschein geschrieben?
GEORG: Nein, ich bin selbst geblieben.
DOKTOR: Was! Ihre Frau leidet an einer Entwicklungsstörung, und Sie gehen ins Sanatorium? Das erinnert an die alten Völker, wo die Frau das Kind kriegt, aber der Mann legt sich ins Wochenbett.
GEORG: Meine Frau bestand darauf, daß ich mich besinne.
DOKTOR: Und worauf besinnen Sie sich?
GEORG: Ich habe nichts zu besinnen, ich bin gesund.
DOKTOR: Ich habe an Ihnen einige Beobachtungen gemacht.
GEORG: Bitte sehr, bitte sehr.
DOKTOR: Moment. Die Beobachtung bei Ihnen hat ergeben, daß weder eine Neurasthenie, noch eine Neurose vorliegt, kein Komplex, keine Verdrängung oder sonstige Wiener Würstchen.
GEORG: Also!
DOKTOR: Aber – ich bin behindert im Sprechen, mein Herr, ob Sie auch stark genug sind, von mir die volle Wahrheit zu hören.
GEORG: Ja, jawohl, ich bitte drum.

DOKTOR: Die ganze Wahrheit?

GEORG: Hundertprozentig.

DOKTOR: Also, die Beobachtung hat nichts davon ergeben. Sie sind weder neurotisch, noch psychoneurotisch und so weiter. Sie sind einfach – dof.

GEORG: Bitte?

DOKTOR: Es ist der nicht ganz wissenschaftliche Ausdruck für eine gewisse Denkbehinderung.

GEORG: Das scheint eine der Lächerlichkeiten Ihres Sanatoriums zu sein.

DOKTOR: Sie sind Mitdirektor eines großen Werks, führen eine vorbildliche Ehe. Und wenn man aus solchen glücklichen Verhältnissen sich entfernt in ein komisches Sanatorium mit Höhenluft, so tut man es zweifellos aus den dringendsten Gründen.

GEORG: Meine Frau ist der Ehe nicht gewachsen.

DOKTOR: Würden Sie sich einmal die Dame ansehn, jetzt?

GEORG: Welche Dame?

DOKTOR: Die Frau, wegen deren dieser unerhörte Zustand mit Höhenluft eingetreten ist.

GEORG: Welchen Zweck sollte diese Besichtigung haben?

DOKTOR: Sie sollen meine Diagnose kontrollieren. Ich habe die Dame schon eingeladen. Sie ist da.

GEORG: Sie ist da?

DOKTOR: Sie setzen sich hier hin, bedenken alle Umstände, dann mach ich die Tür auf, und das Fräulein tritt ein.

GEORG: Das ist wohl eine Wunderkur?

DOKTOR: Jetzt weinen Sie bitte, dann öffne ich die Tür.

21

GEORG: Ich komme mir vor wie Michael Kohlhaas, ich kämpfe um mein Recht. Es geht um Dinge, die ich als Mann von heute durchsetzen muß.

FRÄULEIN Y *(tänzelt an)*: Ich bin das berühmte Fräulein Y. Jetzt bin ich schon so notwendig geworden, daß man mich herholt in dies feine Sanatorium, der Herr Junior kann es auch keine Stunde ohne mich aushalten. Spieglein, Spieglein an der Wand, wer ist die Schönste im ganzen Büro? O Georg, mein Georg, wie lieb ich dich.

GEORG *(ist aufgestanden, steht starr, lacht, kommt in brüllendes Lachen).*

FRÄULEIN Y: Georg!

GEORG *(unverändert weiter lachend, auch später)*: Es ist geschehen.

FRÄULEIN Y: Was ist, Georg?

GEORG: Ich bin Michael Kohlhaas! Ich freue mich!

FRÄULEIN Y: Worüber?

GEORG: Der Doktor hat recht! Ich – bin Michael Kohlhaas.

FRÄULEIN Y: Was denn, Georg, du bist krank.

GEORG: Guten Tag, sei nicht böse, ich hab dich gern, was gibts draußen?

FRÄULEIN Y: Ach, es ist schön zu Haus, hier ists auch schön, du bist doch nicht krank, was?

GEORG: Nein, ich bin schon geheilt, ich litt an sogenannten Prinzipien, der Doktor ist großartig, der kann Diagnosen stellen.

FRÄULEIN Y: Prinzipien, ist das eine Krankheit?

GEORG: Doch, man behandelt sie mit Höhenluft.

FRÄULEIN Y: Ich hab mich so gefürchtet wegen der Möbel.

GEORG: Stimmt mit den Möbeln was nicht?

FRÄULEIN Y: Sie sind noch nicht bezahlt.

GEORG: Darum hast du Sorge gehabt.

FRÄULEIN Y: Unsere neue Wohnung, du, ist so schön.

GEORG *(platzt wieder heraus)*: Unsere neue Wohnung?

FRÄULEIN Y: Ja, warum machst du so große Augen?

GEORG: Damit ich dich besser sehen kann.

FRÄULEIN Y: Und Girlanden hab ich schon angebracht, mit Willkommen für dich. Wie zwei Turteltauben werden wir leben.

GEORG: Arm in Arm mit dir! Gesegnetes Sanatorium. Es geht nichts über Höhenluft.

FRÄULEIN Y: Georg, den ersten Sonntag, wo wir zu Hause sind, da laden wir den Ernst ein, den Lohnbuchhalter, den kenn ich nämlich, der verkehrt mit meinem Vater im Kegelklub, weißt du. Das ist für uns beide eine schöne Erinnerung ans Büro.

GEORG: Ach Ernst, ach Ernst, was du mich alles lernst. Und nu adieu, ich muß weg.

FRÄULEIN Y: So rasch.

GEORG: Ich bin ja geheilt. Und auf Wiedersehen *(steht auf)*, ich hab eine dringliche Konferenz im Werk, auf Wiedersehen, winke, winke, mein Zug fährt gleich.

22

Lokomotivmusik, Stehbild eines Zuges.

GEORG *(allein, gesangartig)*: Hüah, hüah, ratter, mein Zug, ratterst mir nicht schnell genug. Hüah, hüah, es geht vorwärts, sechzig Kilometer, achtzig Kilometer. Vorwärts, wir fahren nach Haus, es ist mal wieder ein Unsinn aus, so bald fangen wir keinen neuen an, mit dem alten wars schon genug getan. Mit dem alten wars reichlich genug. Hüah, hüah, ratter mein Zug.

FABRIKCHOR *(empfängt ihn brausend, in voller Stärke, Georg singt die Partie des Unternehmers mit)*.

GEORG *(vor dem Unternehmer)*: Da bin ich, mein hoher Chef. Ich war, wie du wünschtest, verreist, ich habe meinen Leib in die Behandlung von Ärzten gegeben. Sie haben mich repariert.

UNTERNEHMER: Es freut mich, daß du da bist. Das Werk braucht Hände und Köpfe.

GEORG: Eine lächerliche Privatsache hatte mich gestört, eine Ehesache.

UNTERNEHMER: Man belästige mich nicht mit Narrheiten.

Variante statt Bilder 20, 21, 22.

20

GEORG: Du willst mich sprechen.
UNTERNEHMER: Meine Tochter klagt dich an.
GEORG: Sie ist krank.
UNTERNEHMER: Sie sagt, sie führt keine Ehe mit dir.
GEORG: Wir führen eine erstklassige, modern aufgezogene Ehe.
UNTERNEHMER: Sie sagt nein.
GEORG: Eine Ehe, die sowohl den Bedürfnissen der Gesellschaft wie unsern eignen entspricht. Ein Muster von Ehe, denn ich ignoriere meine Frau.
UNTERNEHMER: Meine Tochter ist die Gesellschaft. Wenn die Gesellschaft sagt, ihr führt keine Ehe, so hat sie recht.
GEORG: Lucie ist eifersüchtig, sie ist lächerlich.
UNTERNEHMER: Die Gesellschaft hat immer recht.
GEORG: Wir sind durch die Ehe keine Sklaven geworden. Sie wünscht von mir die Treue eines Hundes.
UNTERNEHMER: Wie du die Ehe führst, ist mir gleich. Ich warne dich. Wenn du die Gesellschaft störst, schädigst du das Werk.
GEORG: Was soll ich tun?
UNTERNEHMER: Die Gesellschaft nicht stören.

21

GEORG *(freudige Wendung)*: Lucie!
LUCIE: Da bist du wieder.
GEORG: Ich war, wie du wünschtest, verreist, in ein Sanatorium. Ich habe mich in die Behandlung von Ärzten gegeben, sie haben mich geheilt.
LUCIE: Die Arbeitsmethoden der Menschen sind verschieden. Mich interessiert nur das Resultat.
GEORG: Du wirst zufrieden sein. Mein Zug, der fuhr nur so.
LUCIE: Wie fuhr denn der?

GEORG: Hüah, hüah, ratter mein Zug, vorwärts, wir fahren nach Haus, es ist wieder ein Unsinn aus.

LUCIE: Wie ist denn dieser Unsinn aus?

GEORG: Du siehst ja, ich bin da.

LUCIE: Weswegen bist du da? Wegen des Werks bist du da.

GEORG: Ich habe mich besonnen, es ist über mich gekommen, mir sind die Schuppen von den Augen gefallen, Schuppen! *(Lacht.)* Ich muß noch lachen, ich muß immerzu lachen.

LUCIE: Ist es wahr?

GEORG: Ich hatte mich vergessen, Lucie, ich war doch ein frischer, fröhlicher Mann.

LUCIE: Was wollen wir machen, du?

GEORG: Was wollen wir denn machen, du?

LUCIE: Ich möchte dich nicht verlieren, du.

GEORG: Ich möchte dich nicht verlieren, du.

LUCIE: Warum möchtest du mich nicht verlieren, du?

GEORG: Und warum nicht du?

LUCIE: Weil mit mir etwas geschehen ist, was ich nicht erwartet hatte, als ich mich mit dir versprach. Ich war ein Sportmädel, habe studiert, war sachlich bis auf die Knochen und hatte mein Dutzend Liebschaften absolviert. Dann habe ich mich mit dir versprochen und bin in der Ehe so verwirrt geworden wie – eine Eva, eine tausendjährige Eva. Du hast mich so tief gekränkt und beleidigt, aber jetzt bin ich glücklich, daß ich dich wieder habe. Vielleicht hab ich dich lieb gewonnen, ich weiß es nicht, aber ich wüßte nicht, wie ich dich aufgeben sollte, und was ich täte, wenn es wahr ist, daß du nur wegen der Fabrik zu mir hältst.

GEORG: Die Schuppen sind mir von den Augen gefallen, ich bin zu dir gekommen, nur deinetwegen. Ich bin ein bißchen vorbeigeglitten, du hast mich noch rechtzeitig aufgegriffen, ich wäre fast wieder ein Windhund geworden.

LUCIE: Und darum bleibst du bei mir.

GEORG: Darum bleib ich bei dir.

LUCIE: Und ich bei dir. *(Abseits:)* Jetzt hab ich ihn wieder, jetzt hab ich mich wieder, jetzt bin ich wieder frei, jetzt will ich wieder frei sein.

GEORG: Jetzt ist sie besänftigt, es ist Ruhe, Ruhe im Haus.

LUCIE: Jetzt könnte der alte Vertrag wieder gelten – für mich.

GEORG *(beide zusammen)*: Lucie, ich weiß was.

LUCIE: Was?

GEORG: Was? Sag du, du weißt es doch.

LUCIE: Jetzt werden wir die wahre Ehe führen.

GEORG: Die wahre Ehe.

LUCIE *(abseits)*: Es gibt eine Lösung des Rätsels, das Ei des Kolumbus.

GEORG *(abseits)*: Ich weiß eine Antwort, die wunderbar ist, die mich nicht quält und sie nicht quält und unsere ganze Gesellschaft nicht quält.

LUCIE: Die Lösung heißt –

GEORG: Verschwiegenheit.

LUCIE: Verschwiegenheit. *(Jetzt beide zusammen.)*

GEORG: Lucie, wie schön, daß ich dich sehe.

LUCIE: Komm, daß ich dich wieder gefunden habe.

GEORG: Ich bin so glücklich, wie du strahlend aussiehst.

LUCIE: Weil sich alle Schwierigkeiten behoben haben.

GEORG: Ein bißchen sind wir doch Tristan und Isolde.

LUCIE: Tristan und Isolde.

GEORG *(beiseite)*: Mit Hintertür.

LUCIE *(beiseite)*: Mit Hintertür.

22

SPRECHER *(jetzt höhnisch, in der Gestalt eines Geschäftsvertreters)*: Pst, pst, ich bin kein Schneidermeister, ich habe weder Scheren noch Tuche, um mit Kleidern Leute zu machen, noch habe ich eine Durchleuchtungsröhre, um nachzusehen, was in den Leuten steckt. Ich bin nur der Vertreter einer gewissen Firma. Ich bringe euch, was euch noch fehlt. Pst, pst, ich muß leise gehen, warum, das werdet ihr gleich sehen. Holla, meine Dame!

LUCIE: Was ist?

VERTRETER: So tief im Traum? Ich weiß, wovon Sie träumen.

LUCIE: Das wissen Sie nicht.

VERTRETER: Von Ihrem Mann träumen Sie und daß Sie ihn wieder haben. Und von einer kleinen Tür, an die Sie gehen, von einer kleinen, verschwiegenen Hintertür.

LUCIE: Ah! Ja, es ist ein Geheimnis, und ich muß ihn behalten, und wenn ich ihn nicht behalte, da werde ich wild und krank, und mir nützt alle Freiheit nichts.

VERTRETER: Gestatten Sie mir, daß ich mich vorstelle: Vertreter einer erstklassigen, einer prima Firma hier am Ort. Unsere Firma steht auf dem Boden der heutigen Gesellschaft. Sie schützt sie, denn sie lebt von ihr. Vor allem, meine Dame, schützen wir die Ehe, deren Lage in der heutigen Gesellschaft wir vollkommenst durchschauen. Unsere Firma führt den Namen Wandschirm.

LUCIE: Wandschirm! Ein schöner Name.

VERTRETER: Gesetzlich geschützt, wir sehen die Schwierigkeiten der heutigen Ehe und industrialisieren sie.

LUCIE: Interessant. Und wie, Herr Wandschirm?

VERTRETER: Wir haben Referenzen aus den ersten Gesellschaftskreisen. Wir stellen uns vor Sie, wir decken Sie in jeder Situation, mit unserer Hilfe wird jeder Klatsch verhindert. Unsere Firma ist wie ein Geheimorden überall verbreitet und ganz unsichtbar.

LUCIE: Sie sind eine kolossal süße und kolossal freche Firma.

VERTRETER: Wir sanieren die Ehe, wie die bürgerliche Gesellschaft es gebraucht.

LUCIE: Und wie hoch ist der Abonnementspreis? Nach dem Grad der Verschwiegenheit?

VERTRETER: Nach der Ausdehnung der Verschwiegenheit.

LUCIE: Ich bitte um den höchsten Tarif.

———

23

VERTRETER: Pst, Sie träumen.

GEORG: Ja, was denken Sie, daß ich träume?

VERTRETER: Vielleicht von einer jungen Dame.

GEORG: Von einer niedlichen Dame.

VERTRETER: Von einem kleinen Dämchen.

GEORG: Von einem lustigen Dämchen.

VERTRETER: Vom Fräulein Y.

GEORG: Woher wissen Sie?

VERTRETER: Es spricht sich herum, es spricht sich herum, es spricht sich herum. Aber ein Malheur wollen Sie doch nicht noch mal beginnen. Und darum gestatte ich mir, mich Ihnen vorzustellen, Vertreter der Firma Eheschutz, ich reise mit Wandschirmen.

GEORG: Lassen Sie sich besehen, Sie habe ich doch schon woanders getroffen, in meiner lustigen Zeit.

VERTRETER: Mein Herr, es ist uns zu Ohren gekommen, Sie sind verheiratet und führen eine glückliche Ehe. Wir haben Interesse daran, dieses Glück noch lange zu halten, denn unsere Firma schützt die Einrichtungen der heutigen Gesellschaft, denn sie lebt von ihr. Die Ehe in der heutigen Gesellschaft kann nur mittels der von uns erfundenen Wandschirme gesichert werden. Keine Ehe ohne Wandschirm. Wir garantieren bei richtiger Verwendung den quasi ewigen Bestand Ihrer Ehe.

GEORG: Jawohl, das habe ich schon alles mal läuten hören. Und wie hoch ist der Abonnementspreis?

VERTRETER: Nach der Ausdehnung der Verschwiegenheit.

24

LUCIE: Bobbie, lieber Bobbie, süßer Bobbie.

BOBBIE: Lucie!

LUCIE: Komm doch her.

BOBBIE: Ich dachte, du bist verheiratet.

LUCIE: Ich bin abonniert.

BOBBIE: Was?

LUCIE: Jetzt hab ich, was ich will, und dich auch!

BOBBIE: Kann ich wieder zu dir kommen?

LUCIE: Wir spielen Glück im Winkel. Die Ehe hat zwei Glücke: Eins im Salon und eins im Winkel.

BOBBIE: Und ich bin eins!

LUCIE: Welches, ist dir doch gleich?

BOBBIE: Mit dir, ja.

VERTRETER *(während sie tanzen, Lied, höhnisch)*: Und so ist die Ehehe gerettettet, gerettettet, und so ist die Ehehe gerettettettettet!

25

LUCIE: Bist du zufrieden, Vater?

UNTERNEHMER: Stört mich nicht, dann bin ich zufrieden.

26

(Der Sprecher kommt, dabei Flötenmusik, volkstümlich.)

SPRECHER *(Lied)*: Liebe Kinder, folget mir, ach, was gibts zu sehen hier, schöne Männer, Frauen und Fräulein, werdet euch daran erfreuen. Seht, da oben gehen Sie, seht, da oben stehen und tanzen sie, freuen sich und lachen. Was für schöne Sachen.

(Hinter dem Sprecher folgt Karl und Guste aus der ersten Szene. Sie singen im Anmarsch ihr Lied.)

FRAU: Auf dem Tanzboden, Karl, hab ich dich kennengelernt, ich war mit einer Freundin da, das war fein. Du hast mir Jimmy gezeigt, Walzer und Blues, ich trat dir immerfort auf den Fuß.

MANN: Dein hellbraunes Haar war genau wie meins, wenn wir tanzten, glaubten die Leute, wir sind Bruder und Schwester.

GUSTE *(vor dem Bild der bürgerlichen Gesellschaft angelangt)*: Da, kuck mal, Karl, wie die sich freun.

KARL: So möchts unsereins mal haben.

GUSTE: Na wolln wir mal, Karle? *(Machen Tanzschritte nach der Jazzmusik.)*

SPRECHER *(Flötenmusik)*: Liebe Kinder, folget mir, ach, was gibts zu sehen hier, schöne Männer, Frauen und Fräulein, werdet euch daran erfreuen.

(Anmarsch der zweiten Gruppe, Gärtner und Frau und Tochter aus der zweiten Szene.)

2. GRUPPE *(mit ihrer Musik)*: Wir sind die Familie H., wir wollen unsern Namen nicht nennen, denn sonst könnte uns einer von euch erkennen, und wir schämen uns sehr.

TOCHTER: Ach kiek mal, Mutter, Vater, kiek mal. *(Sie halten vor dem Bild.)*

VATER: Kuck mal, Mutter, is det ne Freude!

FRAU: Mann, wie schön. Ach wolln wir nich auch mal?

(Sie tanzen nach der Jazzmusik einige Takte.)

SPRECHER *(scharf)*: Die habens gut, was? Die haben Licht, was? Und sind reich, was? Und das ist schön, was? *(Veränderter Ton, sehr herrisch, geheimnisvoll, sicher:)* Ich bin der Schneidermeister! Ich bin der Röntgendurchleuchter! Ich bin der Zauberer! Nicht Zeit, nicht Raum, kommt her, ihr, ihr zwei! *(Springt auf das obere Feld der Gesellschaft, faßt Georg und Lucie am Hals.)* Seht euch in die Augen! In die Augen! *(Sie blicken weg, er brüllt:)* In die Augen! Sie können nicht! Sie wagens nicht! Sie schämen sich! *(Er läßt sie los, sie schwirren wieder zurück, sind erst verblüfft, gehemmt, dann tanzen sie ruhig weiter.)*

GRETE: Wat tuste mit die?

KARL: Wat machste?

SPRECHER *(gell)*: Ich bin der Schneidermeister, ich bin der Röntgendurchleuchter, keine Zeit und kein Raum!

27

Bildext: Der Sumpf der Gesellschaft.

SPRECHER *(springt auf die obere Bühne, zieht ein Paar her, das sich umschlungen hat)*: Zehn Jahre weg! Wer seid ihr, wer bist du? *(Sie stehen jetzt welk und stumpf da.)*

MANN: Ich habe meine Sorgen.
SPRECHER: Wie stehst du zu ihr?
MANN: Zu wem?
SPRECHER: Zu ihr, deiner Frau.
MANN: Pah, zu meiner Frau.
SPRECHER: Wie stehst du zu ihr?
MANN: Ich habe meine Sorgen. Sie hat ihre Wohnung, ihre Kinder, ihr Auskommen, was braucht eine Frau mehr?
SPRECHER *(zur Frau)*: Wie stehst du zu ihm?
FRAU: Er? Geht mich der Mann an. Der Trottel. Wann seh ich ihn denn? Läuft ins Geschäft, an die Börse.
SPRECHER: Möchtest du mehr von ihm haben?
FRAU: Von dem, Gott bewahre. Ich bin froh, wenn ich ihn nicht sehe. Was soll ich von dem? Kann sich rumtreiben, soll sich Weiber nehmen soviel er will.
SPRECHER: Warum gehst du nicht von ihm?
FRAU: Könnt ihm passen. Ich werd mich bloßstellen seinetwegen vor der ganzen Welt.

Bildtext: Die Gesellschaft ist heilig.

SPRECHER: Du müßtest von ihr gehen.
MANN: Geben Sie mir das Geld, Herr.
SPRECHER *(zum Mann)*: Und wie solls weitergehen?
MANN: Immer so weiter!

Bildtext: Das Kapital schützt die Gesellschaft.

SPRECHER *(zur Frau)*: Und wie solls weitergehen?
FRAU *(höhnisch)*: Immer so weiter.
SPRECHER *führt sie zurück, sie richten sich auf, stehen betroffen, dann fassen sie sich an , sind lustig wie vorher.*

28

SPRECHER: Hoher Herr, hoher Herr! Was sagt der hohe Herr dazu? Das sind deine Menschen.

UNTERNEHMER: Wer spricht?

SPRECHER: Ich habe Lebende und Tote aus deinem Reich hinter mir.

UNTERNEHMER: Ich befasse mich nicht mit Privatsachen.

SPRECHER: Womit befaßt du dich?

UNTERNEHMER: Geld zu machen.

SPRECHER: Zu welchem Zweck?

UNTERNEHMER: Um Geld zu machen.

SPRECHER: Warum das?

UNTERNEHMER: Um Geld zu machen.

SPRECHER: Und um die Menschen verkommen zu lassen!

UNTERNEHMER: Ich kann die Gesellschaft brauchen, wie sie ist.

29

SPRECHER *(zu seinem armen Gefolge)*: Wie gefällt euch das? Zum Tanzen, was? *(Gellend:)* Ich bin der Schneidermeister, ich bin der Durchleuchter, ich bin der Fischer und Angler aus dem Sumpf! Ihr da, du da *(hat wieder einen erwischt, macht seine Zeichen)*, zehn Jahre später. Was ist mit dir? *(Herr, nach vorne gezogen, fällt um.)*

SPRECHER: Der lebt nicht. Steh auf, du. Ich will dich hören.

HERR: Ich, ich war glücklich. Ich tanzte mit meiner Frau, wie tanzte ich denn? *(Tanzt unsicher nach der Jazzmusik.)*

SPRECHER: Und was war?

HERR *(tanzt und strampelt noch wortlos weiter, dann)*: Ich wurde alt, ich wollte nicht alt werden und so verderben.

SPRECHER: Und dann trafst du die andere. Und wagtest es nicht.

HERR: Ich konnte meine Frau nicht lassen, ich hatte sie aus ihrer Arbeit gerissen, ich habe es nicht über mich gebracht. Sie war ja nichts als meine Frau.

SPRECHER: Dazu hast du sie gemacht.

HERR: Dazu treibt uns die Gesellschaft, verflucht, daß sies tut. Ich konnte sie nicht lassen, da habe ich – alle beide gelassen! Ich bin auf einer Bergtour abgestürzt, sie wissen nicht, wie es geschah.

Bildtext: Die Gesellschaft im Gewissen. Die bürgerliche Tradition als Gewissen! Die Trägheit als Gewissen!

(Der Herr mischt sich unter die Gesellschaft.)

30

SPRECHER: Hoher Herr, hoher Herr! Deine Menschen!

UNTERNEHMER *(sehr laut)*: Sag deine Gedichte woanders auf.

SPRECHER: Sumpf und Verwahrlosung, Mord und Lug und Betrug!

UNTERNEHMER: Arbeitet, arbeitet, meine Kinder. Für Romane ist keine Zeit.

SPRECHER: Zertretene Familien, erschlagene Menschen. Das sind Romane?

UNTERNEHMER *(sehr laut)*: Ich hab keine Zeit. Da muß der kommen, der mich bezwingt. Ich – warte.

FRAU *(der Gärtnerfamilie, hart)*: Das war nicht unser Herr im Himmel, der uns ins Elend gejagt hat, Mann.

FRAU *(der zweiten Szene)*: Hast du den gehört, Karle?

31

SPRECHER: Er wartet auf den, der ihn bezwingt! *(Die Gruppen folgen.)*

CHOR: Der Mensch regiert die Welt, der Mensch bezwingt das Geld! Der Mensch muß kämpfen und um sich schlagen, bis ihm die Macht ist zugefallen! Dem Geld die Macht aus den Klauen, das harte Herz niedergekämpft, die Eisenketten abgeworfen, unser Feuer brennt!

(Sie ziehen über die obere Bühne. Aus der Gesellschaft schließt sich ihnen einer nach dem andern an mit gesenktem Kopf, zuletzt auch die Lucie der letzten Szene nach einem Aufschrei, auch Georg.)

LAUTSPRECHER *(Musik der ersten Szene)*: Es bewegt sich alles, die Wahrheit ist kein ewiges Gesetz. Wer nicht zur eigenen Wahrheit durchdringt, der lebt nicht, hat nicht gelebt, ist nicht geboren.

SCHLUSSCHOR: Freunde, liebe Freunde, seid unverzagt, einmal für uns der Morgen tagt, einmal kommt Brot und Freiheit und Licht für uns und für jedes Menschengesicht.

Ende

LEHRSTÜCK

DAS WASSER

Kantate nach Worten von Alfred Döblin,
Musik von Ernst Toch

SPRECHER: Es gehen zwei am Meer entlang,
ein Gespräch fängt zwischen ihnen an.
TENOR: Wenn wir beide so langsam trotten,
werden wir morgen zu Hause sein.
BARITON: Das Meer ist ein wunderbares Ding.
TENOR: Wir wollen nach Haus!
BARITON: Wir kommen noch früh genug!
Sieh, wie es daliegt.
TENOR: Wie immer!
BARITON: Ich sah es nicht immer so.
Das Wasser ist lebendig!
Das Meer ist lebendig!
CHOR: Das Wasser ist lebendig!
Das Meer ist lebendig!
TENOR: Hier hast Du Bleistift und Papier.
Das wird ein Gedicht!
Zum Lachen! Wo ist das Meer lebendig!
CHOR: Das Meer ist lebendig!
SPRECHER: Da bl[ei]ben sie beide stehn.
Der Lustige gibt dem andern zu verstehn:
TENOR: Das Meer, meine Damen und Herrn,
ist aufzufassen als ein großer Topf.
Leider ist keine Milch drin,
sondern nur salziges Wasser.
Zwei Komma fünf Prozent [Salz] hat schrecklicher Weise das [Meer.
Darum ist das Verdursten hier nicht schwer.
Oben sind Schiffe, unten Fische,

ganz unten beides gemischt,
dazu Klippen und enorm viel Sand.
Mehr, meine Damen und Herrn,
ist vom p p Meer nicht bekannt.
BARITON: Und was ist das Wasser?
TENOR: Wie gesagt, leider nicht trinkbar.
CHOR: Leider nicht trinkbar.
TENOR: Sonst besteht es aus Wasserstoff und Sauerstoff.
H zwei O, und damit ist es so:
Bei null Grad gefriert es.
CHOR: Bei null Grad gefriert es.
TENOR: Bei hundert Grad siedet es –
CHOR: Bei hundert Grad siedet es –
TENOR: Bei neunhundertfünfzig fallen die Atome auseinander.
CHOR: Bei neunhundertfünfzig fallen die Atome auseinander.
TENOR: Im übrigen ist es langweilig und ohne Humor.
Es scheint, dir kommt das nicht so vor.
Meine Geschichte ist jetzt aus,
nun gehen wir wirklich nach Haus.
SPRECHER: Sie stehen und lachen,
nun hört ihr vom Meer andre Sachen.
BARITON: Ich habe dich nach Wasser und Meer gefragt,
du redest von einem toten Ding aus der Chemie.
Das lebende Wasser siehst du hie.
TENOR: Und wo und wie?
BARITON: Das ist der Wind.
Mit dem Wind lebt das Wasser [,]
Das Land, der Strand.
Mit dem Land lebt das Wasser.
Ebbe und Flut.
Mit dem Mond lebt das Wasser.
Sieh! Was hier zu unsern Füßen liegt,
ist Urwesen, die große Wassergewalt.
Hier heißt sie Meer,
aber sie füllt die ganze Erde an.

Alles auf der Erde will atmen,
und nichts Lebendes kann des Wassers entraten.
Es ist die Kraft, die aus dem Berge bricht.
zwischen Felsen herunter kriecht,
Abhänge, Täler überfließt,
in breitem Bett die Länder überfließt.
Bäume und Blumen treibt sie auf,
durch Tiere und Menschen nimmt sie ihren Lauf.
TENOR: Und bleibt doch immer H zwei O!
Ich kann mit ihr machen, was ich will,
sie hält für ein Lebewesen erstaunlich still!
Sie ist noch weniger als ein Vieh,
teils Physik und teils Chemie.
BARITON: Physik ist nicht Physik,
Chemie ist nicht Chemie,
einem großen Leben dienen sie.
CHOR: Das Wasser, was ist das Wasser?
SPRECHER: So der Chor;
der Spötter drängt seine Antwort vor:
TENOR: Weiße Kohle, unsre Kochtöpfe zu heizen,
weiße Kohle, unsre Stuben zu beleuchten.
Wieviel Kilowatt in der Stunde?
Da geht die Göttlichkeit vor die Hunde.
Schlagende Kraft, den Katarakten entwunden,
als Arbeit in die Maschinen gezwungen,
wieviel Kilowatt in der Stunde?
Da geht die Göttlichkeit vor die Hunde.
SPRECHER: Die Lage von hüben ist geklärt,
was wird drüben gelehrt?
CHOR: Das Wasser, was ist das Wasser?
BARITON: Im Wasser fließen wir,
Wasser sind wir auch.
Das Wasser lebt im Meer
und in den Flüssen.
Das Wasser lebt in uns Menschen auch.

Es ist etwas zwischen dir und ihm,
daß du es täglich begehrst
und stirbst, wenn du es nicht hast.
Du gießt es nicht in dich
wie eine Wanne ein,
es durchflutet dein Fleisch und Bein,
es vermählt sich in dir mit allen Stoffen,
da wachsen sie, und du bist sein.
Der Mensch ist kein Wunder in der großen Natur.
Überaus stolz und bewußt ist er nur
und auch dumm.
Er wächst auf dem Rasen,
auf dem alle wachsen,
geht ein in den Rasen,
in den alle eingehn.
CHOR: Das Wasser, was ist das Wasser?
BARITON: Und sieh, wie das Wasser draußen lebendig ist,
wie es verdunstet, als Regen gießt,
als Schnee herunter weht [.]
Nun ist es ein Stern, der vergeht,
ein Kristall, ein zartes Lebewesen.
Schmilzt auf deiner Hand.
Hast du das Wasser jetzt erkannt?
TENOR: Und ich bin nichts als Wasser,
und auch noch Eiweiß und Salz?
BARITON: Du weißt nicht, was du damit allenfalls bist.
Ich will dich nicht erniedrigen, sondern zurecht rücken,
und erhöhn, dich öffnen und beglücken.
Diese Welt ist ganz deine,
was du um dich erblickst,
bist du, bist alles du!
SPRECHER: Beendet ist die Belehrung!
Dem großen Wasser erweisen wir Verehrung.
CHOR: Laß uns das große Wasser preisen!
Alles auf der Erde will atmen,

nichts Lebendiges kann des Wassers entraten.
Es ist die Kraft, die aus den Bergen bricht,
Bäume und Blumen treibt sie auf,
durch Tiere und Menschen nimmt sie ihren Lauf.
Verehrung dem großen lebenden Wasser;
Lob, unsere Liebe der großen Natur!

HÖRSPIEL

DIE GESCHICHTE VOM FRANZ BIBERKOPF

Hörspiel

(Musik)
STIMME: *(flüsternd)* Hiob [.]
HIOB: Wer ruft?
STIMME: Hiob [.]
HIOB: Wer ist es?
STIMME: Hiob, du liegst im Kohlgarten an der Hundehütte. Da ist der Palast, den du einmal besessen hast. Was quält dich am meisten, Hiob? Daß du deine Söhne und Töchter verloren hast, daß du nichts besitzt, daß du krank bist?
HIOB: Wer fragt?
STIMME: Ich bin nur eine Stimme.
HIOB: Eine Stimme kommt aus einem Hals [.]
STIMME: Hiob, du kannst die Augen nicht aufmachen, willst du keine Rettung?
HIOB: Ach heile mich.
STIMME: Wenn ich aber Satan oder der Böse bin?
HIOB: Heile mich.
STIMME: Ich bin Satan.
HIOB: Heile mich.
(Musik)
HIOB: Wo ist die Stimme?
STIMME: Ich komme schon.
HIOB: Du willst mir ja nicht helfen, keiner will mir helfen, nicht Gott, nicht Satan, kein Engel, kein Mensch.
STIMME: Und du dir selbst?
HIOB: Was ist mit mir [?]
STIMME: Du willst ja selbst nicht.
HIOB: Was?
STIMME: Wer kann dir helfen, wo du dir selbst nicht helfen willst.

HIOB: Nein, nein.

STIMME: Alle wollen dir helfen, nur du dir nicht.

HIOB: Ich kann nicht.

STIMME: Du – mußt!

(Scenenwechsel überall ohne Pause!)

HARMONIKA, AUTOTUTEN, VERSCHIEDENE STIMMEN: B.Z. am Mittag, die Zwölfuhrmittagzeitung, die neusten Schlager, Gigolo, mein kleiner Gigolo, meine Dame kaufen sie Fische, Fische sind preiswert, Fische enthalten viel Phosphor, ist doch giftig, Sie meinen Streichhölzer, nee Streichhölzer brauchen Sie nicht zu l[u]tschen, Fische sind nahrhaft, eßt Fisch, dann bleibt ihr schlank gesund und frisch, Damenstrümpfe, echt Kunstseide, Sie haben hier einen Füllfederhalter, mit prima Goldfeder, anlakkiert, ich sage Gold, vielleicht lackiere ich Ihnen eine runter.

FRANZ BIBERKOPF: Herrschaften treten Sie näher, Fräulein Sie auch mit dem Herrn Gemahl, Jugendliche haben Zutritt, für Jugendliche kostets nicht mehr, warum trägt der feine Mann im Westen Schleifen und der Prolet trägt keine?

STIMME: Fabisch Konfektion, gediegene Verarbeitung und niedrige Preise sind die Merkmale unserer Erzeugnisse.

FRANZ: Warum trägt der Prolet keine Schleifen? Weil er sie nicht binden kann. Da muß er sich einen Schlipshalter zukaufen, und wenn er den gekauft hat, ist er schlecht und er kann den Schlips noch nicht immer nicht binden. Das ist Betrug, das verbittert das Volk, das stößt Deutschland noch tiefer ins Elend, wo es schon drin ist.

SPRECHER: Der Mann, den Ihr hier sprechen hört –

FRANZ: Warum hat man früher diesen großen Schlipshalter nicht getragen? Weil man sich keine Müllschippe an den Hals binden will, das will weder Mann noch Frau, das will nicht mal der Säugling, wenn er reden könnte.

SPRECHER: Ist Franz Biberkopf.

FRANZ: Man soll drüber nicht lachen, Herrschaften, lachen Sie nicht, wer weiß, wat in sonm klein Kinderkopf vorgeht, ach Jott, das liebe Köppchen und die lieben Härchen.

SPRECHER: Er hat ein wildes Leben geführt, Zement- und Transportarbeiter ist er gewesen, dann hat er zu trinken angefangen.

FRANZ: Herrschaften, wer hat heut zu Tage Zeit sich morgens einen Schlips umzubinden? Und gönnt sich nicht lieber die Minute Schlaf, weil wir viel arbeiten müssen und wenig verdienen. Ein solcher Schlipshalter erleichtert Ihnen den Schlaf.

SPRECHER: Er ist ins Trinken gekommen, seiner Freundin hat er die Rippen zerschlagen, vier Jahre hat er wegen Totschlag in Tegel gesessen.

FRANZ: Jehn Sie weg vom Damm, junger Mann, sonst überfährt Sie ein Auto und wer soll nachher den Müll wegfegen.

SPRECHER: Aber in Tegel ist ihm ein Seifensieder aufgegangen und er hat gesagt: es soll jetzt aus sein mit dem Lumpen und Saufen, er hat geschworen anständig zu sein, darum hört Ihr ihn jetzt am Rosenthaler Platz ausrufen und schrein.

FRANZ: Sie geben Ihr Geld für viel Dreck aus. Da haben Sie die Ganov[en] im Krokodil gesehn, vorne gab es heiße Bockwurst, hinten hat Jolly gelegen im Glaskasten, und die Schokolade haben sie ihm durch die Radioröhre durchgeschoben. Hier kaufen Sie ehrliche Ware, Herrschaften, Gummi gewalzt, ein Stück 20, drei 50.

– – –

MECK: *([P]fiff)* Franz, Achtung Polente.

FRANZ: Meck, Junge, seh ick dir ooch wieder.

MECK: Polente, Franz, der Grüne.

FRANZ: Wat heißt hier Polente, ick hab mein Schein.

MECK: Wat haste?

FRANZ: Jawoll, kleenes Meckchen, Meckmeckziegchen, haben wir. Franz isn Gewerbetreibender, da, Reichsverband ambulanter Gewerbetreibender, ambulant sind wir, verstehste. Ein Stück 20 Pfennig, 3 fünfzig.

MECK: Na mach man ne Mittagspause, Mensch, loofen ja doch alle weg.

FRANZ: Ja wolln ooch futtern, also wo gehts hin Meckchen?

MECK: Prenzlauer.

FRANZ: Jemacht. Meck, wir sind ehrbare Leute, wir haben im Zuchthaus gesessen, vier Jahre, da haben wir was zugelernt.

MECK: Bist ja ordentlich im Fleisch, du, Schwergewicht, du wirst den Laden schon schmeißen.

FRANZ: Ich denke.

STIMME: Ich weiß nicht.

SPRECHER: Wer sagt, ich weiß nicht [?]

STIMME: Ich weiß nicht.

– – –

Lärm eines Lokals.

MECK: Komm hier setzen wir uns hin.

LINA: Tag ooch, Franzeken.

FRANZ: Tag Lina, aber schieb man lo [s] ick hab wat Geschäftliches zu reden mit Lüders. Lüders komm mal rüber.

LINA: Adjö Franz, kommst bald nach Haus.

FRANZ: Also zwei große Mollen, paar Würschtchen for mir, for dir ooch.

LÜDERS: Ja.

FRANZ: Ist se raus? Na Lüders, wat hab ick hier in der Hand?

LÜDERS: Na wat denn.

FRANZ: Na schieß man lo [s].

LÜDERS: Na wat denn.

FRANZ: Da Geld, zwei Zehner, zwanzig Eier.

LÜDERS: Mensch!

FRANZ: Na von wo denn, rat mal, von wo.

LÜDERS: Hinten rum.

FRANZ: Bei mir nicht zu machen, kennste Franzen nicht. Von wo Lüders, rat mal. Also: ick da gestern mit Schnürsenkel in die Elsasserstraße. Steht da im Quergebäude eene an der Tür, macht mir auf, schniekes Weib, du, ei, wei, kommt mit mir ins Quatschen, is ne Kriegerwitwe und denn sagt se, ick soll man rin kommen und wir trinken Kaffee und du –

LÜDERS: Mensch.

FRANZ: Glück muß der Mensch haben, war joldig, Mensch, und

denn sagt se, ick seh vielleicht aus wie ihr Oller und weil ick so abgerissen bin, jiebt sie mir die zwei Lappen, die Schnürsenkel hab ick oben gelassen, ha ha.

LÜDERS: Mensch! det schenkt se dir.

FRANZ: Hab ihr allens erzählt von mir, hat ihr leid jetan und ick soll mir ne Kluft besorgen und in ne Woche treff ick ihr wieder.

LÜDERS: Hast doch die Lina.

FRANZ: Bin ihr ooch gut, laß man, ist doch Jeschäft, alles Jeschäft.

– – –

LÜDERS: Son Kerl. Ist stark wien Athlet, istn Verbrecher und kaum kommt er raus, fliegt ihm det Geld ins Portemonnaie. Und ick, ick sitz da mit meine Frau und die Göhren. Glück muß man haben. Mal ruff zu det Weib, wat hat er jesagt, Elsasser.

– – –

Mehrfaches Klingeln.

FRAU: Wer ist da?

LÜDERS: Erlauben Sie, ick komme von meinem Freund Franz.

FRAU: Was ist?

LÜDERS: Von meinem Freund Franz, Sie wissen doch, mit die Schnürsenkel, na ick komme schon rin, danke schön.

FRAU: Was hat er Ihnen erzählt?

LÜDERS: Aber nischt, junge Frau, nischt, darf ick mir nicht setzen, haben Sie nicht ne Tasse Kaffee.

FRAU: Was wollen Sie denn?

LÜDERS: Na haben Sie sich man nicht so, krieg ich nicht ooch ne Tasse, ick bin wohl nich so hübsch wie der Franz.

FRAU: Ick bring schon.

LÜDERS: Machen Sie man keen Gesicht, bin wohl n Köter, was, Pinke her.

FRAU: Ick geh bloß in die Küche.

LÜDERS: Quatschkaffee. Pinke her.

FRAU: Da.

LÜDERS: Und die Uhr, fix.

Stöhnen der Frau.

LÜDERS: Plumpst die um, die dumme Töhle, mal raus.

Rennende Schritte.

FRANZ: *(singend)* Seit wann bläst meine Großmama [] Posaune etc.

FLÜSTERSTIMME: Na so lustig, Herr Biberkopf?

FRANZ: Ja immer lustig, weil die Welt so schön ist.

FLÜSTERSTIMME: Ja, immer lustig, weil die Welt so schön ist.

FRANZ: Das Wetter ist schön und die Welt ist schön und das Leben ist schön.

FLÜSTERSTIMME: Das Wetter ist schön und die Welt ist schön und das Leben ist schön.

FRANZ: Und jetzt trinken wir noch ne Molle und denn wart ick auf Lüders und dann gehn wir auf Tour.

FLÜSTERSTIMME: Und denn wart ick auf Lüders und denn gehn wir auf Tour.

JUNGE: Is hier Herr Biberkopf?

WIRT: Ja da sitzt er, am Fenster, der Große [,] wat wiste denn [?]

JUNGE: Bloß wat abgeben. Solln Brief abjeben von ner Frau aus unserm Haus, der Große? Welcher denn?

WIRT: Na jib man. Isn Brief for Sie da, Herr Biberkopf.

FRANZ: For mir, wer schreibt mir denn n Brief? Ah so! Wir haben nämlich ne Freundschaft, komm her mein Jung, hier hast du n Sechser, jetzt habn wir schon Briefwechsel.

FLÜSTERSTIMME: Ja das Wetter ist schön und die Welt ist schön und jetzt trinken wir noch ne Molle und denn wart ick uf Lüders.

FRANZ: *[S]töhnt.*

WIRT: Herr Biberkopf!

FRANZ: *([s]töhnt)*

WIRT: Na Mann, richten Sie sich doch auf, wat machen Sie denn, wohl n Trauerfall, nicht unterkriegen lassen, kommen se, bißchen an die Luft.

FRANZ: Ick will nich.

WIRT: Trinken Sie n Kognak.
FRANZ: Will nich. Hab ick zu zahlen[?]
WIRT: 80, danke, hat Ihn denn die Frau geschrieben?
FRANZ: Lassen se man.
(Schon vorher Gebrüll vom Schlachthof)
WIRT: Sachen sind det, der wird noch aus die Pantinen kippen.
FLÜSTERSTIMME: Ja die Welt ist schön und das Leben ist schön.

– – –

Im Folgenden fortdauernd Geräusche vom Viehhof.
1. STIMME: Der Schlachthof liegt im Nordosten von Berlin zwischen Eldenaerstraße und Landsberger Allee. – Da kuck mal die Schweinchen, wie sie übern Hof laufen, die lustigen Schwänzchen, wie sie schnuppern.
2. STIMME: Denn es geht dem Menschen wie dem Vieh.
1. STIMME: Da ist das Schlachthaus, das Beil, hatz, herunter auf den Kopf, hatz noch eins. Und dieser große weiße Stier, allein steht er in der Halle, und jetzt ist das Schlachtbeil über ihm, wum[m], in seinen Nacken.
2. STIMME: Und haben alle einerlei Odem und der Mensch hat nichts mehr denn das Vieh.

– – –

FRANZ: Und jetzt trink ich noch ne Molle und noch eine und noch eine und noch immer eine. Denn warum soll der Mensch ooch anständig sein, man ist doch von lauter Kruppzeug umgeben, es hat doch alles keenen Zweck, und was de tust is für[n] Dreck.
SPRE[]CHER[] MIT GETEILTEN STIMMEN: Seht ihn an, was er alles kann, jetzt sauft er und flucht er und marschiert los, ein Meter achtzig ist er groß. Wie ne Riesenschlange ist er stark, hat nischt als Muskeln und Knochen und Mark. Er denkt, weil er anständig ist, wird ihm was geschenkt, aber es geht in der Welt anders als man denkt. *(Stürmisch teilweise wiederholt)*
SPRECHER: Weil er aber Franz Biberkopf ist, so wollen wir ihn nicht so vor die Hunde gehen lassen. Er soll nur ruhig in seiner Stube hocken und fluchen und saufen und sich jeden Tag einen

neuen Affen kaufen. Den holen wir schon raus, um den ist uns nicht bange, der fällt nicht auf einen Hieb von der Stange. Na siehste, jetzt steht er auf, jetzt geht er runter, jetzt steht er schon wieder da – und die Preußen sind lustig und rufen hurrah.

– – –

Musik, Harmonika.

VIELE STIMMEN: Krisenalarm im Reichstag, was gibts Neues am Alex, wat soll hier lo[s] sein, sie reißen ja alle Häuser ab, na da wolln paar Leute was dran verdienen, Krisenalarm im Reichstag, das neue Magazin.

FRANZ: *(singt)* Siehste woll, da kimmt er, lange Schritte nimmt er. Meck, Meckmeckchen, wie ist es möglich, biste wieder da?

MECK: Und du Franz, wie ist det mit dir?

FRANZ: Ick steh hier immer am Alex, Zeitung.

MECK: Und ick drüben an der Grenadierstraße, Herrenkluft, Windjacke, Hose.

FRANZ: So, so. Und wo kriegste die her[?]

MECK: Mensch, daß du noch immer so neugierig bist, du lernst doch wirklich nischt zu. Ick dachte, Franz, du bist verschütt gegangen.

FRANZ: Nu laß man det, mein Junge, bei mir ist nischt mit verschütt gehn.

MECK: Kann doch jedem mal passieren.

FRANZ: Ne, mir nich. Mir nich. Verstehste!

MECK: Na is kalt. Komm, wollen ein heben.

– – –

STIMMEN: Seide, Kunstseide, ich empfehle Kunstseide, etwas rasend Modernes für die Frau vom Format, die Ehe hoch interessant und pikant, bloß 20 Pf[ennig,] bitte einen Augenblick, Sie sehen jetzt das geheimnisvolle Antlitz der fremden Frau, die Frage dieser Schönen gilt jedem, auch Ihnen, die Frage: rauchen Sie schon Garbaty Kalif. Bananen, gebt euren Kindern Bananen, die Banane ist die sauberste Frucht, da sie durch ihre Schale vor Insekten, Würmern sowie Bazillen geschützt ist. *(Gesang: ausgerechnet Bananen)*

MECK: Det is hier also unser Verkehrslokal, gibt n guten Korn.

FRANZ: We[e]ßte Meck, wenn ich dir so betrachte, eigentlich sollt ich mir vor dir in Acht nehmen, jawoll sollt ick.

MECK: Nanu.

FRANZ: Jawoll. Weeßte woll nich, wo ick jetzt herkomme. Die janzen Wochen auf meine Bude gesessen und immer gesoffen. Warum[?]

MECK: Na warum?

FRANZ: *(schlägt auf den Tisch)* Weil es n Hund war, der Lüders, den du mir gezeigt hast, ja mit dem ick gehandelt habe, der Kleene, an dem is nichts dran, abern Hund is er, betrogen hat er mir, niederträchtig. Na laß mal gut sein, wat vorbei is, is vorbei, der Deibel soll die Schufte holen, prost Meck.

MECK: Prost, Franz. Hör mal, wat die quatschen, der da mit dem Hut.

DER HOPPEGARTNER: Wat die zuerst gesehn haben, wie sie nach Australien gekommen sind? Erst mal Sand und Wüste und keen Baum und keen Gras und nischt. Reine Sandwüste. Und denn Millionen und Abermillionen gelbe Schafe. Die existieren da wild. Von die haben die Engländer zuerst gelebt, exportiert nach Amerika.

ZWEITER: Amerika? Brauchen sie grade Schafe aus Australien[?]

DER HOPPEGARTNER: Südamerika, verlaß dir druff.

ZWEITER: Haben soviel Ochsen, wie es überhaupt gibt. Wat solln die mit Schafe.

HOPPEGARTNER: Wolle, Mensch, Ochsen haben doch keene Wolle. Wo in dem Land die Neger so frieren, nanu. Wo sind jetzt die Schafe aber alle hin? Jetzt kannste nach Australien fahren, siehste keen Schaf nich, weit und breit keen Schaf.

ZWEITER: Viehseuche.

HOPPEGARTNER: Nee.

ZWEITER: Raubtiere.

HOPPEGARTNER: Ooch nich, jibts da jarnich, schon alle abgeschossen.

ZWEITER: Na wat[?]

HOPPEGARTNER: Na alle ans Meer gelaufen. Stell dir vor, wat die Engländer machen. Immer ein Schaf nach dem andern gefangen und rin in die Waggons. Da merken sie schließlich ooch wat lo[s] is, so dumm is det Vieh schließlich ooch nich und nu lo[s] in eenem Galopp det janze Vieh weg, immer in eenem Trab ans Meer.

ZWEITER: Sparen die Engländer die Bahnspesen, kommen sie gleich auf die Schiffe.

HOPPEGARTNER: Du hast ne Winde. Hat lange gedauert, bis de Engländer det überhaupt gemerkt haben. Die immer ans Meer die Schafe und denn die Salzlake gesoffen[.]

ZWEITER: Na und[?]

HOPPEGARTNER: Wat fürn und? Hab du mal Durscht und nischt zu fressen und immer Salzlake.

ZWEITER: Krepiert.

HOPPEGARTNER: Da haben die am Meer gelegen, zu tausend und tausend und immer weg damit.

ZWEITER: Donnerwetter, Donnerwetter.

MECK: Erzählen sich bloß Geschichten, Franz. Kuck mal, der da hinten steht mit dem roten Gesicht, der Kleene mit die Stulpstiefel, det is Pums.

KELLNER: Wat bestellen die Herrschaften.

FRANZ: Wat Sie haben gegen die Kälte. Portion Bohnen mit Einlagen, n Eisbein[,] und du Meck[?]

MECK: Ooch und ne Molle.

FRANZ: Ne Große natürlich.

MECK: Der Pums nämlich, der wartet bloß hier, die machen hier ihre Geschäfte.

FRANZ: Wat soll det schlechte Leben nützen, ick muß mir wieder uffüllen, es jeht ein Rundgesang an unserm Tisch herum dibum. Wat kuckt mir der denn immer zu, der Pums.

MECK: Weil du groß bist, Franz[,] und stramm. Der kann große Leute brauchen zum Tragen.

FRANZ: Jawoll, faß mal meine Muskeln an, ick war früher Transportarbeiter.

MECK: Vielleicht zum Tragen, weeß man, was die Jungens schieben, aus den wirst du nicht klug, der hat sogar n Büro.

FRANZ: Nee dafür bin ich zu dumm, Meck, schreiben da bin ich schwach.

MECK: Nee der handelt mit Obst und denn berechnet er wohl sein Verdienst. Achtung, Franz.

FRANZ: Wat nu [?]

MECK: Achtung, kommt eener rüber, kuckn dir mal an.

FRANZ: Der mit die Kaffeetasse.

MECK: Is Reinhold.

HOPPEGARTNER: Denn [w]er ick ihn mal det vom Amerika erzählen. Heirat eener also ne Frau in Amerika und denkt sich nischt bei. Is es ne Negerin. Wat sagt er, du bist ne Negerin? Bums fliegt sie raus. Hat sich die Frau vor Gericht ausziehen müssen. Badehose natürlich, will erst nicht, soll doch keen Quatsch machen. Ist die Haut janz weiß gewesen, weils ne Mestize war. Sagt der Mann, ist doch ne Negerin. Und warum? Weil die Fingernägel braun angelaufen sind. Mestize.

ZWEITER: Und wat will die vor Gericht, Scheidung?

HOPPEGARTNER: Das sowieso. Schadenersatz. Hat ihr doch geheirat und vielleicht hat sie ihre Stellung verloren. Ne bildhübsche schlohweiße Frau, Mestize, Schadenersatz.

ZWEITER: Na.

MECK: Det is Reinhold, trink [t] keen Bier.

FRANZ: Jarnich so dumm, jarnich so dumm, lieber Meck. Sieht aber elend aus, du. Der holt sich Limonade, in der andern Hand hält er den Kaffee, ne komische Kruke. Macht so traurige Augen. Hat der mal gesessen [?]

MECK: Gloob nich, der rutscht immer durch, war mal politisch, mit Dynamit in die Gasanstalt, aber gekriegt haben sie ihn ooch nich. Achtung er kommt.

FRANZ: Der gefällt mir.

MECK: Geh ick aber lo [s], ick mag den nich.

– – –

REINHOLD: N Abend, Meck.

MECK: N Abend, ick muß gehn, is mein Freund Franz, Franz Biberkopf, der blebt noch.

REINHOLD: Kann ich mir an den Tisch setzen, is überall heut voll.

FRANZ: Na ob.

REINHOLD: Ja. Ick trink bloß Kaffee und Limonade, Bier nich.

FRANZ: Hab ick schon jesehn, is sehr vernünftig.

REINHOLD: Wieso vernünftig?

FRANZ: Bier is nich jut für manche Leute und kost viel[.] Wat kost die Cichorie?

REINHOLD: Ick kann kein Bier vertragen. Wie heeßt du?

FRANZ: Biberkopf, Franz.

REINHOLD: Dat biste.

FRANZ: Handele Zeitungen, willste mir eene abkoofen?

REINHOLD: Nee, lese nich, jeht mich nischt an, wat in die Zeitungen steht.

FRANZ: Du det sag mal nich.

REINHOLD: Ja det sag ick doch. Wer doch wissen, wat mich wat angeht. Also. Sag mal, bist son großer Kerl, hast wohl viel Glück bei die Weiber.

FRANZ: Na ick danke, for mir reichts, hab schon allerhand damit erlebt. Mal hab ick mir ooch die Finger verbrannt, aber jetzt –

REINHOLD: Jetzt?

FRANZ: Jetzt muß ick Geld verdien. Is schwer bei die Kälte. Aber wer kein Geld hat, kann sich ooch keine Frau halten.

REINHOLD: Meenste.

FRANZ: Jawoll. Ne Frau kost Geld, und wenn se ooch verdient, kost se immer noch Geld.

REINHOLD: Meenste.

FRANZ: Wa nich. Ich bin jetzt erst aus dem Gröbsten raus, aber durch komm wir noch immer.

REINHOLD: Sag mal, willste mirn Gefallen tun.

FRANZ: Mit größtem Frachtwagen.

REINHOLD: Willste mirn Mädel abnehmen?

FRANZ: Wat?

REINHOLD: Hab eene hängen, krieg se nich los.

FRANZ: Schmeiß se doch raus.

REINHOLD: Kann nich.

FRANZ: Warum nich?

REINHOLD: Kann nich, kann det nich mit Weiber, fehlt mir die Kurage.

FRANZ: Nanu, mußt vorher eenen genehmigen, vielleicht jehts denn.

REINHOLD: Kann nich. Nimm se mir ab.

FRANZ: Soll ick mit der? Wenn ick eene will, hol ick mir alleene eene.

REINHOLD: Kannste keene brauchen, bist doch Zeitungshändler, brauchst doch immer eenen zum Zutragen, Kaffebringen und so.

FRANZ: Machen wir allens alleen.

REINHOLD: Na denn is also nich.

FRANZ: Nu brüll man nich gleich; Mensch, also meinetwegen. Brauch ick garnich auf Brautschau gehn, fliegt mir die Braut ins Haus, haha.

REINHOLD: Willste [?]

FRANZ: Ja doch. Aber lachen muß ick über dir.

REINHOLD: Na lach man.

– – –

FRANZ: Na wer tommt den da, wer tommt denn da?

CILLY: Ich bin die Cilly.

FRANZ: Den Namen hab ick schon mal gehört.

CILLY: Ick sollt ihn wat bringen von Ihrem Freund Reinhold. Paar Stiebel.

FRANZ: Na. Nett von ihm, und det sollst du mir bringen, der is zum Pi[e]pen. Komm mal her, du bist also die Cilly.

CILLY: Hat er dir schon erzählt von mir.

FRANZ: Viel. Wie alt biste denn, Cilly?

CILLY: Zwanzig.

FRANZ: Scheenes Alter für ne dreißigjährige Frau. Na wat weenste denn [?]

CILLY: Det kannste mal deinem Freund fragen, er is [n] Strolch, aber so sind die Männer [.]

FRANZ: Aber nich doch, Cilly. Is n Kavalier.

CILLY: Son Strolch, erst macht er een verliebt, det man nich aus die Oogen sehn kann, denn verduft er. Gestern hat er sich auch Jott weiß wie gehabt, gibt mir die Stiebel und ick soll sie herbringen und vorhin wie ich hingeh zu ihm, is er weg, verduft der feine Herr. Die Wirtin sagt, is verzogen, nach auswärts.

FRANZ: Na, denn is man wenigstens hübsch, daß du mir noch die Stiebel hergebracht hast.

CILLY: Mir hat er nischt hinterlassen.

FRANZ: Na vielleicht bin ick noch da, komm doch mal, Cilly, heul doch nich. *(singt, zum Schluß mit ihr zusammen [:] «Schwör mir keine Treue, leist mir keinen Eid» u. s. w.)*

– – –

SPRECHER: Und vier Wochen später –

REINHOLD: Komm bloß her zu dir ruff, Franz, um mir zu bedanken [,] Franz.

FRANZ: Keen Grund, die Stiebel sind n bißken groß gewesen.

REINHOLD: Gefällt sie dir?

FRANZ: Natürlich. Hilft mir, macht Gänge for mir, hält mir die Bude in Ordnung.

REINHOLD: Also. Hat wohl zuerst sehr geheult.

FRANZ: Na macht sich. «Schwör mir keine Treue, leist mir keinen Eid» u. s. w.

REINHOLD: Stimmt! Hast ihr nu schon ne janze Zeit, 5 Wochen.

FRANZ: Vier.

REINHOLD: Hast se noch nich über?

FRANZ: Ick ihr?

REINHOLD: Denn es reizt das Neue jedem mit der Zeit.

FRANZ: Nettes Mädel, looft for mir, hält mir die Bude in Ordnung.

REINHOLD: Ja.

FRANZ: Na was is nu lo[s].
REINHOLD: Hast se nich über?
FRANZ: Sag dir doch, ne, Mensch.
REINHOLD: So.
FRANZ: Na warum denn[?]
REINHOLD: Ick hätt wat for dir.
FRANZ: N Geschäft[?]
REINHOLD: Ooch a Geschäft.
FRANZ: Machen wir.
REINHOLD: N Krimmerkragen und ne Pelzmütze.
FRANZ: Kostenpunkt[?]
REINHOLD: Nischt. Kannste doch brauchen bei dein Geschäft.
FRANZ: Geklaut?
REINHOLD: Reelle Sache.
FRANZ: Na wieso?
REINHOLD: Sollst mirn Gefallen tun. Hab dir doch schon gesagt.
FRANZ: Hab nischt gehört.
REINHOLD: Denn denkst du, ick bin verrückt.
FRANZ: Also ick hör ja.
REINHOLD: Willste mir eene abnehmen[?]
FRANZ: Mädel?
REINHOLD: Was denn, Dus[s]el.
FRANZ: Und wat mach ick mit meine[?]
REINHOLD: Schmeißte auf die Straße, meinetwegen in Müll-eimer, Ochse.
FRANZ: Denn mach det doch alleene, Mensch! Weeßte Reinhold, mit dir müßte man mal Fraktur reden. Du hast ja een sitzen. Du brauchst dir nich zu besaufen, du hast schon so einen, hier oben.
REINHOLD: Nu quatsch dir man reene aus.
FRANZ: Ja merkste denn nich, Kerl, wat de machst, det jeht doch nich, det muß doch mal schief gehen, holste dir eene nach der andern, schmeißt se weg, det geht nich.
REINHOLD: Warum jeht det nich[?]
FRANZ: Weil Weiber ooch Menschen sind.

REINHOLD: Und ick? Ick bin nischt?

FRANZ: Hab ick doch nicht jesagt.

REINHOLD: Bin ick etwa nischt, bin ick keen Mensch?

FRANZ: Ick sag bloß, holst dir eene nach der andern ran, machste verrückt, hat mir die Cilly gesagt und nachher schmeißt se raus. Ick nehm dir keene mehr ab, ick nich.

REINHOLD: Denn nich.

FRANZ: N Weib is auch ein Mensch, det sollste mal lernen, Reinhold, so geht man nich mit eim Mensch um wie du det tust, ob du nur Christ oder Heide bist.

REINHOLD: Vielleicht biste bald fertig.

FRANZ: Nee, det sag ick dir, weil du dir damit noch ins Unglück bringst.

REINHOLD: Meenste. Da wolln wir mal noch abwarten.

FRANZ: Hab dir geraten, Reinhold.

REINHOLD: Scheenen Dank.

– – –

SPRECHER: Dann ist ein Sonntag gewesen, den 8. April, da saß Franz am Fenster seiner kleinen Bude, nachmittags, warm und mollig in der Stube, draußen Schnee, hört er mit einmal Glokkenläuten, ein furchtbarer Krach, bloß ne Minute lang, und wie er aufsteht, waren das keine Glocken gewesen, hat es bloß in seinen Ohren so furchtbar geknallt. Dachte Franz: was mag bloß passiert sein, daß mir die Ohren so klingen. Und der Cilly hat er nen Kuß gegeben und auf die Straße ist er runter, nachm Alex, wollt bloß mal sehn, ob was passiert ist. Trifft er da unten einen, den kennt er aus der Kneipe Prenzlauer Straße, der sagt, zu ihm, komm mit, Franze, kannst Geld verdienen bei uns, Franze, wir holen heut Obst. Hat Franze gelacht und gesagt: Is ja [n] merkwürdiges Unglück, daß ich heut noch Geld verdiene am Sonntag. Und bei Pums vorm Haus sind schon zwei Autos gestanden, da sind se eingestiegen, sechs Mann hoch.

Geräusch von Motoren, während des ganzen Folgenden.

1. AUTO: *(mit Flüsterstimme)* Was bist du für n Wagen?

2. AUTO: *(ebenso)* Alter Opel und du [?]

1. AUTO: Fiat. Ich steh schon drei Stunden und warte und warte, son Schnee, son Matsch.

2. AUTO: Ich auch.

1. AUTO: Weeste, worauf du wartest, Opel [?]

2. AUTO: Kann mir schon denken.

1. AUTO: Kaiser Wilhelmstraße, wollen nen Ding drehen.

2. AUTO: Is mir nischt Neues. Paß uff, sie kommen.

PUMS: Also haben alle Mäntel?

REINHOLD: Jawoll.

PUMS: N Abend Reinhold. Alles im Lot. Haste schon gesehen, wer heut mitmacht, kuck dir mal um, dein Biberkopf.

FRANZ: N Abend Reinhold. Siehste Reinhold, wo es n anständiges Geschäft gibt, wirste Franzen immer zu kriegen.

REINHOLD: Versteh ohne Brille.

PUMS: Nu mal vorwärts.

Autogeräusch.

1. AUTO: Ratter ratter, s geht los, haste gehört [?]

2. AUTO: Ratter ratter, det jeht nich gut ab du. Der jlaubt, er holt Obst ab von die Marchthalle.

1. AUTO: Was kann er denn machen, den haben sie ja zwischen sich.

2. AUTO: Das geht nich gut ab, paß auf, ratter, ratter.

FRANZ: Siehste Reinhold, nu treffen wir uns bei ner vernünftigen Arbeit und det jefällt mir von dir.

REINHOLD: Schön schön.

FRANZ: Weeßte Reinhold, manchmal braucht man einen Menschen bloß fest in die Kandare zu kriegen, denn jehts schon. Jetzt mußt du ooch Stange halten, mit die Weiber.

REINHOLD: Ick weeß.

FRANZ: Det haste mir zu verdanken, mein Junge.

REINHOLD: Ick weeß.

PUMS: Aussteigen, Lampen mit, zwei im Keller, drei über die Treppe, Biberkopf, Sie bleiben im Hausflur.

REINHOLD: Zigarre aus, du.

FRANZ: Warum denn [?]

REINHOLD: Weil icks sage.

1. AUTO: Ratter ratter, jetzt merkt er was.

2. AUTO: Der hat ihm eben die Zigarre aus der Hand geschlagen.

FRANZ: Die klauen! Die brechen ein! Dafür haben sie mir hergeschleppt!

1. AUTO: Jetzt merkt er was. Er hat mal in der Patsche gesessen.

FRANZ: Darum haben se mir hergeholt. Und darum hab ick vier Jahr in Tegel gesessen und hab geschworen, ick will anständig sein und jetzt steh ick Schmiere für die Strolche.

Tiergeräusche vom Schlachthof wie oben.

FRANZ: Der Lüders hat mir betrogen, die wollen mir janz in den Dreck ziehn. Die denken ick bin nischt. Ah! Man kann machen, was man will, die Welt is von Eisen, kommt wie eine Walze an, da sitzen sie drin, die Deibel, mit Hörner und Zähne, und zerfleischen einen, mit ihre Ketten, und wollen einen umbringen.

PUMS: Alles fertig, rin in die Wagen.

1. AUTO: Ratter ratter, hörst du Fiat. Jetzt sitzt Franz neben Reinhold und denkt, wat kann ick dem tun, dem Verbrecher und wie komm ick hier raus.

2. AUTO: Er kommt nich raus, die halten ihn fest.

PUMS: Vollgas! Fährt einer hinter uns!

REINHOLD: Dalli dalli.

1. AUTO: Fiat kuck mal, wie Franz lacht. Wie er sich freut, daß sie die Bande erwischen.

REINHOLD: Na wat lachste Kerl.

FRANZ: Wer ick doch lachen könn, ha haha, lach ick noch immer.

REINHOLD: Wat wist du lachen, Kerl, du lachst noch, vielleicht warum.

FRANZ: Na vielleicht warum. Du denkst du hast mich in die Tasche.

REINHOLD: Bist zu fein für uns, du Hund, wat?

1. AUTO: Fiat es geht los, sie haben ihn, drei Mann. Franz lacht nicht mehr. Er haut um sich.

FRANZ: Und ick freu mir ooch und jetzt jehn wir allesamt verschütt, ick meinetwegen mit.

REINHOLD: Maxe rück mal näher.

2. AUTO: Opel gib her, was du kannst. Sie wollen ihn aus dem Wagen schmeißen. Sie wollen ihn unter das andere Auto schmeißen. Opel gib her, was du kannst[.] Renne.

1. AUTO: Ick renn ja, ick renn ja.

FRANZ: *(Gebrüll)* Ah! Hilfe!

1. AUTO: Sie schmeißen ihn raus.

FRANZ: Hilfe!

2. AUTO: Er ist raus. Er liegt unter dem andern Auto.

1. AUTO: Was soll ich noch rennen, Fiat.

2. AUTO: *[(]tonlos[)]* Jetzt brauchst du nich mehr zu rennen.

Leises Lied: «In der Nacht, in der Nacht, wenn die Liebe erwacht», – auch während des folgenden Gesprächs – darauf kesser, schmetternder Vergnügungsmarsch, Paukenschlag.

– – –

EVA: Ist es schlimm, Herr Doktor[?]

DOKTOR: Der Arm ist hin, meine Gnädige.

EVA: Darf ich ein paar Minuten zu ihm rein[?]

DOKTOR: Aber bitte.

FRANZ: Wer singt hier immer[?]

EVA: Franz du träumst, macht vielleicht das Morphium, haste Schmerzen?

FRANZ: Bißchen.

Musik, das Lied wie oben.

FRANZ: Mir haben die Hunde unters Auto geschmissen, sie denken, sie kriegen mir unter, – und sie haben mir auch unter gekriegt.

EVA: Du lebst doch, Franze, paß auf, du stehst bald auf.

FRANZ: Recht haben sie gehabt, da kuck mir an, glaubste, ick weeß nich, daß mein Arm ab is, der rechte Arm, sie wollens mir nich sagen. Aber recht haben sie gehabt.

EVA: Wer hat denn recht gehabt, wie kannst du das sagen, Franz.

FRANZ: Alle haben recht gehabt und ick bin der Ochse. Ick hab getan, was ick tun konnte, anständig sein, ich hab am Alex gestanden, in größtem Dreck, ick bin die Treppen gelaufen von morgens bis abends und hab gehandelt: es is [n]ischt, ein Ochse bin ich, ick, Franz Biberkopf, bin ein Ochse. Ja, meine Schulter.

EVA: Reg dich doch nich auf, Franz, die Schwester kommt rein.

FRANZ: Betrüger sind in der Welt, die haben die Welt und die [A]nständigen schmeißen sie aus den Wagen.

EVA: Du stehst bald auf, dann holst du dir den Halunken, den Mörder.

FRANZ: Recht hat er gehabt, recht hat der Reinhold, laß mir erst auf zwei Beene stehn. *(singt laut das Lied mit)*

SCHWESTER: Gehn Sie jetzt, gnädige Frau, ich geb ihm eine Spritze.

FRANZ: Ich brauch keine Spritze, mir gehts gut, ich bin bald wieder gesund, dann sollen sie sehen.

Musik: schmetternd, kess, wie oben, Paukenschlag.

Straßenlärm[]

ZEITUNGSRUFER[:] Sturz der Regierung in Oslo, die letzte Nacht im 6[-]Tagerennen, die Lage im Saargebiet verschärft, Zunahme der Arbeitslosigkeit, die große Bockwurst mit Salat, hier junger Mann die große Bockwurst, Vorzug der kleinen Motorspritze ist die leichte Bedienung, geringes Gewicht, geringer Umfang, das Mieterschutzgesetz ist ein Fetzen Papier, wir verlangen öffentliche Kredite an das Kleingewerbe, sofortiges Verbot aller Pfändungen im Kleingewerbe, meine Damen, meine Herren[,] ihr Herz lacht vor Freude, wenn Sie ein [H]eim mit unsern Möbeln besitzen, alles was Sie an Wohnlichkeit [v]erträumten, wird von dieser Wirklichkeit übertroffen. Sturz der Arbeiterregierung in Oslo, Resultate im 6[-]Tagerennen.

FRANZ: *(lacht)* Sturz der Regierung in Oslo, Resultate vom 6[-]Tagerennen.

MECK: Da is doch nischt zu lachen.

FRANZ: *(lacht)* Aber for mir.

MECK: Die werden dir noch vermöbeln, du, wenn du auch bloß einen Arm hast.

FRANZ: Ick wer doch lachen können über die Idioten, über die Schreihälse, über die Nachtigallen, horch mal wie sie singen.

AUSRUFER: Wie oben.

MECK: Die verdienen ehrlich ihr Geld.

FRANZ: Darüber lach ick eben. Idioten hab ick gesagt. Idioten, die müßte man alle in der 68 einpacken und nach Herzberge fahren. Komm nach die Münze. Da, kuck dir det an, kuck mal ins Schaufenster, «amerikanische Schnellbügelanstalt», ehrlicher Mann, wat, arbeitsam, fleißiger Mann wat, steht von morgens bis abends da und bügelt, wat.

MECK: Na wat denkst du denn, wat der tut, aus Freude an der Arbeit tut ers nich, der braucht die paar Pfennige.

FRANZ: Jawollja sagt Olja [,] der bügelt, das is Sand in die Augen. Kuck mal, was da hinten am Bügel hängt, haha, alles jemaust, bloß unter gestellt. Ehrliche Leute, was, arbeitsam, fleißig. Komm Meck, ich zeig dir noch was.

MECK: Spielwarengeschäft, schöner Laden.

FRANZ: Großartig. Mit det kleine Zeug spielen die Göhren, kuck mal an, was det kostet, die kleinen Holzwagen, die Windmühle. Alles Heimarbeit, Meck, frag mal, wat die dafür bezahlt kriegen, hab ick ooch mal als kleiner Junge machen müssen, und wat haben wir für gekriegt, haha, die anständigen Leute.

MECK: Na Franz, du wirst wohl politisch.

FRANZ: Politik geht mir nischt an. Die Zeitungshändler, die gehn mir ooch nischt an. Wenn Menschen so dämlich sind, sich ausbeuten zu lassen, kann ich nischt dafür. Sollen sich ihren Kopf alleene zerbrechen.

MECK: Wenn alle so denken.

FRANZ: Mir hat ooch keener geholfen. Jetzt helf ich mir alleene.

MECK: Franze, oller Franze, du gefällst mir nich.

FRANZ: Es ist jetzt aus, Meck, mit dem guten alten Franz Biberkopf. *(gesangsartig)* Es ist die Schlacht geschlagen wohl auf dem freien Feld, ratatam, wir haben die Stadt genommen und das viele Geld gewonnen, geklommen, rattatam rattatam rattatam.

– – –

Lärm einer Kneipe: «Ach du lieber Augustin» wird gespielt und gesungen.

SPRECHER: Kaffeeklappe, Achtung, dufte Jungs.

GESPRÄCH: Polizeihunde, was die schon können, bei uns waren fünf Mann abgezogen durch die Mauer, wie kann ick dir genau sagen, unten durch den Boden durch, nanu Zementboden, graben n Loch, nachher kommen die Polizeichiens, det hätten sie hören müssen, ne, wir haben garnicht gehört, wir haben geschlafen, haha.

Gesang: «Es geht ein Rundgesang».

GESPRÄCH: Und nachher kommt natürlich wer, Herr Polizeiwachtmeister, Oberwachtmeister Schwab, will sich wichtig tun. Kollege! Billig zu verkaufen braune Hose und schwarze Windjacke, Saisonausverkauf, braune Woche, rücksichtslos herabgesetzte Preise, ein paar Segeltuchschuh, mit Strohsohlen dran, eine Wolldecke, Mensch, die hättest du beim Hausvater abgeben müssen.

Gesang: «Es geht ein Rundgesang».

EINER: Wat is denn det für ne Type [?]

2: N Einarmiger.

1: Du wieviel kriegst du dafür, daß du bloß ein Arm hast, Sechser?

2: Det is viel zuvill, die sollen keen Pfennig kriegen, die vielen Unterstützungen, die powern das Volk aus, können ja arbeiten.

1: Nehmen Sie Platz, Herr Baron.

AUSRUFER: Ein Paar Strohsandalen zu verkaufen, zum ersten, zum zweiten.

Musik:

STIMME: *(flüsternd)* Hiob.

HIOB: Wer ruft [?]

STIMME: Hiob.

[HIOB:] Wer ist es [?]

STIMME: Hiob, du kannst die Augen nicht aufmachen, willst du keine Rettung [?]

HIOB: Nein.

STIMME: Wenn ich aber Satan oder der Böse bin und will dich holen.

HIOB: Ich will nicht.

STIMME: Warum nicht[?]

HIOB: Weil ich nicht will, ich will nicht mehr, du sollst mich kennen lernen.

STIMME: Sieh dich vor, Hiob.

HIOB: Da lach ich.

FRANZ: *(lacht im Tone des Hiob weiter)*

EINER: Der ist bei juter Laune, der Invalide.

HERBERT: Jotte doch. [D]er Franz, du hier.

FRANZ: Herbert, Mensch, du, und die Eva ooch.

EVA: Ja und die Eva ooch, und zu uns kommst du wohl nicht mehr, sind dir wohl nich fein genug.

FRANZ: War ja Straßenhändler, Eva, Zeitungen.

EVA: Na bist ja schon lange raus aus Tegel.

FRANZ: Schwamm drüber, bin mal so verrückt gewesen, hab en Vogel gehabt, Franz will anständig sein, n teures Geschäft, kuck mal, was ich dafür bezahlt habe, Arm ab.

HERBERT: Hab ich schon gesehn, wie es det gewesen?

FRANZ: Det hab ick bezahlt dafür und jetzt weeß ick, wat ich weeß.

HERBERT: Wat wiste machen mit dem eenen Arm.

FRANZ: Alles, jetzt trinken wir noch ne Molle.

EVA: Ich weiß eine für dich, Franze.

FRANZ: Prost Herbert.

EVA: Franzeken, du kannst doch nich so mit eim Arm rumlaufen, dir muß einer helfen.

FRANZ: Bist goldig, Eva.

EVA: Na ick freu mir, daß du wieder da bist, Franze. Ick kann dir ja nich viel helfen, ick bin Herbert seine, aber komm mal raus vor die Tür. Die Sonja is da, ick will sie dir zeigen.

Musik: «In der Nacht, in der Nacht, wenn die Liebe erwacht».

EVA: Das ist Sonja, und ick freu mir ooch wirklich so, daß du wieder da bist, Franzeken, und dat du wieder zu uns kommst. Paß uff, jetzt wird alles gut werden. Und bist ooch gut zu ihm, Sonja. Wiedersehn, Sonja. Wiedersehn Franzeken.

FRANZ: Welln wirn bißchen gehn, Straßen runter.

MIEZE: Na ja.

FRANZ: Du heißt Sonja [?]

MIEZE: Mensch, du hast ja bloß einen Arm.

FRANZ: Ja.

MIEZE: Bist ausm Krieg [?]

FRANZ: Ja ausm Krieg.

MIEZE: Jefall ich dir, Franz?

FRANZ: Bist hübsch, Mädel. Wieviel wiegst du denn?

MIEZE: So in die Sachen 105.

FRANZ: Nanu, mehr wiegst du nich [?]

MIEZE: *(kreischt)* Reg mir doch nich uff uff die Straße, wat denken die Leute.

FRANZ: Wat Richtiges.

MIEZE: Wat denn [?]

FRANZ: Wat der mit seinem einen Arm kann und det is n feines Mädel.

MIEZE: Laß los, Franzeken.

FRANZ: Komm mit zu mir, ich zeig dir meine Bude. Kuck da bin ich, hier wohn ich, is nich groß, wie gefällts dir [?]

MIEZE: Ick muß mir erst hinsetzen, Franz.

FRANZ: Nu bin ick froh, ick jeh tanzen, n Mädel hab ick, die heißt aber nich Sonja, die muß Mieze heißen, Miezeken, du, ick han noch nie n Mädel gehabt, die Mieze heißt.

MIEZE: Ick heiße ja auch garnich Sonja, hat die Eva bloß jesagt, weil die alle so heißen.

FRANZ: Paß uff, Mieze, hier wohnst de und ick geh für dich verdien.

MIEZE: Laß man, du hast bloß een Arm, ick tu schon.

FRANZ: Ick wer verdienen, was haste gern, na wat?

MIEZE: Kleen Stieglitz.

FRANZ: Koof ick. Wat noch [?]

MIEZE: N Korbstuhl, zwee Korbstühle, für die Ecke, wo wir dran sitzen können, und denn [n] runder Tisch vor.

FRANZ: Koof ick alles.

MIEZE: Wo kriegste det Geld her [?]

FRANZ: Meine Sorge.

MIEZE: Ick helf dir.

FRANZ: Mach mal die Oogen zu. Wat is det [?]

MIEZE: Jott, hundert Märker.

FRANZ: Mach noch mal zu. Na warum weenst du denn [?]

MIEZE: Frei mir so. Mit dir Franze. Hab es so schlecht gehabt. Bin aus Bernau, die haben mir da rausgeschmissen und die Menschen sind alle so schlimm, du aber nich.

FRANZ: Ich nich, Mieze.

MIEZE: Will bei dir bleiben, Franze.

Musik: «Wenn die Soldaten durch die Stadt marschieren».

FRANZ: Ick hab noch wat zu besorgen, Mieze.

MIEZE: Wo jehste hin, Franz [?]

– – –

FRANZ: Adjes. *(liedartig)* Wohin ich gehe, wer ich der Mieze nich sagen, er hat mir geschmissen ausm Wagen, durch den is mir der rechte Arm abgefahren, ich wer es ihm aber nich nachtragen. Aber an seinem Tisch muß ich sitzen, det muß ich, und wenn ich Blut soll schwitzen, und wenn er mir sollt niederknallen, ich muß da sitzen.

Musik wieder: «Wenn die Soldaten durch die Stadt marschieren».

REINHOLD: *(singt mit)* Ei warum ei darum.

FRANZ: Poch poch.

REINHOLD: Ei warum ei darum, wer klopft, wat du, hab ick rin gerufen?

FRANZ: Ei warum ei darum, die Tür war offen, Reinhold.

REINHOLD: Ei bloß wegen dem Tschinderata. Da könnte ja jeder rin kommen, wenn die Tür offen ist.

FRANZ: Hab geklopft, Reinhold.

REINHOLD: Wat wiste hier [?]

FRANZ: Wunderst dir wohl, daß ick ruff komme.
REINHOLD: Paß mal uff, wie ick mir wundere.
FRANZ: Nich Reinhold, leg des weg, ick will doch nischt.
REINHOLD: Die Pistole brauch dir nich zu stören, die liegt bloß da und hört zu, Zeugen sind immer gut bei Gesprächen. Wenn die Soldaten durch die Stadt marschieren. Nu setz dir man hin. Bibberst ja [.]
FRANZ: Bibbere nich, is bloß so verflucht schwer still zu halten. Bin noch nich janz fest auf die Beine, Reinhold.
REINHOLD: Erhol dir man gut.
FRANZ: Ick will jetzt arbeiten.
REINHOLD: Richtig.
FRANZ: Woll.
REINHOLD: Also, hat lange gedauert, Mensch. Warum kommste grade zu mir? Hast doch Herbert [.]
FRANZ: Ne ick will zu dir.
REINHOLD: Is mehr Verlaß auf mir, was [?]
FRANZ: Ja.
REINHOLD: Zeig doch mal dein Arm, is ab, was.
FRANZ: Halbe Schulter mit.
REINHOLD: *(pfeift)* Donnerwetter. Hast noch Schwein gehabt, hättn Kopf kosten könn du.
FRANZ: Ick weeß.
REINHOLD: Siehst komisch aus, wie der Ärmel baumelt, wie ne Wurstpelle, ohne Wurscht. Mußt wat rin stoppen, komm mal her ick zeig dir.
FRANZ: Strümpe, ne det fällt wieder raus.
REINHOLD: Da mußte zum Schneider gehn, der macht dir det. Gibt ooch nen künstlichen Arm. Fällt sonst uff, Mensch mit eem Arm, erkennt dir jeder gleich wieder. Bibberst noch immer, wart mal, die Pi [ ] stole legen wir weg.
FRANZ: Möcht zu euch arbeiten.
REINHOLD: Schön von dir. Muß ick natürlich erst mit Pums und die andern sprechen. Morgen in unser Lokal, Prenzlauer, weeßt schon.

FRANZ: Dank schön, Reinhold.

REINHOLD: Und hier hastn Revolver und schieß mir doch tot du, haha, schieß doch.

FRANZ: Ick will ja nich, Reinhold.

REINHOLD: Also uff morgen.

– – –

Musik: «Wenn die Soldaten durch die Stadt marschieren».

MIEZE: Siehst ja so blaß aus, Franzeken, wo bist gewesen [?]

FRANZ: Bisken forsch geloofen.

MIEZE: Mußte nich, bist doch noch schwach.

FRANZ: Bin nich schwach, bin ick nich, ick steh auf meine zwei Beene, ick komm wieder ganz hoch, soll keener sagen, ick bin schwach.

MIEZE: Hast son Knudel in dem Ärmel. N Strumpf, nanu.

FRANZ: Hat mir eener ringesteckt, macht nischt, n Spaßvogel, schmeiß weg, ick komm wieder hoch und denn wolln wir mal sehn, ob noch eener Franzen unter die Räder schmeißt. Heut jehn wir schwofen, Miezeken, Herbert und Eva müssen mit und trinken wollen wir.

MIEZE: Bist ja so uffgeregt, Mensch.

FRANZ: Es jeht in den Krieg, es jeht los!

– – –

MIEZE: Eva, ick hab ja solche Angst, wat is mit mein Franz, der redt so und wer hat ihm [ ]n Strumpf in n Ärmel gesteckt.

EVA: Wat fürn Strumpf?

MIEZE: Und jetzt will er trinken jehn.

EVA: Mußt uffpassen auf den, dat er keene Zicken macht, bei den weeß man nich.

MIEZE: Wat soll ick bloß machen.

EVA: Uffpassen.

MIEZE: Hilfst mir ooch.

EVA: Nu ja, Kleenes.

– – –

PUMS: Also von mir aus kann er kommen. Der Biberkopf ist zuverlässig, sonst hätt er uns ja verpfiffen.

REINHOLD: Sag ick ooch. Mensch wat hätt [n] anderer gemacht, so ausm Auto raus und mitm Arm.

[PUMS]: Alles jut. Bloß warum muß er jrade zu uns kommen, wenn er arbeten will, gibt doch andere Kolonnen. Der Herbert is doch sein Freund.

[REINHOLD]: *(lacht)* Das macht die Anhänglichkeit.

[PUMS]: Scheint mir ooch.

[REINHOLD]: Na wat kann schon sin. Einmal hat er schon Senge bezogen. Kommt er noch mal, ick hab noch Kleingeld überflüssig.

PUMS: So is richtig.

REINHOLD: Der Hund will wat von mir, von mir, verstehste. Dabei hat er jestern jebibbert, wie er bei mir uff die Bude war.

PUMS: Also da könn wirn wohl rin holen.

FRANZ: N Abend allerseits.

PUMS: N Abend. Wie jehts, Biberkopf[?]

FRANZ: Danke für gütige Nachfrage, ausgezeichnet.

PUMS: Sieht man. Also Biberkopf, Handschlag.

FRANZ: Könnt Euch auf mir verlassen.

PUMS: Wissen wir.

– – –

SPRECHER: Es geht los, auf ne Diebesfahrt, sollt mal sehn, wie Franz Biberkopf fährt. Zwischen Tuchballen hatten sie ihn damals eingeklemmt, dann die Türe auf, angefaßt, einen Stock über die Schulter und über den Kopf und dann in den Straßenmatsch runter vors Auto. Jetzt ist er aufm Damm, jetzt sitzt er stramm. Sie arbeiten, arbeiten und rauchen, wie sie nach Hause krauchen, da haben sie mächtige Pinke gemacht, das [] war nur eine Nacht. Und Berlin is groß, da gibts was zu erben, da brauch kein Mensch vor Hunger sterben.

REINHOLD: Nu rutschen wir mal zusammen, Franz, jetzt biste ja bei uns, wie is damit, wie heißt deine Braut.

FRANZ: Weeßte doch, Reinhold, Mieze, früher hieß sie Sonja.

REINHOLD: Zeigst sie uns nich, is wohl zu fein für uns.

FRANZ: Hab doch keene Menagerie, dat ich sie dir zeigen muß.

REINHOLD: Hübsches Mädel, wat[?]

FRANZ: Soll schon sein.

REINHOLD: Hast ihr wohl sehr gern, Franz.

FRANZ: Nu hör schon uff mit dem Quatsch. Hast wohl dein Vogel noch immer. Denkst wohl, Reinhold, ick fürcht mir vor dir, weil ich dir das Mädchen nich zeige. Für manche Leute is janz jut, daß sie nich überall ihre Nase rinstecken. Wat kuckste mir an. Du meenst wirklich, ick fürcht mir vor dir, wegen Mieze.

REINHOLD: Kann die doch ankucken.

FRANZ: Also du willst die Mieze sehn. Sollste haben. Sollste!

REINHOLD: Vielleicht verzicht ich auf deine Gnade. Vielleicht geht der Reinhold mal alleene zu ihr ruff.

FRANZ: Hat er garnich nötig, sollste sehen, wat det fürn Prachtmädel [is]. Und die hängt an mir, sollste ma sehn.

FRANZ: Det is mein Freund Reinhold, Mieze, der wollt dir mal kennen lernen. Weeßte wat der meint: istn ganzer Herzensbrecher wie er im Buch steht, und wenn er will, kriegt er alle.

MIEZE: Na mir nich.

FRANZ: Alle, hab ich gesagt, Mieze.

REINHOLD: Wenn der mir gleich schlecht macht, Fräulein, ick bin n kranker schwächlicher Mann.

FRANZ: Na nu zieh man nich zurück.

REINHOLD: Kann keen Troppen Alkohol vertragen. Und denn soll ick mir uffspielen als Herzensbrecher. Nee Fräulein, wir waren bloß als neugierig auf sie, weil Franz sie garnich zeigt im Verein, haben doch in Berlin keine Käfige für Frauen.

MIEZE: *(leise)* Warum bringst du den ruff, Franz[?]

FRANZ: Möchte dir kennen lernen, Kleenes.

MIEZE: Magst mir nich mehr, Franz.

FRANZ: Miezeken, die r[e]den doch über mir. – Na nu hast se ja gesehn, Reinhold[,] und wenn du sie mal unten triffst, weeßte wers is, die Mieze, der Reinhold.

REINHOLD: *(leise)* Fein is se, Franz, n Puppchen, hängt an dir wie Pech und Schwefel. Kommste mit runter [?]

MIEZE: Ick bin dein, Franz.

FRANZ: Weeß.

MIEZE: Ick bin dein, Franz.

FRANZ: Aber ja Mulleken. Wat heulst de. Adjes. Wat sagste nu, Reinhold?

REINHOLD: Adjö, Fräulein.

MIEZE: *(ein Leierkasten spielt: «Ich hab mein Herz in Heidelberg...»)* Wat bringt er mir den ruff, pfui son Kerl. *(klopft)* Eva!

EVA: Na. Na. Miezeken, wat heulste.

MIEZE: Der jeht mit sone Kerle um.

EVA: Wat Kerle. Kennst dir noch nich aus auf Männer. Is janz jut, daß er dir welche ruffbringt, kannste doch begutachten. Immer die Augen auf, Mieze. Ick sag dir doch, auf den Franz mußt du uffpassen, mit wem der umgeht. Die machen mit ihm, wat sie wollen.

(Der Leierkasten spielt, Mieze spricht dazu.)

MIEZE: Det is ne falsche Gesellschaft; wann kommt er denn nach Hause? Ick wer mir mal ne Bluse anziehen, wer mal horchen, wat die machen. Wo ist mein Hut, Handschuh [?] Daß ich mein Herz in Heidelberg verloren, mein Herz es schlägt am Neckarstrand.

REINHOLD: Tag, Fräulein [.] Sie wollten wohl jrade weg [?]

MIEZE: Was wollen Sie?

REINHOLD: Der Biberkopf ist weg, muß was besorgen für uns, geschäftlich. Dacht ich mir –

MIEZE: Was [?]

REINHOLD: Geh mal ruff zu ihr. Ein armer Mann ohne Anhang wie ick, wat soll er machen. Sie werden mich ja nich gleich rausschmeißen.

MIEZE: Ick muß jetzt runter.

REINHOLD: Haben mir so gefalln, wie sie mit Biberkopfen sind. Sone Anhänglichkeit, det hab ich gern, det giebts nich viel.

MIEZE: Ich – muß runter.

REINHOLD: Gehn wir zusammen, Fräulein, wat wolln Se an som schönen Tag machen, alleene.

MIEZE: Sagen Sie, wat – sind Sie eigentlich für Leute da im Verein?

REINHOLD: Nette Leute, Fräuleinchen, wollen Se se mal kennen lernen [?] Ich könnte Ihnen noch allerhand erzählen, ooch von Franz und wat Se wollen.

MIEZE: Na ja, vielleicht n ander Mal.

REINHOLD: Ne heute, Fräulein. Heut is schönes Wetter, det kommt so bald nich wieder. Ick habn Freund, der Klempner Karl, hatn Auto, da fahren wirn bißchen raus.

MIEZE: Ihr seid aber feine Jungs.

REINHOLD: Alles nötig fürs Geschäft, Fräulein. Auf fremde Schofföre kann sich unsereins nicht verlassen.

MIEZE: Fein! Fahren wir Auto.

REINHOLD: Fahren wir nach Freienwalde, bißchen ins Grüne. Bis Franz da is, sind wir wieder zurück.

MIEZE: Komm schon. Bloß mein Mantel.

– – –

Autofahrt.

MIEZE: Ach, es ist schön zu fahren mit Ihnen, Reinhold.

SPRECHER: Du freust dich, Mieze, mit ihm zu fahren.

MIEZE: Ja ick freu mir.

SPRECHER: Du denkst, für deinen Franz was zu tun, du fürchtest um ihn.

MIEZE: Ja.

SPRECHER: Du willst alles für ihn tun, was du kannst [?]

MIEZE: Ja.

SPRECHER: Du wirst auch für ihn dein Leben lassen [?]

MIEZE: Ja. Ja.

REINHOLD: Und das ist also Freienwalde. Dank schön Karl, kannst hier warten. Und jetzt jehn wir n bißchen spazieren im Wald.

MIEZE: Ick bin schon lange nich im Wald gewesen.

REINHOLD: Brauchst dir bloß an uns zu halten, kleine Mieze, wir haben alles, Auto, Geld.

MIEZE: Ick denk Sie sind a schwacher Mann ohne Anhang.

REINHOLD: Wat sagt man nich alles, wenn a Fräulein hübsch is und nich will.

MIEZE: Sie sind die richtige Marke. Wie schön sind die Bäume hier in Freienwalde. Hören Sie mal wie die rauschen. Wie Musik, wat [?]

REINHOLD: Ja.

MIEZE: Wie die rauschen.

(Wind und Bäume rauschen, dabei die Musik, an- und abschwellend: «Es ist ein Schnitter, der heißt Tod.»)

MIEZE: Schön rauschen die. Hören Sie bloß.

(Bäume: «Es ist ein Schnitter», Musik)

MIEZE: Bißchen traurig.

REINHOLD: Schön, wenn man so geht, mit ein hübsches kleines Fräulein.

MIEZE: Und ick freu mir ooch. Wissen Se worüber? Wissen Se worüber? Weil Sie nen rechten Arm haben, es jeht sich besser. Franz hat keen. Haben Sie eigentlich keine Freund [in?]

REINHOLD: Du lieber Gott, da jibt es allerhand, det kennen Sie doch auch, Fräulein. Sie haben da ein Freund, der is solide und tut was für Sie. Aber son Mädchen heute will nischt als Jeld und sich amüsieren. Herz sowas jibts nich mehr.

MIEZE: Haben Se aber Pech.

REINHOLD: Lauter Bruch. Nachn paar Wochen sitzen Se wieder da.

MIEZE: Bißchen Abwechslung is wohl ooch dabei.

REINHOLD: Ha, warum nich, sind doch alle Menschen.

MIEZE: Tätowiert sind Sie ooch, in beide Hände, zeigen Se mal. *(kreischt)* Nich doch, was fällt Ihnen denn ein.

REINHOLD: Hab dir doch nich, Mensch.

MIEZE: Ick jeh los.

REINHOLD: Na sein Se man nich so, Fräulein, det war nur son Momentchen, es jibt im Menschenleben manchesmal Momentchen.

MIEZE: Ihr seid wohl alle so bei Pums [?]

REINHOLD: Kommt druff an, gut Kirschen essen is mit uns nich.

MIEZE: Na wat machen Sie da alles [?]

REINHOLD: Ach Mieze, det fragst du am besten dein Franz.

MIEZE: Der sagt nischt.

REINHOLD: Gut is das, schlau, besser nischt sagen.

MIEZE: Aber mir.

REINHOLD: Wat wiste wissen [?]

MIEZE: Was Ihr macht.

REINHOLD: Krieg i [c] kn Kuß [?]

MIEZE: Wenn Sie mir sagen.

(Bäume, Musik, dazu die Worte): Jegliches seine Zeit, pflanzen und ausrotten, geboren werden und sterben, suchen und verlieren, zerreißen und zunähen, jegliches seine Zeit.

MIEZE: Jetzt läßt du mir los, ick krieg keene Luft, wat denkste von mir.

REINHOLD: Sag mal Mädel, du bist dochn hübsches Stück, wie kannste dir bloß son Kerl ausbuddeln wie den Franz, mit eem Arm, son hübsches Mädel, kriegst doch zehn an jedem Finger.

MIEZE: Quatsch nich Krause.

REINHOLD: Liebe is blind auf beede Oogen. Dein Franz, weeßte, wat der bei uns spielen will, bei uns jetzt? N dicken Wilhelm. Da haste ne feine Nummer erwischt.

MIEZE: Tätowiert.

REINHOLD: Die Hand, jawoll, studierst mir ja ordentlich aus.

MIEZE: Am Arm ooch.

REINHOLD: Een Ambos. Is mei [n] Wappen.

MIEZE: Muß man sich ja fürchten vor Se.

REINHOLD: Oh du nich, du nich, Mieze, vielleicht andere.

MIEZE: Sie sehen ganz anders aus, wenn Sie so sprechen.

REINHOLD: Mag sein, hat dir woll deiner ooch geschoben, der Biberkopf.

MIEZE: Der erzählt janischt, und von Sie hab ick noch nie wat gehört.

REINHOLD: Hefe. Hat er ooch allen Grund, Mieze. Noch wat erzählen, wie der lackiert ist, dein Freund.

MIEZE: Ick will det nich hören, ick denk, Sie sind sein Freund.

REINHOLD: Mensch, Mädel, un son Kerl fängst dir, son Schlapper mit eem Arm.

MIEZE: Ick jeh los.

REINHOLD: Renn man nich mit n Kopp an die Bäume, n Kuß will ick, her!

MIEZE: Laß mir, los.

REINHOLD: Nanu, du haust mir?

MIEZE: Laß mir los, ick geh, du Strolch.

REINHOLD: Wat bin ick [?]

MIEZE: Strolch [.]

REINHOLD: Erst kommste mit, läßt dir Auto fahren, willst mir aushorchen und dann sagste Strolch. Setzte dir her, Kröte, in die Kute.

MIEZE: Laß mir los.

REINHOLD: Setzt der her. Bist o [o] ch so eene wie dein Franz? Der wollte o [o] ch mal so, wies in seine Birne steckt, nicht mithelfen bei de Arbeit [,] is zu fein, anständig, wat [?]. Bist ooch zu fein for mir, wat? Da haben wir den genommen, du, ick hier mit meinem Arm, und raus aus dem Auto.

MIEZE: Wat, du [?]

REINHOLD: Ja ick! Jetzt weeßt, wo er seinen anderen Arm hat.

MIEZE: Mörder! Du bist ein Mörder.

REINHOLD: Nu schrei.

MIEZE: Ick will weg. Hilfe! Franze.

REINHOLD: Wat, du schreist [?]

MIEZE: Franz! Komm! Franzeken, Franz!

REINHOLD: Schrei man, dein Franze.

(*Wind, Bäumerauschen: «[E]s ist ein Schnitter der heißt Tod» sehr laut, hart dann:* «Jegliches hat seine Zeit, pflanzen und ausrotten, zerreißen und zunähen, schweigen und reden, würgen und heilen, jegliches seine Zeit.»)

– – –

SPRECHER: Franz Biberkopf, du hörst nicht, was sie singen. Du gehst rum, du bist vergnügt. Mieze hat dir helfen wollen. Es war nichts.

FRANZ: *(singt den Schlager: «Du bist das süßeste Mädel der Welt.»)*

FRAUENSTIMME: Ach, ach ich muß klagen, daß es so gekommen ist mit ihr. Ich bin eine einfache Frau, die diese Geschichte hört, ich kann nicht glauben, daß es aus ist mit Mieze. Warum, warum [?] Sie war die Tochter eines Straßenbahnschaffners aus Bernau, sie waren drei Kinder zu Haus, sie ging öfter alleine aus, ging tanzen nach Berlin, Chausseestraße zu Lestmann und wo anders, und ein paarmal wurde es abends zu spät, da traute sie sich nicht zurück nach Haus und blieb in Berlin. Sie hatte viele Bekannte und manchen Freund. Aber zuletzt blieb sie nur mit einem vereint, das war ein einarmiger starker Mann, den Mieze auf einen Blick lieb gewann und ist ihm gut geblieben bis an das Ende. Was fürn Ende, ein furchtbares Ende, ich mags nicht glauben; ist das das Leben? Sie wurde erschlagen, weil sie neben ihm stand, zufällig neben ihm.

SPRECHER: Und was wirst du tun, Franz [?]

– – –

EVA: Sitzt so im Dustern, Franz, steck doch das Gas an.

FRANZ: N Abend Eva. Die Mieze läßt mir sitzen, ist det möglich.

EVA: Kommt schon wieder, Mensch, wird dir nich wegloofen.

FRANZ: Gräme mir aber, sitz schon vier Tage und warum kommt se nich.

EVA: Vielleicht kleene Spritztour gemacht, die hat ihre Einfälle.

FRANZ: Komisch is det, komisch is det.

– – –

EVA: Herbert, ick kann det nich ansehn.

HERBERT: Wat wiste Eva [?]

EVA: Der Franz sitzt da und sitzt und sitzt und in der Zeitung steht ooch nischt.

HERBERT: Wird ihm ausgerissen sind. Wenn von alle Frauen in die Zeitungen steht, die ausreißen.

EVA: Is nich wahr, is nich ausgerissen. Ick hab schon im Schauhaus nachgesehn. Oh, det is ein Unglück mit Franz.

HERBERT: Jotte doch, nimmt er sich ne andere.

EVA: Haste nischt jehört bei Euch im Verein, oder bei Pums, wat erzählen die sich.

HERBERT: Mit die hab ick nischt zu tun. Hab nischt gehört.

EVA: Die halten dicht.

HERBERT: Wat sollen sie denn dicht halten, werden sich anm Mädel vergreifen, bei dir rappelts wohl.

REINHOLD: Der Klempner Karl muß rausgeschmissen werden. Der kann nischt, Pums, der vermasselt uns jede Tour.

PUMS: Mußt nicht solche Wut auf den haben, Reinhold. Det isn guter Schofför. Wenn mal das Gebläse nicht geht, kann jedem mal passieren, haste gesehn, wie er sich die Pfoten bei verbrannt hat, Pech.

REINHOLD: Der Kerl muß raus. Den könn wir nich brauchen. Ick dreh keen Ding mehr mit dem. Des hab ich gesagt, Pums nu könnt Ihr wählen.

PUMS: Soll eener verstehn, wat in dein Kopp lo[s] ist. Erst machste mit dem die schönsten Touren, erst neulich nach Freienwalde, und mit eenmal is aus.

REINHOLD: Der Hund grient immer, wenn er mir sieht.

PUMS: Hab ick noch nich jesehn.

REINHOLD: Ick aber. Wat hat der Kerl zu lachen, dem hau ick die Zähne in.

PUMS: Laß den doch grienen, ich wers ihm sagen.

REINHOLD: Nischt. Raus soll der, raus.

KLEMPNERKARL: Pst du, Maxe, mir hat Pums gestoßen, der Reinhold mag mir nich, ick soll raus ausm Verein.

MAX: Warum denn Karl [?]

KARL: Wird er schon wissen, weeß ooch. Aber laß man. Kann auch ohne den leben. Machste mit mir mit, Maxe [?] Ick weeß wat, Elsasserstraße, ick habn Tip [].

– – –

REINHOLD: *(lacht)* Pums! Aha!

PUMS: Na wat fürn aha.

REINHOLD: Haha, sie haben ihn. Da lees mal, den Klempnerkarl: Aujust Lempe, det is er.

PUMS: Wo steht det [?]. In der Elsasserstraße wurden bei einem Einbruch in flagranti erwischt – na sone Anfänger.

REINHOLD: Sag ick doch. Haha, freut mir, der steckt im Loch, Zellgefängnis, Präsidium, panoptischer Bau, steckt die Signalstange raus, haha. Da jeh ick hin und bedank mir bei der Polizei.

– – –

KLEMPNERKARL: Ick will zum Vernehmungsrichter, Herr Wachtmeister, Lempe, Aujust Lempe.

WACHTMEISTER: Ich weiß, Klempnerkarl. Bischen warten werden Sie wohl können.

KARL: Kann aber nicht warten, hab die janze Nacht nich jeschlafen, is wat Eiliges.

WACHTMEISTER: Hier schläft keener ordentlich, det jibt sich, sind schon sechs vorgemeldet, haben alle wat Eiliges.

KARL: Machen Se doch, wenn ick Ihn sage, nachher is zu spät.

WACHTMEISTER: Menschenskind.

– – –

KARL: Ick bitte um Entschuldigung, Herr Amtsgerichtsrat, hab die janze Nacht nich schlafen können, es is wat sehr Eiliges, aber erst muß ich Ihnen wat fragen.

RICHTER: Also.

KARL: Wer hat mir verpfiffen [?]

RICHTER: Na hören Sie mal Lempe, dazu drängen Sie sich vor.

KARL: Na brauchens mir janich zu sagen, Gerichtsrat, ick weeß schon alleene, kann mir schon denken.

RICHTER: Also.

KARL: Ick wollt Ihn bloß sagen, dat det sehr dämlich war von dem, Herr Amtsrichter, det er mir verpfiffen hat. Sehr dämlich. Werdn sofort wissen, warum.

RICHTER: Nu man lo[s] Lempe, was gibts.

KARL: Ick – kenne – diesen Reinhold.

RICHTER: Welchen? Reinhold, ist mir nicht bekannt oder wie nennt er sich sonst [?]

KARL: Bei uns heißt er Reinhold, da wird er sich nich so genannt haben, in die Akten, vielleicht hat er ooch eenen vorgeschoben.

RICHTER: So so, na weiter.

KARL: Bei uns heißt er Reinhold und ick war mit ihm sehr gut befreundet.

RICHTER: Sie haben wohl mit ihm zusammen gearbeitet.

KARL: Det hab ick nich jesagt, Herr Amtsgerichtsrat.

RICHTER: Verstehe, Geschäftsgeheimnis.

KARL: Bin Schofför und habn Auto an der Hand.

RICHTER: Verstehe, kann man manchmal brauchen, nicht.

KARL: Und da bin ick mal mit ihm spazieren gefahren, vor, na so zehn Tagen is her, undn Mädel war auch bei. Aber det war nich seins, det war det Mädel vonn Andern, von den Biberkopf.

RICHTER: Weiter.

KARL: Na da sind wir rausgefahren nach Freienwalde *(stockt)* [.]

RICHTER: Was is nu lo[s], Lempe, wen geht das was an, wenn Sie nach Freienwalde fahren.

KARL: Geht mich wat an, Herr Amtsgerichtsrat, und Sie auch. Mir hat der Hund ja darum verpfiffen, denn soll er auch wissen, was gespielt wird. So dämlich wie sein Biberkopf sind wir noch lange nicht. Mit dem Mädchen – da hat er was gemacht.

RICHTER: Komische Geschichte. Na reden Sie mal weiter.

KARL: Die wollt nich, det weeß ick ganz genau, det is bombensicher, hingebracht hab ick ihr und zurück is bloß der Reinhold mit mir gefahren.

RICHTER: Und das Mädel.

KARL: *(heult)*

RICHTER: Na setzen Sie sich man mal. Wollen Sien Glas Wasser[?]

KARL: Ick war nich bei, des hat er alleene gemacht, wie er mir holte, da wars schon vorbei, des is ja son Hund, und son Mädel. Der Biberkopf weeß noch heute nischt.

RICHTER: Mit dem Mädel is was passiert.

KARL: Hat er gemacht, der Strolch. Ick ick hab ihm bloß geholfen, nachher, dem Strolch, beim Einbuddeln.

RICHTER: Mensch Lempe[,] was sagen Sie.

KARL: Wie er es gemacht hat und wat jewesen is, da im Wald, weeß ick nich. Ick bin jut jewesen und hab ihm jeholfen, ick dacht mir, det isn Unglück, kann jedem mal was passieren, Schwamm drüber. Und denn verpfeift er mir.

RICHTER: *(klingelt)* Der Herr Kriminalsekretär Wetzel möchte herüberkommen. Herr Kriminalsekretär, der Mann hier, Sie kennen ihn ja von dem Einbruch, Lempe.

SEKRETÄR: Klempnerkarl.

RICHTER: Der Mann erzählt hier von einem Mord, den ein gewisser Reinhold vor 10 Tagen begangen haben soll, in Freienwalde, nich wahr, Lempe, in Freienwalde.

– – –

TONI: Na siehste Franz, nu hebste schon wieder das Köppchen.

FRANZ: War hübsch von der Eva, daß sie dir hergeschickt hat.

TONI: Ick soll dir bloß a bißchen das Köpfchen heben.

FRANZ: Warum is bloß die Mieze weg, ick komm aus dem Grübeln nich raus, Toni, ich hab ihr nischt getan, ick hab in der ganzen Welt rumgesucht, keiner hat sie mit einem andern gesehn. Wat is det nu schon wieder.

TONI: Immer det Grübeln, kommt doch nischt raus dabei, davon findste doch nicht.

FRANZ: Immer is wat. Immer muß wat sein mit mir, ick kann tun und lassen wat ick will. Ick kann mir drehen und wenden wien Hund und es muß was passieren.

TONI: Aber Mensch, is doch jarnischt, hab doch man Jeduld.

Draußen Lärm.

FRANZ: Wat is [?]

TONI: Det is Eva. Geh mal raus.

TONI: Aber was ist denn Eva, was ist Eva [?]

EVA: *(weint)* Du gehst weg von hier, Franz, du gehst raus, du faßt mir nich an.

FRANZ: Die is verrückt. Nu schlägs dreizehn.

EVA: Der muß raus, der Schuft.

TONI: Aber Eva, nu jib dir doch.

EVA: Der Hund, da lies mal die Zeitung.

TONI: Wo [?] Mord in Freienwalde an [–] was [!] *(schreit und weint)*

FRANZ: *(grob)* Wat habt Ihr Mädel denn, seid wohl allesamt verrückt, gib mal den Wisch her.

EVA: Ja les mal, da oben.

FRANZ: Mord in Freienwalde begangen – wat. Det is Mieze. Det is Mieze.

EVA: Na les mal weiter, wat steht hier.

FRANZ: Det is Mieze.

EVA: Als Täter werden gesucht der 32jährige beschäftigungslose Reinhold Marr, genannt Reinhold und Franz Biberkopf.

FRANZ: Die haben unsere kleene Mieze umgebracht, Eva. Darum haben wir sie nich gefunden. Wat wolln wir machen, Eva.

EVA: Na wer wars denn.

FRANZ: Weeß ja nich. Wat wolln wir machen, Eva, jetzt haben sie unsere kleene Mieze umgebracht, wat is los mit unser kleenes Miezeken, wat is die passiert, is denn det wahr, det is nich wahr Eva. Toni det is nich wahr.

(Lied wird mit Text gesungen: «Gestern noch auf stolzen Rossen» u. s. w.)

FRANZ: Jetzt wird es kommen, Eva, jetzt wird es mir ooch kaputt machen, aus is et, ick jeh runter.

EVA: Kannste nich, Mensch, sie suchen dir.

FRANZ: Ick jeh runter Eva. Jetzt is unsere Mieze ooch hin. *(schreit)* Kuck mir an Eva, is denn wat an mir. Kuck mir an, an mir muß wat sind.

EVA: Du gehst nich runter.

FRANZ: Ick muß.

FRANZ: *(musikalisch begleitet)* Wir fahren in die Hölle mit Pauken und Trompeten, für diese Welt haben wir nischt übrig, sie kann uns bleiben gestohlen mit allen, was drauf und drüber und drunter ist, mit ihren ganzen Menschen, mit Männern und Frauen, es ist auf keinen zu bauen. Jetzt haben sie die Mieze umgebracht, ich hab ausgehalten und getan, mehr kann ich nicht. Viel Vergnügen, meinen Segen. Wir fahren in die Hölle mit Pauken und Trompeten.

(Paukenschläge, bei jedem Absatz des folgenden Zwischenstücks, das sehr laut und hart gesprochen wird.)

STIMME: Hiob.

HIOB: Wer ruft [?]

STIMME: Hiob, weißt du wohin du gehst [?]

HIOB: Ja.

STIMME: Du willst dich davon machen, du willst nicht weiter?

HIOB: Nein.

STIMME: Du kannst dir helfen.

HIOB: Ich will nicht, ich will nicht mehr.

STIMME: Du mußt dir helfen.

HIOB: Ich will nicht, ich will nicht mehr.

STIMME: Ich – werde dich zerschlagen.

(Zuletzt hat die Musik das Motiv des Todes, Cello und Baßgeigen, hart angeschlagen aus dem noch folgenden Schlußgespräch von Franz mit dem Tod)

– – –

SPRECHER: Die Wagen fahren an, die Polizei ist auf der Suche, Franz Biberkopf geht herum, wo man ihn finden muß. Einen Arm hat er und zwei Revolver in der Tasche. Er sitzt in der Kneipe, die Polizeistreife kommt.

BEAMTER: Sie sollen auf Herr, es ist Aushebung, kommen alle mit.

FRANZ: Erst müssen mehr kommen, ihr zwei seid mir nicht genug, meine Equipage braucht 5 Pferde.

BEAMTER: Jetzt stehn Sie auf, es geht bloß aufs Präsidium, wenn Sie sich legitimieren, können Sie dann gleich nach Haus.

FRANZ: Fünf Pferde, billiger fahr ich nicht.

PUBLIKUM: Der hatn Revolver, der schießt.

FRANZ: Fünf Pferde, ja der schießt. Wir fahren in die Hölle mit Pauken und Trompeten.

(*Zwei Schüsse, Tumult,* STIMMEN: Faßt ihn, warte du Kerl, is einer getroffen, ne bloß det Spind, da liegt er, hat eines gekriegt mitm Gummiknüppel.)

BEAMTER: Wolln mal nachsehn, Brusttasche. Entlassungsschein, Strafanstalt Tegel, Franz Biberkopf.

(Musik, Grammophon: «[W]er hat die schönsten Schäfchen, die hat der goldene Mond.»)

2. BEAMTER: Der Einarmige. Du, das is der aus Freienwalde, wo der Steckbrief hinter is.

1. BEAMTER: Mal aufheben, passiert is dem nischt.

SPRECHER: Steif wie ein Stock liegt der Mann, in die Irrenanstalt Buch haben sie ihn gebracht, die Geschichte von Franz Biberkopf ist bald vorbei. Sie verlief mit fürchterlichem Geschrei, aber jetzt soll sie rasch zu Ende gehn, vor dem Richter wird Franzen das Schreien vergehn. Er liegt auf seinem Bett, er ißt nicht und trinkt nicht, er ist blaß wie der Tod. Horch, wer da kommt, – das ist sein Ende, sein Richter, der Tod.

(Die harte, stoßweise Musik des Todes, dabei zwischen dem monotonen Rauf und Runter von tiefe[m] Cello und Baßgeigen gelegentliches Trommelwirbeln und rhythmische Paukenschläge.)

TOD: Franz!

FRANZ: Wat is lo[s] [?]

TOD: Mach die Augen auf.

FRANZ: Wat soll ick[?]

TOD: Es ist für dich die Augen aufzumachen. Jetzt komm ich, zu dir, und bin da.
FRANZ: Ich warte schon, ick habe mehr als genug.
TOD: Du wirst noch warten müssen. So rasch wie du dirs denkst, gehts nich. Warum liegst du hier, was hast du hier in der Anstalt zu suchen, Franz Biberkopf, bist doch ein kräftiger Mann.
FRANZ: Mir haben sie furchtbar im Leben gepiesa[c]kt, mir haben sie betrogen, den Arm hab ick verloren, dann haben sie mir meine Mieze umgebracht.
TOD: Und du?
FRANZ: Ick war anständig, zuletzt nich mehr, es jing nicht mehr.
TOD: Anständig und weiter nichts. Das war genug und darum liegst du hier, ein kräftiger Mann. Soll ick dir sagen wat mit dir war[?]
FRANZ: Na wat denn?
TOD: Nischt war mit dir, nischt bist du gewesen, Franz Biberkopf willst du gewesen sein, n frecher Kerl bist du gewesen, ein Dussel, ohne Kopf und ohne Augen. Kuck wer da kommt.
FRANZ: Ach ja, Lüders. Der mir betrogen hat.
LÜDERS: Wat hab ick dir getan, Franz, ick war ja bloßn armer Mann, schimpf doch nich so über einen.
TOD: Laß ihn nur schimpfen, den Hochmutsteufel, geh weg Lüders. Wer kommt da[?]
FRANZ: Weg mit dem, pfui pfui, Reinhold, der Schuft, der hat mir aus m Auto geschmissen, der Strolch, der Mörder, der Schwerverbrecher.
TOD: Oh ja, oh ja. Das war er, mit dem hast du gekämpft, den hast du deine Mieze gezeigt, wollst der beste und stärkste sein von alle, und wo ist Franz Biberkopf geblieben[?]
FRANZ: Wat hätt ick denn sollen.
TOD: Dir besinnen! Wer du bist! Wer die andern sind. Und wer ist das?
FRANZ: Ach Mieze, Miezeken, wie hübsch siehst du aus, hast dein helln Hut auf und so feine Handschuh. Zieh dir doch die Handschuh aus, jib mir doch, gib mir doch dein Händchen[.]

MIEZE: Da, Franz.

FRANZ: Wie jehts dir denn Miezeken, bleib doch hier, es jeht mir schlecht, mußt mir helfen.

MIEZE: Ick kann ja nich, Franz, du weeßt doch, Freienwalde.

FRANZ: Bleib doch.

MIEZE: Ick möcht so gern, ick kann ja nich.

TOD: Das war sie, Franz Biberkopf. Fein war sie, eine Blume und du gehst hin und prahlst mit die vor Reinhold. Schande, schrei Schande.

FRANZ: Ick weeß ja nich, wat hätt ick sollen.

TOD: Du Hochmutsdeibel, du Mensch ohne Kopf, bloß stark wollst du sein, stark wien Athlet, aber die Welt is doch stärker, und jetzt liegst du da und heulst.

FRANZ: Laß mir raus.

TOD: Bereue! Erkenne!

FRANZ: Laß mir nur einmal raus, ick will alles tun.

TOD: Was nützt alles Stark[]sein, alles Anständigsein, Franz Biberkopf. Wirf dich hin, bereue, bereue, erkenne.

SPRECHER: Zusammengefallen ist der alte Franz Biberkopf. Und als die Wochen umgegangen, ist ein neuer Biberkopf in seinem Bett gelegen, durch Schmerz und Verzweiflung hat er sich durchgeschlagen, die Augen sind ihm weit aufgegangen, schwach ist er wieder aufgestanden und ist nach Berlin hineingegangen. Damit ist unsere Geschichte zu Ende. Hört noch das Trommeln.

(Trommeln)

EIN EINZELNER: Es geht in die Freiheit, die Freiheit hinein, die alte Welt muß stürzen, wach auf die Morgenluft.

FRANZ: Viel Unglück kommt davon, wenn man allein geht und sich nicht umsieht und nich die andern sieht, es wird überall herum um mich meine Schlacht geschlagen. Paßt du nicht auf auf den Autobus, fahrt er dich zu Appelmus.

(Trommeln)

EIN EINZELNER[,] DANN MEHRERE STIMMEN: Marschieren, Marschieren, wir ziehen in den Krieg.

FRANZ: Wach sein, aufgepaßt, Tausende gehören zusammen, wer nicht aufpaßt wird ausgelacht oder zur Strecke gebracht.

(Trommeln. Zuletzt Chor: Marschlied)

Es geht in die Freiheit die Freiheit hinein, die alte Welt muß stürzen, wach auf die Morgenluft.

Und Schritt gefaßt und rechts und links und rechts und links. Marschieren, marschieren, wir ziehen in den Krieg, es ziehen mit uns hundert Spielleute mit, sie pfeifen und trommeln, wiedebum, wiedebum, den einen gehts grade, den andern gehts krumm, der eine bleibt stehen, der andere fällt um, der eine rennt weiter, der andere liegt stumm, wiedebumm wiedebumm.

Ende.

FILME

SIDDI

[Filmerzählung]

Seitengasse mit Hütten und bloßen Bretterzäunen. Einige Berittene, darunter der Graf, Säbel in der Hand. Sie prüfen ihre Pistolen. Einzelne reiten nach vorn in die Gasse, spähen.

Ramadanzug. Viele Laternen, Lampions, Polichinells, verschleierte Frauen, geputzt, auf Dromedaren und Maultieren. Lustige Kinder. Etwas gesondert zuletzt hinter einigen Schwarzen der übermütige Zug Siddis.

Seitengasse. Winken der spähenden Reiter. Der vorderste hebt eine brennende Fackel hoch. Sie legen Masken an. Der Graf reitet an der Spitze. Sie formieren sich, reiten los.

Getümmel vorn im Zug. Von hinten stürzt man an. Die Vorderen blicken rückwärts. Die Berittenen verwirren den Zug, der vorwärts und seitwärts sich zerteilt.

Siddis Kolonne nahe der Einmündung der Gasse isoliert. Davonrennen der Neger. Leere Maultiere. Siddi läuft verschleiert hin und her, stürzt, läuft weiter, Graf hinter ihr, vom Pferd, greift sie von rückwärts, sie wehrt sich. Er hebt sie aufs Pferd. Davon.

Mondlicht auf dem Hof des Grafen. Die Haustür ist offen. Der Graf, noch in Maske, schleppt Siddi an die enge Treppe.

Von rückwärts gesehen: der Graf mit Siddi die enge Treppe nach oben.

Sein Zimmer. Eintritt der beiden. Er läßt sie los, Hinfallen. Nach vorn gehend der Graf, Maske und Mütze ab: sein schwitzendes, triumphierendes Gesicht groß. Wirft seinen Säbel und Gurt hin. Stößt die Tür zu. Das Zimmer ist durch Mondlicht völlig hell; er zündet Kerzen an rings im Zimmer wie zu einem Fest. Siddi ist aufgestanden. Stehen sich entfernt gegenüber. Siddi zerknäult ihren halb zerrissenen Schleier: ihr Entsetzen, ihr

Zorn. Er rachsüchtig stolz an der andern Seite des Zimmers, gestikulierend. Zwischen ihnen erscheint das Erinnerungsbild, wie er vor ihr auf dem Boden liegt, sie ihn fortweist. Sie wird traurig. Er senkt das Gesicht beschämt, kommt näher, betrachtet sie. Der Graf, ohne daß sie es sieht, später, indem sie ihn anblickt, die Arme ausstreckend. Er ihr näher. Sie sind beide auf einer Seite, einer Hälfte des Bildes. Er streichelt, küßt ihren Schleier auf der Chaiselongue. Er beschwört sie. Das finstere Bild des deutschen Schlosses tritt aus einem gegenüberliegenden Schatten hervor, das Gespenst des toten alten Grafen tritt aus dem Portal. Der junge Graf bedeckt sich das Gesicht, hebt dann flehend die Arme. Während er sie betrachtet, verändert sich ihr Bild als ein Gemisch einer schönen Blumenart und eines Menschen. Er nähert sich ihr mehr. Als er dicht vor ihr ist und sie ihn zornig anblickt, hat er unmerklich das Fell eines Panthers bekommen, die Tatzen. Ihr Grauen. Sie stürzt an ein geschlossenes weites Fenster, reißt es auf.

Zu Hilfe, zu Hilfe!

Er springt über die Chaiselongue, schleudert sie vom Fenster zurück, wirft das Fenster zu, starr am Fenster horchend. Nach der Treppe zu horchend. Es vergeht einige Zeit, während der sie sich verbissen in eine Ecke des Zimmers flüchtet und da hineindrückt. Er sie lange betrachtend, Flammen an seiner Brust fangen an zu lodern. Sinkt einen Augenblick auf die Knie. Reißt sich den Wams auf. Stürzt gegen die Wand, nimmt seinen Säbel vom Boden auf, zieht ihn, gibt ihn ihr, stellt sich ihr gegenüber. Sie wirft den Säbel hin voll Verachtung, tritt auf ihn zu, schlägt ihn mit der Faust, während er zurückweicht, zweimal ins Gesicht. Er zurückzuckend, faßt sie an den Händen, zieht sie hervor, schleudert sie nach vorn auf die Erde. Er groß wutverzerrt. Er greift sie, die um sich schlägt, klammert sie auf der Chaiselongue fest.

Küsse mich.

Sie schlägt ihm ins Gesicht, reißt an seinen Haaren. Er packt ihre Hände wieder, nachdem er sie niedergezwungen hat. Reißt ihr das Kleid von der Schulter, auch teilweise den Rock. Sie entweicht, sucht sich zu bedecken. Er reißt ihr Kleid weiter herunter. An ihm erscheint das Fell des Panthers. Er wirft sich umschlingend gegen sie. Völlige Schwärze, die sich zur Helligkeit des Morgengrauens langsam wandelt.

*

Siddi ist in den Harem zurückgekehrt und hat sich ihrer Freundin anvertraut: sie ist schwanger.

Vorraum zu Harem. Drei Dienerinnen schlafen am Boden, Nacht. Eine Öllampe brennt. Eine bewegt sich, richtet sich auf, blickt erstaunt um sich, legt sich gähnend wieder hin. Verdunkelung des ganzen oberen Teils der Szene zur absoluten Schwärze als imaginärer Raum; unten die Schlafenden bleiben unverändert in ihrem Milieu. Über der oberen schwarzen Fläche bewegt sich, grell beleuchtet, ein riesiger türkischer Schellenbaum mit Pferdeschweif, heftig geschüttelt, rasch verschwindend. Eine der Schläferinnen richtet sich ruckartig auf, faßt sich an die Brust, blickt ängstlich um sich; oben tritt wieder das alte Milieu hervor. Legt sich zurück. Erneute Verschwärzung des oberen Raums: durch ihn gehen blitzende Schwerter, die gegeneinander schlagen. Fortdauernde unruhige Bewegung der Schläferinnen unten. Eine große Glocke unter mächtigem Pendelausschlag vor der oberen Schwärze. Die Glocke schlagend, verharrt ziemlich lange. Wie sie verschwindet, sitzen alle drei Schläferinnen auf, blicken sich an. Der obere Raum ist wie vorher wieder deutlich. Während sie sich ankleiden, mit der Öllampe gegen das Fenster gehen, im Zimmer suchen, horchend herumstehen: hinter ihnen die Verfinsterung; in dieser eine nicht sehr intensiv beleuchtete Frau, die ruft, ängstlich die Arme ausstreckt, wie in Todesangst sich ins Haar greift. Rechts und links kommen einzelne Mädchen mit Lichtern in derselben Erregung an, zeigen auf die Wand des Vorraums. Sie klopfen da an eine Tür, gehen mit erhobenen Lampen hinein. Eine Öllampe bleibt brennend zurück. Siddis Freundin langsam von der Seite angehend. Sie steht nachdenklich in der Nähe des Fensters. In der Verfinsterung der anderen Seite erscheint die Figur der klagenden Frau, die das Gesicht jetzt zuwendet, größer und deutlicher wird: es ist Siddi. Blitzartiges Zusammenfahren der Freundin. Während Siddi den Kopf senkt, hebt sie die Fäuste über den Kopf, greift sich in die Haare; ein schlafender Säugling wird in der Gegend ihres Leibes sichtbar und verschwindet. Sie stürzt in die Knie. Ein anderes Mädchen kommt, hebt sie auf. Die Freundin klammert sich an das Mädchen an, spricht entsetzt auf sie ein, die auch erschrickt. Ein Eunuch geht langsam vorbei in die Tür zum Harem, aus der jetzt Licht fällt. Langsam und finster kommt der Neger, beobachtet die Freundin und das Mädchen.

Haremshalle. Ein Eunuch kommt und bringt Ben Ghaleb, der allein vor dem Brunnen steht, auf den Armen das Kind. Finster abweisende Bewegung Ghalebs. Eunuch furchtsam ab. Neger schleppt die Freundin an. Ghaleb faßt das Mädchen bei der Hand, Dolchstoß: sie stürzt hin. Ghaleb steht lange nachdenkend da, betrachtet den Dolch, läßt ihn fallen. Der Neger hebt ihn auf, Ghaleb geht ein paar Schritt.

Siddis Zimmer. Siddi auf ihrem Lager. Eine einzelne Dienerin stellt hochstielige Blumen neben sie. Siddi winkt die Dienerin dankend fort. Siddi allein. Der Vorhang des Zimmers seitlich und hinter ihr erhellt sich; ein schreitender Löwe wird sichtbar, geht ein paar Schritt ins Zimmer, verschwindet. Ghaleb kommt. Sie verneigt sich im Bett vor ihm. Er steht da, seine Hände betrachtend, sie von sich entfernt haltend. Siddi greift nach seinen Händen, küßt sie, legt sie sich über das Gesicht. Sie legt sich zurück. Sie gibt ihm eine der Blumen und befestigt sie an seiner Brust. Er legt ihren Schleier ganz über sie. Gewaltsam rascher Griff nach dem Dolch, stößt zu... Wirft sich bebend hin. Aufgestanden, die Blume in der einen Hand, den gezogenen Säbel in der andern Hand. Finster losgehend. Der Löwe geht neben ihm.

DIE GEWEIHTEN TÖCHTER

Film in fünf Akten

Vorbemerkung

Dieser Film wendet einige noch wenig oder gar nicht versuchte Mittel an, um die ablaufende Handlung auf eine geistig höhere Stufe zu heben.
Der Scenenwechsel: das zusammenhanglose Hintereinander von Scenen wird prinzipiell vermieden. Es werden Szenengruppen gebildet im Sinne eines Romankapitels und Abschnittes. Ein Filmabschnitt bringt ein gewisses Stück der Handlung; Verwandlungen verbinden die Scenen untereinander. Bei der Verwandlung verschwimmt oder verschwindet auf dem Filmstreifen das Milieu oder einzelne Träger der Handlung: die führende Figur oder Figuren bewegen sich durch den ganzen Abschnitt. Dies hat den Vorteil des sinngemäßen Zusammenschlusses, ferner den filmtechnischen Vorteil der Vermeidung des Flimmerns beim Scenenwechsel.
Der imaginäre Raum: zu dem naturalistischen Raum der Landschaft, des Zimmers tritt der imaginäre Raum, dessen sich der Autor für bestimmte Darstellungszwecke bedienen kann. Der imaginäre Raum wird gestellt durch eine einfache glatte Leinewand vor der sich das Darzustellende abspielt mit möglichst symbolischer Eindringlichkeit. Beispiele gibt der Film.
Prinzip des Films muß sein: keine oder ein Minimum von Worten – in diesem Film finden sich im ganzen zwei Sätze und zwei Überschriften. Völliges optisches Denken und Phantasieren, nicht aber in dem Sinne, daß die wesentlichen seelischen Vorgänge der Gebärdenkraft des Schauspielers überlassen werden, sondern wirkliches optisches Ausdrücken mit den eigenen Mitteln der optischen Phantasie.

Inhaltsbericht

Der Graf tritt aus dem Staatsdienst und kehrt in seine Heimat zurück: er hat unglücklich und unerwidert die schöne Jolente geliebt, in Raserei und Haß hat er sie gegen ihren Willen bezwungen, sie hat sich nach der Geburt des Kindes erstochen, mit dem Kind kehrt der gebrochene Graf zurück. Er wird von Freunden, die ihn zerstreuen wollen[,] durch die Ballsäle der Großstadt geführt. Der geschärfte und vertiefte Blick des Grafen erkennt etwas anderes, als was die Freunde zeigen wollen: er sieht die Dämonie der Augenblickssinnlichkeit, die unheimliche Stärke der Verführung, das Wirken einer Kraft, die die Menschen erniedrigt und vernichtet: er sieht den Teufel in den Ballsälen mit leibhaften Augen. Der Teufel weicht ihm aus, verletzt ihn, zeigt seine Macht. Der Graf sucht Hilfe gegen ihn bei der Kirche, bei Nonnen. Einige Nonnen folgen ihm zum Kampf und zur Niederzwingung des Kobolds, erschüttert vom Anblick der Verheerungen, die er in den Menschenseelen anrichtet. Diese Nonnen sind die ersten der geweihten Töchter, die sich um den Grafen scharen, die den Menschen vor den Anfechtungen der Sinnlichkeit zu beschützen gehen und überall Liebe erwekken. Das Kind des Grafen, Mizzi, wächst heran; der Graf durchlebt einen schweren Kampf, als seine Tochter selbst sich dem Dienst der Demeter widmet, geweihte Tochter wird. Sie ist in einem kritischen Augenblick gekommen. Die bürgerlichen Kreise haben Staats[-] und Polizeigewalten gegen die geweihten Töchter mobilisiert: die junge Mizzi unternimmt es, den führenden Mann der Polizei zu entwaffnen durch die Mittel der geweihten Tochter: sie erliegt aber, oder erliegt beinah; sie liebt selbst da, wo sie nur geliebt werden darf. Sie gibt sich in der Verwirrtheit ihrer Liebe dazu her, ihren Vater selbst zu bezichtigen. Sie kommt zuletzt zu sich und als jener Offizier den Vater verhaften und sich ihrer selbst bemächtigen will, schlägt sie den Offizier nieder und kommt selbst um. Das Werk des Grafen scheint zerstört. Den Grafen selber nimmt die Flamme auf, in der das Kind Jolentes verbrennt. Die Flamme feiert die Begegnung der Liebenden.

1. Akt

1. Bild

Austritt aus dem Staatsdienst

Ein Vorzimmer des Ministers, Besucher, auch einige Uniformen, sitzen, gehen. Der Graf tritt ein, stumpf, gebrochen, steht schon an der Tür, bemerkt eine Weile nicht, daß man ihn zum Sitzen einlädt, bleibt vor dem Sofa stehen. Diener nimmt ihm Visitenkarte ab. Graf an seinem Stock spielend läßt ihn fallen[,] ohne es zu bemerken. Der zurückkehrende Diener öffnet ihm die Tür zum Minister; trägt ihm den Stock nach. Verwandlung: Milieu verschwimmt, Graf bleibt.

2. Bild

Büro des Ministers, Minister alt; jovial, klopft ihm die Schulter. Sie sitzen. Bedauern des Ministers, der aufsteht, eine Cigarettenschachtel bringt, sie anbietet. Graf, Blick nach vorn, völlig versunken.

3. Bild

Graf sitzend seitlich auf dem Bild. Das Milieu hat sich verändert, verschwommen erscheint unter einem Baum eine schöne stolze Frauenfigur; der Graf sucht sie an sich zu pressen, wird abgewehrt, macht einen Kniefall.

4. Bild

Der auf dem Stuhl sitzende Graf ist gleichzeitig aufgestanden, macht halb den Kniefall mit. Erstaunen des Ministers. Verabschiedung. Graf läßt Stock liegen. Minister reicht ihn ihm; Graf betrachtet verständnislos den Stock, nimmt ihn abwehrend, geht.

5. Bild

Minister erst allein, dann Sekretär hinzuholend aus Nebenraum. Erklärt kopfschüttelnd den Vorgang. Sekretär zuckt Achsel, nimmt die Visitenkarte des Grafen, liest, lacht, zeigt pathetisch auf sein Herz. Sie lachen.
Zwischenbild: Vor dunklem Hintergrund zwei bloße Hände und Unterarme, die nach einem Stock am Boden suchen, ihn heben, wieder fallen lassen.

6. Bild

Graf in seinem Zimmer, packt einiges in die Koffer. Bilder an der Wand dreht er um, den Spiegel verhängt er mit einem Tuch. Ruft zum Fenster hinaus; Frauen und Kinder drängen herein. Er läßt die Möbel des Zimmers, die er ihnen mit einer Handbewegung schenkt, hinaustragen. Sie danken, zanken sich. Zimmer leer; er sitzt auf der Chaiselongue, das Gesicht bedekkend. Zwei Frauen tragen ihm seine Koffer nach; er geht. Verwandlung: Graf bleibt.

7. Bild

Steigt in eine Droschke, fährt.

8. Bild

Droschke in winkliger Vorstadtstraße haltend. Graf steigt aus. Verwandlung: Graf bleibt.

9. Bild

Ärmlicher Raum, Kinderwagen: alte Frau kocht am Herd. Sie läuft zur Tür, öffnet dienernd dem Grafen. Der zeigt auf den Wagen, Frau nickt, geht zur Tür, alter Mann kommt gerufen hinzu. Sie packt das Kind ein, zieht sich an, nimmt die Flasche des Kindes etc. Abschied vom Mann. Verwandlung: die Personen bleiben.

10. Bild

Graf gibt dem Mann Banknoten. Einsteigen in die Droschke, Abfahrt.
Zwischenbild: Zwei nackte volle Arme, die wa[a]gerecht mit ängstlich aufgestellten Händen sich vor der dunklen Fläche bewegen.

11. Bild

Inneres eines fahrenden Eisenbahnwagen[s]; Graf mit der Frau und dem Säugling allein. Er sitzt versteinert; die Frau betrachtet ihn öfter scheu, hält zaghaft das Kind hin, ohne daß er reagiert. Die Gegenwand des Wagens vor ihm verschwimmt; die andere Hälfte des Bildes nimmt eine freundliche Landschaft ein; er liegt, bläst Flöte im Gras; eine Frau mit einem kindlichen Engel kommt, er steht aus dem Gras auf, gibt dem Kind die Flöte; das bläst, geht; die Frau folgt, sich nach dem Grafen lockend und sanft umblickend, ihm die Hand gebend; er legt den Kopf auf ihre Schulter. Das Bild verdunkelt sich, die Wagenwand ist wieder geschlossen; der Graf sitzt steif, richtet sich langsam hoch.

12. Bild

Veranda vor einem Landhause; Sommer. Landedelleute, jüngere, Mann und Frau, Bonne mit dreijährigem Mädchen, sitzen,

warten, spähen aus. Ein Krümperwagen; der Graf mit der Alten und dem Kind steigt ab, kein Gepäck. Graf umarmt die Verwandten. Die junge Frau nimmt das kleine Kind, drückt dem Grafen oft herzlich die Hand. Die junge Frau lädt ins Haus ein. Graf schüttelt den Kopf, zeigt auf den Wagen, blickt zur Uhr, gibt bei Seite Banknoten der alten Frau. Bedauernder Abschied des Ehepaares. Kurzes Stehen des Grafen vor dem Säugling, den jetzt die Alte hält. Abfahrt.
Zwischenbild: Die Arme krümmen sich, greifen hoch, a[l]s faßten d[ie] Hände an d[en] Kopf; der wird in der Tat dunkel, – weiblich – sichtbar.

13. Bild

Graf in einem vornehmen weiten Zimmer im Fauteuil sitzend, in Hausjacke; Kerzen brennen. Er hält einen weißen Schleier in den Händen, deckt ihn sich über das Gesicht. Hinter ihm taucht ein junges Weib auf, Jolente, die Figur vom 3. Bild, sanft, zieht ihm von rückwärts den Schleier ganz über den Kopf, wickelt den Schleier dann um den Rumpf, Beine und Arme des sich streckenden Grafen. Gleichzeitig verschwimmt langsam der Hintergrund. Die folgenden Bilder entwickeln sich, während der Graf seitlich vorn unverändert verharrt; bisweilen ist nur sein Kopf, der Fauteuil sichtbar; öfter verschwindet er ganz.

14. Bild

Ein kleiner Leichenzug; der Graf selbst hinter dem Sarg.

15. Bild

Der träumende Graf hat sich den Schleier abgerissen, sitzt die Fäuste vor dem Gesicht da. Er zerreibt den Schleier zwischen den Händen, drückt ihn sich an die Stirn.

16. Bild

Jolente reitet neben einer Freundin einen waldigen Reitweg entlang. Graf gehend betrachtet sie; sie hat den Arm herüber auf die Schulter der Freundin gelegt, blickt den Grafen an.

17. Bild

Der nachfolgende Kopf des Grafen groß. Das Gesicht Jolentes sich gleichgiltig von ihm abwendend.

18. Bild

Graf faßt sich an die Brust in langsamer Bewegung. Eine Kette wird um die Brust sichtbar; sie schleift vom Pferde [Jolentes] her zu ihm. Er geht Jolente nach.

18a. Bild

Die Kette allein am Boden schleifend auf hellem Hintergrund.

19. Bild

Ein Salon. Der Graf im Frack – die Kette verblaßt eben an ihm – wird vom Diener hereingeführt. Eine ältere Dame begrüßt ihn mit Verneigung. Er spricht, nachdem sie sich gesetzt haben. Sie erstaunt stark; er steht zum Schluß auf, verneigt sich, bleibt erwartungsvoll stehen. Sie ebenfalls aufgestanden klingelt eine Tischglocke. Diener empfängt Auftrag. Jolente kommt rasch herein, sanft und ohne zu erstaunen verneigt sie sich bei der Vorstellung vor dem Grafen. Dann geht sie wenig bei Seite, spricht mit Hinweis auf den Grafen. Jolente lächelt leise, schüttelt geradeausblickend den Kopf. Dame bittet den Grafen näher. Der spricht, währenddessen wird die Kette an seiner Brust deutlich. Jolente ohne ihn anzublicken lächelt erst leicht, dann ernst, sanft den Kopf schüttelnd. Graf geht nach Verneigung. Szenerie verfinstert sich; Graf bleibt deutlich, sehr langsam gehend.

20. Bild

Graf vor dunklem Hintergrund, bewegt sich, sehr langsam. Er schleudert seinen Hut weg. Er steht still, schlägt gegen seine Brust. Flammen brechen aus seiner Brust, hüllen ihn ein, erlöschen mehrfach.

21. Bild

Während er rascher geht, wird deutlich eine Mauer und Gebüsch; der größte Teil des Bildes wird von einem Garten eingenommen, in dem Jolente und eine Freundin an einem Baume sitzt. Graf erklettert die Mauer, steigt an dem Baume herunter. Entsetzen Jolentes, Freundin davon. Graf beschwört sie. Jolente entsetzt, unfähig sich zu bewegen. Er fällt weinend auf den Boden. Sie weist ihn fort. Er steht auf. Sein Brustkorb groß von Flammen eingehüllt. Die Freundin nähert sich wieder. Graf ersteigt die Mauer, kniet auf der Mauer, groß. Zerreißt sich die Brust, droht in den Garten.

22. Bild

Eine Spelunke. Der Graf, entsprechend kostümiert, setzt sich an einen Tisch, trinkt mehrere Glas Wein und Kognak. Holt nach einigem Brüten einen Strolch von der Gegenbank heran; sie trinken zusammen. Graf holt Geldscheine aus dem Stiefelschaft; drückt sie dem Strolch in die Hand. Der winkt, nachdem sie dicht aneinander konspiriert haben, einen zweiten Strolch hinzu, der auch trinkt. Sie konspirieren zu dritt. Stehen gemeinsam auf, stehen links seitlich. Der Graf zeigt auf eine Allee, die eben rechts auftaucht. Die Allee wird immer deutlicher. Die Strolche haben sich untergefaßt, marschieren. Der Schankbetrieb verschwindet entsprechend.

23. Bild

Abendliche Allee. Einige Reiter vorbei. Die beiden Strolche ducken sich im Gebüsch, spähen öfter, springen zurück. Jetzt zeigen sie, laufen mitten auf den Reitweg, torkeln wie Betrunkene rechts und links; einer hebt den andern auf. Inzwischen reitet Jolente und ihre Freundin an. Sie kommen nicht durch, steigen ab, führen ihre Pferde. Die beiden Strolche stürzen sich plötzlich auf sie, werfen die Freundin auf den Boden. Der Graf ist inzwischen angeritten, maskiert, hat Jolente von hinten ergriffen, auf sein Pferd genommen, davon. Die Strolche heben Taschen der Damen vergnügt auf, suchen mit Laternen in der Allee. Ab ins Gebüsch.

23a. Bild

Langsam zunehmende Dunkelheit. Mondlicht. An die Stelle der schwarzen Bäume tritt das Zimmer des Grafen.

24. Bild

Mondhelles Zimmer des Grafen. Graf läßt Jolente hinfallen. Maske und Hut ab, triumphierend. Stößt die Tür zu, zündet Kerzen an. Jolente, ihren Schleier zerknäulend, ihm in Entsetzen und Zorn gegenüberstehend. Sie läuft plötzlich an ein weites Fenster, reißt es auf. Er über die Chaiselongue springend, schleudert sie zurück, wirft Fenster zu, horcht. Die Flammen lodern wieder in seiner Brust, während er sie j[e]tzt betrachtet. Geht an die Wand, nimmt Revolver aus einem Schrank, gibt ihn ihr. Sie wirft den Revolver hin, schlägt den Grafen zweimal verächtlich ins Gesicht. Er wutverzerrt, greift sie, die um sich schlägt, sucht sie zu küssen. Sie schlägt ihn, der sie auf die

Chaiselongue festklammert. Sie reißt sich los; er hinter ihr, ihr Kleid zerreißend. Er macht befehlende Geste. Sie steht, blickt ihn furchtsam an. Sie macht schamhaft einige Tanzschritte. Er entzückt geht langsam auf sie zu, drückt sie mit Gewalt auf den Boden.

24a. Bild

Verschwimmen des Bildes. Die rollende, sich verschlingende Kette des Bildes 18 a auf hellem Hintergrund.

25. Bild

Die Kette verblaßt. Morgendämmerung. Das Zimmer des Grafen. Der Graf liegt schlafend auf dem Boden. Jolente erhebt sich langsam, drückt die Kerzen aus. Geht vorsichtig hinaus.

26. Bild

Der bisher unbeweglich in seinem Schleier liegende Graf der realen Scene ist aufgestanden, geht in dem wieder deutlich gewordenen Zimmer des 13. Bildes herum, legt den Schleier hin. Er sitzt an einem kleinen Pult, wühlt in Papieren, spielt mit einem Dolch, den er auf seinen Knieen betrachtet. Momentan hat sich entwickelt

27. Bild

Der kleine Trauerzug; der Graf hinter dem Sarg wie Bild [14].

28. Bild

Der Graf blickt eine lange Zeit still in das Zimmer, sinkt über sich.

29. Bild

Al[l]ee. Die Freundin Jolentes steht wartend. Der Graf. Sie gehen einige Schritt[e] nach erster Begrüßung. Freundin stehenbleibend, in ihn eindringend. Auf seine Frage wendet sie sich erst schamhaft ab, sucht in ihrem Täschchen, zeigt ein Kinderjäckchen, an dem Häkelgarn et[c]. hängt. Umschlingt seine Hände[,] weint, beschwört ihn. Er versteht, beschaut das Jäckchen, geht mit ihr.

30. Bild

Jolentes Garten. Jolente sitzt, Freundin führt den Grafen. Freundin ab. Er küßt [Jolentes] Hände, fällt ihr zu Füßen. Sie sanft, den Kopf gesenkt, steht ohne Bewegung. Er zeigt in die Ferne, dringt auf sie ein. Sie bewegt sich von ihm, schüttelt den Kopf. Er stürzt wieder vor sie, beschwört sie; seine Brust unter Flammen. Sie bedeckt zurückweichend das Gesicht mit den Händen, betrachtet ihn von oben, geht traurig, langsam, geradeausblickend an ihm vorbei. Er liegt auf der Erde.

31. Bild

Jolente, – von dem 30. Bild übrigbleibend, – in derselben Bewegung wie zuletzt in ihrem Zimmer. Die Freundin blickt sie fragend an, zeigt auf den Garten. Jolente mit finsterem festen Ausdruck den Kopf schüttelnd. Die Freundin geht verzweifelnd herum, hängt sich an sie, wirft sich weinend auf das Sofa. Bringt aus ihrer Handtasche, unter zärtlichen Bewegungen auf [Jolente] eindringend, Kinderjäckchen und Mützchen hervor. Bedeckt von rückwärts die Augen Jolentes, die vor ihrem Schreibtisch sitzt, streichelt sie, küßt sie, hängt vor sie die Kindersächelchen hin und her. Jolente im Moment hoch, starr die Freundin fixierend. Rasender Ausdruck, mit kurzen Bewegungen der Freundin die Sächelchen aus der Hand schlagend. Die Freundin zurückweichend, hebt angstvoll die Stücke auf, legt sie auf einen Korbsessel. [Jolente] nach einer Weile nähert sich ihr, streichelt sie, zieht sie auf einen Stuhl vor dem Korbsessel, sticht mit grausigem Gesichtsausdruck in die Stücke mit einem kleinen Dolch, den sie sich rasch aus der Brust zieht. Freundin sucht ihr entsetzt den Dolch zu entwinden; sie hat ihn wieder blitzschnell in der Brust versteckt. Jolente zieht die Freundin beschwichtigend an sich. Hinter ihnen, während sie stehen, sitzt auf dem Korbsessel ein kleines, die Hände ausstreckendes Kind [(]kei[n] Säugling). Langsam wendet Jolente den Kopf danach, sieht das Kind an, das verschwindet. Jolente weinend auf dem Stuhl zusammensinkend. Dann Anfall von völliger Raserei, reißt sich wild die Haare auseinander, zerknüllt und zerfetzt die Papiere auf ihrem Tisch, wirft sich tobend auf den Boden; kniend, außer sich, dreht sich mit geballten Fäusten gegen den Grafen, dessen Erscheinung kurz auftaucht; liegt von der Freundin gehalten, gebückt über dem Boden.

32. Bild

Die Mutter im Salon, morgens ein Buch lesend. Klingelt. Diener Auftrag, Diener ab. Diener bald zurück achselzuckend berichtend. Mutter aufstehend erregt antwortend. Diener ab. Diener läßt bald Zofe herein. Die vor der Dame weinend kopfschüttelnd. Mutter ab mit ihr. (Verwandlung, Personen bleiben.)

33. Bild

Jolentes Zimmer. Mutter sucht verzweifelt darin; Zofe steht an der Tür.

34. Bild

Nacht. Vor dem Haus. Jolente in Reisekostüm sich sträubend vo[r] der Freundin auf die Straße gehend, mit Handkoffer. (Verwandlung; Personen bleiben.)

35. Bild

Haus des Bildes 8. Die alte Frau des Bildes 9 kommt den beiden entgegen. Alte küßt ihr die Hände; Jolente immer widerstrebend.

36. Bild

Kleines Zimmer mit Bett. Jolente wird von der Freundin zum Sitzen genötigt, nachdem sie starr dagestanden hat und sich Mantel, Hut hat abnehmen lassen. Jolente steht am Kruzifix an der Wand, geht langsam mit zitternden Knieen darauf los, drückt sich davor an die Wand. Geht danach, sich immer die Hände reibend, wieder zu ihrem Stuhl.

36 a. Bild

Unter Verschwärzung des Milieus Jolente allein; sie kniet hin. Eine Decke wird über sie geworfen.

37. Bild

Wiedererscheinen des Zimmers. Jolente wird von der Freundin an einen Stuhl geführt; Decke über Kniee. Die Freundin neben ihr. Die Alte trägt einen Säugling im Kissen, zeigt ihn. Jolente winkt beide wieder hinaus. Jolente allein, rasch aufsitzend, horchend. Die Decke umwerfend, an die Tür, sie abriegelnd. Wäscht sich die Hände, das Gesicht; kämmt sich das Haar, alles sehr rasch. Zieht sich ihr eignes Kleid an, torkelnd.
Blickt zur Tür, schüttelt den Kopf. Steht nach einiger Zeit wieder vor der Tür, blickt durch, schüttelt den Kopf. Scherben der Tür fallen ins Zimmer. Jolente windet Blumen um den Dolch, den sie aus dem Kleid zieht. Legt sich auf das Sofa, ersticht sich. Die Tür wird von einer durchgesteckten Hand geöffnet.

38. Bild

Zimmer des Grafen. Freund kommt lustig herein, knip[]st alle Lampen an, umarmt ihn. Lehnt Einladung sich zu setzen ab. Graf stellt Wein und Gläser hin. Freund trinkt; sucht den Grafen zu bewegen mit ihm zu gehen. Freund springt lachend zur Tür; eine junge Dame, sehr frei unter ihrem Mantel, tritt herein. Freund schenkt ihr Wein ein, sie trinken, zwingen umtanzend dem Grafen ein Glas auf, schleppen ihn mit halber Gewalt, nachdem sie ihm Mantel et[c]. angezogen haben, vorwärts.

39. Bild

Die Szenerie verschwimmt einige Augenblicke, – die Personen in Bewegung bleiben deutlich. Vor ihnen und über ihnen der strahlende Bogen des Eingangs zu einem Vergnügungspalast. Lustige Menschen strömen ein neben ihnen.
Schlußbild: die beiden suchenden Arme; sie folgen nach einem langsam sich fortbewegenden andern, der sie deutlich zieht.

2. Akt

Zwischenbild: eine Fuchsmaske mit langen schlenkernden Ohren.

40. Bild

Eine Tanzdiele.
Einige Paare tanzen. Hinter einer Säule tritt ein Fuchsteufel hervor, bewegt sich frei unter den Gästen. Setzt sich neben eine einzelne Dame, die ihn offenbar nicht sieht, streicht ihr die Haare glatt, zieht ihr den Rock höher, so daß die Kniee frei werden, drückt ihr den Brustausschnitt tiefer. Betrachtet sein Werk, faßt sie bei den Händen, führt sie an einem Tisch mit Herren vorbei, winkt einem Herrn, der aufsteht, einige Schritte hinter das Mädchen geht, das sich lächelnd umblickt. Fuchsteufel demon-

striert sie sich gegenseitig, stellt sie vorteilhaft lüstern voreinander, demonstriert ihre Arme, ihren Nacken, umfaßt anhebend ihren Busen, wippt ihren Rock, dreht sie um sich. Ihn [zeigt] er durch eine einzige elegante Handbewegung, stellt sich hinter den Herrn, über seine Schulter lockend wegblickend. Mädchen und Herr tanzen langsam; wie sie vorn sind, zieht der Teufel seinen und ihren Arm, so daß sie sich ganz eng umschlingen, drückt seinen Kopf zum Kuß an ihre Schulter. Geht sich applaudierend davon.
Teufel sitzt an einem Tisch, beobachtet, geht zur Kapelle, nimmt den Taktstock vom Flügel, dirigiert. Alle Paare tanzen langsamer, stehen, drücken sich aneinander, küssen sich; die an den Tischen tasten mit den Augen und Händen nacheinander. Wie der Teufel den Stock hinlegt, sehen sich die Paare beschämt, verwirrt an; manche Mädchen laufen weg von ihrem Tisch. Der Teufel hält sich lachend und springend den Bauch.
Der Freund des Grafen mit seinem Fräulein kommt übermütig herangesprungen, der Teufel weicht ihnen aus. Als der Graf hinter ihnen kommt, wird der Teufel aufmerksam ernst, steht, geht gebückt zwischen Tischen hinter seine Säule, beobachtet die drei. Sie sitzen, trinken für sich. Teufel geht nach kurzer Weile hinter der Säule hervor, aber jetzt immer vorsichtig, den Grafen im Auge behaltend. Eine feine Dame sitzt mit ihrem Herrn an einem Tisch; Teufel tippt von hinten der Dame auf die Schulter, zeigt auf einen sehr jungen bäurischen Mann, der schräg über von ihr sitzt; sie blickt, ohne sich nach dem Teufel umzusehen, auf diesen Jüngling. Dann dreht der Teufel den Begleiter der Dame von ihr ab, zieht ihm seine Brieftasche aus der Brust; Herr entfaltet daraus eine Zeitung, raucht, liest. Der Jüngling steht auf, die Dame wird vom Teufel, obwohl sie ängstlich auf ihren Herrn blickt, vom Tisch weggezogen; sie geht neben dem Jüngling im Gang; dann steht der Teufel auf dem Podium, dirigiert. Die beiden tanzen, eng und enger sich umschlingend, stehen im Jubel des Saals in einem Kuß: Der Graf hat sich nach der Kapelle umgeblickt, im Moment wirft der

Teufel den Stock hin, läuft, kriecht hinten hervor; Graf starr ihn mit den Blicken verfolgend. Der feine Herr legt seine Zeitung hin, sieht die beiden stehen, die eben von einander lassen, blickt verdutzt auf seinen Nachbarplatz; die Dame geht schlaff an ihren Tisch; der Herr spricht finster einiges auf sie ein, die ganz reglos sitzt; er winkt den Kellner, zahlt, man bringt die Garderobe der beiden. Wie sie stumm durch den Raum gehen, nähert sich ihnen der Graf, umfaßt den Herrn von rückwärts, streichelt seinen Arm, ihn ernst und nickend anschauend; ebenso sie darauf; die beiden gehen dann langsam, den Kopf gesenkt, sich an den Händen fassend hinaus.

Der Teufel spaziert durch den Gang, bringt einen Kübel Sekt an einen Tisch, stellt sich einschenkend hinter ein Paar. Er ist ein feiner Künstler, sie eine Dicke; der Teufel demonstriert sich den Unterschied. Graf sieht zu, zeigt seinem Freund und dem Fräulein den Teufel; die sehen nichts, lächeln sich an, fallen dem Grafen, der sich frei macht, lächelnd um den Hals. Graf steht, als das Paar den Sekt trinkt[,] auf, wird vom Teufel erst mit dem Wasser aus dem Sektkübel bespritzt bei der Annäherung; dann läuft der Teufel an, stellt ihm ein Bein, so daß er hinstürzt, kriecht selbst hinter den Tisch zurück. Graf erhebt sich, macht sich zurecht, weist den Herrn auf den Teufel; der Herr erst befremdet, lacht. Wie er trinken will und ebenso die Dame, schlägt Graf ihm Glas aus der Hand. Tumult. Der Herr faßt den Grafen an, der sich freimacht; der Teufel holt dem Herrn einen Revolver hervor aus der Brusttasche, reicht ihn ihm, der Herr schießt auf den Grafen. Der wird am linken Arm getroffen, wird weggezogen. Im Tumult wirft der Teufel Tische um, schießt hohnlachend Kobolz nach vorn.

Zwischenbild: Der Fuchsschwanz zappelt wild durch die Scene.

41. Bild

Zimmer des Grafen. Der feine Herr des vorigen Bildes wird vom Diener hereingelassen. Der Graf; Vorstellung; Graf linker

Arm in Binde. Herr spricht; schattenhaft erscheint seitlich sein Tisch in der Tanzdiele und zwar das Ende; die Dame schlaff zurückkehrend, er mit ihr durch das Lokal ab, vom Grafen angehalten, gestreichelt. Graf verneigt sich, Herr reicht ihm beide Hände, setzt sich unaufgefordert, bedeckt die Augen mit der Hand. Graf hinter ihm, traurig, Arm an der Schulter des Herrn; seitlich rasch das Bild [Jolentes] unter dem Baum, vergeblich um Liebe angefleht. Vom Grafen freundlich umfaßt geht der Herr zur Tür, nimmt, oft dankend die Hände schüttelnd, Abschied.

Graf am Pult sitzend, mit dem Dolch spielend. Ungesehen tritt der Teufel ins Zimmer, setzt sich in der Haltung des feinen Herrn in den Stuhl, das Gesicht verhüllend. Bei der Annäherung des aufzuckenden Grafen flitzt er davon, macht lange Nasen, imitiert die Trauer des Herrn, springt auf Dolchangriff des Grafen höhnend weg.

Zwischenbild: Teufelsbocksbeine, lustig.

42. Bild

Freie Landschaft. Kapelle. Nonnen kommen heraus, Graf in Sommertracht schlendert an, sieht ihnen zu. Sie zerstreuen sich bald. Er geht einer nach, die gegenüber der Kapelle in den Garten geht, mit zwei Kindern spielt, sie füttert etc. Tritt hinein, grüßt, setzt sich ihr gegenüber; ein Kind läuft zwischen ihnen. Graf nickt der Nonne zu, dabei das Kind streichelnd. Nonne bringt ihm ein Glas Milch, sitzt in seiner Nähe. Er zeigt müde sprechend weit weg. Ein bäurisches Ehepaar, jung, tritt ein; junger Bauer, vom Teufel gestoßen, folgt sehr widerstrebend. Teufel erst verdutzt beim Anblick des Grafen, dann frech ihn bedienernd, sogar zu der Bäuerin, dann zur Nonne einladend. Vom Grafen mit Fußstößen malträtiert, demonstriert der Teufel den Jüngling und die Bäuerin einander. Graf zur Nonne, zeigt auf den Teufel; Nonne erschrocken sieht nichts. Bei erneutem Hinweis des Grafen verbirgt die Nonne ihr Gesicht, nimmt die

Kinder rasch weg zu sich, drückt sich ihr Kreuz betend ins Gesicht, stürmisch ins Haus. Bauersleute, die Milch getrunken haben, langsam ab; Teufel bindet das Schürzenband der Frau dem Jüngling an den Hals, so daß er folgt; lustige Sprünge des abziehenden Kobolds.

Ängstliches Türöffnen; Nonnen erscheinen; spritzen überall Wasser, halten sich die Kruzifixe vor den Mund.

Graf weist auf die abziehende Bauerngesellschaft; sie spritzen sich abwendend, in dieser Richtung, Graf kopfschüttelnd, grüßend ab; sein Ausdruck erbittert.

43. Bild

Schwarzer glatter Hintergrund. Graf geht im gleichen Schritt des letzten Bildes, scharf beleuchtet. Eine ganze Meute kleiner und großer Satane mit verschiedenen Tiermasken springen und toben im Dunkeln um ihn. Während sie sich vorwärts bewegen, stehen bleiben, zieht matt beleuchtet, ein Trupp trauriger lockenbehängter Männer, dann von Weibern bei ihnen ausbiegend vorbei ins Dunkle. Zuletzt geht die Gestalt des Grafen selber, den Schleier haltend; sie sehen sich, während die Gestalt winkt, an; der Graf faßt sich ans Herz.

Der Graf dreht sich um. Vor ihm eine Tür [.]

44. Bild

Graf klopft, – es ist wieder hell geworden, – an die Tür. Eine Nonne, Klarissa, öffnet. Läßt den Grafen ein. Verwandlung: Graf bleibt und Klarissa [.]

45. Bild

Zimmer des Pfarrers. Pfarrer sitzt lesend; Graf eingelassen. Vorstellung. Graf gebieterisch, setzt sich nicht, schlägt, als der Pfarrer ins Buch blickt, das Buch zu, weist hinaus. Am Fenster

Phantom des grinsenden Teufels. Pfarrer greift nach seinem Buch, bedeckt sich die Augen damit. Graf nimmt das Buch weg. Pfarrer auf den Knieen vor einem Bild. Graf sucht ihn hochzuziehen, Pfarrer wirft sich ganz hin. Graf bewegt sich weg. Er steht nach Verschwimmen der Scenerie. Verwandlung[.]

46. Bild

Graf wieder vor der Tür. Die Schwärze macht sich vor ihm auf, mit anspringenden Teufeln. Klarissa steht an der Tür, sieht entsetzt zu. Wie an der Spitze des Weiberzuges [Jolente] geht, die Arme nach dem Grafen ausbreitend, dann den Schleier über sich werfend, wie der Graf darauf zusammenstürzt, läuft Klarissa auf ihn zu – das Milieu hellt sich wieder auf –, hebt ihn, führt ihn. Sie fällt dann vor ihn auf die Knie, breitet sich anbietend die Arme aus, droht nach rückwärts. Er hebt sie, noch verwirrt, auf. Sie reißt sich die Kapuze vom Kopf.
Zwischenbild: der Rosenstrauch; Dämmerbeleuchtung.

47. Bild

An der Klostermauer. Klarissa tritt an eine Gruppe von Nonnen heran, die Bücher in der Hand tragen, erschreckt bei ihrem kapuzenlosen Anblick. Sie drängt die Gruppe in eine Nische zusammen, nimmt ihnen ihre Bücher weg, – einige Nonnen laufen weg, – schlägt sich an die Brust, wirft ihren Gürtel ab, ihren Nonnenmantel: darunter ein einfaches profanes Kleid. Die Nonne[n] teils ängstlich hinfallend, teils zu ihr dringend. Klarissa zeigt na[c]h außen: schattenhaft das Bild der Teufelsmeute und der traurigen Menschenzüge. Einige Nonnen umarmen sie, ziehen sich selbst die Kapuze herunter; andern furchtsam knieenden zieht sie sie herunter. Verwandlung, die Mauer bleibt.

48. Bild

Nacht mit Mond. Klostermauer; Tor wird langsam geöffnet; zuerst tritt Klarissa heraus, dann sechs andere Nonnen. Sie sind nur schwarz zu sehen; keine Nonnentracht. Sie laufen in die Höhe nach Schließen des Tores erst langsam, dann silhouettenhaft rasch weiter, tanzen umeinander, werfen Blumen. Bewegte Bäume und Sträucher, Hügel.
Zwischenbild: der Rosenstrauch unter stärkerem Licht.

49. Bild

Baustätte; Maurer, Balken, Fundamente, an einem freien Platz. Neben den Maurern arbeiten, indem sie zutragen, Mörtel rühren, auch einige der früheren Nonnen, darunter Klarissa. Der Fuchsteufel kommt beobachtend an, spricht plötzlich aus dem Mörteleimer nach ihnen, versteckt sich rasch. Nach einer Weile schleich[t] er an, kippt eine Leiter um, stellt einem Maurer ein Bein. Der Graf mit Baumeister; Baumeister demonstriert dem Grafen Einiges aus einem Plan; Klarissa begrüßt stürmisch, händeküssend den Grafen; auch die anderen Nonnen einen Moment hinzu. Teufel hat sich inzwischen an einen Mörtelwagen herangemacht, klettert auf den Bock, kutschiert davon. Klarissa will Stein schleudern; Graf wehrt lächelnd ab; sie geht demütig an ihre Arbeit.
Zwischenbild: Rosenstrauch üppig; wec[h]selnde sehr starke Lichter[.]

50. Bild

Inneres des Tempels; einfacher blumenbehangener Raum: rechts seitlich groß die Bildsäule der Demeter, bezw. einer großen völlig vermummten Frau auf Piedestal.
Der Graf allein steht davor, legt den Schleier und Dolch zu ihren Füßen hin, stürzt hin, kniend, kopfsenkend, das Gesicht bedeckend. Eine Anzahl Frauen und Mädchen zieht blumenge-

schmückt ein, zu beiden Seiten der Säule sich gruppierend, die vordersten blasen Flöte. Der Graf erhebt sich erst nach einer Weile. Klarissa geleitet ihn nach rechts seitlich hinaus, nachdem er allen Hände zugeworfen hat, sich tief vor Klarissa gebeugt und ihre Fußspitzen geküßt hat.

Klarissa, die ein sehr breites Halsband trägt, an dem ein Fuchsbildnis hängt, ferner Gürtelstricke, zieht sich, der Demeter zugewandt, einen dichten Schleier vor das Gesicht, kniet und bückt sich lange tief; ebenso dahinter die andern. Sie bindet fünf Mädchen, die nacheinander herantreten, die Gürtelstricke, die sie lose hängend tragen, fest, umarmt jede. Die Mädchen nach erneutem langem Niederwurf und Verhüllen ab, bis auf zwei, die schon gegürtet waren.

Klarissa allein mit diesen vor der Säule, zieht ihnen die Gürtel fester. Zwei fast nackte schöne Jünglinge tänzeln lockend, mit Kränzen spielend, herein, umfassen die Mädchen, suchen sie festzuhalten, die entschlüpfen und immer wieder sich vor die Bildsäule werfen, suchen sie zu küssen; sie tanzen lockend rechts seitlich ab. Die beiden Mädchen stehen, sich das Gesicht bedekkend, umarmen sich. Klarissa weist auf die beiden Männer; die Mädchen nähern sich ihr, küssen ihre Hände. Sie hängt ihnen die Halsbänder um; Umarmung, Bekreuzung, Verhüllung.

Zwischenbild: der Rosenstrauch[,] ein idyllisch gekleidetes Mädchen und Jüngling umschlingen nähern sich ihm[.]

51. Bild

Tanzsaal vom Bild [40]. Teufel führt zwei zusammen, nimmt Taktstock. Klarissa trit[t] ein; geht, kaum sie sich gesetzt hat, auf das Podium, nimmt dem Teufel, der sich wehrt und ganz verdutzt ist, den Stock aus der Hand, legt ihn auf das Klavier. Teufel kauert, sie aufmerksam betrachtend, an ihrem Tisch hündisch ihr zu Füßen; sie jagt ihn mit ihrem Schirm davon; er läuft auf allen vieren nach vorn hinter die Säule. Ein Herr setzt sich zu Klarissa; Teufel leckt sich die Lippen, tappelt vorsichtig an; demonstriert dem Herrn Klarissas Reize, die es sich lächelnd gefallen läßt, dann auch [mit] Ehrerbietung ihr die des Herrn. Musik spielt. Herr fordert Klarissa zum Tanz, sie folgt. Teufel mit einem Satz aufs Podium, nimmt Taktstock, taktiert grimmig. Herr erregt, Klarissa führt ihn vorn an einer Nische, streichelt ihn, entzieht sich seinen Händen; er verläßt sie traurig, sitzt beiseite. Sie geht an ihren Tisch, zahlt, geht nach vorn. Herr steht auf, tritt neben sie. Teufel im Moment hinter sie, dann vor sie, demonstriert wieder; erhält Fußtritte und Fauststöße von dem Herrn, schreiend davon. Der Herr greift sich verneigend nach Klarissas Hand, küßt sie ehrerbietig. Sie streichelt ihn ernst; nach einigem Stehen geht sie, er folgt eingeladen. Verwandlung.

52. Bild

Durch Vorhang hinten abgegrenzter Raum. Klarissa legt einen Blumenstrauß auf den Tisch; der Herr hilft ihr beim Ablegen des Mantels, Hutes. Er will sie umarmen; sie droht ernst, zeigt auf den Schatten des Teufels; er schüttelt den Kopf; blickt sie an. Sie zieht den Vorhang zurück; Tempelsaal, Demetersäule im Halbdunkel. Er verwirrt. Sie führt ihn hin, zeigt ihren Gürtel, Halsband, zieht sich einen Schleier über das Gesicht, wirft sich nieder. Auch er unwillkürlich den Kopf senkend, das Knie beugend. Klarissa bei geöffnetem Schleier zu ihm, umfaßt ihn, küßt ihn; sie umarmen sich. Im vorderen Raum drückt er seinen Kopf auf ihren Schoß, während sie sitzt. Sie aufstehend teilt das Sträußchen, gibt ihm, der geht, eine Hälfte. Er küßt knieend den Saum ihres Kleides, sie gibt ihm die Hand; Herr ab.
Graf kommt; von ihr tief begrüßt; sie zeigt ihm das Sträußchen; er küßt sie auf das Haar. Während er sitzt, bewegt sich schattenhaft Jolente an ihm vorbei, die Augen ins Weite gerichtet. Er steht zitternd auf. Klarissa bei ihm, winkt lächelnd die Erscheinung ab, umfaßt ihn. Er sitzend blickt sie an. Sie drückt ihr Gesicht auf seine Kniee, seine Hände, seine Brust, legt ihren Kopf an sein Gesicht. Er beruhigt sich.

Zwischenbild [:] Rosenstrauch; das umschlungene idyllische Paar nähert sich ihm ganz und macht Anstalt [,] sich unter ihm hinzusetzen.

3. Akt
Die Tochter des Grafen

Das Landgut von Bild 12. Der Edelmann und die Edelfrau betrachten eine Rose, die offenbar verlaust ist; er bläst Tabaksqualm dagegen. Mizzi, die Tochter des Grafen, durch die Spielerin der Jolente dargestellt, durchaus ihr gleichend bis auf die mehr ländliche und mehr kindliche Tracht, kommt, stellt sich wortlos ernst vor sie, die sich zunächst nicht stören lassen, ihr dann, vorsichtig lachend einen kleinen Finger reichen. Auf die Einladung, sich die Rose anzusehen, reagiert sie mit Kopfschütteln, bleibt ernst stehen. Er bemerkt es, auch die Frau wird aufmerksam. Mizzi holt aus ihrer Schürzentasche eine Photographie des Grafen heraus (Photographie groß); Mann und Frau sehen darauf, weisen weit weg. Mizzi nickt resolut, drückt die Photographie an ihre Brust. Sie geht, nachdem sie die beiden angesehen hat, entschlossen los, setzt sich ihren Hut auf, der am Zaun hängt. Die Frau lachend hinterher, holt sie ein, zeigt kopfschüttelnd weit weg. Mizzi trotziges Kopfschütteln. Sie wird sanft von der Frau zurückgeführt; Frau spricht mit Mann, der erst den Kopf wiegt, dann zustimmt. Frau an Mizzis Ohr; Mizzi auflodernd umarmt sie, dann den Mann, drückt küssend das Bild des Grafen. Verwandlung: Mizzi bleibt.

53. Bild

Ein Koffer; Mizzi packt ein; Schließen des Koffers; schwarzer Hintergrund. Verwandlung bezw. es erscheinen als Milieu: Landhaus, Wagen etc. des folgenden Bildes.

54. Bild

Wagen vor dem Landhaus, Mizzi mit dem Koffer und viel Blumen, Abschied von den Besitzern; Abfahrt.
Zwischenbild: die beiden bloßen suchenden Arme, ein lockender anderer Arm.

55. Bild

Mizzi mit kleinem Handkoffer vor dem Tor des Grafenhauses. Klopft. Klingelt. Pförtner tritt herein, will sie ernst abweisen, auf ihr energisches Verlangen läßt er sie kopfschüttelnd ein. Verwandlung.

56. Bild

Kleine Empfangsräume. Mizzi stellt ihren Koffer ab, nimmt Hut ab, macht das Haar zurecht. Graf, älter und müder geworden, langsam herein. Sieht sie ungläubig an, sie stehen sich zweifelnd gegenüber, sie wirft plötzlich die Arme um ihn, der in finsterer Erregung [es] mit sich tun läßt. Er sinkt auf ein Fauteuil, blickt sie scheu, zunehmend angstvoll von der Seite an. Während sie steht, erscheint sie schemenhaft als Jolente im Reitkleid, die in Bild [24] ihn verächtlich anblickt, mit der Faust schlägt. Der Schemen verschwindet, der Graf sitzt keuchend entstellt da, schlägt mit den Armen um sich, hervorglotzende Augen; springt auf, fährt mit den Armen herum, stürzt an der Wand in die Knie, seinen Kopf und seine Brust bearbeitend. Mizzi hat ihn erst ernst beobachtet, dann ratlos weinend ihr Taschentuch zerbeißend, dann zu ihm, ihn umschlingend, aufhebend, an den Sitz führend. Sie drückt ihn an sich, er kommt langsam zu sich, betrachtet sie sorgfältiger. Sie entfernt sich einige Schritt lächelnd von ihm, demonstriert sich, zeigt die Photographie. Er in wachsender Freude, umschlingt sie, trägt sie, sitzt überglücklich neben ihr auf dem Sofa, steht oft auf, sie verwirrt betrachtend. Geht mit hochgehobenen Armen. Verwandlung.

57. Bild

Graf im Festsaal allein, setzt sich einen Kranz auf den Kopf, windet sich Blumenguirlanden um die Schulter, Arme. Frenetisch, die Arme werfend vor der Säule der Demeter, bewirft sie mit Blumen, wirft Blumen über sich, kniet, immer Blumen werfend, ekstatisch vor der Säule.
Zwischenbild [:] Die beiden Arme umschlingen den andern; in den sinkenden Armen dunkel das Gesicht des jungen Grafen, der sich über den andern Arm beugt.

58. Bild

Allee ähnlich dem Bild 23. Der Graf und Mizzi reitend; Mizzi genau wie Jolente in Bild 23. Schemenhaft erscheint plötzlich wie dort: der Graf maskiert anreitend, [Jolente] von hinten ergreifend, davon tragend. Jetzt steigt der Graf vom Pferd, wirft sich vor ihr Pferd lange auf die Erde. Mizzi staunend herunter, hebt ihn auf, der sich erst kopfschüttelnd sträubt und lachend auffordert, ihn zu überreiten. Sie gehen, die Tiere führend, nebeneinander. Vor ihnen her, etwas entfernt, tanzt eine weiße weibliche Erscheinung, wirft ihre Tücher und Schleier über sich, um sich, wirft Äste mit Blättern vor die beiden, geht, von beiden ungesehen, zwischen ihnen hindurch, besteigt ein Pferd, läßt öfter ihre Schleier über beide fallen.
Zwischenbild: Die beiden suchenden Arme; zu dem andern Arm entwickelt sich deutlich das lächelnde Gesicht Jolentes.

59. Bild

Mizzi stickend in ihrem Zimmer, legt Stickerei hin, nimmt Buch, legt es hin. Geht ans Fenster, räkelt sich, steht träumerisch. Geht wie somnambul zur Tür, öffnet sie. Sie hat eine Blume im Mund, an der sie lutscht. Verwandlung.

60. Bild

Gang. Mizzi steht in der träumenden Haltung an der Wand, betrachtet die Decken, den Fußboden, schleicht den Korridor entlang, horcht an einer Tür, macht leise auf. Verwandlung.

61. Bild

Das Zimmer von Bild [52]; es ist leer; sie sieht sich darin um, zieht an ihrer Blume, nimmt langsam einen Blumenstrauß vom Tisch aus einer Vase, riecht daran. Lugt durch eine Vorhangsspalte, zieht den Vorhang auf: der Demetersaal, blumengeschmückt. Mizzi entzückt, nähert sich, nachdem sie nach allen Seiten staunend getrippelt ist, der Demetersäule wie hingezogen, legt den großen Strauß der Säule zu Füßen, die Blumen auf das Piedestal, umschlingt glücklich verträumt die Knöchel der Göttin. Wie sie den linken Arm zurückzieht, stößt ihr Ellenbogen an etwas; sie tastet mit der Rechten danach, dreht einen Schritt vorwärtsschleifend den Dolch des Grafen in den Händen, lächelt, macht Bewegungen mit dem Dolch, führt ihn spielend sich gegen die Brust; legt ihn zurück. Klarissa ist eingetreten, erschreckt bleibt sie stehen, wie sie Mizzi sieht. Mizzi dreht sich nach einer kleinen Weile nach ihr um, fällt ihr, mit einem entzückten Ruf auf sie zueilend, um den Hals. Klarissa dann freundlicher, droht ihr mit dem Finger, zieht Mizzi, – als sie Blumen und Kußhände der Göttin zuwirft –, mit sich, hinaus in das vordere Zimmer; Vorhang geschlossen. Mizzi dringt auf Klarissa ein, die sich hingesetzt hat, kniet fragend vor ihr, auf den Vorhang deutend. Klarissa zeigt auf ihren Gürtel, immer lächelnd ernst Mizzi beobachtend, auf ihr Halsband und das Fuchsmedaillon; das Fuchsbild groß. Mizzi wird sehr ernst, läßt das Medaillon los. Klarissa mit strengem Ausdruck kurze Schlagbewegungen des Arms ausführend: schattenhaft hält sie eine vielsträhnige Peitsche in der Hand, peitscht den schattenhaften sich windenden, verschwindenden Fuchs. Mizzi drückt sich halb ängstlich um sie. Sie gehen zusammen; Klarissa beobachtet Mizzi, die den Kopf gesenkt an ihrem Arm hängt, losläßt. Verwandlung. Mizzi bleibt. Während sie öfter das Gesicht verhüllt, geht durch das Bild – die Zimmerwand ist fortgefallen – der trübe Zug der traurigen Männer; der Graf zuletzt, verhüllt. Auf diese Erscheinung eilt Mizzi zu; Verwandlung.

62. Bild

Mizzi in ihrem dunklen Zimmer; Mondlicht. Während sie öfter das Gesicht verhüllt, geht durch das Zimmer – die Zimmerwand ist fortgefallen – der trübe Zug der traurigen Männer; der Graf zuletzt, verhüllt. Auf diese Erscheinung eilt Mizzi zu; sie verschwindet. Sie wühlt in ihren Kasten, bindet sich Blumen ins Haar; legt sich einen Schleier um. Ihr entschlossenes Gesicht, wie sie steht. Geht zur Tür. Verwandlung; Mizzi bleibt.

63. Bild

Zimmer des Grafen. Klarissa öffnet der Komteß, umarmt Mizzi, bedeckt sich die Augen.
Der Graf tritt langsam näher. Klarissa ihm entgegen, auf Mizzi weisend. Diese demütig, den Kopf senkend, die Hände erhebend. Graf steht konsterniert, betrachtet Mizzi; Klarissa umfaßt ihn. Er macht sich frei, mit unsicheren Schritten auf Mizzi los, an ihr vorbei auf einen Stuhl sinkend, mit stierendem Ausdruck; er lächelt aber gleich unsicher, blickt auf Mizzi, die sich ihm nähert. Er steht auf, sie umfaßt ihn, er seine Augen bedeckend: die grünen Äste und Blätter des Bildes [58] fallen schemenhaft über sie. Klarissa löst seine Hände von ihr, zieht mit innigem Ausdruck den Schleier fest über Mizzi zusammen, völlig über ihr Gesicht. Der Graf neigt sich vor ihr auf den Boden, ihre Fußspitzen küssend, geht rasch hinaus, ehe ihn Klarissa erreicht hat. Klarissa führt die verhüllte Mizzi fort.
Zwischenbild: Von den beiden Armen des Zwischenbildes vor

Bild 59 löst sich Jolente und verschwindet. Die beiden Hände sehnsüchtig ihr nachtastend.

64. Bild

Ein bürgerlicher Saal; Eltern, Töchter und junge Männer sitzen zusammen, gehen zwischen Tischen. Der Teufel taucht auf, demonstriert ein sehr ungleiches Paar einander: er schüchtern, Art Lehramtskandidat, sie üppig, glühende Augen. Sie werfen sich, von verschiedenen Tischen, Blicke zu. Der Teufel tritt auf das Podium (keine Kapelle), bläst eine Art Flöte. Der Kandidat macht Bewegungen zu dem Mädchen hin, die erhebt sich, auch durch Winke und Stöße der Mutter animiert; sie tanzen, während der Teufel bald vor bald hinter ihnen bläst und auch ihre Hände aneinander bringt. Eine geweihte Tochter tritt in den Saal; zunehmend viel junge Männer werden auf die ernste und sehr schöne Person aufmerksam; dem Teufel entreißt sie von rückwärts die Flöte, die sie hinwirft, setzt sich, sehr bald in Gesellschaft eines Herrn. Die Üppige wird langsam von dem Kandidaten an ihren Platz geführt. Die Mütter haben sogleich beim Eintritt der Geweihten ein absprechendes Gesicht gemacht; jetzt ist diese Mutter empört; alle Mütter blicken auf ihr Gestikulieren zunehmend entrüstet auf die Geweihte. Der Teufel springt hetzend hinter ihnen. Die meisten Mütter, auch einige alte Herren stehen mit Aplomb auf, die Töchter müssen schmollend mit, Auszug. Die Geweihte blickt zu den leeren Tischen herüber; der Herr, auch zwei andere daneben stehende machen gegen die leeren Tische geringschätzige Handbewegungen. Die Mutter der Üppigen verläßt zuletzt den Raum. Verwandlung; die Mutter bleibt.

65. Bild

Bürgerliches großes Zimmer. Die Üppige schmollend und ihre Mutter. Es treten nach und nach eine Anzahl der vorherigen Mütter ein, die Üppige entfernt sich schnippisch. Erregtes De-

battieren um einen Kaffeetisch. Ein schwarzgekleideter bärtiger bebrillter Lehrer wird allseitig ehrerbietig begrüßt. Die Mutter der Üppigen spricht aufstehend, demonstriert das Halsband der Geweihten, den Gürtel; es erscheint schattenhaft der Tisch der Geweihten mit den jungen Männern: allgemeine Entrüstung. Der Lehrer steht auf, zeigt auf seine Brust, resolut, verabschiedet sich von den freudigen Müttern. Die rachsüchtig und triumphieren allein.
Zwischenbild: Die Fuchsmaske mit langen schlenkernden Ohren vor hellem Hintergrund bewegt.

66. Bild

Ein Gang mit Türen. Eine Tür trägt das große Schild:
Kriminalpolizei Abteilung B
Der Lehrer kommt den Gang herauf; liest, klopft. Verwandlung; Lehrer bleibt.

67. Bild

Guteingerichtetes Bürozimmer, klein. Der Lehrer wird von einem Beamten hereingeführt. Am Tisch der Chef. Vorstellung. Erregte Äußerung des Lehrers. Chef nickt, lächelt, steht auf, holt aus einem Schrank ein Aktenbündel, zeigt darauf. Klingelt. Bald darauf tritt Baron Neustätter ein, jung, ernst, streng. Vorstellung. Orientierung durch den Chef, Übergabe des Aktenbündels an den Baron; Chef freundlich nickend heraus. Baron klingelt, Beamter empfängt Auftrag; ab; sogleich drei Kommissare, erhalten Anweisung zur Einschließung des gräflichen Hauses (Hinweis auf das Aktenbündel). Lehrer höflich ab. Der Teufel, der neben ihm aufgetaucht ist, macht dieselben Diener burlesk übertreibend.
Zwischenbild: der lustig springende Hinterteil des Fuchses; Schwanz also und Bocksbeine; übermütige Hopser.

68. Bild

Empfangszimmer des gräflichen Hauses; morgens. Klarissa am Fenster, verwundert; Mizzi hinzu, beide blicken zum Fenster hinaus.

69. Bild

Gegenüber dem Grafenhause stehen verstreut Polizeibeamte.

70. Bild

Zimmer des Bildes [68]. Klarissa erschrocken, geht herum, öffnet die Tür, junges Mädchen herein, erhält Auftrag, geht. Der Graf. Beide auf ihn zu, seine Hand zu küssen; er hält Mizzis Kopf lange fest, betrachtet sie herzlich; sie bleibt sich anschmiegend bei ihm. Klarissa weist auf das Fenster, Graf erst geringschätzig ablehnend, blickt dann [aus dem] Zimmer, lacht, beruhigt Klarissa, die ernst bleibt, ihn festzuhalten sucht. Mizzi folgt ihm bis an die Tür, die sie ihm öffnet; nach Schließen der Tür küßt Mizzi den Boden vor der Tür, wo er zuletzt gestanden hat.

Klarissa, wieder vom Fenster kommend, spricht angstvoll auf Mizzi ein. Die wird langsam ernst, wie Klarissa immer erregter sich herumbewegt, die Hände ringt; vom Fenster kommend steht Mizzi finster da, droht heraus. Sie tritt an Klarissa heran, reißt ihre sich faltenden Hände auseinander. Sie nimmt ein Gewehr von der Wand im Jähzorn, ist im Begriff damit an das Fenster zu laufen. Klarissa stürzt ihr entgegen, entringt es ihr. Mizzi unverändert faßt nach hitzigem Nachdenken augenblitzend einen Entschluß. Klarissa sucht sie vom Weggehen zurückzuhalten. Mizzi schlägt sie, greift ihr in die Haare, droht ihr. Mizzi setzt sich ihren Hut auf. Eine große weiße Katze erscheint vor ihr, geht ihr voraus, sie mit der Katze im gleichen Schritt. Sie küßt die Schwelle des Zimmers, ehe sie weiter geht; langsam wie die vor ihr schreitende Katze.

Zwischenbild: Unter Verschwinden des Milieus vom 70. Bild schreitet die weiße Katze langsam vor dem glatten Hintergrund. Der Hintergrund wird durchbrochen: hinter und über der Katze wird deutlich die Fuchsteufelsmaske, seine Vorderpfoten; er schielt sehr aufmerksam nach der Katze, macht unter Wackeln des Kopfes, Sperren des Maules mit den Pfoten hinterlistig angreifende Bewegungen gegen sie, am Platz verharrend.

4. Akt

71. Bild

Bürozimmer des Barons. Er blickt zur Tür, öffnet. Mizzi; seine tiefe Verbeugung, Platznehmen. Mizzi zeigt auf ein Aktenbündel, er nimmt es, zuckt mit der Achsel. Sie lächelt ihn heimtükkisch an, reißt ihm mit einem Ruck das Bündel aus der Hand. Er steht auf. Sie liest in dem Bündel. Sie aufmerksam lesend, sich zusammenduckend über dem Buch, eine Faust ballend, reißt plötzlich zwei Bogen heraus, zerknäuelt sie, wirft sie dem Baron vor die Füße. Aufglühend springt sie hoch, stürzt das Bündel auf den Tisch, sprüht den Baron mit Blick und Mienen an, verbirgt ein paar Schritt vorgehend, das Gesicht mit den Händen. Baron legt das Bündel zurecht, bückt sich nach dem Zerknäulten, sie sieht es, steht neben ihm, befehlerisch schlägt es ihm aus der Hand. Er will nach ihrer Hand greifen, zornig; sie blickt ihn gefährlich von der Seite an. Stößt mit den Füßen die Papiere weg, ab. Baron ordnet den Tisch, bleibt halb über dem Tisch liegen, den Kopf erst vorgestreckt, dann aufgestützt. Hebt sehr langsam das Papier auf, nachdem er davor gestanden hat. Er steht mit den beiden Knäuel, wiegt sie, steckt sie in die Taschen rechts und links. Er schließt sorgfältig das Bündel weg, setzt sich den Hut auf. Beide Fäuste in den Taschen ab.
Zwischenbild: eine pickende Taube.

72. Bild

Straße. Mizzi geht allein, triumphierend freudig. Baron nähert sich ihr, wie sie am Straßenübergang wartet. Er grüßt, ihr Gesicht verfinstert sich; sie hat ein hochmütiges verächtliches Wesen. Sie gehen zusammen, stehen [.] Ein Kinderspielplatz an einer Straßenerweiterung. Mädchen spielen Ball. Sie setzen sich dabei hin. Baron läßt sich von einem Kind einen Ball geben, wirft ihn Mizzi zu. Sie läßt ihn gleichgiltig spöttisch an sich vorbeifliegen. Das Kind bringt ihn dem Baron zurück; der wirft wieder [,] Mizzi lebendiger [,] behält ihn trotzig. Er läßt sich einen neuen geben, wirft, sie fängt ihn, wirft nach einigem Sinnen in den Schoß ihm beide Bälle herausfordernd an die Brust. Er wirft wieder, sie spielen jetzt erregter. Der Baron läßt nacheinander zwei Bälle an sich vorbeifliegen, zieht die beiden Knäuel hervor, wirft sie ihr zu. Sie entfaltet eines wenig, zuckt zusammen, fixiert ihn scharf, wirft. Als er beide zurückgeworfen hat, steckt sie, ihn lächelnd ansehend, sie beide in die Tasche; er küßt ihre Hand.
Zwischenbild: zwei pickende Tauben, hinzufliegende andere.

73. Bild

Ein Gartenlokal. Kellner säubert den Tisch im Vordergrund unter einem Baum. Schemenhafte tanzende junge Mädchen und Jünglinge [,] dann Baron und Mizzi voraus und um sie. Die Tanzenden erscheinen zeitweilig. Mizzi zögert bei der Einladung des Barons, blickt ihn an, sie setzen sich. Kellner bringt später Bowle. Als Mizzi die Jacke ablegt, zeigt der Baron auf das Halsband. Sie hält das Medaillon ihm hin; groß der Fuchs. Mizzi weist lächelnd um sich und auf den Baron, der den Kopf schüttelt. Sie droht mit dem Finger. Er hebt ein Seil des Gürtels hoch, will es sich um den Arm wickeln; Mizzi ernster schlägt ihn mit den Seilenden auf die Finger. Sie senkt den Kopf. Hinter ihr erscheint riesig die verhüllte Statue der Demeter; währenddessen

bewegt sich Mizzi nicht. Als sie wieder verschwunden ist, steht sie auf, geht den Arm über die Brust verschränkend, davon. Baron schleudert den Inhalt seines Glases auf den Sand, steht, stampft erregt, faßt sich, sehr ernst, leidend an die Brust. Wie er verlangend die Arme ausstreckt, bewegt sich schemenhaft das Bild der eben davongehenden Mizzi vor ihm. Er folgt ihr sehnsüchtig. Die tanzenden Schemen sind zum Schluß wieder aufgetaucht.
Zwischenbild: auf glattem Hintergrund die Schemen, sehr lebhaft.

74. Bild

Zimmer von Bild [68]. Klarissa und Mizzi. Die tanzenden Schemen huschen eben von Mizzi weg. Mizzi wirft übermütig die beiden Knäuel, die sie Klarissa demonstriert hat, in den Kamin. Sie gehen umschlungen an das Fenster.

75. Bild

Wie Bild [69]; patrouillierende Schutzleute vor dem Grafenhaus.

76. Bild

Klarissa und Mizzi am Fenster; Mizzi macht eine lange Nase herunter, tanzt mit Klarissa herum. Klarissa betrachtet Mizzi schelmisch von der Seite, droht, weist auf das Halsband und den Gürtel. Mizzi stolz ablehnend, noch einen Papierball geringschätzig in den Kamin werfend. Die tanzenden Schemen vom Bild [74] spuken durch das Zimmer. Mizzi zaust mutwillig Klarissa. Sie erblickt dann einen kleinen stehenden Spiegel, beschaut sich darin (ihr Kopf von rückwärts gesehen, ihr Gesicht im Spiegel, entzückt). Sie holt sich Blumen, zieht der Klarissa eine aus dem Haar, putzt sich, beschaut sich, immer wieder Klarissa, die zusehen will, abdrängend, küßt sich leidenschaftlich im Spiegel, den sie hochhebt. Tolles Wirbeln der übermütigen Geisterchen im Zimmer, sie nehmen Klarissa den Gürtel weg und schwenken ihn, schauen hinter Mizzi in den Spiegel, halten ihn, so daß sie folgen muß.

77. Bild

Die Geisterchen wirbeln weiter; währenddessen verdunkelt sich alles andere, auch die Personen verschwinden. Sie spielen über dem Treppenflur des Grafenhauses, rutschen Stufen, Geländer herunter. Der Baron stürmt herein, sie stieben auseinander. Baron die Treppe herauf. Oben steht Mizzi, wirft ihm eine Blume zu, lacht, läuft weg; die Geisterchen mit ihr. Verwandlung: Mizzi und die Geisterchen bleiben.

78. Bild

Mizzi in ihrem Zimmer, steht an der verschlossenen Tür, plappert antwortgebend, kichert, die Geisterchen verschwinden bald. Sie schüttelt den Kopf. Zieht, nachdem sie sich umgesehen hat, vorsichtig den Riegel zurück, springt in ein Spind. Baron öffnet nach einer kleinen Weile, erfaßt die Situation, sucht. Als er das Spind öffnen will, schlägt sie ihm rasch von innen auf die Hand, mehrmals; schließlich packt er die Hand, zieht. Mizzi wird von ihm umfaßt, läßt halb mit sich geschehen. Sie bläst, auf dem Sofa, sich gedankenvoll den Handrücken, nimmt seine beiden Hände, küßt sie, legt sie sich über das Gesicht. Sie steht ernst auf, blickt sich – wie gestochen fährt ihre Hand von der Brosche zurück – im Zimmer gepeinigt um, sucht sehr zappelig, impulsiv, ihn erregt mit drängend, ihre Jacke, etc[.]; zieht sich eine Kapuze über, in der sie klein geduckt geht. Zur Tür; er hinterher. Die Geisterchen sind wieder da; Verwandlung des Milieus.

79. Bild

Das wilde, sehr viel gesteigerte Wirbeln auf der Treppe; dazwischen gehen Mizzi und Neustätter. Die Geisterchen werfen Blumen, Blätter. Verwandlung.

80. Bild

Das Blumenwerfen hat während der Scenenverwandlung angedauert. Es hört auf, wie sich das Zimmer des Barons entwickelt, die Blumen, Äste etc. liegen aber hier noch überall herum. Der Mizzi nimmt der Baron die Kapuze und Mantel ab. Wie er ihr die Gürtelseile ablöst, bettelt sie ihn mit Händen und Blicken hilflos an. Er steckt ihr Blüten in das Haar. Er wirft das Seil über und um sich, sie stürzt an ihn.
Der Blumenregen verschleiert die Scene; Baron und Mizzi völlig unsichtbar. Bei der Aufhellung führt der Baron Mizzi, die an seine Brust geklammert ist, nach vorn; während er ihr den Kopf streichelt, wird sein Ausdruck finster. Die Demetersäule riesengroß im Hintergrund, lange. Als sie noch sichtbar ist, tasten seine Hände nach Mizzis Halsband. Er öffnet es, schleudert es zur Erde. Sie erzitternd umfaßt ihn heftiger. Der Fuchsteufel tänzelt scheu an, kriecht ängstlich vor, gürtet sich die Seile um, greift nach dem Halsband und der Kapuze, kriecht damit in den Hintergrund. Hinten hebt er die Seile drohend hoch.

5. Akt

Zwischenbild: Ein muskulöser Arm stellt einen schweren Säbel in der Scheide hin.

81. Bild

See. Wald. Mizzi läuft wild dem Baron voraus. Ein Boot, sie steigen ein.

82. Bild

Boot. Mizzi, die Arme glücklich hochstreckend, stehend, küßt rasch den rudernden Baron. Stürzt sich ins Wasser. Er nach.

83. Bild

Am Ufer; Neustätter trägt die Bewußtlose; Landleute hinaus, helfen.

84. Bild

Mizzi in Bauerntracht, macht sich noch zurecht, an einem Tisch im Freien vor dem Bauernhaus; Baron kommt in weiter Bauerntracht hinzu. Einem Bauer, der mitkommt, schüttelt er die Hand. Neustätter umschlingt am Tisch Mizzi; dringt in sie ein; sie ist stumm. Die Geisterchen spielen in der Nähe an; auf einen starren Blick Mizzis schleifen sie davon, ducken sich auf die Erde, kriechen fort. Baron läßt von Mizzi, steht in Grimm auf, nach einigem Brüten macht er kehrt, mit entschlossener Verachtung. Mizzi ihm nach, verwirrt ängstlich, wirft sich ihm zu Füßen, küßt ihn, umschlingt ihn aufgehoben, weinend. Er trägt sie zu der Bank zurück. Sie läßt von ihm nicht. Er streichelt sie, der Ausdruck aber hart. Klopft rückwärtsblickend mehrmals auf den Tisch. Der Bauer; erhält Auftrag, kommt bald mit Buch, Schreibzeug, stellt es hin. Mizzi blickt den Baron fragend an, immer hilflos und in gesteigerter Glut bei seiner Strenge. Er diktiert, sie schreibt heftig mit glücklich verzücktem Ausdruck:

> Und in Scham muß ich, die in solchem Hause gehalten wird, Sie, Herr Polizeipräsident, um Schutz vor meinem Vater bitten.

Zwischendurch will sie ihm um den Hals fallen, wird an das Papier zurückgedrängt. Während des heftigen Schreibens stürzt Mizzi das Tintenfaß um; Tinte über ihre Finger, wie sie das Faß wieder aufrichtet; sie hebt lachend die bespritzten Hände hoch, schreibt gedrängt weiter. Zuletzt wirft sie die Feder hin. Sie hält ihm berauscht das Blatt hin, er steckt es in seine Tasche. Sie kriecht fast in ihn hinein. Aufgestanden. Der Baron macht auf ihr Drängen Handbewegung nach hinten: der Hintergrund hat sich verschleiert, ein Auto ist deutlich, Mizzi und der Baron steigen in Reisetracht ein, Auto fährt. Mizzi frenetisch.

Zwischenbild: Ein Arm hält den Säbel in der Scheide, der andere Arm lockert den Säbel und hebt ihn leicht an.

85. Bild

Dämmriges Zimmer des Grafen. Der Graf vom Fenster nachdenklich zurückkommend. Der Teufel spaziert aus dem Schatten in dem frechen Rhythmus vor ihm her, mit Mizzis Kapuze, Halsband, Gürtel, vom Grafen starr und in Wut betrachtet. Als der Graf an die Wand stürzt, einen Säbel abzunehmen, breitet ihm der Teufel höhnisch die Kapuze vor die Füße, schlägt, wie der Graf mit seinem Säbel auf ihn losgeht, mit den Seilen um ihn, schmettert ihm zum Schluß vor der Tür das Halsband gegen die Brust.

Graf steht, allein gelassen, geht fechtend durch das Zimmer, immer einen Umweg um die hingeworfenen Stücke machend.

Mizzi tritt leise ein, Graf ficht noch weiter. Sie sieht die Stücke liegen, zündet lauschend eine hohe Kerze an. Der Graf fechtend, schwer, breitbeinig auf sie zu. Läßt den Arm mit dem Säbel vor ihr fallen.

Sie hält den Kopf gesenkt, nimmt ihm sanft den Säbel aus der Hand, führt den wild blickenden nach vorn auf einen Sessel, drückt ihren Kopf an seine Brust, küßt knieend seine Hände. Sie tritt seitlich vor ihn, indem sie sich öfter tief vor ihm verneigt, auch bis auf den Boden. Es erscheinen von der Tür die weißen lustigen Geisterchen, sie suchen Mizzi mit sich weg zu ziehen. Sie wird oft wie in Widerwillen bis an die Tür fortgerissen von einigen, mit denen sie innig verschlungen steht, in einem Schleier mit ihnen; dann aber macht sie sich sanft los, steht oder drängt in die Nähe des Grafen, dessen Blicke auf die Seile weisen. Sie hebt wie gezwungen ihre Hände hoch, reibt an der Beschmutzung, versteckt sie hinter sich. Einer der weißen Jünglinge, der zuletzt deutlich hervortritt, ist der Baron. Er sucht Mizzi zu heben, dann zwingt er sie auf die Knie; der Schwarm um sie. Er demonstriert ihr stolz ihre Hände. Er versucht Mizzi niedergedrückt, triumphierend unten zu halten; es gelingt ihr hochzukommen, sich frei zu machen. Sie schäumt. Sie ergreift erregter die Seile, schlägt um sich, so daß die Geisterchen schreiend davonflitzen, Mizzis Ausdruck ist von einem harten Ernst, der mit dem des Hasses wechselt. Sie bindet sich die Seile fest um. Sie wirft sich rasselnd vor dem Grafen hin, ihre Brust schlagend. Der hebt sie, die sich abwendet, auf. Er geht, holt das Halsband und die Kapuze. Sie legt das Halsband, das sie finster betrachtet, mit dem harten Ausdruck an. Sie greift nach dem Säbel des Grafen. Klarissa tritt ins Zimmer. Sie umfaßt Mizzi.

86. Bild

Klarissa und Mizzi gehen unter Verdunkelung der übrigen Scene. Es entwickelt sich der Festsaal im Halbdunkel. Klarissa ist zurückgetreten, Mizzi mit dem Säbel zu der Säule sich hochstreckend, einen Schleier ergreifend, tief hinkniend, verhüllt. Freudig wild den Säbel schwingend neben Klarissa in der Mitte des Raums. Klarissa zündet Kerzen an.
Zwischenbild: Der muskulöse Arm hebt den bloßen Säbel senkrecht hoch.

86 a. Bild

Festsaal in vollem Kerzenlicht. Maskierte Tänzer und Tänzerinnen. Musikanten einzeln herein.
Maskerade, Fackeltänzer. Allmählich Fülle. Klarissa von links seitlich heimlich furchtsam, geht an das Fenster.

87. Bild

Die finstere Straße vor dem Haus; Schutzleute, auch berittene; völliger Kordon; es werden Befehle ausgegeben von Neustätter, der auf der Treppe steht.

88. Bild

Klarissa zieht sich vom Fenster zurück. Mizzi, fast nackt, bacchantisch; sie geht zwischen zwei Fackelträgern; Klarissa spricht, auf das Fenster deutend, rasch mit ihr. Mizzi stürmt an das Fenster, öffnet, schwingt die Fackel heraus. Panik unter den Masken. Mizzi weist die anschwirrenden Geweihten an, die sie umarmt; sie folgen ihr, verteilen sich, so daß der Raum fast leer wird. Klarissa vorn zusammengesunken am Boden.

89. Bild

Kerzenerhellter Treppenflur. Die Tür unten bricht auf. Schutzleute die Treppe hinauf.

90. Bild

An der Haupttür des Festsaals. Seitlich davon versteckt Mizzi mit dem Säbel. Klarissa schleicht an sie heran, sucht ihr den Säbel zu entreißen; Klarissa vor die Brust gestoßen taumelt zurück, verhüllt sich vorn. Die Tür bricht auf: die Mädchen ringen mit den Schutzleuten. Neustätter auf Mizzi zu, die vor ihm flieht, an die Demetersäule. Sie weist ihn mit der linken Hand hinaus. Er brutal auf sie zu: Sie schlägt ihn mit einem Säbelhieb zu Boden. Mizzi torkelnd, den Säbel hängen lassend, hinten an der Wand zum Saal hinaus.
Der Hintergrund verfinstert sich; sie taumelt weiter, tritt vor den Grafen – es hat sich sein Zimmer entwickelt. Mizzi bewegt sich verwirrt vor ihm. Erloschenes Gesicht. Stößt sich den Säbel in den Leib. Er legt sie; das über ihn stürzende Grauen, während er kniet. Klarissa an der Tür mit rufenden Bewegungen; man sieht die großen Schemen von laufenden Schutzleuten an der Wand. Sie wirft sich über Mizzi.
Klarissa zieht ihn fort. Er hebt Mizzi auf, trägt sie. Verwandlung.

Graf, Mizzi tragend, und Klarissa in einen dunklen Gang eintretend, dann in völliger Verdunkelung allein sich langsam bewegend.
Auftauchen eines blühenden Gartens. Hinter ihnen sind noch mehrere geweihte Töchter aufgetaucht. Graf legt Mizzi nahe einem Baum auf den Rasen. Die Töchter umringen die Tote. Während der Graf allein vor ihr sitzt, lodert sie in einem hohen Brand auf; die Töchter werfen sich zur Erde. Der Graf nähert sich der Flamme, wird von ihr aufgenommen.
Zögernd nach einer Pause der Zug der traurigen Männer und traurigen Frauen von der Seite her. Sie kommen huschend, die vorderen locken die Folgenden, auf die hohe Flamme weisend.
Die Flamme nimmt einen immer größeren Raum des Bildes ein; mit Rauch bildet sie den unruhigen Hintergrund, auf dem erst 2 bloße Arme suchend erscheinen, dann ein lockender nachziehender anderer Arm. Langsam entwickelt sich die zu den Armen gehörige Figur: der Graf, jung wie in den ersten Bildern, und Jolente; diese Figuren sind dunkel vor dem helleren Hintergrund. Sie dunkeln bis zur Schwärze von Schatten nach; sie nähern sich sehnsüchtig einander, werden bei der Annäherung immer flammenhaft-heller; zuletzt lodert nur die Flamme.

NATASCHA MACHT SCHLUSS

Filmentwurf

Inhaltsangabe

Eine nach Paris versch[l]agene junge launenhafte Fürstin, der auch das Geld ausgeht, will sich von ihren Landes- und Stammesgenossen und ihrer unwahren Umgebung trennen, sie will Mensch wie jeder andere hier sein und verfällt zunächst einem treuherzigen Löwenbändiger, der seine Löwen aufgegeben hat. Aber statt sich anzupassen und sich zurechtzufinden, kommt sie in ihr altes Luxusleben, das der arme Kerl nicht bezahlen kann. Er opfert ihr alles. Schließlich, als sie arbeiten soll, ist sie dabei ihn zu betrügen und er verjagt sie mit seinen Peitschen und kehrt selber zu seinen Löwen zurück.
Am Schluß dieses ersten Teils hat sie einen jungen Grenzwächter kennen gelernt, der sie wirklich liebt. Sie lebt jetzt als seine Frau mit ihm in den Pyren[ä]en an der Grenze, sucht sich zu bessern und zu arbeiten. Schließlich aber rebelliert es wieder in ihr. Die Wilderer und Schmuggler, die ihr Mann bekämpft, sind ihr lieber als er und das ehrsame Leben. Sie wird in das Treiben der Schmuggler hineingezogen. Der Mann, der sie liebt, tut alles, um sie zurückzuhalten. Bei einer Razzia verwundet sie selbst schwer ihren Mann, der sie warnen und retten wollte. Er hilft ihr noch zur Flucht. Das Schuldgefühl und der Eindruck, den sie zuletzt von ihm erfahren hat, verändert sie. Er wird wieder hergestellt und sie findet zu ihm. –

* * *

Natascha macht Schluß
oder: Die Fürstin wider Willen,
oder: Der Dämon der Freiheit.

Filmentwurf

(Dieser Film spielt in Paris unter Ausländern, Russen; es kann jedoch statt «Russen» irgend ein beliebiges fiktives Volk genommen werden.)

* * *

Natascha Alexiewna, Fürstin, eine junge rabiate launenhafte Person, bewohnt mit ihrer alten Dienerin Olga ein vornehmes Pariser Hotel. Sie steht noch immer im Ruf großen Reichtums. Vor dem Hotel fährt im Beginn eine Tax[e] vor, der ein solider älterer Herr entsteigt, der dem Chauffeur zu warten aufträgt, er geht gewichtig in die [h]all, entnimmt seiner Brieftasche ein Blatt, eine Rechnung für Natascha, spricht mit dem Portier, indem er auf die Rechnung zeigt: «Ich bin der Inhaber dieser Juwelenfirma, ich muß die Fürstin Natascha persönlich sprechen.» Der Portier lächelt verständnisvoll, telefoniert, der Herr wird nach oben geführt. Im Vorraum von Nataschas Appartement wird er von Olga, Nataschas Dienerin, die bäurisch mütterlich ist, empfangen: «Die Fürstin badet.» «Ich warte.» Freundlich dumm: «Bitte.» Er setzt sich, sie trägt die Rechnung hinein, die er ihr reicht. Die Uhr rückt vor. Der Chauffeur erscheint, bittet um Zahlung, was wütend erfolgt. Olga strickt, wischt um den Herrn herum Staub. «Was ist denn das für ein Dauerbad, das die Fürstin nimmt?» «Ein Luftbad.» «Ich will aber jetzt hinein, endlich.» «Aber bitte.» Der Herr passiert, ins Leere dienernd, zwei elegante leere Räume. «Wo ist denn die Fürstin?» Dienerin erstaunt: «Im Luftbad.» «Ja, wo?» «Im Bois de Boulogne.» Juwelier, verzweifelt, tobt ab.

Sogleich öffnet Olga die unsichtbare Tapetentür zu einem dritten Raum, aus dem Natascha zerknautscht, halb angezogen kommt: «Das ist toll, wie lange sperrst du mich ein?» Olga, die Rechnung in der Hand: «Er geht ja nicht.» Natascha entreißt ihr die Rechnung: «Was ist das schon wieder? Perlen. Ich will ihren Plunder nicht, sie drängen ihn mir auf. Rauswerfen sollst du sie.» Sie sinkt erschöpft in einen Sessel, Olga macht sie streichelnd zurecht: «Mich zwei Stunden in einen Wandschrank sperren, mit Naphtalin.» «Ich habe eingemottet.» «Wenn früher die Leute meinen Namen hörten, haben sie gezittert! Gezittert, Olga.» «Ich zittre ja, Fürstin.» «Und du sperrst mich ein wegen 1000 Franken.» «Es sind 20000.» «Pah, Perlen. Wer trägt heute Perlen.»

Es klingelt, Angst, Olga zur Tür, Natascha fluchtbereit, Olga strahlend zurück, öffnet die Tür: «Der Herr Schneider.» Er ist schon hinter ihr, mit zwei jungen Mannequins. Die Tür bleibt auf. «Dank, ehrerbietigsten, untertänigsten Dank, daß Durchlaucht mir die Gnade gewähren, mich zu empfangen.» [Das] erste Mannequin hat den Mantel abgelegt, marschiert Probe. Musik. Natascha ist erstaunt: «Wer spielt?» An der Tür zeigen sich zwei Violinisten. Der Herr: «Es ist unser kleines Ensemble für die Vorführung, die jungen Damen schreiten dann besser und die Kleider sitzen besser.» Natascha und Olga tuscheln, wählen. «Große Ehre, große Auszeichnung, Durchlaucht. Der unauslöschliche Dank unseres Hauses.» Er will sich zurückziehen. Natascha nach einem Blick auf Olga: «Und die Rechnung, Herr?» «Später, Durchlaucht, ganz zu ihren Diensten.» Tusch des abziehenden Ensembles. Natascha und Olga allein, Natascha: «Da hast dus! Oh diese Esel! Diese Esel!» Olga: «Du bist eben die Fürstin.» «Ich bins lange nicht mehr, es gibt keinen Kaiser und König mehr, es ist ja Alles vorbei.» «Für alle bist dus, für das Hotel, für den Schneider, den Juwelier.» «Sie sind alle verrückt. Wenn mir doch einer hülfe.» Olga entsetzt.

* * *

Ein großer Pariser Platz (Place de la R[é]publique)[,] darauf ein[e] Kirme[s], das große Manegenzelt des Zirkus, Anschläge: Abschiedsvorstellung Oskars des Starken, der sich unter dem Beifall seiner nicht gerade großartigen Zuhörerschaft verbeugt und dem man einen Lorbeerkranz um den Hals hängt: «Die dankbaren Löwen ihrem Meister», ein schäbiger Löwe neben ihm. (Man spielt aus Carmen: «Auf in den Kampf, Torero.») Oskar, ein herkulischer Mann mit kindlich freundlichem Gesicht, die Peitschen in den Händen, verläßt das Zelt, setzt sich zu dem Clown an der kleinen Treppe des Wohnwagens an den Tisch, wo der Clown und seine Frau, ein enormes Weib, Ausruferin[,] dinieren. Man sch[e]nkt dem einsilbigen Riesen ein. «Meine letzte Vorstellung, Jackie, du weißt.» Sie nicken, trinken. Oskar[:] «Mein letzter Löwe. Ich habe ihn zu sehr gebändigt, er schläft nur noch. Wenn ich schieße, tue ichs nur, um ihn zu wecken. Aber er wacht auch nicht mehr auf, er ist schwerhörig.» Die Frau: «Er ist alt, Oskar.» «Er hat das Zirkusleben über. Ich auch.» Er nimmt den Kranz ab, die Frau hängt ihn dem schmalen Clown über, der darunter zusammensinkt, sie tadelt: «Dir wird man keinen umhängen.» «Ich verachte den Ruhm, er ist vergänglich.» «Du taugst eben nur für die Pausen. Was hast du vor, Oskar, ohne deinen Löwen, willst du uns verlassen?» «Ich habe etwas gespart. Ich habe Seehunde und Löwen gebändigt, ich möchte mich bei den Menschen zur Ruhe setzen.» Clown: «Bei den Menschen zur Ruhe setzen? Mann Gottes! Mach lieber mit uns einen Flohzirkus auf.» Frau: «Du brauchst eine Frau, Oskar, die zu dir paßt, eine kräftige, solide.» (Clown grinst) Oskar: «Ja, ich will heiraten. Mir fehlen Bekanntschaften.» Frau (ködernd): «Ein Mann wie du.» «Eine zarte möchte ich, die ich beschützen kann, die in Not ist.» Frau ist empört, Clown grinst: «Solche wirst du finden.» Oskar: «Kennst du eine? Ich schäme mich vor Frauen.» Frau schimpft: «Die brauchst du bloß von der Straße aufzulesen.» Oskar: «Glaubst du, Annie?» Sie ab in den Wagen: «Ihr Schafsnasen.» Oskar: «Ich werde sie suchen gehen, ich werde ihr meine Peitschen und Pistolen zu Füßen legen.» «Ich werde dich begleiten, Oskar.» «Wie lieb du bist.» Sie setzen sich in Bewegung. Clown[:] «Ich kenne Frauen, Oskar, ich kenne sie.»

* * *

Bei Natascha ist ihr letzter Freund, ein Elegant. Man sieht im Beginn des Bildes Perlenketten, die aus einem Schmuckkasten von zwei Frauenhänden geholt werden, sie läßt sie fallen, eine Männerhand tastet sich an der Hand hoch, dann Naheinstellung. Der Freund kniet vor Natascha, die auf einem Fauteuil sitzt, sie küßt ihn. Natascha: «Und das schenkst du deiner Lydia morgen, bevor ihr getraut werdet.» «Natascha, wir sind doch nicht mehr zu Hause, du plünderst dich aus.» «Ich finde noch immer Kredit. Die Welt ist verrückt.» «Natascha.» «Sag nur «Fürstin», davon lebe ich.» «Natascha.» «Ich komme zu Eurer Hochzeit, liebst du sie sehr?» «Du willst mich ja nicht.» Sie schlägt ihm auf die Schulter: «Ach Ihr alle, du kannst mir doch nicht helfen.» «Was ist mit Natascha?» «Ich habe Euch über, Eure Faxen, Eure Verschwörungen, es ist ja alles Spielerei. Nichts seid Ihr, dann seid es doch wenigstens richtig.» «Natascha, deine Launen.» «Verrückt seid Ihr, Ihr lebt in den Wolken. Ich – will leben, leben.» «Um Gottes willen, Natascha. Wir haben unsere Heimat verlassen müssen, wir geben unsere gerechten Ansprüche in alle Ewigkeit nicht auf, du wirst uns nicht in den Rücken fallen.» «Ich tue, was ich mag!» «Ich warne dich, man wird dich aburteilen.» Natascha wendet sich zum Fenster: «Euer Gericht! Viel Glück, Boris. Auf Wiedersehen morgen.»

* * *

Ein Kleiderladen, eine Dame mit Fräulein tritt ein, fragt, ob sie etwas geliehen haben kann. «Für die Hochzeit von Boris, ich weiß, es ist alles weg, gehen Sie rüber in den Maskenverleih.» Die befremdet: «Maskenverleih?» «Natürlich.»

Der Maskenverleih, Riesenspeicher, wird in seiner hinteren Lagerpartie gezeigt, Kostüme über Kostüme. Dann bewegen sich die Kostüme und sind zur Probe angezogen, Türken, Janitscharen, Panzerritter und Ritterfräulein. Die Damen aus dem Geschäft erscheinen, man zeigt ihnen nationalrussische Kostüme, die Dame hat Tränen: «Das trägt man nun schon auf dem Maskenball, Sophia.» Sie nehmen einige Sachen. Der Besitzer lächelt mitleidig, wie sie gehen, das maskierte Volk macht Späße hinter ihnen. –
Andere Vorbereitungsscene: einfaches Zimmer, ein kleiner dikker Mann holt seine Sachen aus dem Koffer, Schrank etc[.], zieht sich als General an. –
Andere Scene: Zu einer verhutzelten uralten Frau im ärmlichen Raum kommen ein Mann und eine Frau mit Kartons, sie fragt: «Bringt Ihr mir was zu essen?» «Sofort, Exzellenz.» Er hat eine Tüte mit Gebäck da. Sie wird als Hofdame angezogen, stopft dabei Kuchen.
Die Hochzeit in einem niedrigen großen Restaurationssaal, viel Menschen, große Gesellschaft, abgerissene Personen, auch Pariser elegante Gäste. Ein Teil des Raums ist für den Altar abgegrenzt, Musik und Gespräche. Natascha (mit Olga) in größter Toilette tritt zögernd ein, bleibt verblüfft stehen: «Entsetzlich, Olga, lauter Gespenster.» Man stürzt auf sie zu: «Die Fürstin!» Olga glücklich: «Unsere Leute, Natascha.» Der Freund mit seiner Braut vor Natascha, die Braut mit den Perlen, Begrüßung, Natascha ist starr, abwesend, man hat viel Respekt vor ihr. Alte Männer mit Orden, nicht immer exakt bekleidet, werden als «General», «Oberst» begrüßt, begrüßen Natascha, schütteln sich selbst die Hände und salutieren: «Ah, der Sieger von – » «Das 17. Regiment ruhmreichen Angedenkens.» Eine mächtige Ordensbrust läßt sich bewundern: «Das ist die Schlacht bei X, das die letzte Truppenschau.» Natascha zu Olga höhnisch: «Er hat jetzt eine Pferdeschlächterei.» Olga: «Pfui.» Natascha lachend: «Alter Kavallerist.» Ein jüngerer Herr im Frack nimmt en passant eine Serviette von der Tafel, klemmt sie sich unter den Arm

auf Kellnerart, gedankenlos, läßt sich so einem General vorstellen. Der apostrophiert ihn streng: «Herr Hauptmann», der merkt, läßt die Serviette beschämt fallen, steht betreten da, man geht um die Serviette herum, er in einem plötzlichen Entschluß dreht sich um, hebt sie auf, legt sie an ihren Platz[,] stellt sich verschränkten Arms wieder zu der Gruppe. General: «Die Beratung bei Hoheit hat gestern stattgefunden, die Beförderungen werden noch im Laufe dieser Woche bekanntgegeben.» Oberst: «Man ist ungeheuer gespannt.» «Hoheit legt Wert darauf, daß der alte Geist bei allen Formationen erhalten bleibt, besonders bei der Jugend. Ich bitte, mir alles Auffällige zu melden.» Natascha klopft dem jungen Hauptmann leicht auf die Schulter, zieht ihn beiseite. Man führt die alte hochaufgeputzte Hofdame herum, man verneigt sich vor ihr, sie ist halbtaub: «Wann fängt es an?» Blickt begehrlich auf den Tisch. Olga flehend: «Die Rangordnung, Natascha!», weist auf den alten Ceremonienmeister, der mit einem Zettel in der Hand, begleitet von einem jüngeren, flüsternd, lächelnd verbindlich Einzelne anspricht und anweist: «Excellenz, Hoheit, Herr Major etc.» Der Geistliche ist vorn erschienen, Harmonium, Gesang, der merkwürdig feierliche Zug mit dem Brautpaar vorn setzt sich in Bewegung und sammelt sich vorn. Olga kniet hin, Natascha erst spöttisch, belustigt, plötzlich entsetzt zu Olga: «Olga hilf mir, ich kann nicht mehr.» Olga ohne aufzublicken: «Still, Natascha.» «Olga ich kann nicht mehr.» Rasch ab.

* * *

Die offenen Pariser Boulevards spätnachmittags. Im Gedränge sucht Natascha zu rennen, sie ist in der großen Toilette, sie verliert ihr Täschchen, bemerkt es später, – an einem Gitter bleibt ihr Mantel hängen, zerreißt ihn, – der Wind verwüstet ihre Frisur, Natascha ist in einem einzigen heftigen Drang. Als sie beim Überschreiten eines Platzes mit dem Schuh umknickt, hebt ihr ein höflicher Polizist den abfallenden Schuh auf, sie steht damit,

läßt ein Auto herbeiwinken, ins Hotel, hinkend durch die erstaunte [h]all. In ihrem Zimmer steht sie atemlos finster vor dem Spiegel, reißt sich langsam Stück um Stück herunter, holt ein ganz einfaches Kleid aus dem Schrank, steht als völlig verändertes einfaches, fast bäuerliches Mädchen da. Blickt ungläubig in den Spiegel: «Adieu Fürstin, Natascha!» (ruft sich in den Spiegel:) «Natascha.» Freut sich. Ängstlich draußen über den Gang, rasch an Bedienten vorbei, eine Hintertreppe herunter, die zu einem Hof und Garagen führt, sie läuft hinter einem Auto, nachdem sie gewartet hat, auf die Straße. Sie steht auf der andern Seite der Straße hinter einem Baum, jetzt ganz übermütig, macht nach drüben lange Nasen.
Sie stolziert gaminartig fidel ab, fällt auf («Was kostet Paris?») [.] Sie spaziert nach einiger Zeit wieder, unbeachtet. Allmählich zieht, abendlich, der Menschenstrom stark, gleichmäßig, unablässig an ihr vorüber; niemand blickt sie an, die Massen fluten, ohne zu hasten und sie zu berühren, an ihr vorbei, in die Metro, Elektrische, in die Häuser. Der Strom schleppt sie mit.
Oskar und Clown gehen in der anderen Richtung. Sie rennt gegen Oskar an im Dunkel; er hat sich auf eine Bank gesetzt, richtet sich, wie sie anrennt, nachdem er noch ihren erschreckten Blick empfangen hat, auf; sie geht weiter. Oskar und der Clown wechseln Blicke, Einverständnis, sie ziehen mit langen Schritten ihr nach. An einer anderen Ecke steht Oskar, späht forschend im Gedränge, das ihm entgegenkommt; sie prallt wieder auf ihn; dieselbe Geste. Sie schwimmen jetzt dicht hinter einander in dem Menschenstrom, Natascha ganz matt und zusammengesunken. Sie wird mit andern auf die Place de la R[é]publique geschwemmt, setzt sich gedankenlos in eine Schaukel, soll bezahlen, hat nichts, muß herunter, der Angestellte schimpft, Oskar ist da, zahlt für sie, die beschämt und gedankenlos dasteht. Der Clown steht mit vor ihr: «Die ist es, Jackie, wir wollen uns ihrer annehmen.» «Kalt Blut, alter Junge, ich muß zur Vorstellung. Wenn du mich brauchst, ich bin in der Nähe.» Ab.
Schweigendes Gegenüberstehen von Natascha und Oskar, er

weiß nicht wie anfangen, sie wendet sich zum Gehen: «Wo wollen Sie hin, Fräulein? Sie haben doch kein Geld.» Sie blickt ihn an, er hat ein treues Gesicht. Natascha: «Ich hab Hunger.» Er erfreut: «Wir gehen essen.» Ein paar Schritt weiter auf dem Platz ein Ausschank, sie essen stehend, fixieren sich dabei heimlich. Natascha: «Was wollen Sie von mir?» «Fräulein, Sie können sich auf mich verlassen.» «Sie sind furchtbar stark.» Oskar erfreut: «Sie können sich auf mich verlassen, Fräulein.» Natascha dem Weinen n[a]he: «Ich hab nichts mehr, ich hab alles aufgegeben, ich bin bloß Natascha.» «Und ich hab auch alles aufgegeben, ich bin bloß Oskar.» Sie sucht zu lächeln, gibt ihm die Hand. «Da passen wir ja zusammen. Sie müssen mich verstecken, daß mich keiner holt.» Oskar strahlend: «Fräulein.» Sie gehen zusammen, plötzlich hakt sie unter, er spaziert selig, sie noch gedrückt. Plötzlich läßt sie ihn los, jauchzt, tanzt um ihn, umhalst ihn; auf der Tanzfläche des Zelts, an dem sie sind, tanzen sie ein paar Schritt, dann Luftschaukel. Dunkler Treppenflur, Oskar: «Warten Sie einen Moment.» Macht in seinem Zimmer Licht (Strahl auf die Treppe), kramt hastig seine Andenken, Löwenbilder etc. unter das Bett, in den Schrank, öffnet: «Für Sie, Fräulein.» Natascha blickt sich um: «Und wo wohnen Sie?» Gibt ihr den Schlüssel: «Schließen Sie nur ab, Fräulein. Wenn einer kommt, klopfen Sie, ich bin gleich da.»

* * *

Hotelzimmer vormittags, Olga weinend am Telefon: «Nein, sie ist noch nicht da.» Der dicke General (und zwei andere) in einem mit vielen Büchern, Bildern geschmückten Raum: «Ruhe, Olga, Ruhe. (zu den Herren) Die Fürstin ist noch immer nicht da. Was schlagen die Herren vor?» Einer spricht, der andere trinkt und nickt bloß: «Abwarten.» General (am Telefon): «Abwarten.» Olga: «Ich muß doch auf die Polizei.» General prallt zurück: «Sie will die Polizei benachrichtigen.» Die Herren stehen erregt auf: «Unmöglich. Nur wir untersuchen.»

General brüllt ins Telefon: «Wir untersuchen. Sie dürfen nicht zur Polizei. Kommen Sie sofort her. Wir werden Schritte unternehmen.» Die Herren nicken. Olga hängt traurig ab. Die Herren betrachten sich, marschieren sinnend durchs Zimmer, stehen vor Schlachtenplänen, Landkarten. Es ist auch ein Scherenfernrohr da. General: «Ich muß Hoheit benachrichtigen.»

* * *

Das verfallene Schloß mit seinem wüsten Garten. In einem saalartigen Raum sitzen zwei alte Herren und eine alte Dame. Die Dame liest in einem Buch, aber schläft bald ein. Die Herren diskutieren heftig.

1.: «Ich hab nicht verstanden, welches Datum?»

2.: «15. Oktober.»

1. nachdenkend: «15. Oktober, ein Mittwoch.»

1.: «Ein Dienstag.»

2.: «Der 15. Oktober war ein Mittwoch.»

1.: «Excellenz, ein Dienstag.»

2.: «Ja, das ist doch erstaunlich (starrt ihn gekränkt an) und Sie sagen, Sie haben an diesem Tage der Erbprinzessin eine Zuchtstute als Geschenk ihres Leibregiments überbracht und Hoheit hat gnädig gelächelt.»

«Ihre Hoheit hat gedankt und eine unvergeßliche Leutseligkeit bewiesen. Die Audienz dauerte 12 Minuten.»

«Aber am 15. Oktober war ihre Hoheit bei Höchstderer kranken Tante zu Besuch.»

«Excellenz, Ihr Gedächtnis spielt Ihnen einen Streich. Hoheit empfing mich – »

«Ich weiß, Mittwoch den 15. Oktober.»

«Dienstag den 15. Oktober.»

«Herr, Sie stellen mich als einen Tapergreis hin.»

Der andere steht zitternd auf: «Ich werde ein Ehrengericht gegen mich beantragen.»

Der Prinz tritt ein mit dem General: «Meine Herren, schon wieder Streit? Was sagen Sie zur Fürstin Natascha Alexiewna?»
General wichtig: «Sie ist seit gestern verschwunden.»
Hoheit lächelt: «Sie ist durchgebrannt. Sie war schon immer eine wilde Range.»
Die beiden Alten stehen starr, sinken auf den Stuhl. Die Dame wacht auf, erhebt sich und steht entgeistert.
General: «Hoheit, sie dürfte geraubt sein.»
Hoheit: «Glauben Sie? Die Ratten verlassen das sinkende Schiff. Wäre ich jung, wäre ich mit ihr gegangen.»
«Hoheit scherzen.»
Der Prinz reißt sich plötzlich zusammen, hart zum General: «Sie fassen jedenfalls die Kanaille, wo Sie sie kriegen. Und wenn Sie sie haben, einsperren und nicht mehr loslassen.» General: «Und wenn sie geraubt und versteckt ist?»
«Warum?» «Es ist die Fürstin Natascha.»
Prinz nach einer Pause, hart: «Dann müssen Sie sie doppelt fassen!» General: «Zu Befehl Hoheit.» Ab.
1. Herr: «Ich darf um ein Ehrengericht bitten, Eure Hoheit. Es wird behauptet, der 15. Oktober, an dem ich der Erbprinzessin ein Ehrengeschenk ihres Leibregiments überbrachte, war ein Mittwoch. Es war ein Dienstag.»
2. Herr: «Ein Mittwoch.»
Der Prinz betrachtet sie grimmig, brüllt sie an: «Ein Donnerstag wars, versteht Ihr? Was war der 15. Oktober?»
Beide Herren und die Dame: «Ein Donnerstag, Hoheit.»
Prinz geht ab, faßt sich an den Kopf: «Meine Stütze, mein Hof.»

* * *

Natascha und Oskar an dem kleinen gedeckten Tisch in Oskars Raum. Sie haben diniert, es ist noch hell. Natascha: «Das haben Sie herrlich gedeckt, eigentlich hätte [i]ch es müssen.» «Ein alter Junggeselle.»
«Ich will aber alles tun, was ich kann, alles. Bloß weg von der

Lüge, von der Heuchelei, von allem Schwindel. Wahrheit, und Mensch sein, bloß Natascha.» «Das werden Sie bei mir haben.» Natascha: «Ich hätte nie gedacht, daß es so leicht ist, alles abwerfen und nur sein wie man ist, wahr. Und Sie, Herr Oskar, ich sage Oskar.» «Bitte.» «Sie sind jetzt auch glücklich, daß Sie nicht mehr sind, was Sie früher waren? Was waren Sie übrigens? Nein, ich will nicht fragen, verzeihen Sie. Wir wollen uns das schwören, keine Vergangenheit, nur Gegenwart und Zukunft.» «Ich schwöre.» «Nur Gegenwart und Zukunft.» «Nur Gegenwart und Zukunft.» «Herrlich!»

Sie steht mit ausgebreiteten Armen da: «Nun sollen alle Narren der Welt kommen!» Er greift nach ihrer Hand, sie schiebt sie zurück: «Nicht ungezogen sein, Oskar. Jetzt spazier[e] ich mit Ihnen durch Paris.»

Auf der Straße, dunkel[,] Straßenleben, sie marschieren beide glücklich. Natascha: «Nehmen wir doch ein Auto.» Ein Auto, sie steigen ein, sie halten vor einem eleganten Tanzlokal. Draußen Natascha: «Das sieht schön aus.» Er zögert, denkt an die Kosten: «Ich kenne es nicht.»

Ihr aufsehenerregender Einzug in das gutbesetzte Lokal. Nataschas ärmliches Kleid, Oskar taprig ungeschickt und schamhaft. Am Tisch Natascha: «Ich hab schon wieder Appetit.» Er staunt über das Lokal, in dem man auch tanzt. Sie bestellt von der Karte fachmännisch, er hört ihr staunend zu. Man deckt, der 1. Gang. Natascha: «Diesmal Oskar habe ich dich versorgt.» Er kratzt sich anerkennend den Kopf: «Gut, aber teuer.» Sie ißt: «Glauben Sie?» Tanzbilder, auch sie drehen sich einmal, zurück zum Tisch, die Rechnung wird gebracht. Natascha, während er ungläubig liest: «Ist das nun herrlich, Oskar, keine Lüge, nur Sie und ich, zwei Menschen, wie auf einer Insel!» Er murmelt, während er sich den Schweiß abwischt und eine Banknote hinlegt: «Ja, es ist herrlich.» Sie gehen, er nachdenklich, sie strah[l]end. Draußen umhalst sie ihn: «Das Paradies! Mein Retter!» Er ist selig.

* * *

Auf dem Zeltplatz an der Treppe des Wohnwagens. Die Frau blickt dem Clown von oben nach, der sich im Gehen anzieht: «Natürlich wieder zu ihm.» «Annie, man muß sich um ihn kümmern, Oskar kennt Frauen nicht.» «Aber du.» «Den ganzen Tag zieht er mit ihr herum. Gehört sich das für Oskar?» «Mit mir werdet Ihr nicht herumziehen. Natürlich, eine zarte Pflanze, Spinnwebe, Haut und Knochen.» «Er hat sich neue Anzüge bestellt, seine beiden Zimmer stopft sie ihm mit Bildern voll, mit Kissen, mit Gipssachen, Papagei.» «Eine Schande für einen Löwenbändiger. Und darin hast du ihn unterstützt. Er hätte bei uns bleiben sollen.» Clown geht ab, ruft von weitem herausfordernd ihr zu: «Mancher Mann will eben manchmal was anderes.»

* * *

Oskars Zimmer, er elegant angezogen, ebenso Natascha. Oskar: «Und was will Natascha noch?» Sie umarmt ihn: «Nichts, mein Retter, nichts. Aber jetzt muß ich zum Coiffeur.» Ab.

Clown kommt, sieht sich um: «Guten Tag, Herr Millionär.» «Jackie, solche Frau gibts nicht wieder, ich bin im Paradies.» «Wie ist sie denn?» «Eigentlich lebe ich nicht mehr auf der Erde, das ist alles garnicht wahr.» Jackie rüttelt an ihm: «Oskar!» «Es wird ja noch früh genug aufhören, Junge. Dann (Oskar wischt sich die Augen) dann ists aus mit Oskar.» «Kann die denn nichts, hat sie nicht was gelernt.» «Wir fragen uns nichts, wir haben uns geschworen: nur Gegenwart und Zukunft, keine Vergangenheit, wir sind nur zwei Menschen, Oskar und Natascha, Natascha und Oskar, wir sind sehr glücklich. Bald habe ich keinen Pfennig mehr.»

Clown schreit, war erst sprachlos: «Oskar steh auf.» Er steht auf. «Oskar setz dich.» Tuts. «Oskar steh auf.» Tuts. Clown: «Wer ist die Frau?» Oskar: «Ich weiß nicht.» «Kann sie tanzen?» «Weiß nicht.» «Kann sie jonglieren?» «Weiß nicht.» «Kann sie Handstand, Trapez?» «Weiß nicht.» «Was kann sie denn?»

Oskar sinkt langsam auf den Stuhl. Clown: «Sie wird was lernen. Nötigenfalls wird sie bei uns Ausruferin, meine Frau ist heiser.»

Natascha fröhlich zurück: «Der Coiffeur war besetzt.» Clown und Natascha fixieren sich, Clown wird langsam zarter, schließlich verbeugt er sich und küßt ihr die Hand: «Auf Wiedersehn Oskar, auf b[a]ldiges Wiedersehn, Fräulein Natascha.»

Natascha: «Wer war den das?» «Mein Finanzminister. Natascha, wir müssen uns einschränken.» «Gebe ich zuviel aus?» «Sie werden etwas lernen müssen.» «Lernen, wozu?» «Wir müssen Geld verdienen.» Natascha ist niedergeschmettert: «Was haben Sie mit mir vor. Oskar, wir wollen doch Menschen zu einander sein.» «Können Sie jonglieren?» «Was ist das?» «Handstand, Kopfsprung?» «Oskar, was ist mit Ihnen?» «Tanzen?» Sie betrachtet ihn mit[l]eidig, er muß verrückt sein: «Ja, kommen Sie, Oskar.» Sie will mit ihm tanzen. «Nein, so meine ich es nicht. Schautanz, öffentlich.» «Pfui, pfui.» Natascha entsetzt auf einem Stuhl. Oskar: «Wir müssen doch arbeiten.»

Natascha nach einer Pause: «Sie haben also kein Geld.» «Nur noch etwas.» Natascha sitzt starr: «Dann werden wir also arbeiten.» Er bei ihr, hält ihre Hand: «Ich danke Ihnen Natascha.» Sie ist eisig, steht auf, geht herum: «Also arbeiten, was?» «Wir werden sehen.» Er nähert sich ihr, sie weist ihn zurück: «Lassen Sie das. Ich wünsche zu arbeiten.» Haltung der Fürstin.

* * *

General mit zwei andern Herren: «Wir sprechen in strengster Vertraulichkeit. Keine Spur von der Fürstin, weder in der Öffentlich[k]eit noch bei uns. Es ist nicht glaubhaft, daß sie einfach, für nichts und wieder nichts, verschwunden ist. Die Wahrscheinlichkeit wächst – » Er kann v[o]r Erregung nicht sprechen, trinkt. «Daß es sich um eine erbärmliche Angelegenheit mit einem schändlichen Hintergrund handelt. Die Fürstin hat bis über den Kopf in Schu[l]den gesteckt, sie konnte sich vor ihren Gläubigern nicht retten.» «Also durchgebrannt.» «Sie hatte zuletzt eine Liebschaft mit Hauptmann Boris, auf dessen Hochzeit wir waren. Sie wissen, er ist in unserer Geheimleitung. Er hat sich durch enorme Ausgaben verdächtig gemacht. Das Geld, ist erwiesen, stammt von der Fürstin, die selbst keine Einnahmen hatte.» «Man hat ihr vielleicht geliehen.» «Alles hat seine Grenzen. Wo ihre Verschuldung stadtbekannt war. Und diese Unsummen. Von wem erhielt sie die Beträge, was leistete sie als Gegenwert und besonders: warum bezahlte sie diese Summen grade an Hauptmann Boris, der in unserer Geheimleitung sitzt?» «Er ist ein fescher Bursche.» «Man wählt dazu immer fesche Burschen. In letzter Zeit sind dauernd Nachrichten, wahrheitsgetreue, über unsere Geheimbeschlüsse in der feindlichen Presse erschienen. Woher diese Kenntnis?» «Um Gotteswillen, Boris.» General klagend: «Wir stecken in einem Netz von Spionage, Herr Oberst. Man kann dem Nächsten nicht mehr trauen. Boris war zuletzt bei ihr. Sie hat ihm wohl auch bezahlt für seine Hilfe bei der Flucht.» «Schande. Hat man Dokumente?» «Ich wollte grade Ihre Zustimmung zu Haussuchungen erbitten.»

* * *

Am Wohnwagen. Die Frau am Waschzober, arbeitet gewaltsam, gönnt dem Mann auch gelegentliche Spritzer, wobei er beiseite springt. Frau: «Das ist gesund für dich, daß du springst, du Faulenzer.» «Und sie hat doch feine Hände und Füße.» «Dir werde ich die Knochen zerschlagen.» «Und das schickt dir hier Oskar (er hat Nataschas altes Kleidchen), das sollst du waschen, eben weil sie die feinen Händchen hat und es nicht kann.» «Und das bietest du mir an?» «Oskar sagts.» «Ich hier so was waschen? (Nach einer Pause) Zeig her den Lumpen.» «Mehr hat sie nicht mitgebracht.» «Aus dem Rinnstein gezogen. (Betrachtet das Kleidchen) Schon geflickt.»
Hat etwas entdeckt, angeheftet einen geschriebenen Zettel, liest, zeigt: «Hotel Imperial, Zimmer 110»[.] Triumphierend: «Da!» «Was ist?» Er liest. Frau: «Aus einem Hotel. Also gestohlen.»

«Gotteswillen.» «Feine Händchen, was? Lange Finger.» Wirft das Kleidchen zornig hin: «Und an so was wirft sich Oskar weg. Und das will er beschützen. Seht Euch vor.» Jackie: «Was wollen wir machen, Annie, gute Annie, meine gute Annie. Ich werd es ihm sagen.» «Nichts wirst du ihm sagen. Er soll nicht in diese schmutzige Sache hineingezogen werden, er macht sich ja strafbar. Das übernehme ich selber. Heb den Fetzen auf.» (Sie ist zu dick[.]) Er reicht ihr das Kleid. «Ich werde Oskar von der Person befreien.»

* * *

Der General am Telefon: «Hurrah! Jetzt kommen die Verbrecher aus dem Loch. (Höhnisch) Man hat ein Kleid gebracht. War das Kleid zerrissen, mit Erde beschmutzt, blutig?» Olga am Telefon: «Ich weiß doch nicht. Aber es war mein Kleidchen mit der Zimmernummer vom Ausbessern.» «Eine Leiche ist aber nicht gefunden?» «Herr General.» «Sondern?» «Die Frau, die das Kleid brachte, ist wieder weggegangen.» Der General wiederholt es zu den Gästen, sie wiederholen, General am Telefon lacht auf: «Das ist vorzüglich! Hören sie nun endlich auf mit Ihrem Geschwätz, daß die Fürstin durchgebrannt ist? Sehen Sie nun endlich, daß sie eine ganz durchtriebene Spionin ist, die ihre Spur verwischen will, Ihre Fürstin? Schämen Sie sich nicht, daß Sie uns nicht orientiert haben?» Olga zitternd: «Herr General.» «Jetzt braucht sie Geld und wieder Geld und schickt uns ihr Kleid und viel[]leicht sollen wir Lösegeld für sie zahlen, damit sie noch mal bei uns spioniert.» «Herr General, was soll ich machen, ich armer Mensch?» «Sich schämen!» Wirft den Hörer hin.

General geht durch den Raum: «Diese Frechheit! Haben Sie gehört? Sie schickt uns ein Kleidchen hin, damit wir glauben, sie ist geraubt und wir [s]ollen Lösegeld zahlen, das sie natürlich einstecken wird.» «Vielleicht zahlen wir doch?» «Keinen Pfennig! Wir stechen dies Geschwür auf. Die Person, die das Kleid gebracht hat, kommt wieder.»

* * *

Natascha steht da, herrisch, feindlich: «Also was soll mit mir geschehen, Herr?» Oskar: «Natascha!» «Ich warte auf Ihren Befehl, ich warte seit Tagen.» Oskar (bittend) [:] «Seien Sie doch freundlich, Natascha, zu mir, was hab ich denn versäumt.» «Machen Sie keine Redensarten. Ich warte auf Ihre Anweisungen. Ich werde sie striktest ausführen.» «Was hab ich nur getan, Natascha, daß Sie mich so behandeln. Ich dachte, Sie hätten ein Gefühl zu mir.» «Mensch wollte ich sein, Mensch, nur Mensch, darum bin ich zu Ihnen gekommen. (Sie bricht in Tränen aus [.]) Sie haben es mir versprochen. Ich weiß jetzt, was Sie sich unter einem Menschen vorstellen.» «Weinen Sie doch nicht, Natascha, Sie wissen, es kommt bald wichtiger Besuch, ich denke nur an Ihr Bestes. Sie reißen mir das Herz aus dem Leibe.» «Ich werde hier ausgestellt, ich soll Geld verdienen, ich werde zum Sklaven degradiert.» «Ich will doch auch Mensch sein, und das wollen wir doch beide, aber wir brauchen Geld.» Natascha flüstert beiseite: «Eine Schande.» Oskar bettelnd: «Können Sie nicht zu mir freundlich sein, Natascha, liebe Natascha?» Natascha stampft auf: «Nein.» Er blickt sich im Raum um, vergrämt, blickt an sich herunter, schlägt die Hände vor sein [Gesicht], flüstert noch mal: «Natascha», streckt ihr die Hände hin, sie schiebt sie weg.
Es klingelt. Oskar an der Tür. «Der Herr Direktor. Sie kommen als erster, die Ehre.» «Alter Junge, man wird doch seine Freunde nicht im Stich lassen, und zu solcher extraordinären Vorführung, das kann ja eine Entdeckung werden, aha, das Fräulein.» «Das ist Natascha.» «Haben Wunderbares von Ihrem Tanz gehört, Gnädige.» «Ich bin Natascha, bitte, nur Natascha.» Direktor blickt Oskar an: «Wenn Sie erlauben. Die Figur ist jedenfalls bezaubernd.» Zwei Damen, Zirkussoubretten, etc. kommen. Oskar und Natascha begrüßen sie, sie wird munterer. Der Clown mit der Frau: «Meinen Freund Jackie kennen Sie ja schon, Natascha [,] und das ist seine Gemahlin Annie.» Annie, das Koloß, verbeugt sich fremd und abwesend ablehnend. Annie beiseite: «Seit wann sagt er «Sie» zu [ihr]?» Jackie: «Immer. Der

faßt die doch nicht an.» Annie lacht bitter: «Die?!» Gaston und seine Mutter kommen, Gaston eine junge lyrische Figur, seine sanfte dickliche Mutter, er ist Zollbeamter. Oskar stellt sie vor, die unsicher in dem Kreise erscheinen. «Das ist Monsieur Gaston und seine werte Mutter aus dem Nachbarhaus. Herr Gaston wird zu Nataschas Tanz singen.» «Bravo.» Direktor klatscht. Natascha und Oskar servieren Tee, Gebäck und Cognak. Natascha unterhält sich auffallend mit dem lyrischen Gaston, der sie anschwärmt und selig ist. Annie stößt [Jackie]: «Sieh dir bloß diese Person an. Es ist zum Platzen.» «Tu das nicht hier, Annie.» «Soll ich nicht bald dreinschlagen?» «Um Gotteswillen.» Oskar: «Wir bitten um Ihre Aufmerksamkeit, Natascha wird nun die ersten Proben Ihres Talents vor Ihnen ablegen.» Die Kenner [a]rrangieren sich. Sie steht noch bei Gaston, Oskar recht zart: «Natascha.» Jackie brüllt: «Natascha!»

Natascha pikiert: «Aber ich komme ja. Ich besprach mit H[errn] Gaston [den] Gesang, w[omit] er auch begleiten will.»

Sie verschwindet, kommt im Tanzkostüm bald wieder, inzwischen hat Gaston das Grammophon angestellt, mehrmals leise versucht, auch seine St[ücke] zu dem Tanz probiert. Die Front der «Kenner». Im Folgenden gibt es schmerzliche Ungleichheiten zwischen dem Grammophon und dem Sänger, die Platte galoppiert weg, dann stellt sie, sie ist nun zu langsam. Dabei soll Natascha tanzen. Oskar, der Gewaltige, hebt einen ebenso gewaltigen Leuchter, um die Schönheiten des Tanzes zu erhellen, er ist stolz und glücklich. G[aston] singt etwas von Liebe und Frühling (es ist etwa immer dasselbe: «Die Liebe, der Frühling, das ist das schönste Ding; der Frühling, die Liebe, das ist das schönste Ding, das Schönste, das Schönste, der liebe Frühling.») Sie tanzt nicht schlecht, muß sich aber bald sehr beeilen, bald verlangsamen nach seinem begeisterten Gesang; schließlich, als er (der Platte folgend) rast, rast sie mit, setzt sich dann, Gaston singt weiter. Man klatscht, Oska[r] setzt den Leuchter ab, klatscht enorm. Direktor: «Oh begabt, alle beide begabt.»

Schüttelt ihr und Oskar die Hand: «Da[s] Grammofon möchte ich mit engagieren.» Jackie war entzückt von dem Tanz, zum Ärger der Frau, geht zum Glückwünschen zu Oskar und Natascha, klopft auf die Schulter: «Nun bist du bald raus aus der Patsche, Oskar.» Zu Natascha: «Eine Entdeckung, Natascha, prima, eins [a]. [Annie] ist ihm gefolgt: «Eine Entdeckung, was hast du entdeckt? Natascha? Hoteldiebin ist sie. Die Polizei weiß, wie sie heißt.» Jackie hält ihr erschreckt den Mund zu. Natascha entsetzt: «Werft sie hinaus! Oskar schützen Sie mich.» Oskar den Leuchter in der Hand, gegen [Annie], sie flieht Wutblicke werfend, den Mann hinter sich. Der Direktor beruhigend: «Aber Herrschaften, eine bloße Eifersuchtsscene, etwas ganz alltägliches.» Natascha zitternd. «Sie werden mich schützen, Oskar.» «Ich erschlage sie.» Gaston hascht ihre Hand: «Rechnen Sie auf mich.»

* * *

Im Wohnwagen des Clowns stehen sich Clown und Frau wie Hund und Katz[e] gegenüber. Annie: «Was, du wirst mich hindern?» «Oskar schlägt dich tot, wenn du was machst. Wir verlieren die Stelle.» «Ihr gemeines Männerpack, Ihr brüllt wegen der Person, große Entdeckung, wunderbar, eins a? Weil sie sich zurechtmacht, die Diebin, die Hochstaplerin? Und das will sich bei uns im Zirkus breitmachen? Ich leg ihr das Handwerk. Im Namen aller anständigen Frauen.» «Ich laß dich nicht raus, Weib.» Wie er ihr den Weg verstellen will, packt sie ihn, bind[e]t ihn mit einem Strick am Stuhl fest: «Schrei, Clown.» Stülpt ihm den Clownshut über, nimmt Hut und Mantel. Ab. Man hört ihn klagen: «Ann[ie]! Anni[e]chen.»

* * *

Lyrisch gefärbte Bilder. Straßenleben. Das Bild erinnert an das, in dem Oskar Natascha fand. Er sitzt wieder auf einer Bank, gedrückt, geht mit dem Strom mit. Vor einigen Geschäften. Ein großes Ledergeschäft, er tritt ein, wird in einen Nebenraum geführt, Maulkörbe, Peitschen. An der Wand Jagdbilder etc. Man legt ihm Peitschen vor. Der Verkäufer: «Es kommt natürlich darauf an, wofür.» Oskar: «Ich weiß noch nicht, für wen ich sie brauchen werde. Geben Sie jedenfalls die zwei stärksten.» Verkäufer: «Die sind gut, Herr, für alles.» Wieder draußen der Menschenstrom, Oskar landet im Park Monceau, der gezeigt wird, wo er sitzt, einsam, die Peitsche neben sich, den Kopf manchmal mit dem Arm auf das Knie aufsetzend: «Warum quält sie mich so? Sie ist so schön. Ich liebe sie so, bete sie an. Warum kann sie mich nicht lieben. Was habe ich ihr getan[?] Ich habe alles für sie ausgegeben. Aber sogar betteln würde ich mit ihr.» –

Parallelscene: Natascha irrt geängstigt herum, am Flußufer, an den Quais entlang, flüstert: «Die dicke Frau weiß was, sie werden mich einsperren, oh Gott, wofür werde ich bestraft, warum läßt man mich nicht Mensch sein!» An einem Wasser im Jardin de Luxembourg, spiegelt si[e] sich. «Natascha, bin ich nun Natascha, sag! Man will es mich nicht sein lassen. Ich bin doch kein Arbeiter. Was quält mich dieser Mensch, und behauptet, daß er mich liebt.»

* * *

Das Schloß, Prinz am Schreibtisch, General gibt ihm Blätter zur Unterschrift. Hoheit, Cigarre im Mund: «Alles Beförderungen? Wir haben wohl bald bloß noch Majore und Obersten. Und die Jugend?» «Steht wie ein Mann hinter uns.» «Ihren Optimismus, Excellenz.» «Der Glaube, Hoheit.» (Wieder seinen Ausdruck ändernd, hart, steht auf) «Sie haben absolut recht. Und wie stehts mit der Kanaille, der Fürstin, Ihr werdet mir doch nicht einreden, daß das eine Spionin ist?» «Das ist nunmehr fast sicher. Wir beraten heute über die Schritte, die erforderlich sind.» «Unsere Feinde lassen uns keine Ruhe.» «Nein Hoheit.» Hoheit (die Zähne fletschend): «Dann schlagen Sie drein, wo Sie können, erbarmungslos, wie man gegen uns kein Erbarmen hatte.» «Befehl, Hoheit.» Prinz nach einer Pause: «Jedenfalls, wenn Sie die Person erwischt haben, die Fürstin, bringen Sie sie zu mir.» «Befehl, Hoheit.»

* * *

Comiteesitzung. Eine große Anzahl Männer. Der General (hat ein Blatt in der Hand): «Ich darf um Ruhe bitten, wir sind keine Privatgesellschaft. Ich schließe die Liste der Er[nennungen]: (Name) [,] Tischler[,] bisher Leutnant[,] zum Artilleriehauptmann avanciert, (Name) zum Fähnrich.» (Die betreffenden erheben sich, holen sich vom General formell ihr Certifikat ab.)
1. Kellner Bier anbringend: «Wo hat der sein Fliegerkorps?» 2.: «Wo der andere seine Artillerie hat, in der Luft.» General: «Nachdem Oberst – in seiner Civileigenschaft als Versicherungsagent nach [Textlücke] verzogen ist, folgt ihm das Oberkommando mit den gesamten Streitkräften nach – zwei Treppen rechts.»
(Eine andere Akte): «Der Fall der Fürstin Natascha Alexiewna. Wir haben Grund, diese schmerzliche Angelegenheit nicht breit zu treten. Endlich haben wir jedenfalls eine Spur von unserer – ehemaligen Kampfgenossin.»
Allgemeine Bewegung: «Ehemalig? Die Fürstin?» «Wir sind vor eine schwere Aufgabe gestellt, in die Sache sind noch andere verwickelt. Mit der Verfolgung der Spur, näheres nachher persönlich, betrauen wir das Detachement 5b. (Vier Mann erheben sich, stellen sich vor den General) Hier die Anweisungen. Sie haben selbständig zu handeln. Das Wichtigste ist, die Fürstin fassen und – unschädlich zu machen.» (Allgemeine Bewegung)
Boris stellt sich blaß erregt vor den General: «Warum bin ich bei der Beförderung übergangen worden, Herr General?» «Lassen Sie das unsere Sorge sein.» «Ich bitte um Aufklärung, Herr General.» Der General macht eine Kopfbewegung gegen zwei Jüngere, die hinter Boris stehen, sie treten rechts und links neben ihn. General: «Im Namen seiner Hoheit, Sie sind verhaftet.»

Boris blickt verständnislos rechts und links. General: «Sie haben Waffen bei sich?» «Nein.» «Sie werden das Weitere in Ihrer Wohnung abwarten.» «Ich darf doch wenigstens erfahren, was man mir vorwirft.» «Darüber erkundigen Sie sich bei der Fürstin Natascha Alexiewna.» «Ich h[a]be mit der Person nichts zu tun.» «Und wofür hat sie Sie bezahlt?» General ab.

* * *

Ein Haus gegenüber dem Hotel, Beobachtungsstat[ion] des Detachements, einer auf dem Dach mit Opernglas, einer im Torwinkel, einer als Autochauffeur, einer ist im Hotel postiert. Sie geben sich von Zeit zu Zeit Signale, wenn sich jemand dem Hotel nähert, durch Pfiffe, Armbewegungen, die von unten nach oben oder umgekehrt weitergegeben werden. Das ereignet sich bei mehreren zufälligen Passanten.

Die dicke [Annie] kommt langsam angewatschelt, sie ist sehr unsicher, steht erst auf der Gegenseite des Hotels, hinter einem der Beobachter. Dann überquert sie den Damm, steht nachdenklich, zweifelnd an einer Laterne. Sie erscheint im Opernglas. Der gibt ein Signal. Alles erstarrt. Sie watschelt weiter, steht. Die Kavallerie sprengt über den Damm, entfernt von ihr, reitet an ihr mit einem scharfen Patrouillenblick vorbei. Der Autochauffeur kurbelt an. Der Fernbeobachter erscheint mit seinem Glas auf der Straße und beobachtet von da. Die Angreifer flüstern sich im Begegnen zu: «Vorsicht!» [Annie] bemerkt den Fernbeobachter, blickt an sich herunter, schämt sich, entdeckt nichts an sich, zeigt ihm den sehr entwickelten Rücken, sie watschelt empört ab, das Fernglas folgt ihr. Sie geht rascher, entdeckt auch, daß der Autochauffeur ihr langsam folgt, versteckt sich in einer Hausecke: «Das ist ihre Diebsbande, sie wollen mich abfangen.» Sie geht Seitenstraßen. Ein Schutzmann steht in einer Ecke, die Verfolger sind bedrohlich nah, sie blickt begehrlich zu dem Schutzmann, der gibt ihr das Zeichen zu passieren, sie folgt, rennt, schnauft, bleibt schließlich plärrend ste-

hen. Die [V]erfolger geben sich ein Zeichen, einer näher[t] s[i]ch galant: «Darf ich Ihnen behiflich sein, meine Dame?» «Man jagt mich.» «Ich beschütze sie.» Reicht ihr den Arm. Die Verfolger marschieren hinter ihr. «Warum jagt man Sie, meine Dame?» «Weil ich eine Hoteldiebin anzeigen wollte.» «Was hat sie gestohlen, die Person?» «Sie ist eine Hochstaplerin[,] sie hat Oskar den Starken verführt, auf der Schürze steht Hotel Imperial No[.] 110.» «Ich versteh nichts, ich versteh nichts[.] Einen Moment, ich will die Leute verwarnen!» Er läßt sie los, spricht mit den andern: «Ich versteh nichts.» «Man muß das Gebäude feststellen und das Oberkommando befragen.» Er bei [Annie]: «Ich bringe Sie nach Hause, die Leute werden uns nicht belästigen[.]» [Annie] geschmeichelt im Gehen: «Sind Sie artig, Herr» [;] nimmt seinen Arm. Vor Oskars Haus.
[Annie]: «Hier wohnt sie. Bei Oskar. Der hält sie fest. Oskar der Starke, er ist furchtbar stark. Und drüben bei dem Zelt wohne ich. Vielleicht (er verabschiedet sich militärisch), habe ich wieder das Vergnügen.» Er mit Nachdruck: «Seien Sie überzeugt, meine Dame.» «[Annie] heiß ich.» «Und wie ist der Name der Diebin?» «Die nennt sich Natascha. Auf Wiedersehen.» Ab. Die Verfolger erregt zusammen: «Natascha. Die Diebin nennt sich nach ihr. Aufstellen. Verstärkung holen. Wir müssen das Haus bewachen. Rettet die Fürstin.»

* * *

Natascha und Oskar. Oskar: «Sie sollen üben, der Direktor war mit Ihnen sehr zufrieden.» «In solche Gesellschaft haben Sie mich gejagt, mein Retter, mein Beschützer. Damit ich mein Brot verdiene. Damit wir für Sie arbeiten. Sie sind enthüllt, mein Herr, mit Ihrer Menschlichkeit. Oskar! Wie heißen Sie wirklich?» «Oskar der Starke» (grimmig). «Ja stärker als ich sind Sie. Was befehlen Sie, daß ich jetzt tue. Geben Sie mir einen Tagesplan, stellen Sie die Arbeit meiner Stunden, meiner Minuten fest.» «Ich habe Ihnen die Roben bestellt, die Sie für nötig hielten, Sie müssen weiter üben.» «Ich kann heute nicht.» «Sie konnten gestern auch nicht.» «Bestellen Sie einen Arzt. Mein Fuß ist geschwollen, mein rechter Fuß.» «Natascha, Sie laufen doch wie ein Wiesel.» «Der Fuß ist verstaucht, vielleicht gebrochen, der Arzt wird Sie davon überzeugen. Ich bitte um einen Arzt. Sie können die Unmenschlichkeit gegen eine Kranke nicht bis zum Äußersten treiben.» «Natascha, ich beschwöre Sie.» «Für Sie, mein Herr, bin ich nicht Natascha, ich bin die Für – » «Wie?» «Ich bitte um einen Arzt, einen erstklassigen, einen Menschenfreund.» «Ich gehe.» Gebrochen ab.

Vor dem Hause auf der andern Seite zwei Radfahrer. Wie Oskar herauskommt, die Radfahrer hinter ihm, ab vom Rad: «Wohin, Herr?» Oskar stößt sie beiseite. Sie greifen wieder an, der schlägt sie in die Flucht: «Solch Gesindel treibt sich hier rum.» Die beiden werden etwas entfernt von zwei andern feldmäßig verbunden.

Natascha lie[g]t auf der Chaiselongue, der junge Doktor tritt ein, Oskar hinter ihm. Oskar: «Hier kommt der Herr Assistenzarzt, der Herr Professor würde erst morgen kommen können.» Natascha will empört aufstehen, erblickt den frischen Assistenzarzt, legt sich wieder: «Ich hoffe, daß der Herr Doktor so viel wie der Herr Professor versteht.» Doktor verneigt sich, Lächeln rechts und links. Natascha: «Sie lassen uns bitte für die Untersuchung allein, Herr Oskar.» Oskar verbeugt sich linkisch, hinaus. Doktor: «Wollen Sie den Strumpf ausziehen? Es ist der rechte Fuß?» «Rechts, nein, links.» Zieht den rechten aus. «Aber das ist ja der rechte.» Natascha lacht: «Ach ich verwechsle schon rechts und links, ich bin ganz durcheinander. Eigentlich sind es beide.» Hat beide Strümpfe ausgezogen. Er beugt sich über einen Fuß. Sie schreit, bevor er berührt: «Ach, das tut weh.» «Aber – » «Kann ich Ihnen etwas anvertrauen, Doktor? Geben Sie mir Ihre Hand, lassen Sie meinen Fuß, was geht Sie mein Fuß an, Sie sind ein vernünftiger Mann. Schreiben Sie auf, daß ich liegen muß, lange liegen muß, der Fuß tut mir so weh, ich muß tanzen, was lachen Sie?» «Sagen Sie mir, meine Gnädige, was ich aufschreiben soll?» «Setzen Sie sich näher, nicht auf den Stuhl, hier neben mich, – was Sie mir aufschreiben sollen, das werde ich Ihnen ins Ohr sagen, kommen Sie (er hält sein Ohr hin) [,] können Sie mich leiden?» Sie umfaßt ihn: «Dann retten Sie mich von hier, holen Sie einen Krankenwagen, ja? Ach, endlich ein Mensch. Wie gut Sie sind.» «Ich bin doch Arzt, meine Gnädige, was soll ich aufschreiben?» Natascha ist fix aufgestanden: «Du Esel, du bist doch nicht bloß Arzt, ist dieses Ohr Arzt, ist dieses Auge Arzt, ist – dieser Mund – Arzt?» Sie küßt ihn, ein Stuhl fällt um.

Oskar tritt ohne Anklopfen ein, der Arzt will sich von Natascha lösen, sie sieht Oskar, läßt aber, den Blick auf Oskar, den Arzt nur langsam los. Ihr Zorn auf Oskar, die finstere, traurige Wut Oskars. «Was, Sie treten ein ohne zu klopfen? Sie spionieren hinter mir?» Herrscht den Arzt an: «Heben Sie den Stuhl auf!» Sie geht auf Oskar zu, der das Gesicht verbissen, die Fäuste geballt, zwei Schritte auf sie zu macht. Natascha: «Was wagen Sie?» Sie stürzt in äußerstem Zorn auf ihn, schlägt ihm ins Gesicht, stürmt nach rückwärts, durch eine andere Tür ab.

Oskar und der Arzt. Oskar unbeweglich, mit einer Kopfbewegung nach einer Pause: «Sehen Sie, wie sie rennen kann. – Für die habe ich mein Geld hingeschmissen. – Lassen Sie sich von der nicht reinlegen, Herr.» Arzt dienert verlegen, ungeschickt: «Entschuldigen, Herr, ein Mißverständnis [.]» Ist plötzlich hinaus.

Oskar steht noch verkrampft, auf der Suche nach einem Gedanken, entdeckt die Kommode, wo seine Peitschen liegen, in sofortiger Bewegung, reißt die Schatulle auf: «Jetzt kommst du ran, mein Kind.» Nimmt die Peitschen, zur Tür: «Aufmachen!» Reißt die Tür auf, Nebenzimmer, wo die Hintertür offensteht: «Das Biest ist fort.» Er tobt die Treppe herunter.

Natascha verläßt fliehend das Haus, schreit «Hilfe». Auf der Straße steht das Beobachtungsdetachement, sie stürzt dem ersten in den Arm: «Hilfe, Hilfe, man will mich – !» Erkennt den Mann, prallt zurück, schreit gell: «Oskar, Oskar, rette mich!»

Rennt zurück: «Oskar!» Man hört Oskar toben: «Biest!» und sich nähern. Sie rast nach einer Angstpause in das Nachbarhaus. Der Mann ist starr geblieben, zwei andere kommen hinzu: «Wer war das?» «War da nicht[s]?» Der Mann kommt zu sich: «Das war Natascha.» Sie blicken sich an. Jetzt laufen ihr zwei nach ins Haus. In diesem Augenblick tobt mit seinen Peitschen Oskar aus dem Haus. Ein Pfiff von einem andern, die drei machen kehrt, werfen sich Oskar entgegen. Oskar: «Was wollt Ihr Kerle?» «Sie haben die Fürstin geraubt. Ergeben Sie sich.» «Welche Fürstin?» «Natascha.» Oskar wirft sie ab. «Die eine Fürstin? Die werde ich kusch machen.» Tobt in das Nachbarhaus, die Beobachter hinter ihm, durch den Hof, Treppen hinauf, Fahrstuhl rauf und runter, man öffnet Türen, einer der Dummköpfe blickt vom Dach auf [d]ie Straße zurück, nichts zu finden.

Natascha in der Wohnung Gastons, des Zollbeamten und schönen Sängers. Gaston und seine Mutter.

Natascha: «Retten Sie mich, stellen Sie Stühle vor, ich will Ihnen alles sagen, ziehen Sie die Vorhänge zu. Ich bin Natascha, ich bin die Fürstin Natascha Maxilowna, man sucht mich, Sie werden in der Zeitung von mir gelesen haben, man will mich einsperren, weil ich meinen Adel ablegen will; meine Leute wollen mich holen[;] es sind Verrückte, hören Sie, wie sie toben.» Mutter: «Schließ ab, Gaston!» Natascha: «Sie müssen nicht glauben, ich bin eine Verbrecherin. Ich habe alles aufgegeben, bloß damit ich Mensch sei, Mensch, nichts als Mensch.» «Und das erlaubt man nicht?» «Nein, nein, man erlaubt es nicht, man läßt mich nicht. Sie haben mit eigenen Augen gesehen, wie er mit mir verfahren ist, der Oskar, er wollte mich für den Zirkus dressieren, ich sollte Geld verdienen.» Er tobt draußen. Natascha: «Wenn sie nur nicht kommen, wo soll ich hin.» Mutter: «Armes gehetztes Kind.»

«Nun, Gaston? Er betet sie an.» Mutter zieht den verschämten Gaston näher. Natascha verzweifelt: «Es ist nicht möglich, daß man einfach Mensch ist, es geht nicht.» Mutter: «Verzagen Sie nicht, es geht. Sprich doch du, Gaston.» Gaston: «Fürstin, Durchlaucht, Sie stehen unter meinem Schutz.» Mutter: «Bravo, Gaston.» «Wenn ich auch nur Zollbeamter bin – » «Grade das wollte ich.» «Ich bin an die spanische Grenze versetzt.» «Da wollte ich immer hin. Kommen Sie, gleich.» Mutter (umarmt sie): «Mein Kind, jetzt sind Sie in besten Händen.» Natascha: «Ist es denn wahr.» Gaston küßt ihr demütig die Finger. Mutter: «Durchlaucht! Vor einer Stunde, Gaston, wer hätte an dies gedacht?»

* * *

Oskar marschiert mit beiden Peitschen bewaffnet über den Zirkusplatz, mit furchterregenden Schritten. Jackie sieht ihn, schleicht an: «Oskar!» «Ah du!» «Oskar, ich kann es dir nicht mehr verheimlichen. Wir Männer müssen Solidarität üben.» Er marschiert hinter Oskar her. «Die Frau, Oskar, die Natascha angezeigt hat, weißt du, wer das ist?» «Nun?» Jackie heimlich, am Wagen: «Geh die Treppe rauf, Oskar. Da steht sie.» Annie erscheint oben, geht zwei Stufen, will beim Anblick Oskars zurückflüchten. Oskar streckt die Arme aus: «Annie.» Sie unsicher, erkennt seinen Ausdruck, kommt herab. Oskar umarmt sie: «Annie! Wie ich dir dankbar bin.» Er umarmt auch Jackie: «Wie ic[h] Euch dankbar bin, daß Ihr mich befreit habt.» Jackie erstaunt, Annie hält Oskar fest und strahlt.
Der Direktor, an der Spitze eines trompetenden paukenden Umzugs, mit Gefolge von allerhand Tieren, Zirkuspersonal. Er erkennt Oskar: «Gott sei Dank, da ist er. Oskar, ich beschwöre Sie, lassen Sie mich nicht im Stich, ein großes Geschäft, drei neue Löwen.» Oskar, die Peitschen schwenkend, sofort in Bewegung: «Wo sind sie? Fünf Löwen, zehn Löwen, immer her damit!» Schließt sich an. Der Direktor ausrufend an der Spitze: «Die Welt des Zaubers, der Wunder, des Traumes, was noch nie gewesen ist.» Viel Publikum.

Schluß des 1. Teils.

2. Teil

In den französischen Pyren[ä]en, an der spanischen Grenze. Bewaldete Berge, Wasserfälle, ein breites Tal mit Maisfeldern, ein Kirchdorf an einem Berghang, man sieht Waldarbeiter, die Bäume auf den Rutschwegen den Berg herunter bringen, unten Wiesen mit Kühen, die weiden.

Ein kleines Autokar fährt die Asphaltstraße entlang, der Führer ruft in den Wagen: «Fünf Minuten Aufenthalt zur Besichtigung des Tals. Für Erfrischungen gleich rechts.»

Sechs Personen steigen aus, recken [sich], der Führer geht den kleinen Fußweg hinauf, wo angeschrieben steht: «Milch frisch von der Kuh. Liegestühle.» Da eine Wiese, hinten ein Häuschen, Stall, Kühe draußen, Hühner.

1. Besucher: «Ein völliges Idyll.» 2. Besucher: «Im Winter wäre es mir zu einsam.» «Dann hat man doch Wintersport.» «Glauben Sie, die Leute treiben Wintersport.» «Ja was machen sie denn? Immer Kühe und Kühe?»

Vom Haus her kommt Natascha gelaufen, schwarze bäurische Tracht, sie sieht ernster und auch strenger aus, zeigt den Leuten ein Lächeln. Sie setzen sich um einen grob getischlerten Tisch. (Es sind 4 Balken am Boden mit einem Brett darüber, rechts und links ebenso je eine Bank.)

Natascha: «Guten Tag, Herrschaften.» «Und was gibts Schönes bei Ihnen, bloß Milch?» «Milch. Wenn Sie aber wünschen, bring ich Weißbrot mit Butter.» «Wir bitten. Haben wir noch Zeit, Chauffeur?» «Sicher.» «Sie müssen hier ein kleines Restaurant aufmachen, liebe Frau, mit Erfrischungen, das liegt hier herrlich.» Natascha: «Finden Sie[?]» «Hier müßte ein kleines Hotel sein. Was meinen Sie (zu einem anderen Besucher)[?]» «Lassen Sie doch die Frau zufrieden.» Natascha zu den Kühen, sie setzt sich, melkt. «Das nenne ich frisch vom Faß.» Natascha setzt die Kanne ab, bringt Gläser und Brot und Butter, man trinkt. Dame: «Wie heißt der Berg da?» Natascha: «Das ist der (Name).» «Und das Weiße dahinter?» «Das ist der (Name)

Gletscher.» «Ist wohl schwer raufzukommen.» Natascha: «Ich war noch nicht oben. Wir haben zu arbeiten. Das Feld gehört auch zu uns.» «Da sind Sie wohl stolz, das große Los, eigener Grundbesitz, Grund und Boden?» Natascha räumt ab, blickt den Herrn an, senkt den Blick: «Doch.» Die Leute rückkehrend zum Kar: «Das ist mit dem zufrieden, was es hat. Das kräht und schreit nicht, heute dies, morgen das.» «Und Sie, wollen Sie nicht immer Abwechslung?» Steigen ein: «Das ist ja das Unglück.»

Natascha sieht, das Geschirr auf dem Arm, dem Kar nach. Die Mutter kommt mit einem Eimer: «Die Hühner besorge ich schon, Natascha.» «Danke Mutter.»

Die Mutter nach hinten. Natascha bleibt am Tisch: «Das große Los.» Beißt sich das Handgelenk, spricht ihre Hand an: «Was will ich eigentlich?» Mutter blickt aus dem Haus: «Hast du mich gerufen, Natascha?» «Nein, ich rufe nur die Kühe, geht da weg. Sie fressen immer, wo sie nicht sollen. Gaston[!]» Sie hat ihn von weitem erblickt. Er kommt angeradelt, Gewehr auf dem Rücken, stellt das Rad ab. «Schon so früh Gäste, Natascha?» Sie umarmen sich. «Daß du dir die Arbeit machst, Kind!» «Deine Hände[,] wie rauh sie sind!» «Ich will arbeiten, – nicht küssen, – ich bin jetzt wie jeder andere Mensch und du sollst mich nicht drin stören.» «Ich habe doch meine Anstellung, Natascha, du gehst so schlecht mit mir [und] dir um.» Sie nimmt ihm das Gewehr ab. «Wozu tragt Ihr die Flinte, du sitzt doch auf deinem Posten?» «An der Grenze, Natascha, gibts Schmuggler und Wilddiebe. Übrigens Mutter, putze mir doch das andere drin.» Natascha: «Aber das kann ich auch. Ich habe ja früher auch gejagt.» Gaston: «Durchlaucht! Um so weniger darfst du mir eine Flinte putzen. Ich war nur auf einen Sprung hier.» Natascha begleitet ihn, winkt, wie er abradelt. Die Mutter geht zur Arbeit: «Ruh dich doch [aus], Täubchen.» Ab.

– Wohnzimmer. Natascha mit dem Blick auf die Flinte, die wieder hängt, geht hin, nimmt sie ab, legt sie fachmännisch an, hängt sie sich um, geht damit: «Wunderbar, wunderbar.» Sie ist straff und freudig. Die Mutter kommt, Natascha hängt rasch die Flinte an ihren Platz, die Mutter: «Sie haben uns wieder zwei Hühner gestohlen.» «Nein!» «Diese Räuber, der ganze Zaun ist zerrissen.»

– Am Hühnerstall, dessen Gitter zerschnitten ist, sie arbeiten daran, Mutter: «Ich fürcht mich für Gaston.»

* * *

– Abends Grenzwächterposten an der Landstraße, kleine Baracke, Gaston und ein anderer fertigen Wagen und Radfahrer ab. Einzelpassanten gehen vorbei, Beamter: «Auffälliges Gelichter, man sollte eigentlich alle feststellen.» Gaston: «Die Leute sind hinterlistig.» «Die Leute nicht, aber eine gewisse Sorte. Nur keine Angst, Gaston, das merken Sie.»
Zwei Mann Ablösung, Händeschütteln, Gaston eilig ab auf seinem Rad, der 2. während er sich fertig macht, lacht: «Gaston ist neu, dem imponieren die Kerle noch.»
– Dunkel, Silhouetten der Berge und Häuser gegen den Himmel. Gaston auf der Chaussee radelt, helle Lampe, Ankunft, Abstellen des Rades am Tor, geht über die vordere Wiese, horcht, ruft: «Mutter! Natascha!» Keine Antwort, geht tastend weiter, wird plötzlich umgeworfen, ruft einmal erstickt «Hilfe». Eine dumpfe Stimme: «Bloß ein Denkzettel für heute.»
– Morgengrauen, Wohnzimmer, Natascha ist eingeschlafen, Mutter kommt in Rock und Umhang, Natascha fährt hoch, Mutter: «Ich hab nicht die Tür gehört, wo ist Gaston?» «Gaston?» Natascha stürmt aus dem Zimmer, ist bald zurück: «Er ist nicht drin.» Sie wechseln Blicke.
Natascha fliegt auf das Gewehr zu, stürzt hinaus. Die Mutter am Fenster: «Kind, warte doch!» Schon von draußen ein wilder Schrei Nataschas. Die Mutter entsetzt hinaus.
– Die Wiese nahe der Landstraße, Natascha richtet Gaston auf.

Natascha: «Er ist nur betäubt, Mutter, bring Wein, ich kann ihn nicht heben.» Sie schießt zweimal in die Luft, schreit Hilfe, Leute kommen.
– In der sonnigen Stube sitzt Gaston verbunden, schlaff, die Mutter bei ihm, Gaston klagt: «Der Posten ist nicht für mich.» «Du kannst singen, schreiben und bist ordentlich, aber das hier.» «Ich werde um meine Versetzung bitten.» Natascha kommt [,] bringt Kaffee. Mutter: «Gaston wird um seine Versetzung bitten.» «Warum? Wegen der Beule [?] » Mutter: «Aber Natascha, wie redest du.» «Deswegen wirst du um die Versetzung bitten?» Zwei Beamte kommen zu Besuch. 1.: «Aber Gaston! Als wenn wir eine Ahnung hatten, wir sprachen noch, daß sie es auf dich absehen würden.» Mutter ängstlich: «Aber warum auf meinen Sohn?» «Die haben 1000 Augen, wir geben ihnen keinen Pardon und dann rächen sie sich.» Mutter: «Das ist ja wie ein Krieg.» 1.: «Ist es auch.» «Aber dazu sind wir nicht hergekommen.» Beamte lächeln. Gaston: «Ich werde um meine Versetzung einkommen.» Natascha: «Hören Sie nicht auf ihn, morgen denkt er anders.» Mutter empört: «Morgen schießen sie.» 1.: «Ja, schießen tun sie auch. Kommt drauf an, wer besser trifft.» Mutter außer sich: «Aber das ist doch nichts für meinen Sohn.» Natascha: «Gaston kann schießen.» Beamte erheben sich, verabschieden sich: «Jetzt kriegst du ja erst Schondienst, Innendienst.» Abschied, Besucher ab. Natascha: «Das wirst du mir nicht antun, Gaston, dich versetzen lassen.» Mutter: «Sie haben es auf ihn abgesehen, Natascha. Du wirst ihn noch in den Tod treiben.» Natascha: «Er soll nicht zum Gespött werden. Ich werde ihn beschützen.» Mutter umarmt sie: «Du dummes Kind.»

* * *

Das Folgende ist nur teilweise ausgeführt!

* * *

– Gaston (im Innendienst) erscheint mit Natascha bei dem Festmahl, das zu Ehren des neuen Vorgesetzten der Grenzwächter im Ort gegeben wird.
Beginn: das belebte kleinstädtische Straßenbild. Das Restaurant. Im Vorraum, wo man Garderobe ablegt, begrüßen sich einige Beamte. Zu Gaston ist man lustig, er ist noch schwach: «Jetzt brauchst du also keine Flinte zu tragen.» «Die Herren vom Innendienst! Von der Wiegeschale, von der Schreibfeder.» Lachen, Natascha ist dabei.
Der stolze ne[u]e Chef mit seiner Madame steigt aus dem Wagen, die Ehrfurcht der Beamten, auf die er in der Garderobe stößt. Feierliches Ceremoniell drin im Saal. Gaston und Natascha sitzen dem Chef gegenüber, Gaston konkurriert mehrmals mit dem Kellner im Bedienen des Chefs, im Zureichen etc. Natascha sucht ihn zurückzuhalten, sie ist empört. Die Chefin blickt freundlich auf sie, sie antwortet fremd. Chefin zum Chef beiseite: «Was ist das für eine merkwürdige Frau?» Chef: «Ignoriere sie, eine Bäuerin.» Im Folgenden geben Chef und Chefin Zeichen der Uninteressiertheit. Gaston sucht ängstlich Natascha zur Höflichkeit zu bewegen, sie bleibt gleich.
Man erhebt sich, nach Tisch eine Art Cercle, der Chef spricht die einzelnen Herren an, schüttelt die Hand, bei Gaston nickt er und geht vorüber.
– Ihr Streit auf dem Nachhauseweg durch die Straße, schon vor dem Lokal. Gaston: «Ich verlier meinen Posten durch dich.» «Du mußt dich als Kellner engagieren lassen.»
Kleine Nachscene im Lokal: Die Kollegen von Gaston trennen sich lärmend und animiert, loben den neuen Chef, zwischendurch erwähnen sie auch den schlechten Eindruck[,] den Gaston gemacht habe.
– Bergwald. Das Herabtreiben von Ochsenwagen mit Stämmen und anderes. Im Gebüsch zwei schlafende Leute, die beim Schreien der Ochsentreiber aufwachen und nach ihren Gewehren fassen.
1.: «Wir wollen runter.» Sie stehen auf. «Die Flinten lassen wir

hier.» Verstecken ihre Gewehre unter Laub, marschieren wie harmlose Landleute rauchend auf der Chaussee.
– Einer von ihnen gleitet den Berghang herab, an der Rückseite von Gastons Häuschen. Er läuft an einer Felsnische vorbei, in welcher Natascha steht. Sie tritt hinter ihm hervor, er dreht sich um, bemerkt sie, will sich auf sie stürzen mit einem Griff nach dem Gewehr, das er aber nicht trägt, fragt geistesgegenwärtig: «Das ist wohl Ihr Privatbesitz, Madame?» «Ja.» «Verzeihung, ich bin vom Weg abgekommen.» Will mit Verbeugungen weg, Natascha ruft: «Halloh.» «Madame?» «Haben Sie hier neulich eingebrochen?» Er tut entsetzt, murmelt: «Verdammte Katze.» Der Wilderer nähert sich ihr, die ihn kühn erwartet, aber er hat sie plötzlich gefaßt, verstopft ihr den Mund: «Werden Sie schreien?» Natascha kämpft mit ihm, es gelingt ihr zu sagen: «Ich werde nicht schreien.» Er läßt sie vorsichtig frei. Sie warten, indem sie sich beobachten. Natascha hat plötzlich einen Gedanken, erkundigt sich nochmal: «Haben Sie hier eingebrochen?» Er nickt cynisch. Natascha: «Sie können jetzt laufen. Ich – habe jetzt keine Zeit. Ich will dort am Waldrand auf Sie warten, vor Abend.» Er ist bedenklich. Sie: «Kommen Sie.» Er unklar, nachdenklich, sagt schließlich «gut».
– Die Straße mit den Ochsenwagen etc. Häuser, Kirche, zwischen Passanten schlüpft Natascha mit einer Markttasche. Sie schlängelt schließlich wie zum Blumensuchen in den Wald.
Die beiden Wilderer in einem Versteck beobachten sie. Langsam entschließt sich der erste herauszukriechen, sie fü[r]chten eine Falle, er winkt am Boden liegend, das Gewehr in den Händen der Natascha. Er unterhält sich zuerst mit ihr liegend, obwohl sie ihn sofort lächelnd aufklärt, daß sie allein und ohne Waffen ist. Im Gespräch Natascha: «Wollen Sie mich nicht einmal mitnehmen?» Die Wilderer wollen nicht, sie sind zu überzeugt, daß es eine Falle ist. Sie verlangen einen Beweis. «Ich habe nichts, ich habe kein Geld.» «Warum kommen Sie denn überhaupt, was wollen Sie von uns?» «Ich hasse meinen Mann.» Die beiden lachen furchtbar. «Frauen kann man für unsern Beruf

nicht brauchen.» Sie wird wild: «Warum nicht? Ich kann schießen, so gut wie Ihr.» Sie beweist es zu ihrem Staunen. Die Kerle flüsternd für sich. Man verabredet sich wieder. Sie muß ihnen aber für nächstes Mal Handgeld mitbringen.
– Der Chef der Grenzwächter im Büro. Er fragt nach den Akten von Gaston, erkundigt sich, warum er grade hierher versetzt sei u.s.w.
– Eine Schmugglerfahrt über das Gebirge, Natascha ist dabei, der Transport ist als Holztransport kaschiert. Natascha geht in Männertracht, geschwärztes Gesicht, man passiert ungestört Wachtposten. Zwischen dem Holz liegen Gewehre, die man vorher aufgeladen hat.
– Gastons Häuschen, Wohnzimmer, Gaston und Mutter unterhalten sich, er klagt über Schwierigkeiten im Amt, der Chef sei ungnädig, er sei beleidigt seit damals. Natascha tritt ein. Mutter: «Du hast dich am Hals ganz schwarz gemacht. Wo warst du den[] Nachmittag, den ganzen Nachmittag?» «Im Ort.» Natascha lacht herausfordernd. Mutter: «In dem Kleidchen?» Natascha: «Ich hab mich schon umgezogen.»
– Terrasse eines Pariser Kaffees. Boris aus dem 1. Teil und ein anderer setzen sich.
2.: «Ich bin in Ungnade gefallen bei der Oberleitung, weil ich die Fürstin nicht gefaßt habe.»
Boris: «Ihr habt sie auch nicht zu fassen. Soll die Kanaille doch laufen, wenn sie will.»
2.: «Eine Spionin?» Boris: «Die sind ja verrückt oben, nichts ist bewiesen. Aber ich werde meine Ehre wiederherstellen. Man hat mich geächtet. Jetzt will mich meine Frau verlassen.»
Oskar der Löwenbändiger kommt, erblickt die Herren, die allein in der Ecke sitzen, fixiert sie, auf sie zu: «Guten Tag, Herr, Sie sind es? Sie haben mich herbestellt. Womit kann ich dienen?» Boris: «Sie erinnern sich an die Fürstin Natascha[?]» Oskar: «Wollen Sie mich aufziehen, Herr?» Boris: «Sie erinnern sich an sie?» Oskar: «Ich denke.» Boris: «Ich wollte von Ihnen ihre Adresse.» Oskar: «Die habe ich nicht. Wenn Sie weiter

nichts wollen, kann ich ja gehen.» Boris: «Sie hat mich ins Unglück gerissen, Sie müssen mir helfen.» Oskar blickt ihn treu an, drückt ihm die Hand, klopft ihm auf die Schulter: «Kommen Sie. Sie hat jetzt einen Zollbeamten gefunden, wir werden seine Adresse kriegen, der arme Teufel wird auch nicht lachen.» 2.: «Ich darf mich anschließen.» Oskar blickt ihn lange an, drückt ihm dann auch die Hand: «Drei Leidtragende auf der Suche nach dem 4.»

– Das Schloß vom 1. Teil, das Zimmer mit den drei Alten vom Hofstaat, das Bild ist genau das gleiche wie früher.

1. Alter: «Als ich vor 20 Jahren den Erbprinzen besuchte, um Bericht zu erstatten, betrachtete er wehmütig die Fahnen im Hof des Palastes.» 2. Alter: «Welche Fahnen?» 1. Alter: «Unsere alten Regimenter.» 2.: «Was sollen die im Hof des Palastes?» 1.: «Sie wurden seiner Hoheit vorgeführt, er wußte bei jeder ihre Geschichte, seine Augen strahlten.» 2.: «Regimentsfahnen wurden niemals im Hof des Palastes vorgeführt.» 1.: «Es war der Schloßhof. Er sagte: Betrachtet sie und lernt von ihnen.» 2.: «Das war bei der Truppenrevue.» 1.: «Es war der Schloßhof.» 2.: «Aber ich versichere Eurer Excellenz –»

Der Prinz ist mit dem General eingetreten, sie fahren hoch, auch die schlafende Dame. Prinz: «Ich beschwöre Sie, meine Herren, glauben Sie einander doch! Wenn Sie sich nicht glauben, wer soll uns denn glauben?» 1. Alter: «Befehl Hoheit.» Prinz setzt sich: «Wir haben eine Spur der Fürstin Natascha. Wie würden Sie Spionage bestrafen?» [2.] Alter: «Kriegsgericht [,] erschießen.» Prinz zum General: «Sie halten überhaupt Spionage bei der Fürstin bewiesen. Der junge Hauptmann Boris ist flink, er wenigstens scheint mir unschuldig, er will sich an ihr rächen, sollen wir ihn zu ihr schicken?» General: «Wir durchschauen ihn nicht.» Prinz: «Die Adresse haben wir?» General: «Befehl.» Prinz nach einer Pause: «Ich werde selbst hinfahren.» Alle sind perplex. Prinz: «Ich mache Sommerferien, die Regierungsgeschäfte übernehmen Sie, General.» General: «Wer begleitet Eure Hoheit?» Prinz: «Diese Person werde ich selbst vernehmen, Boris kommt mit.» 1. Alter klagt: «Wollen Hoheit uns verlassen?» Prinz gähnt und winkt ab: «Ich hab auch einmal Recht auf Urlaub, nicht bloß andere.»

– Die Mutter im Wohnzimmer Gastons kramt in Koffern, Schränken. Gaston: «Zeig mir, was du hast. Ach, das ist ja alles nichts.» Mutter: «Das ist ein schönes Kleid.» Gaston: «Nicht für sie, Mutter. Ich muß sie beschenken, was tu ich?» Mutter: «Was treibt sie nur, sie ist ganz außer Rand und Band.» Natascha kommt in einer Art Jagdkostüm, sie wirft ihren Rucksack hin: «Ich habe gejagt.» Die Mutter steht mit einer Haube, einem Rock vor dem Schrank. Natascha: «Was habt ihr da für Plunder?» Mutter hängt empört die Sachen weg, geht weg. Gaston: «Was ist geschehen, Natascha, was tust du[?]» Natascha ist übermütig: «Was ich möchte? Am liebsten Euch allen und dem ganzen Ort das Dach über dem Kopf anstecken.» Gaston: «Ich habe dir alles gegeben, was ich habe.» Natascha: «Ich bin dir auch nicht böse, aber ich will – leben! Ich muß Mensch sein, ich will Ich sein, Natascha, und da darf mich niemand hindern.» Gaston: «Du rennst in dein Verderben, Natascha.» Natascha: «Du hast Furcht um mich? Weißt du, wie es bei uns zu Hause zuging, als die Regimenter kamen, unsere Feinde, und ganze Städte in Flammen aufgingen?» «Ich liebe dich, Natascha.» Natascha packt ihn lachend: «Und ich, Gaston, – werde dich verlassen.» Er weint, umschlingt sie, sie streift ihn ab.

– Ein Grenzposten an einer Wegkreuzung. Zwei Wächter beim Kartenspielen, warten auf Gaston, wollen ihn freundlich auf Natascha aufmerksam machen. Gaston kommt, sie orientieren ihn, er ist niedergeschlagen, sie trösten ihn, er solle sie wegjagen. «Ich kann nicht, ich will nicht.» Sie warnen ihn, sie wildere, vielleicht hilft sie auch beim Schmuggeln. «Und du bist der Hehler, Gaston.» Er bettelt, sie möchten ihr nur nichts tun, wenn sie sie träfen. Sie schlagen wütend auf den Tisch.

– Das Büro, man verabschiedet sich, man sieht Gaston auf den Verrechnungstisch spähen, wo Geldscheine liegen. Während sie vorne plaudern und einem wandernden Savoyarden mit Affen zusehen, durch das Fenster, das offen ist, macht Gaston auf dem Weg zu dem Fenster einen Umweg an dem Tisch vorbei. Er rafft im Vorbeigehen einige Scheine an sich. Sie hören eine kleine Weile der Drehorgel zu. Nachher am Tisch wird das Geld verschlossen in einem Kasten, der von einem übernommen wird. Gaston wirft heimlich nach einem Kampf mit sich seine Scheine auf einen Stuhl an dem Tisch neben eine Mütze. Da findet sie dann einer, bevor sie gehen. Sie glauben, es sei vom Wind heruntergeweht.

– Gaston holt heimlich Geld aus dem Schrank in der Wohnung.

– Der Einkauf im Ort, Gaston vor und in einem Laden.

– Gaston zeigt Natascha einen eleganten Hut und Mantel. Er erklärt: «Ich bin avanciert im Dienst, aber sag der Mutter nichts.» Natascha: «Das ist schon besser. Aber ein Jagdkleid möchte ich, ein richtiges, und eine neue Flinte.» Gaston: «Du darfst doch nicht jagen.» Natascha: «Ein Jagdkleid, du! Eine Flinte!» Gaston: «Um Gotteswillen.» Sie beobachtet ihn entzückt, streichelt ihn: «Ich liebe dich.» Er hilflos: «Um Gotteswillen.»

– Eine Art Hütte mit Feld, sehr ärmlich, Wohnung eines Wilderers, draußen arbeitet eine alte Frau. 2 Männer kommen, sie beraten über einen neuen großen Schlag, aber es ist schlechtes Wetter, man muß warten.

Scene wie im Beginn des 2. Teils, ein Autokar fährt an, Aussteigen genau wie dort, kleines Gespräch mit Natascha, in den Gästen erkennt man bei einer kleinen Unterhaltung (der Prinz warnt Boris, er soll Ruh[e] bewahren) den Prinzen und Boris, die sich beide das Gesicht durch Bart und Brille maskiert haben. Als Natascha beiseite geht, staunt der Prinz: «Wie sieht sie aus!» Boris: «Schön wie immer, eigentlich noch schöner.» Prinz: «Wir werden das Geheimnis enthüllen, Hauptmann, aber ich verbitte mir jede Eigenmächtigkeit.» Chauffeur: «Einsteigen zur Weiterfahrt.» Prinz zu ihm: «Wir unterbrechen im Nachbarort.»

– Kaufleute beim Chef der Grenzwächter, klagen über die Zunahme der billigen Schmuggelware. U[n]terhaltung des Chefs mit andern Grenzbeamten über diese Nachricht. Beschluß, die Aufsicht zu verschärfen, alles heranzuziehen, jeder muß ein Gewehr nehmen, um die Bande zu fassen.

– Gaston beschwört Natascha, von dem Treiben abzulassen. Sie lacht ihn aus: «Hab Geduld mit mir, du wirst bald von diesem Scheusal befreit sein.» Er ist gebrochen. Sie verläßt den Raum.

– Draußen am Zaun tritt Boris auf sie zu, er ruft, als sie vorbeigeht: «Natascha.» Sie erkennt ihn finster. Er: «Ja, ich bins.» «Was suchst du mich, Boris.» Er hält sie am Handgelenk: «Bist du eine Verräterin oder nicht.» Sie reißt ihre Hand los. Er: «Hast du Spionage getrieben?» Sie kreuzt die Arme, betrachtet ihn lange: «Du bist verrückt.» «Man ächtet mich, man beschuldigt mich, mit dir zusammen Spionage getrieben zu haben.» Sie spöttisch: «Armer Junge.» Er: «Der Prinz ist im Ort, willst du ihm Rede und Antwort stehen?» «Wer, der Prinz? Ein Verhör? Das ist lustig.» «Also komm.» Sie gehen, drüben steht ein Auto.

– Korridor eines Hotels, im Vorzimmer sitzen zwei Personen des prinzlichen Hofstaats, Natascha soll warten, Boris geht hinaus, man begrüßt sich zeremoniell, sie persifliert es übermütig, platzt schließlich mit einem Gelächter heraus, läuft lachend ab, während an der Tür zum Nachbarzimmer der Prinz erscheint. Boris tritt ein, der Prinz hebt kopfschüttelnd die Arme. Boris, i[m] Zorn: «Ich hole sie.» Prinz: «Sie warten, bis ich es Ihnen befehle.»

– Die Razzia. Im Bürohaus der Grenzwächter sucht ein Bauer eine Tür im Gang, klopft einmal falsch, dann tritt ein Beamter heraus, der ihn erkennt, sie gehen in eine Ecke im Gang. Der Bauer: «Heute abend gehen sie, sags deinem Chef.» Der Chef wird geholt. Der Bauer wiederholt, er erhält vom Chef Geld.

– Im Bergwald. Signale der Wilderer. Man hört Geräusche, dazwischen geschnitten Bilder von der Absperrung durch die Grenzwächter. Man sieht auch abseits angstvoll Gaston sich durch den Wald schlängeln, ohne Waffen, auf der Suche nach Natascha. Die Wilderer hören Geräusche, werfen sich auf den

Boden, Natascha spürt vor, sie winkt zurück, sie rufen: «Schieß.» Sie schießt. Darauf Stille. «Lauf hin, nimm ihm das Gewehr ab.» Natascha läuft nach vorne ins Gebüsch. Nach einer Pause ihr geller Schrei. Erschrecken der Wilderer.

– Natascha im Gebüsch bei Gaston, der verwundet daliegt. Gaston: «Gott sei Dank, daß du kommst. Hab keine Angst um mich, es ist eine Kleinigkeit.» Er zeigt ihr die Richtung. «Rette dich, du mußt da hinten durch, da, Ihr seid eingekreist.» Sie will nicht weg. «Ich bleib bei dir.» Zwei Wilderer erscheinen: «Wo bleibst du, laß den, sie finden ihn schon.» Sie müssen sie mit Gewalt wegreißen.

– An der Chaussee bei den Grenzwächtern, ein Krankenwagen, der Chef ist mit einigen dabei, ein Arzt steigt aus dem Wagen, er zuckt auf die Frage des Chefs die Achseln. Der Wagen setzt sich bald in Bewegung. Chef: «Die Ware haben sie liegen lassen, die Kerle sind wieder einmal entwischt.»

– Die ärmliche Hütte des früheren Bildes, draußen Arbeit, Natascha sitzt drin. Sie ist recht verwahrlost, blickt zum Fenster hinaus, die Alte holt sie zur Arbeit: «Du weinst um deinen Mann. Es gibt noch andere.» Natascha ist starr: «Ich warte.» «Der ist längst da, wo er keine Frau mehr will.» Natascha starr: «Nein.» Die Alte geht kopfschüttelnd hinaus.

– Der Prinz erfragt den Weg zur Hütte, schließlich führt ihn ein Junge. In der Hütte sein schlecht verhehltes Entsetzen beim Anblick Nataschas. Natascha: «Wie haben Hoheit meinen Aufenthalt erfahren?» «Fürstin. Es ist alles aufgeklärt, vergeben und vergessen. Ich biete Ihnen, Fürstin, den Frieden mit uns und alles was sich gehört.» «Warum lassen Sie mich nicht in Ruh.» «Sie können nicht hier bleiben.» «Ich bin hier und warte. Ich bin nicht mehr frei, ich habe eine Pflicht. Ich büße.» «Fürstin Natascha, wie lange soll das dauern?» «Ich weiß nicht.» Prinz stumm ab.

– Natascha allein. Nach einer Pause tritt Gaston ein. Das Entsetzen Nataschas bei seinem Anblick wie vor einem Gespenst. Sie flieht rückwärts. Als er aber stehen bleibt, die Hände bewegt

und lächelt, Natascha anruft, reibt sie sich Ohren und Augen, bewegt sich vor, tastet über s[e]ine Brust, sinkt schluchzend an ihm zu Boden. Er hebt sie auf, will sie an sich ziehen, sie rennt weg, holt ein Gewehr, bietet es ihm an: «Hier erschieß mich, du darfst es.» Er legt es weg, er nimmt es ihr weg, die es ihm aufdrängen will. Sie schließlich ist fassungslos und ungläubig: «Du willst mir verzeihen?» Dann überglücklich und lange Umarmung. Gaston: «Der Prinz hat zu Haus nach dir gefragt, er wollte dir helfen, ich habe ihm gesagt, wo du bist.» «Du, Gaston, warum?» «Ich wollte, du sollst dich entscheiden, Natascha.»
– Vor der Hütte, die Alte ist dabei, sie betrachte[t] staunend die beiden, die aus der Hütte treten. Natascha lacht: «Das ist der Mann, der doch noch eine Frau will.» Gaston: «Wir gehen von hier weg über das große Wasser, Natascha, in die neue Welt.»

Ende

DIE ENTEISUNG GRÖNLANDS

Teil 1 (Vorspiel)

Die technischen Verbesserungen und Erfindungen zusammen mit ihrer industriellen Verbreitung verändern immer mehr die Lage der Menschheit in Amerika und Europa.
Die politische Gewalt entgleitet immer mehr den eigentlichen Politikern. Sie wird von den Vertretern der Technik, Wissenschaft und Industrie an sich genommen.
An die Stelle der alten, politisch begrenzten Staaten Amerikas und Europas tritt ein Weltreich mit den beiden Zentren New York, London.
Ihre Senate werden ausschließlich aus den Vertretern der Technik, Wissenschaft und Industrie gebildet.
Wirtschaftlich und gesellschaftlich tritt in dem Weltreich immer mehr an die Stelle des früheren Problems der Arbeitslosigkeit das Problem, wie man die Massen, die nicht mehr zu arbeiten brauchen, beschäftigen soll.
Wir erleben die ersten Rückschläge gegen die Entwicklung. Durch diese Gegenstöße werden die Senate, die den Fortschritt schützen, gezwungen, ihre Macht zu sichern.
Man muß auch die Technik und neue Wissenschaft vor Mißbrauch schützen. Und so werden Technik und Wissenschaft immer mehr zu Geheimlehren. Sie werden nur Auserwählten zugänglich gemacht.
Man sieht sich auch gezwungen, den Fortschritt zu dosieren.

* * *

Das 26. Jahrhundert bringt die entscheidende [W]endung.
Die künstliche Lebensmittelsynthese wird entdeckt. Daran beteiligt ist in 1. Linie der große Forscher Meki in Ed[i]nburg. Mitwirkt Alice Layard in Chicago. Der große Meki erlebt ein

tragisches Schicksal, welches an das von Columbus nach der Entdeckung Amerikas erinnert.

Die chemische und fabrikmäßige Herstellung aller Lebensmittel, auch von Eiweiß und Fett, stürzt die gesamte Wirtschaft in dem Weltreich um, und die Freigabe dieser Entdeckungen erfolgt daher sehr langsam. Die Auswirkungen der Entdeckungen Mekis sind dann ungeheuerlich. Die Feldbestellung hört auf, die Viehzucht wird aufgegeben, und damit wird fast völlig das Land verlassen.

Die Städte, welche schon vorher einen ungeheuren Umfang besaßen, schwellen noch mehr an.

Sowohl die Kraft dieses Weltreichs wie seine inneren Schwierigkeiten wachsen durch die Wendung.

Um die Kräfte auszubeuten, über die man jetzt verfügt, unternehmen die Senate im 26. Jahrhundert den Uralischen Krieg.

Sie haben mit diesem Krieg vor die Auseinandersetzung mit den asiatischen Völkern, die man bisher an dem westlichen Fortschritt hat teilnehmen lassen.

Der Uralische Krieg mit den asiatischen Völkern, mit neuen Waffen ausgefochten, die aber von beiden Seiten angewandt werden, hat nicht den Sieg des westlichen Weltreiches zum Ergebnis. Asien zieht sich ganz auf sich zurück. Und im Weltreich wachsen, als Reaktion auf die Verwüstungen des Uralischen Krieges die Bewegungen gegen die neue Technik und Industrie: die Siedlerbewegung und Geheimbünde. Es suchen ganze Stadtschaften von dem Weltreich abzufallen. Die Bevölkerung mancher Städte drängt wieder auf das offene Land. In Mitteleuropa bildet sich unter Marduk und Zimbo ein ganzes friedliches Siedlerreich, dessen Existenz für das Imperium gefährlich ist.

Gefährliche Ideen und Fabeln werden in dem technischen Weltreich verbreitet.

Damals sind die Hauptführer in den Senaten der Londoner Delvil, der Brüsseler Ten Keir und die Amerikanerin White Baker.

Die Neigung der Massen, sich wieder aus den Städten zu entfernen und sich fernab niederzulassen, bringt Delvil auf den Plan,

für sie ein neues Land zu schaffen, womit er Mehreres zugleich erreichen will: seine Macht zeigen, die Gegner zurückstoßen und wenn möglich, bei der Anspannung aller Kräfte, zu neuen technischen Entdeckungen zu gelangen.
So taucht der Plan auf: einen neuen Kontinent zu schaffen durch die Enteisung Grönlands.

* * *

Teil 2
Die Enteisung Grönlands (Das Hauptstück)

Der Plan ist: man will das Feuer der großen, aber schon erloschenen Vulkane auf Island ausnutzen und mit dieser Glut die Enteisung Grönlands vornehmen.
Dazu müssen die erloschenen Vulkane wieder geöffnet und aufgebrochen werden.
Alsdann soll das so gewonnene Feuer auf eine besondere technische Art gegen die grönländischen Gletscher und Eismassen gerichtet werden.
Also 3 Schritte: 1. Öffnung der alten Vulkane von Island.
2. Auffangen der gewonnenen Glut, so daß sie nach Grönland getragen werden kann.
3. Herantragen der Glut nach Grönland und die Vornahme der eigentlichen Enteisung.

* * *

Abschnitt 1
Die Öffnung der Vulkane Islands

Die Expeditionsflotte versammelt sich an den Shetlands und Faför Inseln. Es sind Führerschiffe mit Laboratorien, technische Beischiffe und Transportschiffe. Schließlich gesellen sich zu ihnen noch Kabelschiffe mit der elektrischen Energie von den skandinavischen Wasserfällen.

Der Leiter der Expedition ist Kyl[i]n, ein Schwede, Wissenschaftler.

Die Flotte fährt über das Meer nach Island.

Das Expeditionscorps besteht aus Männern und Frauen.

Nach der Ankunft und nach den ersten Fliegererkundungen nehmen die Arbeitsschiffe an der Nordostküste der Insel Aufstellung.

Das Prinzip der Sprengung der Bergwände ist kein mechanisches. Man verfügt über Vorarbeiten, an denen Kylin selber beteiligt ist. Man ist ausgegangen von Versuchen in botanischen Laboratorien. Hierbei hat man Pflanzen und Keime durch Gase, Nährmischungen und Bestrahlung zu beschleunigtem, ja unmäßigem Wachstum getrieben. Ähnliche Versuche sind an Kristallen gemacht worden, unter Benutzung verschiedener Strahlen. Es ist Kylin gelungen, Kristalle durch spezifische Strahlen zu einem beschleunigten, ja übermäßigem Wachstum zu reizen. Die Laboratoriumsversuche des Botanikers Marduk wurden schon im Uralischen Krieg für Kampfzwecke ausgenützt. Das Aufbrechen und Zertrümmern der Vulkane soll vorgenommen werden durch solch übermäßiges Aufblähen der Kristallbestandteile in ihren Wänden.

Man beginnt mit einem Brückenbau auf der Insel um die ersten Vulkane herum. Auf den Brücken sollen die Maschinen montiert werden.

Man schmilzt Pfeiler in die Felsen ein und baut schwenkbare Brücken, denn man will bei dem Vulkanausbruch die Maschinen retten.

Die Maschinen werden aus den Schiffen geholt, auf den Brükken montiert. Die Vulkane werden den Strahlen von mehreren Seiten ausgesetzt.

Der 1. Angriff erfolgt auf die Vulkane Krabla und Leirhukr.

Sie treiben auf und wachsen entsprechend den Berechnungen.

Sie stürzen dann, in Bewegung geraten, ein und bersten schließlich.

Damit sind die ersten Feuerseen freigelegt.

Der 2. Angriff erfolgt gegen die Basaltmassen der Vulkane Dygna u.s.w. Es erfolgen Explosionen und Lavaausbrüche. Das Abschwenken der Brücken erfolgt zu spät. Es werden Schiffe verwüstet. Ein Geschwader flieht und wird wieder eingeholt.
Der 3. Angriff richtet sich gegen die Vulkane Hekla und Katla. Bei ihrem Aufreißen wird ein ganzes Arbeitsgeschwader vernichtet.
Der ganze Völkerkreis erfährt von den Geschehnissen und nimmt daran teil. Die Führer des Geschwaders wachsen in ihre Aufgabe hinein. Sie fordern Ersatzschiffe.

Abschnitt 2
Die Turmalinschleier

Die Glut, die man auf Island freigelegt hat und welche die Gletscher Grönlands schmelzen soll, muß nun aufgefangen werden. Hierzu bedient man sich der Turmalinschleier.
Es liegen auch hier umfangreiche Vorarbeiten vor. Das Arbeitsprinzip ist: Turmalinkristalle geraten unter der Einwirkung der Hitze in einen elektrischen Spannungszustand. Es sollen nun Kristallmassen des Turmalins der vulkanischen Hitze ausgesetzt werden und, nach erfolgter Isolation, nach Grönland transportiert werden.
Zur Ausführung werden Arbeiten in Texas und Brasilien vorgenommen, wo man die Turmaline bricht. Man stapelt sie und gießt sie zu dünnen Lagen, den Turmalinschleiern.
Diese Schleier werden jetzt in großen Massen auf Frachtschiffen nach Island gefahren.
Man beginnt auf Island mit der Arbeit, indem man die Feuerseen mit einer neuen Pfeilerreihe umgibt. Von hier aus gehen Fliegerflotillen vor. Die Aufgabe besteht darin, die Netze dicht an die Oberfläche der Feuerseen zu bringen. Die Fliegerflotillen haben gegen die Lavabomben zu kämpfen. Sie müssen die Feuerseen selber mehrmals von neuem aufbrechen, da sie verschlacken.

Man errichtet Hallen für die Aufnahme der nunmehr geladenen Schleier. Man isoliert sie in Ölbädern.
Als man den Senaten das bisherige Ergebnis mitteilt, entsteht eine Spannung zwischen den Senaten und der Expeditionsflotte unter Kylin und De Barros. Der Senat verlangt geladene Schleier für sich, da er fürchtet, es handele sich um eine neue Waffe. Man muß einige Schleier abliefern, aber vertreibt schließlich die Gesandten des Senats.
Die Flotte bricht von Island auf.

Abschnitt 3
Die Ausführung der Enteisung

Die Fahrt nach Grönland beginnt.
Während der Fahrt zeigen sich auffällige Erscheinungen an den Frachtschiffen mit den Turmalinschleiern. Es folgen ihnen Schwärme von Fischen. Tang und Algen wachsen an den Schiffen hoch und in sie hinein. Walfische lassen sich nicht vertreiben. Die Besatzungen auf den Schiffen geraten in einen eigen[t]ümlichen Zustand von Taumel mit einem großen Glücksgefühl. Es kommt zu Liebesscenen auf den Schiffen. Man muß die Besatzungen wechseln. Allmählich werden die Schiffe von einem Lichtschein umgeben, einem Dämmerlicht, und sind sogar in der Nacht sichtbar.
Bei der Annäherung an Grönland fahren die Turmalinschiffe wie schwimmende Wälder.

* * *

Man nähert sich der Eisbarriere von Grönland.
Die unheimlichen Erscheinungen an den Turmalinschiffen haben das Geschwader und seine Führung in Furcht versetzt. Man will rasch den Rest der Arbeit [v]errichten und fliehen.
Darum macht man sofort einen Versuch, überstürzt und un-

vorbereitet: man spannt die Netze aus und beseitigt die Isolierung.
Die Schleier geraten in Hochglut, zerschmelzen die Pfeiler, die sie tragen, stürzen ab und werden von den Gletschern zerrieben. Man muß die Ankunft von Schiffen abwarten, welche Ölwolken produzieren.

* * *

Diese Schiffe bringen die Einrichtung für die Erzeugung von Ölwolken, eine Entdeckung, welche inzwischen gemacht ist.
Hierbei handelt es sich um die Vervollkommnung einer schon früher gemachten Entdeckung, des «trägen Rauchs». Das sind gewisse schwere Gase, die sich auch färben lassen und die man im Uralischen Krieg zur Einkesselung von Feinden benutzte. Jedoch besaß der damals hergestellte «träge Rauch» nur eine geringe Zähigkeit und Koh[ä]renz. Der jetzt hergestellte «träge Rauch» ist eine Substanz, die ein Zwischending von Gas und Flüssigkeit ist. Er besitzt eine große Dichtigkeit, verharrt in einer gewissen Lufthöhe. Seine Dichtigkeit ist so groß, daß er Tragkraft besitzt.
Die Arbeitsschiffe mit dem neuen Rauch erscheinen vor Grönland und nehmen Stellung. Die Rauchbläser treten in Funktion. Die farbigen Gasmassen ballen sich in der Höhe kompakt und bleiben da stehen.
Man wirft aus Flugzeugen glutfeste Stahlplatten auf die Ölwolken herab.
Es entsteht ein Kampf gegen die Winde. St[ü]rme reißen die Wolken auseinander und treiben sie mit ihren Menschen fort. Die Ölwolkenschicht wird darauf verstärkt.

* * *

Nun geht man daran, die Turmalinschleier aus den Schiffen zu holen. Die Schiffe werden geöffnet. Dies muß mit Gewalt geschehen, weil sie inzwischen völlig zugewachsen sind.

Auch ihr Inneres hat sich geändert, und die Hölzer der Speicher sind gewuchert[.] Die Netze drin strahlen und schon jetzt geht von ihnen eine dumpfe Wärme aus.
Man entleert die Schiffe und trägt die Schleier auf die Ölwolken. Man legt sie auf die Platten. Zuletzt fügt man die Kabel an, welche zur Beseitigung der Isolierschicht dienen sollen.
Sofort rasen darauf alle Schiffe südwärts und ostwärts.
In der 3. Nacht wird von den Schiffen der Kabelstrom geöffnet.
Am Horizont wird sogleich eine Lichtwelle sichtbar.
Das Expeditionscorps, erschöpft und stark innerlich erregt, lagert in seinen Häfen bei den Inseln Farör und Shetland.

Abschnitt 4
Das Rosenlicht über Grönland

Auf Grönland erfüllt inzwischen das Turmalinnetz seine Aufgabe.
Das Rosenlicht, dessen Schein am Horizont sichtbar ist, zeigt es an.
Das Expeditionscorps setzt sich nunmehr wieder in Bewegung, nordwärts, dem Rosenlicht entgegen.
Wie sie in seine Zone eintreten, breitet sich eine freudige Stimmung bei ihnen aus. Es geht bis zur Trunkenheit.
Das Meer ist mit einem Rasen bedeckt, [e]s fliegen Vögel. Ungewöhnliche Erscheinungen der Witterung treten auf, Wirbelstürme.
Die Wirkung des Rosenlichts ist so stark, daß die Mannschaften mit Gewalt zur Weiterfahrt angetrieben werden müssen. Ein Teil der Fahrer fällt ab und verbleibt. Die Episode des Mutumbo.
Die Hauptmasse der Schiffe dringt weiter vor. Sie werden schließlich in die Flucht gejagt und zerstreut durch eine wachsende Schar von abenteuerlichen fliegenden und schwimmenden Tieren, die sich von Grönland her nach Süden begeben.

* * *

Auf Grönland sind inzwischen die Eisberge, Gletscher und Lavinen geschmolzen. Das Land ist von Seen überschwemmt, aus denen Hügel hervortreten. Die Wasser fließen mehr und mehr ab. Es erfolgt auch ein Erdbeben und das Land wird von neuen Meeresspalten durchzogen.
Die erste Glut der Turmalinschleier läßt nach. Das Land liegt unter einem tropischen Klima.
Und jetzt enthüllt der Turmalinschleier sein eigentliches Geheimnis ganz: Kylin und seine Leute haben aus den Vulkanen nicht nur die Glut aufgefangen, sondern dazu noch eine zweite Kraft, die sich im Erdinnern findet. Das ist die Keimkraft, die Kraft des Wachstums, die sich konzentriert im Erdinnern findet.
Diese Kraft war es, die schon hervortrat bei der Meerfahrt. Sie tritt jetzt auf Grönland in den Vordergrund mit dem Nachlassen der Glutwirkung.
Das Vorhandensein dieser Kraft führt zu einem nicht geahnten Ergebnis auf Grönland.
Man enteist nicht nur Grönland, sondern versetzt auch den freigelegten Kontinent in die Epoche der Kreidezeit.
Die Knochen, Tierreste und Pflanzenreste, die sich unter den Eismassen finden, bilden den Ausgangspunkt für eine fabelhafte Wucherung.
Es entstehen Farrenwälder, die Seen bevölkern sich mit Fischen. Nicht mehr vorhandene Vogelsorten fliegen herum.
Aber einige Bildungen und Geschöpfe nehmen bald einen unnatürlichen und verzerrten Charakter an, denn es handelt sich ja hier nicht um Creaturen der langsam arbeitenden Natur, sondern um ein ungezügeltes Wachstum [.] Die Untiere der Kreidezeit drängen von Grönland weg. Sie stoßen gegen die heutige Erde vor und erscheinen an der Westküste Europas, in Skandinavien, auf den britischen Inseln.
Sie geben in der kalten Luft ihre Kraft von sich. Sie beladen sich wie die Turmalinschiffe unterwegs mit Massen von andern Lebewesen und Pflanzen.

Sie fallen über eine Anzahl von Städten und gehen da zu Grunde. Aber sogar ihre Berührung hat noch eine phantastische Wirkung. Die Untiere bringen alles, was sie berühren [,] zum Wuchern. Es wuchern Häuserteile, Einzelglieder von Mensch und Tieren.

Gegenstände und Menschen werden mit einander beim Absturz der Tiere verklumpt.

Eine Massenflucht der Bevölkerung setzt ein.

Die Senate haben kein Mittel, um die Städte zu verteidigen. Sie beraten ohnmächtig. Sie müssen sich selbst in Gesteinshöhlen verstecken.

Auf dem Lande wächst die feindliche Siedlerbewegung. Es kommt zu Angriffen und zur Erstürmung vieler Stadtschaften.

Man wird in den Senaten auf den Gedanken gebracht, den Untieren etwas Gleichwertiges entgegenzustellen. Man verfügt noch über Turmalinschleier.

Abschnitt 5
Die Entstehung der Giganten

Man tritt nun in die letzte Periode dieser Menschheit ein. Die Menschen verändern sich selber biologisch mit technischer Hilfe.

Die Führer der Senate nutzen die Beobachtungen aus, die man gewonnen hat beim Absturz und bei der Berührung der Untiere Grönlands. Man wendet die biologischen Strahlen an, welche die Turmalinschleier hergeben.

Zunächst wendet man sie an, um sich der noch bestehenden Gefahr seitens der grönländischen Untiere zu erwehren.

Man bringt Menschen mittels der Schleier zu einem ungeheuren Größenwachstum. Man gliedert ihnen auch Organe anderer Tiere an. Man gießt die Menschen gewissermaßen um.

Dies sind die Menschentürme, welche man auf hohen Bergen und auf besonderen Schiffen errichtet. Sie stellen sich den Un-

tieren entgegen und vermögen ihrer ohne Schaden Herr zu werden.
Zugleich verlegt man überall die bedrohten Städte in die Tiefen, unter die Erdoberfläche.
So entsteht die Wunderstadt London, eine vollkommen künstliche Stadt wie mehrere andere, ohne natürlichen Himmel, ohne natürliche Atmosphäre, von der Witterung unabhängig, im Felsgestein. Die Entwicklung dort bei den Menschen erinnert an die des späten Rom.
Aber die Führer der Senate und ihre Freunde wenden die Strahlungen auch auf sich selbst an.
Sie nehmen eine völlige Veränderung der Menschenart vor. Sie verschmelzen sich selbst mit fremden Tierarten oder bilden ihre Organe entsprechend denen von Tieren um.
Sie sitzen in ihrer Versuchsstadt Tell El Habs.

Abschnitt 6
Der Sturz der Giganten

Die Gegenbewegung erfolgt von 2 Seiten: von den alten, den technikfeindlichen Siedlern, zu welchen sich Geheimsekten gesellen, die Gruppe der Schlangen u.s.w. Zweitens treten auf die Grönlandfahrer, die Reste des Expeditionscorps, die sich vor den Untieren in ihren Häfen auf den Shetlands Inseln verborgen haben. Sie stehen unverändert unter der Führung von Kylin.
Sie setzen sich bei dem Nachlaß der Bedrohung durch die Untiere in Bewegung nach dem Festland.
Das Meer und die französische Landschaft enthüllt sich ihnen in ihrer reinen Natur, schön und friedlich. Die Landschaft zeigt Trümmer und Ruinen von Städten, auch verlassene Städte.
In Belgien begegnet Kylin Ten Keir, der den Senaten angehört und den er zur Erschütterung bringt.
In den Grönlandfahrern selbst wächst beim Durchstreifen von Frankreich die Sicherheit.

Im Süden schließt sich ihnen Venaska an. Sie hat eine geheimnisvolle Art, man liebt sie. Man nennt sie die Mondgöttin.
Kylin trifft sie bei Toulouse. Er geht leicht gebückt mit einem graublonden Vollbart. Venaska trägt goldgestickte Hosen und ein karmoisinefarbenes Hemd. Kylin fürchtet, sie werde die Menschen betören und von ihrer Aufgabe abbringen, die jetzt heiße, streng zu sein. Sie sucht in der Tat in ihm die Strenge zu erweichen und er füh[l]t dies, widersteht aber.
Die Giganten geraten immer mehr in ein tobsüchtiges und wahnsinniges Verhalten. Sie sind völlig schrankenlos. Sie fühlen nur ihre Allmacht.
Sie verwüsten die Mekifabriken. Sie schleppen schließlich die Turmalinschleier[,] über die sie verfügen, nach Corn[w]all ins Gebirge. Sie haben einen Angriff auf die Erde selbst vor. Delvil beschwört, um sich Rats zu [ ]holen, den großen Siedlerführer Marduk aus dem Grabe. Aber der weist ihn ab.
Kylin wandert währenddessen mit seiner Schar durch das Land und sammelt Menschen. Er trifft in der Gegend des verwüsteten Lyon Venaska wieder. Er fühlt, was sie ist, verweigert sich ihr aber und verstößt sie.
Venaska, die auch ein menschliches Gefühl zu den Giganten und zu De[l]vil hat, flieht zu ihnen, um sie zum wahren Leben zurückzurufen.
Aber die Giganten sind in Corn[w]all zu Bergen erstarrt. Die Strahlenkraft der Schleier hat nachgelassen. Sie sind versteinert und zerfallen als Felsen.

Abschnitt 7
Die Wiedereinrichtung der Erde

Von dem gigantischen Unwesen sind die Senate und Städte Amerikas wenig berührt worden. Die Entwicklung verlief dort nicht so heftig. Es kommt, auch von da her, zur Neubesiedlung Europas.

Die Siedlerbewegung wird von Kylin niedergezwungen. An die Stelle der ungeheuren Stadtlandschaften müssen Dorfstaaten treten. Das Geheimnis der Mekinahrung ist verloren gegangen.
Kylin und Ten K[e]ir leben und führen. Ferner eine Frau, die große Diuwa.
Man errichtet den Giganten Gedenksteine. Man feiert sie als gewaltige Menschen. Ten K[e]ir lebt noch unter den Neuen.
Die Neuen haben, wie Kylin der Diuwa sagt, die Kraft, das wirkliche Wissen, – und die Demut.

* * *

BERGROMANCE

Synopsis

Es handelt sich um einen Machtkampf in einem Farmerhaus zwischen einem Mann und einer Frau, zwei starken Charakteren, – mit tragischem Ausgang. Mr. Cardan, ein Mann in reifem Alter, Plantagenbesitzer, hat eine zweite Frau, Edna, eine junge Offizierstochter aus der Stadt genommen. Sie soll in sein strenges und ernstes Haus Freude bringen. Er hofft auch auf ein Kind. Edna selber will Tätigkeit, Bewegungsfreiheit. Ihre Versuche sich durchzuse[t]zen mißlingen. Man gönnt ihr schließlich grade, sich für Malstunden einen heruntergekommenen Mann, Robert[,] ins Haus zu nehmen. Aber dieser Mann, an den sie sich bald hängt und für den sie ein Gefühl hat, ohne es sich zu gestehen, will dasselbe wie sie: sich durchsetzen.
Er wird von ihr hochgetragen, gelangt zur Herrschaft im Haus durch sie und drängt sie an die Wand.
Ihr Mann stellt sich auf die Seite des Eindringlings, ihre Creatur. Sie muß von ihm Demütigungen ertragen.
Ein neuer junger Landarzt nähert sich ihr mit wirklicher schwärmerischer Liebe.
Als sie von Robert in ihrer Ehre ge[k]ränkt wird, kommt es zu einem Komplott zwischen ihr und dem Arzt, sie wollen fliehen, Robert soll verunglücken bei einer Sprengung im Steinbruch. Aber in den letzten Stunden wird sie sich ihres Gefühls zu Robert bewußt und sie geht an der verabredeten Stelle mit Robert zu Grunde.

I.

Ein Plantagenbesitzer, ein Mann in reifem Alter, ist nach kinderloser Ehe verwitwet und holt sich jetzt aus der Stadt seine zweite Frau, eine Offizierstochter.

Sie ist ein frisches junges Geschöpf, eine eben erschlossene Knospe. Sie hält sich dezent und fein. In ihrer ganzen Art verrät sie eine große Spannung, ja Leidenschaft.
So sitzt sie neben dem Mann im Wagen und fährt auf das La[n]d hinaus in sein altes, etwas düsteres Haus, aus dem man eben noch Erinnerungen an die erste Frau entfernt.

* * *

Es sind ihnen bei der Annäherung an die Farm schon einzelne grüßende Menschen begegnet und Gruppen, die sie bewillkommen. Jetzt bei einer schmalen und gewundenen Chaussee müssen sie stoppen. Denn über den Weg bewegt sich eine merkwürdige Erscheinung: ein junger zerlumpter fliegender Buchhändler hinter einem gezähmten großen Raben, den er an einem Faden hält und der auf die andere Seite hinüber hüpft. Der Mann folgt ernst und würdevoll dem Vogel. Er wirft einen kurzen spöttischen Blick in den Wagen. Er nickt hinein. Edna hat sich vorgebeugt und weist Card[a]n auf den Mann.
Der verwahrloste Mann, Robert, folgt seinem Raben ins Gebüsch und sitzt da mit seinen Büchern und seinem Kasten, mit dem Rücken gegen einen Bretterzaun und unterhält sich mit dem Tier: «Sie fahren ins Glück, hast du gesehen, Jecko. Laß sie. Was gehts uns an. Wir sind auch zufrieden. Da, betrachte meinen großen Zeh. Er freut sich, daß er nicht mehr im Stiefel steckt. Mein Ellbogen weiß, daß er einem Mann gehört, der auch einmal Maler war, – er hat Lichthunger. Bloß mein Magen, er ist rückständig.»
Eine Männerstimme: «Wer ist hier?»
Robert unbewegt: «Antworte, Jecko.»
Der Vogel schwirrt auf und krächzt.
Ein Mann bricht sich durchs Gebüsch und blickt herein: «Mit wem sprechen Sie, Herr?»
Robert: «Und mit wem sprechen Sie, Herr?»
Robert wird als Faulenzer aufgejagt und macht sich mit dem

Raben auf der Schulter, sein Büchergestell auf dem Rücken auf den Weg. Er trottet gleichmütig diesselbe Straße, die das Auto nahm.

⋆ ⋆ ⋆

Die junge Frau, Edna, findet sich in einem geräumigen Haus. Ihr wird drin und draußen alles gezeigt. In den Wohnräumen meint der Mann glücklich: «Und das ist alles dein. Das ist dein Bereich.»
Sie blickt zur Decke auf, betrachtet die Wände. Der Mann wiederholt: «Hier bist du unumschränkte Herrscherin [.]»
Sie gerät in einen streng geregelten Mechanismus, der für sie wenig Platz läßt. Der Mann ist gewiß immer zu ihr von der größten Herzlichkeit und Aufmerksamkeit, aber alle Funktionen sind verteilt, und als Ort ist ihr nur das Wohnhaus, eigentlich nur ihr Zimmer zugewiesen. Hier erwartet der Mann von ihr Freude und, wenn möglich, bald ein Kind.

⋆ ⋆ ⋆

Sie beginnt ihre ersten Versuche, sich Raum zu schaffen, Änderungen zu treffen, ihren eigenen Willen zu zeigen. Es gibt heitere Situationen, die freilich für sie, die Betroffene, nicht so heiter sind. Sie erfährt überall freundliche Zurückweisungen. Wenn sie sich in ein Büro an einen Platz setzen will, so wird man sie wegkompl [i] mentieren, alle Stühle sind besetzt. Erscheint sie in der Küche, so rennt sie gegen die Leute oder man rennt gegen sie und stößt Dinge um. Vor jedem Topf steht schon einer. Man stellt ihr schließlich bei dem Besuch einen Fauteuil mitten in die Küche und erteilt ihr quasi wissenschaftlich eine theoretische Belehrung über Küchenbetrieb. Sie geht in den Kuhstall. Wie gerne möchte sie auch melken! Man hält sie zurück. Dann wird sie zum Spaß herangelassen und natürlich umgeworfen.
Sehr kalt geht der Inspektor mit ihr um.

⋆ ⋆ ⋆

Einmal wird Edna, als sie sehr frühmorgens unten erscheint, als die Männer sich an die Arbeit begeben, erstaunt von dem Mann zurückgeschickt: «Zu Bett, Edna, du sollst doch nicht[.] Es ist gesünder für dich, wenn du lange liegst!» Sie reiten ab, und sie bleibt allein zurück.

* * *

Sie verschafft sich dann Luft und Abwechselung, indem sie den heruntergekommenen Maler, den sie hier trifft, für Malstunden ins Haus zieht. Dieser Mensch, Robert, ist uns bei der Fahrt des jungen Ehepaares auf die Farm begegnet. Robert ist ein leichtsinniger Bursche, der schon viel hinter sich hat und sich an keinem Platze, in keinem Beruf richtig hält. Er ist ein trotziger, nicht unsympathischer Mensch, der überall anstößt. Er hat unter anderm auch malen gelernt, aber ohne auch da durchzuhalten. Jetzt ist er auf dem tiefsten Punkt seiner Existenz. Auf den Feldern wird gearbeitet. Man sieht Robert, den ambulanten Buchhändler unter den Arbeitern. Er ist offenbar träge und reizt seine Kollegen. Es kommt zu einer Streitigkeit. Der Inspektor beobachtet ihn und ordnet an: «Sie kommen nachmittags aufs Büro.»

Robert apathisch im Büro. Edna schnüffelt im Raum herum und sucht Abwechselung. Der Inspektor geht den Mann abzufertigen. Sie flüstert: «Was war der Mann früher[?]» Inspektor kalt bei der Durchsicht der Listen: «Ich weiß nicht.» «Wollen Sie ihn bitte fragen[?]» «Was Sie früher waren[?]»

Er lacht und antwortet ihr direkt: «Rabenvater, Madame.»

Sie: «Antworten Sie doch ernst.»

Er prüft das Gesicht Ednas, ihm fällt etwas ein: «Das ist ernst. Sonst war ich Maler. Ich hab auch einige Bilder da.»

Er streicht sein Geld ein. Edna flüstert: «Könnten Sie ihn nicht fragen, was er jetzt vorhat.»

Inspektor: «Der Lümmel wird eine freche Antwort geben. Außerdem ist ihm kein Wort zu glauben.»

Als Robert geht, faßt Edna einen Entschluß, folgt ihm und fragt ihn aus. Edna: «Bitte bleiben Sie einen Moment.» Sie sagt leise aber fest zum Inspektor: «Ich wollte grade wieder Malstunde nehmen. Wollen Sie das mit ihm abmachen.» Der Inspektor nach einer Pause: «Dazu brauch ich die Zustimmung von Herrn Card[a]n.» Edna: «Bitte. Aber Sie lassen den Mann nicht weggehen.» Edna ab.
Wie der Inspektor zum Telefon greift, tauscht er einen Blick mit Robert, der unbeweglich und überlegen zu ihm herüberblickt.

* * *

Robert wird dann angenommen. Edna öffnet ihre Zimmertür, es hat geklopft. Sie steht verblüfft vor Robert, dem man alte G[ä]rtnerkleider gegeben hat, einen großen Hut, einen großen Schirm, er trägt sie mit Humor.
Edna: «Mein Gott, wie sehen Sie aus.» Sie lachen zusammen. Er: «Man nimmt offenbar an, daß wir Maler uns mit Farbe beklekkern.» Sie: «Ich bitte um Entschuldigung. Es war ein Mißverständnis.»
Robert bietet sich also wieder einmal eine Chance, vielleicht für lange die letzte. Man gönnt Edna den Malunterricht. Es ergeben sich drollige Scenen bei diesen Stunden, die in der freien Natur stattfinden. Robert ist unf[ä]hig[,] Farben zu mischen. Er ist aber ungeniert und stellt ihr irgendeine rasche Kleckserei als modernes Bild vor. Er erklärt Einiges mit mangelnder Übung. Seine Frechheit amüsiert sie.
Dieser Robert weiß sich aber zugleich im Haus durchzusetzen, rascher und anders als Edna. Er wird in denselben Situationen gezeigt wie Edna, aber mit welchem Unterschied. Er stößt andere beiseite, tritt andern auf die Füße, er zieht ihnen etwas aus der Tasche. Er erweist sich sofort als recht kundig und demonstriert Mißstände. Edna ist stolz und entzückt; es ist ihr Werk.

* * *

Robert ist rücksichtlos und hat es absolut nicht auf Liebesabenteuer abgesehen. Er hat einen Stich von Brutalität. Das Farmerhaus, die Farm wird für ihn ein interessantes Versuchsfeld. Er wird natürlich im Haus und draußen scharf überwacht und kollidiert bald, wie Edna, mit dem Inspektor, der rechten Hand des Herren, der ihn schon einmal als Arbeiter wegschicken wollte. Es dreht sich um seine Tätigkeit als Lehrer. Man will ihn noch nebenbei beschäftigen, man will ihm keine ordentlichen Kleider geben. Edna muß für ihn eintreten.

Bald hat Robert heraus, wie es mit der jungen Frau steht und was er soll. Er weiß, daß sie in ihm eine Hilfe sucht. Er beobachtet das Leben auf der Farm, der Arbeitsplatz gefällt ihm zunehmend mehr, er sucht für sich selber größeren Raum. Der Inspektor fordert ihn heraus. Seine Tünchereien fallen dem Inspektor auf. Er stellt einmal Robert in Abwesenheit Ednas: «Sie haben doch nie malen gelernt.» Robert macht Ausflüchte und erklärt einiges unsicher. Der Inspektor meldet seinen Eindruck dem Chef. Robert sei einfach ein Betrüger. Der Chef: «Setzen Sie ihn hinaus.» Robert erfährt – durch Edna – davon. Er geht gradlinig vor.

Er will den Inspektor beseitigen. Er beobachtet ihn bei seinen täglichen Ausritten und beschädigt eine kleine Brücke, die sein Feind täglich passiert. Aber bei dem nächsten Ritt stürzt nicht der Inspektor, der als zweiter kommt, sondern Mr. Cardan, der Besitzer. Er wird schwer verletzt ins Haus getragen. Edna und Robert haben jetzt ein gemeinsames Geheimnis, denn Edna hat ihren Schützling bei Arbeiten an der Brücke getroffen.

* * *

II.

Die Untersuchung des Unfalls b[l]eibt ergebnislos, der Verdacht, der auf Robert fällt, läßt sich nicht halten. Es gelingt der Frau, von ihrem Mann für die lange Zeit seiner Krankheit die

Oberaufsicht auf der Farm übertragen zu erhalten, jedenfalls eine Art Mitkontrolle. Und sie stattet ihren Schützling, Robert, mit großen Vollmachten aus.
Während des Krankenlagers zeigt sich öfter ein strenges und steifes Ehepaar in dem Haus, Verwandte Mr. Ca[rd]ans. Sie sind hochnäsig. Für sie ist Robert ein Hochstapler. Sie kritisieren die Frau und tragen ihre Eindrücke dem Mann zu, es sei eine tolle Wirtschaft.

* * *

Jetzt atmet die Frau auf, sie kann sich frei bewegen, man achtet sie. Aber noch mehr als sie gedeiht Robert, der außerordentlich reüssiert, hart und energisch ist, Erweiterungen und Verbesserungen vornimmt. Für Edna wird er jetzt immer mehr unerreichbar. Er ist viel beschäftigt. Er zeigt sich gewiß höflich und diensteifrig, aber nicht recht interessiert. Er entzieht sich ihr. Es kommt ihr noch immer vor, als ob sie ihn wirklich in der Hand hat.

* * *

Und als der Ehemann aufsteht und wieder im Haus erscheint, sitzt unbestritten Robert fest im Sattel, und der Besitzer kann ihm seine Anerkennung nicht versagen. Er läßt ihn an seinem Platz. Aber – seine Frau drängt Mr. Cardan wie vorher mit der alten Herzlichkeit und Entschiedenheit wieder ins Haus zurück. Und sie erfährt dazu von dem Mann, der ihr alles zu verdanken hat, eine unerwartet schnöde Behandlung, Robert fühlt sich jetzt sehr sicher. Er lehnt es ab, ihr beizustehen und gegen den Hausherrn zu helfen. Sie ist wieder völlig allein, von Wiederaufnahme der Malstunden ist keine Rede, Robert ist ihr ganz und gar entwischt, er ist ihr über den Kopf gewachsen, er setzt sich eisiger als der Inspektor über ihre Wünsche und Anweisungen hinweg.
Robert zieht seinen armen und versoffenen Mallehrer auf die Farm. Der dient ihm als Spion und soll, wenn es sein muß, Edna

unterrichten. Er stellt sich bei Edna vor. Sie prallt zurück; so will man sie abfinden?
Sie ist enttäuscht, gradezu erschrocken, fühlt sich gedemütigt. Sie hat jetzt nur den Wunsch, diesen Menschen, der ihr so Bitteres angetan hat, aus dem Haus zu drängen.

* * *

Es kommt zu einer großen Scene bei dem Ehemann im eigenen Zimmer der Frau. Sie sucht ihren Mann zu bewegen, Robert wegzuschicken. Sie holt sich sogar den ersten Inspektor als Zeugen gegen ihn.
Da wagt es Robert, der von der Unterhaltung weiß, ungerufen einzudringen und sich trotz ihres Protestes hier zu verteidigen. Sie erregt sich stark. Er bestreitet, daß er respektlos gegen sie war oder sie gar beleidigt habe, er widerlegt die Beschuldigungen, sich Geld in die eigene Tasche gesteckt zu haben. Er sei von der Frau ins Haus gerufen und auf diesen Platz gestellt worden. Er wisse nicht, was plötzlich in ihr Frauenhirn geraten sei, daß sie ihm plötzlich Vorwü[r]fe mache.
Wie die beiden vor ihm stehen, in großer Spannung, und gelegentlich mit einander diskutieren, spürt der Ehemann etwas Dunkles zwischen ihnen beiden. Er wittert etwas von Liebe. Seine Haltung ändert sich darauf schnell. Er beendet die Debatte und gibt Robert die Entlassung.
Das Glück, der Triumph der Frau. Sie umarmt und küßt den Mann, dem dabei nicht ganz wohl ist.

* * *

Robert packt finster in seinem Zimmer seine Sachen zusammen. Er hat jetzt schon einen anständigen Raum. Aber er nimmt seinen alten Bücherkasten vom Spind und unterhält sich mit seinem Wandergenossen, dem zahmen Raben. Er zieht sich um.
Er ist damit noch nicht fertig, da erscheint Mr. Cardan bei ihm.

Er trägt Listen in der Hand, sie besprechen Geschäftliches, gehen durch Wirtschaftsgebäude. Und zum Schluß erklärt Cardan, er habe es sich überlegt, man müsse Geschäft und Familie trennen. Sie seien damit bisher sehr gut gefahren und würden es auch wohl weiter tun. Sie schütteln sich die Hände.

* * *

Diese Scene wird von der Frau, die noch glücklich am Fenster steht, von oben beobachtet. Sie verfolgt starr das Weitere. Mr. Cardan lacht unten und begütigt Robert, der anscheinend noch Schwierigkeiten macht. Dann ist aber alles gut, und der Ehemann steigt allein zu ihr herauf. Er setzt sich gut gelaunt zu ihr und erzählt, ohne ihre Erregung zu bemerken, wie er sich entschieden habe, es sei so doch am besten. Er würde ihr aus der Stadt einen andern Mallehrer bestellen, von dem Überschuß, den Roberts Tätigkeit einbringe.
Jovial reicht er ihr dann den Arm und führt sie zu Tisch herunter, wo auch Robert sitzt. Die Frau hat sich gut in der Gewalt. Es muß auf Wunsch des Mannes jetzt gradezu Versöhnung gefeiert werden.

* * *

III.

Übrigens begegnen wir hier bei Tisch dem neuen jungen Landarzt, der bei Mr. Cardan seinen Antrittsbesuch gemacht hat. Es ist ein herzlicher aufgeschlossener Mensch, der zum erstenmal Edna sieht und dem man seine Schwärmerei für die Frau vom Gesicht abliest.
Es kommt zu einer Begegnung zwischen Edna und dem jungen Arzt. Sie bricht in Weinen aus. Sie fühlt sich jetzt auch ihrem Mann entfremdet. Der Arzt stellt einige Fragen und sucht sie zu besänftigen.
Der Sieger Robert zeigt sich. Es ist klar, worauf er jetzt ausgeht;

er will sich als letzten Triumph im Haus die junge Edna aneignen. Er hat die beiden, den Arzt und Edna, zusammen gesehen. Er hört, Edna leide an Kopfschmerzen: «Sie leidet an schlechter Laune, Doktor. Unterhalten Sie sie gut. Ich selbst komme dafür nicht mehr in Frage.» «Ich werde mein Bestes tun» [,] meint der Arzt. Robert: «Hat die Medizin neue Mittel, um solche Zustände zu beseitigen [?] » «Nein, es sind unsere guten alten Mittel.» Robert lacht: «Unsere guten alten Mittel! Wenden Sie sie nur an.»

* * *

Der Arzt zu Edna später: «Der Mann ist mir unheimlich.»
Edna: «Wie finden Sie ihn?»
Arzt: «Man hört, er soll besonders tüchtig sein, aber ich möchte nicht mit ihm unter einem Dache leben.»
Edna: «Sie haben Recht, man müßte ihn aus dem Haus entfernen. Was würden Sie tun?»
Arzt erstaunt: «Nun, Sie haben es in der Hand [,] ihn zu entlassen. Es ist ihre Sache.»
Edna: «Nein, es ist nicht meine Sache. Und ich habe es auch nicht in der Hand. Staunen Sie nicht. Sie haben richtig gehört. Was würden Sie also tun?«
Arzt: «Er hat sie schlecht behandelt? Ungehörig?»
Edna: «Ja.»
Arzt: «Er hat es gewagt, Sie zu beleidigen?»
Edna: «Das hat er. Was fragen Sie soviel. Sie hören, daß ich ihn nicht will. Und Sie sagen selbst, daß Sie nicht mit ihm unter einem Dach leben wollten.»
Arzt: «Ich werde [mich bei Mr.] Cardan dafür einsetzen, daß er entlassen wird, Ihretwegen.»
Edna erregt: «Entlassen entlassen! Ihr seid alle bequeme Leute, braucht Worte. Entlaßt einen Menschen, der nicht zu entlassen ist. Nein, der nicht zu entlassen ist. Der fester im Sattel sitzt als ich, ja als ich! Es ist mir bewiesen worden. (Sie weint abseits.) Gehn Sie weg, Doktor. Ich verzichte auf Worte.»

Arzt flüstert: «Was an mir liegt...»
Sie läßt ihm ihre Hand, die er küßt und nicht losläßt. Sie blickt zu ihm herunter. Sie läuft weg.

* * *

Edna ist völlig aufgewühlt. Der junge Arzt wirbt um sie. Sie hat solche innige Liebe noch nicht erlebt. Er verhimmelt und verklärt sie. Aber ihr Gefühl, das ihr noch nicht klar ist, bleibt an Robert gebunden. Sie läßt sich von dem Arzt lieben und verehren, aber sie denkt ihn als Werkzeug gegen Robert zu benutzen.

* * *

Zur Farm gehört auch ein Tischler, der sein Stückchen Gemüsegarten bewirtschaftet. Er hat allerhand von ihm selbst gefertigte Sachen zu verkaufen, Klappern, kleine und große Wiegen, Spielzeug. Er selber hat 5 Kinder, alle klein. Er erscheint immer wieder, wie eine Mahnung, mit dem gesamten Aufzug am Wohnhause. Er kann seine Wiegen u.s.w. nicht absetzen. Es ist noch nicht so weit. Als er eine negative Antwort bekommt, wendet er sich freilich heimlich an seine Frau: «Nimm dir an Frau Cardan ein Beispiel!»

* * *

Robert hat Edna und den Arzt beobachten lassen, man hat ihm zugetragen, was sie sprechen. Es stachelt ihn, er will sich Edna nicht entreißen lassen. Deutlicher zeigt sich jetzt bei Robert das Gefühl für Edna. Es wird durch die Eifersucht gesteigert.

* * *

Edna fährt in das Office des Arztes zu einer Konsultation. Er erschrickt. [S]ie erklärt, sie käme nur zu ihm, und zwar heimlich,

[um] ihm zu sagen, er solle in Zukunft seine Besuche auf dem Gut lassen, er kompromittiere sie. Der Arzt ist schwer betroffen, antwortet kaum. Sie beobachtet ihn lächelnd. Wie er vom Fenster zu ihr herüber kommt und sie auf dem Sopha sitzt, erkennt er, daß sie gespielt hat. Sie hält ihn aber in Distance. Sie verbietet ihm zu sprechen, als er ihr Erklärungen machen will. Aber es entschlüpfen ihr selber die Worte: «Mein Retter. Endlich ein Mensch. Was wollen wir tun[?]»
Der Arzt: «Weggehen von hier. Fliehen.»
Edna: «Wohin? Sie haben hier Ihre Praxis.»
Arzt: «Ich baue sie neu im Westen auf.»

* * *

Ein Erntefest auf dem Gut. Volkstümliches. Wanderredner.
Bei dem Tanz am Abend kommen Robert und Edna zusammen. Sie sprechen während des Tanzes und bei dem Feuerwerk.
Edna: «Daß Sie es wagen, mich aufzufordern.»
Robert: «Warum?»
Edna: «Was Sie mir angetan haben.»
Robert: «Was?»
Edna: «Sie haben mich zu einem schlechten Menschen gemacht. Ich habe nur noch böse Gedanken, die ich früher nicht hatte.»
Robert: «Das tut mir leid. Sie haben doch den Doktor, um die schlechten Gedanken zu verbessern. Vielleicht macht er es besser mit der Medizin als ich mit der Malerei.» Er lacht.
Edna: «Sie haben mir überall den Weg versperrt. Was soll ich jetzt tun?»
Robert: «Das Haus ist groß. Die Frau gehört zum Mann.»
Edna: «Ja. Es ist nur die Frage, zu welchem.» Sie ist rasend über seine Frechheit.
Edna knirscht und krallt ihm dabei in den Arm. Er lacht: «Sie hassen mich. Dabei habe ich Sie doch so gern. Das wissen Sie doch. Außerdem lieben Sie mich auch. Aber sagen Sie doch nicht nein. Sie sagen nicht nein!» Er hält sie unter einem Baum

beim Tanz abseits fest und fährt fort: «Sagen Sie nein.» Ednas Gesicht ist starr und abgewandt. Er rüttelt sie: «Sprechen Sie doch.» Sie dreht ihm den Kopf zu, und wie er seine Frage wiederholt, schüttelt sie la[n]gsam wie somnambul den Kopf. Er strahlt: «Sehen Sie. Wir werden gute Freunde werden. Glauben Sies nicht auch?» Sie tanzen wieder. Sie flüstert «Ja».

* * *

Alarm auf der Farm, in dem Steinbruch auf den Bergen hat sich ein Unfall ereignet, man hat nach Wagen telefoniert. Robert f[ä]hrt selbst mit hinaus. Edna schließt sich dem Zuge an. Man fährt in den Steinbruch, es hat einige Verwundete gegeben durch Geröll bei einer Sprengung. Robert zeigt Edna und dem Arzt den Steinbruch und führt sie allein in die Höhle, die eine weite Grotte hat. Er macht spöttische Bemerkungen, daß sich hier öfter Liebespaare begegnen. Sie verspricht, wie sie die Höhle verlassen, Robert bald ein Rendez-vous.
Ihrem Liebhaber, dem Arzt, schenkt sie danach reinen Wein ein. Ihr Zorn auf den Mann ist auf das Höchste gestiegen. Sie wollen Robert beseitigen und dann fliehen.
Es wird verabredet: Edna soll mit Robert das Rendez-vous festsetzen, in den Bergen, in jener Höhle. Der Plan Ednas und ihres Liebhabers ist: Dort im Steinbruch, in der Höhle eine Sprengkapsel mit Zeitzündung explodieren zu lassen, während Robert auf Edna wartet.

* * *

Es findet bei Tage während des Wirtschaftsbetriebs eine gelegentliche Unterhaltung zwischen Edna und Robert statt, die scheinbar sachlich inmitten der Arbeit verläuft. Edna spricht von dem Malunterricht, den sie doch wieder aufnehmen will. Sie können vielleicht dort oben im Steinbruch interessante Ob-

jekte finden. Es kommt die Verabredung. Er begleitet sie freudig ans Haus. Beim Abschied hält er lange ihre Hand.
Sie geht allein auf die Veranda und sinkt auf einen Stuhl am Tisch. Ihr ist zu ihrem Entsetzen alles klar geworden. Sie liebt ihn. Sie flüstert vor sich: «Ich bin verloren, ich bin ihm verfallen.»

* * *

Unten kommt der versoffene Maler, Roberts Freund [,] vorbei, sieht sie, ist von ihrer Haltung begeistert und beginnt sie von hinten zu zeichnen. Sie merkt es nicht. Als sie aufsteht, bittet er: «Bleiben Sie, schöne Dame. Die Pose war herrlich. Ich mache grade eine Bilderserie für eine chemische Fabrik, für Medikamente. Mir fehlt grade ein Bild für Eingeweidewürmer und für Leberschmerzen. Es kommt auf die Packung.» Als sie wortlos abgeht, ruft er hinterher: «Bitte bleiben Sie doch. Die Welt hat Interesse an der Kunst.»

* * *

Es ist 3 Uhr nachmittags. Sie hat ihn auf 6 bestellt. Sie packt auf ihrer Stube. Der Arzt ruft an, sie erschrickt, sie sagt: «Für 6 Uhr.»
Robert ist noch im Haus. Sie kontrolliert, daß er noch im Büro ist, arbeitet. Sie ist in einer rastlosen Unruhe. Sie beginnt wieder zu packen, läßt die Türe offen, die Dienerin kommt herein und sieht erstaunt die Vorbereitungen. Edna gibt eine unwahrscheinliche Erklärung.
Sie steht um 5 auf der Veranda, als man für Robert das Auto vorf[ä]hrt. Sie sieht ihn einsteigen. Er fährt langsam an ihr vorbei. Sie hält Blumen in der Hand, die sie von oben mitgebracht hat. Bei seinem Anblick vergißt sie sich, winkt ihm zu und wirft ihm die Blumen in den Wagen. Er blickt herüber[.] Dann f[ä]hrt er scharf ab.
Er ist weg. Mr. Cardan kommt, sieht ihre Verwirrung, spricht

ihr gut zu, begleitet sie nach oben in das Wohnzimmer. Sie ist wie in einer Betäubung. Erst wie es halb 6 schlägt, geht sie auf ihr Zimmer, greift nach dem Telefon und verlangt den Arzt. Es heißt, er ist weggefahren. Sie stürzt herunter. Unten telefoniert sie noch einmal, erhält dieselbe Antwort.

⋆ ⋆ ⋆

Inzwischen steigt Robert, unterwegs, bei einem kleinen Laden aus und macht friedlich allerhand Einkäufe, Schokolade, Obst, Flaschen für ein Picknick. Er kauft auch mehrere Taschenlampen. Er bringt ziemlich lange in dem Laden zu. Nachher trägt man ihm den Einkauf in einer Tasche in den Wagen. Er macht sich sorgfältig vor dem Spiegel zurecht. Der Wirt sieht ihm bewundernd zu und hilft. Robert lacht: «Einmal haben wir im Straßengraben gelegen.» Ab.

⋆ ⋆ ⋆

Ihre eigene verzweifelte Fahrt in die Berge, um noch rechtzeitig zu kommen.

Der Steinbruch. Sie sieht sich nach dem Wagen des Arztes um. Sie findet ihn nicht. Dann stürzt sie in die Höhle.

Draußen hat Robert wie ein Wahrzeichen auf einem Stein seinen zahmen Raben abgesetzt. Sie selbst verliert im Laufen ihren Schal.

Sie rennt in die Höhle und sucht. Sie ruft. Endlich eine Antwort von Weitem. Sie stürzen sich entgegen. Ihre wilde Umarmung. Sie will sprechen, um ihn aufzuklären. Aber er hält ihr den Mund zu: «Wir haben genug gesprochen und uns nur gestritten, – lauter Unsinn, jedes Wort ein Mißverständnis. Sieh das hier.» Er zeigt ihr seine Vorbereitungen zu einem Picknick. Sie gibt nach, vergißt sich, vergißt alles.

⋆ ⋆ ⋆

Der Donner der Explosion. Der Einsturz.
In dem Steinbruch löst sich aus einem Wagen die kleine Figur des Arztes in Reisetracht, der näher kommt, sich umsieht und sucht. Ednas Wagen steht da. Er ruft. Er nähert sich der Höhle.
Er hebt den Shawl auf, steht entsetzt und bricht zusammen.
Der Rabe Roberts schwirrt an, groß, und fährt krächzend gegen seine Brust.

MRS. MINIVER

Es ist Morgengrauen. Das Schlafzimmer der Minivers. Ihr Bett links am Fenster, seins rechts hat das Tischchen mit dem Telefon. Das Telefon rasselt. Die beiden liegen im Schlaf. Die Frau fährt hoch: «Clem.» Das Telefon rasselt noch einmal. Mrs. Miniver faßt zu ihm herüber: «Clem, Telefon.»
Er schlaftrunken, ohne sich zu bewegen: «Was?» – «Das Telefon.»
Er greift [,] ohne sich aufzurichten, nach rechts. Sie schlägt, um ihm Licht zu machen und sich zu orientieren, ein wenig den Fenstervorhang zurück, man sieht, es ist früher Morgen.
Clem hat halbliegend den Hörer am Ohr: «Ja. Am Apparat.» Er richtet sich mit einem Ruck auf, hört, blickt nach dem Fenster, fragt zwischendurch die Frau: «Wie spät ist es?» – «Halb vier.» Er in den Apparat: «Sofort? Natürlich.» Er legt den Hörer hin, läßt die Beine aus dem Bett, denkt nach: «Nachtübung. Oder sowas.»
Mrs. Miniver: «Du mußt gleich weg?» – «Entschuldige, ich bin gleich fertig. Du kannst weiter schlafen.»
Mrs. Miniver: «Hat man nichts Genaueres gesagt?» – «Es war vom Yachtklub. Der Steward spricht immer undeutlich.» – «Vielleicht hast du dich verhört, Clem.» – «Nein, ich muß gleich rüber zum Club mit dem Boot.»
Clem ist aufgestanden, fertig. Auch die Frau ist außer Bett, hat sich einen Mantel umgeworfen: «Du bist ja bald wieder hier, vielleicht zum Frühstück. Ich hol dir eine warme Decke.» – Clem: «Absolut unnötig. Die Lederjacke reicht. In ein zwei Stunden bin ich wieder da.» – Sie verabschieden sich. Mrs. Miniver: «Dann schläfst du dich aus.» – Clem: «Laß mein Bett offen. Die Schuhe ziehe ich unten an. Hoffentlich sind die Kinder nicht wach geworden. Wiedersehen.» – Mrs. Miniver: «Wiedersehen.»

Er geht. Sie wirft ihm an der Tür doch noch eine Decke über. Er zieht verschlafen ab.
Unten im Garten. Clem stolpert schlaftrunken, die Decke fällt ihm ab. Er hebt sie auf.
Sie steht oben am Fenster, lächelt wie sie ihn stolpern sieht, zieht den Vorhang wieder zu, wirft den Mantel ab, legt sich hin.
Er verläßt den Garten. Er befindet sich jetzt in einer kleinen Straße, die zum Fluß herunter führt. Zwei Männer laufen an ihm vorbei. Er beachtet es in seiner Schläfrigkeit nicht.
Der Gärtner der Gräfin, mächtig ausstaffiert, mit Decken beladen, überholt ihn, blickt sich nach Clem um, nickt ihm zu: «Mr. Miniver, Guten Morgen. Zu früh, was?» Clem blickt hinter ihm her, während der schon rasch weiter geht: «Nanu, Sie. Was machen Sie denn? Ich denke es ist nur der Yachtclub.» Er erhält keine Antwort.
Noch andere kreuzen seinen Weg.
Er ist jetzt am Fluß. Man hört Rufe, sieht andere Boote und Leute dabei. Er geht die paar Holzstufen herunter, steigt in sein Boot, wirft die Decke hinein. Er arbeitet gebückt am Motor. Der läuft nicht. Er müht sich: «Heiliger Gott, funktioniert nicht.»
Er richtet sich auf, blickt sich um, will schon aus dem Boot steigen, als ein anderes Boot vorüberfährt. Er ruft: «Jackson, hallo, helfen Sie mir mal, mein Motor.»
Antwort: «Haben Sie kein Ruder? Rudern Sie doch.»
Der Mann ist weg, Clem zuckt die Achseln, steht verzweifelt, rafft schon seine Decke wieder auf, als plötzlich der Motor zu laufen beginnt. Er setzt sich, fährt aus. Er überquert den Fluß, ganz in der Nähe auf der andern Seite steht der flache Holzbau des Yachtclubs. Jackson macht grade fest: «Da sind Sie ja. Solch Motor hat es in sich.»
Sie treten auf den Planken ein. Drin hat der Steward Kaffee vorbereitet, er serviert den Herren, die herumstehen, als ginge es zu einer Frühpartie, und trinken. Man begrüßt sich.
Es soll ein Appell sein. Eine Übung. –

«Ja, warum Übung? Vielleicht ist was los? Ist ja nicht bloß unser Club.» «Wer denn noch? Wohl eine Fußballmannschaft?» (lachen)
«Ja, haben Sie nicht den Gärtner der Gräfin gesehen? Und den Fischer mit seinen Söhnen? Die hat man vom Rathaus geweckt.»
«Also was, Mannschaften, was ist los? Ist es nun eine Übung oder ist es keine? Man wird doch unsern Yachtclub nicht zusammen zu einer Übung mit Fischern und sonst was alarmieren.»
Der Steward, ein jüngerer Mann, ernst, mischt sich ein: «Bitte um Verzeihung: es wurde gesagt: Wer Rettungsgürtel, Schwimmwesten und Ähnliches hat, möchte sie mitbringen.»
Einer parodiert: «Sehr richtig. Es wurde auch gesagt, wer Gewehre und einen Stahlhelm hat, soll ihn mitbringen.»
Steward: «Entschuldigung, Herr, das wurde gesagt, [i]ch habe es auch weiter gegeben.»
«Sie sind verrückt. An mich nicht. Sie verbreiten Gerüchte.»
Steward protestiert: «Ich habe – »
Ein Anderer unterbricht: «Mir hat er es gesagt. Ich habe auch meine Entenflinte mitgenommen. Was ich damit soll, weiß ich nicht.»
«Fallschirmjäger.»
«Machen Sie keine Witze. Es war doch kein Alarm.»
Das Telefon klingelt, der Steward am Apparat: «Jawoll, jawoll, sofort.»
Er kehrt zu den Herren zurück: «Sie rufen von der Brücke an. Alles soll sich gleich in Bewegung setzen. Wo wir bleiben. Und kein Boot dürfe zurückbleiben.»
Der lustige Herr stürzt lachend voran: «Also an die Gewehre, Herrschaften. An die Entenflinten. Das wird ja eine ganz große Sache.» Der ältere Lehrer stolpert hinter Miniver: «Wann denken Sie, Herr Miniver, sind wir wieder zu Hause? Morgen sind doch Prüfungen in der Schule. Ich habe noch soviel zu tun. Ich werde nicht frisch bei der Arbeit sein.» Miniver: «Haben Sie keine Sorge.»

Draußen fahren schon welche ab. Der Steward geht mit und stellt fest: es bleiben noch 2 Boote zurück.
Der Lehrer steigt ein, sagt zu Miniver: «Die Leute könnten doch auch wissen, daß man die Nachtzeit besser zum Schlafen benutzt. Mit solchen Übungen dient man auch dem Lande nicht.»
Der Steward: «Dieses Boot – »
Der Lehrer: «Das ist von X. Der ist krank. (Er fährt schon) So ein Glückspilz, der liegt im Bett.»
Steward steht allein, ruft ins Haus zurück: «Alice. (Es ist seine Frau) Alice.» Im oberen Stock des Hauses, am Fenster zeigt sich die Frau.
Steward: «Alice, mach dich fertig, du mußt mit. Es müssen alle Boote besetzt werden.»
«Ich kann doch nicht mit, Mann.»
«Das Boot muß raus. Es ist durchgesagt.»
«Was mach ich mit dem Kind?»
«Dann nimm es mit. Pack es gut ein. In einer Stunde sind wir wieder da.»
«Ist was Schlimmes?»
«Aber Unsinn. Dann nehme ich dich doch nicht mit. Wir melden uns an der Brücke, und das ist alles.»
Er ins Boot. Die Frau kommt gleich, glücklich, mit einem gebündelten Kind wieder. Sie besteigt das 2. Boot.
Sie fahren. Ein kleines Ruderboot ist hinter ihnen her, darin der kranke Herr: «Hallo, hallo, Steward. Mein Boot. Wer fährt denn da [?] »
Steward hält, der Herr steigt über, sie machen das kleine Boot an. Steward: «Bitte um Entschuldigung, wir haben auf Sie gewartet. Es ist aber eilig.» Der Herr zeigt auf das 2. Boot: «Wer ist denn das?» – «Meine Frau, Alice.» «Na das ist lustig. Das wird eine lustige Partie. Wo frühstücken wir? Donnerwetter, ich hab meinen Schlips vergessen.»
Steward im Fahren: «Schlechte Nachrichten, Herr.»
«Gibts garnicht, fallen Sie nicht darauf rein. Sie sollten eigentlich nicht mitfahren, Sie sollten zu Hause das Frühstück bereiten.»

«Ich habe im Radio gehört – »
«Das Radio. Das Radio, müssen Sie wissen, ist eine Zauberkiste. Und das erzählt Ihnen auch Zaubermärchen. Ich kann mich nachher ohne Schlips gar nicht sehen lassen. Haben Sie eine Bürste?»
Steward: «Nicht hier, Herr. Aber vielleicht paßt Ihnen mein Schlips [?] »
Er überreicht ihm seine kleine schwarze Cravatte.
Der Herr ist entzückt: «Wunderbar. Das werde ich Ihnen nie vergessen. Jetzt bin ich erst wieder Mensch.»
Er winkt zu einem nahen Boot herüber: «Morgen, die Herren.»
Im Nachbarboot: «Guten Morgen. Wieder hergestellt? Gradezu köstlich, solche Morgenspazierfahrt auf dem Wasser. Man lebt förmlich auf. Man wird wieder jung.»
Der Herr: «Jung. Das ist übertrieben. Mein Reißen wird wieder aufblühen.»
Das Nachbarboot: «Lieber Freund, sehen Sie bloß um sich. Ist das nicht schön, diese Boote, die beiden Dampfer, ein förmliches Massenaufgebot, ein Wettrennen. Was würden die Deutschen dazu sagen. Die singen: Denn wir fahren nach Engelland. Hallo, wir fahren nach Deutschland.»
Ein Anderer im Nachbarboot: «Sie sind ja heute ganz groß.»
«Na, da muß einem ja das Herz aufgehen.»
Die Rufe haben sich auf dem Fluß vermehrt. Eine große Brücke signalisiert durch Lichter und Winkzeichen. Es hat sich hier eine kleine Flottille von Fahrzeugen verschiedener Art angesammelt. Das Menschenwimmeln oben auf der Brücke und die Schiffstreppe herunter. Ein größerer Dampfer steht. Ein Offizier mit Sprachrohr ruft herunter: «Rechts anreihen. Halten. Von jeder Gruppe ein Mann auf die Brücke.»
Oben auf der Brücke ein Auflauf. Man hört eine streikende Frauenstimme. Eine ältere einfache Frau erbittert: «Warum soll ich nicht mit? Ich habe einen Sohn drüben.»
Soldat, Wache: «Es geht einer von uns in das Boot. Sie nehmen bloß Platz weg. Sein Sie vernünftig.»

«Es ist mein Boot. Ich gehe rüber. Ich laß mich nicht verjagen.»
Sergeant kommt hinzu: «Was gibts?» Soldat: «Sie hat einen Sohn drüben und will ins Boot.» – Die Frau: «Ich geh rüber, sage ich Ihnen.»
Der Sergeant [:] «Lassen Sie sie.»
Die alte Frau stürmt die Treppe herunter.
Unten bei den Herren im Boot der Lehrer: «Was ist bloß los? Die Leute sind alle so aufgeregt.»
Einer gähnt: «Unausgeschlafen. Wie soll man bei guter Laune sein, wenn man einen um 3 aus dem Bett holt.»
Der Lehrer unruhig, blickt nach oben: «Ich weiß doch nicht.»
Der andere Herr bequem: «Wir haben bloß noch nicht solche Übung gehabt. Nächstes Mal wissen wirs besser.»
Die Frau des Stewards: «Du fährst weiter? Laß mich doch mit. Warum denn nicht?»
Steward: «Und das Kind?»
Die Frau blickt nach oben: «Ich gebe es so lange einer Schwester.»
Ehe er antwortet, läuft sie mit dem Kind die Treppe hinauf, an den Tisch der Sanitäter und Schwestern: «Bitte, Sie nehmen mir das Kind ab.»
«Aber Sie bleiben doch hier.»
«Mein Mann ist Steward vom Yachtclub. Ich soll mit.»
Sie läuft glücklich herunter.
Eine kleine Gruppe junger Leute kommt singend an. Eine Dame zum Sergeanten: «Es ist doch nicht angeordnet, daß die Mitglieder eines Ruderclubs mitsollen?»
«Alles, was Boote hat und fahren kann, soll raus.»
«Aber man kann doch nicht jungen Leuten unter 20, die noch nicht eingezogen sind, befehlen – »
Sergeant: «Man befiehlt garnichts. Man soll bloß.»
Dame: «Man braucht also nicht?»
«Nein. Man soll.»
Der Sohn bei der Gruppe hört mit 2 anderen zu. «Wiedersehen, Mutter. Reg dich nicht auf.»

Sie schreit «Bob» und drängt hinter ihm. Der Soldat an der Treppe hält sie auf. Der Sergeant: «Madame, machen Sie keine Umstände. Der junge Mann weiß, was er zu tun hat.»
«Er hat doch morgen Examen.»
Sergeant lachend: «Das hat er schon bestanden.»
Offizier durch Sprachrohr: «Wer nichts bei den Schiffen zu suchen hat, hat die Brücke zu verlassen.» Der Offizier gibt den Delegierten an der Treppe Anweisung: «Sie fahren nach Dover. Jede Gruppe hält zusammen. Kein Licht. Es werden noch Dekken verteilt. Nehmen Sie Trinkwasser mit. Beeilen. Decken links bei den Sanitätern.»
Delegierte winken herunter: «Decken holen.»
Ein Herr vom Yachtclub: «Hören Sie mal, hier stimmt doch was nicht. Sie sagen Dover. Man könnte uns reinen Wein einschenken. Was ist in Dover passiert [?]»
«Holen Sie Ihre Decken ab, Herr.»
Der Herr: «Wenn es was Ernstes ist, möchte ich doch noch meiner Frau telefonieren.»
Der Offizier kalt: «Abmarsch.»
Der Herr wütend die Treppe herunter, fährt den Steward an: «Steward, Sie haben uns alarmiert. Sie werden jetzt feststellen, was denn eigentlich los ist. Wenn Sie uns aus dem Schlaf wekken, müssen Sie wissen, wofür. Sind wir denn Kinder.»
Steward: «Wir sollen nach Dover, Herr, mehr kann ich nicht sagen.» Steward rudert ab. Der Herr steht starr. Ein Anderer zieht ihn ins Boot: «Setzen Sie sich, wir werden es noch früh genug erfahren.»
Der Herr: «Aber ich muß doch telefonieren.»
Man wirft Decken in die Boote. Sie fahren ohne besonderes Zeichen, gleiten über das Wasser. Aus einigen Ruderbooten halblautes Singen.
Bei Miniver im Boot sitzt ein alter Fischer, ehemaliger Matrose.
Fischer: «Schonen Sie Ihren Motor, Herr. Viel Öl haben wir nicht. Ich rudere.»

Miniver: «Wer war darauf präpariert. Es sollen Schiffe bei Dover gesunken sein.»
Fischer: «Herr, ich war bei der Marine. Ein gewöhnlicher Untergang ist das nicht. Dann würden sie nicht die ganze Küste alarmieren.»
Miniver: «Dann wirds wohl eine größere Übung sein.»
Fischer: «Dafür siehts mir nun wieder zu ernst aus.»
Der Fischer hat in einem andern Boot einen erkannt, es wird langsam hell: «Aheu, Willi. Sehen Sie den. Guten Morgen, Willi.»
Willi: «Charles, Dich hab ich lange nicht gesehen. Wo wohnst du denn jetzt?»
«10 Schritt von hier.»
Willi: «Und da sieht man sich nicht.» Fischer: «Und hier sieht man sich (er ist sehr lustig) [.] Haben Sie den gesehen [,] Herr, was der für ein feines Boot hat [?] Das ist seine. [I]ch schwörs Ihnen.»
Miniver geduldig: «Es wird seine sein.»
Fischer: «Darauf können Sie sich verlassen. Der schafft es. Der war immer tüchtig (er lacht furchtbar und ruft den andern).»
Miniver: «Die sind schon voraus.»
Fischer (wischt sich das Gesicht und lacht noch): «Entschuldigen Sie. Mit dem hatte ich mal eine Geschichte. Wir waren mal in Kalkutta oder Singapore. Gehen wir mal durch die Straße und sehen einen indischen Blumenkohl oder so was. Wir staunen beide. Wie lange haben wir keinen Blumenkohl gegessen, und solchen feinen. Das sagt er zu mir: «Da will ich nicht Willi heißen, wenn wir nicht in dieser Stadt Blumenkohl essen.» Ich natürlich gleich dabei. Da sagt er, da müssen wir uns auch noch dazu was anderes beschaffen, ein Kaninchen, und was zu trinken, Whisky. Und das war unser Unglück. Denn in der Gegend gab es natürlich keinen guten Whisky. Es gab schon welchen, aber den feinen hatten sie natürlich alleine weggetrunken.»
(Während der Erzählung gibt es Unterbrechungen, Begrüßungen von Vorüberfahrenden. Einmal zeigt er auf die junge Stewardsfrau, die rudert: «Sehen Sie die, rudert wie der Teufel.»).

«Kriegen wir dann auch bald ein Kaninchen, und das hängt er sich schön eingepackt hier unter der Jacke an den Gürtel, weil er es nicht immer in der Hand tragen wollte.»
Miniver belustigt: «Warum haben Sies denn nicht getragen?»
Fischer: «Wegen der Flaschen. Die hatte ich noch nicht, aber ich wollte mir die Hände dazu freihalten. Wir haben dann also festgestellt, daß es nirgends einen feinen Whisky hier gibt und mußten dazu durch eine Anzahl Lokale.»
Miniver: «Aha.»
Fischer: «Sehen Sie. Und wozu haben wi[r] denn das Kaninchen gekauft, wenn wir nichts zu trinken hatten[?]»
Miniver: «Und den Blumenkohl.»
Fischer: «Den hatten wir noch nicht gekauft, das sollte noch kommen. Und da bekamen wir beide solche Wut auf diese Stadt und die ganzen Geschäfte. Und da stellt sich an einer Ecke ein Mann hin und will uns Vorwürfe machen, und das ist vielleicht ein Schutzmann (er lacht stark und ruft wieder «Willi») [.]»
Miniver: «Sie sind voraus.»
Fischer: «Und da will der als alter Soldat vom Leder ziehen. Und da zieht er das Kaninchen und geht damit auf den Schutzmann los, so.»
([M]an hat sich inzwischen Dover genähert, ein dumpfes Kanonenbullern ist vernehmbar. Möven kreisen über dem Wasser. Es herrscht ein Nebel, der immer stärker wird. Schiffssirenen.) Ein Hospitalschiff lädt aus. Verwundete werden herausgeführt und auf Bahren getragen. Eine dichte Menschenmenge am Ufer. In den Booten. Ein Herr vom Yachtklub: «Hier ist es. Nun wären wir angelangt. Hat lange genug gedauert. Nachher noch der Rückweg. Vor 10 sind wir nicht zu Hause.»
Während sich die übrigen Boote geschlossen am Ufer anreihen, um Anweisungen zu erwarten, rudern einige Einzelne und darunter das Boot der alten Frau allein weiter. Ein kleiner Dampfer fährt gradeaus, die alte Frau scheint sich an ihn hängen zu wollen. In einem Boot: «Was macht denn die? Sehen Sie die Alte. Die

hat schon auf der Brücke den Spektakel gemacht. Die will wohl mit ihrem Schiffchen über den Canal rudern.»
Der Dampfer wirft der Frau ein Seil zu, sie greift danach, macht ihr Boot fest. Die vom Yachtclub staunen. Auch eine Anzahl Motorboote schießen jetzt hinter dem Dampfer her.
In einem Boot des Yachtclubs: «Man hat mit uns was vor. Passen Sie auf, hier bleiben wir nicht. Was sollen wir denn hier. Das ist gar keine Übung.»
«Sag ich doch. Ich wollte doch auch meiner Frau telefonieren, und der Sergeant hat mich nicht gelassen.»
Der Steward, der schon draußen ist, ruft: «Mr. Miniver, hierher, auf die Brücke.» Oben hat sich ein Kreis gebildet, wieder werden Instruktionen erteilt. Man hört[:] «Sie halten sich möglichst zusammen. Brennstoff sparen. Wer aus eigener Kraft fahren kann, tut es, sonst hängt man sich an Schiffe. Keine überflüssige Begleitung mitnehmen. Also vorwärts.»
Von den [a]usgeladenen Soldaten, die zum Teil von Sanitätern geführt werden und hinken, passieren welche an der Gruppe vorbei. Ein Soldat: «Herrschaften, beeilt Euch. Dalli dalli. Unsere Leute warten.»
Ein 2. Soldat: «Ihr habt wohl nichts weiter zu tun, als hier herumzustehen[?]» Clem steht mit den andern und sieht die Leute vorübergehen: «Da ist was passiert.»
Ein Anderer eilig neben ihm: «Furchtbare Neuigkeiten. Unsere Soldaten drüben, auch die Franzosen, die ganze Armee, steht drüben bei Dünkirchen und will rüber. Unsere Flotte muß sie holen. Die Deutschen bombardieren die Schiffe. Wenn wir nicht kommen und sie holen, wird alles gefangen genommen oder ist hin.» Sie stürzen die Treppe herunter. Der Brückenkommandant gibt Befehl: «Abfahrt da vorne, Platz machen.»
Eine Anzahl Boote ist schon gefüllt und in Bewegung. Der Kommandant zu einem Offizier: «Sehen Sie sich das an, die Nußschalen. Soll man das wirklich gut heißen. Die wollen über den Kanal.» Ein Offizier: «Sehen Sie, die Leute sind nicht zu halten.»

Tumult an der Brücke. Eine Anzahl Leute will zu den Booten, man sucht sie aus. Es steigen elegante Herren herunter. Man wirft von oben in die Boote Decken und Flaschen. Einer kommt halb bekleidet, eine Frau wirft ihm ihren Mantel nach, er zieht sich ihn an. Die Flottille setzt sich in Bewegung. Miniver und die andern sind wortlos zu den Booten gelaufen. Der Fischer empfängt ihn mit einem wilden Blick. «Wo bleiben Sie?» Miniver: «Dünkirchen.» Fischer: «Geht schlecht drüben? Was, Herr? Das habe ich mir gleich gedacht, als ich vorhin die Alte sah. Die will doch was.»

Während sie fahren [,] stöbert er im Schiff herum: «Wieviel Öl haben Sie also? Sie haben kein Wasser, Herr, Trinkwasser. Haben Sie Konserven? An nichts gedacht (der Mann ist wütend).»

Miniver: «Das schlimmste ist der Motor. Der hat seine Launen.»

Fischer: «Den überlassen Sie mir. Sonst haben wir Ruder oder hängen uns wo an.»

Man ist in Fahrt. Es ist der Kanal. Die Boote heben und senken sich. Minivers Boot fährt mit dem Motor.

Der Fischer: «So, nu denken Sie, weil Sie da oben was gehört haben und weil Sie ein Landhase sind und weil wir bloß ein paar Boote haben, wir könnens nicht schaffen.»

Miniver ist sehr ernst geworden, antwortet abweisend: «Ich denke garnicht, Herr.»

Fischer: «Aber erstens sind wir nicht ein paar Boote. Denn Sie brauchen sich bloß umzusehen. Wir sind ein paar Hunderte, wir sind Tausende. Und dann können Sie sich darauf verlassen, es sind nicht bloß die paar Boote, die Sie hier sehen. Denn so dumm ist unsere Admiralität nicht, daß sie glaubt, mit ein paar [t]ausend Booten das ganze Heer herüberbringen zu wollen. Da sind noch Schiffe über Schiffe. Das werden Sie noch sehen. Da drüben steht ganz England.»

Miniver: «Ich glaube es ja.»

Fischer: «Ja, das lassen Sie sich gesagt sein. So. Nun wollen wir gefälligst den Motor abstellen. Jetzt wird gerudert. Das Öl werden wir noch brauchen, für den Rückweg.»

Sie fahren. Der Nebel wird dichter. Man sieht kaum die Nachbarboote, jedes Boot scheint is[oli]ert zu fahren.
Der Herr vom Club, der zu spät kam. «Erlauben Sie, daß ichs mir bequem mache.» ([E]r zieht seine Jacke aus, Kragen und Schlips ab.)
Sein Schiffsgefährte: «Das haben wir uns auch nicht gestern träumen lassen, das wir heute über den Kanal fahren.»
Der Herr rudernd: «Ist garnicht so schlimm.»
Während sie fahren[,] verstärkt sich das Rollen des Kanonendonners.
Minivers Boot. Miniver: «Mein Sohn geht heute auch an die Front. Da tue ich auch mein Teil.»
Fischer (der rudert): «Ich sage Ihnen, Herr: Gefahren sehen nur großartig aus im Kino und wenn es in der Zeitung steht. Wenn man dabei ist, ist es rein garnichts. Ich habe immer erst gemerkt, wenn ich was erzählt habe, daß die Sache schlimm war. Zum Beispiel –»
Eine Sturzwelle kommt, sie kämpfen, es dauert eine ganze Weile. Nachher ist das Boot voller Wasser. Man sieht nur den [r]udernden, wassertriefenden Fischer, der wild arbeitet. Er ruft: «Herr, sind Sie noch da? Herr[!]»
Miniver ist von der Bank geworfen, liegt unten und rafft sich aus dem Wasser auf.
Der Fischer [(]begrüßt ihn): «Da sind Sie. Wir werden schon wieder trocken. Da haben Sie ja Stricke. Machen Sie sich fest an der Bank. Geben Sie mir auch einen. Was wollt ich Ihnen eigentlich sagen[?]»
Ein großes Rettungsboot mit Fischer[n] fährt vorbei. Der Fischer grüßt herüber. Er betrachtet mißtrauisch Miniver: «Was sind Sie, Herr?» «Architekt, Baumeister.» «Ich frage bloß, weil ich jetzt rudere, ob Sie schlapp machen, wenn Sie dran sind.»
Miniver lächelt: «Wir werden sehen.»
Einzelne sehr dichte Kanonenabschüsse. Es werden Hafenbilder von Dünkirchen eingeschnitten. Man sieht große Kriegsschiffe und Transporte. Es rücken geschlossene Truppenmassen an mit

Wagen und Kanonen. Am Hafen werden die Stellungen der Abwehrgeschütze in Funktion gezeigt. Viele Flieger. Das Krachen der Abwehrgeschütze auf den Schiffen. Die kleineren Schiffe rucken bei jedem Stoß zurück.
Der Nebel ist hier nicht so dicht wie auf dem offenen Meer. An der Küste das Feuer von brennenden Ölreservoiren. Suchlichter von Scheinwerfern im Nebel. Nahe dem Strand, dem sich jetzt die Flottille der kleinen Boote nähert, liegt schräg ein ausgebrannter Zerstörer. Die größeren Schiffe bleiben mehr draußen stehen. Zu ihnen bringen die Boote die Leute, die sie retten. Durch das Wasser waten in kleinen Zügen und einzeln schwerbepackte Soldaten den Booten entgegen. Man steigt aus den Booten, läuft ihnen entgegen, läuft zum Strand. Einige Soldaten werfen am Strand ihr Gepäck ab und schleppen Verwundete durch das Wasser.
Übersichtsbild über den Strand. Er ist ziemlich leer, voller Gran[a]t- und Bombenkrater. Aus den Löchern kommen die Soldaten einzeln heraus.
Die Boote halten in der Brandung. Miniver hebt mit seinen Gefährten einen am Strand auf, schleppt ihn zum Boot, rudern ab zu einem Schiff. Sie fahren zu dritt von dem Schiff zurück. Man holt neue. Man reicht ihnen aus dem Schiff Wasser.
Wie sie am Strand sind, fegt ein Flugzeug darüber und streut Maschinengewehrkugeln. Miniver liegt neben dem Schiffer. Der Schiffer ist zuerst auf und zieht Miniver hoch: «Alles nicht so schlimm, Herr.»
Die alte Frau sitzt in ihrem Boot, wie der Flieger kommt. Sie wirft sich nicht hin, sie flucht und droht. Man bringt in das Boot Leute. Der Begleiter: «Da liegen viele verwundet in den Granatlöchern. Man muß sie holen.»
Die Frau betrachtet die beiden, die man angebracht hat und schüttelt den Kopf: «Jetzt gehe ich selber rüber.» Sie watet zum Strand.
Sie steigt am Strand in einen Bombenkrater. Einer liegt da. «Haben Sie zu trinken?» fragt er. Sie gibt ihm, hebt ihn an, zerrt

ihn hoch. Oben nehmen ihn andere in Empfang. Sie steht allein: «Ob mein Junge da ist? Der sah ihm sehr ähnlich.»
Ein kleiner Trupp Soldaten kommt angerannt, an der Frau vorbei: «Aus dem Weg, Alte, mach daß du nach Hause kommst.»
Sie hält einen fest: «Von welchem Regiment bist du?»
Der Mann reißt sich los[:] «Was gehts dich an.» Sie faßt einen andern Soldaten: «Welches Regiment?» [E]r geht wortlos weiter. Endlich hat sie einen, der stehen bleibt. Die Alte: «Ich suche die Nummer X. Wissen Sie, wo die stehen?» Der Soldat überlegt: «Warten Sie mal. Die X, mit denen war ich zusammen. Die sind weiter hinten. Da kommen Sie nicht ran. Die decken den Rückzug.» Er schüttelt den Kopf, macht eine Handbewegung entsprechend: «Da ist nichts zu hoffen», zieht ab.
Die Alte steht einen Augenblick starr. Sie murmelt: «Gut, mein Junge, gut. Da tust du recht. Hut ab davor, mein Junge.»
Sie beginnt jetzt eine wilde Tätigkeit, geht in einen Krater, zerrt einen auf: «Du kannst hier nicht liegen, Junge, komm.» «Ich kann nicht laufen.» Sie faßt ihn. Der junge Soldat: «Sie können mich doch nicht tragen.» «Ich kann, ich kann alles.»
Wieder ein Flugzeug, sie sind noch auf dem Strand. Soldat: «Mutter, sehen Sie sich vor, werfen Sie sich hin.» Aber sie kniet nur mit ihm und streckt beide geballten Fäuste hinter dem Flugzeug aus. Sie trägt den Mann zum Boot: «Da haben Sie ihn, du wirst wieder gesund, Junge, du gibst es ihnen.» Sie zieht dann wieder an den Strand, blickt in ein Granatloch, holt einen: «Du wirst doch hier nicht faul sein. Verwundet. Das heilt schon wieder. Komm. Du wirst dich doch nicht von denen jagen lassen.»
Einzelbild: Eine Bombe fällt auf ein Schiff, heller Flammenschein, Rauchwolken, Dampf aus den Röhren. Das Schiff läßt seine Rettungsboote herunter. Die Motorboote schießen von allen Seiten an.
Das Boot von Miniver. Er trägt einen jungen französischen Offizier auf dem Rücken herüber, lädt ihn ab.
Miniver steigt ein, fällt etwas zusammen: «So, jetzt ist genug, jetzt fahren wir ab.»

Der Offizier stammelt [:] «Was wollen Sie denn, lassen Sie mich.»
Miniver: «Herr, Sie sind unvernünftig.»
Offizier: «Ich will nicht. Lassen Sie mich heraus. Ich will nicht ins Boot. Ich bin Franzose. Lassen Sie mich in meinem Land. – Sie fahren nach England?» Miniver nickt. Offizier: «Ich will nicht. Es ist aus mit uns. Ich kann schon drüben bleiben.»
Miniver sehr ernst, finster und streng: «Es ist noch lange nicht aus, Herr.» Der junge Offizier blickt nach dem Land zurück, verbirgt sein Gesicht und schluchzt: «Um Gotteswillen, mein Frankreich. Es ist nicht zu fassen. Wir sind verloren. Meine Eltern, meine Brüder [,] alles.»
Miniver hart: «Noch lange nicht, Herr.»
Offizier: «Ach Sie wissen nicht. Sie können nicht wissen. Sie haben nichts gesehen. Da, wir räumen das Land. Wir lassen ihnen meine Heimat.»
Miniver: «Es kommt anders.»
Offizier: «Die Deutschen sind ungeheuer, Herr. Sprechen Sie nicht so. Sie sind ungeheuer stark. Sie müssen uns nicht für feige halten. Wir sind doch nicht schwach. Wir wurden abgeschnitten von allen Seiten. Wir saßen im Kessel.»
Miniver: «Und jetzt sind Sie raus.»
Offizier: «Sehen Sie doch hin. Sehen Sie ihre Flugzeuge, wieviele. Wenn wir nur Waffen hätten. Sie machen mit uns den Blitzkrieg.»
Miniver: «Es hat sich ausgeblitzt. Jetzt fangen wir an zu blitzen, Herr. In England dauert es länger, bis ein Gewitter kommt. Dann aber schlägt es gründlich ein. Liegen Sie gut?» ([E]r zieht sich die Lederjacke aus, stopft sie dem Mann unter den Kopf.) «Hier nehmen Sie auch einen Schluck Wasser. Die Seeluft wird Ihnen gut tun.»
Miniver sitzt stumm und finster da, während sie fahren. Gelegentlich blitzt es am Horizont auf. Es ist früher Nachmittag. Minivers Boot bewegt sich im Gefolge eines großen Schiffes. Man singt soldatisch auf dem Schiff.

Miniver zu dem Offizier: «Hören Sie, Herr, was sie singen?»
([E]r zitiert den Text des kräftigen Soldatenliedes[.])
Offizier matt: «Ich kanns nicht glauben, [H]err, verzeihen Sie mir.»
Sie fahren stumm, das Lied dauert fort. Miniver: «Sie werden es noch glauben.»
Große Teile der Bootsflottille bewegen sich zurück. Letztes Bummern der Kanonen. Man zeigt die zunehmende Müdigkeit und Erschlaffung. In den einzelnen Booten, die man wieder erkennt von der Abfahrt her[,] sind alle persönlichen und gesellschaftlichen Unterschiede verschwunden. In mehreren Bo[o]ten schläft man. Der Schiffer von der Hinfahrt sitzt mit dem Lehrer zusammen, sie spielen laut und heftig Karten. Die alte Frau sitzt unbewegt aufrecht mit einem harten Gesicht.
Es werden Bilder von dem Schiff gezeigt, auf dessen Deck Soldaten stehen, Bahren mit Verwundeten, ein Arzt mit Schwestern geht herum.
Die Kalkfe[l]sen von Dover tauchen auf. Die Flußeinfahrt. Überall an den Ufern Gruppen von Menschen.
Der stumme Zug der Boote. An der großen Brücke lösen sich Boote ab und halten. Die junge Stewardfrau mit zerrissenem Kleid läuft die Treppe herauf. Dort steht eine Schwester und erkennt sie.
«Sie wollen das Kleine?» «Wo ist es?» «Ich bringe es Ihnen.» «Es schläft doch wohl. Danke. [Be]halten Sie es bitte heute über Nacht. Ich komme morgen früh. Vielen Dank.»
Vor dem Clubhaus halten einige Boote. Der Steward, die Frau und Clubmitglieder führen und tragen Soldaten in das Haus.
An der Landungsstelle bei der Straße ein großer Menschenauflauf.
Unter den Zuschauern wartet Frau Miniver. Miniver selbst trägt mit einem ande[re]n zusammen seinen Offizier die Straße herauf zu einem Krankenwagen. Im Vorübergehen erkennt sie ihn, nähert sich ihm. Er nickt ihr ruhig zu und geht weiter. Sie steht befremdet unter den andern.

Der Fischer und der Lehrer helfen 2 Männern an Land[,] verabschieden sich von ihnen. Der Fischer stellt den Lehrer seiner Frau vor: «Das ist Herr X, mit dem ich gearbeitet habe. Ich glaube[,] Herr, wir sehen uns bald wieder.» Der Lehrer verabschiedet sich. Der Fischer flüstert seiner Frau zu: «Es war großartig. Der Mann ist der beste Spieler, der mir überhaupt begegnet ist.»
Die Frau: «Was du sagst.» Sie verfolgen bewundernd den abziehenden Lehrer.

RANDOM HARVEST

(Szenenentwürfe)

Ein Männerpavillon. Das Verordnungszimmer des Arztes befindet sich im Erdgeschoß gleich links vom Eingang. Es ist ein großer heller Raum, in dem man verhältnismäßig wenig Medizinisches erblickt, immerhin einen Glasschrank mit den notwendigen Instrumenten für 1. Hilfe und täglichen Bedarf, Narkose, Masken, Messer, Binden, ferner den Medikamentenschrank. In einer Ecke ein mächtiges Regal mit den Krankengeschichten und Akten. In der Mitte des Raums ein einfacher Untersuchungstisch, an der Wand zur Tür ein Untersuchungsdivan. An einem Fenster der breite Tisch des Arztes mit einer Anzahl Bücher. Auf einer Etagere Hörrohr und Hammer. Da stehen auch Blumen. An derselben Längswand des Raumes befindet sich auch der Tisch des Oberpflegers. Der Telephonapparat an der Wand links vom Tisch des Oberpflegers.
Der Raum hat 4 Fenster, sämtliche Fenster hier und anderswo im Pavillon sind stark vergittert. Überall sind Doppeltüren.
Der Oberpfleger ist ein kräftiger Mann Ende 30. Er steht am Telephonapparat und hat eben einen Anruf aus der Centrale entgegengenommen. Er hält den Hörer nach unten und teilt dem Arzt, der an seinem Tisch sitzt, leise mit, man frage wegen des Patienten im Einzelzimmer 7 an, – Leute, die ihren Sohn suchen und annehmen, er ist es. Der Arzt, zwischen 40 und 50, trägt einen Spitzbart, hat einen Civilanzug an. Sein Arztmantel hängt an der gegenüberliegenden Querwand neben dem Waschbecken. Auf die Bemerkung des Oberpflegers hin erhebt sich der Arzt und spricht:
«Ja, natürlich, der Besuch ist gestattet, der Patient ist völlig ruhig und umgänglich. Er ist uns sogar zu ruhig. Er spricht nicht, nein. Bis jetzt wenigstens nicht, kein Wort. Sie meinen, es ist Ihr

Sohn? – Ja, die Größe hat er. Das Alter kann stimmen, braune Haare, richtig. Sie vermissen ihn seit wann? 1917, ja das kann möglich sein. Man hat ihn vor einigen Monaten herübergebracht aus Frankreich, Austauschgefangener. Es war eine Verschüttung. Körperlich ist er ganz gesund, vollkommen. Also um 5 Uhr nachmittag heute, Pavillon 3. Man wird Sie von vorn herbegleiten.»

Der Arzt hängt den Hörer an, steht nachdenklich an seinem Tisch, schüttelt den Kopf und sagt zum Oberpfleger:

«So viele Eltern suchen ihre Söhne, und bei uns sitzt einer und weiß nicht, wo er hingehört.»

Oberpfleger: «Vielleicht sind sie es, Herr Oberarzt.»

Der Arzt setzt sich wieder, schlägt das große Heft zu, das vor ihm liegt und tut es in den Schubkasten, den er abschließt:

«Wir machen die Schlafmittelliste nachher fertig, Henry. Gehen wir rüber zu ihm.»

Sie verlassen den Raum. Der Arzt hat sich seinen Arztmantel angezogen. Draußen ein langer weiter Gang. Auf der einen Seite des Ganges eine ganze Reihe von hohen Fenstern, die nach dem Anstaltsgarten hinausgehen. Auf der andern Seite des Ganges verschlossene Türen: sie führen zu den Einzelzimmern, zu den Krankensälen, zum Wachraum. Der große Gang dient den ruhigen und nicht bettlägerigen Kranken als Aufenthaltsraum und Promenade. Es sind auch 2 Bänke da. Wie der Arzt und der Oberpfleger erscheinen, sitzt ein jüngerer Mann neben einer Bank auf dem Boden. Der Arzt bleibt stehen und bückt sich zu ihm:

«Na, Hendersen, Sie verschmähen die Bank? Ist sie Ihnen zu hart?»

Der Oberpfleger: «Hendersen unterhält sich jetzt wieder viel mit gewissen Personen, die im Keller sitzen sollen.»

Der Arzt hat ihm eine Hand hingereicht und hilft dem Mann hoch. Der Kranke setzt sich.

Der Arzt: «Aber Hendersen, was soll man sich von Ihnen denken, wenn man Sie immer am Boden findet. Sie sind doch schließlich kein Afrikaner.»

Der Kranke lächelt und nickt. Er ist verschämt. Sie gehen weiter. Aber sobald sie den Rücken gewandt haben, erhebt sich der Kranke blitzschnell und sucht wieder seinen alten Platz neben der Bank am Boden. Er dreht jetzt den Rücken gegen den Gang.

* * *

Arzt [und] Oberpfleger sind an die Tür gelangt, die die Zahl 7 trägt. Der jüngere Pfleger, der auf dem Flur kontrolliert, tritt zu ihnen und schließt ihnen auf, und zwar zunächst nur die Außentür. Er blickt durch das kleine Glasfenster der Innentür und sagt:
«Er steht am Fenster.»
Es ist ein einfaches langes Zimmer, in dem sich kein fester Gegenstand außer dem Bett, dem Tisch und einem Stuhl befindet. Der Arzt, noch an der Tür[,] bemerkt nach einem Blick auf den leeren Tisch zum Oberpfleger, der schon vor ihm eingetreten ist:
«Die Zeitung, Henry, haben Sie weggenommen?»
Oberpfleger: «Noch gestern Abend. Er wollte sich nicht hinlegen. Er las noch bei Nachtbeleuchtung. Er muß sie 10mal durchgelesen haben.»
Arzt: «Legen Sie ihm heute wieder eine hin und rufen Sie mich dann. Es ist ein gutes Zeichen. Er sieht übrigens auch besser aus, frischer, [l]ebendiger.»
Charles, der Patient, hat sich beim Öffnen der Tür umgedreht und ist 2 Schritt näher gekommen. Er hat einen sehr ernsten, ja bekümmerten Ausdruck. Er runzelt viel die Stirn, blickt die Männer fragend und hilflos an. Der Arzt geht auf ihn zu, legt ihm beide Hände auf die Schultern:
«Recht schön guten Tag, lieber Freund. Gut geschlafen? Hat Sie die Zeitung interessiert?»
Charles nickt ohne zu sprechen. Sein Gesicht ist gespannt, er erwartet etwas.
Arzt: «Das freut mich. Morgen lesen wir die Zeitung einmal zusammen, was meinen Sie? Es geht viel vor in der Welt. Der

Krieg kann von einem Tag zum andern beendet sein, fein, was? Setzen Sie sich doch. Sie stehen lieber? Wie Sie wollen. Heute kann ich Ihnen eine besonders erfreuliche Nachricht bringen. Sie bekommen Besuch. Und wissen Sie, wer sich bei mir gemeldet hat? Raten Sie mal. Ihre Eltern.»

Im Gesicht von Charles zeichnet sich eine ungeheure Erregung ab. Er macht Bewegungen mit den Lippen, gibt unartikulierte Laute von sich und blickt abwechselnd auf den Arzt und den Oberpfleger.

Der Arzt: «Aber setzen Sie sich doch. So, endlich. Sie sind ein Mann mit einem harten Kopf. Ja, wir glauben sie gefunden zu haben. Oder genauer sie glauben, Sie gefunden zu haben. Die Herrschaften haben gehört, daß Sie sich hier aufhalten und haben sich an die Anstaltsleitung gewandt. Sie sind hier im Ort, ich habe eben mit ihnen telefoniert.»

Charles ist inzwischen dazu gelangt, zu flüstern und vermag jetzt endlich langsam Worte zu bilden:

«Mei – ne El – tern?»

Der Arzt blickt ihn und den Oberpfleger strahlend an und klatscht in die Hände:

«Bravo, lieber Freund, bravo. Fein. Er spricht, er kann also doch sprechen. Es kommt bloß darauf an, daß Sie wollen.»

Charles wiederholt dumpf: «Mei – ne El – tern?»

Er steht auf, nähert sich dem Arzt und faßt ihn bei den Rockknöpfen, sein Ausdruck ängstlich gespannt. Er ringt nach Worten:

«Mei – ne Eltern [,] wo sind sie?»

Arzt: «Ich sage ja, die Herrschaften werden heute Nachmittag hier sein. Hier, in diesem Raum. Passen Sie auf, dann wird alles gut werden.»

Der Arzt löst die Hände von Charles von seinem Rock, gibt ihm einen leichten Schlag auf die Schulter, sieht ihn noch schweigend an und nickt ihm dann zu:

«Also, auf heut Nachmittag.»

* * *

Sie stehen draußen auf dem Gang an der geschlossenen Tür. Der Arzt ist nachdenklich, sagt zum Oberpfleger:
«Es geht voran. Rufen Sie die Kleiderkammer an oder gehen Sie selbst herüber. Ich lasse um die Uniform des Mannes bitten, oder wenn die sich nicht findet, um eine entsprechende passende. Die Leute sollen nicht erschrecken, wenn sie ihn in den Anstaltskleidern sehen.»
Der Oberpfleger notiert es in sein Buch und sagt dabei:
«Herr Oberarzt, wenn es wirklich ihr Sohn ist, macht ihnen das nichts aus.»
Arzt: «Auch richtig, Henry. Aber lassen Sie mich machen. Vielleicht reagiert er schon auf die Uniform und erinnert sich.»

* * *

Im ärztlichen Verordnungszimmer inspiziert dann der Oberarzt die Uniform, die ihm der Oberpfleger auf einem Bügel gebracht hat. Er sagt:
«Seine ist es nicht, sie ist ziemlich neu und hat noch nicht im Feld gedient. Aber sie könnte passen. Also gehen wir.»
Wie sie sich jetzt wieder durch den Gang bewegen, springt ein Patient auf sie zu und will dem Oberpfleger die Uniform wegnehmen. Der Pfleger des Korridors hält ihn fest.
Oberpfleger: «Aber Brown, was fällt Ihnen ein.»
Der Patient empört: «Das hat noch grade gefehlt, daß Sie den Leuten die Uniform bringen, damit sie sich noch mehr verkleiden.»
Oberarzt: «Brown, wer hat sich schon wieder verkleidet?»
Brown laut: «Hier geben sich Leute für allerhand aus und spielen sich groß auf. Da ist lauter Lug und Trug. Einer behauptet sogar, er wäre ich.»
Oberarzt gemütlich: «Dem werden wir mal nachgehen, da haben Sie vollkommen recht, Brown. Berichten Sie mir das mal nachher bei mir im Zimmer.»

* * *

Sie sind mit der Uniform im Zimmer von Charles. Der Arzt läßt die Uniform auf dem Bett ausbreiten:
«So, lieber Freund, da haben wir zunächst einmal die Uniform, für den Besuch, den Sie nachher erwarten.»
Charles schüttelt den Kopf.
Arzt: «Sie tun mir den Gefallen und ziehn sich die Sachen an, um Ihren Besuch nicht zu erschrecken. Sie erkennen die Sachen doch wieder, eine Uniform. Ihre Uniform. Sie waren im Krieg, in so einer Uniform, erinnern sie sich, drüben in Frankreich. Sie waren Leutnant.»
Der Arzt hebt den Uniformrock hoch und legt ihn Charles an:
«Sehen Sie, er paßt, es ist Ihre Größe.»
Charles nimmt ihm den Rock ab und betrachtet ihn mit größter Genauigkeit von allen Seiten. Der Arzt ermuntert ihn, die Jacke auszuziehen. Charles tut es und der Oberpfleger hilft ihm in den Uniformrock und zupft ihn zurecht. Der Arzt ist befriedigt:
«So. Da wären wir. Ein neuer Mensch.»
Charles richtet sich in der Uniform auf, gibt sich einen energischen Ruck und macht mehrere militärische Schritte durch das Zimmer. Die Beiden machen ihm Platz, der Arzt nickt:
«Gut, vorzüglich.» Charles stellt sich schließlich an den Tisch und schlägt die Arme über einander. Er spricht jetzt schon gut.
Charles: «Ich war im Krieg, sagen Sie. War ich Soldat?»
Der Arzt lächelnd: «Scheint so.»
Charles: «Wo? Bei welcher Truppe? Bei welchem Regiment?»
Arzt: «Aus den Kleidern, die Sie hier bei der Einlieferung trugen und den mitgegebenen Papieren geht nichts hervor.»
Charles: «Sie wissen nicht, wer ich bin, Doktor? Sie verheimlichen es mir nicht. Habe ich vielleicht irgend etwas getan oder verbrochen?»
Arzt: «Aber um Gotteswillen, Sie waren ein tapferer Soldat, der verwundet wurde.»
Charles: «Sagen Sie mir endlich, wer ich bin. Ich verlange es. Was soll ich mit dem Rock?»

Arzt: «Ihn tragen, wenn die Herrschaften nachmittags kommen, Ihre Eltern. Wir werden dann ja weiter sehen. Beruhigen Sie sich, lieber Freund. Haben Sie Geduld. Es geht Schritt um Schritt vorwärts.»

* * *

Dann sind die Eltern im Verordnungszimmer. Es sind 2 einfache Leute. Sie haben Blumen mitgebracht, die sie aber auf den Wunsch des Arztes im Verordnungszimmer lassen. Er macht sie darauf aufmerksam, daß sie ihn auf seinem Zimmer aufsuchen werden.
Arzt: «Wir haben ihn hier seit mehreren Monaten, er hat Offiziersrang und ist Austauschgefangener. Er benimmt sich völlig geordnet. Sie werden sehen. Das Einzige, was ihm fehlt, ist das Gedächtnis, die Erinnerung für das, was mit ihm ist, wer er ist. Man hat das öfter bei schweren Verletzungen oder nach Verschüttungen im Krieg. Es dauert bei ihm nur unglaublich lange. Aber wir haben Hoffnung, daß es sich jetzt bald gibt. Ihr Besuch kommt uns da natürlich sehr gelegen.»
Der Herr verbeugt sich: «Ich hoffe. Ich hoffe.»
Der Arzt zum Oberpfleger: «Bringen Sie die Leute vom Flur weg.»
Die Mutter: «Ach Gott, Mann, ich kann schon nicht mehr stehen.»
Arzt: «Setzen Sie sich noch. Es eilt nicht.»
Der Mann nimmt die Frau beim Arm: «Komm.»

* * *

Sie stehen vor dem Zimmer 7. Der Saalpfleger öffnet die Außentür, blickt hindurch und nickt dem Arzt zu. Der Arzt klopft, dann schließen sie auf.
Charles steht in voller Uniform da, steif, mit ernstem und gespanntem Gesicht. Arzt und Oberpfleger stehen zu Füßen des Betts. Die Eltern sind näher getreten, die Mutter voran.

Charles starrt auf die beiden Fremden, blickt von einem zum andern und wendet sich völlig hilflos zum Arzt. Er spricht tonlos:
«Sind sies? Sind – es meine Eltern? Ich weiß es doch nicht. Sagen Sies mir doch, Doktor, bitte.»
Der Arzt blickt auf die Eltern.
Die Mutter hat den Patienten lange angestarrt, jetzt nähert sich ihr der Mann von hinten, sie fällt ihm ohne ein Wort zu sagen um den Hals. Der Mann blickt zum Arzt und schüttelt den Kopf:
«Nein. Er ist es nicht.»
Der Arzt: «Oh.»
Der Arzt tritt vor Charles: «Es tut mir leid. Wir müssen Sie enttäuschen, lieber Freund. Es sind nicht Ihre Eltern.»
Der Mann: «Komm Mutter.»
Charles steht steif da und verbeugt sich vor den Fremden stumm. Der Mann sagt zu ihm, indem er ihm die Hand reicht: «Entschuldigen Sie.» Die Frau tritt auch an ihn heran, nimmt seine Hand mit ihren beiden und schüttelt sie:
«Ich wünsche Ihnen alles Gute.»

* * *

Sie sind dann wieder im Verordnungszimmer und stehen still bei ei[na]nder. Die Frau wünscht, daß man die Blumen, die sie wehmütig in der Hand hält, dem jungen Mann gäbe. Sie fragt:
«Was ist denn mit ihm? Er sah so gut aus.»
Arzt: «Ich sage Ihnen, er weiß nicht, wer er ist, wer seine Eltern sind.»
Die Frau sagt, während sie sich zum Gehen wenden: «Oh welches Unglück hat dieser Krieg über uns arme Menschen gebracht.»
Wie der Saalpfleger mit den Eltern, denen er das Haus aufgeschlossen hat, draußen auf der kleinen Treppe steht, drückt der Mann ihm einige Geldscheine in die Hand:
«Er erinnert uns an unsern Sohn. Er hat niemanden auf der

Welt. Sein Sie so freundlich und stecken Sie ihm gelegentlich die paar Pfund zu, wenn er etwas braucht.»

* * *

Es ist ein neuer Tag, der 11. November 1918. Nachmittag.
Im Anstaltsgarten laufen viele Menschen zum Ausgang. Wir hören Musik von draußen und auch Musik aus dem Garten selber. Pfleger und Pflegerinnen haben sich geschmückt. Viele sind übermütig, haben sich drollige Mützen aufgesetzt, einige blasen Mundharmonika und Trompete. Man sieht an vielen Fenstern die Gesichter von Anstaltsinsassen, man winkt von unten herauf. Wir erkennen an einem Fenster das erstaunte Gesicht von Charles. Er wendet sich um. Die Tür seines Zimmers ist geöffnet. Der jüngere Pfleger, der die Korridorwache hat, hat geöffnet und stürzt aufgeregt zu ihm herein, schüttelt ihm die Hände, umarmt ihn und ruft:
«Waffenstillstand, Friede, der Krieg ist aus. Haben Sie gehört: Waffenstillstand, der Krieg ist aus. Und Sie haben frei, Sie sollen mit mir spazieren gehen, eine Stunde oder zwei, der Oberarzt hats erlaubt. Ziehen Sie Ihre Uniform an, rasch, ich komme gleich wieder.»

* * *

Wir sehen dann Charles mit dem Pfleger, der selber die Anstaltstracht anbehalten hat, durch den Anstaltsgarten gehen, nach dem Hauptausgang zu. Charles ist in Uniform. Der Pfleger tauscht Grüße und Scherzworte mit andern aus, die vorüberkommen und sie überholen. Er ist wie alle erregt und in heiterer Stimmung. Er sprudelt:
«Ist das nicht herrlich, ist das nicht fein, der Krieg ist aus, alles ist gut, alles ist vorbei. Heute sind wir lustig, heute tanzen wir. Macht es Ihnen nicht auch Spaß? Sie können spazieren gehen, wir sehen uns alles an. Passen Sie auf, die ganze Welt steht Kopf[.] Übrigens fällt mir ein: Ihr Besuch von gestern hat mich beauftragt, Ihnen 10 Pfund zu geben, wenn Sie was brauchen,

damit Sie was in der Tasche haben. Hier, stecken Sie ein. Wir machen uns ein paar lustige Stunden, was.»
Sie gehen hinaus, der Pfleger hat ihn untergefaßt, er tänzelt und jubelt wie die andern. Er sagt zwischendurch zu Charles:
«Auf eine Stunde mehr oder weniger kommts heute nicht an.»
Charles hält die Scheine in den Händen und betrachtet sie. Es ist augenscheinlich, daß das Geld in ihnen ihm Gedanken auslöst, die nicht dieselben wie die des Pflegers sind. Der Pfleger nickt lustig, wie er das Interesse von Charles an den Scheinen bemerkt:
«Und daß es grade heute kommt, das Geld. Das ist praktisch. Kommen Sie rasch. Da vorn ist meine Braut vom Pavillon 2, wir wollen sie einholen.»

* * *

Sie geraten draußen rasch in einen Trubel und an einer platzartigen Erweiterung der Straße in eine Art öffentlichen Ball. Man tanzt auf dem Pflaster. Guirlanden sind gezogen, eine kleine Kapelle spielt. Der Pfleger läßt seinen Patienten nach ein paar Worten stehen und tanzt mit seiner Braut, die er getroffen hat. Er winkt i[m] Tanz einmal Charles zu. Der aber wird nachdenklich im Stehen, betrachtet sein Geld und geht plötzlich schnurstracks auf das Tabakgeschäft zu, das sich wenige Schritte hinter ihm befindet. Der Besitzer steht vor der Tür und beobachtet das Treiben.
Als Charles eintritt, begleitet ihn der Besitzer hinein. Wir sehen in dem kleinen Laden schon Paula, die spätere Freundin von Charles, im Gespräch mit der Frau des Besitzers. Sie hat sich Zigaretten gekauft und raucht eine an. Der Besitzer hat Charles schon draußen beobachtet und ihn gesehen[,] wie er mit dem Pfleger ankam. Er fixiert jetzt seinen Gast und wirft seiner Frau, die hinter dem Ladentisch steht, einen Blick zu. Der Mann stellt sich neben Charles, der selber Cigaretten bestellt. Der Besitzer äußert mit gespielter Gleichgiltigkeit zu dem Mann, den er als Anstaltsinsassen erkennt:

«So, Zigaretten wollen Sie. Was für eine Sorte?»
Charles: «Ich weiß nicht.»
Charles macht eine unsichere Handbewegung nach dem Regal mit den Zigaretten. Der Besitzer nickt:
«Verstehe. Irgend welche, ist Ihnen alles gleich. Bloß zu rauchen, nicht wahr? Haben wohl lange nichts geraucht. Hat man Ihnen nicht erlaubt. Ja, es ist alles knapp.»
Er sucht seitlich zwischen den Zigarettenschachteln und flüstert währenddessen mit der Frau, die er herangewinkt hat. Er macht offensichtlich Bemerkungen über Charles. Die Frau verschwindet.
Aufmerksam ist diese Scene von Paula verfolgt worden. Sie hat Charles eintreten sehen. Sein Ausdruck ist noch auffallend, unsicher, ratlos, seine Schritte wie die eines eben operierten Blinden, der sich noch nicht zurechtfindet. Er selber hat noch kaum einen Blick auf sie geworfen. Von dem, was zwischen dem Besitzer und der Frau vorgeht, hat er nichts bemerkt. Jetzt nähert sich ihm Paula und hält ihm ihre offene Zigarettenschachtel hin:
«Wollen Sie eine von meinen Zigaretten? Es ist eine leichte Sorte. Nehmen Sie, probieren Sie. Hier [,] ich gebe Ihnen.»
Der Besitzer unterbricht sie:
«Aber lassen Sie doch Fräulein. Meine Frau holt ja schon für ihn.»
Er greift nach einer Zeitung auf dem Tisch, zieht Paula beiseite, entfaltet die Zeitung breit, so daß er hinter ihr tuscheln kann. Er sagt zunächst laut:
«Lesen Sie hier die Waffenstillstandsbedingungen, es ist großartig, alles ist glatt durchgegangen, Schiffe, Entwaffnung.»
Dann fährt er leise fort:
«Merken Sie nicht, der ist ja aus der Anstalt, ich habe ihn schon ankommen sehen mit dem Pfleger. Meine Fau telefoniert nach der Polizei.»
Er läßt die Zeitung sinken und spricht laut auch gegen Charles hin:
«Ja, da haben wirs endlich geschafft.»

Wie man aber da so steht, dauert es dem Besitzer zu lange, er geht hinter den Ladentisch, fragt wo seine Frau sei. Und in diesem Augenblick, während der Besitzer hinter dem Ladentisch verschwunden ist und nach hinten blickt und ruft, faßt Paula plötzlich einen Entschluß. Sie geht auf Charles zu, faßt ihn beim Arm und ruft nach hinten:
«Wir gehen bloß raus und sehen, wo sein Begleiter steht.»
Bevor der Mann, der herauskommt, noch etwas antworten kann, hat sie Charles hinter sich gezogen und ihn eingeschüchtert, er soll kommen rasch rasch, und ist mit ihm draußen und sofort im Gedränge verschwunden. Die Besitzersfrau erscheint da endlich [,] um dem Mann mitzuteilen, daß die Polizei gleich käme:
«Ja, wo ist er denn, du hast ihn laufen lassen.»
Der Besitzer: «Wenn du so lange Unterhaltungen führst.»
Sie treten suchend auf die Schwelle des Ladens. Das lustige Treiben geht weiter, von Charles und Paula ist nichts zu sehen, aber der Pfleger tanzt mit seiner Braut.

* * *

Paula wohnt mit ihrer Theatertruppe in einem einfachen Gasthaus. Da zeigt sie sich mit Charles und die sehr freundliche Wirtin führt sie ohne Weiteres auf das einfache saubere Zimmer, das sie für Charles verlangt. Er dankt sehr höflich, zieht sein Geld aus der Tasche und will gleich bezahlen. Die Wirtin aber dankt. Sie traue ihm schon, wenn Fräulein Paula ihn herbringe.
Charles setzt sich auf einen Stuhl und sieht sich in dem Raum um. Er sagt:
«Es ist wunderbar hier zu sein. Alles ist wunderbar. Sie auch.»
Paula, die ihn beobachtet: «Sie sind Leutnant? Und Sie waren in der Anstalt, Sie waren krank? Oder ist das nicht Ihre richtige Uniform? Wie heißen Sie denn?»
Charles: «Ich? Ich heiße Charles. Und Sie?»
Paula: «Paula.»

Charles: «Da habe ich Ihnen also zu danken, daß ich hier bin. Ich danke Ihnen von ganzem Herzen.»
Paula schüttelt den Kopf: «Ich verstehe nicht. Wie kommt man denn dazu, Sie festzuhalten. Sie sind doch ganz gesund.»
Als er nicht antwortet, sieht sie ihn unruhig an: «Oder ist etwas anderes, haben Sie etwas ausgefressen, daß man Sie einsperrt?»
Charles erregt: «Wie kommen Sie darauf? Sagen Sie offen, Fräulein Paula, bemerken Sie etwas an mir, weil Sie meinen, ich habe etwas verbrochen?»
«Nein, ich frage bloß, weil Sie nichts sagten.»
Charles: «Ich weiß doch auch nicht. Ich weiß doch nicht, wer ich bin.»
Paula: «Sie werden doch wissen, wer Sie sind.»
Charles: «Das glauben Sie. Ich weiß nichts. Ich weiß nicht, wie ich heiße, wer meine Eltern sind, wo ich geboren bin, wo ich gewohnt habe. Ich weiß nicht, wie alt ich bin, welchen Beruf ich hatte.»
Er erregt sich immer mehr: «Ich, ich weiß nichts.»
Er ballt die Fäuste: «Ich – ich gehe wieder in die Anstalt.»
Paula: «Charles, schreien Sie doch nicht so, meine Kollegen wohnen hier, alle Leute hören Sie.»
Charles: «Was für Kollegen?»
Paula: «Ich spiele bei einer Theatertruppe, wir spielen hier, Sie können mich heute abend auch sehen, wir spielen ein sehr schönes Stück, es wird Sie interessieren, der Flaggensalut.»
Charles: «Paula, ich muß wieder zurück. Es war sehr lieb von Ihnen, daß Sie mich retten wollten, aber es geht nicht. Die Kugel, oder was mich da traf, hat mir alles weggenommen. Wissen Sie, wer Sie sind?»
Paula: «Paula.»
Charles: «Wie alt sind Sie?»
Paula: «20 Jahr[e].»
Charles: «20 Jahr[e]. Und Sie sind Schauspielerin. Sehen Sie, das wissen Sie alles.»
Paula nimmt seine Hände: «Und wenn ich das alles nicht weiß,

Charles? Wenn ich das alles nicht weiß? Wozu brauch ich es jetzt? Es genügt mir doch, daß ich hier bei Ihnen auf der Stube sitzen kann und Ihnen helfen. Und wenn es wirklich richtig ist, daß Sie nichts wissen, wie Sie heißen, ob Sie etwa William Sunshine sind oder Peter Moonshine[,] ob Sie aus Birmingham oder Southampton sind, Kaufmann oder Schuhmacher gelernt haben, warum nicht. Welcher Name gefällt Ihnen? Ich werde Ihnen einen geben. Charles heißen Sie doch. Ich gebe Ihnen noch einen Nachnamen. Darum werden Sie doch nicht wieder in die Anstalt gehen und sich einsperren lassen. Sagen Sie bitte, ja. Ich schreibs Ihnen auf.»

Und sie läßt ihn los, setzt sich an den Tisch und nimmt einen Federhalter und Papier:

«Also, Herr Leutnant, ich bin die hohe Behörde, Ihnen sind im Krieg Ihre Papiere verloren gegangen, ich stelle Ihnen neue aus. Also Charles Sunshine, geboren sagen wir in London, das ist groß genug, am 12. 10. 1898, das ist nämlich mein Geburtstag.»

Charles hat sich inzwischen auf den Bettrand gesetzt. Er läßt[,] als ob er müde sei[,] den Kopf sinken und er flüstert[,] als sie munter weiter schreibt:

«Paula, hör doch Paula, mir ist nicht gut.»

Sie bemerkt endlich, daß er sie ruft, sie springt hinzu, er hat sich umgelegt.

«Was ist? Ist dir heiß?»

Charles: «Ja, heiß auch.»

Paula: «Ach, das ist nichts. Das ist nichts. Es ist die Grippe. Alle haben Grippe. Es geht rasch vorüber. Komm setz dich auf, leg deine Sachen ab.»

Er scheint nicht ganz bei Bewußtsein zu sein, er murmelt, ja, sie hilft ihm den Rock auszuziehen.

* * *

Wie dann der Abend kommt, bleibt ihr nichts weiter übrig, als den Arzt zu holen. Während einer Pause ihres Stückes kommt sie mit dem Arzt selber.

Charles geht mit Paula am Seeufer entlang. Die Straße läuft in einiger Entfernung vom See, die Passanten müssen [sich] von der Straße auf schmalen Fußpfaden zwischen Gebüsch zum Ufer durchwinden. Charles trägt eine Angelrute, einen Eimer u. s. w. Sie finden eine ihnen zusagende Stelle am Wasser. Sie ist buchtartig völlig still, ein hoher Baum ziemlich dicht am Wasser.
Paula: «Hier Smithy. Hier ist es herrlich. Hier hast du alles, was du dir wünschen kannst: keinen Menschen und hoffentlich viel Fische. Ich glaube, man sieht schon welche mit bloßem Auge. Du brauchst aber nicht immerfort zu angeln, du kannst dich auch hinlegen. (Sie breitet eine mitgebrachte Decke aus[.]) Hier. Ich bringe unsern Lunch auch ohne Fisch zustande.»
Charles setzt sich, mit dem Rücken zum Baum: «Das hast du wunderbar gefunden. Daß es in der Welt solchen Frieden, solche Einsamkeit gibt.»
Paula: «Gibt es, Smithy, – wenn ihr Männer nur nicht so aufgeregt und unruhig seid, könnte man es so gut auf der Welt haben.»
Charles, während sie sich herzlich, ohne Sentimentalität verabschieden:
«Da muß einen aber schon ein so guter Geist wie du führen.»
Paula im Abgehen: «In einer halben Stunde, Smithy.» Sie verschwindet im Gebüsch.
Charles beginnt seine Geräte auszubreiten, die Angel zu werfen. Es sitzt mit dem Rücken gegen den Baum. Es herrscht völlige Stille. Vögel singen. Er beobachtet das Wasser, sieht die Angelrute und die Schnur im Spiegel. Es wird da aber auch das Spiegelbild einer 2. Angelrute sichtbar. Charles sitzt gleichmütig, ohne sie zu bemerken. Plötzlich zuckt die andere Angel hoch, Charles macht in seiner Versunkenheit unwillkürlich dieselbe Bewegung, – es kam ihm wohl vor, als ob auch die erste Bewegung von ihm stammte. Sein Angelhaken ist leer. Erst jetzt macht er eine Bewegung zur Seite und bemerkt ganz dicht bei

sich, unter demselben Baum, nur durch wenig Gebüsch getrennt, einen 2. Angler.
Der Nachbar: «Haben Sie etwas gefangen oder ich?»
Charles: «Ich nicht.»
Der Nachbar lacht: «Ich auch nicht.»
Charles läßt das Strauchwerk wieder zusammenfallen: «Ich bitte um Entschuldigung.»
Charles beginnt seine Sachen wieder zusammenzupacken. Da öffnet der Nachbar wieder das Gebüsch und legt sich mit dem Oberkörper vor: «Aber ich verjage Sie doch nicht? Die Dame vorhin meinte ganz richtig: wenn wir nicht so unruhig wären, könnten wir es überall gut haben.»
Charles, der weiter packt: «Aber ich wußte nicht, daß Sie da sind. Ich möchte lieber doch nicht stören.»
Der Nachbar kriecht ganz heraus: «Aber Sie stören mich nicht, lassen Sie doch Ihre Sachen, hier stören wir Niemanden, nicht einmal die Fische, falls es hier überhaupt Fische gibt.» Der Nachbar beobachtet Charles erst stumm, dann:
«Ich kenne Sie doch. Woher kenne ich Sie?»
Charles: «Mich?»
Er starrt den Nachbar, der sich auf die Beine gestellt hat, an. Blitzschnell hat Charles in ihm seinen Arzt vom Asyl erkannt. Er bereitet sich vor, davon zu laufen. Der Arzt hält ihn bei der Angelrute zurück: «Aber um Gotteswillen, ich tue Ihnen doch nichts.»
Charles zerrt an dem Angelgerät, er ist hoch erregt, ängstlich verstört:
«Lassen Sie mich los, lassen Sie mich.»
Arzt mit ruhiger Stimme: «Smithy, mein alter Smith, ich freue mich doch, Sie wiederzusehen. Ich habe mir schon solche Sorge darum gemacht, was aus Ihnen geworden ist, ob Sie verunglückt sind, ertrunken, überfahren oder was sonst. Und nun geht es Ihnen gut, und Sie angeln hier, wie ich. Lassen Sie sich doch bewundern, Smith, lassen Sie doch. (Er nimmt ihm das Angelgerät ab[.]) Warum wollen Sie bloß weg. Da setzen wir uns, diesmal

nicht mit dem Rücken gegen einander. Da war die Dame, die Sie hergeführt hat, wirklich ein guter Engel, und mir hat sie auch ein Geschenk gemacht.»
Charles setzt sich langsam neben ihn: «Doktor, Sie sind noch immer in der Anstalt?»
Arzt: «Keine Sorge, alter Freund. Ich bin lange, lange weg. Ich wohne in der Stadt. Und Sie, Smith, Sie wohnen in der Nähe? Sie sind verheiratet?»
Charles: «Ich wohne eine Viertelstunde von hier in einem Häuschen. Meine Freundin, die Sie gehört haben, hat es gemietet.»
Arzt: «Schön, wunderbar. Und sonst, Smith? Sie bewahren noch immer Ihr Inkognito, Mr. John Smith? Sie sind doch gewiß ein Prinz. Beichten Sie.»
Charles: «Da hat sich nichts geändert, Doktor. John Smith bin ich und John Smith bleibe ich. Früher hat es mich gequält, und daß ich so allein auf der Welt bin, ohne Eltern, ohne Familie, wie vom Himmel heruntergefallen, und man läuft wie ein Hund herum. Jetzt – läßt es nach. Allmählich finde ich mich darein.»
Arzt: «Wie recht Sie haben, Smith. Warum auch nicht. Warum immer sein und bleiben, der man einmal war. Behalten Sie gut diesen Augenblick in Erinnerung. Eines Tages werden Sie alles wissen, bestimmt, verlassen Sie sich drauf, es kommt alles wieder. Aber ob Sie dann nicht mit Wehmut an diesen Tag zurück denken, an diese glückliche Zeit, wo Sie Ihre Freundin hatten, wo Sie mit ihr in einem Häuschen am See wohnten, fern von aller Welt, als Herr X. Wie heißt Ihr guter Engel?»
Charles: «Paula R. Sie hat mir seit dem Tage, wo ich aus der Anstalt lief, beigestanden. Ich freue mich, Doktor, daß Sie so gut zu mir sprechen. Wenn es Sie nicht stört, gehen wir zu ihr. Sie sitzt hier in der Nähe.»

* * *

Sie stehen vor Paula, die auf einer Bank am See sitzt und erschrocken aufsteht, als Charles mit einem Herrn ankommt. Charles nimmt sie beim Arm:
«Dieser Herr, Paula, wer ist es? Was glaubst du? Der Doktor aus der Anstalt in Melbury. Und dies ist Paula R.»
Sie begrüßen sich. Der Arzt: «Ich spreche Ihnen meine Glückwünsche aus, Fräulein R. [,] zu der Konkurrenz, die Sie mir gemacht haben. Das nenne ich einen Erfolg.»
Charles: «Der Doktor hat unter demselben Baum geangelt, zu dem du mich geführt hast.»
Arzt: «Sie haben einen fabelhaften Instinkt, Fräulein R.»
Charles: «Ich bin sehr froh, Doktor, Sie getroffen zu haben. Sie müssen zum Lunch zu uns kommen. Ich trage gleich mein Angelgerät nach Hause und bereite etwas vor.»
Charles ist freudig weggegangen. Paula sagt zum Arzt:
«Setzen Sie sich doch bitte, Doktor. Und Sie sind wirklich mit ihm zufrieden?»
Doktor: «Ich weiß, er ist noch immer John Smith. Aber ich sagte ihm schon, er soll sich nicht daran stoßen. Er würde noch früh genug der Alte werden, der er früher war. Ihm ist das Glück zugefallen, schon in diesem Leben eine langweilige Hülle wenigstens vorübergehend abzuwerfen.»
Paula: «Warum? Wie meinen Sie das?»
Arzt: «Sehen Sie, wie es Ihnen selber geht. Ich weiß nicht, welchen Beruf Sie haben.»
Paula: «Schauspielerin.»
Arzt: «Nun, da sind Sie ja ganz im Bilde, da kriechen Sie ja immer wieder in andere Hüllen und merken wie gut das tut und welches Vergnügen es bereitet: heute Ophelia, morgen Lady Macbeth, übermorgen Dortchen Lakenreißer. Ich gehe schließlich hier auch an den See, um nicht der alte langweilige Doktor zu sein, lungere herum, sehe die Wolken ziehen.»
Paula: «Sie glauben, daß er ganz wieder hergestellt wird?»
Arzt: «Liegt Ihnen so viel daran?»
Paula: «Natürlich.»

Arzt: «Daß er seinen sogenannt richtigen Namen wieder findet und wieder in seinen alten Kreis eintritt?»
Paula: «Natürlich. Sie wissen etwas von ihm?»
Arzt: «Nichts, absolut nichts. Aber wir wissen auch nicht, ob er bleibt, wer er ist und wie er ist, wenn er seinen alten Namen und sich im Ganzen wieder findet.»
Paula: «Sie machen mir Angst Doktor. Sie wünschen doch nicht, daß ich ihn in dieser Unklarheit lasse. Daß ich das für gut halte.»
Arzt: «Ich bin sicher, daß Sie das nicht tun. Sie haben schon bisher alles getan, was man zu seiner Heilung tun kann. Er wird bestimmt, bei so günstigen Bedingungen, entweder allmählich oder mit einem Ruck ganz zu sich kommen und sein Gedächtnis wieder finden. Und dann – »
Paula: «Ich frage nicht und dann. Ich will ihm dazu verhelfen. Er soll wieder ganz gesund werden. Er leidet unter seinem Zustand, obwohl er davon nicht mehr spricht.»
Arzt: «Und Sie?»
Paula: «Ich will nicht von seinem Unglück profitieren. Ich nehme es auf mich. Lassen Sie mich nur wissen, ob ich alles gut mache.»
Arzt: «Das tun Sie. Niemand kann es besser machen.»
Paula: «Ich bin Ihnen unsäglich dankbar, daß Sie ihm die Sorge wegen der Anstalt abgenommen haben.»
Arzt: «Da kommt unser heimlicher Prinz.»

* * *

Scene im Häuschen

Charles fühlt sich wohl. Der Besuch des Doktors hat in der Tat einen Druck von ihm genommen, er fühlt sich frisch, er will zu arbeiten beginnen, weiß aber nicht, was. Paula scherzt mit ihm, er könne vielleicht etwas Großartiges und wisse es nur noch nicht. Ihm liegt daran garnichts. Er sei schon froh, die schlimmen Monate hinter sich zu haben, mit allen Menschen als seinesgleichen zu verkehren. Er habe nur einen wirklichen Wunsch, daß sie ihn nicht verlasse. Sie fragt verwundert, wie er darauf komme. Er meint, nun sie sei ja ein freier Mensch und könne jeden Augenblick weggehen. Sie lacht und fragt: er möchte also nicht, daß sie ein freier Mensch sei. Er: doch, ein freier Mensch, aber – als seine Frau.

Das ist die erste offene Erklärung, die er macht. Sie nimmt sie herzlich auf, sagt aber dann: sie möchte es gerne, aber wie, es ginge doch nicht. Als er nicht versteht, erklärt sie ihm:

«Du weißt doch, warum. Wir wissen doch nicht, wer du bist.»

Darauf ist Charles erregt, fragt, was nun geschehen soll, sie könne ihn doch nicht verstoßen und verlassen, weil er nicht wisse, wer er sei. Er wiederholt:

«Ich bin John Smith, ich schwöre, ich bin John Smith. Und ich will es sein.»

Paula: «Bist du es wirklich?»

Er bejaht. Sie nennt ihn lachend einen Lügner. Und sie gesteht ihm dann, ernst und zu seinem tödlichen Erschrecken, sie habe schon nach verschiedenen Stellen Briefe geschrieben. Sie muß ihn beruhigen. Es geschehe doch, damit sie zusammenbleiben könnten. Wenigstens Nachforschungen müsse man anstellen. Aber Charles bleibt unruhig, er wolle das nicht, er fürchte sich vor den Behörden, der Doktor habe schon recht: man soll nicht daran rühren, wenn man glücklich sei. Aber Paula bleibt dabei, sie müsse seine Vergangenheit aufhellen, sie würde unrecht an ihm tun, wenn sie es nicht täte. Sie gesteht, sie täte es gewiß nicht freudig und vielleicht nicht in ihrem eigenen Interesse. Sie erklärt dann, schon eine Antwort von einer bestimmten Behörde erhalten zu haben. Er solle mitkommen, er solle ja sagen. Charles fragt[:] «Wo gehen wir hin[?]» Sie antwortet: «Hör zu –»

* * *

Scene im Kriegsministerium

Ein simples Kommissionszimmer, anwesend 3 Personen. Der Vorsitzende in legerer Uniform, ein militärischer Berichterstatter, ein Professor als expert. Man sitzt an einem gemeinsamen Tisch vor vielen Akten.
Der Vorsitzende: «Dann der Fall John Smith.»
Er wendet sich an den Professor: «Dafür haben wir Sie, Herr Professor, als Sachverständigen hergebeten. Sie haben schon Einsicht in die Akten genommen. Darf ich Herrn Hauptmann um seinen Bericht bitten.»
Hauptman: «Man hat uns diesen Fall zugewiesen. Ich vermute aber, wir sind hier nicht kompetent. Eine Frau, ein Fräulein Paula R., macht eine Petition in Angelegenheit eines gewissen John Smith, früheren Heeresangehörigen. Sie nennt sich seine Verlobte, ist Schauspielerin. Es scheint, als ob er selber, dieser Smith, nicht 100 p[er] cent bei der Sache ist. Sie will ihn heiraten. Die Identität des Mannes steht nicht fest. Wir haben ermittelt, daß es sich um den Austauschgefangenen John Smith handelt, einen Fall von Amnesie nach einer Verschüttung. Näheres über den Mann ist bis heute nicht sicher.»
Professor höhnisch: «Das ist ja großartig. Damit wendet sie sich hierher.»
Vorsitzender: «Ja, was sagen Sie dazu, Herr Professor [?]»
Professor: «Das ist gradezu, na mir fehlen die Worte. Sie besitzt die Kühnheit, einen Antrag zu stellen, den Mann zu legalisieren, damit sie ihn ungestört heiraten kann.»
Vorsitzender: «Nicht wahr, die Sache ist in der Tat erstaunlich.»
Er klingelt, sagt zum Diener: «Führen Sie John Smith und seine Begleitung herein.»
Professor: «Ich möchte bitten, nur den Mann hereinzurufen. Wir kommen nicht zu einer klaren Auffassung der Sache, wenn sie neben ihm steht.»
Vorsitzender: «Also John Smith allein.»

Charles wird hereingeführt. Er bleibt schon an der Tür stehen, der Diener muß sie hinter ihm schließen. Charles macht einen unsicher[e]n und erregten Eindruck. Er sagt in den Raum hinein:

«Man muß doch meine Verlobte mit hereinlassen, warum soll sie denn nicht mit herein.»

Vorsitzender: «Treten Sie nur näher, Herr Smith. Das soll sofort geschehen. Es ist eine bloße Formalität. Wir nehmen einen nach dem andern. Setzen Sie sich, hierher, nein hierher, dem Herrn Professor gegenüber. Sie sind John Smith, nicht wahr? Wollen Sie die Befragung übernehmen, Herr Professor.»

Professor: «Gern. Haben Sie keine Furcht, Herr Smith. Sie können hier völlig frei sprechen. Wir haben Sie absichtlich allein hereingenommen, damit Sie keiner Beeinflussung unterliegen, von welcher Seite auch immer. Es war ein guter Gedanke von Ihnen, sich an uns zu wenden.»

Charles: «Die Briefe stammen nicht von mir, bitte. Sie sind von meiner Verlobten, sie hat geschrieben.»

Professor: «Er ist wirklich vollkommen verschüchtert. Es sieht beinah so aus, als ob er ohne sie nicht sprechen kann. Er hat nach den Akten, seitdem er die Anstalt verlassen hat, mit geringen Unterbrechungen ständig mit ihr zusammengelebt. Sie und Fräulein Paula R. wohnen doch zusammen?»

Charles: «Ja.»

Professor: «Wovon leben Sie eigentlich, Sie beide[?]»

Charles: «Paula ist Schauspielerin, sie hat einige Ersparnisse. Ich will jetzt auch anfangen zu arbeiten.»

Professor nimmt einen Brief von Paula hervor: «Sehen Sie diese Handschrift, diese kräftigen Züge. Fräulein R. ist eine energische Person, eine Frau, die weiß, was sie will.»

Charles fährt fort: «Ich will arbeiten. Ich nehme alles an, was ich finde.»

Professor: «Sie wissen nur nicht, was. Wissen Sie überhaupt, was Sie früher gelernt haben, welchen Beruf Sie vor Ihrer Verschüttung ausgeübt haben?»

Charles wird immer unsicherer und fahriger: «Nein. Ich – ich.»
Er steht auf und blickt sich um.
Professor: «Haben Sie etwas auf dem Herzen? Sprechen Sie nur ruhig. Was Sie sagen [,] bleibt völlig unter uns.»
Charles, der viel zur Tür blickt: «Ich weiß überhaupt nicht, was Sie mich fragen und was ich hier soll. Ich habe garnicht hierher gewollt. Ich weiß nichts.»
Professor: «Aber lieber Herr Smith, was draußen Fräulein R. sagen wird, wissen wir schon. Wir haben hier ihre Briefe. Sie stellt den Antrag, Sie gewissermaßen als John Smith gesetzlich zu machen, damit Sie heiraten können.»
Charles: «Ich – heiße John Smith. Ich bin meiner Sinne vollkommen mächtig. Ich weiß, wo ich mich befinde, ich weiß [,] wer Sie sind, ich kann lesen und schreiben.»
Professor: «Natürlich. Um so mehr müssen wir Sie schützen, wenn Ihnen bloß das Eine fehlt, das mit dem John Smith.»
Charles immer erregter: «Dann werden Sie mich also nicht heiraten lassen.»
Vorsitzender greift ein: «Das haben wir nicht gesagt.»
Charles: «Dann werden Sie also verlangen, daß ich meine Verlobte wegschicke und daß sie sich von mir lossagt. Das dürfen Sie nicht. Sie ist meine Stütze. Ich kann ohne sie nicht leben. Sie hat mich gehalten.»
Professor: «Genau das wissen wir. Wir sind sogar der Meinung, daß sie Sie zu sehr gehalten hat. (Er sagt leise zu den Richtern [:]) «Ich möchte den Ausdruck «gemißbraucht» vermeiden.»
Charles: «Gemißbraucht? Was sagen Sie, Paula hat mich gemißbraucht?»
Vorsitzender: «Mäßigen Sie sich, Herr Smith. Beruhigen Sie sich.»
Charles kann nur noch stammeln. Auch hat ihn ein grobes Zittern befallen: «Paula – mich. Ich – bin ganz gesund. Man soll sie hereinrufen. Ich wollte garnicht.»

Vorsitzender: «Beruhigen Sie sich. Es ist ja gut, daß Sie gekommen sind. (Er wendet sich an die beiden andern Herren:) Ich schlage vor, daß wir uns einen Moment ins Beratungszimmer zurückziehen.»

* * *

Die Herren haben sich ins Nebenzimmer zurückgezogen. Der Vorsitzende bemerkt: «Es ist nicht nötig, daß wir den Mann weiter befragen. Das sehe ich als Laie schon, daß es unmöglich ist, diesen Mann frei herumlaufen zu lassen.»
Professor: «Von einer Heiratserlaubnis bezw. Legalisierung seines jetzigen Zustandes kann jedenfalls keine Rede sein.»
Berichterstatter: «Ich möchte anheimstellen, nunmehr doch noch die Frau zu vernehmen. Hier liegen strafbare Handlungen vor.»

* * *

Inzwischen steht Charles im Verhandlungszimmer in höchster Erregung. Er brüllt, sein Gesicht hat einen stieren Ausdruck bekommen:
«Ich habe hier nichts zu suchen, ich habe im Krieg meinen Mann gestanden, ich gebe keine Antwort, ich lasse mich nicht ausfragen.»
Paula drängt herein. Sie ist entsetzt. Er brüllt weiter ohne von ihr Kenntnis zu nehmen. Er gestikuliert gegen die abwesenden Richter:
«Ihr wollt mir meine Freiheit nehmen. Dafür habe ich gekämpft.»
Paula: «Was haben Sie mit dir gemacht, Smith.»
Der Diener stellt sich zwischen sie und ihn. Sie will ihn beiseite schieben: «Lassen Sie mich doch zu ihm, es ist mein Mann.»
Der Diener weist sie hinaus, sie bleibt aber. Sie nimmt schließlich den Stuhl, auf dem Charles gesessen hat, und stößt ihn gegen den Diener, der ausweicht, sie zerrt Charles gegen die Tür, und wirft schließlich mit einem großen Krach die Bank um, so

daß sie hinter Charles entweichen kann. Die Tür schließt sie hinter sich ab. Bei dem Lärm treten die Richter ein. Der Professor bemerkt eitel:
«Da haben wir den Beweis. Sie wollte sich ihre Beute nicht abjagen lassen.»
Man telefoniert nach der Polizei, man durchsucht das Haus.

* * *

Aber Paula hat Charles gleich vom Hauptgang weg eine Seitentreppe heruntergeführt. Er stöhnt, stammelt und zittert noch immer. Auf einem Treppenabsatz finden sie eine ältere Frau beim Säubern. Paula bittet sie um Hilfe für den Mann, der plötzlich krank geworden sei. Die Frau ist mitleidig, man geht über den Hof in ihre kleine Wohnung. Da beruhigt sich Charles.

* * *

Paula wird in das elegante Wartezimmer des Arztes geführt. Es ist niemand da. Die Nurse geht, um sie anzumelden. Paula steht am Kamin mit einem finstern und verschlossenen Gesicht, in dem es zuckt.
Der Arzt, in Civil, ist bald da. Er geht auf sie zu.
Arzt: «Also da bin ich. Sie haben nicht gewartet.»
Er drückt ihr herzlich die Hand und prüft ihren Ausdruck. Sie nickt kurz und dankt. Der Arzt führt sie in sein Sprechzimmer. Paula stellt sich, als er sich schon am Schreibtisch gesetzt hat, hinter den Stuhl neben den Tisch, ohne zu sprechen. Er macht eine Handbewegung.
Arzt: «Der Stuhl wartet auf Sie.»
Da hebt sie den Kopf und sagt leise und fest:
«Es geht nicht weiter, Doktor.»
«Bitte?»
Paula: «Es geht nicht. Keinen Tag, keine Stunde.»
Arzt: «Wir haben verabredet, Frau Paula, Ausdrücke wie: es geht nicht, es ist unmöglich, ein für allemal zu vermeiden.»
Paula: «Es geht über meine Kraft. Es ist schon nicht mehr menschlich.»
Arzt: «Was ist geschehen?»
Paula: «Er hat mir ein Geständnis gemacht. Er liebt. Er liebt Kitty. Er hat sich mit ihr verlobt. Mein Mann – will heiraten.»
Arzt: «Aber nun nehmen Sie Platz.»
Sie setzt sich mit langsamen Bewegungen. Sie spricht:
«So weit sind wir mit unsern Methoden, mit dem Verheimlichen, gekommen, Doktor. Es ist jetzt bewiesen, daß sie falsch waren.»
Arzt: «Ich sehe nicht.»
Paula: «Weil er im Begriff steht, ein Verbrechen zu begehen. Bigamie. Und weil wir mitschuldig sind. Denn wir haben ihn auf diesen Weg geführt. Wir haben ihn nicht darüber aufgeklärt, wo er die beiden Jahre war, und daß ich seine Frau bin.»

Arzt: «An die Paula, die Sie wirklich waren, erinnert er sich nicht mehr. Er weiß von Ihnen und von der ganzen Zeit so wenig wie von einem Traum.»
Paula: «Und bin ich darum eine Traumfigur? Soll ich mich darum ausstreichen aus seinem Leben und alles weiter hinnehmen? War unser Kind, das gestorben ist, eine Traumfigur? Ist mein Gefühl zu ihm, das in mir lebt, ein Traumgefühl? Wenn ich hier sitze und vor Ihnen weine, weine ich im Traum?»
Arzt: «Die Partie ist noch nicht verloren, Frau Paula. Sie ist noch nicht zu Ende. Wir wollen darum nichts Unüberlegtes tun. Wir wollen nicht vergessen, was uns damals veranlaßt hat, diesen Weg einzuschlagen und es zu vermeiden, ihn mit den Tatsachen zu überrumpeln. Vielleicht erinnern Sie sich.»
Paula: «Gut. Vorzüglich. Ich habe mir diese Gründe jeden Tag vorgesagt, um Stand zu halten.»
Arzt: «Aber bitte, nennen Sie sie doch.»
Paula: «Wo es bewiesen ist, daß alles falsch war? Wir wollten ihn langsam zu sich kommen lassen. Die Erinnerung sollte sich bei ihm langsam wieder einstellen.»
Arzt: «Das hat sie leider nicht getan. Aber da waren doch noch andere Gründe. Selbst wenn ich Ihnen geraten hätte, ihm alles zu sagen und sich zu enthüllen, Sie hätten es nicht getan. Sie wollten nicht.»
Paula: «Es ist wahr. Sie können das verstehen. Ich lebe mit meinem Mann in kleinen Verhältnissen, aber glücklich, glücklich. Und eines Tages verschwindet er, ohne ein Wort, ohne einen Brief. Jahrelang höre ich nichts von ihm. Das Kind stirbt, ich bin in Not. Und da treffe ich ihn eines Tages hier, wie ich eine Stelle als Sekretärin suche. Er ist ein reicher Industrieller. Er engagiert mich. Er erkennt mich nicht. Er weiß nichts, nichts von mir. Soll ich mich ihm an den Hals werfen, die kleine Sekretärin, die eine Stelle sucht? Soll ich betteln, er möchte mich aufnehmen, mich wieder annehmen, mich, seine angetraute Frau?»
Arzt: «Das wollten Sie nicht. Obwohl er Ihnen dies nicht absichtlich anta[t].»

Paula: «Ich weiß. Aber ich konnte doch nicht. Sie wissen am besten warum, Doktor. Ich bin es gewesen, die ihn rettete, als er hilflos auf der Straße herum lief, nah dem Asyl. Er ist unter meiner Obhut besser geworden und genesen. Und jetzt steht er mir gegenüber mit einem kühlen und fremden Blick, der Chef, der mir gnädig einen Büroplatz anweist. Ich wollte mich nicht enthüllen, ich nahm das nicht an.»
Arzt: «Und jetzt – wollen Sie sich ihm an den Hals werfen.»
Paula: «Ja. Ich kämpfe um ihn. Ich will und werde um ihn kämpfen. Er ist mein Mann. Ich laß ihn mir nicht entreißen. Ich habe ihn schon einmal gerettet. Ich werde ihn wieder retten, weil er in Gefahr ist. Doktor, ich bitte, ich beschwöre Sie, halten Sie mich nicht auf. Predigen Sie mir keine sogenannte Vernunft. Ich kann nicht mehr. Ich kann es nicht mehr. Es drängt mich immer, wenn ich neben ihm stehe und mit ihm allein bin, an ihn heran zu treten und ihm zu sagen: Charles, Smithy, mach doch die Augen auf, deine guten lieben Augen, siehst du nicht, wer vor dir steht, kennst du meine Stimme nicht? Du bist nicht taub, du bist nicht blind. Denk doch eine Sekunde nach. Erinnerst du dich nicht an mich, – Paula? Paula, ja Paula bin ich, weißt du. Die Paula von Melbury, und vom See, von der Theatertruppe. Wir sind ja verheiratet, wir sind Eheleute. Hier, sieh den Ring, den du mir damals gegeben hast. Da lies unsere beiden Namen: John Paula. Du mußt denselben haben. Hier trage ich am Hals ein Medaillon mit einer Locke von unserm Kindchen, das du nicht kennst, das gestorben ist, als du weggingst. Komm doch, Charles, Smithy, gib mir deine Hand. So denke ich, neben ihm. Dann – blättert er in seinen Papieren, blickt auf und beginnt mit dem Diktat. Nein, Doktor[,] ich kann nicht mehr. Ich will nicht mehr. Ich darf auch nicht mehr.»
Arzt: «Lassen Sie uns das alles ruhig überlegen. Sie haben ja noch keinen Entschluß gefaßt. Sonst wären Sie nicht zu mir heraufgekommen.»
Paula: «Ich beschwöre Sie, Doktor, stellen Sie sich mir nicht in den Weg. Ich möchte mit ihm sprechen. Raten Sie mir nicht ab.»

Arzt: «Nicht ich werde beschließen, sondern Sie, Sie selbst.»
Paula: «Ach, lassen Sie mich zu ihm.»
Arzt: «Wie gerne, meine liebe Frau Paula. Alle Türen zu ihm würde ich Ihnen öffnen, wenn ich selber im Besitz des Schlüssels wäre. Lassen Sie uns überlegen, was also eintritt, jetzt in einer Stunde, nachdem wir beschlossen haben, Sie gehen zu ihm, sprechen mit ihm und sagen ihm alles. Sie suchen ihn in seinem Privatbüro auf. Sie haben Ihre Papiere, seine Briefe, vielleicht seine Manuskripte mitgebracht. Sie breiten sie vor ihm aus. Sie zeigen ihm Ihren Ring, das Medaillon. Sie haben gesprochen. Er hat Sie gehört. Sie haben sich erleichtert. Der große Augenblick ist vorbei. Er – kann sich der Wucht Ihrer Beweismittel nicht entziehen. Er muß zugeben: er war der Mann, der damals als John Smith aus dem Asyl kam und Sie traf, und Sie sind Sie[,] eine gewisse Paula R., die seine Frau war und mit ihm lebte.»
Paula: «Ja. – Warum lächeln Sie? Sie lächeln, Doktor.»
Arzt: «Weil Sie ja sagen. Ein einfaches Ja. Wollten Sie denn das, daß er sich als John Smith wieder erkennt und Sie als Paula, – und weiter nichts? Eine geglückte Detektivangelegenheit? Das Überführen des Angeklagten?»
Paula (unruhig): «Ich verstehe nicht. Bitte, Doktor, was meinen Sie? Was wird denn mit ihm sein?»
Arzt: «Sie vermuten, Frau Paula, er wird aus dieser Prozedur als Ihr Mann hervorgehen, Ihr Mann, sowie damals John Smith der Mann der Paula war. Aber dazu ist nichts geschehen. Er ist, bis auf den einen Punkt, derselbe wie vorher, Charles Rainier, der Großindustrielle, dem Sie eine Gedächtnislücke ausgefüllt haben und den Sie wider seinen Willen überführt haben und veranlaßt haben zuzugeben, daß er einmal John Smith war. Aber er kann damit nichts anfangen. Er sieht Sie an, ist entsetzt und bittet Sie um Entschuldigung für alles, was er Ihnen angetan hat, ohne sein Wissen, wider seinen Willen. Und am Abend, wenn er allein ist, beginnt die Qual und er verflucht diesen Tag, an dem ihm dies widerfahren ist. Er befindet sich in einer furchtbaren

Situation, in die Sie ihn gebracht haben. Denn Sie sind und bleiben für ihn eine Traumfigur, etwas aus einem andern Leben. Und lieben, lieben kann er Sie nicht. Nein, das kann er nicht. Wie sollte er. Sie haben ihn gezwungen, Ihre Ehe von damals als Realität anzuerkennen. Realität, aber weiter kann er nichts für Sie aufbieten.»

Paula ist entsetzt. Sie erhebt sich. Auch der Doktor steht auf.

Paula: «Warum nicht? Warum nicht? Warum werde ich nicht Paula, seine Paula, aus der Traumfigur?»

Arzt: «Sie fragen immer dasselbe. Ich habe es Ihnen schon im Beginn erklärt. Sie vergessen es immer wieder. Die Seele ist ein eigenes Ding. Was sie nicht freiwillig tut und sucht, nimmt sie nicht an. Mit dem bloßen Ausfüllen der Gedächtnislücke ist es nicht getan. Er muß selbst wollen, im Ganzen, als ganzer Mensch, mit ganzem Herzen. Es muß in ihm wachsen. So wie es Sie zu ihm drängt, muß es ihn zu Ihnen drängen. Er muß wieder denselben Weg gehen, auf dem er früher zu Ihnen gekommen ist. Er muß auf der Suche nach einem Gefühl sein, nach der Liebe zu Ihnen. Und dann, erst dann wird er sich bewegen und wird wirklich kommen. Und (der Arzt spricht leise und heimlich) wissen Sie, daß ich vermute, wenn er Kitty einen Antrag macht, er sucht Sie schon, vielleicht. Vielleicht sucht er Sie in Kitty. Aber nun haben Sie zu ihm gesprochen und sich einfach genannt und vorgestellt. Sie haben ihn zerstört. Er befand sich bis jetzt in einem seelischen Gleichgewicht. Das verliert er. Er fühlt sich an Sie durch ein unbegreifliches Geschick gekettet. Sie glauben einen Ehemann gewonnen zu haben, und es ist ein schwer unglücklicher Mensch, für den Sie zum Inbegriff alles Bösen werden.»

Paula: «Ist das wahr, Doktor?»

Arzt: «Sie wissen es selbst. Er wird Ihr Mann sein, um nach wenigen Jahren die en[d]giltige Trennung zwischen Ihnen vorzunehmen. Ihr Bild trägt er jetzt in einer Nebelwolke in sich. Sie werden das Bild befleckt, zerrissen und ein für allemal ausgelöscht haben.»

Paula: «Ich will das nicht, Doktor, um Gotteswillen. Weder für mich noch für ihn.»
Arzt: «Also.»
Paula (nach einer langen Pause): «Also weiß ich, was ich zu tun habe. Ich wollte ihn wieder gewinnen. Ich dachte, dabei, ihm wohl zu tun und mir. Mir (sie läßt den Kopf sinken) kann ich nicht wohltun. Es ist mir nicht beschieden. Ich hatte mit ihm eine schöne, schöne Zeit. Nicht lange. Aber ich muß dankbar dafür sein, daß ich sie hatte. Ich habe ihn geliebt, liebe ihn und will ihn weiter lieben. Ich werde nach X fahren, wo wir gelebt haben.»
Arzt: «Wozu? Was soll das?»
Paula: «Ich werde einen Antrag stellen und ihn für verschollen erklären lassen, ihn, den John Smith, den ich geheiratet habe. Dieser John Smith ist seit 7 Jahren verschwunden, gibt kein Lebenszeichen von sich. Er existiert nicht mehr. Auch seine Ehe existiert nicht.»
Arzt: «Ich verstehe nicht. Wollen Sie neu heiraten? Sie haben davon noch nichts gesagt.»
Paula: «Ich mache ihm die Bahn frei, für die Ehe mit Kitty. Er wird keine Bigamie begehen. Ich gebe ihn ganz frei. Ich streiche mich aus seinem Leben aus. Ich bleibe, was ich für ihn schon bin, eine Traumfigur, die die Arme nach ihm ausstreckt.»
Arzt (zu Paula, die zittert und sich setzt): «Aber Frau Paula.»
Paula: «Ich bin verurteilt dazu[,] es zu sein. Ich kann nichts weiter. Aber ihn weiter lieben, das will ich wenigstens können.»
Paula macht sich zurecht, erhebt sich, geht. Der Arzt folgt ihr. Sie dreht sich zu ihm um: «Erinnern Sie sich an den See, Doktor? Es waren schöne Tage. Glauben Sie, daß ich hier bleiben darf, wie bisher, als seine Sekretärin?»
Arzt: «Ich glaube, Sie tun gut daran. Rech[n]en Sie immer auf mich, Frau Paula.»

Paula im Gespräch mit dem Arzt
1. Fassung

Paula tritt ins Sprechzimmer des Arztes. Sie ist tief erschrocken, – es ist nach dem Gespräch, das sie mit Charles auf der Terrasse des Parlaments gehabt hat, wobei er ihr einen Heiratsantrag machte.

Paula nickt nur, halb abwesend, als Bennett sie begrüßt. Sie setzt sich langsam.

Bennett: «Nun, Frau Paula, so ernst?»

Sie schweigt.

Bennett: «Ist etwas?»

Paula: «Er hat mir einen Antrag gemacht. Charles hat mir einen Heiratsantrag gemacht.» (Sie sitzt zusammengesunken, die Hände im Schoß[.])

Bennett ist betroffen.

Paula (immer in dem gleichen Ton): «Sehen Sie, Doktor, das kommt bei unserer Geheimtuerei heraus. Er sagte, er wolle mich an seinen Erfolgen teilnehmen lassen, Dank für die Mitarbeit u.s.w.»

Bennett: «Darum der Antrag?»

Paula: «Ja.»

Bennett: «Kein anderes Wort? Kein anderer Ton?»

Paula: «Nichts.»

Bennett (macht ein paar Schritte im Zimmer, dann): «Nun, die Antwort kann Ihnen nicht schwer fallen. Oder haben Sie schon geantwortet?»

Paula: «Nein.»

Bennett: «Sie warten noch einige Tage, dann erklären Sie ihm, Sie hätten sich die Sache in jeder Hinsicht überlegt. Sie fühlten sich den neuen großen und repr[ä]sentativen Aufgaben, die in der neuen Rolle an Sie herantreten werden als seine Gemahlin, nicht gewachsen. Sie bitten ihn, Sie in Ihrer alten Sekretärrolle zu belassen. Und, natürlich, Sie danken ihm.»

Paula: «Ich dachte auch so. Ich werde es so tun.»

Sie schweigen beide. Nach einer Pause, indem sie den Kopf hebt und den Arzt mit einem forschenden Ausdruck anblickt, spricht Paula:

Paula: «Sagen Sie, Doktor, wie kam er zu dem Antrag? Wie kam das in ihn? Könnte da noch etwas anderes dahinter stecken, eine Regung, ein Gefühl, die Erinnerung an ein altes Gefühl, etwas, was er noch nicht begreift?»

Bennett: «Nicht ausgeschlossen.»

Paula: «Dann wäre es doch falsch, wenn ich ihn zurückwiese? Sagen Sie, Doktor, was wäre, wenn ich den Antrag annähme?»

Bennett: «Das kommt nicht in Frage. Nein, Frau Paula, das kommt nicht in Frage. Ich kenne doch Ihr Gefühl zu ihm: Sie lieben ihn.»

Paula: «Ja.»

Bennett: «Und er will eine Vernunftehe.»

Paula: «Er sagt es. Aber ich bin kein Kind, ich bin kein junges Mädchen. Warum soll ich nicht mit ihm eine Vernunftehe führen, wenn er es will, und so lange er es will.»

Bennett: «Antworten Sie sich selbst.»

Paula: «Weil ich nicht neben ihm sitzen kann, ohne den Wunsch zu haben, ihn zu streicheln. Weil ich an stillen Abenden nach der Arbeit, wenn wir zusammen am Kamin sitzen, ihm den Arm um den Nacken legen möchte, um ihm zu sagen, wie glücklich ich bin, ihn neben mir zu haben und endlich wieder bei ihm zu sein.

Bennett: «Sie würden an den alten John Smith denken, an Smithy denken, und vergessen, er ist es doch nicht.»

Paula: «Er ist es Doktor. Was sagen Sie?»

Bennett: «Er ist es nicht. Was, bemerken Sie das nicht? Im Beginn hatten Sie es gesehen. Er ist doch nicht der frohe Mensch, der Jüngling, den wir am See trafen. Erinnern Sie sich an seinen leichten schnellen Schritt von damals? Dieser, neben Ihnen, Charles R[ai]nier, hat ihn nicht. Seine Stimme hat nicht den Tonfall von John Smith, sein Gesicht ist ernst und würdig. Ja R[ai]ner ist wirklich ein anderer Mensch als der, den Sie liebten. Der John Smith ist in ihm vergraben, aber wenn Sie sich ihm nähern, so hält er Ihnen mit feierlicher Miene den neuen Charles R[ai]ner entgegen.»

Paula: «Er trägt ihn in sich, den jungen, heiteren John Smith, sagen Sie, Doktor. Ist es so? Um so mehr muß ich, wenn ich das weiß, ihm entgegen kommen, ihn rufen, ihn aufrufen.»

Bennett: «Sie wollen unsern Vertrag brechen, Frau Paula. Sie haben versprochen zu schweigen, und Sie wissen, warum.»

Paula (immer entschiedener): «Ich fühle, daß er mich ruft. Darum der Antrag. Ich will ihn immer mehr locken, sein Gefühl stärken. Vielleicht zieht es dann die ganze Erinnerung nach. Denken Sie, Doktor, vielleicht kommt damit die ganze alte Erinnerung, unser Glück und der alte Smithy wieder herauf und zum Vorschein.»

Bennett: «Sie werden an eine Wand stoßen. Sie werden wie ein Schmetterling gegen ein Fenster flattern und sich die Flügel zerbrechen.»

Paula (steht auf): «Möglich. Ich werde unsern Vertrag halten und nicht von früher sprechen. Aber ich will diesen Weg gehen. Ich muß, wenn er auch schwer ist. (Sie steht auf) Ich muß. (Sie geht und im Gehen dreht sie sich um) Was bleibt mir auch übrig, Doktor?»

Paula mit dem Arzt
2. Fassung

Paula steht, nach dem Antrag, den ihr Charles auf der Parlamentsterrasse gemacht hat, im Sprechzimmer von Bennett. Sie hat einen lächelnden und versonnenen Ausdruck. Sie hält Blumen und reicht sie dem Doktor.

Paula: «Für Sie.»

Bennett blickt sie fragend an.

Paula: «Darf ich mich setzen, Doktor?»

Bennett: «Bitte (er hält die Blumen unschlüssig in der Hand, dreht sie und legt sie dann neben sich auf den Tisch).»

Paula: «Ich komme vom Westminster Palast. Auf der Terrasse sprach Charles mit mir. Ich hatte das merkwürdigste Erlebnis meines Daseins. Mein Mann – hat mir einen Heiratsantrag gemacht.»
Bennett: «Nein. Was erzählen Sie.»
Paula: «Ich bin stolz. Habe ich nicht Grund es zu sein? Zweimal hat er mir einen Antrag gemacht in meinem Leben, einmal draußen am See. Sie wissen, und jetzt.»
Bennett nachdenklich, mit einer galanten Verbeugung: «Warum soll ein Mann nicht einer Frau wie Ihnen, Frau Paula, zweimal einen Antrag machen? Und was wird geschehen?»
Paula (sie blickt lächelnd vor sich): «Das weiß ich doch noch nicht, Doktor. Zunächst bringe ich Ihnen Blumen und danke Ihnen, weil alles so geworden ist, wie Sie es vorausgesehen haben. Er kommt, er kommt langsam. Ich glaube nicht in der Wirklichkeit zu sein.»
Bennett nimmt die Blumen und ordnet sie in einer Vase. Er ist nachdenklich.
Bennett: «Wie war er, als er zu Ihnen sprach?»
Paula freundlich, ernst und gelassen wie immer:
«Er lobte mich für meine Mitarbeit. Er hielt es nur an der Ordnung, wenn ich auch an seinen Erfolgen teilnehme.»
Bennett beobachtet sie. Er nähert sich ihr, beugt sich zu ihr:
«Frau Paula, Sie haben ihm doch gleich gedankt und abgelehnt?»
Sie blickt auf: «Abgelehnt? Warum? Er kann mich doch heiraten.»
Bennett: «Aber Sie ihn nicht. Wir haben doch etwas verabredet, wie Sie sich zu ihm verhalten sollen. Sie haben doch beinah die Pflicht, ihn zurückzuweisen.»
Paula: «Ich werde ihn vor den Kopf stoßen?»
Bennett: «Um Gotteswillen, Sie meinen doch nicht ernsthaft [,] diesen Antrag anzunehmen. Das ist ja ungeheuerlich. Er hat den Antrag gemacht, wie Sie selbst sagen, aus Dankbarkeit gegen seine Mitarbeiterin, sicher in einem Impuls. Vielleicht erwartet er

schon jetzt, eine Stunde nach dem Antrag, daß Sie kommen und nein sagen.»

Paula: «Charles war ruhig. Solche Impulse kennt er nicht. Warum soll ich ihn nicht heiraten. Er ist frei und ich bin frei. Mein erster Mann ist verschollen. Ich heirate Charles R[ai]nier.»

Bennett: «Sie heiraten doch keinen Namen. Sie sind dieselbe Paula, er derselbe Charles. Eine Vernunftehe mit dem Mann, den Sie lieben. Es ist ungeheuerlich, was Sie vorhaben. Sie können das nicht übernehmen. Sie haben die Pflicht gegen sich nein zu sagen.»

Paula: «Ich weiß, ich weiß, Doktor. Sie brauchen es mir nicht zu sagen. Aber es wird auch schon Vieles da sein. Ich werde viel mit ihm zusammen sein. Wir werden uns nicht umarmen wie junge Liebespaare, aber ich werde am Tisch neben ihm sitzen und seine Mahlzeit überwachen. Ich werde am Abend mit ihm plaudern. Und wenn er müde ist, werde ich ihm aus der Zeitung vorlesen.» Sie läßt den Kopf sinken und weint.

Bennett: «Sehen Sie, Frau Paula.»

Paula: «Und warum nicht? Wenn mir nicht mehr beschert ist. Sie brauchen mir nicht abzuraten. Ich weiß alles.»

Bennett: «Und was werden Sie haben, Frau Paula, wenn Sie annehmen? Überlegen Sie. Kein Glück, ein ewiger Kampf mit sich, – immer vor Augen, was Sie nicht haben, was Sie nicht erreichen, – immer der Hinweis, was Ihnen verloren gegangen ist, – und immer die Versuchung, ihm alles zu sagen und damit ihn und sich zu zerstören. Haben Sie doch etwas Geduld, warten Sie weiter.»

Paula: «Er leidet auch. Er fühlt, was er verloren hat. Und ich soll ablehnen.»

Sie steht auf: «Ich kann nicht kalt neben ihm stehen. Ich kann nicht ihm auch diese gewiß kleine Freude abschlagen. – Ach, es lockt mich, Doktor. Es treibt mich. Und wenn ich nichts habe, als dieses Zusammensitzen und Plaudern mit ihm, diesen Brosamen, lassen Sie ihn mir.»

Abschiedsscene
zwischen Paula und Charles

Das große Fest ist zu Ende. Paula und Charles haben noch dem Hausmeister für seine gelungene Arbeit gedankt, sie sind nun allein und Paula will sich verabschieden. Da zieht Charles die Uhr, es ist gleich 2, er bittet sie, lächelnd und gravitätisch höflich wie immer, ihm doch für einige Minuten die Ehre einer persönlichen Unterhaltung zu gönnen. Und damit entfernt er sich an einen Schrank und kommt mit einem Etui wieder. Sie sagt, er sei ja so feierlich. Da erwidert er, es sei heute der 3. Jahrestag ihrer Eheschließung. Und er überreicht ihr einen Schmuck, ein kostbares Halsband. Sie betrachtet es und betrachtet ihn. Er küßt ihr die Hand. Sie dankt ihm.

Charles: «Erlaube mir, dir Glück zu wünschen und dir zu danken.»

Paula: «Ich dir.»

Sie stehen stumm, im Händedruck beieinander.

Charles: «Und nun recht gute Nacht.»

Sie: «Gute Nacht, Charles.»

Jeder geht auf sein Zimmer. Sie ist zögernd gegangen und hat [sich] noch nach ihm umgeblickt.

Sie steht mit ihrem Schmuck in ihrem Zimmer, geht an den Spiegel und hält sich das Halsband vor. Sie legt sich das Halsband um. Ein Gedanke taucht in ihr auf. Sie geht an ihre Kommode und zieht ein Kästchen heraus, in dem sich das Korallenhalsband befindet, daß wir aus den Scenen an dem See kennen. Sie spielt damit gedankenvoll, tut es mit einem plötzlichen Entschluß in ihre Handtasche und geht mit einem freudigen Ausdruck zur Tür.

Sie klopft an der Tür zu Charles Schlafzimmer. Er hat schon seinen Frack abgelegt, öffnet und ist erstaunt. Sie entschuldigt sich lächelnd, als sie eintritt und die Tür hinter sich schließt. Er zieht sich rasch die Hausjacke an.

Paula: «Es ist nichts Charles. Ich habe nur eben etwas versäumt. Ich habe den herrlichen Schmuck betrachtet und fand, ich habe dir nicht genug gedankt dafür. Das wollte ich nachholen.»

Er betrachtet sie: «Du hast ihn angelegt.»

Sie (dreht sich [um], um ihn zu zeigen): «Er ist herrlich, nicht wahr?»

Er nickt verbindlich.

Paula: «Du mußt aber nicht glauben, daß ich mich über den Schmuck nur wegen seiner Schönheit freue. Noch mehr, weil er von dir kommt.»

Charles mit einer Verbeugung: «Zum Gedenken an unsern Hochzeitstag.»

Er küßt ihre Hand. Sie stehen sich gegenüber.

Paula: «Er erinnert mich an ein altes [Geschenk], das ich vor langen Jahren getragen habe. Es ist lange nicht so schön wie deins, garnicht so kostbar.»

Sie zieht es aus ihrem Täschchen. Er lächelt [.]

Charles: «Eine Korallenkette.»

Paula: «Ja.»

Sie hält sie ihm hin, er betrachtet sie sorgfältig und nickt freundlich und höflich. Sie hält sich die Kette an den Hals und versucht, sie sich umzulegen.

Paula: «Ich habe sie lange getragen. Sie geht schwer zu.»

Sie bemüht sich, die Kette zu schließen. Es ist eine Scene, die wir von früher kennen, die Kette hat einen schwierigen Verschluß, sie kann es nicht allein. Er tritt hinter sie und hilft, wie er es früher getan hat.

Paula: «Es war schwer. Du hast sie doch schließen können.»

Charles: «Ja.»

Sie beobachtet ihn. Er ist nicht verändert.

Paula blickt ihn sanft an: «Wie glücklich bin ich doch, bei dir zu sein.»

Charles: «Ja, wir haben Grund, dem Geschick zu danken.»

Paula: «Dein Aufstieg, Charles. Und wie glücklich bist du nun, Charles? Wie glücklich?»

Charles: «Sonderbar bist du, Paula. Das Fest verlief schön, aber es dauerte wohl zu lange, es hat dich wohl erregt.»
Paula: «Der Ministerpräsident sagte: wir seien das glücklichste Paar, das er kenne. Ich – bin es. Aber du, bist du es, wie bist du es?»
Charles: «Man kann Glück nicht mit der Elle messen.»
Paula: «Gewiß nicht. Du hast recht. Grenzenlos glücklich bin ich. Nur –»
Sie setzt sich, verstummt, wischt sich eine Träne aus einem Augenwinkel und sagt sehr leise:
Paula: «Ich habe ein unsägliches Verlangen nach einem Händedruck von dir.»
Charles (ist leicht betreten): «Paula.»
Er reicht ihr langsam die Hand. Sie ergreift sie mit beiden.
Paula: «Nach einem anderen, nach einem zarten Wort von dir.»
Er zieht ihr langsam die Hand weg.
Charles: «Du weißt, daß ich dir zugetan bin.»
Paula ganz leise: «Nach einem Kuß von dir.»
Charles weicht zurück, sein Gesicht zieht sich zusammen.
Charles: «Paula, du läßt dich gehen. Du hörst jetzt auf mich. Du bist nervös. Du bist übermüdet. Komm jetzt. Steh auf. Ich begleite dich auf dein Zimmer.»
Paula: «Ich finde allein. Warum willst du mich herausbringen? Laß mich doch noch ein bißchen bei dir. Ich war fast nie hier. Das ist mein Geschenk für den Hochzeitstag, für mich selbst. Charles, unser großes Fest ist vorbei. Die Lichter sind aus. Sie haben alle die Säle verlassen. Die Musik spielt nicht mehr. Nichts mehr von Politik, von Finanz, von Geschäften. Nun sind wir allein, es ist unser Hochzeitstag, du und ich. Und nun –»
Charles: «Und nun?»
Paula: «Und nun spreche ich. Und ich sage, Charles: ich – bin dir mehr als zugetan. Ich – liebe dich, Charles.»
Charles beißt sich auf die Lippen, blickt zu Boden, sein Gesicht ist verfinstert.

Paula: «Ich liebe dich. Ich sage und wiederhole es.»
Charles, der leise zittert, flüstert:
Charles: «Nicht, um Gotteswillen. Paula, ich beschwöre dich, laß das.»
Paula (ist aufgestanden und bei ihm, ihre Erregung ist gewachsen): «Warum Charles? Warum soll ich nicht sprechen, was ich fühle. Laß doch auch auf deine Lippen kommen, was du fühlst, was du in dir hast. Sprich es doch aus. Sprich doch zu mir. Ich höre es so gerne. Es würde dich glücklich machen. Wir würden uns ganz glücklich fühlen. Ich bin doch – Paula.»
Charles unbewegt: «Ich sehe es.»
Paula hält ihn an den Schultern und sieht ihm in die Augen:
Paula: «Deine Paula, Charles.»
Charles unbewegt: «Ja.»
Sie läßt die Arme sinken. Sie sagt noch mit dem Blick in seine Augen:
Paula: «Ich muß dich verlassen, Charles.»
Charles: «Was [?] »
Paula: «Ja, ich muß. Ich muß es, wenn du kein anderes Wort findest.»
Charles: «Das ist ja Unsinn. Paula, du bist erregt. Leg dich jetzt schlafen.»
Paula: «Ich bin nicht erregt, glaube mir. (Sie läßt sich auf den Stuhl nieder [.]) Wir haben 3 Jahre zusammengelebt. Ich kann nicht mehr. Ich muß dich verlassen.»
Er hat sich nicht bewegt. Er steht mit gesenktem Kopf da.
Charles: «Schade.»
Sie steht auf.
Paula: «Schade. Weiter kannst du nichts zu mir sagen?»
Charles mit dem Kopf auf der Brust, wiederholt:
«Schade.»
Paula ist ganz dicht bei ihm und legt ihm wieder die Hände auf die Schultern.
Paula: «Ihr Augen, seht Ihr mich nicht? Ich bin Paula.»
Charles blickt sie an, sagt still und traurig:

Charles: «Ja, Paula.»
Paula: «Ich – kann nicht mehr.»
Sie geht rasch, bleibt aber stehen, als er fragt.
Charles: «Und wo willst du hin [,] Paula?»
Paula: «Nach Ägypten, denke ich, für einige Monate. Vorher will ich noch zu Verwandten.»

* * *

STAATSANWALT FREGUS

Als Eingaben der Universität, Kirchen, Lehrer- und Frauenvereine der Regierung die schwere Beunruhigung der Öffentlichkeit durch die Zunahme des Opiumhandels zeigten, – als bekannt wurde, daß die U.S.A. durch diesen Moloch jährlich eine Billion Dollar Arbeitskraft verliere, – als im House of Representatives der Chairman des Committee of Foreign Office diesen Handel als mörderisch anprange[r]te, errichtete der Staat T.[,] über dessen Grenze ein lebhafter Handel mit Contr[e]bande ging, ein Sonderamt zur Unterdrückung der ungesetzlichen Einfuhr und des Handels mit Narkotika.

Zum Spezialkommissar wurde der Staatsanwalt Fregus, der eiserne Fregus genannt, ein Beamter, der sich durch strenge Urteile gerade in Prozessen dieser Art bekannt gemacht hatte.

Fregus, ein ernster, ruhiger Mann, Mitte 50, welcher mit seiner Familie in der Stadt P., der Hauptstadt des Staates lebt[e], nahm das neue Amt mit Widerstreben an. Er bat den Gouverneur mit der Publizierung seiner Ernennung zurückzuhalten, da ihn die Zeitungssensation abstieße. Der Gouverneur lachte über seinen scheuen Staatsanwalt und versprach, ihn durch einen gewandten Mann in Fregus Vorzimmer schützen zu lassen.

Die Ernennung von Fregus' wurde von Presse und Öffentlichkeit mit großer Genugtuung aufgenommen.

Eines Mittwochs, acht Tage nachdem Fregus sein neues Amt angetreten hatte, wurde er abends nach dem Dinner zu Hause angerufen. Als er vom Telephon zurückkam, sagte er seiner Frau: das neue Amt gebe ihm keine Ruhe, er habe eine wichtige Mitteilung erhalten und müsse gleich eine kleine Reise antreten. Er werde morgen wieder da sein. Er nahm sich nur das Notwendigste in einer Ledermappe mit und ging zum Büro herüber, wo er sich nur wenige Minuten aufhielt. An der Pforte des Gerichtes gab er dem Portier, der hinter ihm abschloß, den Auf-

trag, morgen den Gerichtsdirektor zu informieren, daß er vormittags nicht erscheinen werde. Er werde sich bei seiner Rückkehr melden.
Man hörte von ihm weder am folgenden Tage, noch am Freitag. Freitag nachmittags ließ der Gerichtsdirektor telephonisch bei den anderen Gerichten des Staates anfragen, ob sie Fregus dienstlich angerufen hätten. Die Antworten waren negativ.
Man war beklommen auf dem Gericht in P. Der Gerichtsdirektor erinnerte sich an die ominöse Bitte von Fregus, mit der Veröffentlichung seiner Ernennung zurückzuhalten. Ob sich der pflichttreue Beamte von seinen geschworenen Feinden, den Banden, in eine Falle hatte locken lassen?
Sonnabend, Weekend. Die Gerichtspersonen in P. pflegten sich an diesem Tage umschichtig Besuche zu machen, woran sich in der Regel eine Party anschloß. Obwohl das Haus des Gerichtsdirektors selber diesmal an der Reihe war, rief er Frau Fregus an und trug scherzhaft seinen Einfall vor, da Fregus leider noch dienstlich abwesend sei, ihr die Einsamkeit zu verkürzen, indem man zu ihr käme. Der Präsident wollte sondieren, ob hinter dem mysteriösen Verschwinden von Fregus private Gründe stünden.
Frau Fregus akzeptiert entzückt die Anregung.

* * *

Bei den Vorbereitungen zu der Gesellschaft im Hause Fregus hilft der Mutter Bill, der Sohn, selber schon ein junger Rechtsanwalt, ein ernster und aufrichtiger Mensch. Als er wegschlüpfen will, hält ihn die Mutter lächelnd zurück: ob er nicht Monica, seine Freundin, einmal ins Haus zur Party mitbringen wolle? Sie möchte sie doch einmal endlich auch kennenlernen.
In der städtischen Bibliothek gibt Bill ein Buch am Pult von Monica ab, die hier arbeitet. Sie ist ein schlankes, junges Mädchen, dem die Unschuld und Offenheit auf dem Gesicht steht. Er wartet, bis das Gedränge an ihrem Pult nachläßt und lockt

sie mit der Frage nach einem seltenen Buch an [ein] entferntes Regal. Als er Monica die Einladung für die Party vorträgt, erhält er, wie immer, einen Korb. Als er aber von seiner Mutter spricht, bezwingt sie sich und sagt zu seiner Freude zu, noch bevor die ältere Bibliothekarin sie auseinanderscheucht.
Zuhause, auf einem sehr einfachen Zimmer, – Monica wohnt bei ihrer Tante – schüttelt die Tante den Kopf, als Monica sich für die Party zurechtmacht. Daß Monica von Bill nicht lasse und nun wirklich in das Haus von Fregus gehe, des Mannes, der Monicas armen Vater schuldlos ins Gefängnis geschickt habe.
Monica bleibt ruhig: sie vergesse das nicht und werde mit Bill brechen. Aber sie habe schon so viel für ihren Vater unternommen, sie wolle jetzt noch die Familie des Mannes kennenlernen, dem sie ihr Unglück verdanke.
«Und wenn Fregus selber gerade kommt und dich wiedererkennt? Du hast Bill nicht gesagt [,] wer du bist.»
«Dann werde ich Fregus zur Rede stellen, auch in seinem Hause.»

* * *

Die Party ist im Gange. Monica wird von Bill der Mutter vorgestellt. Sie finden aneinander Gefallen. Monica lehnt den Tanz ab.
Die Mutter plaudert mit den Gerichtspersonen. Man spricht von Fregus. Die Mutter meint: «Es wird klingeln, die Tür geht auf und Fregus ist da.»
Es ist später Abend.
In dieser Finsternis braust ein Zug durch einen Forst und über freies Feld. Er fährt in den Bahnhof J. ein. Der Lokomotivführer fährt die abrangierte Maschine in den Schuppen. Und wie er sie prüft und die Vorderräder betrachtet, fällt ihm etwas auf.
Er streicht über den blanken Stahl. Es ist Blut. Er ruft andere. Der Bahnhofchef kommt. Man alarmiert telephonisch die Strecke. Eine halbe Eisenbahnstunde vor der Stadt entdeckt ein

Streckenwärter auf den Schienen eine verstümmelte Leiche. Es ist ein Mann, der Körper mit Stricken festgeschnürt.
Sie finden die Brieftasche. Es ist der Staatsanwalt Fregus.

* * *

Von der fröhlichen Party wird Bill ins Nebenzimmer ans Telephon gerufen. Als er herauskommt, steht Monica an der Tür: «Von deinem Vater?» Er geht entgeistert an ihr vorbei, auf den Tisch der Gerichtspersonen zu und zieht den Präsidenten [,] der Karten spielt, an die Wand.
«Man hat eben aus J. angerufen. Vater ist gefunden. Ermordet. Gebunden auf den Schienen. Ich soll kommen, ihn identifizieren.»
Er bittet den Präsidenten [,] die Mutter zu informieren. Er fahre gleich.
Vor dem Haus, als er in das Auto steigt, hält ihn Monica fest: «Ich komme mit Dir.»
Er ist noch ganz starr: «Danke Monica. Geh ins Haus. Du erkältest Dich.»

* * *

Als Bill sich nach der Identifizierung der Leiche von dem Arzt verabschiedet hat, bittet er den begleitenden Kriminalbeamten, ihn zur Mordstelle zu fahren. Er besteht darauf, obwohl der Beamte bemerkt, daß dort die Gerichtskommission arbeitet. Er sei der Sohn des Ermordeten, sein Platz sei dort. Sie fahren hinaus.
An den Schienen, an der Mordstelle stellt der leitende Kommissar in einer höflichen aber entschiedenen Weise Bill frei, sich den Zuschauern, Reportern und Photographen hier anzuschließen. An der amtlichen Untersuchung könne er, als Privatperson, wie er als Jurist wisse, nicht teilnehmen. Als Bill nicht nachläßt, weist ihn der Beamte zurück: Es sei gleichgültig, ob er der Sohn des Ermordeten sei. «Wir sind aus der Zeit der Blutrache heraus.»

Er muß auf Ersuchen von Bill die Gerichtsstelle in P. anrufen. Von da erhält Bill die Genehmigung. Der Kommissar zuckt die Achsel.
Er gibt draußen einen Bericht: Fregus ist spät abends vor dem letzten Zug, gebunden auf die Schienen gelegt worden, unbekannt ob lebend oder tot. Man wartet die Autopsie ab. Man untersucht gerade, wie er hergeschafft wurde.
Ein Detektiv findet neben den Schienen eine leere Ampulle, geöffnet, wie man sie zu Einspritzungen benützt. Weiter entfernt noch zwei Ampullen. Man verfolgt den Fußpfad zur Hauptchaussee. Auf dem schmalen Weg neben den Schienen sind keine Wagenspuren sichtbar, es ist ein lehmiger Weg und in der Nacht hat es geregnet.
Man gelangt auf die Hauptchaussee. Fünfzig Meter entfernt steht ein Gasthaus. Es ist anzunehmen, daß Fregus etwa so, wie man gegangen ist, quer durch das Wäldchen transportiert wurde.
Wie man sich an der Ecke von Waldfahrt und Hauptchaussee umblickt, bemerkt man am Waldrand einen frisch zerwühlten Rasen und entdeckt am Boden eine Schraube. Hier ist ein Reifenwechsel vorgenommen worden. Man geht, um sich zu erkundigen [,] zum Gasthof hinüber.
Bill, in dem die Erregung zittert, fragt den Kommissar: «Warum hat man solchen grausamen Tod gewählt?»
Der Kommissar: «Hier sitzen seine Feinde.»
Sie stoßen zu den anderen Detektiven, die die Garage des Gasthofes untersucht haben. Drin erfährt man, daß in der Tat in der Nacht hier ein Herr war, der schmutzige Kleider hatte und vielleicht den Reifen seines Wagens gewechselt habe. Der Herr habe bis zwei Uhr in der Nacht getrunken und sei schwergeladen abgefahren. Er käme öfter her, sei wohl ein Fruchthändler und wohne sicher in einem großen Hotel in der Stadt. Der Herr war allein. Er wartete auf einen anderen, und als der nicht kam, fing er an zu trinken. Wie man geht, setzt der Wirt hinzu: Der Herr hatte eine Stirnwunde, das Pflaster war durchgeblutet und er habe einen neuen Pflasterstreifen darüberlegen müssen.

Als man sich nach der Stadt zurückbewegt, meint der Kommissar geringschätzig: «An dieser Spur ist nur verdächtig, daß sie anscheinend in das Hotel des Clem führt. Den hätten wir auch so aufgesucht. Daß der seine Finger in dieser Sache hat[,] ist schon anzunehmen.»
«Und der Herr mit der Stirnwunde?»
«Harmlose Sache. Wahrscheinlich ist er verschwunden.»

* * *

Cl[e]m, der Boss des Hotels, ein aufgeschwemmter älterer Mann, tritt einen Weg in die Stadt an. Er gibt zwei Hotelangestellten in der Lobby leise Anweisungen und macht dabei eine Kopfbewegung nach einer Tür im Hintergrund der Lobby. Eine junge Frau blickt da gespannt aus einem Gastzimmer und beobachtet den Boss.
Wie der Boss weg ist, geht sie auf die Leute zu: «Pug will weg, er muß doch weg. Er kann doch nicht hierbleiben. Er ist jetzt munter.»
Die Beiden schütteln den Kopf.
In dem unaufgeräumten Gastzimmer hinten liegt der Mann, Pug, auf dem Sofa und blickt unruhig der Frau entgegen. Er hat eine verklebte Stirnwunde. Er jammert: «Kitty, ich war es nicht, ich schwöre Dir. Ich weiß von garnichts. Wenn Du es mir nicht vorgelesen hättest, würde ich es nicht glauben.»
«Sie werden es Dir nicht glauben. Du warst im Gasthof. Du bist am Abend hinausgefahren.»
Pug: «Ich habe getrunken.»
Die Frau ringt die Hände: «Wer wird es Dir glauben. Was hast Du getan, Pug.»
Der Boss bewegt sich durch die Stadt und trinkt in einem kleinen Hotel rasch mit einem Mann[,] der da wartet, ein Glas[,] bevor er sich mit ihm in den zum Hause gehörigen Garten setzt. Der Fremde, der Schiffsagent des Boss, Gilson, berichtet, daß die ganze Opiumladung, die man von Hongkong nach San Francis-

co gebracht habe, verloren sei. In San Francisco haben die Zollbeamten die Ladung in der Decke des Speisesaals dritter Klasse gefunden. Der Schiffskoch habe die Stelle mit einem zu frischen Weiß übermalt. Den Boss interessiert das nicht, obwohl er viel Geld verloren hat. Er fragt nach einem kleinen Schiff in einem unauffälligen Hafen. Er werde hier bald wegmüssen.
Gilson, mit einem Hinweis aus der Tageszeitung, die er aus der T[a]sche zieht: «Die Geschichte mit Fregus? Pug? Kommt Pug mit?»
Boss: «Ich glaube nicht.»

* * *

In der Lobby des Hotels herrscht eine unheimliche Stille. Der Kommissar hat seine Leute vor dem Hotel verteilt. Er selbst ist mit Bill seitlich durch die Bar eingetreten. Sie blättern in Magazinen.
Als Frau Pug wieder herauskommt, sich unglücklich umblickt und an dem Kommissar vorbeigeht, fragt er sie, ob sie etwas suche. Sie blickt ihn mürrisch an und sagt zerstreut, ihr Mann sei krank, sie suche einen Arzt. Der Kommissar offeriert ihr Bill als Arzt. Sie weicht vor den Blicken der beiden Wächter zurück.
Da erscheint der Boss. Die beiden Wächter erhalten Zeichen, auch die Frau. Pug, ein großer kräftiger Bursche, unordentlich, der sich die verpflasterte Stirne hält, tritt aus der Tür und geht langsam zum Fahrstuhl. Er fährt mit den beiden Wächtern hinauf.
Der Kommissar beobachtet die Frau, die unruhig am Fahrstuhl steht: «Wenn ich nur wüßte, warum sich diese Frau so um ihren Mann ängstigt.»
Er zeigt dem Portier am Aufnahmetisch seine Dienstmarke und wünscht den Boss zu sprechen. Der Portier antwortet, nach einem Anruf: der Boss stehe in wenigen Minuten zur Verfügung.
Sprachlos vor Wut, steht oben der Boss Pug gegenüber. Er schüttelt ihn: «Sag Du Schuft, Du Esel, warum hast Du ihn um-

gebracht, warum, und warum so? Warum hast Du ihn auf die Schienen gelegt?»

Pug fleht: «Ich war es nicht, ich habe im Wirtshaus getrunken.»

Boss: «Und inzwischen ist ein anderer gekommen und hat ihn umgebracht. Das willst Du mir einreden? Du warst immer ein Dummkopf. Im Wirtshaus hast Du gesessen, um Dir ein Alibi zu verschaffen. Und hast Dich noch betrunken.»

Pug: «Ich war es nicht.»

Boss: «Du ruinierst uns alle. Weg mit Dir.»

Pug (ängstlich): «Was soll ich?»

Boss: «Weg. Verstehst Du?»

Der Boss gibt den beiden anderen, während sie Pug folgen, ein Zeichen: abschießen.

In der Lobby hat der Kommissar eben Bill den Auftrag gegeben, zu kontrollieren, ob wirklich alle Ausgänge besetzt sind, als zwei Beamte hereinkommen: «Drei Männer reiten hinten durch eine Parallelstraße. Man sah sie von der Ecke. Sie müssen von hinten aus dem Hotel gekommen sein.»

Der Kommissar mit Begleitung stürmt aus dem Hotel über den Platz[;] holen drüben aus einem Reitstall neben einer Garage Pferde und reiten los. Bill ist in ein Auto gesprungen und abgefahren, kommt aber nur eine kleine Strecke weiter, da er hört, die Reiter seien quer auf die Berge zu geritten. Bill übernimmt das Pferd eines der Detektive.

Die Jagd geht durch eine Partie der Wüste. Endlich entdecken sie die Drei, die zum Grenzfluß herunterreiten. Da geschieht etwas Merkwürdiges. Auch die drei Flüchtigen haben die Verfolger bemerkt. Der Mann in der Mitte, Pug, hält sein Pferd an, schwenkt und reitet zurück. Die beiden anderen such[en] ihm den Weg abzuschneiden. Es gelingt Pug, in der Richtung auf die Kriminalbeamten davonzujagen. Da ziehen die Beiden hinter ihm ihre Revolver und schießen. Pug springt vom Pferd, geht hinter einen Kaktus in Deckung und schießt zurück. Sie nähern sich, er fällt.

Wie die Verfolger, Bill dabei, ankommen, liegt er, der Mann

mit der Kopfwunde, tot neben dem Pferd. Seine beiden Begleiter schwimmen mit ihren Pferden über den Fluß.
«Da ist uns der Boss zuvorgekommen», meint der Kommissar [,] als sie die Taschen des Mannes durchsuchen. «Das ist also der Mann, der in der Nacht am Bahndamm hielt und den Reifen wechselte. Jetzt sieht in der Tat die Sache nicht mehr so harmlos aus.»
Sie lassen den Detektiv bei der Leiche und reiten zurück. Bill: «Er wollte den beiden anderen entwischen. Sie wollten ihn über die Grenze führen.»
Kommissar: [«] Über die Grenze wäre er schon gegangen. Aber sie wollten ihn exekutieren. Und er merkte das. Den haben sie aus der Welt geschafft. Es erleichtert uns die Arbeit nicht, daß er nicht mehr reden kann. [»]

* * *

In der Halle des Hotels wartet geängstigt die Frau des Erschossenen und stürzt den Beamten entgegen. Der Kommissar schiebt sie stumm beiseite und fragt nach dem Boss. Der ist auf seinem Zimmer. Der Kommissar weist die Frau an, ihnen zu folgen.
Der Boss läßt sie j[o]vial eintreten. Er und der Kommissar begrüßen sich mit Namen, sie kennen sich von Prozessen. Man setzt sich. Der Boss bietet Cigaretten an, die Herrn rauchen. Frau Pug wartet angstvoll.
Kommissar: «Wir haben soeben einen Mann festgenommen [,] den Sie kennen, Boss. Einen gewissen Pug.»
Boss nickt.
Der Kommissar: «Der Mann hat uns Angaben gemacht über den Mord an Fregus.»
Der Boss hört interessiert zu.
Kommissar: «Er behauptet, sie hätten ihn zu diesem Mord angestiftet.»
Der Boss lacht gemütlich auf: «Na hören Sie mal. Jedenfalls haben sie den Mörder. Das ging unheimlich rasch. Gratuliere zu der guten Arbeit.»

Kommissar wiederholt: «Er sagt, sie haben ihn angestiftet.»
Boss: «Das sieht nach ihm aus.» Er fixiert den Kommissar scharf und sagt, nach einer kurzen Überlegung: «[S]ie haben ihn garnicht.»
Kommissar: «Wir haben ihn. Sie haben ihn erschießen lassen.»
Die Frau wirft sich schreiend über den Tisch. Der Boss dreht sein Gesicht beiseite, das deutlich Erleichterung zeigt.
Kommissar: «Wir kamen gerade recht, wie ihn am Flusse zwei unbekannte Männer, die flohen, niederschossen.»
Die Frau erhebt sich, will etwas sagen, ein fürchterlicher Blick des Boss trifft sie, sie setzt sich.
Boss: «Das ist schlimm, wir erleben hier geradezu eine Mordserie.»
Kommissar: «Pug war vorher mit diesen beiden Männern bei ihnen. Was gab es?»
Boss: «Streitigkeiten zwischen den Dreien.»
Kommissar: «Weswegen?»
Boss: «Geldsachen, Kartenspiel.»
Kommissar: «Wer waren die beiden Anderen?»
Boss (zu Frau Pug): «Das werden Sie wissen.»
Die Frau ringt sich die Antwort ab: «Freunde von Pug.»
Boss: «Die Drei hatten öfter Streitigkeiten. Das greift rasch nach dem Revolver. Bin sehr traurig, Frau Pug.»
Er reicht ihr die Hand hin, sie gibt ihm zögernd ihre, die er festhält.
Kommissar: «Sie kannten den Staatsanwalt Fregus?»
Boss: «Von frühauf. Er ist ja mit mir hier aufgewachsen.»
Kommissar und Bill staunen.
Kommissar: «Das ist mir neu.»
Boss: «Bevor er aufs College ging, lebte er hier. Wir waren im selben Sportclub. Wohl dreißig Jahre her. Wie ich von dem Unglück las, sagte ich: da ist der Mann im selben Ort gestorben, wo er geboren ist.»
Kommissar: «Ermordet.» – Boss (nickt): «Ermordet.»
Bill (zu Frau Pug): «Wo war ihr Mann gestern abend?»

Frau Pug: «Er ist spät weggefahren. Er wollte draußen in dem Gasthof trinken.»
Bill: «Von wo hat er die Kopfwunde?»
Die Frau unsicher, nach einem Blick auf den Boss: «Wie er wegging [,] hatte er sie noch nicht.»
Bill: «Aber wie er im Wirtshaus ankam [,] hatte er sie.»
Kommissar zur Frau: «Sie kamen mir in der Lobby so ängstlich vor.»
Boss: «Mit Recht. Sie wußte von den Streitigkeiten zwischen den Dreien.»
Kommissar: «Sie sind nicht gefragt.»
Frau Pug: «Er sagte immerzu, er ist an dem Mord nicht schuldig.»
Boss: «Er war betrunken. Sie hat ihm die Geschichte vorgelesen, da redet er sich ein, man beschuldige ihn.»
Der Kommissar nähert sich dem Boss: «Ich habe eigentlich, lieber Cl [e] m, eine andere Auffassung von der Sache. Ich stelle mir vor [,] Pug ist an dem Mord beteiligt, und ein anderer ist noch beteiligt.»
Boss: «Das ist wahrscheinlich. da die Leiche gebunden war.»
Kommissar: «Und ich denke, Sie kennen den anderen und wollen ihn decken. Und darum haben Sie Pug exekutieren lassen.»
Die Frau blickt auf den Boss. Der zuckt die Achseln, als wenn es sich nicht lohne [,] darüber zu reden.
Kommissar (zu Frau Pug): «Wer war der Andere, Frau Pug?»
Die Frau: «Ich weiß nicht.»
Kommissar steht auf, sehr heftig zum Boss: «Sie werden mir doch nicht einreden, daß sich die Drei wegen Spielstreitigkeiten auf ihr Zimmer begeben, heimlich ausrücken und daß dann die Zwei den Pug niederschießen.»
Der Boss (höflich): «Ich bin kein Kriminalist, ich kann ihnen leider Ihr Handwerk nicht erleichtern.»
Sie gehen. Der Boss begleitet sie zur Tür und klopft der Frau vertraulich auf die Schulter, wobei sie zusammenzuckt.

Bill an der Tür zum Boss: «Sie haben für mich im Hotel ein Zimmer frei?»
Boss: «Natürlich. Wenden Sie sich unten an den Desk.»
Der Kommissar sagt zu Bill, als sie langsam die Treppe heruntersteigen: «Sie wollen in der Höhle des Löwen wohnen? Da muß ich Ihnen Bewachung geben.»

* * *

Bill allein auf seinem Zimmer, ruft zuhause an. Die Stimme, die ihm antwortet, ist die von Monica. Sie sei bei Bills Mutter, welche liege. Was Bill treibe.
Er nennt den Namen des Hotels. Sie erschrickt und läßt sich noch einmal den Namen des Hotels und des Wirtes nennen. Sie sagt, sie möchte zu ihm kommen.
Bill: Was sie hier wolle, es sei den ganzen Tag Arbeit und Unruhe.
Monica: «Bill, ich ängstige mich um Dich. Laß mich bei Dir sein.»
Bill: «Bitte Monica, es geht nicht. Es ist alles so ernst und furchtbar. Grüß die Mutter.»
Sie flüstert ihr [L]ebwohl. Sie hängen ab.
Monica steht mit einem gespannten Ausdruck am Apparat. «So ernst und furchtbar.»

* * *

Bill öffnet die Türe seines Zimmers, er hat eine Diskussion von Hausangestellten im Wäscheraum gegenüber seinem Zimmer angehört. Sie erklären ihm, es handle sich um einen Betrag, den ihnen eine Frau im Parterre schulde, die sich aber nicht sprechen lasse. Eine kleine Summe für ein Taschentuch und eine Heftpflasterrolle, die sie auf Zimmer 12 gebracht hätten. Da war ein Streit zwischen dem alten grauhaarigen Herrn und dem Herrn Pug von unten. Ein kleiner Schemel wurde dabei zerbrochen und Herr Pug hatte eine Kopfwunde. Bill zahlt den Betrag, gibt

Trinkgeld und erkundigt sich nach dem grauhaarigen Herrn. Das sei auch ein Fruchthändler oder so etwas gewesen, [d]er bloß einen Tag da war. Der Herr hinkte.
Die beiden Angestellten zeigen Bill das Zimmer 12 auf seinen Wunsch. Er sieht sich nach dem zerbrochenen Schemel um, auch die beiden Anderen wundern sich, daß er nicht da ist. Dann habe ihn der Boss selber auf den Speicher getragen. Bill folgt ihnen auf den Speicher, dessen Türe nur angelehnt ist, ein weiter Raum mit Möbeln und Kisten. Sie finden den zerbrochenen Schemel.
Und wie sich Bill zur Tür umdreht, steht der Boss da und beobachtet ihn. Er verbeugt sich lächelnd vor Bill. Er freue sich über Bills Interesse für das Hotel, demonstriert ihm das Gerümpel: «Wir sind hier kein Zauberschloß, auch keine Mördergrube.»
Er lädt Bill ein, da er wohl allein sei, zu ihm auf sein Zimmer zu kommen. Der Boss bereitet ihm Tee. Wie er einschenkt und auch trinkt, lacht er: «Sie sehen, daß ich sie nicht vergifte. Der Herr Kommissar hängt mir beinahe den Mord an Ihrem Vater an. Ja, ich habe Ihren Vater gekannt[,] als wir zwanzig waren. Ich möchte Ihnen, da Sie jung sind und nicht viel von der Welt wissen, einen Rat geben. Sie sollten sich hier nicht aufhalten. Sie sollten zurück zu Ihrer Mutter, die Sie nötig hat.»
Bill: «Vor 24 Stunden war ich mit ihr beisammen. Wir waren lauter fröhliche Menschen und erwarteten Vater.»
Boss: «Ich habe ihn gut in Erinnerung, einen strengen gerechten Herrn. Man soll nicht zu gerecht sein wollen.»
Der Boss geht zu seinem Schreibtisch und kommt mit zwei Papieren wieder: «Kennen Sie diese Handschrift?»
Bill (erschrocken): «Mein Vater.» (liest) «An Harry Cl[e]m.»
Boss: «Das bin ich.»
Bill: «Mein Vater schreibt Ihnen, vor zwei Jahren.»
Boss: «Hier ist eine Verabredung jüngeren Datums.»
Bill: «Zu welchem Zweck ist er hierhergekommen? Dann wissen Sie es also doch.»

Boss: «Davon weiß ich nichts, absolut nichts. Ja, sehen Sie sich in dieser Stube um. Hier hat auch Ihr Vater einmal gesessen.»
Bill: «Was wollte er?»
Boss: «Mit mir plaudern.»
Bill: «Worüber?»
Boss sitzt bei ihm (leise): «Junger Herr Bill, Sie sollten sich vorsehen. Ich habe keinen Grund gehabt, Ihren Vater zu lieben. Er ist mehrmals übel mit mir umgesprungen. Aber nach diesem Unglück und wo ich Sie so ahnungslos hier herumgehen sehe, rate ich Ihnen, nehmen Sie die Hand von der Sache.»
Bill: «Das werde ich nicht tun.»
Boss: «Schade.»
Bill: «Was verlangen Sie von mir[?] Sprechen Sie doch deutlich.»
Boss: «Nichts verlange ich. Ich warne Sie.»
Bill ist aufgestanden, blickt dem Boss finster ins Gesicht: «Mich kümmern ihre Warnungen nicht.»
Der Boss schüttelt bedauernd den Kopf.

* * *

In der Lobby geht eine sehr gut gekleidete Dame, Ende 20, zum Zimmer der Frau Pug, welche ihr auf ihr Klopfen öffnet.
Frau Pug: «Helen. Mein Mann ist nicht da. Mein Mann ist tot.»
Helen: «Ich hab es gelesen.»
Frau Pug: «Also was wollen Sie noch?»
Helen: «Sie werden doch wissen.»
Frau Pug geht mit ihr in den Hintergrund des Zimmers und sagt: «Sie denken doch nicht, daß ich ihnen jetzt noch einen Pfennig gebe. Eine lebenslängliche Rente für eine – Zeugenaussage.»
Helen: «Sie wollen mir nichts mehr geben?»
Frau Pug: «Sie haben schon genug bekommen. Mein Mann ist tot, ich habe selbst nichts.»

Helen: «Ohne mich hätte er vor zwei Jahren auf dem elektrischen Stuhl gesessen.»
Frau Pug: «Still, ich habe nichts, ich gebe nichts.»
Helen: «Und was soll ich tun? Wovon soll ich leben?»
Frau Pug: «Arbeiten wie früher.»
Helen: «Warum hat der Boss ihn umbringen lassen?»
Frau Pug: «Lassen sie mich in Ruhe, fragen sie ihn selber.»
Helen: «Dann zahlt er ihnen wohl jetzt, damit sie den Mund halten. Sie sollten ihn hochgehen lassen.»
Frau Pug: «Sie sind verrückt.»
Helen: «Es geht ihm doch an den Kragen. Mit mir soll man nicht spaßen.»

* * *

Bill trägt beklommen die Briefe des Vaters, einfache Verabredungen, in der Tasche. Er berichtet dem Kommissar von dem Gespräch mit den beiden Hotelangestellten. Der Beamte gratuliert ihm zu der kapitalen Entdeckung des grauhaarigen Mannes, mit dem Pug am Mordabend eine Schlägerei hatte. Dieser geheimnisvolle Mann hat am gleichen Abend das Zimmer aufgegeben. Der Portier in der Lobby bestätigt, daß die beiden zusammen das Hotel verlassen haben. Der alte Herr, der ein steifes Knie hatte, sei am Vorabend gekommen, er wollte sich am nächsten Tag einschreiben, zeigte sich aber nicht. Der Kommissar lächelt: «Da haben wir die beiden Männer, die am Abend im Auto zum Bahndamm gefahren sind. Der Eine ist tot und der Andere verschwunden und keiner kennt ihn.»
Unschlüssig drückt Bill die Briefe des Vaters in der Tasche, zieht sie heraus, steckt sie wieder ein. Er kann nicht davon sprechen, geht mit ih[nen] wieder auf sein Zimmer.
Da erscheint Monica.
Bill erlebt eine große Überraschung. Das Mädchen, bisher zurückhaltend, beinahe fremd, umarmt ihn weinend und glücklich. Sie haben ihre erste leidenschaftliche Begegnung. Sie glaub-

te ihn verloren in diesem Hotel und empfindet seinen Schmerz um den Vater mit.
Bill: Was sie von diesem Hotel wisse. Monica: Sie sei doch von hier, sie habe es ihm schon erzählt.
Bill: «Sie haben meinen Vater ermordet, ich fürchte keine Gefahren, sie sollen nicht entwischen.»
Monica: «Wie gut ich das verstehe, Bill.»
Bill berichtet stockend von dem Besuch beim Boss, von den entsetzlichen Briefen, dieser sonderbaren Beziehung seines Vaters zu einem üblen Mann, wovon niemand etwas wußte.
Monica horcht gespannt auf, läßt sich die Briefe zeigen. Einer ist datiert vor zwei Jahren. Bill: «Du hast den Vater nicht gekannt. Er ließ sich mit niemand ein, und gar mit so etwas. Der Boss will uns Steine in den Weg werfen.»
Bill erzählt von der Drohung des Boss mit irgendwelchen Enthüllungen.
Monica: «Und du, was wirst du tun?»
Bill meint, er müsse mit diesen Briefen zum Kommissar. Was sie dächte? Monica: «Ja, geh, du mußt sie ihm zeigen. Es ist deine Pflicht.»
Sie begleitet ihn zur Tür. Sie läuft ihm noch nach. Er ist schon weg.

* * *

Der Kommissar traut seinen Augen nicht, als Bill mit den Briefen kommt. Er hat ein dienstliches Schreiben von Fregus bei sich, vergleicht die Handschriften und stellt die Identität fest, die auch Bill bestätigt.
«Warum nimmt der Boss Sie auf sein Zimmer? Was will er mit diesen Briefen?» Bill erzählt von der Begegnung auf dem Speicher. Als der Kommissar mit einem leisen Vorwurf zu Bill meint, er hätte das gleich erzählen sollen, muß sich Bill entschuldigen. Die Sache habe ihn bestürzt.
Der Kommissar schüttelt den Kopf: die Dinge seien in der Tat peinlich für Bill, er hätte es vorausgesagt. Und der Kommissar sitzt über dem Papier mit dem Datum vor zwei Jahren. Das

wäre der große Prozeß Cagy gewesen, ein Grenzoffizier wurde damals hier von Schmugglern erschossen, dieser Pug stand als eigentlicher Täter vor Gericht, aber während des Prozesses verschob sich das Bild und Pug kam mit einer leichten Strafe davon, eine merkwürdige Sache. Auch der Boss wurde in dem Prozeß vernommen, offenbar Finanzier der Schmuggler.

Der Kommissar beruhigt Bill: Kriminaluntersuchungen seien kein Kinderspiel. Natürlich wolle dieser gerissene Boss ihnen Schwierigkeiten machen. Vorsichtig legt er Bill wieder nah, sich von der Untersuchung zurückzuziehen. Was Bill außerordentlich erregt. Er lehnt es ab. Gerade jetzt wolle er volle Klarheit. Es sehe ja fast so aus, als ob man den Vater beschuldige. Er müßte sich vor dem toten Fregus schämen, wenn er jetzt auch nur einen Schritt zurückwiche.

* * *

Der Kommissar setzt sich nach Bills Abschied in telephonische Verbindung mit dem zweiten Staatsanwalt in P. und bittet ihn herüberzukommen, da es sich um Dinge handle, die sich telephonisch nicht sagen ließen. Der Staatsanwalt, mit den Vorbereitungen zur Wahl beschäftigt, sagt wegen der Dringlichkeit des Anrufes zu.

Der zweite Staatsanwalt, ein zappliger Herr, der gleich bei seiner Ankunft dem Kommissar Vorwürfe macht, ihn aus seiner Arbeit geholt zu haben, nimmt ungläubig Kenntnis von Fregus' Briefen an den berüchtigten Boss, der wahrscheinlich selber an dem Mord seines alten Gegners beteiligt sei. Der Kommissar unterstreicht: der Boss plane mit diesen Briefen offenbar eine Drohung und habe irgendwelche Enthüllungen im Hintergrund. Der zweite Staatsanwalt hält sich die Ohren zu, diese entsetzlich peinliche und schmutzige Geschichte. Wenn das gerade jetzt bei der Wahl durchsickere, was man von der Justizverwaltung halten würde.

Er jammert: «Dieser Fregus, erst wird er ermordet und die ganze Arbeit fällt auf mich, und dann dies.»

Der Kommissar meint maliciös, er habe sich ja wohl nicht absichtlich ermorden lassen. Was also jetzt geschehen solle. Da bestimmt der Staatsanwalt entschlossen, geheim Nachforschungen bei der Familie des Fregus zu machen, ob man etwas über seine Verbindung mit der Bande wüßte, ob er etwa besondere Gelder bezogen hätte. Der Staatsanwalt unterstreicht aber, diese ganze Untersuchung müsse sehr vorsichtig geführt werden. Fregus sei tot, retten könne man ihn nicht. Aber man habe Pflichten gegen den Staat. Man könne die Vorstellung der Öffentlichkeit [über] die Sauberkeit der Gerichte nicht beunruhigen. Unter keinen Umständen einen Skandal. Der Sohn des Ermordeten, Bill, sei ein Privatmann und habe natürlich nichts bei einer so gefährlichen Angelegenheit zu suchen.

* * *

Bill ist sehr ernst, als er bei Monica eintritt und sagt nach der herzlichen Begrüßung, sein Schutzengel habe sich eben erst hier einquartiert, aber er selber müsse wandern. Als er wiederholt, er gehe weg, fliegt sie auf ihn und ist glücklich. Sie denkt, er gehe in ein anderes Hotel. Sie staunt, als sie erfährt, man gibt ihm den Abschied und er fährt nach Hause.

Bill erklärt finster, wie der Kommissar sich benommen habe, als er die Briefe sah. Als ob Fregus und diese Bande, der Boss dabei unter einer Decke stünden.

«Sie wollen meine Gefühle schonen. Es soll kein Skandal entstehen.»

Da nimmt auch Monica stärker teil: ob man die Untersuchung unterdrücken wolle. Bill wiederholt: sie fürchten, es seien öffentliche Interessen bedroht, die Parole laute offenbar: vorsichtig vorgehen, [wo] möglich nichts aufdecken.

Monica steht mit flammenden Augen neben Bill: was er darüber denke? Ob sie nichts aufdecken wollen, wenn sie auf der Spur des Verbrechens sind.

Bill meint grimmig, sie fürchteten den Staat zu gefährden, wenn sie zu sehr nachforschten.

Monica: «Der Staat ist gefährdet, wenn Verbrechen verfolgt werden? Wenn man Gerechtigkeit wieder herstellt? Was ist das für ein Staat, der durch Gerechtigkeit gefährdet wird?»
Bill, glücklich das zu hören, sagt: «Unser Staat ist es nicht.»
Er wiederholt, daß er kein Vertuschen dulden werde. Sein Vater habe sein ganzes Leben im öffentlichen Dienst gestanden, er war die Strenge und Gerechtigkeit selber, nie fiel ein Spritzer auf seine Ehre. Schon der Verdacht, er habe in zweifelhafter Verbindung mit dem Boss gestanden, ist für Bill unerträglich.
«Man gibt Vater einen gefährlichen Posten, und wie er auf seinem Platz fällt, läßt man ihn ohne Ehre liegen.»
Bill sinkt auf einen Stuhl, erschüttert: wenn die Mutter hörte, was man vorhabe.
Monica steht bei ihm, umarmt ihn. Sie verbirgt ihre Gedanken. Sie muß Bill auf diesem Weg weitertreiben. Sie hält Bill fest und sagt, sie werde nicht von ihm lassen, was auch geschehe.
Bill, der entschlossen herumgeht, rückt mit seinem Plan heraus, da man ihn als Privatmann von der Untersuchung ausschließe, offiziell an ihr teilzunehmen. Er werde sich bei der Wahl um die Stelle des Staatsanwaltes bewerben. Fregus und der Mord an Fregus seien bekannt. Seine Freunde und die Freunde des Vaters würde[n] ihn unterstützen. Er wolle den offenen Kampf des Staates gegen die heimtückische Verbrecherwelt.
Er lädt Monica [ein], die auf dem Sofa sitzt, den Kopf in die Hände vergraben, ihn zu begleiten, sofort: «Da ist dein Koffer, ich packe für dich.»
Monica: «Laß. Wohin?»
Er staunt, aber sie erklärt: sie habe Urlaub genommen, sie sei ja hier zuhause und er habe sie doch im Augenblick nicht nötig. Als er nicht versteht, schmiegt sie sich mit größter Zärtlichkeit an ihn und bittet ihn, ihr zu verzeihen. Sie möchte gerne hier bleiben. Er gibt nach.
Wie er gehen will, hängt sie an seinem Hals und kann sich nicht trennen. Er fragt sie wieder, ob er ihren Koffer nehmen soll. Sie küßt ihn und schüttelt den Kopf. Sie begleitet ihn hinaus.

In der Lobby läßt sie sich auf einen Sessel nieder und sitzt versunken.

Ein eleganter junger Mann hat sie beobachtet, als sie mit Bill durch die Halle ging. Wie sie jetzt aufsteht und an den Zeitungsständer geht, tritt er neben sie: «Hallo Monica.»

Er stellt sich vor: Gilbert, ein Freund aus der Zeit [,] als sie hier wohnte. Ob sie wieder zurückziehe? Er bewundert sie: Sie habe sich in den beiden letzten Jahren herausgemacht.

Sie entschuldigt sich, geht.

* * *

Der zweite Staatsanwalt, der sich wegen der Wahl hier nicht lange aufhalten will, glaubt noch rasch den Boss ausfragen zu müssen. Der Boss, im Gerichtsgebäude, bagatellisiert die Angelegenheit mit den Briefen. Er sagt: nachdem er das Vergnügen gehabt habe [,] den Vater des jungen Bill von klein auf zu kennen, hätte er sich bei ihm durch die Briefe legitimieren wollen. Die Beziehungen zwischen Fregus und ihm seien rein freundschaftlich gewesen.

Als der Staatsanwalt fragt, ob es da nicht auch andere Beziehungen gab, lächelt der Boss verbindlich: in der Tat; wie bekannt hätte sich Fregus auch gelegentlich als Staatsanwalt mit ihm befaßt.

Der zweite Staatsanwalt, kein erleuchteter Kopf, fragt direkt, ob nicht auch andere Besprechungen zwischen Fregus und ihm stattgefunden hätten. Der Boss lächelt: was er denn mit Fregus zu besprechen hätte?

Der Kommissar flüstert dem Staatsanwalt das Wort: «der grauhaarige Mann» zu. Der Staatsanwalt will wissen [,] wer das sei.

Der Boss antwortet: «Espito.»

Ein spanischer Name, wer er sei? – Ein Fruchthändler. – Worauf der Staatsanwalt vergnügt lacht: hier seien alle Fruchthändler. Um welche Früchte es sich handle? – Tomaten, Orangen. – Vielleicht, höhnte der Beamte, auch um Früchte der Opiumpflanze?

Der Boss: «Mir nicht bekannt.»
Der Staatsanwalt: Dieser Espito habe am Mordabend eine Schlägerei mit dem erschossenen Pug gehabt und man habe sie zusammen aus dem Zimmer kommen gesehen, sie hätten auch zusammen das Hotel verlassen. Es sei anzunehmen, daß die beiden zusammen weggefahren seien.
Der Boss regt an, die Spur dieses Espito zu verfolgen, falls er nicht etwa, wie schon öfter, von selbst wiederkäme. Der Staatsanwalt ärgert sich: es sei merkwürdig, daß sich Leute in seinem Hotel nicht einschrieben. Der Boss: «Manche Herren haben es eilig.» Er geht. Der Staatsanwalt schimpft hinter dem hartgesottenen Burschen, der sich über sie lustig mache.

* * *

Dieser zweite Staatsanwalt steht Bill bei den Wahlen gegenüber. Die Sympathien der Öffentlichkeit sind auf Bills Seite. Es ist eine sensationelle Bewerbung.
Der Gegner stellt Bill privat und legt ihm nahe [,] das Rennen aufzugeben. Bill wisse doch, was sich in der Untersuchung schon ergeben habe. Er müsse einsehen, daß es nicht auf Privatinteressen, sondern auf den Schutz und die Erhaltung der öffentlichen Einrichtungen ankäme. Man nehme, wenn man einen Skandal vermeide, zugleich Rücksicht auf das Ansehen von Bills Familie.
Empört bricht Bill diese Unterhaltung ab.
Nach seiner Wahl beglückwünscht ihn sein ehemaliger Gegner: er möge diese Wahl nicht zu bereuen haben. Bill empfängt auch die Glückwünsche seiner Mutter, die nichts von den Vorgängen weiß. Sie freut sich, daß er Monica drüben sehen wird und gibt ihm Blumen für sie mit.

* * *

Während dieser Zeit stockt in P. die Untersuchung. Der Verdacht, daß der Ermordete im Auto des toten Pug transportiert wurde, wird unterstützt durch den Fund von Fasern und Fetzen zwischen den Sitzpolstern, die zu dem Strick passen, mit dem Fregus gebunden war. Unverändert offen bleiben die Fragen nach dem grauhaarigen Mann, der mit Pug am Mordabend fuhr und wo sich Fregus an den drei Tagen aufhielt.

Der Boss stellt seine Fluchtpläne zurück und bespricht mit seinem Helfer, Gilson, neue Geschäftspläne. Er plant, auf altbewährte Weise unauffällige Leute zwischen Hongkong und Amerika mit Gepäck hin und herreisen zu lassen, für den Transport der Narkotika. Gilbert ist dafür der geeignete Mann.

Gilbert ist auf der Suche nach einer passenden und ihm sympathischen Reisegefährtin. Seine üppige Freundin, Helen, ist nicht dezent genug. Er denkt an Monica.

Monica bewegt sich furchtlos wie ein Engel. Sie will ihren Vater retten und hat keine Möglichkeit, ihre Sache, wie Bill von außen zu betreiben. Sie muß sich selber einsetzen. Die Briefe, die ihr Bill gezeigt hat, haben in ihr den Verdacht verstärkt, daß Fregus an dem Justizverbrechen gegen ihren Vater beteiligt war. Sie muß schrecklicherweise die Schuld von Fregus nachweisen, während Bill, ihr Freund, kämpft, seine Unbescholtenheit nachzuweisen.

Monica nimmt die Einladungen Gilberts, mit ihr zu lunchen etc. an, als sie sieht, daß Helen, die Zeugin im Prozeß gegen ihren Vater, seine Freundin ist. Sie muß diese Frau entlarven und zum Sprechen bringen.

Monica gibt sich lustig und spöttisch. Gilbert fragt sie in der Hotelbar aus: «Du hängst mit dem jungen Fregus zusammen?»

Sie lacht: «Ja, ich hänge zusammen.»

Gilbert: «Warum bist du damals von hier weggegangen? Ich meinte es ernst mit Dir.»

Monica: «Da habe ich also etwas versäumt.»

Gilbert: «Läßt sich nachholen. Weit hast du es jedenfalls in P. nicht gebracht.»

Monica: «Ich bin Bibliothekarin. Und du? Der Boss bezahlt dich?»

Gilbert zieht bewundernd die Stirn kraus: «Was du alles weißt. Man sieht, du bist von hier.»
Gilbert, verliebt in sie, führt sie in das vornehme, in der Wüste gelegene Hotel hinaus, wo er selber wohnt. Sie trägt ihr bestes Kleid. Aber was ist das gegen die Kostüme, die sie hier sieht. Gilbert trägt ihr nun seinen Plan vor, aber nicht offen. Er sagt nur, er wolle mit ihr reisen. Er ist ein leichtsinniger und entarteter Bursche mit guten Manieren, der in die Affairen des Boss hineingeraten ist.
Der Boss, dem er von Monica als einer Begleiterin erzählt, hält sie für einen Spitzel, und wünscht Monica zu sehen.

* * *

Der Boss ist mißtrauisch, aber Monica entwaffnet den Alten. Er nennt sie «Täubchen». Sie ist die Tochter von Grove, wie Bill das Kind eines seiner Opfer. Er hört mit Vergnügen, daß sie Gilbert für einen netten Jungen halte. Er meint: «Es ist gut, daß du dich von dem anderen losmachst. Der hört nicht auf dich. Jetzt bewirbt er sich um den Posten des Staatsanwaltes. Ich habe ihn gewarnt.»
Wie Monica ihn verteidigt: ein Mord an seinem Vater, dem Staatskommissar, erregt sich der Boss: «Ein Mord, die Leute regen sich wegen Fregus auf. Pug ist auch tot und kein Hahn kräht nach ihm. Wer ist Fregus? Der Mann ist hier geboren, mit mir auf die Schule gegangen und nachher Staatsanwalt geworden. Er hat sich auf das hohe Roß gesetzt. Die übrige Welt war Gesindel für den Herrn.»
Als Monica wiederholt, er war Staatskommissar gegen den Opiumhandel, wächst die Empörung des Boss: «Opiumhandel, Kleiderhandel, Stiefelhandel. Der Unterschied ist nur, daß das eine gefährlicher ist als das andere.»
Da tritt zu seiner Überraschung die zarte Monica aus ihrer Reserve heraus und läßt ihren Zorn los. Er staunt und duckt sich bei diesem Strafgewitter. Aber ihre Art gefällt dem alten Ver-

brecher und er findet gleichzeitig, daß Gilbert recht hatte[,] sie zu wählen. Er begütigt sie, aber sie fängt von ihrem Vater an: sie sei vor zwei Jahren eines morgens an ihre Arbeit gegangen, und wie sie abends zurückkam, war er festgenommen und dann verurteilt, unschuldig.
Er nickt mitleidig: «Unschuldig. So ist das Leben. Die Menschen sind schlecht.»
Das seien sie nicht. Verbrecher seien Verbrecher. Aber sogar in denen stecke das Gute, das Gewissen lasse sich nicht unterdrükken und sie hoffe, auch bei dem, der sich an ihrem Vater versündigte.
Sie macht den Boss ärgerlich, der fragt, wo sie das studiert habe.
Das wisse jeder, auch er. Der Verbrecher ruhe nicht, bis er sich gereinigt habe.
Er lacht, scheinbar behaglich: das sehe ja geradezu aus, als ob sich die Verbrecher nach der Strafe drängten. Wozu man dann Detektive brauche.
Monica antwortet: weil es dauere, bis das Gewissen erwache.
Der Boss, getroffen und erregt, ist froh, als Gilbert kommt.

* * *

Monica, die jetzt selber in dem vornehmen Wüstenhotel wohnt, legt ihr ganzes gespartes Geld für ihre Sache an. Hier wohnt auch Helen. Sie ist eifersüchtig, als Monica auftaucht, die sie nicht sofort erkennt, bis ihr Gilbert einmal zuflüstert, wer dieses elegante Fräulein sei. Helen ist erschrocken und warnt ihren Freund. Aber Gilbert lacht: spionieren? Bei wem? Doch nicht bei Helen selber.
Helen setzt sich einmal zu Monica und fragt sie, ob sie wisse, wer sie, Helen, sei. Sie erklärt es der Monica. Monica bleibt unbewegt. Helen sondiert sie, wie sie sich ihre Zukunft denke, ob ihr Gilbert von der Reise gesprochen habe.
Monica, endlich Auge in Auge mit ihrer Feindin, versucht sie mit Freundlichkeit auszuhorchen. Aber Helen weicht aus. Sie betreibt ihre eigene Sache und bringt ihr Anliegen vor: sie sei in

den letzten Wochen durch ein Unglück plötzlich mittellos geworden. Gilbert sei ihre letzte Hilfe. Ob Monica ihn ihr wegnehmen wolle. Monica habe doch Bill.

Monica bleibt kalt. Sie verweist sie an Gilbert selber. Sie spekuliert: diese gehässige und rachsüchtige Person wird plaudern, wenn man sie reizt und wenn Gilbert sie fallen läßt. Helen entfernt sich wild von dem Tisch.

Sie hat gleich darauf eine heftige Szene mit Gilbert.

Sie schmeichelt ihm auf seinem Zimmer. Und als sie keine Gegenliebe findet[,] droht sie, sie lasse sich nicht vor die Türe setzen. Er sagt, er fürchte sich nicht vor ihr. Helen: sie wisse[,] was er jetzt vorhabe und wofür er sie gegen die feine Monica austauschen wolle.

Er komplimentiert sie ohne Umstände hinaus.

Da sieht sie, daß sie bei ihm verspielt hat und schreibt einen anonymen Brief an die Polizei, in welchem sie Gilbert als Schmuggler und Monica als seine Helferin denunziert.

Man macht eine überraschende Haussuchung bei Gilbert und bei Monica, ohne etwas zu finden.

Aber Gilbert weiß, wem er die Haussuchung zu verdanken hat. Er läßt Helen auflauern. Sie flüchtet und stellt sich in höchster Angst unter den Schutz der Polizei: man wolle sie umbringen. Sie erklärt[,] den anonymen Brief geschrieben zu haben und denunziert noch einmal Gilbert als einen professionellen Narkotikahändler und Monica als seine Begleitung.

Man will Gilbert festnehmen. Aber er hält sich verborgen und wartet in der Stadt auf eine Gelegenheit, Monica, die er liebt, zu treffen[,] um mit ihr auf die geplante große Reise zu gehen. Gegen Monica selbst wird auf Verantwortung des Kriminalkommissars bis zur Ankunft des eben gewählten Bill nichts unternommen.

Als Monica durch die Freunde Gilberts, die er zu ihr schickt[,] erfährt, daß Helen sitzt, sieht sie sich schon am Ziel. Sie kann sich nicht zurückhalten und geht zum Boss selber, um ihm ein Geständnis zu entreißen.

Der Boss glaubt, sie käme, weil sie sich durch die Denun[z]iation bedroht fühle und sagt ihr freundlich Schutz zu. Zu seinem Erstaunen spricht sie von ihrem Vater. Er lacht über ihre naive Forderung[,] ihr die ganze Wahrheit zu sagen.

Monica: sie wisse[,] er habe in dem Prozeß an ihrem Vater schändlich gehandelt und auch an ihr, und er solle sprechen.

Er wird brutal. Er habe genug. Da schlägt sie eine andere S[a]ite an und wird sanft. Er wisse doch, was sie mit Gilbert vorhabe. Er solle nicht böse sein. Sie möchte wissen, wie es damals mit ihrem Vater war. Sie schmeichelt: «Du nennst mich Töchterchen. Möchtest du, daß ich zu dir bin wie deine Tochter? Wenn du es willst, dann sprich auch so zu mir. Sage, war mein Vater schuldig oder nicht?»

Boss: «Er war wirklich nicht schuldig.»

Monica: «Weshalb habt ihr ihn belastet? Wegen Pug?»

Boss: «Natürlich.»

Monica: «Und Pug hat geschossen?»

Boss (nickt): «Und nicht zum ersten Mal.»

Monica: «Und du lügst jetzt nicht?»

Boss: «Nein Töchterchen.»

Monica: «Tut es dir nicht wohl, die Wahrheit zu sagen?»

Der Boss lacht heftig, wie sie nachdenklich dasteht: «Nun freust du dich wohl, daß du diesem alten Kerl die Wahrheit entlockt hast. Schade, sie nützt dir nichts. Da gab es schon einmal einen, der die ganze Wahrheit wußte, und der auch nicht daran rührte, der Staatsanwalt Fregus, der Vater deines früheren Freundes.»

«Warum nicht?»

Boss: «Er zog es vor zu schweigen. Siehst du Kind, du hältst mich für einen großen Sünder. Aber Fregus war auch kein Engel. Wie der jung war und studieren wollte, und hatte kein Geld, da machte er es wie ich, und wir gingen über die Grenze, hin und her, mit Mauleseln und du weißt, womit. Und nach einiger Zeit hatte er es geschafft und wurde der Herr Staatsanwalt.»

Monica (entsetzt): «Vor dreißig Jahren [?]»
Boss: «Aber ich habe es nicht vergessen, und er auch nicht, und so bekam ich meinen Pug frei, und dein Vater ging ins Gefängnis. Was nützt dir nun die ganze Wahrheit Kind. Er hat fünf gerade sein lassen, und sein Sohn, der neue Staatsanwalt, wird es auch tun.»
Sie sinkt, die Hände vor dem Gesicht, auf einen Stuhl.
Er lacht j[o]vial: «So ist die Welt Kind.»

* * *

Bill, der neue Staatsanwalt, erscheint auf de[m] Gericht des Ortes. Der Kommissar meldet ihm die Festnahme von Helen, die nur indirekt mit der Mordsache zusammenhängt, die Flucht Gilberts, eines Rauschgifthändlers, und leider, die Beteiligung Monicas an der [a]ffair.
Bill, furchtbar getroffen, glaubt es erst nicht. Er wirft die Blumen, die die Mutter ihm für Monica mitgegeben hat, zum Fenster hinaus. Er wünscht in das Wüstenhotel zu fahren, um sich zu informieren. Der Kommissar und ein Beamter begleiten ihn.
Sie betreten Monicas Zimmer. Monica strahlt bei seinem Anblick und will ihn umarmen. Er schiebt sie weg. Sie versteht. Er blickt sich im Zimmer um, öffnet den Schreibtisch, wirft Papiere heraus, öffnet einen Schrank. Wer diesen Raum bezahlt? Sie antwortet: «Ich.»
Er gibt dem Kommissar einen Wink. Der zeigt seine Dienstmarke und fordert sie auf, ihm zu folgen. Sie macht sich fertig, ohne daß ihr einer hilft. Im Wagen sitzt Bill neben dem Chauffeur, Monica hinten neben dem Kommissar.
Im Gericht läßt Bill Helen auf das Amtszimmer führen. Auch der Kommissar und Monica sind da.
Bill fragt Helen, ob sie Monica kenne. Helen antwortet frech und schadenfroh: «Natürlich», und sie setzt hinzu: die habe sich mit Gilbert, ihrem Freund, eingelassen, und habe sich von ihm aushalten lassen.
Monica sagt: «Nein.»

Bill: was Monica von Gilbert wollte? Helen: «Mit ihm reisen. Gilbert hatte Geld vom Boss, für Einkäufe.»
Bill: «Narkotika?»
Helen: «Ja.»
Bill zu Monica: «Hat Gilbert ihnen von der Reise erzählt?»
Monica: «Ja.»
Bill: «Auch daß er Narkotika einkaufen wollte [?] »
Monica: «Ja.»
Bill: «Haben sie versprochen [,] ihn zu begleiten?»
Monica (leise): «Ja.»
Monica wird angewiesen, draußen zu warten.
Bill wendet sich Helen zu. Sie klagt mit hysterischem Geschrei den Strolch Gilbert an, der sie habe beseitigen wollen.
Bill: «Warum [?] »
Helen: «Weil sie wissen, daß ich plaudern werde.»
Bill: «Zum Beispiel?»
Helen: «Zum Beispiel, daß sie mich gezwungen haben, einen Meineid zu leisten [;] vor zwei Jahren, beim Prozeß Grove, wo Pug angeklagt war, aber Grove wurde verurteilt. Der Boss sagte, ich könnte ruhig schwören. Der Staatsanwalt würde mir nichts tun.»
Bill: «Welcher Staatsanwalt?»
Helen: «Na, Fregus.»
Bill unbewegt: «Warum sollte der Staatsanwalt Fregus ihnen etwas tun?»
Helen: «Weil ich damals garnicht den ganzen Tag zuhause war. Sie haben mich gefragt, ob ich immer da war, so daß ich weiß, wer im Haus ein und aus ging. Ich habe gesagt: ich hätte bloß Grove nach Hause kommen sehen, mit Gepäck.»
Bill: «Und?»
Helen: «Erst war ich weg, und dann, wie ich wiederkam...»
Bill: «Wenn sie aussagen wollen, tun sie es.»
Helen: «Dann sind zwei andere gekommen, mit Paketen, und sind in Groves Wohnung.»
Kommissar: «Es wurden damals bei Grove Opiummengen und

ein Revolver gefunden, aus dem mit großer Wahrscheinlichkeit die Kugel auf den Zollbeamten abgeschossen wurde.»
Bill: «Wer waren die beiden?»
Helen: «Freunde von Pug. Die haben mich gezwungen.»
Bill: «Wodurch gezwungen?»
Helen: «Sonst kann ich verhungern.»
Bill: «Das heißt, man hat sie bezahlt. Sie deuteten an, der damalige Staatsanwalt wußte, daß sie falsch schwuren.»
Helen: «Das sagte mir der Boss. Es würde mir nichts passieren, die Sache würde glatt gehen, und das ist sie auch.»
Bill: «Sie wissen, daß sie damit sowohl den Boss als auch eine Amtsperson schwer belasten.»
Helen (frech): «Ich belaste mich ja selbst.»
Kommissar (zu Bill): «Ich schlage vor, jetzt das Fräulein Grove hereinzurufen.»
Bill: «Die Tochter des damals [V]erurteilten? Ist sie da?»
Kommissar (ruft an der Tür): «Fräulein Grove.»
Monica tritt ein.
Bill blickt verständnislos von einem zum anderen: «Wer?»
Kommissar: «Miss Monica Grove.»
Monica ernst: «Ich bin Miss Grove.»
Bill sucht sich zu fassen, gewinnt seine Haltung wieder: «Was wissen sie von dem Prozeß?»
Monica: «Mein Vater war Lehrer[.] Wir waren bekannt mit den Eltern von Gilbert. Durch den und durch Helen sind die Leute in unsere Wohnung gekommen. Mein Vater hat nie einen Revolver gehabt. Die Leute haben die Sachen hinter unseren Schrank gesteckt. Vater hat protestiert, aber sie haben ihn gleich gefaßt.»
Bill: «Bitte weiter.»
Monica: «Ich bin nach P. gereist und auf das Gericht gegangen. Der Staatsanwalt Fregus hat mich hinausgewiesen. Vater sitzt zwei Jahre.»
Bill nach einer Pause: «Ich werde mir die Akten kommen lassen, und wenn es sich bestätigt, daß die Aussage der Zeugin Helen

eine wichtige Rolle im Prozeß spielte, die Freilassung des Gefangenen Grove anordnen.»
Bill sitzt erschüttert da und bezwingt sich.
Bill: «Führen Sie Miss Helen wieder ab.»
Bill zu Monica: «Sie halten sich zur Verfügung des Gerichtes. Sie können gehen.»
Als sie draußen ist [,] bemerkt Bill zum Kommissar: «Ich kenne sie seit zwei Jahren, ich traf sie auf dem Gericht, im Vorzimmer meines Vaters, sie hat mir nie diesen Namen genannt, immer den ihrer Tante, ich hielt ihn für ihren.»
Kommissar: «Wer will das Kind eines Verbrechers sein.»
Bill: «Sie hat sich ganz vor mir ausgeschwiegen.»
Kommissar: «Mit allem Respekt, aber als Mensch zu Mensch: wäre es nicht doch besser, wenn sie die Verfolgung des Falls aufgeben? Der Skandal ist nicht mehr aufzuhalten und sie selber sind persönlich zu stark beteiligt.»
Bill, energisch, steht auf: «Sie haben mir das schon vor meiner Wahl nahegelegt, sie wissen [,] was ich geantwortet habe. Ich bin Beamter. Ich werde das Vertrauen meiner Mitbürger rechtfertigen. Ich bin gewählt [,] um Recht zu finden. Unrecht aufzudecken [,] ist niemals ein Skandal.»
Kommissar: «Aber sie haben das nicht erwartet. Sie wollten das Andenken ihres Vaters schützen.»
Bill schlägt auf den Tisch: «Das Recht will ich, die Wahrheit. Das Andenken meines Vaters wird rein aus dieser Sache hervorgehen und wenn, wenn mein Vater Unrecht gehandelt haben sollte, so geht es mich zuerst an. Denn ich habe es gut zu machen.»
Kommissar: «Wir kommen zur Mordsache Fregus.»
Bill: «Nach dem, was wir gehört haben, ist anzunehmen, daß der ermordete Staatskommissar auch jetzt irgendwelche Besprechungen mit dem Boss gehabt hat und daß er deswegen herkam. Wir werden den Boss festnehmen. Ich bitte sie, Kommissar, Vorkehrungen zu treffen, daß er nicht entkommt, wie Pug.»

* * *

Monica hat die Bestürzung auf Bills Gesicht gesehen. Dies hat sie angerichtet, das ist ihre Schuld. Sie steht auf der Gerichtstreppe. Sie muß jetzt zum Boss, um zu verhindern, daß die ganze niederschmetternde Wahrheit über Fregus an Bill herankommt. Sie bewegt sich durch einige enge Straßen zum Hotel.
Sie wird gleich am Platz des Gerichtes von Gilbert verfolgt, der in einem Auto, das ein Freund von ihm steuert, hier gewartet hat. Dieses Auto ist dem Wagen Bills und des Kommissars schon vom Wüstenhotel her gefolgt. In einer kleinen Straße überholt Gilbert Monica. Sie erschrickt, er sieht nicht fein aus.
Gilbert: wohin sie wolle? Er sei beim Boss gewesen, habe Geld von ihm bekommen, für sich und für sie [,] um zu reisen.
Sie hört ihn nicht an. Er fragt, was mit ihr sei, und wie es zwischen ihnen stünde. Bill sei ja wieder da. Ob sie etwa mit dem wieder anfangen und mit ihm, Gilbert, inzwischen nur gespielt habe. Er erklärt ihr seine Liebe und beschwört sie [,] ihm zu folgen. Sie solle sich nicht einbilden, daß er von ihr lasse. Er habe ihretwegen der Helen den Laufpaß gegeben, und die plaudere jetzt alles aus.
Monica, in einen Torweg gedrängt, will sich von ihm losreißen. Er verlangt, daß es bei ihrer Abmachung zu reisen bleibe. Sie solle sich entschließen.
Monica: «Du wirst mich nicht zwingen.»
Als er merkt, daß sie wirklich nicht will, packt er sie, verschließt ihren Mund mit der Hand und drückt sie auf der Treppe zu Boden.
Er gibt durch die Finger einen charakteristischen Pfiff, den sein Freund im Auto beantwortet. Das Auto lenkt in die Straße ein.
Aber ein kleiner Hund kommt über den Hof gelaufen und bellt Gilbert an. Eine alte Frau hinter dem Hund schreit an der Treppe auf. Türen öffnen sich. Das Auto tutet wiederholt und fährt, als sich Menschen vor dem Haus sammeln, davon.
Gilbert läßt Monica los und läuft die Treppe hinauf. Er tritt in eine offene Tür und setzt sich scheinbar schlafend an einen

Tisch, geht dann in einen anderen Raum. Man dringt aber ein und er wird gestellt.
Moncia stürzt zum Hotel.

* * *

Im Zimmer des Boss übergibt dieser seinem Gehilfen, Gilson, Geld. Sie wollen zusammen über die Grenze und von einem kleinen Hafen, wo der Agent ein Schiff charteren soll, abfahren. Der Boss flucht auf Pug und auf Helen. Der Agent verschwindet durch die Tapetentür.
Während der Boss packt, klopft es. Er schleicht zur Türe, blickt durch das Schlüsselloch, erkennt Monica, öffnet und schließt die Tür.
Er fährt sie an; was sie wolle. Sie solle doch mit Gilbert weg.
Monica sieht zu [,] wie er packt: «Es ist gut, daß du weggehst, du Verbrecher. Aber so sollst du doch nicht weggehen.»
Boss: «Halt den Mund mit Deinem Unsinn.»
Monica: «Wieviel Verbrechen hast du begangen? Du wirst ein Zeichen hinterlassen, damit man weiß, was du angerichtet hast.»
Boss: «Laß mich zufrieden.»
Monica: «Ich fleh dich an, laß eine Zeile hier. Du vernichtest auch das Leben von Fregus Sohn.»
Er läßt sich nicht stören, lacht.
Auf seinem Schreibtisch liegt ein Revolver. Sie kommt von hinten und nimmt ihn.
Monica: «Du schlechter Mensch, du bist alt, du wirst bald sterben. Hier ist dein Revolver. Einmal in deinem Leben sollst du noch eine gute Tat verrichten.»
Sie hat den Revolver auf ihn gerichtet. Er muß sich an den Tisch setzen.
Monica: «Sonst haben die Bösewichte den Revolver in der Hand. Es können ihn auch andere gebrauchen.»
Sie diktiert, während sie vor ihm steht, mit gezogenem Revolver.

Monica: «Ich, Larry Clem, bezeuge, daß der ehemalige Lehrer Grove von hier, jetzt im Gefängnis, an den Vorgängen nicht beteiligt war, die zu seiner Verurteilung führten. Die bei ihm gefunden[en] Gegenstände, Revolver und Schmuggelware, sind von anderen in seine Wohnung gebracht. Ich habe der damaligen Zeugin Helen Geld gegeben für ihre falsche Aussage zugunsten meines damaligen Freundes Pug.»
Sie zögert, diktiert weiter: «Schreib. Ich habe niemals den Staatsanwalt Fregus zu beeinflussen versucht.»
Boss: «Das ist gelogen.»
Monica: «Er war ein rechtlicher Mann und überzeugt, daß Helen die Wahrheit beschwört.»
Boss: «Lüge. Nicht wahr.»
Monica: «Lüge, Lüge, nicht wahr. Ich erschieße dich doch noch. Du hast gelogen und gemordet aus Gemeinheit, aus Geldgier. Kannst du nicht einmal lügen, um einem zu helfen?» Es klopft laut. Man ruft draußen: «Aufmachen, Polizei.»
Moncia drängt: «Deinen Namen, setz deinen Namen darunter.»
Der Boss steht auf, stößt sie beiseite. Sie taumelt. Er rafft seine Sachen zusammen. Man donnert gegen die Tür. Er arbeitet an der Tapetentür, die sich schwer öffnet.
Man schießt von draußen. Ein Schuß trifft Monica. Sie sinkt auf das Sofa.
Die Tapetentür geöffnet. Der Boss stürzt zum Tisch zurück, nimmt den Zettel und verschwindet.
Man dringt durch die aufgebrochene Tür ein. Monica liegt auf dem Sofa, den Revolver noch in der Hand.
Bill stürzt auf sie, er ist fassungslos.
Sie richtet sich auf, erkennt ihn, zeigt auf den Tisch: «Das Papier.»
Sie sieht, daß das Blatt verschwunden ist, schreit auf, ist ohnmächtig.

* * *

Bill betritt das alte Hotelzimmer Monicas, in dem sie mit einem Schulterverband auf eine[m] Fauteuil sitzt. Sie fragt ihn nach dem Boss. Bill sagt, man habe ihn noch unten gefaßt. Er zeigt Monica das Blatt, das man bei ihm gefunden hat.
Monica beschwört Bill: «Lies es. Es ist wahr.»
Er lächelt sie traurig an: «Darum hast du mit dem Revolver neben ihm gestanden.»
Monica: «Nein, Bill. Nur weil er solch gemeiner Lügner ist.»
Er schüttelt den Kopf, auch zu ihrer Bitte, jetzt mit ihr nach Hause zurück zu kehren. Er sagt: «Die Sache ist im Rollen.»
Wie er an der Türe steht, meint er: «Ich verstehe, Monica, warum du mir früher deinen Namen nicht nanntest. Ich weiß nicht, wie ich meinen verbergen soll.»

* * *

Corridor des Gerichtsgefängnisses. Der Kommissar berichtet Bill, man habe sorgfältig das Zimmer des Boss durchsucht, man habe reichlich Kokain, in Lösung, aber auch in Ampullen gefunden. Das sind Ampullen, wie man sie an der Bahn bei der Leiche fand und womit zweifellos der Staatsanwalt betäubt wurde.
Er berichtet weiter, die bisherigen Aussagen des Boss deckten sich vollkommen mit denen der Helen. Der Boss sagte, Fregus h[ä]tte sich ihm schon früher mehrfach gefällig erwiesen, hätte Anklagen liegen lassen und andere lau verfolgt. Im Fall Grove hätte Fregus erst diese falsche Zeugin Helen verhaften wollen, aber zuletzt gab er nach. Es war nicht möglich, den Boss über den Mord auszufragen. Der Mann war in größter Erregung, es schien besser, diese Vernehmung zu verschieben. Leider habe sich jetzt die Erregung bei dem Mann noch gesteigert. Es scheine, daß der Boss die Haft schlecht vertrage. Er phantasiere. Der Arzt meine, es spiele dabei wohl auch der Wegfall des Kokaines, an das der Boss gewöhnt sei, eine Rolle.
Sie stehen im halbdunklen Raum der Einzelzelle. Hinter dem

Gitter wird der Boss sichtbar. Er spricht mit sich laut und starrt die Wand an.
Boss: «So kommen wir nicht weiter, Herr Staatsanwalt. Wenn sie mir weiter nichts zu sagen haben, so hätten sie sich die Reise sparen können.»
Eine andere Stimme wird hörbar, – die Halluzination des Bosses. [Z]ugleich erscheint im Halbdunkel eine Gestalt, Fregus.
Fregus: «Nein, ich kann ihnen nichts bieten. Ich habe kein Vermögen, sie kennen die Einnahmen eines Staatsanwaltes.»
Boss: «Das macht nichts. Sie haben Macht, ein Amt, sie sind Spezialkommissar. Ich verlange nur, daß sie uns zufrieden lassen.»
Fregus: «Ich habe das Amt übernommen. Sie kennen meine Aufgabe. Ich stehe in der Öffentlichkeit.»
Boss: «Der Staat wird auch ohne sie bestehen.»
Fregus: «Ich habe in meiner Jugend gesündigt. Sie haben mich gezwungen, einen Meineid zu dulden. Seit diesem Tage bin ich kein Mensch mehr. Ich werde den unschuldigen Mann nicht hinter dem Gitter lassen und wenn ich dabei zugrunde gehe.»
Boss: «Bitte.»
Fregus: «Sie sind reich genug. Sie sollen das Land verlassen. Lassen sie mich tun, was ich muß.»
Boss: «Sie sind in meiner Hand.»
Fregus stöhnt laut dreimal: «Laß mich los.»
Boss: «Seien sie wieder mein Freund. Kommen sie, setzen sie sich zu mir.»
Fregus nähert sich ihm: «Du Schurke. Bevor ich sterbe, bring ich dich um.»
Der Boss schreit gellend um Hilfe. Bill steht draußen, die Hand vor den Augen: «Mein Vater hat schwer gelitten. Seit zwei Jahren konnte er nicht mehr lachen. Sie haben ihn erpreßt.»
Kommissar: «Und weil er fest blieb, haben sie ihn ermordet. Jetzt, wo der Boss sitzt, wird Frau Pug mehr sprechen.»
Der Kommissar berichtet im Gehen, er habe auch noch einmal die Hotelangestellten vom Zimmer des grauhaarigen Mannes

ausgefragt. Sie sagten nichts neues, nur, daß er auch ein Hotelmesser von seinem breakfast mitgenommen habe.
In ihrem Hotelzimmer empfängt Frau Pug sie ungnädig. Was man von ihr wolle, man lasse sie nicht weg, man überwache sie. Sie hat gehört, daß der Boss sitzt. Ihr Mann habe nichts mit dem Mord zu tun gehabt, der Boss habe ihn erschießen lassen.
Bill: Ob sie nun doch über den Mord sprechen wolle.
Sie ringt die Hände: sie wisse nichts. Der Boss habe den Pug beschuldigt. Aber Pug erzähle ihr alles, auch das Schlechte. Er habe ihr geschworen, er war es nicht. Und wenn er es war, warum trinkt er die ganze Nacht im Gasthof? Er kann doch wegfahren.
Bill: «Weil er unvernünftig war. Er betrank sich.»
Frau Pug: «Sie wollten im Gasthaus trinken. Er hatte eine Panne und dann ist er hineingegangen ins Lokal und hat gewartet und gewartet.»
Kommissar: «Sie spricht von dem Mann mit den grauen Haaren. Sie sind also zusammen weggefahren. Und?»
Frau Pug: «Dann ist er nicht gekommen.»
Kommissar: «Weil er klüger war als ihr Mann und wegwollte. Der ist schon über alle Berge.»
Frau Pug starrt verständnislos Bill und den Kommissar an: «Warum über alle Berge?»
Kommissar: «Sie kennen doch offenbar den Mann mit den grauen Haaren. Es war einer der sogenannten Fruchthändler, wie es hier viele gibt, wie?»
Frau Pug: «Der grauhaarige Mann, Fruchthändler?»
Bill: «Wir interessieren uns für diesen geheimnisvollen Herrn. Wir suchen ihn.»
Frau Pug: «Sie suchen ihn? Da können sie lange suchen.»
Bill: «Warum?»
Frau Pug: «Er liegt ja schon unter der Erde. Sie haben ihn ja schon.»
Sie blickt ungläubig von einem zum anderen, und sie setzt fort: «Der grauhaarige Mann war ja – der Staatsanwalt Fregus.»
Kommissar und Bill geben Zeichen der Verwunderung.

Frau Pug: «Er trug eine Perücke und einen Schnurrbart. Und manchmal machte er auch ein Knie steif.»
Kommissar: «Wo ist diese Perücke?»
Frau Pug: «Die werden sie draußen irgendwo finden.»
Als ihr vorkommt, daß die beiden noch ungläubig sind, sagt sie: «Ich habe noch seine Mappe mit der Wäsche hier. Die hat mir der Boss zur Aufbewahrung gegeben.»
Die beiden folgen ihr zu einem Koffer, den sie öffnet. Er hat einen Doppelboden. Sie hebt die Mappe heraus: «P. A. Fr., das ist er?»
Bill nimmt die Mappe, nickt, senkt den Kopf.
Kommissar: «Sie hätten das abgeben sollen.»
Frau Pug: «Der Boss – »
Kommissar: «Was ist in der Mappe? Vielleicht das Messer vom breakfast, das er mitgenommen hat?»
Sie finden Wäsche und eine kleine Schachtel mit Reißnägeln.
Bill: «Gehört das ihnen?»
Sie schüttelt den Kopf. Der Kommissar: «Reißnägel, hier gekauft, wir wollen uns gleich informieren.»
Die Frau bemerkt noch, während sie sich in Bewegung setzten: und zu der Fahrt nach dem Gasthof habe Fregus ihren Mann am Vormittag eingeladen. Pug hätte ihm noch sein Auto gezeigt.
Kommissar (draußen): «Über die Perücke habe ich schon meine Gedanken. Aber warum hat ihr Vater diesen Pug zur Fahrt nach dem Gasthof eingeladen, und schon vormittags? Trinkt ihr Vater gern?»
Bill: «Durchaus nicht.»
Kommissar: «Und warum ließ er sich den Wagen zeigen?»
Während der Kommissar in einem benachbarten Papierladen feststellt, daß die Reißnägel tatsächlich hier gekauft seien, von einem alten Herrn [,] der hinkte, und während er mit dem Gericht in P. telephoniert wegen der Perücke, von der er sofort annimmt, sie stamme aus dem kriminalistischen Museum, das sich neben dem Zimmer der Staatsanwaltschaft befindet, – ist Bill

auf dem Zimmer Monicas und spricht von seinem Vater. Er ist freundlich, aber reserviert. Sie fragt auch nach dem Boss und bittet, als sie hört, er phantasiere, Bill möchte sie zu ihm lassen. Sie möchte ihn wenigstens von draußen hören.
Monica: «Glaub mir, er lügt, er lügt immer. Dein Vater war nicht schlecht. Er war in ihren Klauen.»
Er führt sie dann in den Gang des Gerichtsgefängnisses. Als sie den Boss gehört hat, steht sie mit dem Gesicht gegen die Wand, erschüttert.
Monica: «Ich wußte, daß das Gewissen ihn brennen wird. Sie haben deinen Vater in den Tod gehetzt. Sie haben ihm keine Wahl gelassen.»
Bill: «Wir wissen es, Monica. Wir suchen den Mörder.»
Monica schüttelt den Kopf: «Das war kein Mord. Er ist in den Tod gegangen. Glaube es mir Bill, er ertrug es nicht mehr.»
Bill schüttelt den Kopf.

* * *

In dem offenen Hof der Garage hinter dem Hotel findet Bill den Kommissar mit zwei alten Leuten. Sie wohnen im Haus gegenüber und können auf die Garage sehen. Sie sagen, sie hätten in der Zeitung von dem grauhaarigen Herrn gelesen, den man suche. Sie hätten sich nicht gemeldet, weil sie mit dem Boss nichts zu tun haben wollten. Aber jetzt sitze er. Sie hätten den Alten am Mittag vor dem Mord auf dem Hof der Garage gesehen. Es fiel ihnen auf, daß er an einem Auto arbeitete, an einem Rad.
Bill und der Kommissar suchen nach dem alten Reifen vom Wagen des Pug und entdecken ihn in einem Winkel. Drei Reißnägel sind eingedrückt. Der Kommissar sagt, das genüge [,] um nach einer viertel oder halben Stunde eine Panne zu machen. «Aber warum das?»
Bill erzählt nun von seinem Gespräch mit Monica. Jetzt stutzt auch der Kommissar: «Dann hätte Frau Pug doch recht und Pug war es nicht. Er ist Vormittag zu Pug gegangen, hat ihn zur

Fahrt eingeladen, hat sich das Auto zeigen lassen, hat die Reißnägel gekauft und diese drei eingedrückt. Und warum das Ganze? Er wollte sich umbringen. Aber warum dies hier?»
Bill: «Um zuletzt mit seinem Tod die Bande zu belasten, die ihn gejagt hat.»
Kommissar: «Wer trug den Strick, mit dem der Körper gebunden war bei der Fahrt, Pug oder der Staatsanwalt? Der Strick hat gefasert. Wir müssen die Kleider der beiden durchsuchen.»
Sie prüfen gemeinsam den Anzug des Pug, der wieder an die Frau abgeliefert ist, und finden nichts. Sie untersuchen auf dem Gericht die blutigen und zerrissenen Kleider (Jacke und Mantel) von Fregus. Der Kommissar möchte diese Nachforschungen, um Bill zu schonen, allein vornehmen, aber Bill lehnt ab. In dem Mantel des Fregus werden tatsächlich Fasern des Strickes gefunden und auch Splitter von Ampullen.
Bill meint, der Vater habe, wie er, im dritten Stock gewohnt, in der Nähe des Speichers. Den Strick wird er sich aus dem Speicher geholt haben. Der Kommissar meint, der Speicher sei schon untersucht worden[.] Man werde es noch einmal tun.
Sie gehen auf den Speicher im dritten Stock.
Bill: «Dies ist der Sessel, den er am Abend auf Pug warf, in Verzweiflung, kurz vor der Abfahrt. Dann heuchelte er gute Laune.»
Sie finden im Hintergrund die Reste des Strickes und unter dieselbe Kiste geschoben das verschwundene breakfast[-M]esser, mit dem Fregus den Strick zerschnitt.
Dann findet man noch in der Jacke des Staatsanwaltes Glassplitter von der Farbe der Ampullen, und natürlich Ampullen selber offen auf dem Schreibtisch des Boss in einem Karton.

* * *

Die Tageszeitung in P. bringt die sensationelle Meldung: Der Mord an dem Staatskommissar Fregus sei nun völlig aufgeklärt und die Schuldigen gefaßt. Der junge Staatsanwalt Bill Fregus, der Sohn des Ermordeten, dem nach kurzer Arbeit die völlige Aufdeckung des Falles gelang, werde am folgenden Tag der Öffentlichkeit in einer Pressekonferenz eine vollständige Darstellung der Angelegenheit geben.

Bei der Versammlung, zu der auch die hauptsächlichen Gerichtspersonen und zuletzt, von Monica geführt, Bills Mutter erscheint, stellt Bill zunächst den leitenden Kriminalkommissar vor, der einen kurzen Sachbericht geben wird.

Der Kommissar spricht nüchtern:

«Der Fall ist in allen Teilen geklärt, dem Bandenwesen ist ein schwerer Schlag zugefügt worden, hauptsächlich durch die Energie und Unerschrockenheit des neuen Staatsanwaltes Bill Fregus.

Der Staatskommissar Fregus wurde, wie bekannt, zwei Wochen nach seiner Ernennung, drei Tage nach seinem Verschwinden aus der Stadt, tot, gebunden, überfahren auf den Schienen bei J. aufgefunden. Ein des Mordes [V]erdächtiger wurde gleich im Beginn von der Bande selbst beseitigt. Die weitere Untersuchung wurde gelähmt durch Drohungen, die der Boss Clem, das unzweifelhafte Haupt der Bande, ausstieß; er drohte mit Enthüllungen aus dem Vorleben des toten Staatskommissars.»

Unruhe im Publikum.

«Es wurden in der Tat sonderbare und unerwartete Beziehungen des toten Staatskommissars zu der Bande, bezw. zu ihrem Haupt, dem Boss, festgestellt.

«Hört, hört» bei den Zuschauern.

«Wir wünschten vorsichtig vorzugehen, um die Öffentlichkeit nicht zu beunruhigen. Aber der Sohn des Ermordeten, damals noch Rechtsanwalt, widersprach und nach seiner Wahl zum Staatsanwalt ging er rücksichtslos vor.»

«Seine Untersuchung stellte fest, daß der tote Staatskommissar Fregus ein Opfer fortgesetzter Erpressungen der Bande war, weil er sich in früher Jugend hatte verleiten lassen, eine kurze Zeit am Grenzschmuggel teilzunehmen. Der Druck der Bande bewog ihn leider auch, wenn auch nach schwerem Kampfe, eine falsche Zeugenaussage in einem Prozeß vor zwei Jahren durchzulassen.»

Große Unruhe im Saal.

«Er wollte dieses Unrecht wieder gutmachen, arbeitete daran. Nach seiner Ernennung zum Kommissar wollte er eisern und rücksichtslos gegen die Bande vorgehen und die Erpresser zum Schweigen bringen. Es gelang ihm nicht. Er fuhr dazu nach J. Die Verbrecher trieben ihn in den Tod. Die schuldigen Mitglieder der Bande [] sitzen hinter Schloß und Riegel.

Wir haben festgestellt: es war kein Mord, sondern ein Selbstmord.»

Der Kommissar setzt sich. Im Saal herrscht eine große Unruhe, dann Stille.

Bill erhebt sich: «Was ich vor der Wahl versprochen habe, habe ich gehalten. Dieser Mord ist aufgeklärt.

Ich hatte, meine Herrn Kollegen, meine Damen und Herren, zu kämpfen mit Widerständen draußen, und mit Widerständen in meiner Brust.

Als gleich am Beginn der Untersuchung der Boss mit Enthüllungen drohte und daraufhin die damaligen Untersucher glaubten zurückweichen zu müssen, um einen Skandal zu vermeiden, beschloß ich einzugreifen. Ich war von der Integrität meines Vaters überzeugt. Aber ich ließ mich wählen, um den Mord aufzuklären und auch vor einem Skandal nicht zurückzuschrecken.

Es kommt nicht auf den Skandal an, sondern auf die Wahrheit.

Unser öffentliches Leben kann, wie das private, nicht bestehen ohne Wahrheit auf allen Gebieten.

Man kämpft gegen das Opiumwesen, weil dieses Gift die Kräfte des Menschen bricht.

Unehrlichkeit und Unaufrichtigkeit tun dasselbe.

Unsere Öffentlichkeit ist stark und gesund genug[,] um die Wahrheit zu ertragen.

Mein Vater hat sich schon längst, seit dreißig Jahren, seit einem Menschenalter von den Leuten des Schmuggels getrennt. Aber sie verfolgten ihn, das Unrecht ging ihm nach. Er glaubte vor zwei Jahren, sie zum Schweigen zu bringen, durch eine Nachgiebigkeit, durch die schwere Verschuldung, von der der Kommissar sprach. Er suchte sein Elend zu enden, aber sie hielten ihn fest.

Er starb auf den Schienen, gebunden, und so hat er gelebt, gebunden, und das Verhängnis ist über ihn weggebraust.

Es sah nach Mord aus. Und es war Mord. Noch aus dem Grabe wollte er seinen Fluch auf die Verbrecher schleudern und uns, die Lebenden, alarmieren.

Trotzdem und weil es sich um eine Amtsperson handelt, habe ich diese Tat und dieses Leben an das volle Licht der Öffentlichkeit gezogen. Ich war es der heranwachsenden Jugend des Landes schuldig. Sie sollten die Gefahr sehen, und eine furchtbare Warnung erhalten.

Aber ich als Sohn habe das getan. Man soll die Fehler der Eltern zudecken. Ich durfte es nicht, als Vertreter des Staates und des Gerichtes. Was ich konnte, ist nur, seine vergeblichen Bemühungen um Befreiung von den Erpressungen und die grausamen Qualen zu schildern, die er litt. Er hat über sich selber das Todesurteil gesprochen. Ich habe nichts versehen als Beamter.

Ob ich als Sohn und Mensch, als Bürger, als ein Kind aus eurer Mitte richtig gehandelt habe, wollen sie beurteilen. Ich stelle ihnen mein Amt zur Verfügung.»

Er geht und verläßt den Saal, in dem sich nach einer Stille lebhafte Rufe erheben: «Fregus, Bill, hier bleiben.»

* * *

In einem Dienstzimmer umarmt die Mutter Bill lange. Sie sagt: «Dank, mein tapferer Junge. Du bist ein guter Sohn. Vater war zu stolz. Er konnte nicht sprechen. Vater würde dir danken.»

Der alte Gerichtspräsident tritt an Bill heran: «Ich spreche für die Kollegen vom Gericht und für mich selbst, Bill. Wir sagen ihnen Dank für ihre Offenheit, ihre Geradeheit und ihren Mut.

Wir sind stolz auf sie. Sprechen sie nicht von Rücktritt. Lieber junger Freund, möge Frieden in ihr Herz einziehen.»

Er schüttelt Bill die Hand und stellt Bill einem Herrn vor: «Und dies ist unser Bürgermeister, den sie ja kennen.»

Der Bürgermeister: «Sie haben ihre Mitbürger als Richter über sich gerufen. Sie haben in einer schweren Schlacht gekämpft und haben Stand gehalten. Sie sollen uns und unserer Jugend ein Vorbild sein.»

Bill zu Monica, die neben ihm steht und ihn anblickt: «Und du Monica, kannst du verzeihen?»

Moncia glücklich, strahlend [,] lehnt sich an ihn, umarmt ihn.

* * *

EDITORISCHE NACHWEISE

Der Band enthält erstmals alle Dramen Döblins, da die Ausgabe der «Stücke» Manfred Beyers von 1981 ‹Comteß Mizzi› nicht enthielt. Dieser bisher nur dem Namen nach bekannte Einakter wird hier nach einer Handschrift abgedruckt, die aus ungeordnetem Nachlaßmaterial Döblins im Besitz von Claude Doblin gewonnen werden konnte. Die übrigen dramatischen Werke erscheinen in der vom Autor jeweils letzten, selbstverantworteten Form mit Ausnahme von ‹Lydia und Mäxchen›, das nach dem Erstdruck von 1906 mitgeteilt wird. Die marginalen Änderungen des Schlusses von 1920 sind im Anhang auf Grund der handschriftlichen Entwürfe im Handexemplar Döblins erstmals publiziert. Weitere Nachlaßmaterialien zu ‹Lydia und Mäxchen› sowie zu ‹Lusitania› sind ebenfalls in diesen Band aufgenommen worden. Unberücksichtigt blieben die Notizen zu einem ‹Franziskus› – Drama von 1907 (vgl. u. S. 582f., Anm. 5).
Der Kantatentext ‹Das Wasser› von 1930, der als «Lehrstück» gedacht war, wird hier erstmals nach einer im Nachlaß erhaltenen, von Döblin korrigierten Druckfahne veröffentlicht.
Bei der Ausgabe des Hörspiels ‹Die Geschichte vom Franz Biberkopf› wurde das Typoskript des Deutschen Rundfunkarchivs in Frankfurt a. M. zugrunde gelegt, das auch schon Heinz Schwitzke 1976 für seine Edition benutzt hatte. Gegenüber dieser, die durch zahlreiche und vielfach irrige Eingriffe den Text unzulässig verändert hatte, wird hier ein authentischer Abdruck vorgelegt.
Zum ersten Mal werden die Filmentwürfe Döblins nahezu vollständig zugänglich gemacht. Das Drehbuch von ‹Berlin Alexanderplatz›, gegen dessen Aufnahme allerdings die Tatsache gesprochen hätte, daß Döblin nur Mitautor gewesen ist und sein Textanteil neben dem Hans Wilhelms nicht abzugrenzen ist, konnte leider nicht mit einbezogen werden, da die «Stiftung Deutsche Kinemathek» in Berlin einem Abdruck nicht zustimmte und auch nähere Auskünfte verweigerte, weil sie selbst eine Neuedition plant. Auf den Einbezug des bekannten Fragments, das den Anfang des Drehbuchs umfaßt, wurde verzichtet, da es anderweitig mühelos zugänglich ist. Da der gesamte Text existiert, schien mir die Wiedergabe dieses Bruchstücks nicht mehr sinnvoll. Der Filmentwurf fand jedoch im Nachwort Berücksichtigung.

Auf den Abdruck der Filmerzählung ‹The Runaway/Der Ausreißer› von 1941 (vgl. u. S. 667 f.) mußte verzichtet werden, da das erhaltene Manuskript im Nachlaß nicht publizierbar ist. Der fragmentarische, stark korrigierte Text ist ohnehin schon nur schwer lesbar. Viele Bleistiftkorrekturen sind aber kaum oder gar nicht mehr zu entziffern. Eine einigermaßen zweifelsfreie Transkription war auch deshalb nicht möglich, da der Gültigkeitsstatus vieler Korrekturen unklar ist. Häufig existieren noch konkurrierende Passagen, und für manche Streichungen läßt sich nicht entscheiden, ob sie schon endgültig oder nur vorläufig waren. Viele, nur auf losen Zetteln notierte Einschübe sind in ihrer Zuordnung problematisch, da es an klaren Verweisen fehlt und auch der Inhalt keine eindeutigen Anhalte zu liefern vermag. Ein gesicherter Text war somit auch im technisch möglichen Rahmen dieser Leseausgabe nicht erstellbar.

Zu danken habe ich dem Deutschen Rundfunkarchiv in Frankfurt/M. und der Staatsbibliothek Preußischer Kulturbesitz in Berlin für die freundlich gewährte Bereitschaft, ihre für diesen Band einschlägigen Textbestände zum Abdruck freizugeben. Herrn Claude Doblin gebührt mein Dank für die bereitwillige Unterstützung bei der komplizierten Restitution der ‹Comteß Mizzi›-Handschrift. Den Mitarbeitern des Deutschen Literaturarchivs in Marbach a. N. gelten Anerkennung und Dank für Arbeitshilfe und Unterstützung. Vor allem Herr Dr. Jochen Meyer hat mir in mancherlei Fragen uneigennützig weitergeholfen. Mein besonderer Dank für freundschaftlichen Beistand gebührt aber dem Generalherausgeber der Werke Döblins, Herrn Prof. Dr. Anthony W. Riley (Kingston, Canada), dessen mir gewährtes Vertrauen überhaupt erst meine Arbeit an diesem Bande ermöglichte.

Schließlich gebührt mein Dank auch den Freiburger Hilfskräften Susanne Lüdemann und Anna Keck für ihre Mithilfe an der schwierigen Manuskripterstellung und an den Fahnenkorrekturen.

Freiburg i. Br., Januar 1983 ERICH KLEINSCHMIDT

In den editorischen Nachweisen und im Nachwort des Herausgebers werden die folgenden Titel unter den angegebenen Abkürzungen zitiert:

AzL	Alfred Döblin, Aufsätze zur Literatur, hg. von W. Muschg, Olten/Freiburg i. Br. 1963
Briefe	Alfred Döblin, Briefe, hg. von H. Graber, Olten/Freiburg i. Br. 1970
Huguet	Louis Huguet, Bibliographie Alfred Döblin, Berlin/Weimar 1972
Katalog Döblin	Alfred Döblin 1878–1978. Eine Ausstellung des Deutschen Literaturarchivs im Schiller-Nationalmuseum Marbach a. N., bearbeitet von J. Meyer in Zusammenarbeit mit Ute Doster, Marbach 1978
Schuster/ Bode	Ingrid Schuster/Ingrid Bode (Hgg.), Alfred Döblin im Spiegel der zeitgenössischen Kritik, Bern/München 1973
Stücke	Alfred Döblin, Die Stücke, hg. und eingeleitet von M. Beyer, Berlin DDR 1981
SzPuG	Alfred Döblin, Schriften zur Politik und Gesellschaft, hg. von H. Graber, Olten/Freiburg i. Br. 1972
Zeitlupe	Alfred Döblin, Die Zeitlupe. Kleine Prosa, hg. von W. Muschg, Olten/Freiburg i. Br. 1962

Alle Texteingriffe des Herausgebers in die vorliegenden Drucke, Typoskripte und Handschriften erscheinen grundsätzlich in eckigen Klammern. Über spezielle editorische Probleme und Verfahren bei der Bearbeitung der einzelnen Texte vergleiche man die Ausführungen in den jeweiligen editorischen Nachweisen.

VORBEMERKUNG

Für die gesamte handschriftliche Überlieferung gilt, wenn nicht ausdrücklich anderes vermerkt ist, als derzeitiger Aufbewahrungsort das Deutsche Literaturarchiv in Marbach a. N., das den Nachlaß Alfred Döblins als Depot-Bestand der Erbengemeinschaft Alfred Döblin, vertreten durch Herrn Claude Doblin (Nizza), aufbewahrt.

1. *Überlieferung*

1.1. *Handschriftliches*

LuM 1 Autographe Entwurfsskizze auf einem doppelt gefalzten Doppelbogen alten Schreibpapierformats, zum Großteil in Tintenschrift, einige Bleistiftzusätze.

LuM 2 Erste, autographe Entwurfsfassung «Lydia und Mäxchen. Groteske in einem Akt», datiert 12.9.1905. Blaues Oktavheft, unpaginiert, 32 Blatt sowie zwei lose eingelegte Blätter. Der Text ist noch nicht voll ausformuliert. Das meiste in Tinte geschrieben, Korrekturen mit Kopierstift.

LuM 3 Autographer Druckfassungstext «Lydia und Mäxchen». Randbemerkung korrigiert in: «Verbeugung in einem Akt», datiert 26.10.1905. Lose, paginierte Blätter in (mitgezähltem) umgeschlagenem Bogen, auf dem der Titel und das Personenverzeichnis stehen. Die Zählung reicht bis 50. Es fehlen die Blätter 15, 16, 29, 51 und 52. Letztere lassen sich dadurch erschließen, daß der entsprechende Schlußtext des Stückes fehlt. Tintenschrift; keine wesentlichen Abweichungen vom Erstdruck mehr.

LuM 4 Für die Uraufführung (vgl. u. 3.) geschriebener Prolog, übersandt an H. Walden 21.(?) 11.1905 (vgl. Briefe, S. 32). Sechs Blatt reinschriftliches Autograph (Tinte). Befindet sich im ‹Sturm-Archiv› der Staatsbibliothek Preußischer Kulturbesitz, Untersignatur A. Döblin, Bl. 32–36. Abdruck u. S. 543 f., 5.1.

LuM 5 Neufassung des Schlusses (vgl. u. 5.2.); zwei Blätter, die im Handexemplar Döblins des Erstdruckes eingeklebt sind (derzeit im Besitz von Claude Doblin, Nizza).

Blatt 1, quer mit Bleistift zur Linierung geschriebenes Blatt (Autograph); wohl erste Niederschrift. Vgl. Abdruck u. S. 544, 5.2.1. Blatt 2, Oktavblättchen, quer beschrieben Vorder- und Rückseite (Autograph; Tinte) mit Vermerk: «Einfügen als Schluß!» Noch geringfügige Abweichungen vom Drucktext LuM 1920, für den der abgeänderte Schluß bestimmt war. Vgl. Abdruck u. S. 544 f., 5.2.2.

Döblin muß Herwarth Walden zur Aufführung des Stückes (vgl. u. 3.) eine Handschrift zugeschickt haben, die heute verloren ist. Döblin bat Walden um ihre Rücksendung bzw. eine Abschrift am 2.12.1905 (vgl. Briefe, S. 35), um am Stück eventuell noch weiter zu arbeiten. Er erhielt zunächst weder das eine noch das andere und beschwerte sich darüber bei Walden (Briefe, S. 35), wobei er von dem Manuskript als «Heft» spricht. Es dürfte das sein, das er im Brief vom 8.1.1906 mit «44 weitgeschriebenen Seiten» Umfang angibt (Briefe, S. 38) und das er dann zwecks Drucklegung am 15.1.1906 wieder an Walden schicken will (Briefe, S. 38). Der Plan scheiterte aber offenkundig (vgl. Brief vom 31.1.1906 an Walden; Briefe, S. 39). Wie es dann zum Kontakt Döblins mit dem Straßburger Verleger Singer kam, ist unbekannt.

1.2. *Von Döblin autorisierte Drucke*

LuM 1906 — Von Döblin selbst finanzierter Erstdruck (abschriftlicher Verlagsvertrag in: Katalog Döblin, S. 95) Straßburg/Leipzig, Josef Singer 1906. Auslieferung im April 1906 (vgl. Briefe, S. 41 an Walden 1.5.1906). 52 Seiten in 8°. Benutztes Exemplar Landesbibliothek Stuttgart d. D. oct. K 4573.

LuM 1920 — Abdruck nach LuM 1906 mit geändertem Schluß (vgl. o. LuM 5) in: Die Gefährten 3 (Wien und Leipzig, Genossenschaftsverlag 1920), Heft 4, S. 12–28 (zusammen mit ‹Das verworfene Schwein› und ‹Lusitania›).

1.3. *Neudrucke*

1.3.1. Nach LuM 1906 in: H. Denkler (Hg.), Einakter und kleine Dramen des Expressionismus, Stuttgart 1968 (= RUB Nr. 8562), S. 22–46
1.3.2. Nach LuM 1920 in: Stücke, S. 13–35
1.3.3. Teildruck des Prologs nach LuM 4 in: Katalog Döblin, S. 94f.
1.3.4. Teildruck des Prologs wie 1.3.3. nach diesem Druck in: Stücke, S. 14f.

2. *Entstehung*

Niederschrift September/Oktober 1905 (vgl. die Datierung bei LuM 2 und LuM 3). Der Prolog entstand Mitte November 1905 (vgl. LuM 4).

Die Umarbeitung des Schlusses steht wohl im Zusammenhang des Neudrucks LuM 1920, der Mitte 1920 erschienen ist (vgl. Briefe, S. 114 bezüglich ‹Lusitania›).
Die Widmung des Erstdrucks an «Fräulein Alma» war nicht zu identifizieren. Vermutlich ist sie aber ohnehin fingiert.

3. *Aufführung*

Unter dem Pseudonym Alfred Börne zusammen mit Paul Scheerbarts fünfaktiger Groteske ‹Herr Kammerdiener Kneetschke› (in: P. Scheerbart, Revolutionäre Theater – Bibliothek. Gesammelte Arbeiten für das Theater, Bd. 1, hg. von M. Rausch, München 1977, S. 118–132) als Veranstaltung im Saal von Herwarth Waldens Gesellschaft der Freunde des «Vereins für Kunst», Berlin, Potsdamer Straße 9 am 1.12.1905 (vgl. Briefe, S. 34 und S. 512).
Die Angabe von H. Denkler (Hg.), Einakter des Expressionismus, Stuttgart 1968, S. 271, daß die Uraufführung des Stückes im Residenztheater Berlin stattgefunden habe, ist falsch und beruht möglicherweise auf einer irrtümlichen Information durch Döblin selbst in dessen späten Aufzeichnungen (vgl. A. D., Autobiographische Schriften und letzte Aufzeichnungen, Olten/Freiburg i. Br. 1980, S. 470).
Weitere Aufführungen sind nicht bekannt. Döblin las am 9. 12. 1911 allerdings neben Novellen auch die ersten Szenen aus ‹Lydia und Mäxchen›. Vgl. Huguet, S. 134, Nr. 929 aufgrund einer Notiz im «Berliner Tageblatt», Jg. 40, 1911, Nr. 631 (12. 12.).

4. *Textgrundlage und editorisches Verfahren*

Die Edition folgt LuM 1906. Die typographische Gestaltung wurde gemäß den Prinzipien dieses Bandes insofern abgeändert, als die Regiebemerkungen generell in Kursive erscheinen. Die Interpunktion entspricht der Vorlage bis auf einige wenige Doppelpunkte nach den Rollennamen, soweit sie überflüssig, weil zweimal gesetzt, waren. Getilgte Druckfehler erscheinen entweder als Lücke oder korrigiert in eckigen Klammern.

5. *Textanhänge*

5.1 *Prolog* (nach LuM 4)

Meine Damen, meine Herren,
Sie verkennen die Situation völlig. Es handelt sich hier nicht um eine Theaterbelustigung, sondern um eine Enthüllung von der weittragendsten Bedeutung, um eine offizielle Richtigstellung vager, in ganz Deutschland verbreiteter Gerüchte. Daß ich von der Bühne aus spreche, rechtfertigt sich durch die größere Resonanz dieses Podiums.
Vor einigen Tagen ging durch die westeuropäischen Blätter die Nachricht, König Alfons XIII. von Spanien hätte auf seiner Reise auch der Prinzessin Lydia einen Heiratsantrag gemacht; man berichtete in unklaren Wendungen, die Prinzessin hätte fast «ja» gesagt, aber alles sei an dem Widerstande der spanischen Minister Tortojedo und Canowas gescheitert. Der junge König hätte dann eine Art Hochverratsprozeß gegen die beiden, ihn begleitenden Staatsmänner verfügt; sie würden gleich beim Übertreten der heimatlichen Grenze verhaftet werden, – und ähnliche sensationelle Vermutungen wurden ausgestreut, anscheinend inspirierte Telegramme, zugleich prickelnde Munkeleien.
Um es nun klar herauszusagen: Die Prinzessin befindet sich seit acht Tagen nicht mehr in der Residenz, sie ist vollständig verschwunden. Die freundliche, ja liebenswürdige Haltung der Prinzessin gegen den königlichen Gast bei der Frühstückstafel, wovon so viel in den interessierten Kreisen gesprochen wurde, war nur eine wohlüberlegte Vorbereitung zur Flucht mit dem Grafen M. v Z. Sie ist mit ihrem Hofkavalier und den gesamten Wertsachen durchgebrannt, und der alte Herr bläst ihr nach: «Dieses bereitet Schmerz meinem Vaterherz.» Die Details der Flucht, ihre Prä- und Postludien, sollen heute auf der Bühne einer breiteren Öffentlichkeit preisgegeben werden. Sie werden vor allem, meine Damen, meine Herren, den über die Grenzen seiner engeren Heimat beliebten Vater sehen. Verzweifelt faßt er sich an den obersten Jackenknopf, unter Qualen, die nie einen Menschen durchwühlen, wimmert er: «Hätte ich das ahnen können! Das kommt davon, wenn man Kinder hat.» Und unter weithin hörbarem Krachen reißt der Knopf, – seine Wirtschafterin im Parkett schlägt die Hände zusammen; aber es kommt alles anders, denn er hat keine, – der Vorhang fällt vor der derangierten Toilette und erschlägt den beleibten Vater, platt, zu einer Padde, die dem Neuen See zusinkt.

Und nun, seid gescheit, urteilen Sie selbst, meine Damen, meine Herren, ist es nicht gemein, seinen eigenen Vater zu quälen, bis ihm solche Plattheiten zu Teil werden? Daß er sich als Frosch ein kärglich Brot verdienen muß?
Und in letzter Stunde frage ich den König Alfons XIII. von Spanien, Erben berühmter Namen, in dessen Lande die Sonne nicht auf noch untergeht: «Verdienen die wackeren charakterisierten Minister Tortojedo und Canowas den Hochverratsprozeß?» Im Namen der Menschlichkeit, Majestät, ich fleh Sie an, antworten Sie mir postlagernd? –

5.2.1. Erster Schlußentwurf (LuM 5, Blatt 1)

Einsatz nach der Regiebemerkung «Keucht wortlos» (vgl. o. S. 31); Kürzel sind aufgelöst, die Interpunktion ist ergänzt:

(Speit um sich) Pfui, pfui.
REGISSEUR *(mitten auf der Scene)*: Um Gottes willen
Vorhang. *(Vorhang senkt sich.)*
DICHTER: Weg von hier. Weg. Lasst mich durch. Ich bin nicht besser als ihr. Schande über mich. Verzeiht mir. *(Wirft sich an der Rampe hin.)*
REGISSEUR *(versucht ihn abzureissen)*: Die Vorstellung, meine Herren, muß abgebrochen werden wegen – unvorhergesehener Betriebsstörungen. *(Zieht sich verzweifelt von dem festgeklammerten Dichter zurück.)* Wollen Sie sich das Eintrittsgeld an der Kasse wiedergeben lassen.
STIMME AUS DEM PUBLIKUM: Lassen Sie ihn nur herunterkommen. Wir werden ihm schon die Z[ä]hne ziehen.
DICHTER: Rettung, Rettung, Erbarmen *(Arme nach allen Seiten)*.

Vorhang

5.2.2 Zweiter Schlußentwurf (LuM 5, Blatt 2)

Einsatz wie bei 5.2.1.

REGISSEUR *(mitten auf der Bühne)*: Um Gottes willen, Vorhang. *(Der Vorhang fällt. Der Dichter kämpft sich vorn durch.)*
DICHTER: Sie wollen mich mundtot machen. Das hier, das hier, alles. Schande über mich! *(Wirft sich an der Rampe hin.)*
REGISSEUR: Die Vorstellung, meine Herrschaften, muß abgebrochen

werden wegen – unvorhergesehener Betriebsstörungen. Wollen Sie sich das Eintrittsgeld an der Kasse wiedergeben lassen.

5.2.3. Der Druck LuM 1920 folgt bis auf geringfügige Veränderungen (*Herrschaften* statt *Herren; Die Arme* statt nur *Arme; Der Vorhang fällt* statt nur *Vorhang*) dem Entwurf 5.2.1.

COMTESS MIZZI

1. *Überlieferung*

1.1. *Handschriftliches*

CM 1 Ungeordnetes Entwurfskonvolut einschließlich Materialien, Notizen, Vorarbeiten usw.; 63 beschriebene Blätter, teils einzeln, teils gefalzte Bögen; Autograph, teils Tinte, teils Kopierstift; im Konvolut enthalten ist zusätzlich noch ein zweiseitiges, handschriftliches Notenblatt, dessen Provenienz ebensowenig wie die Zugehörigkeit zum CM-Bestand geklärt werden konnte. Der Entwurf ist großteils nur Notizkonzept, vielfach ohne klar erkennbare Rollenverteilung oder gar Szenenabgrenzung (rudimentäre Szenenzählung z.T. vorhanden). Im Konzept, das als Titelvarianten auch «Comtesse Mizzi» und «Komteß Mizzi» bietet, ist nicht wenig notiert, was in CM 2 fehlt.

CM 2 Durchgehende Handschrift Döblins mit stärkeren Korrekturen (meist Tinte, vereinzelt Bleistift); mehrfach überklebter Text, wobei der darunter stehende Text meist stark korrigiert war und durch eine Reinschrift lesbar gemacht wurde. Umfang 30 Blatt, ein ganzes Blatt (zu S. 12) beigelegt; zu S. 49 eingeklebter Zettel; beide jeweils mit Verweis; S. 44 Vermerk «Beiblatt links» (nach: «Fräulein: Ach nein.», vgl. o. S. 55) bezieht sich auf lose beigelegtes Blatt (Linienpapier, quer gestreift), dessen Verweisvermerk allerdings fast ganz abgerissen ist. CM 2 war ursprünglich ganz ungeordnet. Die Bleistiftpaginierung von 1 bis 56 rechts oben stammt von mir.

Die Handschrift befindet sich im Besitz von Claude Doblin, Nizza; Kopie im Deutschen Literaturarchiv.

Vermutlich hat mindestens noch eine weitere Reinschrift der CM existiert, da E.L. Kirchner aufgrund des Textes drei Holzschnittillustrationen anfertigte. Döblin hatte Kirchner 1911/12 wohl in einem der Berliner Literatencafés kennengelernt. Kirchner malte und zeichnete Döblin mehrfach (vgl. Katalog Döblin, S. 118ff.) und illustrierte dessen Novelle ‹Das Stiftsfräulein und der Tod› mit sechs Holzschnitten (Berlin, Alfred Richard Meyer 1913 = Huguet, Nr. 146). Die drei Holzschnitte zur CM sind vermutlich 1913 entstanden. Die Zuschreibung stützt sich auf das in Zusammenarbeit mit Kirchner entstandene, frühe Werkverzeichnis von G. Schiefler, Die Graphik Ernst Ludwig Kirchners, Bd. 1, Berlin 1926, Nr. 192 und Nr. 193 sowie Abb., S. 357. Vgl. jetzt A. und W.-D. Dube, E.L. Kirchner. Das graphische Werk, Bd. 1, München 1967 ([2]1980), Nr. 232–234 (Abb. in Bd. 2). Dube Nr. 233 behandelt die Eingangsszene (1. Auftritt, Gespräch Clarisse/Erna); Dube Nr. 234, laut Schiefler mit dem Titel «Polizeirat» bezieht sich auf Baron Neustätter, aufgrund des Milieus wohl dem 6. Auftritt zuzuordnen; Dube Nr. 232 (nackte Frau von Männern umringt) gehört vermutlich zum 12. Auftritt der Darstellung Mizzis.

1.2. *Von Döblin autorisierte Drucke*

Es existiert kein Druck. Döblin plante wohl einen Druck im ‹Sturm›; vgl. die undatierte Briefkarte an Walden (Briefe, S. 52), die der Übersendung der ‹Gespräche mit Kalypso› beigefügt war. Diese erschienen ab 31. 3. 1910 im ‹Sturm›. Ein zweiter Drucklegungsplan dürfte im Zusammenhang mit den Illustrationen E.L. Kirchners stehen (vgl. 1.1.). Woran er scheiterte, ist unbekannt.

1.3. *Neudrucke*

Keine.

2. *Entstehung*

Im Material von CM 1 findet sich eine Notiz über ein Treffen eines deutschen «Sittlichkeitsvereins» in Frankfurt a. M. am 10. 10. 1908. Danach wäre ein ungefährer Anhalt für die Beschäftigung mit dem Stoff gegeben, dessen Ereigniskern ein historischer Skandal in Wien im

Frühjahr 1908 gewesen ist (vgl. u. S. 594 und Döblins Selbstzeugnis AzL, S. 358). Die Arbeit am Stück dürfte hauptsächlich ins Jahr 1909 fallen, weil im Februar/März 1910 ein fertiges Manuskript vorgelegen haben muß (vgl. bei 1.2.). Da die Druckpläne 1910 und eventuell noch 1913/14 scheiterten, dürfte eine weitere Beschäftigung mit dem Einakter unterblieben sein. Zu seiner Umarbeitung als Film vgl. u. S. 653 f.

3. *Aufführungen*

Keine.

4. *Textgrundlage und editorisches Verfahren*

Der Abdruck folgt CM 2 mit allen Korrekturen und Zusätzen Döblins. Auf die Wiedergabe der zahlreichen gestrichenen Stellen wurde verzichtet. CM 2 muß trotz einiger Ungenauigkeiten infolge von Korrekturen (vor allem der irrigen Auftrittszählung ab dem 11. Auftritt, die aufgrund der Zählung in CM 1 versehentlich als zweiter 10. Auftritt mit entsprechenden Folgen für die anschließenden Auftritte gezählt wurde) als eine Art vorläufige Reinschrift angesehen werden.
Döblins eigenwillige Interpunktion und die Eigenheiten seiner Schreibweise wurden beibehalten. Vereinzelt fehlende Satzzeichen (Punkte) wurden ergänzt. Die Einfügung von Doppelpunkten nach den Rollennamen, die im Manuskript fehlen, wurde einheitlich ohne weitere Kennzeichnung durchgeführt. Die Initialen für die Sprechrollen, auf die sich Döblin vielfach beschränkte, wurden generell durch die vollen Namen ersetzt. Vereinzelte, falsche Groß- und Kleinschreibung infolge Korrekturen Döblins am Satzanfang oder bei Regiebemerkungen wurden stillschweigend ausgeglichen. Alle sonstigen Eingriffe des Herausgebers sind gekennzeichnet.
Der Kursivsatz der Regiebemerkungen und die Großschreibung der Sprechrollen wurde gemäß den Prinzipien des Gesamtbandes eingeführt.

1. *Überlieferung*

1.1. *Handschriftliches*

L 1 Erste, autographe Entwurfsfassung; 15 lose, ungezählte Blätter, teils Tinte, teils Kopierstift. Der Text ist erst teilweise ausgearbeitet. Die dreiteilige Aufbaustruktur ist aber schon angedeutet.

L 2 Zweite Entwurfsfassung «Lusitania. Drei Szenen» (Titelblatt). Das autographe Konvolut aus teils losen, teils bogenweise zusammengefügten Blättern umfaßt 89 unpaginierte Blätter, wobei diese Zählung problematisch ist, da gefalzt eingelegte Kleinblätter entweder einzeln oder doppelt gezählt werden können. Viele der eingelegten Blätter mit kleinerem Format sind nur einseitig beschrieben. Die Ordnung des Textes ist stark gestört. Das Konvolut umfaßt z. T. alternative Fassungen, Zusätze und Korrekturen, die sich nicht mit dem Drucktext decken.

L 3 Reinschriftlicher Entwurf Döblins für einen Ansager-Sprechtext; 10 lose oder bogengefalzte, unpaginierte Blätter. Die für die einzufügenden Textpassagen angegebenen Seitenzahlen beziehen sich auf L 1920 und wurden durch die Zählung der vorliegenden Ausgabe ersetzt.

L 4 Französische Übersetzung des Schlusses von L; 8 ungezählte Blätter Typoskript. Ohne Abweichung vom deutschen Text, doch mit Ungenauigkeiten bei der Übertragung.

1.2. *Von Döblin autorisierte Drucke*

L 1920 In: Die Gefährten 3 (Wien/Leipzig, Genossenschaftsverlag 1920), Heft 4, S. 29–59

L 1930 Hamburg, Oda Weitbrecht Presse 1930; 82 Seiten. Der Text ist völlig unverändert gegenüber L 1920.

1.3. *Neudruck*

In: Stücke, S. 37–71

2. *Entstehung*

Im Erstdruck (L1920, S.59) heißt es am Ende «Geschrieben 1919», d.h. die wesentlichen Vorarbeiten und Skizzen dürften in dieses Jahr fallen. Endgültige Überarbeitung und Abschluß der Arbeit am Text vielleicht noch bis Anfang 1920. Die Äußerung Döblins an A. Ehrenstein vom 5.6. 1920 (Briefe, S. 114), daß «die ‹Lusitania› [...] wohl bald schwimmen» werde, bezieht sich sehr wahrscheinlich schon auf die Drucklegung.
Die Entstehung des Ansager-Textes (L3) steht im Zusammenhang mit einer bisher unbekannten, leider verlorenen Funkfassung des Stückes, auf die mich der Rundfunkhistoriker Wolfram Wessels hinwies. Ihr Bearbeiter war der Dramaturg Hans Peter Schmiedel. Döblin steuerte offenkundig nur die oben S. 103ff. publizierten Passagen bei. Die Änderung des Schiffsnamens resultierte daraus, daß Schmiedel seiner Version den Titel «Der Untergang der Patagonia» gab. Die Ursendung müßte laut Ankündigung in ‹Der deutsche Rundfunk› Jg. 8 (1929), Heft 41 am 18.10.1929 durch den Sender Leipzig erfolgt sein (Regie: H.P. Schmiedel; Musik: Wilhelm Rettich).

3. *Aufführung*

In Anwesenheit Döblins am 15.1. 1926 am Hessischen Landestheater in Darmstadt (Kleines Haus) innerhalb des Aufführungszyklus «Junge Bühne» (vorausgegangen war ‹Anna und Esther› von Klaus Mann). Regie: Jakob Geis; Bühnenbild: Arthur Pohl; Musik: Erich Riedl.
Die Rezensionen zur Aufführung vgl. Huguet, Nr. 2497–2519; davon der kleinere Teil abgedruckt bei Schuster/Bode, S. 68ff.
In den Pausen kam es zu Protesten (Pfui-Rufen, Trillerpfeifenkonzert) rechtsradikaler Besucher («Hakenkreuzler»). Am ausführlichsten dazu die Rezension von W. Michel (Schuster/Bode, S. 76–80, hier S. 79).
Am 18.1.1922 hatte Carl Müller-Rastatt bei einer Lesung von Döblin-Texten auch aus der ‹Lusitania› vorgetragen (vgl. Huguet, Nr. 2941).

4. *Textgrundlage und editorisches Verfahren*

Abdruck nach L1920 mit wenigen, markierten Herausgeberkonjekturen. Die Typographie der Rollennamen wurde den Prinzipien dieses Bandes angepaßt.

Der als Anhang o.S.103ff. abgedruckte «Sprechtext eines Ansagers» (Titel vom Herausgeber) folgt L3. Die dort angeführten Seitenzahlen für die Einfügungen, die sich im Manuskript auf L1920 beziehen, wurden auf die Seitenzählung der vorliegenden Ausgabe umgestellt.

DIE NONNEN VON KEMNADE

1. *Überlieferung*

1.1. *Handschriftliches*

Das sehr umfangreiche Nachlaßkonvolut (455 Blatt), das auch die Materialstudien zu einem ‹Byzanz›-Roman enthält (vgl.u. S.610), bietet zum Drama «Die Nonnen von Kemnade. Schauspiel in vier Akten» (so der autographe Titel) keine durchgehende, einheitliche Textfassung bzw. voneinander zu sondernde Fassungen. Der Textbestand (z.T. auf der Rückseite von Durchschlägen des ‹Wallenstein›-Typoskriptes) enthält zahlreiche Varianten und Entwürfe von Szenen, die sich nicht mit dem gedruckten Werktext decken. Ihre Präsentation ist sehr problematisch, da Döblin häufig einfach abbricht oder nur erzählerisch skizziert. Der handschriftliche Nachlaß verweist auf eine intensive Arbeit am Stück, wobei der dann gedruckte Text (vgl.1.2.) durchweg der am stärksten gestraffte ist.
Der Rest eines Typoskripts von 4 Blatt ist erhalten, der sich auf den Schluß des ersten Aktes bezieht, aber einen weitgehend anderen, rollenmäßig abweichenden und insgesamt ausführlicheren Text als der Druck bietet (Gespräch Vogt – Judith, Kreuzfahrerszene, Laurenzszene).

1.2. *Von Döblin autorisierte Drucke*

NvK 1921 Teildruck (2. Akt, Szene 5–7) einer sonst verschollenen Erstfassung in: Der neue Merkur 5 (1921), S.611–618 (November/Dezember-Heft). Text weicht im Umfang von NvK 1923 ab. Dort entspricht in der Zählung 2. Akt, Szene 4 (ohne den Anfang) bis 6.

NvK 1923 Berlin, S. Fischer 1923, 90 Seiten. Laut Döblins Vorwort eine «Fassung zweiter Hand», die die Erkenntnisse der Leipziger Aufführung (vgl. u. 3.) berücksichtigt. Das Druckmanuskript dieser Fassung ist verloren.

1.3. *Neudruck*

In: Stücke, S. 73–129 nach NvK 1923

2. *Entstehung*

Im Vorwort zum Stück (vgl. o. S. 106) heißt es: «Das Stück schrieb ich im Sommerbeginn 1921, nachdem ich mich schon den vorangehenden Winter damit beschäftigt hatte.» Dies stimmt mit anderen Zeugnissen überein. Am 28. 1. 1921 äußert sich Döblin gegenüber Efraim Frisch, dem Herausgeber des ‹Neuen Merkur›: «Jetzt hänge ich über einem wunder-wunderschönen Drama.» (Briefe, S. 116). Dazu paßt, daß sich im Materialkonvolut Briefformulare befinden, die auf Februar bis April 1921 datiert sind und damit eine entsprechende Arbeit am Text belegen. Am 8. 10. 1921 schickt er drei Szenen des 2. Aktes an E. Frisch (Briefe, S. 540) und fragt am 2. 11. 1921 nach ihnen (Briefe, S. 119). Frisch druckte sie dann auch (vgl. 1.2. NvK 1921). Die rasche Produktion einer ersten, vollständigen Fassung, wie Döblin sie im Rückblick 1923 selbst bezeugt («vier Akte von acht Wochen, da ich daran schrieb», in: A. D., Eindrücke eines Autors bei seiner Premiere, in: Zeitlupe, S. 66–68, hier S. 66), kann nur für die Niederschrift, nicht aber für die Beschäftigung mit dem Stoff gelten. In den ‹Bemerkungen zu «Berge Meere und Giganten»› räumt Döblin denn auch «einige Monate» für die Arbeit am Stück ein (in: AzL, S. 346 f.).

3. *Aufführung*

In Anwesenheit Döblins am 21.4. 1923 am Alten Theater in Leipzig unter der Regie von Alwin Kronacher (1883–1951). Bühnenbild Alexander Baranowsky. Es spielten u. a. Margarete Anton als Judith und Ewald Schindler als Ambrosius.
Die Rezensionen zur Aufführung vgl. bei Huguet, Nr. 2548–2562, teilweise abgedruckt bei Schuster/Bode, S. 118–128. Döblins eigene, positi-

ve Einschätzung der Inszenierung vgl. in seinem Aufsatz ‹Eindrücke eines Autors bei seiner Premiere› (1923), in: Zeitlupe, S. 66–68.
Für die von J. Meyer (vgl. Katalog Döblin, S. 24) schon nachgewiesene zweite Inszenierung der NvK am Frankfurter Schauspielhaus waren genaue Daten nicht mehr zu eruieren. Es scheint von ihr auch keine Rezension zu geben. Die nach Huguet Nr. 2549 am 5. 12. 1923 in der «Vossischen Zeitung» angeblich existente Kritik, die auf eine Inszenierung im Dezember 1923 hindeuten könnte, ließ sich nicht verifizieren.
Am 15. 11. 1925 las Döblin im Berliner Rundfunk innerhalb der Reihe «Die Stunde der Lebenden» aus den NvK (vgl. Huguet, Nr. 938).

4. *Textgrundlage und editorisches Verfahren*

Der Abdruck folgt NvK 1923. Alle Eingriffe des Herausgebers erscheinen in eckigen Klammern.

DIE EHE

1. *Überlieferung*

1.1. *Handschriftliches und Typoskripte*

Es existiert im Nachlaß ein umfangreiches, autographes Konvolut (514 Blatt), aus dem sich aber keine zusammenhängende Manuskriptfassung gewinnen läßt. Es existieren zahlreiche Notizzettel (z. T. mit Datenmaterial), Szenenentwürfe, Stichwortangaben zur Strukturierung des Stückes.
Für bestimmte Passagen des Stückes sind durchlaufende, ausformulierte Textabschnitte handschriftlich erhalten, die sogar ohne größere Korrekturen verfaßt sind (z. B. I, 1 ff.). Wie Vermerke zeigen, müssen diese relativen Reinschriften als Vorlagen für Typoskripte gedient haben, die nur noch rudimentär erhalten sind. Auch diese dürften, wie ein Fragment (7 Blatt) zeigt, nur Zwischenstufen gewesen sein, da Döblin sie auseinanderschnitt und mit handschriftlichen Passagen zusammenklebte.
Von II, 10–15, existiert ein Typoskript (8 Blatt Durchschlag), das E 1931, S. 57–64 entspricht, jedoch vor Szenenschluß abbricht. Einige

weitere Typoskriptfragmente entsprechen E 1931, S. 24f., 55f. und 107 (Schluß), der aber an den Schluß von Szene II (Druck S. 67) gestellt ist, d. h. auf Umarbeitung hinweist.

Für die «Anweisung» enthält das Konvolut einen handschriftlichen und einen maschinenschriftlichen Entwurf (beide unvollständig), der sich auch auf die Reihenfolge der Szenen bezieht. Döblin hat im Druck E 1931, die Anordnung 1 – 2 – 3 gewählt, wie sie auch die Leipziger und Berliner Aufführung (vgl. u. 3.2. und 3.3.) spielte. Die Münchner Uraufführung (vgl. u. 3.1.) inszenierte in der Abfolge 1 – 3 – 2, die Döblin im «Anweisung(s)»-Entwurf noch als «theatralisch [...] richtig» bezeichnete. Später muß er davon wieder abgerückt sein, so daß die Druckfassung 1 – 2 – 3 als sein endgültiges Konzept gelten darf.

Den von E 1931 noch abweichenden, ausführlicheren Text des Stückes, der allen drei Inszenierungen zu Grunde gelegen hat, bietet ein Typoskriptdruck des S. Fischer-Verlages von 1930 mit eigenem Titelblatt «Die Ehe. 3 Scenen und ein Vorspiel von Alfred Döblin», der sich in der «Billy Rose Theatre Collection» der New York Public Library erhalten hat und ein Unikat zu sein scheint. Es wurde im Jahr 1941 erworben. Seine Herkunft ist nicht mehr feststellbar. Der Umfang beträgt 126 Seiten.

Textlich steht diese ‹Aufführungsfassung› in der Mitte zwischen den handschriftlichen und maschinenschriftlichen Vorentwürfen und der eigentlichen Druckfassung E 1931, die das Ergebnis einer straffenden und präzisierenden Überarbeitung ist. Vermutlich bilden dafür die Erfahrungen, die bei den Aufführungen gewonnen wurden, für Döblin die anregende Grundlage. Im Bühnentyposkript ist die Abfolge der Szenen 1 – 2 – 3.

1.2. *Von Döblin autorisierte Drucke*

E 1930/1 Teildruck von II, 1–7 (= E 1931, S. 43–51), in: Die literarische Welt 6 (1930), S. 3f. (Nr. 8 vom 21. 2. 1930). Der Text weicht von E 1931 ab. Er ist länger und weist auch im Detail Varianten auf und entspricht der ‹Aufführungsfassung›. Der von Huguet unter Nr. 273 aufgeführte zweite Teildruck aus der ‹Ehe› ist eine irrtümliche Verwechslung mit Huguet Nr. 266, dem hier aufgeführten und einzigen Teildruck.

E 1930/2 Druck des Arbeiterliedes (vgl. o. S. 233), in: Vossische Zeitung, Berlin 1930, Nr. 238 vom 5. 10., Unterhaltungsblatt Nr. 233 sowie in: Leipziger Bühnenblätter, Leipzig 1930/31, Nr. 6, S. 49. Kleine Textabweichungen gegenüber dem Druck in E 1931, S. 75 f.

E 1931 Berlin, S. Fischer 1931, 107 Seiten

1.3. *Neudruck*

In: Stücke, S. 131–210

2. *Entstehung*

In E 1931 gibt Döblin selbst an, daß er das Stück 1929 geschrieben habe (Rückseite Titelblatt). Laut seinem Artikel ‹Reines Vergnügen am Theater›, der am 8. 1. 1931 im «Berliner Tageblatt» erschienen ist (in: Zeitlupe, S. 185–189), hat er ‹Die Ehe› «vor etwa eineinhalb Jahren geschrieben» (S. 186), d. h. in der zweiten Jahreshälfte 1929 nach Abschluß von ‹Berlin Alexanderplatz›, doch dürfte sich die Arbeit am Stück bis über Anfang 1930 hingezogen haben, da der Teildruck vom 21. 2. 1930 (E 1930/31) und das New Yorker Typoskript einen gegenüber den handschriftlichen Entwürfen noch weiterentwickelten Text bieten. Außerdem muß Döblin für die Druckfassung E 1931 eine weitere Überarbeitung vorgenommen haben.

3. *Aufführungen*

3. 1. Uraufführung in Anwesenheit Döblins am 29. 11. 1930 in München am Studio der Kammerspiele. Regie: Otto Falckenberg (1873–1947) und Julius Gellner; Bühnenbild: N. N.; Musik: Karol Rathaus. Besetzung u. a. mit Ewald Balser (Mann), Maria Byk (junge Mutter), Kurt Horwitz (Sprecher), O. E. Hasse (Georg), Ehmi Bessel (Lucie), Therese Giehse (Frau in II), Edith Schulze-Westrum (Tochter).
Die Inszenierung spielte die Szenen in der Abfolge 1 – 3 – 2.
Die Musik von Karol Rathaus erschien als Opus 31 in der Universal-Edition Wien 1931.
Am 12. 12. 1930 wurde die weitere Aufführung des Stückes mit Wirkung ab 15. 12. wegen «kommunistischer Propaganda» untersagt.

3.2. In Anwesenheit Döblins am 2.12.1930 in einer «Studio»-Aufführung des Stadttheaters Leipzig. Regie: Detlef Sierks und N.N. Zeise-Gött; Bühnenbild (Projektionsbilder): Elisabeth Voigt («Zille-Nachahmung»); Musik: Karol Rathaus. Besetzung u.a. Lina Carstens (Arbeiterfrau), Robert Meyn (Sprecher), Ruth Hellberg (Proletariertochter), Max Nemetz, Emilie Winterberg, Helene Sieburg.

3.3. Vermutlich auch in Anwesenheit Döblins an der Berliner Volksbühne am 11.4.1931. Regie: Karl-Heinz Martin; Bühnenbild: Caspar Neher; Projektionsbilder: Nina Tokumbet; Musik: Karol Rathaus. Besetzung u.a. Ernst Busch (Sprecher), Speelman und Drews (als Arbeiterpaar), Emilie Kurz (als alte Frau), Gerda Schäfer (Proletariertochter), Steckel (Georg), Ellen Frank (Lucie).
Die Rezensionen zu den Aufführungen vgl. bei Huguet, Nr. 2286–2332; zum geringeren Teil abgedruckt bei Schuster/Bode, S. 304ff.
Schon am 10.10.1930 hatte Döblin in der Berliner Buchhandlung Leipziger Straße 120 aus dem ‹Ehe›-Stück vorgelesen. Vgl. Huguet, Nr. 966.

4. *Textgrundlage und editorisches Verfahren*

Dem Abdruck liegt die einzige, von Döblin voll autorisierte Druckfassung E 1931 zugrunde. Die typographische Gestaltung wurde den Prinzipien dieses Bandes angepaßt. Druckfehlerberichtigungen und sonstige Eingriffe des Herausgebers erscheinen in eckigen Klammern.

DAS WASSER

1. *Überlieferung*

1.1. *Druckfahne*

W 1 Druckfahne im Marbacher Nachlaß (3 Blatt) mit handschriftlichen Korrekturen Döblins, die den Partitur-Text Tochs (vgl. 1.2. W 2) abändern. Sie kann insofern als Textredaktion letzter Hand gelten. Als Überschrift über Blatt 1 der Druckfahne die Gattungsbezeichnung «Lehrstück». Einen Druck konnte ich ebensowenig wie Huguet bisher nachweisen. Es wäre aber möglich, daß der reine Textdruck für das «Programmbuch» der «Neuen Musik Berlin 1930» gedacht war, das H. Burkhard, P. Hindemith und G. Schünemann herausgegeben haben. Leider war mir über die deutsche Fernleihe kein Exemplar zugänglich.

1.2. *Von Döblin mit autorisierter Druck*

W 2 Als von Döblin mit autorisierter Druck kann der Text gelten, der sich im Partitur – Druck der ‹Wasser› – Kantate befindet: Ernst Toch, Das Wasser. Kantate nach Worten von Alfred Döblin. Opus 53. Partitur, Mainz: Schott 1930, 43 SS. (= Edition Schott Nr. 3244)
Der Text weicht von W 1 wie folgt ab:

V. 18 fehlt ganz; v. 19 *bleiben* statt *blieben;* v. 25 Korrektes *Salz* statt irrtümlich in W 1 stehengebliebenem *Wasser;* v. 53 *Da* statt *Das;* nach v. 58 die beiden Zeilen: *Tenor: Recht! Das ist nicht Chemie, / aber das ist Physik.;* v. 65 *Sie* statt *es;* v. 97 geänderte Wortstellung: *Das Wasser lebt auch in uns Menschen.;* v. 102 *wie in einer Wanne* statt *wie eine Wanne;* v. 103 *durchblutet* statt *durchflutet;* v. 105 *und das bist du* statt *und du bist sein;* nach v. 105 Sprecher – Zusatz: *Sprecher: Es scheint, das Gespräch wendet sich. Wohin, wohin wendet es sich.;* v. 115 *zur Wolke wird* statt *als Regen gießt;* v. 117 *Nun hat es selber Organ, ist ein Stern* statt *Nun ist es ein Stern, der vergeht.;* v. 118 *Krystall* statt *Kristall* und am Zeilenende kein Punkt; v. 121 Zusatz *also* nach *bin;* v. 122 Zusatz *vielleicht* nach *und;* v. 123 *alles* statt *allenfalls;* v. 124 *stellen* statt *rücken;* v. 125 *bereichern* statt *beglücken;* v. 129 kein Ausrufezeichen und entsprechend v. 130 Kleinschreibung; v. 130 *sie* statt *wir;* v. 138 *unsre* statt *unsere.*

Außerdem sind einige Verszeilen in W 2 abweichend vom Textdruck W 1 wiederholt (v. 34; v. 79; v. 138), was rein musikalische Gründe hat.
Die Partitur weist eine Aufführungsgliederung mit Ziffern auf. Diese stehen jeweils vor v. 1 (1); v. 3 (2); v. 21 (3); v. 49 (4); v. 79 (5); v. 80 (6); v. 92 (7); v. 121 (8).

2. *Entstehung*

Die Abfassung der Textvorlage Döblins für Tochs Vertonung wird relativ kurz vor der Aufführung (vgl. u. S. 557) entstanden sein, d.h. wohl Anfang 1930. Zeitlich vorausgesetzt werden müssen für Döblin/Tochs «Lehrstück» jedenfalls die beiden Lehrstücke Brecht/Hindemiths bzw. Brecht/Weills, die bei den Baden-Badener Musikfestwochen im Juli 1929 unter den Titeln ‹Flug der Lindberghs› und ‹Das Badener Lehrstück vom Einverständnis› uraufgeführt worden waren.

3. *Aufführung*

Uraufführung bei der «Neuen Musik Berlin 1930» zwischen 17. und 21. Juni, vermutlich am 17. oder 18. Juni. Weitere Aufführungen waren nicht zu ermitteln. Eine Radiosendung hat allem Anschein nach nicht stattgefunden.
Die musikalische Besetzung laut Partitur ist die folgende: Ein Tenor, ein Bariton, ein Sprecher, Chor (Frauen-/Männer-/Kinderchor nach Belieben); Orchester (1 Flöte, 1 Trompete, Schlagzeug, 6–12 Violinen, 4–6 Celli, 1 Kontrabaß).

4. *Textgrundlage und editorisches Verfahren*

Der Textabdruck folgt W 1 unter Berücksichtigung der Korrekturen Döblins.

DIE GESCHICHTE VOM FRANZ BIBERKOPF

1. *Überlieferung*

1.1. *Typoskript und Schallaufnahme*

Die Überlieferung des Hörspiels liegt in einer schriftlichen und in einer akustischen Form vor. Ein handschriftlicher Entwurf existiert ebenso wenig mehr wie irgendwelche Aufzeichnungen im Nachlaß.
Als authentische Fassung des Hörspiels, die erkennbar trotz ihres abschriftlichen Charakters für Döblin typische Schreibgewohnheiten wahrt, hat das folgende Funk-Typoskript zu gelten:

G1 77 Blatt mit doppeltem, identischem Titelblatt «Die Geschichte vom Franz Biberkopf» (Untertitel «nach dem Roman ‹Berlin Alexanderplatz› von Alfred Döblin»). Am unteren Seitenrand der Vermerk «Eigentum der Funkstunde A.G., Berlin». Auf dem Innentitel rechts oben gestempelter Besitzeintrag «Bredow-Funk-Archiv». Auf dem Außentitel rechts oben handschriftlich mit Bleistift «Scholz» (vermutlich Erich Scholz, der Vertreter des Reichsinnenministeriums im Politischen Überwachungsausschuß der Berliner Funkstunde. Vgl. u. S. 649, Anm. 255). Heute im Besitz des Deutschen Rundfunkarchivs Frankfurt/M.

Auf G1 fußt das verlorene Sendemanuskript des Hörspiels [G2], das nur noch über die erhaltene Schallaufnahme der Reichs-Rundfunk GmbH, Nr. 2016, Berlin 131/150 S. 2016 zu rekonstruieren ist. Als Tonbandüberspielung heute im Deutschen Rundfunkarchiv Frankfurt/M. greifbar (77 Min., 15 Sek. Sendezeit); Signatur C457. Vgl. I. von Broich-Oppert/W. Roller/H. J. Schauss, Tonaufnahmen zur deutschen Rundfunkgeschichte 1924–1945, Frankfurt/M. 1972 (= Bild- und Tonträger-Verzeichnisse, hg. vom Deutschen Rundfunkarchiv, Nr. 1), S. 56, Nr. 137. Von dieser Aufnahme wurde auf Veranlassung Wolfgang Weyrauchs eine stenographische, mangelhafte (vgl. R. Döhl, Erzählen und Erzähler im Hörspiel, in: F. Martini, Hg., Probleme des Erzählens in der Weltliteratur, Stuttgart 1971, hier S. 402f.) Transkription hergestellt, die in den drei Drucken des Hörspiels G1962, G1964 und G1975 zugänglich ist.

1.2. *Drucke*

G1962 In: H. Schwitzke (Hg.), «Sprich, damit ich dich sehe», Bd. 2, Frühe Hörspiele, München 1962 (= List-Bücher Nr. 217), S. 21–58. Nach G2.

G1964 In: H. Schwitzke (Hg.), Das tapfere Schneiderlein. Berlin im Hörspiel, Hamburg 1964, S. 9–46. Nach G1962.

G1975 In: M. Prangel (Hg.), Materialien zu Alfred Döblins ‹Berlin Alexanderplatz›, Frankfurt/M. 1975 (= suhrkamp tb 268), S. 199–236. Nach G1962. Zur Kritik dieses Drucks vgl. jetzt auch R. Döhl, Hörspielphilologie, in: Jb. d. dt. Schillerges. 26 (1982), S. 489–511, hier S. 498ff.

G 1976 H. Schwitzke (Hg.), Die Geschichte vom Franz Biberkopf. Hörspiel nach dem Roman BERLIN ALEXANDERPLATZ, Stuttgart 1976 (= RUB Nr. 9810), 68 Seiten. Abdruck nach G 1.

G 1982 In: F. Hammer (Hg.), Frühe Hörspiele, Berlin (Ost) 1982, S. 65–103. Nach G 1976.

2. *Entstehung*

Über den Entstehungsprozeß existieren keinerlei Quellen. Auf Grund der am 30. 9. 1930 angesetzten Ursendung muß die Arbeit in das erste Halbjahr 1930 fallen. Döblin erstellte selbst den Text von G 1, der dann von den Regisseuren der Sendung Alfred Braun (ursprünglich vorgesehen) und Max Bing (Leiter der erhaltenen Schallaufnahme) zusammengestrichen wurde. Die Sendefassung [G 2] hat wohl die Zustimmung Döblins gefunden (vgl. u. S. 649), doch sind die Umstände in dieser Frage nicht mehr voll aufzuklären.

3. *Ursendung*

Die für den 30. 9. 1930 angekündigte Ursendung des Hörspiels ist nicht erfolgt, da vorrangig politische Erwägungen nach der Reichstagswahl vom 14. 9. 1930, möglicherweise aber auch künstlerische Einwände Döblins gegen die gekürzte Sendefassung [G 2] (vgl. u. S. 649) zur Absetzung geführt haben. Die für die Aufnahme verfügbare, illustre Besetzung u. a. mit Heinrich George (Franz), Hilde Körber (Mieze) und H. H. von Twardowski (Reinhold) wurde aber für eine Aufzeichnung des Hörspiels auf Wachsplatten genutzt, um es zu einem späteren Zeitpunkt senden zu können. Vor 1933 ist dies jedoch nicht erfolgt.
Auf Grund der Weyrauchschen Transskription dieser Schallaufnahme erfolgte die eigentliche Ursendung des Hörspiels als Neuinszenierung am 11. 8. 1963 im Berliner Rundfunk der DDR unter Hans Krötzsch. Die westdeutsche Ursendung folgte unmittelbar am 15. 9. 1963 unter Hans Lietzau beim Norddeutschen Rundfunk. In den sechziger und siebziger Jahren ging dann auch die alte Aufnahme von 1930 mehrfach über deutsche Sender. Die Ursendung des authentischen Textes nach G 1 steht noch aus.

Die Edition folgt G 1. Zusätze (vor allem Satzzeichen) und Eingriffe des Herausgebers erscheinen in eckigen Klammern. Notwendige Auslassungen wurden ebenso markiert. Lediglich das durchgehende ss für ß wurde stillschweigend normalisiert. In Angleichung an die Prinzipien des Bandes erscheinen die Regiebemerkungen kursiv gesetzt. Die Rollennamen wurden gesperrt. Zitate (Lieder u. ä.) wurden einheitlich durch Anführungszeichen gekennzeichnet.
Obwohl Schwitzke seiner Ausgabe (G 1976) ebenfalls G 1 zugrunde gelegt hat, ist deren Wert relativ gering, da die Vorlage durch zahlreiche Eingriffe und z. T. auch Fehler inkorrekt wiedergegeben wurde. Schwitzke hat zumal in Unkenntnis spezifischer Textgewohnheiten Döblins und in irriger Annahme von Abschriftfehlern vielfach ganz unnötig konjiziert. G 1 ist aber als ziemlich korrekter Text zu bewerten. Der Verdacht Schwitzkes, die Abschrift sei bezüglich der Berlinismen unzuverlässig, trifft nicht zu. Die sprachliche Gestalt des Hörspiels ist wie schon die des Romans von keiner philologisch exakten Stadtmundart allein bestimmt. Döblin betrieb hier eine für ihn typische, literarisch bedingte Sprachmischung zwischen Hochsprache und Berliner Diktion. Nahezu alle Konjekturen Schwitzkes sind deshalb hinfällig, da die von ihm grammatisch oder lautlich beanstandeten Stellen durchaus zu rechtfertigen sind. Die hauptsächlichen, unbegründeten Eingriffe sind die folgenden gewesen, wobei der Text von G 1 zitiert wird und die Seitenzahl von G 1976 in Klammern dahinter erscheint:

«noch nicht immer nicht binden» (S. 7; Doppelnegation ist richtig); «Kabelröhre» (S. 8; möglich); «wat hab ick» (S. 12); «nichts mehr denn das Vieh» (S. 13); «fürs Dreck» (S. 13; berlinisch ist Neutrum möglich); «nichts» (S. 15; Konjektur nicht zwingend ebenso wie bei «garnicht» S. 31); «sie» für konjiziertes «die» (S. 15 und 16); «eenem Galopp/Trab» (S. 16); «vom Amerika» (S. 17; möglich); «trink keen Bier» (S. 18; Wegfall des t möglich); «blebt» (S. 18; möglich statt bleibt); «mich» (S. 19; ‹korrektes›, aber nicht zwingendes «mir» unnötig); «ich sollt ihn» (S. 20; mit t möglich); «ihrem Freund» (S. 20; möglich statt ihren); «komm bloß her zu dir ruff» (S. 21; «her» irrig getilgt); «machste» (S. 23; Kontraktion möglich); «Polizeichiens» (S. 31; korrekte, französisierende Form); «solls» (S. 32; Wegfall des t möglich); «Straßen runter» (S. 34; möglich); «seinem Arm» (S. 34; Kontraktion «seim» unnötig); «wat det fürn Prachtmädel» (S. 40; die Konjektur des finiten Verbums «is» ist unnötig); «giebs» (S. 42; Wegfall des t möglich); «wat wiste wissen» (S.45; «wisten» unnötig); «Schlapper» (S.46; sinnvoll); «Tagen» (S.52; mögliche Pluralnebenform); «schlägs» (S.54; Wegfall des t möglich); «findste doch nich» (S.54; Einfügung eines «se» unnötig); «aus Auto» (S.58; Wegfall des Artikels möglich); «fahrt» (S.75; mögliche Nebenform).

Schwitzke hat allerdings zutreffend eine Reihe von Tipp- und sonstigen Fehlern der Vorlage berichtigt. Fragwürdig sind jedoch seine Eingriffe in die Textgestalt der Regiebemerkungen, die z.T. auf neuere Konventionen umgestellt sind, ohne die Eigenarten der Vorlage zu achten. Ihre Erhaltung erscheint schon deshalb wichtig, um die Textpraxis älterer Hörspiele historisch zu bewahren, selbst wenn es nur um Sonderlösungen Döblins geht. Eine konservative Editionsweise ist hierdurch begründet. Sie gilt auch hinsichtlich der szenischen Textgliederung, die Döblin bei ausdrücklich vermerkter, akustisch übergangsloser Präsentation (vgl.o.S.274) im Typoskript nur noch durch drei Striche (– – –) markierte. Schwitzke hat diese generell getilgt und durch eine reine Abstandsgliederung mit größerem Durchschuß ersetzt. Das deckt sich aber keineswegs immer mit der Vorlage, da Schwitzke jedem neuen ‹Auftritt›, auch wenn Döblin ihn nicht vorgegeben hat, eine solche zuordnete. Dieser modernisierende Eingriff verfälscht aber die gestalterischen Intentionen Döblins, der auf eine offene, durchgehende Strukturierung drängte.

SIDDI

Der nach der Hauptfigur gewählte Titel stammt vom Herausgeber. Döblin hat den Text der Filmerzählung nur titellos und fragmentarisch unter der Rubrik «Szenen eines Filmmanuskriptes» veröffentlicht (vgl. 1.2.).

1. *Überlieferung*

1.1 *Handschriftliches*

Irgendwelche Aufzeichnungen Döblins sind nicht erhalten. Es existiert weder eine hand- oder maschinenschriftliche Fassung der gesamten Filmerzählung noch eines ausgearbeiteten Filmszenariums, von dem man nicht einmal weiß, ob es überhaupt ausgearbeitet worden ist. Es muß mehr als nur der gedruckte Text (vgl. 1.2.) vorhanden gewesen sein. Darauf deutet zusätzlich zum Selbstzeugnis (vgl. 2.) die kurze Inhaltsangabe hin, die ihm vorangestellt war:

Der Vater eines jungen Grafen hat in Lebensüberdruß geendet. Der lebensgierige junge Graf verkauft das Erbe, nimmt in Dschidda, dem Hafen von Mekka, mit anderen Europäern Dienst als Ingenieur. Im Basar begegnet er der verschleierten Siddi, der Ziehtochter des en Ghaleb. Seine Bewerbungen werden abgewisen. In tierischer Verzweiflung demoliert er seine Wohnung, dann verdingt er sich, um sich zu erniedrigen, als Sklave. Aber seine Liebe, gemischt mit Rachsucht, läßt ihm keine Ruhe. Er raubt Siddi.
Sie gebiert im Harem Ben Ghalebs ein Kind und wird von Ben Ghaleb ermordet. Auch der junge Graf fällt auf der Flucht zum Hafen.

1.2. *Von Döblin autorisierter Druck*

In: Die literarische Welt 6 (1930), Nr. 39, S. 4 innerhalb der Reihe «Aus dem Kuriositätenkabinett der ‹Literarischen Welt›».

2. *Entstehung*

In ‹Stille Bewohner des Rollschranks› (1927) spricht Döblin davon, daß er aus dem ‹Comteß Mizzi›-Stoff «zwei Filme» gemacht habe (AzL, S. 358). Da der eine davon ‹Die geweihten Töchter› ist, muß der zweite ‹Siddi› sein. Ob hinter der Filmerzählung tatsächlich auch ein ausgearbeitetes Filmszenarium gestanden hat, wissen wir nicht. Die Entstehungszeit dürfte aber für ‹Siddi› mit den ‹Geweihten Töchtern› zusammenfallen, da ‹Siddi› auch stofflich die arabische Vorgeschichte des erhaltenen Filmszenariums behandelt. Entsprechend wird man den Sommer 1920 als ursprünglichen Abfassungszeitraum auch für ‹Siddi› ansetzen dürfen. Möglicherweise hat Döblin seinen Entwurf für die Drucklegung 1930 noch überarbeitet.

3. *Textgrundlage und editorisches Verfahren*

Der Abdruck folgt getreu dem Erstdruck in der «Literarischen Welt». Lediglich auf die Wiedergabe einer vereinzelt vorkommenden, veralteten Umlautschreibweise (Oellampe, ueber usw.) wurde verzichtet.

Der Titel dieses ausgearbeiteten Filmszenariums geht auf Döblin selbst zurück. Sowohl die Typoskripte als der Teildruck bieten ihn.

1. *Überlieferung*

1.1. *Typoskripte*

GT 1 Durchschlag-Typoskript von ursprünglich 37 ungezählten Blättern. Das vorletzte (mit Bild 88 bis Anfang Bild 91) fehlt im Nachlaß und lag mir nur als Kopie aus einem Konvolut von ungeordneten Blättern mit Döblin-Texten aus dem Besitz von Claude Doblin, Nizza, vor. Das Typoskript, dessen verschollenes Original zweifellos die Vorlage zum Teildruck (vgl. 1.2.) abgab, ist handschriftlich korrigiert und mit Zusätzen versehen. Dabei wurde die Siddi-Figur generell in Jolente umbenannt.

GT 2 Durchschlag-Typoskript wie GT 1 mit ursprünglich 37 Blättern. Zusätzlich zum vorletzten Blatt fehlen aber auch noch die Blätter «Vorbemerkung» (1 Blatt) und «Inhaltsbericht» (2 Blatt). Handschriftliche Korrekturen und Zusätze wie in GT 1.

1.2 *Von Döblin autorisierter Druck*

GT 1924 Nach GT 1 veröffentlichte Döblin in: Das Dreieck 1 (1924), S. 22–24 vom Filmszenarium die Bilder 1 bis 23a einschließlich «Vorbemerkung» und «Inhaltsbericht».

1.3. *Sonstiger Druck*

Nach GT 1 wurden «Vorbemerkung» und «Inhaltsbericht» abgedruckt in: L. Greve/M. Pehle/H. Westhoff (Hgg.), Hätte ich das Kino! Die Schriftsteller und der Stummfilm. Ausstellung Marbach a. N. 1976, S. 220–222.

2. *Entstehung*

An A. Ehrenstein schreibt Döblin am 14. 10. 1920: «[...] einen Film hab ich zu meiner Unterhaltung geschrieben, er liegt noch hier, spielen wird ihn ja kein Aas.» (Briefe, S. 116). Daß es sich um ‹Die geweihten Töchter› handelt, geht aus dem Brief an Efraim Frisch vom 28. 1. 1921 hervor: «[...] ich habe einen 5 aktigen Film [...] verfaßt, «Die geweihten Töchter», eine Sache, die ich durchaus mit meinem Namen decke. Soll ich die Sache Ihnen mal schicken für den «Neuen Merkur»? Ansehen kostet nichts; orientieren Sie mich.» (Briefe, S. 116) Döblin erneuerte sein Angebot an Frisch bezüglich des Films (Briefe, S. 117; undatiert, wohl Februar 1921), doch dieser interessierte sich offenkundig nicht dafür. Dieser Mißerfolg mag mitgespielt haben, daß Döblin in einem Artikel für den «Berliner Börsen-Courier» (Nr. 431 vom 14. 9. 1922) die Möglichkeiten und Probleme des künstlerischen und anspruchsvollen Films negativ beurteilte. Vgl. den Abdruck bei L. Greve u. a. (Hgg.), Hätte ich das Kino! aaO (wie o. bei 1.3.), S. 222. Die Abfassung des Filmszenariums fällt demnach in den Sommer/Frühherbst 1920.

3. *Textgrundlage und editorisches Verfahren*

Der Abdruck folgt GT 1 einschließlich der umfangreichen Korrekturzusätze. Die Eigentümlichkeiten der Schreibweise und der Interpunktion wurden prinzipiell beibehalten. Lediglich ss für ß wurde stillschweigend normalisiert. Notwendige Texteingriffe erscheinen in eckigen Klammern. Sie beziehen sich vor allem auf nicht ausgeführte Jolente-Korrekturen für Siddi, Ergänzungen und Berichtigungen von Bildverweisen und einige wenige, aber notwendige Konjekturen bei offenkundigen Textlücken (fehlendes Verbum, fehlende Präposition usw.). Am Zeilenende angefangene, aus Platzmangel aber in der nächsten Zeile wiederholt begonnene Wörter wurden stillschweigend getilgt.
Die Absatzgestaltung folgt der Vorlage, wobei jedoch die «Zwischenbild»-Zusätze in ihrer typographischen Inkonsequenz Probleme aufwerfen, zumal Döblin im ursprünglichen Text Zwischenbilder zum Teil schon mit a-Zählung verselbständigt hatte. Wo dies der Fall ist, wurde es selbstverständlich beibehalten. Sonst wurde so verfahren, daß die Zwischenbilder jeweils als neuer Absatz innerhalb der Bilder am Schluß eingerückt wurden.
Der Kursivsatz von Bildern und Szenenangaben folgt der auf Blatt 4 von GT 1 vermerkten Druckauszeichnung (Schlängellinie am Rand), die allerdings in GT 1924 nicht ausgeführt worden ist.

4. *Textanhang*

Im Nachlaßkonvolut befindet sich noch ein zweiseitiges Typoskript, das eine Variante des «Inhaltsberichts» (vgl. o. S. 326f.) darstellt. Der Text lautet:

Die geweihten Töchter
Film in fünf Akten

Dieser Film ist eine Fortführung des ersten. Der Graf ist am Leben erhalten und in seine Heimat zurückgekehrt, das Kind der Siddi hat er gefunden und mit sich genommen. Er ist völlig gebrochen. Er wird von Freunden, die ihn zerstreuen wollen, durch die Ballsäle der Großstadt geführt. Der geschärfte und vertiefte Blick des Grafen erkennt etwas anderes hier, als was die Freunde zeigen wollen: er sieht die Dämonie der Sinnlichkeit, die unheimliche Stärke der Verführung, das Wirken einer Kraft [,] die den Menschen erniedrigt. Er sieht mit seinen geschärften Augen den Teufel in diesen Sälen. Der Teufel weicht ihm aus und zeigt ihm seine Macht. Der Graf nimmt den Kampf gegen ihn auf. Er sucht Hilfe. Er kämpft gegen den Dämon dieser Verführung, der, wie er sieht, die Menschenleben verheert. Er gewinnt Frauen und Mädchen, die sich um ihn scharen, die überall wahre Liebe erwecken und vor den Anfechtungen der Sinnlichkeit schützen. Sie weihen sich der Demeter. Das sind die geweihten Töchter. Das Kind des Grafen, Mizzi, wächst heran. Der Graf erlebt einen schweren Kampf als seine Tochter selbst Geweihte Tochter wird. Die Polizei sieht in den Geweihten Töchtern unsittliche Menschen, sie mobilisiert gegen den Grafen. Die junge Mizzi unternimmt es, den führenden Mann der Polizei für die Geweihten Töchter zu gewinnen. Aber sie erliegt; sie liebt da, wo sie nur geliebt werden darf und gibt sich in der Verwirrtheit ihrer Liebe noch dazu her ihren Vater zu bezichtigen. Sie kommt erst zu sich, als jener Offizier den Vater verhaften und sich ihrer bemächtigen will. Sie sticht den Offizier nieder und kommt selbst um. Den Grafen selber nimmt die Flamme auf, in der das Kind Siddis verbrennt. Die Flamme feiert die Begegnung der Liebenden.

NATASCHA MACHT SCHLUSS

1. *Überlieferung*

Unter diesem, von Döblin autorisierten Titel mit seinen Untertitelvarianten (vgl. o. S. 366) befinden sich im Marbacher Nachlaß die folgenden Überlieferungen:

N 1 Handschriftlicher Entwurf Döblins von 84 ungezählten Blättern. Er ist unvollständig erhalten, war aber offenkundig die Vorlage für

N 2 Typoskript von 42 oben Mitte handschriftlich gezählten Blättern, handschriftlich korrigiert und mit (z. T. aufgeklebten) Zusätzen versehen. Die Abweichungen gegenüber N 1 sind (abgesehen von den Zusätzen) vergleichsweise gering.

N 3 Durchschlag – Typoskript von N 2. Identisch auch hinsichtlich der Korrekturen.

2. *Entstehung*

Der nicht voll ausgearbeitete und unpublizierte Entwurf entstand im Pariser Exil, wie die Adressenangabe Döblins auf dem Titelblatt von N 2 eindeutig ausweist: «Alfred Döblin (Paris 14e 5, square [Henri] Delormel)». Döblin wohnte dort seit dem 20.12.1934 bis zum 25.11.1939. Die Arbeit fällt in den Herbst 1935, wie aufgrund einer Notiz Döblins zu seinem Tagesablauf am 27.9.1935 in einer Exilzeitschrift hervorgeht. Vgl. Načalo duja (Per N. Bykova), in: Dén mira. Pod redakciej M. Górkogo; Michaila Kol'cova, Moskva: Žurnal' nogazetnoe ob-edinenie 1937, S. 462–464. Das Projekt heißt hier noch: «Natascha macht einen Punkt. Fürstin wider Willen».
Döblin hat den Filmentwurf offenkundig zu verwerten gesucht, wie sich aus einer sechsseitigen, hektographierten Exposé-Fassung im Marbacher Nachlaß ergibt, die auf dem 1. Blatt links oben den handschriftlichen Vermerk «Geis!» trägt. Worauf er sich bezieht, bleibt unklar, da eine entsprechende, namentlich nachweisbare Beziehung im amerikanischen Exil nicht nachzuweisen ist. Ob Döblin versucht hat, sein Exposé Jacob Geis zugänglich zu machen, der seinerzeit die Uraufführung von ‹Lusitania› inszeniert hat, erscheint recht unwahrscheinlich, da Geis nach 1933 in Deutschland geblieben war und beruflich Karriere gemacht hatte. Immerhin war er seit 1935 Chefdramaturg der Bavaria-Film (vgl. Kürschners Theater-Handbuch, Berlin 1956, S. 201) und darum wäre ein Kontaktversuch Döblins, der seit dem 16.10.1936 Franzose geworden war, zumindest vom Branchenkontext her konstruierbar, aber wohl unrealistisch.

3. *Textgrundlage und editorisches Verfahren*

Das der Edition zu Grunde gelegte Typoskript N 2 ist, obwohl durchkorrigiert, mit zahlreichen Fehlern behaftet, die zu emendieren waren.

Alle Korrekturen erscheinen in eckigen Klammern. Stillschweigend normalisiert wurde nur die Interpunktion der Anführungs- und Schlußzeichen, die sehr lückenhaft ist. Gleiches gilt für den Ausgleich von ss für ß. Neben offenkundigen Lese- bzw. Abschreibefehlern mußten auch Irrtümer Döblins berichtigt werden. So wurden die Namensverwechslungen für Jackie (= männlicher Vorname) statt Annie an mehreren Stellen ausgeglichen. Aber auch falsche Artikel- und Personalpronomen-Bezüge mußten korrigiert werden. Ohne nähere Kennzeichnung wurden alle Namensinitialen aufgelöst. Die zu Anfang des Typoskripts öfters auftretende Fehlform Nastascha wurde einheitlich geändert. Durch Tippfehler bedingte Zusatzbuchstaben oder Satzzeichen entfielen stillschweigend. Fehlende Anführungs- und Schlußzeichen wurden ohne weitere Markierung ergänzt.
Die Textanordnung folgt hinsichtlich Absatz- und Dialoggliederung weitgehend der Vorlage. Die Inkonsequenzen dabei entsprechen dem Entwurfscharakter des Textes. Die Abgrenzung der Szenen durch Sternchen ersetzt die durch einfache Striche in N2. Gegen Ende des zweiten Teils verzichtete Döblin angesichts der noch unfertigen Ausarbeitung auf eine solche klare Gliederung. Neue Szeneneinstellungen sind nur noch durch Striche (-) am jeweiligen Absatzbeginn markiert. Zur zusätzlichen Verdeutlichung und Abgrenzung von Binnenabsätzen in zusammengehörigen Szenen wurde hier in der Edition ein größerer Leerzeilenabstand gewählt.

4. *Textanhang*

Die pointierte Zusammenfassung des für «Geis» bestimmten Filmexposés (vgl. o. 2.) verdeutlicht Döblins Intentionen. Sie sei deswegen hier vollständig eingerückt unter Verzicht auf die ausführliche Inhaltsangabe (Blatt 3–6), die keine zusätzliche Information zu dem hier edierten Entwurf bietet.

NATASCHA MACHT SCHLUSS
Filmexposé von Alfred DÖBLIN

Ort der Handlung: Paris und Pyrenäen
I. Teil: Grotesk — II. Teil: Spannung und Rührung.

Personen

Natascha, russische Fürstin, jung, modern, mit ewigen Rückfällen ins russisch-Fürstliche.

Oskar, ihr erster Liebhaber, Löwenbändiger in Paris vom Rummel, es gelingt ihm nicht mit ihr.

Ein verbitterter Clown, vom selben Rummel, Menschenkenner.

Gaston, ein musikalischer Zollbeamter, Nataschas zweiter Liebhaber, demütig, sentimental, sie fällt auf ihn herein, – zuletzt zeigt er ihr große Liebe, woran sie schmilzt.

Eine gespenstige Masse ehemaliger Fürsten, Generäle etc., die sich was vormachen. Nataschas Milieu.

Zollbeamte, Nebenfiguren, Löwen, Schmuggler.

Hauptmotiv:

Natascha, die aus Rußland vertriebene Großfürstin, hat den gespenstischen Umgang mit ihren fürstlichen Pariser Emigranten, die immer noch unter zaristischen Gesten ihre Orden tragen, satt – flieht aus dem Luxushotel, das ihr schon längst über die Kasse geht – und zieht sich die Kleider ihrer soeben entlassenen Kammerfrau an – um endlich mit der Großfürstin radikal Schluß zu machen und um «ganz Mensch» zu sein!

Aber wie macht man das? Als sie hungrig durch die Pariser Straßen irrt, trifft sie auf den Löwenbändiger Oskar, der statt der wilden Bestie einmal etwas Zahmes und Zartes dressieren möchte. Oh, er ahnt nicht die neue Bestie! Für Oskars Bedürfnis nach Familien-Idyll hat Natascha nämlich keinen Sinn, macht zu viel Ausgaben; will nichts arbeiten, wofür der Zirkus doch Gelegenheit gäbe, wenn man so schön ist und hübsch tanzen kann wie sie. Auch deprimiert sie der bei aller Lustigkeit doch so melancholische Clown, der Oskars Freund ist ... und sie so klug durchschaut.

Da flieht sie mit einem jungen Arzt, Richtung Pyrenäen. Aber sie wird verfolgt, nicht nur von dem eifersüchtigen Löwenbändiger, sondern auch von ihren russischen Standesbrüdern, die sie für eine Verräterin «der guten Sache» halten.

Im Hause eines jungen Zollbeamten, Gaston mit Namen, findet sie Zuflucht. Er ist musikalisch und verliebt sich in sie. Sie findet seine Zartheit anfangs angenehm; bald aber auch unerträglich langweilig, wie dieses ganze Pyrenäennest. Ja wenn sie mit auf die Streifen gegen die Schmuggler dürfte. Aber das geht nicht, – so eine Dame mit einem Gewehr! – meint der Zollbeamte Gaston. Da reißt Natascha eines abends selber aus – und gesellt sich zu den Schmugglern. Das Schicksal will es, daß einst in einem Nachtgefecht gerade ihre Kugel Gaston verwunden muß – und zwar lebensgefährlich. Sie eilt auf den Sterbenden zu – und fühlt jetzt plötzlich Liebe zu ihm. Aber sie wird fortgerissen ... lebt wochenlang in tiefster Verzweiflung ... bis – eines Tages der völlig geheilte totgeglaubte Gaston lebendig vor ihr steht.

Jetzt weiß sie was sie will.

Jetzt hat Natascha wirklich «Schluß gemacht».

1. *Überlieferung*

Unter diesem Titel entworfene «outline» Döblins nach seinem 1923 erschienenen Roman ‹Berge Meere und Giganten›.
Die erhaltene Überlieferung dieser Verfilmungsskizze besteht im Marbacher Nachlaß aus:

E1 Typoskript von 12 handschriftlich rechts oben numerierten Blättern, zu denen ein 13. Schlußblatt hinzugehört. Links oben auf Blatt 1 die Bearbeitungsvermerke zu Titel, Autor, Periode («Zeit von heute bis zum Jahr 3000»), Form und Ort («wechselnd London, Island, Grönland»). Handschriftliche Korrekturen und Zusätze Döblins. Ab Blatt 2 sind dem Entwurf auf dem linken Blattrand die Seitenverweise auf die originale Buchausgabe bei S. Fischer handschriftlich beigefügt. Die von Döblin in der Titelei zusätzlich vermerkte «Volksausgabe: Die Giganten» von 1932 diente also nicht als Vorlage für den Filmentwurf.

E2 Unkorrigierter Durchschlag von E1. Sonst identisch.

E3 Eine englische Fassung der deutschen «outline» im Umfang von 15 Blatt als originales Typoskript.

2. *Entstehung*

Der Zeitpunkt der Abfassung ist recht genau festzustellen, da Döblin in einem Brief an A. Rosin (der allerdings nur als Fragment erhalten ist) die eben erfolgte Vollendung einer «outline» von ‹Berge Meere und Giganten› meldet (Briefe, S. 245 f.). Der Brief fällt also sicher in die Anfangszeit von Döblins Tätigkeit als «writer» bei MGM und muß Ende November/Anfang Dezember 1940 geschrieben sein.

3. *Textgrundlage und editorisches Verfahren*

Druckvorlage ist E1. Die Versehen des Textes wurden hinsichtlich der Namen nach der Romanvorlage berichtigt. Die Eigentümlichkeiten der Döblinschen Schreibweise wurden beibehalten. Fehler wurden markiert korrigiert. Gleiches gilt für die Zeichensetzung. Ss für ß wurde stillschweigend ebenso normiert wie die Umlautschreibung. Durch Tippfehler bedingte Zusatzbuchstaben wurden ohne weitere Kennzeichnung getilgt. Die Punkte nach den Überschriften entfielen generell.

BERGROMANCE

1. *Überlieferung*

Für das «Scenario» Alfred Döblins mit den weiteren Angaben «Periode: Gegenwart» und «Ort: Eine Plantage» galt zum Zeitpunkt der maschinenschriftlichen Fassung «Titel: noch nicht bestimmt» laut den vorangestellten Bearbeitungsvermerken am linken Kopf der ersten Seite. Handschriftlich steht jedoch rechts oben von Döblin der Titelvermerk «Bergromance».

Im Marbacher Nachlaß befinden sich zwei Fassungen des Filmentwurfs:

B1 Durchschlags-Typoskript von 11 Blatt, unkorrigiert. Es handelt sich offenkundig um die Vorstufe zu B2, da dort die Zusätze und Ablaufänderungen gegenüber B1 ausgeführt sind.

B2 Typoskript von 13 einseitig beschriebenen Blättern; eine handschriftliche Zählung 1–11 beginnt erst auf Blatt 2, da die «Synopsis» offenkundig erst nachträglich vorangestellt wurde. Nach Blatt 8 ist ein ungezähltes Blatt eingeschoben. Es handelt sich um ein Original mit eingeklebten maschinenschriftlichen Änderungen und Zusätzen sowie handschriftlichen Korrekturen und Nachträgen.

2. *Entstehung*

Der Entstehungszeitpunkt der ‹Bergromance› ist nur allgemein in die Tätigkeitszeit Döblins bei MGM als «writer» einzuordnen. Aufgrund des Sachverhaltes, daß die für B2 benutzte Maschine die gleiche war, auf der auch die «outline» der ‹Enteisung Grönlands› geschrieben wurde, läßt eine zeitliche Nähe zur Abfassung dieses Entwurfs vermuten. Man müßte demnach für die ‹Bergromance› etwa Dezember 1940/Januar 1941 ansetzen.

3. *Textgrundlage und editorisches Verfahren*

Dem Abdruck wurde B2 zugrunde gelegt. Die Vorlage ist relativ sorgfältig durchkorrigiert und deshalb nahezu fehlerfrei gewesen. Angesichts der überwiegenden Namensform Cardan für den Plantagenbesitzer, der nur zweimal Cardon vermutlich aufgrund eines Lesefehlers geschrieben wurde, entschied sich der Herausgeber einheitlich für Cardan.

Die Eigentümlichkeiten der Vorlage wurden gewahrt. Lediglich die Umlautschreibung ae, oe, ue für ä, ö, ü und die Schreibung ss für ß wurde stillschweigend normalisiert. Überzählige Interpunktion und Buchstabenfolgen am Zeilenende wurden getilgt. Alle sonstigen Eingriffe sind markiert. Die Absatz- und Dialoggliederung der Vorlage wurde voll beibehalten. Lediglich vor dem zweitletzten Abschnitt wurde sinngemäß die Sternchengliederung vom Herausgeber eingefügt, da der vorhergehende, korrigierte und aufgeklebte Abschnitt bis zum unteren Seitenende reicht. Die Vorlage bot somit keinen Platz mehr für eine Sternchensetzung. Durch Tippfehler bedingte Zusatzbuchstaben und Satzzeichen wurden stillschweigend getilgt. Fehlende Anführungs- und Schlußzeichen wurden ohne weitere Markierung ergänzt.

MRS. MINIVER

1. *Überlieferung*

Im Marbacher Nachlaß befinden sich 17 handschriftlich paginierte Typoskriptblätter, die laut Döblins roter Notiz auf Blatt 1 («Mitarbeit 1940/1 an Mrs. Miniver») seinen Beitrag zu diesem 1942 realisierten Filmprojekt der MGM unter der Regie William Wylers darstellen. Das Typoskript ist von Döblin mit Bleistift handschriftlich korrigiert worden, so daß der Text (trotz einiger Versehen) als von ihm autorisiert betrachtet werden kann.

2. *Entstehung*

Döblin arbeitete zusammen mit Alfred Polgar und einem MGM-Team schon seit ca. November 1940 (vgl. Briefe, S. 246 f.) an dem Verfilmungsprojekt mit, das an eine ursprünglich in der Londoner «Times» erschienenen Serie von Jan Struther (Pseudonym für Joyce Maxtone Graham) formal anknüpfte, die zuerst 1939 in London (Chatto & Windus) unter dem Titel ‹Mrs. Miniver› als Buch erschienen war (erste amerikanische Ausgabe New York 1940 und zahlreiche weitere Ausgaben). Struthers Text, der ohnehin Weihnachten 1939 stofflich endet, ist jedoch nur sehr bedingt die erzählerische Vorlage für das Drehbuch gewesen, als dessen wesentlicher Autor George Froeschel zu gelten hat. Vgl. H.-B. Moeller, George Froeschel, in: J.M. Spalek/J. Strelka (Hgg.), Deutsche Exilliteratur seit 1933, Bd. 1, Kalifornien, Teil 1, Bern/München 1976, S. 724 (dort auch eine kurze Inhaltsangabe des Films).

Das eigentliche, später von der amerikanischen Filmakademie durch einen Oscar ausgezeichnete Filmskript, das von John Gassner und D. Nichols 1943 in die «Twenty Best Film Plays» aufgenommen wurde (vgl. H.-B. Moeller aaO, S. 724), wurde von Arthur Wimperis, George Froeschel, James Hilton und Claudine West gemeinsam erstellt. Es ist zugänglich in der Library of Congress (fsP/M 6783/1940). Der Verfilmung von 1942 durch William Wyler folgte ein Fortsetzungsfilm von H.C. Potter 1950 nach einem Screenplay von Ronald Millar und George Froeschel.

Die von Döblin für ‹Mrs. Miniver› entworfene und hier abgedruckte Dünkirchen-Szene fand grundsätzlich Aufnahme in das Drehbuch und damit auch in den Film, wenn auch in abgeänderter Form. Daß Döblin als Mitarbeiter nicht namentlich genannt wurde, ist nicht verwunderlich. Sein prozentualer, aber auch formulierungsmäßiger Anteil am Drehbuch war zu gering, als daß er nach der vertraglichen Praxis der Hollywood-Firmen hätte verzeichnet werden müssen (vgl. u. S. 663).

Trotz der frühen Beteiligung am ‹Mrs. Miniver›-Projektteam (vgl. auch Döblins Brief an H. Kesten vom 1. 12. 1940, in: ders., Hg., Deutsche Literatur im Exil, Wien/München/Basel 1964, S. 170, wo auch Kurt Goetz und Wilhelm Thiele als frühere Teampartner Döblins benannt werden) scheint die Dünkirchen-Episode erst «nach vielen Wochen» auf direkte Aufforderung George Froeschels entstanden zu sein (vgl. G. Froeschel, Döblin in Hollywood, in: Die Zeit 1962, Nr. 24 vom 15. 6., S. 14), d. h. ca. März/April 1941.

3. *Textgrundlage und editorisches Verfahren*

Die Eigenarten der Vorlage wurden soweit möglich beibehalten. Notwendige Eingriffe wurden markiert. Stillschweigend getilgt sind alle zusätzlichen, durch Tippfehler bedingten Buchstaben und Satzzeichen. Umlautzeichen und ss für ß wurden normiert. Die Abkürzung M. für Mr. Miniver wurde generell aufgelöst. Der entsprechende Kürzelvermerk dazu am Anfang des Typoskripts (Bl. 1) wurde getilgt. Das Kürzel Of. für Offizier erscheint stets aufgelöst.
Die Absatzgliederung der Vorlage wurde grundsätzlich beibehalten, doch ist sie vom Typoskript her nicht immer eindeutig zu rekonstruieren gewesen. Die vereinzelt am Anfang des Textes benutzten Sternchen (*) statt Strichen (–) als Kennzeichnung der Dialogteilung wurden der überwiegenden Praxis des Gesamttextes entsprechend als Striche vereinheitlicht. Anführungs- und Schlußzeichen wurden bei Bedarf ohne weitere Kennzeichnung ergänzt.

RANDOM HARVEST

1. *Überlieferung*

Im Marbacher Nachlaß befinden sich 42 unkorrigierte und nur zum Teil paginierte Typoskriptblätter, die Döblins Entwurfsanteil an dem Verfilmungsprojekt der MGM von James Hiltons Roman ‹Random Harvest› ausmachen. Handschriftliche Entwürfe fehlen. Die Anordnung ist hinsichtlich der Szenenfolge nur inhaltlich zu erschließen. Folgender Aufbau wurde rekonstruiert:
1. Psychiatrisches Krankenhaus: Ausgearbeitete Szenenfolge ohne ausformulierten Szenentitel, die bis zur Flucht von Charles reicht (Abdruck o. S. 451–464). Die Blätter sind rechts oben von 2–15 fortlaufend numeriert; das fehlende Blatt 1 dürfte der Titel ohne weiteren Text gewesen sein, da Blatt 2 mit dem Text sinnvoll beginnt. Mit Blatt 15 bricht der Entwurf offenkundig unvollständig ab. Ob Döblin hier selbst aufgehört hat, oder ob weitere Blätter verloren sind, ist nicht sicher zu entscheiden. Die Szenenabschnitte sind durch nachträglich von Hand eingesetzte Sternchen markiert.
2. «Scene am See» (Abdruck o. S. 465–469) und unmittelbar folgende,

da mitten im Blatt anschließend, «Scene im Häuschen» (S. 469–470); 6 Blätter ohne Zählung außer Schlußblatt, das oben rechts die Zahl 3 aufweist; offenbar unvollständig.
3. «Scene im Kriegsministerium» (Abdruck o. S. 471–475); 5 Blätter ohne Zählung; offenbar unvollständig.
4. «Paula beim Psychiater» (Abdruck o. S. 476–481); 6 Blätter ohne Zählung; offenbar unvollständig.
5. «Paula im Gespräch mit dem Arzt I. Fassung» (Abdruck o. S. 482–484); 3 Blätter ohne Zählung; links oben auf dem ersten Blatt von Döblin (aus der Zeit seiner ‹Archivbeschriftung›, d. h. der Ordnung seiner Manuskripte für das geplante Nachlaßarchiv bei der Mainzer Akademie): «Zu Random Harvest Film 1940/1». Trotz dieser Titelung aufgrund der Vorlage sicher nicht die Eingangsszene.
6. «Paula mit dem Arzt 2. Fassung» (Abdruck o. S. 484–486), 3 ungezählte Blätter.
7. «Abschiedsscene zwischen Paula und Charles» (Abdruck o. S. 487–491); 5 ungezählte Blätter mit handschriftlichem Schlußzusatz der letzten Zeilen (ab: «bleibt aber stehen...»).

2. *Entstehung*

Döblin arbeitete nach eigenem Zeugnis (Brief an A. u. E. Rosin vom 11. 7. 1941) an dem Filmdrehbuch nach dem «bestseller»-Roman ‹Random Harvest› von James Hilton, der im Januar 1941 in Boston erschienen war, in einem Team mit Claudine West und George Froeschel (Briefe, S. 253). Diese beiden verfaßten letztlich dann zusammen mit Arthur Wimperis als Autoren das «screen play». Döblins Szenenentwürfe, für die er auf Grund seiner psychiatrischen Kompetenz herangezogen wurde (vgl. Briefe, S. 254 und G. Froeschel, Döblin in Hollywood, in: Die Zeit 1962, Nr. 24 vom 15. 6., S. 14), arbeitete er im Sommer 1941 aus. Sie wurden zu einem nur kleinen Teil ins Drehbuch übernommen (vgl. G. Froeschel aaO). Der finanziell erfolgreiche Film, der von Mervyn Le Roy 1942 gedreht wurde, lief nach dem Kriege auch in Deutschland unter dem Titel ‹Die verlorenen Jahre›.

3. *Textgrundlage und editorisches Verfahren*

Die Vorlage ist recht fehlerhaft. Es mußte deshalb häufiger in den Text editorisch eingegriffen werden. Eigentümlichkeiten wurden möglichst gewahrt, doch mußten bei der Interpunktion und bei der Groß- und Kleinschreibung einige Normierungen durchgeführt werden. Ss für ß wurde stillschweigend ausgeglichen. Die ungleiche Zeichensetzung bei den Regiebemerkungen wurde so vereinheitlicht, daß der Doppelpunkt stets erst nach der Bemerkung steht. Überschüssige Zeichen am Zeilenende wurden getilgt. Die Namensschreibung Renier für den Protagonisten wurde gemäß der Buchvorlage in Rainier korrigiert. Gleiches gilt für fehlerhaftes Melburry in Melbury. Die einmal vorkommende Form «Expert» wurde als englische Wortform «expert» belassen und nicht in «Experte» abgeändert. Umgekehrt wurde die Schreibung «100 pro cent» in «100 per cent» abgeändert. Absatz- und Dialoggliederung wurden nicht verändert. Für die in sich geschlossenen Szenensequenzen 1 bis 7 (vgl. o. 1.) wurde allerdings zur besseren Markierung jeweils ein neuer Seitenanfang im Druck gewählt.

STAATSANWALT FREGUS

1. *Überlieferung*

Der von Döblin autorisierte Titel dieser Filmerzählung nach ihrer Hauptfigur steht seit der ersten kurzen Entwurfsfassung (S1) fest. Erst in der letzten englischen «outline» (S6) trägt das Projekt den Titel «Opium», aber auch dort wird als Klammertitel noch die ursprüngliche Bezeichnung festgehalten. Im Marbacher Nachlaß befindet sich die folgende Überlieferung:

S1 Offenkundig erste, noch kurze Entwurfsfassung unter der Gattungsbezeichnung «Erzählung»; 7 ungezählte Blätter Typoskript in unkorrigiertem Durchschlag, auf Blatt 1 handschriftlich mit «Alfred Döblin» gezeichnet.

S2 Ausgeweitete, handschriftliche Fassung, die noch stark erzählerisch gehalten ist; 19 nur z. T. gezählte Blätter von der Hand Döblins. Der Entwurf enthält schon die Grundkonstellation Fregus – Boss (hier namentlich Brown) und den als Mord fingierten Selbstmord von Fregus. Es fehlt noch der ganze komplizierte Aufklärungskomplex der Tat.

S3 Durchschlags-Typoskript von 47 gezählten, aber unkorrigierten

Blättern. Text bricht unvollständig nach ca. zwei Dritteln der Handlung ab.

S4 Typoskript-Fragment von zwei Blatt mit der Seitenzählung 44 und 45. Bezieht sich auf den Schluß der Handlung (die öffentliche Pressekonferenz). Der Text weicht von S5 ab und dürfte die verlorene Fassung zwischen S3 und S5 sein.

S5 Durchschlags-Typoskript von 49, anfangs maschinen-, später nur noch handschriftlich gezählten Blättern, die handschriftlich korrigiert und mit einigen Zusätzen versehen sind. Blatt 21 fehlt, doch läßt sich anhand von Blatt 25 und 26 aus der Fassung S3 diese Textlücke authentisch schließen. Der aus S3 interpolierte Text dürfte nur relativ wenig von dem verlorenen Text in S5 abweichen. Dem Gesamteindruck nach ist allerdings S5 gegenüber S3 gestraffter.

Zwei Blatt maschinenschriftliche «Änderungen» zu den Seiten 40, 43 und 45 von S5 sind als Nachtrag mit genauen Einfügungsangaben erhalten, wobei die Korrektur zu Seite 45 insofern ungenau ist, als der vom Inhalt her sinngemäß zu tilgende Absatz nicht ausdrücklich zur Streichung vermerkt ist.

S6 Maschinenschriftliche, englische outline-Fassung (Hektographie) von 9 Blatt mit einem zusätzlichen Blatt, das eine Stellungnahme zum Exposé von Leroy Linick mit dem Datum vom 17.9.1941 enthält. Aus den outline-Daten geht hervor, daß das Projekt schon am 9.3.1941 von «Guttmann to E. Hogan» gegangen sei.

2. *Entstehung*

Der Filmentwurf muß innerhalb eines mehrmonatigen Prozesses im Jahr 1941 entstanden sein, wie anhand von S6 zu belegen ist. Man kann wohl März bis September ansetzen. Döblin schrieb am 5.8.1941 an seinen Sohn Peter über die Arbeit an einem «Kriminalfilm» bzw. der «story» dazu (Briefe, S. 592) – was nur ‹Staatsanwalt Fregus› bezeichnen kann – und meldete am 31.8.1941 an Peter: «Ich hatte fürchterlich zu tun mit dem Abschluß einer Kriminalstory, jetzt habe ich sie abgegeben.» (Briefe, S. 592). Möglicherweise war dies aber nur ein vorläufiger Abschluß, denn am 10.10.1941 schrieb Döblin an E. und A. Rosin: «ich hatte verrückt zu tun mit einer story, die ich noch abgeben woll-

te.» (Briefe, S. 260). Der Herausgeber der Briefe, H. Graber, hat (Briefe, S. 592) diesen Passus auf die «Kriminalstory» bezogen (ohne sie näher identifizieren zu können), obwohl dies nicht unbedingt zutreffen muß. Es wäre auch an Döblins letzten, nur noch handschriftlich und unvollständig erhaltenen Entwurf einer Filmerzählung ‹Der Ausreißer› zu denken (vgl. u. S. 665 ff.).
Für ‹Staatsanwalt Fregus› hat nach bisherigem Kenntnisstand keine anregende Quelle identifiziert werden können.

3. *Textgrundlage und editorisches Verfahren*

Als Druckvorlage konnte nur S5 dienen. Die Textlücke wurde anhand von S3 geschlossen. Alle Korrekturen und Zusätze in S5 einschließlich der «Änderungen» wurden voll berücksichtigt.
S5 bietet einen voll ausgearbeiteten Text, der nur relativ wenige Fehler aufweist, deren Berichtigung markiert wurde. Die Eigentümlichkeiten in Schreibweise und Interpunktion wurden beibehalten, soweit es nicht um ausgesprochene Fehler ging (z. B. juvial, Denuntiation, Perrüke u. ä.). Fehlerhafte oder überzählige Interpunktion wurde korrigiert, wobei ebenso wie bei Tippfehlern wegfallende Buchstaben stillschweigend getilgt wurden. Die Umlautschreibung und ss für ß wurde normiert mit Ausnahme von Boss, wo englische Schreibung angenommen werden muß.
Schwierig war die Namensrekonstruktion für den «Boss», da in der Vorlage konkurrierend die Lesarten Clem und Clam vorkommen, was angesichts von Döblins Handschrift als anzusetzender Vorlage nicht verwunderlich ist. Es wurde die wahrscheinlichere, weil vom Namen her gebräuchlichere Lesart Clem vorgezogen, wie auch übrigens Mr. Miniver in ‹Mrs. Miniver› heißt. Unklar ist aber ob Clem Harry (wie S. 504) oder Larry (wie S. 524) heißen soll, wobei die Abweichung auch auf Schwierigkeiten mit der Handschrift Döblins zurückgehen dürfte. Der Vorlage wurde in diesem Fall ohne Konjekturversuch gefolgt. Ein ähnliches Problem wirft «Waldfahrt» (o. S. 496) auf, da möglicherweise ein Lesefehler für «Waldpfad» vorliegen könnte. Da aber Waldfahrt zwar ungewöhnlich, philologisch aber nicht ganz unsinnig in der Bedeutung ‹Waldweg› ist, wurde auf einen Eingriff verzichtet.

NACHWORT

Das konventionelle Autorenbild Alfred Döblins ist ganz von seinen Leistungen als Epiker bestimmt. Daß Döblin eine Reihe von Dramen geschrieben hat, wurde schon von den Zeitgenossen, aber auch von der Forschung nur am Rande notiert.[1] Man kann das verstehen, da auch der Autor wenig Wert auf diese Nebenprodukte seiner Arbeit zu legen schien[2], obwohl er sich

[1] Vgl. hierzu P. Fechter, Das europäische Drama, Bd. 3, Mannheim 1958, S. 114–117 (zu ‹Nonnen von Kemnade› und ‹Die Ehe›); zu ‹Lydia und Mäxchen› vgl. als neuere Arbeiten H. Denkler, Drama des Expressionismus, München 1967, S. 38–42; E. Ribbat, Die Wahrheit des Lebens im frühen Werk Döblins, Münster 1970, S. 27f.; K. Müller-Salget, Alfred Döblin, Bonn 1972, S. 53–58; L. Huguet, L'œuvre d'Alfred Doblin ou la dialectique de l'exode 1878–1918, Lille/Paris 1978, S. 69–101. – Der Aufsatz von L. Huguet, Alfred Döblin dramaturge: Lusitania, Die Nonnen von Kemnade, in: Seminar 17 (1981), S. 214–245 liefert nur eine psychoanalytisch determinierte, motivgeschichtliche Untersuchung, die Querverbindungen zum sonstigen Werk und zur Biographie versucht, ohne auf die dramatische Komposition und die wirkungsästhetische Frage einzugehen. – Zu ‹Die Ehe› vgl. den referierenden Aufsatz von E. Ribbat, Ein Lehrstück ohne Lehre. Alfred Döblins Szenenreihe ‹Die Ehe›, Zs. f. dt. Phil. 91 (1972), S. 540–577 sowie K. Müller-Salget aaO, S. 357ff. und H. Thomann Tewarson, Alfred Döblin, Grundlagen seiner Ästhetik und ihre Entwicklung 1900–1933, Bern/Frankfurt a. M./Las Vegas 1979, S. 109–111. – Bezeichnenderweise fehlt Döblin auch in der sonst fundierten Sammlung von G. Rühle (Hg.), Theater für die Republik 1917–1933 im Spiegel der Kritik, Frankfurt/M. 1967, die zumindest das ‹Ehe›-Stück hätte erfassen müssen.

[2] So erwähnt Döblin in seinem Werkrückblick ‹Epilog› von 1948 seine dramatische Produktion mit Ausnahme seines Erstlings ‹Lydia und Mäxchen› überhaupt nicht (AzL, S. 383–399, hier S. 385f.). Eine ausführliche Selbstinterpretation des Stücks bietet allerdings der Brief Döblins an H. Walden vom 22. 11. 1905 (Briefe S. 32f.). Kurz erwähnt er den Einakter in ‹Eindrücke eines Autors bei seiner Premiere› (in: Zeitlupe, S. 66–68, hier S. 67). – Einige kommentierende Äußerungen zu seinen Stücken begleiten ihre Aufführungen sowie die Reaktionen darauf. Es sind dies: ‹Eindrücke des Autors bei seiner Premiere› (Leipziger Tageblatt 29. 4. 1923; Neudrucke in: Zeitlupe, S. 66–68; Kerl, S. 175–178 und Stücke, S. 213–215) zur Leipziger Uraufführung der ‹Nonnen von Kemnade›. Auf ‹Die Ehe› beziehen sich: ‹Reines Vergnügen am Theater› (Berliner Tageblatt 8. 1. 1931; Neudruck in: Zeitlupe, S. 185–189 und Stücke, S. 218–221) so-

im Dramatiker-Spektrum seiner Zeit 1924 selbstbewußt zu den «schwach entwickelte(n)», aber «helle(n) Köpfe(n)», den «Ironikern» gerechnet hat[3] und er als Romanschriftsteller sich «nach Art des Dramatikers»[4] arbeiten sah.

Döblins Dramen sind in der Tat eher Werke gewesen, die produktive Lücken im epischen Entwicklungsprozeß abdeckten, nimmt man als Anhalt ihre Entstehungsdaten. ‹Lydia und Mäxchen›, im Herbst 1905 geschrieben, fällt wie ‹Comteß Mizzi› in die schriftstellerische Problemphase nach Abschluß (Oktober 1903) des Romans ‹Der schwarze Vorhang›. Dessen zunächst sehr unglückliche Publikationsgeschichte könnte Döblin veranlaßt haben, neben kurzen erzählerischen Texten einen Versuch in der dramatischen Form zu wagen. Die Belastungen am Ende des Medizinstudiums bis Juli 1905 und die wissenschaftliche wie berufspraktische Orientierung der ersten Klinikjahre vor der selbständigen Niederlassung als Arzt (Oktober 1911) ließen wenig Raum für romanhafte Unternehmungen. Es blieben Zeit und Lust für Experimente. Ein ‹Franziskus›-Drama 1907 kam über erste Notizen nicht hinaus.[5] ‹Comteß Mizzi›,

wie ‹Über das «Ehe»-Verbot› (Vossische Zeitung 14.12.31; Neudruck in: Stükke, S. 229). Weiterhin gehören dazu zwei zeitgenössisch ungedruckte Texte: ‹Antwort auf Kornfelds Kritik› (titelloses Typoskriptfragment im Marbacher Nachlaß von Anfang 1931; Druck in: SzPuG, S. 259–262 und Stücke, S. 221–223) sowie ‹Die «Ehe» und ein Krr-itiker› (Druckfahne im Marbacher Nachlaß, ca. Anfang Mai 1931; Druck: Stücke, S. 224–229). – Zum ungedruckten Einakter ‹Comteß Mizzi› äußerte sich Döblin in: ‹Stille Bewohner des Rollschrankes› (Berliner Tageblatt 19.6. 1927; Neudruck in: AzL, S. 356–358, hier S. 358; Zeitlupe, S. 117–119, hier S. 119; Stücke, S. 216f., hier S. 217).

[3] A. D., Ein Kerl muß eine Meinung haben. Berichte und Kritiken 1921–1924, Olten/Freiburg i. Br. 1976, S. 242. Daneben sieht Döblin noch die Dadaisten, dann die «Kunsterneuerer aus der Technik, die Konstruktivisten», schließlich die «Neuplatoniker, die die Gewalt der Idee, der Form predigen».

[4] ‹Schriftstellerei und Dichtung› (1928), in: AzL, S. 87–96, hier S. 96.

[5] Zu «Franziskus. Drei Akte» befinden sich im Marbacher Nachlaß (Depot) nur kurze Notizskizzen (6 beschriebene Blätter; Autograph Tinte/Kopierstift), versehen mit der Datierung 25. 1. 1907. Die Stichworte geben immerhin einen Anhalt, was Döblin am Stoff reizte. Zunächst (wie in ‹Comteß Mizzi›) die Frauen-

1908 vermutlich nach Döblins Ausscheiden (14.6.) aus der Berliner Irrenanstalt Buch und während der Anstellung am städtischen Krankenhaus Am Urban entstanden, gedieh zwar zur fertigen Textgestalt, doch befriedigte ihn der Einakter offenkundig nicht.[6] Hinzu kam, daß einer Veröffentlichung oder gar Aufführung die repressive Zensur des wilhelminischen Staates entgegen gestanden hätte, in deren Ordnungsdenken der anstößige Stoff nicht paßte. Döblins Weg als Autor führte so über Novellistik und Essay in die literaturgesellschaftliche Öffentlichkeit der Vorkriegszeit.

Der Durchbruch vollzog sich mit den drei großen Romanen ‹Die drei Sprünge des Wang-lun› (1912/13; Druck 1915), ‹Wadzeks Kampf mit der Dampfturbine› (1914; Druck 1918) und ‹Wallenstein› (1916–1919; Druck 1920). Die Entwicklung des Epikers begleitete die Erfahrung des Krieges. Seine Endphase und die deutsche Novemberrevolution 1918 schärften die politische Bewußtseinshaltung Döblins und machten ihn zum kritischen Publizisten der jungen Republik.[7] Neben den ‹Linke Poot›-Artikeln erprobt er sich erneut als dramatischer Autor. 1919 bis Mai/Juni 1920 entsteht vor dem Hintergrund des Kapp-Putsches (13.3. 1920) und des Ruhrkampfs (15.3.–10.5. 1920) das Theaterstück ‹Lusitania› in seiner endgültigen Form, nachdem schon 1919 das Konzept dazu entworfen worden war. Es erscheint zusammen mit ‹Lydia und Mäxchen› und der Erzählung ‹Das verwerfliche Schwein› 1920 im Druck, ohne jedoch vorerst gespielt zu werden. Erst am 15.1. 1926 erfolgt die erste und einzige Inszenierung in Darmstadt.

problematik («Das Weib als Fallstrick»; «Er lernt die Welt. Insbesonder[!] das Weib.»), Gesellschaftskonflikt («Die Unmöglichkeit der Anpassung»), Psychopathologie («Franz studiert eine Rede ein, für den Papst, die er nachher vergißt.») sowie programmatische Wendung gegen alle Bildungsbürgerlichkeit: «Er [sc. Franziskus] ist ganz unintellektuell.»

[6] Vgl. ‹Stille Bewohner des Rollschrankes›, in: AzL, hier S.358.

[7] Vgl. E. Kleinschmidt, «Es gibt den eisklaren Tag und unsern Tod in den nächsten 80 Jahren». Alfred Döblin als politischer Schriftsteller, in: Jb.d.dt. Schillergesellschaft 26 (1982), S.401–427, hier S.404ff.

Daß Döblin in diesen ersten Nachkriegsjahren nach neuen Wegen tastete und dabei zunächst ungezielt experimentierte, bezeugt neben der ‹Lusitania› das im ersten Halbjahr 1921 entworfene Stück ‹Die Nonnen von Kemnade›. Seine stoffliche Grundlage reicht in Materialrecherchen aus der Zeit vor dem Ersten Weltkrieg zu einem nie geschriebenen ‹Byzanz›-Roman zurück.[8] Der Text wird in relativ kurzer Zeit vollendet, doch erst 1923 aufgeführt und danach gedruckt. Er bezeichnet im Werk Döblins einen Übergang, denn ab Herbst 1921 fesselt den Autor auf lange Zeit die Arbeit am monumentalen, utopischen Roman ‹Berge Meere und Giganten› mit seinen innovatorischen Zügen.

Der letzte Versuch eines Bühnenstücks fällt unmittelbar in die Zeit nach ‹Berlin Alexanderplatz› (1927/28; Druck 1929). ‹Die Ehe› beschäftigt Döblin 1929/30 und der weltliterarische Erfolg des Biberkopf-Romans bewirkt die mehrfache Aufführung der Szenen Ende 1930/Anfang 1931 noch vor dem Druck (Herbst 1931). Das politisch motivierte Verbot des Stückes wegen angeblich kommunistischer Agitation und die Kontroverse mit Brecht über die geistige Urheberschaft an seinem Konzept verbitterten Döblin.[9] Eine weitere Auseinandersetzung mit der Form des epischen Theaters erfolgte wohl aus diesem Grund nicht mehr, zumal auch die politische Situation in der Endphase der Weimarer Republik Döblin für eine zeitkritische Dramatik nicht günstig erschienen sein mag. Allen Eventualitäten machte dann ohnehin das Exil ein Ende. War in ihm schon für etablierte Bühnenautoren deutscher Zunge kaum eine Wirkungsmöglichkeit gegeben, so galt dies für einen experimentierenden Autor wie Döblin erst recht.[10]

[8] Vgl. dazu o. S. 550.

[9] Vgl. ‹Reines Vergnügen am Theater› aaO (wie Anm. 2).

[10] Unter der Rubrik «Chaos und Dynamik» wurde Döblin in einer Rundfunksendung (26.5. 1925) von Jo Lhermann über «Das europäische Drama von heute» neben Ernst Weiss, J. R. Becher, Alfred Brust, H. H. Jahnn, Ernst Barlach, Bert Brecht und Arnolt Bronnen als einer der avantgardistischen Dramati-

Der Einakter Döblins, der im szenischen Aufbau nach Auftritten traditionelle Formkonventionen des Bühnendramas beibehält, verrät schon im Namenstitel mit der männlichen Diminutivform eine ironische Grundhaltung, die durch den Untertitel «Tiefe Verbeugung in einem Akt» und das Motto nur noch verstärkt wird. Der Titel muß für Döblin von Anfang an festgestanden haben, da schon die erste, noch skizzenhafte Urfassung ihn trägt. Anders verhält es sich beim Untertitel, der ursprünglich «Groteske in einem Akt» lautete, dann aber über «Randbemerkung in einem Akt» und «Verbeugung in einem Akt» zur endgültigen Fassung umformuliert wurde.

Die offene, in der Epoche beliebte Form der Groteske, deren geläufige interpretatorische Qualität zur Erfassung des Stückes nur bedingt beiträgt[11], ist der gewählte, inhaltliche wie sprachliche Darstellungsmodus, den Döblin eigenständig zu füllen sucht. Die gewohnte Weltordnung des Realen wird in der fingierten Situation einer Theateraufführung vor Beginn des zweiten Aktes phantastisch gesprengt. Dabei geht es jedoch nicht nur um die Grenzüberschreitung, mit der die stummen Requisiten Stuhl, Spind und Kandelaber zu selbständig agierenden Personen werden, zur Debatte steht mehr: nämlich die Realität der Bühnenfiktion und implizit darin die stets mögliche, aber oft geleugnete Diskrepanz zwischen faktischer «Schöpfung des

ker des deutschen Theaters immerhin mit gewürdigt. Vgl. E. Lindemann, Literatur und Rundfunk in Berlin 1923–1932, Diss. phil. Göttingen 1978, Bd. 2, S. 27 f., Nr. 274. – Am 1.2. 1931 nahm Döblin u.a. als Repräsentant an einer Diskussionsrunde über das «heutige Drama» in Berlin mit Brecht, Diebold, Herzfelde, Wolfenstein, Granach, C. Neher, Marina usw. teil. Vgl. den Brief I. Golls an Cl. Goll vom 1.2. 1931, in: dies., Meiner Seele Töne, München/Wien 1978, S. 58.

[11] Vgl. die kritische Analyse des Grotesken vor allem gegen W. Kayser bei A. Heidsiek, Das Groteske und das Absurde im modernen Drama, Stuttgart u. a. 1969.

Dichters» und «seinem Schöpferwillen», wie dies schon Rudolf Blümner 1907 erkannte[12].

Daß Requisiten handeln und sprechen, bedeutet zwar einen Verstoß gegen die Welterfahrung des Alltags, in der fiktiven Projektion aber ist sie legitimierbar als phantastisches Modell. Döblin überschreitet jedoch noch diese Modalität, deren Vorbild im romantischen Märchentheater zu erkennen ist. Der Text selbst gewinnt Eigenleben. Das Bühnen-‹Spiel› wird nicht mehr von Schauspielern, sondern von «Gespenster(n)», dem «fleischgewordenen Wort», den «erlösten Gestalten» (o.S. 14) der dichterischen Imagination vollkommen autonom realisiert. Diese Selbstinszenierung der Fiktion, die dem Dichter, diesem Döblins Erscheinungsbild nachgezeichneten «schlanken Herrn», dem «magere(n) mit dem Kneifer (o.S. 11), zunächst positiv erscheint, sie entzieht sich bald dem auktorial vorgegebenen Bewegungsraum. Das in Haßliebe verbundene Paar Lydia und Max spielt seinen eigenen Part, nicht mehr den des Autors. Der Aufstand der beiden gegen ihren Schöpfer auf der Bühne korrespondiert dem der Requisiten gegen ihre vom Text vorgegebene, stumme Rolle. Doch deren grundsätzliche Rebellion wird zum Ordnungsfaktor innerhalb der aus den phantastischen Fugen geratenen Theaterwelt. Der ins Bild gebannte Dämon, der Klabautermann[13], als Vorstellung wie Gestaltung doppelt fiktives Wesen, er schlichtet das heillose Chaos der bis in den Tod verstrickten Liebenden, indem er als parodierter Zeus mit seinem Donnerstein die entfesselten Phantasiegestalten Lydia und Max tötet.

[12] R. Blümner: ‹Drama und Schaubühne› (1907) in: P. Pörtner (Hg.), Literatur-Revolution 1910–1925, Bd. 1, Darmstadt/Neuwied/Berlin 1960, S. 331–334, hier S. 332.

[13] Auf was die Wahl des koboldigen Schiffsgeistes zurückzuführen ist, muß offen bleiben. Seine blitzeschleudernde Eigenschaft jedenfalls ist Erfindung Döblins. Zum «Donnerstein», d.h. der Vorstellung eines Steins oder Keils als Substanz des Blitzes vgl. J. Grimm, Deutsche Mythologie, Bd. 1, Berlin ^{4}1875 (Nachdruck 1965), S. 149.

Dem Dichter bleibt es, die «Kinder» seiner Phantasie zu betrauern, um dann zu erkennen, daß sie, die «grinsende(n) blöde(n) Dämonen», ihn verraten haben, vor der Welt, vor dem Publikum, um «Menschenhoheit zu verspotten» (o. S. 31). Des Dichters abschließende Verbitterung darüber, daß «die Lumpen im Parkett» nur «einen Popanz [...] statt meiner gesehen» haben (o. S. 31) und er es nicht sei, der sich mit der soeben abgelaufenen Aufführung identifizieren lassen könne, liefert einen Ansatz, das ganz verhüllte Grundproblem des Stückes zu verstehen.
Döblin bearbeitet in ihm den Zusammenhang von fiktionaler Werkäußerung und eigenem Denken. Der poetische Text als Chiffre der eigenen Existenz steht somit eigentlich zur Debatte in ‹Lydia und Mäxchen›, nur daß dieser Bezug von Döblin selbst gänzlich persifliert wird. Der geschriebene Text versucht einerseits die Lächerlichkeit einer solchen, in der literarischen Tradition geläufigen Verknüpfung von Dichtung und auktorialer Biographie vorzuführen, andererseits entwirft er im Zerrbild die produktive Autonomie des phantastischen Werks. Grundlinien der Döblinschen Poetik, wie sie später dann auch theoretisch ausformuliert werden, sind somit im Stück angelegt. Die Selbstinszenierung des Textes, die symbolisch durch die Belebung der Requisiten[14] wie durch die gegen ihren Schöpfer auftretenden Figuren[15] instrumentalisiert wird, bedeutet ja faktisch die Zurückdrängung, ja Aufhebung des Autors, seine «Entselbstung, Entäußerung... Depersonation», wie sie Döblin

[14] Hierin einen übersehenen, vitalistischen Aspekt vom «beseelten Zusammenhang alles Seienden» herausdestillieren zu wollen (vgl. K. Müller-Salget, Döblin aaO [wie Anm. 1], S. 56) und ihn als Vorentwurf späterer naturphilosophischer Überzeugungen Döblins zu vereinnahmen, führt wohl in die Irre. Die Einführung der belebten, an sich aber toten Dinge entspringt der dramaturgischen Leitidee eines Aufstandes des ‹Textes› gegen seinen Schöpfer, die Döblin faszinierte.

[15] Zu diesem Stückmotiv vgl. als späteres Aperçu Döblins die allgemeine Empfehlung: «Der Tod der Schauspielerei ist der «Dichter»; erwürgen sie den Dichter, emanzipieren sie sich von der Literatur. [...] Sie helfen damit sich, auch uns, und zumeist der Literatur.» (in: Der Sturm 1, 1910, S. 278)

dann im «Berliner Programm» 1913 für den Roman forderte[16]. Die Destruktion des auktorialen Subjektes, seine Aufhebung durch die Objektivierung im Prozeß der schöpferischen Gestaltung ist das Problemthema des Einakters, wie es Döblin allgemein 1909 formuliert hat:

> ...es ist ja sicher, daß jeder nur sich selbst schreiben kann, aber bedenken Sie, daß die einzig mögliche Art des unumgänglichen Subjektivismus doch die Objektivität ist, – daß man sich an den Objekten entwickelt, – nicht aber in perpetuum ein wesenloses Ich abspinnt.[17]

Hinzu tritt, was Döblin, bezogen auf seinen ‹Wadzek›-Roman, 1915 gegenüber Martin Buber als seine individuelle Schreibdisposition erläuterte: «Ich will aber sagen, was in dem Buch ist – nicht was ich wollte; denn ich will nie etwas; ich schreibe stets völlig unwillkürlich [...].»[18] Dieses Vorgehen prägt auch die Gestaltung von ‹Lydia und Mäxchen›. In der grotesken Inkonsistenz des Stückes wird sein schöpferischer Hintergrund verdeutlicht. Dessen Bedingtheit sah Döblin darin, daß der Autor seine Apperzeption der Welt niemals festzuhalten vermöge, denn «wir [sc. die Künstler] sind keine Särge unserer Wahrnehmung»[19]. Das produktive Ergebnis kann deshalb auch kein eindeutig fixiertes sein. Der literarische Text muß, wie es ‹Lydia und Mäxchen› vorführt, der Willkür seines Autors entzogen bleiben.

Hinter dieser Anschauung steht Döblins Konzept einer ganz bewußten Ich-Aufgabe, die er vom Autor beim Schreiben fordert,

[16] ‹An Romanautoren und ihre Kritiker›, in: AzL, S. 19–23, hier S. 22. Zum Gesamtkomplex vgl. E. Kleinschmidt, Depersonale Poetik. Dispositionen des Erzählens bei Alfred Döblin, in: Jb. d. dt. Schillerges. 26 (1982), S. 383–401. Vgl. auch schon in den ‹Gesprächen mit Kalypso› (Olten/Freiburg i. Br. 1980, S. 161): «Es gibt keine Empfindungen. Ein Ausschnitt der Welt, ein seelloser ist das Erlebnisich, das Lebendige [...].»

[17] In: Briefe, S. 50 (an Herwarth Walden).

[18] Ebd., S. 80.

[19] ‹Gespräche mit Kalypso› aaO (wie Anm. 16), S. 157.

denn alles, was in Beziehung zum Ich tritt, ist «entmannt, entselbstet; denn es ist mein, bin ich. Was immer ich berühre, schmecke, fasse, sehe, höre, hab ich gemordet, um sein Selbst gebracht. [...] dies tötende Ich preist sich in der Kunst und ist ihre Liebe.»[20] Die chiffrierte Aufgabe der künstlerischen Souveränität in ‹Lydia und Mäxchen› erscheint somit als ein bewußtes, illustratives Kalkül. Das tötende, weil die Welt eliminierende Ich des Autors wird von Döblin innerhalb der fiktionalen Spielsituation destruiert, um so die Verstrickungen gewohnter Kunstübung zu entlarven und ihnen dabei auch selbst zu entgehen.

Die scheinbar harmlos entworfene «Groteske» erhält so ihr Profil vor dem Hintergrund einer kalkulierten Poetik, die allerdings «Aufgaben» in dem Sinne stellt, daß «jedes Werk [...] an sich [...] es nicht (ist), oder nichts, oder ein Rätsel, das gelöst sein will, jedenfalls eines, das mannigfache Lösungen hat.»[21] Die wirre Szenik des Einakters versteht sich durchaus als Verstoß gegen konventionelle «Ordnungsweisen», wie Döblin sie andernorts nennt[22], gegen einordnende Erfahrungsmuster, und insofern ist das Stück ein kalkulierter Schock mit dem Ziel rezeptiver Verunsicherung, aber es führt auch das Kunstprinzip Döblins vor, das er später in ‹Unser Dasein› auf die prägnante Formel bringen wird: «Realisieren heißt auch Irrealisieren. Denn es heißt, etwas Vorhandenes nicht vorhanden machen durch etwas Neues.»[23] Dieser poetische Lehrsatz ist in der leitthematischen Ansicht Döblins begründet, daß «das Leben [...] aus dem Irrationalen» quillt.[24]

[20] Ebd., S. 162.

[21] Ebd., S. 143. Döblin arbeitete an dieser Musikästhetik, die zum größten Teil im ‹Sturm› H. Waldens 1910 gedruckt wurde, schon seit Anfang 1906, d.h. unmittelbar nach dem Abschluß von ‹Lydia und Mäxchen›. Vgl. Döblins Brief an Walden vom 8. 1. 1906 in: Briefe, S. 37 f.

[22] ‹Gespräche mit Kalypso› aaO (wie Anm. 16), S. 144.

[23] A. Döblin, Unser Dasein, Olten/Freiburg i. Br. 1964, S. 445.

[24] A. Döblin, Über Roman und Prosa, in: Marsyas 1 (1917), S. 213–218, hier S. 217.

Gewohnte ‹Kunst›-Muster sollen nach seiner das ganze Lebenswerk durchziehenden Überzeugung aus dem Geist einer «Gegenkunst» produktiv stets durchbrochen werden, die, «während sie spielt, ihres Spiels lacht, die mit ihrer Kraft Kraft verhöhnt, die ironische Kunst, die sich selbst zerstört, indem sie sich aufbaut. Sie hat den Gedanken «Kunst» selbst als Ordnungsweise aufgenommen [...].»[25] Man wird diesen ästhetischen Anspruch ‹Lydia und Mäxchen› unterstellen dürfen, mag auch die faktische Realisierung nicht immer unbedingt überzeugen.

Die gegenkünstlerische, ‹ironische› Geste des Stücks gegen etablierte Theaterformen ist indes unverkennbar, obwohl Döblin keineswegs allen dramatischen Zeitstil über Bord geworfen hat. Die formale Präzision der Regiebemerkungen etwa verweist noch auf eine ganz autorbestimmte Dramaturgie, die dem Konzept spontaner Spielentwicklung entgegensteht. Der Widerspruch klärt sich aber dadurch, daß es im Stück um eine programmatische Demonstration geht, die zwar ein ‹offenes› Textprinzip behandelt, dazu aber auf genaue Textführung nicht verzichten kann.

Die parodistische Verkehrung konventionellen Theaters ist sprachlich wie inhaltlich geleistet. Für beide Bereiche werden Klischees zitiert, deren Banalität manchmal schwer erträglich ist. Gerade darauf aber kam es, wie auch spätere Werkpraxis zeigt, Döblin wohl an. Subtile Verhüllungen waren nicht seine Sache. Dies gilt sogar für die ironische Verkehrung eigener Textkonstellationen. Der tödliche Geschlechterkampf von Lydia und Max, der durch ritterliche Milieuzeichnung und märchenhaft-tragische Handlung neuromantische Stücke vor allem Maeterlincks parodiert, erscheint bis in Details als Neuauflage der Konflikte im ‹Schwarzen Vorhang›, nur daß psychopathologische Düsternis ins Lächerliche verkehrt wird. Dieser Praxis entspricht die stilistische Entlarvung des hohen, tragischen Sprechens als hohler Phrase. Die nach Döblin wünschenswerte Ge-

[25] ‹Gespräche mit Kalypso› aaO (wie Anm. 16), S. 142.

staltung des Dramatischen durch «Rhetorik und Dialektik usw. als sprachliche Bemühung von Erregung und Modifikation von Gemütszuständen»[26] wird in ‹Lydia und Mäxchen› negativ profiliert. Diese Auflösung bedeutet aber zugleich die Begründung einer neuen dramatischen Intention, die weg vom auf Spannung und Handlung hin orientierten, psychologischen Konstellationstheater zu einer das antike Drama wieder aufgreifenden Gestaltung des Bühnenspiels aus dem «Lyrisch-Musikalischen» führen will.[27] Der Einakter läßt ein solches Ziel nur schwach erkennen, da er nicht auf eine eigene, überzeugende Vorführung drängt, sondern diese in der Parodie gleich überspringt. Das neue Theater existiert zwar in der Vorstellung Döblins, doch bietet er es schon im Modus verzerrter Nachahmung als Spielmodell dar.

Dieses aber ist das eigentliche Thema, die «Inkongruenz von Wort und Ausdrucksweise»[28]. Dafür ist das Stück das Medium, um sie als dichterische «Selbsterkenntnis», die im «Ekel» mündet,[29] praktisch vorzuführen. Der Entwurf des chaotischen Spiels dient als Verweis auf eine auktoriale Disposition des Erschrekkens vor dem eigenen Werk, dessen Intention, alles Triviale zu überwinden, nicht erreicht ist. Die chaotische Enthüllung, sie ist

[26] A. Döblin, Das Recht auf Rhetorik (1909), in: Stücke, S. 230f., wo er für ein neues Theaterprinzip votiert. Ein von diesem Druck abweichendes Entwurfsmanuskript (4 Blatt) im Marbacher Nachlaß (Depot).

[27] Ebd., S. 230. Döblin, der sich am Schluß des Aufsatzes ausdrücklich auf Friedrich Nietzsches ‹Geburt der Tragödie aus dem Geist der Musik› (1872) bezieht, orientierte sich überhaupt in seinen dramentheoretischen Überlegungen stark an Nietzsche. Die Auseinandersetzung mit ihm dürfte wohl auch den Plan seines verlorenen (vermutlich nie fertig geschriebenen) «langen Aufsatz(es)» bestimmt haben, der «über die Wiedergeburt des Theaters und Dramas aus dem Clown» handeln sollte (an E. Frisch 7.7. 1919, in: Briefe, S. 107f.). Es drehe sich um «eine Untersuchung über den Verfall des Theaters und Schauspielwesens und die Aufstellung der schauspielerischen Grundprincipien, des Weiteren Schlußfolgerungen für das Drama.»

[28] In: Briefe, S. 32 (an H. Walden 22.11. 1905 direkt bezogen auf ‹Lydia und Mäxchen›).

[29] Ebd., S. 32.

die eigentliche Wirklichkeit des Dichters: «Die Meute, die hier gebellt hat, – ich bin es. Der Kot, der alte Kot, – bin ich. Umsonst gekämpft, umsonst gerungen, es lebt noch.»[30] Diese Einsicht ist «der Wendepunkt des Stückes»[31], die «Lehre von der Katharsis, der Moral, der Person».[32]

Döblin hat diesen Moment der krisenhaften Erkenntnis mit dem von Rembrandt in ‹Daniels Vision› festgehaltenen verglichen.[33] Trotz seines grotesken Darstellungsmodus ist deshalb ‹Lydia und Mäxchen› ein ernstes Stück, da es den Akt einer gescheiterten, schriftstellerischen Selbstbefreiung implizit vorführt. Damit rückt Döblins eigenes, in seiner Jugendbiographie begründetes Schreibproblem ins Blickfeld, denn das problematische Verhältnis des «Dichters» zum Publikum, wie es der Einakter am Schluß offenbart, ist Selbstdarstellung, wie er unmittelbar nach der Uraufführung gegenüber Herwarth Walden durchblicken läßt. Er empfindet sein Stück als «öffentlich(es) tragier(en)» seiner Person «vor einem wahllosen Tanti tutti»[34]. Die letztendliche Engführung zwischen Schreibentwurf und eigener Existenz, die trotz bewußter, abwehrender Verschleierung – einschließlich einer pseudonymen Autorschaft als Alfred Börne[35] – hinter ‹Lydia und Mäxchen› steht, könnte kaum deutlicher ausgedrückt werden. Insofern handelt es sich bei diesem er-

[30] Vgl. o. S. 31.

[31] In: Briefe, S. 32.

[32] ‹Das Recht auf Rhetorik›, in: Stücke, S. 230.

[33] In: Briefe, S. 46. Das Bild kannte Döblin aus dem damaligen Kaiser-Friedrich-Museum in Berlin. Stofflicher Gegenstand ist die Vision Dan. 7, 1–28 von den vier Weltreichen.

[34] In: Briefe, S. 34.

[35] Zur Aufführung unter diesem Pseudonym vgl. den Kommentar H. Grabers mit einer Rezension in: Briefe, S. 512f. Die Identität Döblins muß jedoch rasch allgemein durchgesickert sein. Vgl. seine ärgerliche Briefäußerung gegenüber Walden vom 2. 12. 1905 in: Briefe, S. 34. – Weshalb Döblin diesen Namen wählte, der wohl bewußt an den Vormärzautor Ludwig Börne anschloß, wissen wir nicht. Ob dabei die Tatsache eine Rolle spielte, daß auch Ludwig Börne ein Pseudonym (für Löb Baruch) gewesen ist, läßt sich nur vermuten.

sten dramatischen Versuch Döblins nicht um eine «Theaterbelustigung»[36], sondern um eine nur ironisch gebrochene Selbstvergewisserung eines Autors mit «so allerhand dunkle(n) Neigungen»[37].

Comteß Mizzi

Döblins zweiter, bisher immer nur dem Namen nach bekannter, dramatischer Versuch ist zwar wie ‹Lydia und Mäxchen› auch ein Einakter («Spiel in einem Aufzug») mit 15 Auftritten, doch ist die Stilhaltung tragisch und nicht grotesk, wenn der Stoff auch burleske Elemente zuließ. Das Stück mit seiner Ehe- und Prostituiertenthematik ist, gemessen am herrschenden Urteil des wilhelminischen Deutschland, obszön, was seiner Drucklegung oder gar Aufführung im Wege gestanden haben wird. Immerhin hat Döblin selbst eine Publikation nicht als unmöglich angesehen, wie sein Angebot des Textes für den «Sturm» 1910 und die Weitergabe zwecks Illustration an Ernst Ludwig Kirchner 1912/13 belegen[38]. Die ernsthafte Auseinandersetzung mit dem Stoff bezeugt auch eine erneute Bearbeitung in zwei Filmszenarien 1920/21[39]. Letztere klären die etwas unübersichtliche, im orientalischen Milieu angesiedelte Vorgeschichte der ‹Comteß Mizzi›, die nur sehr rudimentär aus dem dramatischen Text selbst zu entnehmen ist.
Der Aufbau des «Spiels» ist formal wie inhaltlich konventionell und frei von experimentellen Gestaltungszügen. Bühnenanweisungen und Szenenstruktur orientieren sich voll an den Gegebenheiten der zeitgenössischen Inszenierungspraxis. Ein Bemü-

[36] So der Prologtext (o. S. 543f.), den Döblin allerdings selbst nicht drucken ließ, was verständlich ist, da er von der Intention des Einakters wegführt. Diese Funktion dürfte ihm auch von Döblin zugedacht gewesen sein.
[37] In: Briefe, S. 34.
[38] Vgl. dazu o. S. 546.
[39] Vgl. die Texte o. S. 321ff. (‹Siddi›) und S. 325ff. (‹Die geweihten Töchter›) sowie die editorischen Anmerkungen dazu S. 561f. und S. 563f.

hen um Neuerung ist nicht zu erkennen. Dem Publikum wird nichts Ungewohntes zugemutet, sieht man von der anstößigen und deshalb skandalträchtigen Thematik ab. Bei der szenischen Einrichtung hält Döblin am Prinzip der raum-zeitlich einheitlichen Handlung fest. Exposition, Konfliktschürzung, Wendepunkt und fallende Handlung bis zur Katastrophe folgen dem mehraktigen dramatischen Schema trotz kleiner Textform. Dies ist insofern auffallend, als es dem neu aufkommenden Typus Einakter um die Jahrhundertwende eher wesensfremd war[40]. Döblin lag bei ‹Comteß Mizzi› offenkundig nichts an der Weiterentwicklung dieser Form. Was ihn gereizt hat, waren die erotische Thematik und die damit zusammenhängenden gesellschaftlichen Vorurteile der Epoche.

Die Grundidee des Stückes, für die ein zeitgenössischer Wiener Sittenskandal[41] nur den äußeren Rahmen der Tochter-Prostitution durch den Vater[42] und das österreichische Lokalkolorit abgab[43], zielt auf den gesellschaftlichen Konflikt mit der zeitge-

[40] Vgl. D. Schnetz, Der moderne Einakter, Bern/München 1967.

[41] Vgl. A. Döblin ‹Stille Bewohner des Rollschrankes› (1927), in: AzL, S. 356–358, hier S. 358: «‹Komteß Mizzi›, ein Einakter. Das ist die durch einen Prozeß seinerzeit bekannt gewordene Wiener Komteß.» Wie unwichtig Döblin der zeithistorische Anlaß vom Frühjahr 1908 war, belegt wohl auch, daß im Entwurfsmaterial zum Stück keine direkten, diesbezüglichen Quellennotizen auftauchen, wohl Notizen zum zeitgenössischen, bürgerlichen Umfeld der Sittlichkeitsdiskussion. So findet sich z. B. ein Vermerk über ein Treffen eines deutschen «Sittlichkeitsvereins» in Frankfurt a. M. vom Oktober 1908 (vgl. o. S. 546).

[42] AzL, S. 358 mit selbstironischem Akzent: «Das Stückchen spielt in dem Freudenhaus des väterlichen Grafen, der auch seine Tochter verkauft.»

[43] Ziemlich wahrscheinlich ist auch ein Bezug des Arbeitstitels ‹Comteß Mizzi› zu Arthur Schnitzlers 1908 erschienener, einaktiger Komödie ‹Komtesse Mizzi oder der Familientag›, die in der Osterbeilage der «Neuen Freien Presse» (Wien 19. 4.) Döblin zugänglich gewesen sein dürfte (Buchausgabe Berlin 1909). Inhaltliche Bezüge bestehen nicht oder nur in einem sehr äußerlichen Sinne (gräfliches Milieu, Liebesbeziehung, Überschreitung der gesellschaftlichen Moralkonventionen). Die Existenz des Schnitzler-Stückes dürfte Döblin zu der Abänderung des Titels für das Filmszenarium veranlaßt haben.

nössischen Ehe- und Sexualmoral, deren Kritik von Döblin allerdings im Umfeld einer recht verkomplizierten und exotisch eingefärbten Handlung eingeführt wurde. Er hat zwar in der Überlagerung von individueller und gesellschaftlicher Schuld, die beide aus den Zwängen einer deformierten Erotik herrühren, ein relevantes Motiv angeschlagen, doch gelingt die pointierte dramatische Durchdringung nicht, zumal auch äußerliche, witzig-ironische Spielsequenzen die Grundaussage überdecken und zu einem guten Teil verhüllen.

Döblin unternahm es in ‹Comteß Mizzi›, seine schon in der Erstlingserzählung ‹Modern› (1896)[44] vorgebrachte Absicht, die Misere der Ehe um 1900 offenzulegen, durch das Gegenbild einer geheiligten Prostitution zu charakterisieren, wobei er an das Vorbild des antiken Hetärenwesens[45] anknüpfte. Die emotionale Erziehung zu einer zwischen den Geschlechtern frei begründeten Ehe ist das seiner prüden Umwelt unverständliche Programm des väterlichen Grafen und seiner Hetären-Tochter. Diese, als die Folge einer Vergewaltigung durch ihren Vater an ihrer Mutter Siddi, vollzieht mit ihrem Liebesdienst zugleich die Sühne für das Verbrechen. Vater und Tochter sind einander liebend zugetan. Mizzi sucht die Erlösungsidee des Grafen gleichsam als «Magna mater»[46] mitzutragen. Als die «geweihte Tochter» verstrickt sie sich aber durch eine unbewußt ersehnte Zuneigung zu einem bürgerlichen Geliebten, der sie für sich zu erlösen meint, indem er den in seinen Augen verbrecherischen Vater ins Gefängnis bringen will. Mizzi entzieht sich dem Kon-

[44] ‹Modern. Ein Bild aus der Gegenwart›, in: A. D., Jagende Rosse. Der schwarze Vorhang und andere frühe Erzählwerke, Olten/Freiburg i. Br. 1981, S. 7–25

[45] Vgl. den Artikel Hetairai in: Der kleine Pauly, Bd. 2, München 1975, S. 1122f. (mit weiterer Literatur).

[46] Symbolisch wird diese Dimension im hetärischen Demeterkult des Stückes angedeutet, der antike Überlieferung aufgreift. Die griechische Göttin als diejenige, die die Ehe stiftet und schützt, spielt dabei keine Rolle. Entscheidend ist vielmehr die Verschmelzung des Demeterkultes mit dem orientalischen Kybele-Kult der Magna Mater in römischer Zeit, der von Döblin im Text direkt zitiert wird (vgl. o. S. 38).

flikt durch Selbstmord, der zugleich die Tat des Vaters an der Mutter begleicht[47].

Das Vergeltungsmotiv spielt jedoch keine vorrangige Rolle für Döblin. Mizzis tragischer Tod beruht letztlich darauf, daß sie die Prinzipien einer prostitutiven Sexuallehre verläßt, obwohl diese, nimmt man Döblins an das Mizzi-Problem offenkundig anknüpfenden Aufsatz über «Jungfräulichkeit und Prostitution»[48] von 1912 als intentionalen Ausgangspunkt, eigentlich die Form jeder Geschlechterbegegnung sein muß: «Jede spezifische Beziehung zwischen Mann und Weib gleich Prostitution.» Mizzi aber ist von Liebe angerührt, diesem «Zusammenschluß von Sexualität und Ich»[49], und scheitert deshalb nahezu zwangsläufig an der «Sexualgebärde in ganzer Persönlichkeit»[50]. Den düsteren und blutrünstigen Verstrickungen des Geschlechterkampfes, eines «Herrschaftsverhältnisses zwischen Mann und Weib»[50a], setzt Döblin in seinem Einakter auf einer zweiten Spielebene das Milieu eines frivolen Gesellschafts- und Konversationsstückes zur Seite, das zwar zeitkritisch, aber auch oberflächlich ist. Da dieser Textanteil überwiegt, verwischen sich die tragischen Grundlinien. Die Konfrontation der beiden unterschiedlichen Textsphären illustriert die Trivialität bürgerlicher Erotik, die faktisch «Geringschätzung des Sexuellen (ist). Keine Zeit dafür; eine Art Schnupfen, – nichts dagegen zu machen, nur Taschentuch-Verbrauch.»[51] Dabei wird deutlich, daß der Bürger in seinem Sexualverhalten emotional voll dem der Kokotte entspricht[52]. Daß diese Vorstellungen Döblins von ihm drama-

[47] Zur Vorgeschichte vgl. vor allem die Filmerzählung ‹Siddi› o. S. 321 ff., aber auch ‹Die geweihten Töchter› o. S. 325 ff.

[48] In: Der Sturm 3 (1912), S. 141 f. und S. 152.

[49] Ebd., S. 152.

[50] Ebd., S. 152.

[50a] Ebd., S. 152.

[51] Ebd., S. 142.

[52] Ebd., S. 142. Hierzu gehörig nach Döblin «die Demeter, das Mutterweib. Geschlechtlichkeit gleich Umweg zum Kinderkriegen.» (Ebd.) Die Demetereinfügung in ‹Comteß Mizzi› steht folglich für die ‹bürgerliche› Selbsttäuschung, den

turgisch überzeugend in ‹Comteß Mizzi› vermittelt worden wären, läßt sich kaum behaupten. Des Autors reserviertes Verhältnis zu seinem Stück in späterer Zeit dürfte damit zusammenhängen: «Die Sache ist von A bis Z verfehlt.»[53]

Trotz allem entbehrt der Plan zu diesem Kurzdrama nicht einer gewissen Kühnheit, da er den Willen zur Verletzung moralischer Tabus erkennen läßt. Seine erotische Düsternis fügt sich nur konsequent in gedankliche Linien und sexualpathologische Faszinationen des Frühwerks ein. Zentrale Motive späterer Texte nimmt ‹Comteß Mizzi› zudem vorweg. Die im ‹Wang-lun›-Roman vermittelte Lehre vom Nichtwiderstreben findet sich schon hier als Botschaft Mizzis: «Restlos sich aufgeben! Niemand auf der Welt ist so voller Güte; er liegt auf dem Grund aller Dinge wie ein weißes Licht.»[54] Die Einführung einer «heiligen Prostitution» im ‹Wang-lun› hängt sicher auch mit diesem Stück Döblins zusammen. Die Typen der edlen Prostituierten (Mieze in ‹Berlin Alexanderplatz›) wie der erlösenden Hetäre, die das ganze Werk durchziehen, kündigen sich in ‹Comteß Mizzi› an.[55]

Die spezifische Engführung von Liebe und Tod im sexuellen Konfliktraum bedeutete für Döblin bei der dramatischen Ausgestaltung zunächst eine offene Stellungnahme gegen die Normen der bürgerlichen Moral, deren obrigkeitliche Vertreter im Text denn auch lächerlich erscheinen. Der erotisch freie Intellektualismus eines Wilhelm Prölß bleibt demgegenüber stets ironisch überlegen, ist aber auch frei von einem plakativen Libertinismus, der ohnehin in der durchaus ideell angelegten Rol-

«Mißbrauch des Mannes, Mißbrauch der eigenen Sexualität [sc. der Frau].» (Ebd.) Das Scheitern Mizzis am Widerspruch zwischen Sexualfaktum und Ausbruchssehnsucht könnte daraus im Sinne Döblins geschlossen werden. Allerdings ist die Argumentationslinie des Aufsatzes nicht identisch mit der des Stückes, so daß Vorsicht geboten ist.

53 AzL, S. 358.

54 Vgl. o. S. 43.

55 Vgl. dazu auch K. Müller-Salget, Döblin aaO (wie Anm. 1), S. 30.

le der Mizzi programmatisch überwunden ist. Ihre Mission der verwandelnden Befreiung von der Unterdrückung des Sexus scheitert zwar subjektiv an der eigenen Identitätskrise, doch bedeutet dies nicht, daß deshalb ihre eigentliche Zielsetzung, einer bejahten Erotik einen positiven gesellschaftlichen Rang zu verschaffen, gescheitert wäre. Nicht mehr die marode, verlogene Ehe, die «zugleich Bett, Waschtisch und Ofenschirm sein kann», das «Universalmöbel»[56], will Döblin als gesellschaftlich akzeptierte Zähmung der Geschlechtlichkeit gelten lassen, sondern es geht ihm um deren Entbindung als schöpferische, soziale Kraft, um «wieder Mut zu sich» bekommen zu können.[57] Sexualität wird hier als die «stärkste aller Ichdarstellungen» begriffen, wie Döblin es im Aufsatz «Über Jungfräulichkeit» formulierte.[58] Darin steckt intentional auch die Aufwertung der Sexualität als eines Bereichs der ‹Schönheit› in ihrer primär femininen Qualifikation, für die im Stück Mizzi als Inkarnation steht.

Die Leistung der ‹Comteß Mizzi› ist auch insofern grundsätzlicher Art, als Döblin hier den Versuch unternahm, den zeitgenössisch so nicht vorhandenen Typus des erotischen Konversationsstückes mit einer in der Geschlechtlichkeit wurzelnden, tragischen Aussage zu verbinden. Die programmatischen Konfigurationen der Sexualitätsdiskussion dieser Epoche werden allerdings von ihm eher ausgeklammert, wenn auch deren Existenz und Kenntnisnahme den Entschluß, ein Stück wie ‹Comteß Mizzi› zu schreiben, überhaupt erst erklärt. Döblin rebellierte aufklärerisch gegen eine repressive sexuelle Sozialdisziplinierung, deren angemaßte und bornierte Durchsetzung mittels Zensur und Gericht gerade im künstlerischen Umfeld zu einem charakteristischen Zeitproblem geworden war.

[56] Vgl. o. S. 45. In der Entwurfsfassung ist die Äußerung noch nicht Wilhelm, sondern Mizzi selbst zugeordnet.

[57] Vgl. o. S. 44.

[58] In: Der Sturm 3 (1912/13), S. 121 f., hier S. 122; ebd. «Sexualaktion als Individualaktion».

Döblin berührt in der Verlängerung früherer Äußerungen[59] in seinem Stück die zentrale Schnittstelle von ‹sozialer› und ‹sexueller› Frage, die auch sonst kritische Zeitgenossen bewegte. Eine gewisse neue Akzentuierung von seiner Seite fällt aber dabei auf, da er beide Bereiche aus dem wechselwirksamen Modus psychischer Not diagnostiziert. Ihre Überwindung weist er allein der Frau und ihrer freien (und das heißt ‹reinen›) Sexualität zu. Damit aber wird zumindest teilweise die Zone einer von männlicher Überlegenheit perspektivierten Sexualdiskussion vor dem Ersten Weltkrieg verlassen.[60]
Die Anlage des Einakters weist jedoch zugleich die Grenzen dieser Leistung auf. Der Erfinder der sexuellen Erlösungslehre durch die Frau als «geweihte Tochter» ist ein Mann, der als Mizzis Vater dabei ein doppeltes Patriarchat ausübt. Mizzi selbst erliegt denn auch nur konsequent dem Entscheidungsstreit zwischen leiblichem Vater und dem Geliebten als gewünschtem Ersatzvater. Auf der einen Seite gilt für sie: «Man hat mich zu dir [sc. Neustätter] geschickt; ich habe vergessen heimzukehren. Er [sc. der Vater] war es selbst.» Auf der anderen Seite will sie dem Geliebten folgen: «Ich will nichts wissen vom Vater.»[61] Die Auflösung des Konfliktes gelingt nicht. Der für Döblin typische Umschlag in die Haßliebe[62] bleibt nur ein letztes Aufbegehren der Frau, die dann nur noch im autoaggressiven Selbstmord einen Ausweg sieht, darin aber auch die finale Erfüllung eines nie stillbaren Liebesverlangens als des eigentlichen Weges in die menschliche Freiheit vollzieht. Der Tod erscheint als die letzte Selbstverwirklichung. Er bedeutet aber in der Konfiguration des Stückes, daß die Männer, ihre unfreie Wertewelt und ihre sexu-

[59] Sie gehören in den Zusammenhang von Döblins Bebel-Rezeption. Vgl. dazu A. W. Riley im Nachwort zu ‹Modern› aaO (wie Anm. 44), S. 224 ff.

[60] Vgl. hierzu den Überblick bei N. Wagner, Geist und Geschlecht, Frankfurt/M. 1982, S. 69 im Anschluß und Umfeld von Otto Weiningers Buch ‹Geschlecht und Charakter› (1903).

[61] Vgl. o. S. 54.

[62] Vgl. o. S. 58.

elle Schuldverstrickung über das Modell einer sich selbst gewissen, weiblichen Erotik siegen. Sie auszuleben, bedeutet den Tod. Döblin hat in ‹Comteß Mizzi› vieles nur angeschnitten und ist keineswegs mit allen Perspektiven des Problems zu Rande gekommen. Angesichts der zeitgenössischen Situation auf dem gewählten Diskussionsfeld kann dies auch nicht verwundern. Die dramatische Etablierung einer sexuell freizügigen Beardsley-Welt[63], deren bürgerlicher Voyeuristik-Aspekt nicht zu leugnen ist, verträgt sich nur bedingt mit der Botschaft, die Frau von sexueller Unterdrückung und Ausbeutung zu erlösen. Der Einakter verläßt nicht den Dunstkreis einer männlichen Projektionsphantasie, die zwar gegen die engen und verlogenen Moralschranken der wilhelminischen Gesellschaft aufbegehrt, die dabei aber doch weibliche Sexualität und Erotik den Bedürfnissen einer männlichen Psychologie unterordnet.

Trotz einer solchen Relativierung darf ‹Comteß Mizzi› aber einen angesehenen Platz in der zeitgenössischen Diskussion beanspruchen, die erstmals die Sexualität der Frau bejahte und an der Literatur und Kunst ihren entscheidenden Anteil hatte. Döblins Stück läßt sich bruchlos in diesen Diskurs einfügen. Immerhin bietet die spezifische Situierung des Einakters aber eine Variante, die in der tragischen Betonung eines ästhetisch-sexuellen Frauenbildes eigentümliche Motivkomplexe enthält. Ansonsten setzt Döblin den «Femme fatale»-Kult der antidekadenten, literarischen Moderne von Kraus, Wedekind, Dehmel, Sternheim, Heinrich Mann u.a. mit ihrer spezifischen Verherrlichung der Hetäre als der freien Inkarnation des Sexus in ‹Comteß Mizzi›

[63] Dieses Muster wird ausdrücklich in den Kostümangaben zitiert (vgl. o. S. 41). Dahinter steckt ein zeittypisches Stilmoment. Vgl. etwa das Stück von Franz Blei und Max Brod ‹Circe und ihre Schweine›, in: Die Schaubühne 4, 1 (1908), S. 152–160, hier S. 153 die Regiebemerkung. Dieses Stück hat im frivolen und z.T. auch im parodistischen Ton durchaus Berührungspunkte mit ‹Comteß Mizzi›, was nicht auf Abhängigkeit Döblins hindeutet, sondern nur auf die zeitcharakteristische Stilrepräsentanz seines Einakters innerhalb der Avantgarde und ihrer Hinwendung zu sexuellen Themen.

fort.[64] Ganz bestimmte Einflüsse sind vom Text selbst her für Döblin nicht nachzuweisen, wenn auch das für ihn an sich unübliche Wiener Milieu die Kenntnisnahme von Karl Kraus nahelegen würde, dessen für das gewählte Thema einschlägiger Essayband ‹Sittlichkeit und Kriminalität› gerade erst 1907 erschienen war.[65] Der darin von Kraus erbittert geführte Kampf gegen die obrigkeitliche Sexualmoral war auch der Döblins.

Lusitania

In den «Drei Szenen», aus denen das ‹Lusitania›-Stück besteht, verzichtete Döblin auf eine strenge dramatische Form. Entsprechend unscharf ist auch die Auftrittsgliederung durchgeführt, die eher filmischen Prinzipien des Schnitts oder der Überblendung folgt. Die Beschäftigung mit den Ausdrucksmitteln des Films findet hier ihren ersten Niederschlag. Die unmittelbar anschließende Arbeit an einem Filmszenarium ‹Die geweihten Töchter› verdeutlicht dies nur noch.[66]
Die dramaturgisch miteinander nicht verbundenen Spielorte des ‹Lusitania›-Stückes sind das Schiff (1. Szene), der Meeresboden (2. Szene) und eine nächtliche Hafenstadt (3. Szene). Döblin verzichtet seinen theoretischen Überzeugungen gemäß[67] auf die Anlage einer traditionellen Handlung. Der Aufbau ist ganz as-

[64] Vgl. dazu N. Wagner, Geist aaO (wie Anm. 60), S. 135 f. und S. 140.
[65] Neudruck als Band 11 der Karl Kraus-Werkausgabe (München/Wien o. J.). – Döblins Beschäftigung mit Kraus um 1910 geht vor allem aus seiner (unpublizierten) Rezension von dessen Buch ‹Pro domo et mundo› (1912) hervor (Abdruck aus dem Nachlaß jetzt in Katalog Döblin, S. 112 f.). In einer Theaterrezension von 1924 schreibt Döblin außerdem: «Für mich seit 15 Jahren die erste Wiederbegegnung mit Worten von Kraus.» (in: A. D., Ein Kerl aaO, wie Anm. 3, S. 243)
[66] Vgl. zu den Entstehungsdaten o. S. 562 und S. 563 f.
[67] Kurz vor ‹Lusitania› formuliert in den ‹Bemerkungen zum Roman› (1917), in: AzL, S. 19–23, hier S. 20. Ebd. S. 19 schon der Verweis auf eine ursprüngliche, handlungsfreie Dramatik.

soziativ. Döblin praktiziert im Grunde ein episches Verfahren auf unterschiedlichen und gegensätzlichen Realisationsebenen. Die dramatisierte Form wirkt nebensächlich. Eine stoffliche, fest umrissene Substanz, auf die gemäß konventionellen Rezeptionserwartungen das Stück ausgerichtet sein müßte, fehlt. Insofern gibt es auch keinen nacherzählbaren Inhalt, der sich als logische Aussage rekonstruieren ließe.

Thema der ‹Lusitania› ist das langsame Sterben der Menschen, das nicht den Tod als Endpunkt kennt, sondern das ein allmählicher, schwerer Übergang in die Natur ist. Die Darstellung dieses Prozesses entfaltet Döblin als ein bedrängendes Bilderpanorama, das an tiefenpsychologische Analyseverfahren erinnert. Da es im Stück aber nicht um individuelle Phantasmen geht, sondern ein kollektives Schicksal verhandelt wird, läßt sich der Text nicht einfach als Chiffrierung psychischer Vorgänge verstehen und auflösen. Döblin zitiert ein Verfahren der assoziativen Emanation und sucht es formal umzusetzen. Um analytische Deutung geht es ihm nicht.

Die Entbindung von gedanklichen Zuordnungen, nach der ‹Lusitania› verfährt, wird schon im Titel deutlich, der auf ein konkretes Ereignis des Ersten Weltkrieges verweist. Die Torpedierung des englischen Dampfers «Lusitania» durch ein deutsches U-Boot am 7. Mai 1915, die durch den Tod von 1198 Menschen (darunter 139 US-Bürger) einen entscheidenden Einschnitt im deutsch-amerikanischen Verhältnis bedeutete, galt völkischen Kreisen in Deutschland als traumatischer Wendepunkt des verlorenen Krieges. Die Titelzitierung scheint zunächst auf politische Absichten Döblins hinzudeuten, doch erweist sich dies durch den Text selbst nicht. Der von studentischen «Hakenkreuzlern» provozierte Theaterskandal bei der Darmstädter Uraufführung des Stückes 1926[68] beruhte wesentlich auf einem rein assoziativen Verständnis des Titels, nicht je-

[68] Zu dieser soziologischen Einordnung vgl. die Rezension der Neuen badischen Landeszeitung vom 18. 1. 1926 in: Schuster/Bode, S. 73.

doch auf einem inhaltlichen Urteil über das Stück selbst. Die Wahl eines Schiffsnamens als signifikanter Chiffre orientierte sich zwar nicht an der politischen Qualität des historischen Ereignisses, ist aber doch gegenüber dem Rezipienten kalkuliert. Das allgemein bewußte, katastrophale Faktum diente Döblin als Paradigma menschlicher Grenzsituation, die der Vorgang eines Schiffsuntergangs ja ist. Diesen von vorneherein zu imaginieren, war die Absicht des Titels, auf den zu verzichten, wie Döblin es nach dem Uraufführungseklat offenkundig erwogen hat[69], eigentlich nicht geht.

In einem weiteren Sinne soll auch der Krieg über den Titel evoziert und als allgemeines Gleichnis für die stets bedrohte Humanität bewußt gehalten werden. Krieg als die gesellschaftliche Selbstvernichtung der Menschen ist thematisch im Stück durchaus gegenwärtig, wenn in der dritten Szene die als Gespenster heimkehrenden Schiffbrüchigen von den «Bürgern», diesem «Menschengelichter», nicht als Schicksalsgenossen angenommen, sondern barsch zurückgewiesen werden. Die Lebenden wehren sich gegen die Toten, sie «wollen Krieg» und «Rache» für sie, da sie die auf Versöhnung gerichtete Botschaft der sinnlos gestorbenen Opfer nicht verstehen wollen, sondern nur in den chauvinistischen Mechanismen der Lebenden zu denken vermögen: «Die Tausende im Ozean sollen gerächt werden. In den Krieg. Wir müssen in den Krieg.»[70]

Die antikriegerische Einstellung Döblins, wie sie schon im Zusammenhang der Arbeit am ‹Wallenstein› zutage getreten ist, findet hier ihre Fortsetzung: Der Krieg als «grenzenlose Dämonie und Entfesselung, Chaos [...]. Ein furchtbares Ding, der Krieg; niemand soll ihn herbeiwünschen; es ist die Probe, die Versuchung, die der Mensch, diese unsichere Tiergattung, nicht

[69] Hierauf deutet die Umbenennung des Schiffes in «Patagonia» hin, die Döblin im Text des «Sprechers» vornahm (vgl. o. S. 103 ff.). Angesichts der ungesicherten Datierung dieses Entwurfs (vgl. o. S. 549) läßt sich nur vermuten, daß die Vorgänge um die Uraufführung hierfür maßgebend gewesen sind.

[70] Vgl. o. S. 94.

besteht.»[71] Wie sie bewältigt werden kann, versucht Döblin modellhaft in ‹Lusitania› vorzuführen.

Zunächst geht es im Stück um die Erfassung der kollektiven psychischen Phänomene, um eine «seelische Atmosphäre»[72], wie sie sich ihm unter dem Eindruck der Weltkriegskatastrophe darstellte. Formal wird die Kollektivität durch eine vollkommene Entpersönlichung der Rollen vermittelt, die in der Anonymität angesiedelt bzw. nur als Gruppenangehörige gekennzeichnet sind. Dies gilt letztlich auch für den Typus der ideologischen Protagonisten mit stärkerem Eigenprofil. Dieses Verfahren ist nicht neu, sondern kommt aus dem zeitgenössischen, expressionistischen Drama.

Die Darstellung von Ängsten, Bewußtseinshaltungen, Einstellungen zu Tod und Gewalt sowie Todeserfahrung und -verdrängung, die dramatisch insgesamt das ausmachen, was Döblin andernorts einmal als «wirkliche Bewegung» der Menschen im Gegensatz zu bloßer «Handlung» definiert hat[73], ist eingebettet in eine imaginäre Welt auf der Grenze von Diesseits und Jenseits. Die Szenen sind insofern nicht ‹realistisch›. In ihnen wird keine gespielte (und auch nicht spielbare) Wirklichkeit verhandelt. Sie schildern «Elementarsituationen» menschlicher Daseinsnot.[74] Die darstellerischen Probleme sind entsprechend

[71] Vgl. A.D., Entstehung und Sinn meines Buches ‹Wallenstein› (1930); nur tschechisch publiziert; in deutscher Fassung als Rückübersetzung bzw. Entwurfsabdruck vgl. in: D. Mayer, Alfred Döblins Wallenstein, München 1972, S. 11f., hier S. 11.

[72] Aus einer Kritik Döblins von 1924 bezogen auf eine echte Dramatik in seinem Sinne. Vgl. A.D., Ein Kerl aaO (wie Anm. 3), S. 239.

[73] Ebd., S. 239.

[74] Vgl. dazu Döblins literarische Zielsetzung, «starke Grundsituationen, Elementarsituationen des menschlichen Daseins» zu behandeln in: ‹Der Bau des epischen Werks› (1929), in: AzL, hier S. 106. Seine Vorstellungen bezüglich ‹Lusitania› spiegeln sich auch in einer Äußerung Döblins über Arnolt Bronnens ‹Vatermord›: «[...] sind nicht Realität, sondern traumartiges Heraussetzen von Triebrichtungen. Es ist aber dies alles gleichzeitig ein Spiegel der Seele [...].» (A.D., Ein Kerl aaO [wie Anm. 3], S. 84; Kritik von 1922).

groß, da Döblin sich einer indirekten, zum Teil symbolisch-allegorischen Diktion bedient, die zwar der angestrebten psychischen Diffusität entspricht, aber eben nicht mehr im gängigen Sinne kommunikabel ist.

Verstärkt wird dieser Eindruck durch die Einführung der zur Menschenwelt antagonistischen Natur in das Stück. Döblin unternimmt im dramatischen Modell von einer belebten Welt der Meeresgeschöpfe als Gegenspieler, aber auch als Heiler der verwirrten Menschen einen Vorstoß in Richtung seiner naturphilosophischen Überlegungen der zwanziger Jahre, die in der «Person als Stück und Gegenstück der Natur»[75] ihren Kerngedanken haben, die aber auch wie selbstverständlich die Existenz «von unsichtbaren Wesen und anderen Welten»[76] voraussetzen.

‹Lusitania› ist eine frühe Station der schriftstellerischen «Ich-Suche» Döblins gewesen, die ein Generalthema seines späteren Werkes darstellt. Wenn er in ‹Unser Dasein› formuliert, daß sich allein «in Träumen, im Weinen Ich» manifestiere[77], so liefert dies den Verständnisschlüssel zum Stück, dessen erste beiden Szenen latent, dessen dritte ausdrücklich der Nachtsphäre, dem Schlaf und damit den Träumen zugeordnet sind. Die Phantasmagorien des Textes sind Bilder zwischen Alp und Erlösung, sind Beschwörungen von menschlicher «Ich»-Welt und natürlicher Gegenwelt, deren überlegene Beseelung Döblin ideell voraussetzt und (vor allem in der zweiten Szene) dramatisch vorführt.

Die Natur als Erlösungsraum, die kein Gericht über quälerische «Sünden», sondern nur – am Meer konkretisierte – Stille und Kühle kennt[78], war für Döblin die eigentliche Idee, die er in der literarischen Fiktion auszugestalten suchte. In größerem Zusammenhang findet sich diese Vorstellung in seiner «Resonanz»-

[75] A. D., Unser Dasein aaO (wie Anm. 23), S. 31.

[76] A. D., Das Ich über der Natur, Berlin 1928, S. 78.

[77] A. D., Unser Dasein aaO (wie Anm. 23), S. 17.

[78] Vgl. o. S. 84.

Lehre der späten zwanziger Jahre[79] wieder, wo Natur und Mensch als komplementäre Partner entworfen werden.[80] In ‹Lusitania› macht Döblin die Naturseite des Ich, das autistisch in seiner Welt verstrickt ist, am Grenzschnitt des leidenden Lebens zum Tode, bewußt.

Ihrer Intention nach ergeben die «Drei Szenen» kein dramatisches Konzept. Sie sind Reflexionen über Grundfragen der menschlichen Existenz, bei deren Vermittlung sich Döblin der szenischen Form bedient. Andere Darstellungsweisen wären dafür durchaus auch denkbar gewesen. Gesellschaftliche und politische Lebenszustände sind in ‹Lusitania› zwar, soweit nötig, zitiert, ihre Behandlung aber interessiert den Autor nicht, da es ihm nicht um eine gängige, soziale und politische Parteinahme, sondern um das Prinzip einer befreienden Integration von Mensch und Natur geht.[81] Um das vorführen zu können, braucht er allerdings die Extremsituation, das Modell «Krieg und Menschlichkeit»[82].

Um die gedankliche Linie der ‹Lusitania› voll verstehen zu können, bedarf es der Einsicht, daß Döblin buddhistisches Vorstellungsgut für die Grundaussage übernommen hat. Darauf läßt sich durch Vergleich mit späteren Äußerungen schließen. In seinem Aufsatz über ‹Buddho und die Natur› von 1921 stehen geradezu Schlüsselsätze für die scheinbar hermetische Konzeption des Stückes:

> Als niederzerrende Fesseln [sc. unseres Daseins] kenne ich: Umgebung, Konvention, Trägheit, Gewohnheit. Fallen die Fesseln, so erlischt die Kleinlichkeit, Gehässigkeit, Spitzfindigkeit, Leidenschaftlichkeit, Angst, Besorgnis, Langeweile.

[79] Obwohl ‹Unser Dasein› erst im April 1933 erschienen ist, reicht seine Abfassung weit in die zwanziger Jahre zurück. In der Werkbibliographie, die im Band ‹Alfred Döblin. Im Buch – Zu Haus – Auf der Straße›, Berlin 1928, S. 113f. enthalten ist, heißt es: «1920/28 Unser Dasein, Betrachtungen (unveröffentlicht)».

[80] A. D., Unser Dasein aaO (wie Anm. 23), S. 168ff. vor allem.

[81] Theoretisch findet sich dies ausformuliert in: A. D., Das Ich aaO (wie Anm. 76), S. 140.

[82] Vgl. A. D., Entstehung aaO (wie Anm. 71), S. 12.

Nicht zu dieser Welt, der Konvention, der falschen historischen, begriffsverdrehten kehrt man zurück, aber doch zu dieser Welt, man gelangt erst zu ihr. Diese Welt – der beseelten Wolken, Gebirge, Meere, Wüsten, Wälder – ist nicht die Welt des Leids, der Krankheit und des Alters. Es ist die schmerz- und leidüberlegene überhobene Wandelwelt, die einzige, von der ich fühle: sie ist.[83]

Diese Botschaft als Ergebnis eigener Überzeugung hat Döblin in ‹Lusitania› dramatisiert. Es ist ein Gedankenstück, ein das Reale transzendierendes Paradigma menschlicher Befindlichkeit in dieser Welt geworden.

Unter dieser Perspektive, das Stück als ein lebensphilosophisches Werk zu begreifen, klären sich die Schwierigkeiten beim Verständnis, die sich zwangsläufig für ein an konventioneller Handlung interessiertes Publikum einstellten. ‹Lusitania› ist eine meditative Aussage, in szenische Bilder gebannt, über die kosmologische Situierung des Menschen, dem Döblin Hoffnung vermitteln will, einen «Stern über dem Meer»:

Wir tun etwas, wir leisten Brückenbau, Felsensprengung, Gedanken. Bestimmt verändern wir durch unser Leben einiges. Es wird, im Maßstab der Welt, nicht viel sein. Die Form aber ist in der Welt, dahinter das Ich. Es steht ein Stern über dem Meer.[84]

Die zukunftshaltige Utopie des Lebens steht für Döblin außer Zweifel. Von ihr aus klärt sich der scheinbar unverständliche, weil faktenwidrige Schlußsatz des Stückes: «Die Lusitania – ist – nicht – untergegangen.»[85] Untergang und Tod sind nicht das Ende des Menschen in der Welt, der transitorisch die Grenze der «zeitlich-individuellen Welt»[86] überschreiten kann. Der Weg des Schiffbrüchigen durch den Tod eröffnet den bis dahin

[83] Die Stelle schließt an ein Buddha-Zitat an («Nach Vernichtung der fünf niederzerrenden Fesseln emporgestiegen, um von dort aus zu erlösen, nicht mehr zurückzukehren zu dieser Welt.») Vgl. Neue Rundschau 32 (1921), S. 1192–1200, hier S. 1194f. Der Text wurde übernommen in: A. D., Das Ich aaO (wie Anm. 76), hier S. 141.

[84] A. D., Unser Dasein aaO (wie Anm. 23), S. 477.

[85] Vgl. o. S. 102.

[86] A. D., Das Ich aaO (wie Anm. 76), S. 220.

verschlossenen Zugang zu seinem eigentlichen Wesen, zu seiner neuen sinngefüllten Existenz als «Ur-Ich», dessen Entbindung hier über den Eingang in die größere Natur, über die «Umseelung» vollzogen wird.

Der zunächst schwer begreifbare und deshalb von den Menschen nicht angenommene Tod wird in Döblins Sinne zum Tor, das zur wirklichen Freiheit des Menschen führt. Die Katastrophe wird so ihrer auswegslosen Finalität entkleidet. Sie ist im Grunde der Anfang dafür gewesen, das schon lange vor der Meerfahrt, diesem symbolischen Topos der Lebensreise, in den Seelen Verlorene und Verschüttete wiederzufinden.[87] So ist der angedeutete naturmystische Weg denn auch ein gesellschaftlicher. Sein Ich zu finden, erscheint als mögliche Antwort auf die Unseligkeit geschichtlicher Katastrophen.

Die dramatische Form, die Döblin für diese Überlegungen wählte, war ein Experiment. Trotz einer eindrucksvollen, expressionistischen Inszenierung muß die Bühnentauglichkeit des Werks bestritten werden. Es ist ein Lese-Stück, das den ganzen «Gefühls»-Komplex von der «Natur und ihren Seelen»[88] in szenischen Bildern zu bannen sucht und auf der Linie einer «neuen Einstellung» zur Natur liegt[89], die sich bei Döblin nach eigenem Zeugnis Anfang 1919 am Schluß des ‹Wallenstein› zuerst Bahn gebrochen hatte.[90]

‹Lusitania› erscheint als literarische Verarbeitung dieser neuen «Gefühlsströmung», eines «neuen Geistigen»[91].

Im Spannungsfeld imaginativer Bilder, wie sie für den Epiker Döblin als produktives Substrat charakteristisch sind[91a], entfal-

[87] Vgl. den Sprechertext o. S. 104.

[88] Vgl. den Brief an F. Mauthner vom 28.9. 1922, in: Briefe, S. 122f.

[89] A. D., ‹Bemerkungen zu «Berge Meere und Giganten»›, in: AzL, hier S. 345.

[90] Zu den naturphilosophischen Voraussetzungen des ‹Wallenstein› vgl. ausführlich D. Mayer, Döblin aaO (wie Anm. 71), S. 30ff.

[91] A. D., Bemerkungen aaO (wie Anm. 89), in: AzL, S. 345.

[91a] Vgl. Döblins Selbstzeugnis etwa über die ‹visionäre› Genese des Eingangs zum ‹Wallenstein› in: ‹Der Bau des epischen Werks› (1929), in: AzL, hier S. 119.

tete er seine eigenen Probleme, seine Verständnissuche gegenüber dem Leben in dieser Welt. Das Stück ist seinem Gehalt nach «Metapsychologie»[92], wie sie Döblin 1922 in einem Aufsatz definierte, eine Form der Selbstvergewisserung aus einer verallgemeinerten Einschätzung des humanen Lebens als Teil der umfassenderen Natur. Für ‹Lusitania› und ihren mystischen Schluß vom nicht erfolgten Untergang stehen hier die Sätze, die als geistige Linie in Anspruch genommen werden können:

> Das Ziel des Lebens ist also der älteste Zustand, der Ausgangszustand, den das Leben einmal verlassen hat, zu dem es über alle Umwege der Entwicklung zurückstrebt. Das Lebende kehrt ins Anorganische zurück, das Ziel alles Lebens ist der Tod.[93]

Für diesen Weg aber ist das Wasser die naturistische Chiffre. Was Döblin im Aufsatz ‹Das Wasser› 1922 beschreibt, es findet sich als szenische Wirklichkeit im Stück: «Flüssig zu werden ist sogar vielem Festen gegeben. Etwa wie die Seele in Traum geraten oder schlafen kann. In der Flüssigkeit sinken die Grundteile zu tieferer Anonymität zurück. Die schärfere hitzigere Wallung der Körper, ihre Isolierung und Flucht voneinander nimmt ein Ende.»[94] In ‹Lusitania› feiert Döblin seinen neuen Naturmythos «Jenseits von Gott», der an die Stelle einer nicht mehr zeitgemäßen, christlichen Mythoserfahrung treten soll.[95] Da die Menschen weder sehen noch fühlen, «was sie mit sich schleppen», gilt es, ihnen die Augen zu öffnen. Das bedeutet zwar, wie es denn auch die Parabel vom Schiffsuntergang verdeutlicht, sie «leiden zu machen», doch ist dies ein Dienst der «Menschlich-

[92] A. D., Metapsychologie und Biologie, in: Die Neue Rundschau 33 (1922), S. 1222–1232.

[93] Ebd., S. 1224 f. Die Äußerung steht im Zusammenhang mit der kritischen Referierung von S. Freuds Arbeit ‹Jenseits des Lustprinzips›.

[94] A. D., Das Wasser, in: Die Neue Rundschau 33 (1922), 853–858, hier S. 855.

[95] Vgl. hierzu den programmatischen Aufsatz Döblins aus der Entstehungszeit von ‹Lusitania›, ‹Jenseits von Gott!›, in: A. Wolfenstein (Hg.), Die Erhebung, Berlin 1919, S. 381–398.

keit»[96]. Hier sah Döblin seine Aufgabe. ‹Lusitania› wurzelt im Prinzip einer ethischen Künstlerschaft, die sich ihrer selbst bewußt ist.[97]

Die Nonnen von Kemnade

Über die stofflichen Entstehungszusammenhänge hat Döblin in seinem «Vorwort» zum Druck des Stückes selbst berichtet. Die Beschäftigung im Winter 1920/21 mit einem alten Material-Konvolut «Byzanz»[98] aus der Zeit um 1915[99], das für einen geplanten Kreuzzugsroman entstanden war, führte zur Bekanntschaft mit Quellenhinweisen über die Geschichte der Judith von Bomeneburg, Äbtissin des Frauenklosters Kemnade in Westfalen im 12. Jahrhundert.

Döblin benutzte für sein Drama mit einer ganz konventionellen Akt- und Auftrittsstruktur nicht mehr als einige historische Grunddaten und -konstellationen (Absetzung der Judith 1147; Klosterreformbewegung), wie sie die Jahrbücher der deutschen Geschichte referieren[100] und die vom Autor auch im «Vorwort» mitgeteilt werden[101]. Die wirklichen, politischen Machtkampf-

[96] Ebd., S. 384.

[97] Ebd., S. 389 in der Abwehr einer ‹reinen› Kunsthaltung, die sich als Surrogat der Religion aufspielt. Dagegen gilt das Prinzip: «Unsere Aufgabe kann nur sein, Klarheit und Reinheit zu schaffen.» (S. 395)

[98] Neben dem Hinweis im Vorwort (o. S. 106) geht dies auch aus der Bezeichnung des Konvoluts von Döblins Hand im Marbacher Nachlaß (Depot) hervor. Es wird unter den Manuskriptteilen der ‹Nonnen von Kemnade› aufbewahrt (Mappe I).

[99] Vgl. den Brief Döblins an Martin Buber vom 12. 10. 1915: «Ich liege jetzt über dem kaiserlichen deutschen Mittelalter.» (Briefe, S. 77). An H. Walden am 20. 11. 1915: «Seit 1–2 Monaten mache ich Vorstudien zu einem Buch aus dem Mittelalter vor der Reformation.» (Briefe, S. 78)

[100] Vgl. W. Bernhardi, Konrad III., Teil 1 1138–1145, Leipzig 1883, hier S. 553f. (= Jbb. d. dt. Gesch., Bd. 14, 1). Vgl. auch noch die weiteren, auf Judith bezüglichen Stellen S. 693, 696, 781, 839, 911, 938.

[101] Innerhalb des «Byzanz»- bzw. «Kreuzzüge»-Konvoluts (vgl. Anm. 98) findet sich eine kleinoktave Notizzettel-Serie von 7 Blatt über das «Nonnenkloster Kemnade».

hintergründe des Kemnadener Streites interessierten Döblin nicht. Was ihn fesselte, war die Gestalt der «Kaminatensis abbatissa». Außer Judith sind gerade noch zwei historische Figuren aus den Quellen im Stück verwertet worden (Kardinal Thomas und Abt Heinrich von Corvey als Bruder Judiths, abgesetzt 1146). Die eigentliche Zentralfigur des Konflikts um Kemnade, Wibald von Stablo, blieb völlig ausgeklammert, obwohl dieser benediktinische Machtpolitiker ersten Ranges durchaus ins dramatische Profil gepaßt hätte. Döblin aber interessierte Judith.

Ihre historische Gestalt hat für das Drama aber nur ein gewisses Kolorit geliefert. Daß sie jung Äbtissin geworden war («femina etate iuvencula»), bezeugen die Quellen. Der Vorwurf erotischer Freizügigkeit, das Feiern von Lupanarien waren eher vorgeschobene Gründe für die Absetzung. Der politische Konflikt zwischen der Amtskirche und Judith entzündete sich an ihrem mehr adligen als ekklesiastischen Selbstverständnis und an der Tatsache, daß sie Güter und Einnahmen des Klosters nach ihrer Absetzung an ihre Favoriten verschenkte. Aus allem bezog Döblin den sexuellen Konfliktfall zwischen den Geschlechtern, der in den historisch zutreffenden, kirchlichen Bezugsraum mit seiner rigiden Unterdrückung aller Sexualität hineingestellt wurde.

Die dramatische Konstellation des Vierakters ist freier Entwurf Döblins, der sein geschichtliches Substrat nicht mit der Absicht umsetzt, ein Stück aus dem Mittelalter zu schreiben. Mögen auch geistige Zeitströmungen aus der Epoche der Kreuzzüge eingeflossen sein[102], so sind die Denk- und Verhaltensweisen der Bühnenfiguren trotz einiger zitathafter Reminiszenzen auf religiösem Gebiet nicht mittelalterlich. Was sich abspielt, sind Konflikte aus der Geschlechterkampfwelt des 20. Jahrhunderts. Nicht Geschichte wird von Döblin demonstriert, sondern ihm

[102] Trotz angelesener Kompetenz bleibt im Stück die Verarbeitung eher oberflächlich und unhistorisch. Die Zitierung der Geheimlehre des Templerordens vom «niederen Gott» macht dies etwa deutlich. Döblin funktioniert sie seinen eigenen naturmystischen Überzeugungen gemäß recht frei um.

geht es bei aller «weltfrohe(n) Umhüllung der historischen Vorgänge» um Grundsätzliches, um «den Menschen, sein Ich, sein Leiden» als eine Art «selbstmörderisches Gegenüber»[103].
Der Machtkampf der Menschen und besonders der Geschlechter ist das Thema der ‹Nonnen von Kemnade›, die um die «abbatissa» Judith kreisen. Ihr und «dem Strudel, den sie um sich zog», galt der Text, dessen «Modernität» Döblin nicht in der «Aufmachung»[104], sondern in dem Kraftfeld der Verstrickungen zwischen Religiosität und Erotik suchte. Alle Spielarten dieser miteinander verquickten Sphären sind von Döblin in das Stück einbezogen worden[105]. Die für ihn dabei vorhandene Faszination ist unübersehbar. Sie verwundert angesichts des davor liegenden Frühwerks nicht.
Die Gegnerschaft zwischen Frau und Mann endet auch in diesem Drama Döblins tödlich. Ein Ausweg wird auch hier nicht gezeigt. Die von der Männerwelt als bedrohlich empfundene freie Sexualität der Frau läßt einmal mehr diese zum Opfer werden. Doch der Strudel ihres Untergangs zieht die Männer mit. Das gemeinsame Verhängnis der Geschlechtlichkeit erlaubt als Lösung nur den Tod.
Trotz Döblins Beharrlichkeit bei der neuerlichen Erfassung des Geschlechterkampfes bezeichnen die ‹Nonnen von Kemnade› im Frauentypus der Judith eine Variante. Sie weist schon die Züge des «simple(n) elementare(n) Biest(s)» auf, ist «die andere Artung Mensch, Mann – Weib»[106], die Döblin in ‹Berge Meere und Giganten› zur vollen Gestaltung bringen wird. Der schon früher beschrittene Weg, auf seichten, oberflächlichen Psychologismus im Roman zu verzichten, konkretisiert sich hier im neuen Frauenbild jenseits der gängigen Konvention ei-

[103] A.D., Epilog, in: AzL, S.388 bezogen auf die Schreibsituation zwischen ‹Wallenstein› und ‹Berge Meere und Giganten›.
[104] Vgl. hierzu programmatisch Döblins Vorwort o.S.107.
[105] Material dazu vgl. bei L.Huguet, A.D. dramaturge aaO (wie Anm.1), S.232ff. und S.236ff., wobei die Analyse beträchtliche Unschärfen aufweist.
[106] A.D., Bemerkungen zu «Berge Meere und Giganten», in: AzL, S.355.

ner weiblichen Darstellung aus dem «Idyllische(n) oder Psychologische(n), Private(n)»[107].

Die im Stück vorgeführte Erotik ist keine süße und angenehme, mag sie im Leben Judiths und ihrer Nonnen vor dem Einbruch der finsteren, männlichen Macht in Gestalt der grauen Mönche (= Zisterzienser) und der Kreuzritter als davorliegender (Ur-) Zustand auch angedeutet sein. Die Erotik Judiths artikuliert sich als Kampf gegen alles Männliche, sei es in menschlicher oder auch göttlicher Gestalt[108]. Das sexuelle Verhalten Judiths zielt auf Unterjochung des Mannes[109]. Dieser Kampf speist sich zusätzlich aus religiösen Konflikten. Judith steht für die von der Amtskirche diffamierte Frau als verführerischer Eva, die aus dem Gefühl ihrer Unterdrückung stellvertretend Rache zu nehmen sucht. Der Kampf zwischen Ambrosius und Judith bezeichnet denn auch eine historisch relevante Station nicht nur des Geschlechterkampfes überhaupt, sondern des Aufbegehrens der Frau gegen die kirchliche Anmaßung, über die weibliche Sexualität gebieten zu dürfen. Darin ist das Stück emanzipatorisch.

Die dramatische Anlage der ‹Nonnen von Kemnade› verzichtet auf detaillierte Verhaltensmotivierungen der Figuren. Eine glaubhafte Handlungspsychologie war Döblins Sache nicht: «Gedichtete Psychologie ist ein Unfug»[110], zumal wenn es um die literarische Darstellung von Frauen geht[111]. Die Reduktion hat somit Methode: «Alles, was geschieht im Drama, muß aus diesen zurechtgehauenen Menschen glaubhaft fließen; hinter

[107] Ebd., S. 355.

[108] Vgl. Judiths Äußerung gegenüber Ambrosius in IV, 2 (o. S. 158): «Gott muß von deiner Art sein: ein Mann herrschsüchtig, ingrimmig, voll Wut.»

[109] Anschaulich etwa in der ‹Kätzchen›-Szene, I, 1–I, 2, in der Judith das spielerische Agieren einer Katze (als topisch feminines Verhaltenssymbol) von einem Ritter verlangt. Aber auch in den erotisch aufgeladenen Bezwingungsszenen des Kardinals, Cyrills u. a. einschließlich des Ambrosius betont Judith ihren Herrschaftsanspruch.

[110] A. D., Bemerkungen zum Roman, in: AzL, S. 21.

[111] A. D., An Romanautoren und ihre Kritiker, in: AzL, S. 16 f.

diesen steht keine Welt, keinerlei Souffleur, kein erkenntlicher Dirigent; sie vollziehen ihr Schicksal unter sich.»[112]

Dieses Programm bestimmt Döblins Ausdrucksstil in den ‹Nonnen von Kemnade›, dessen Herkunft aus den Prinzipien seiner epischen Poetik dabei festzuhalten ist. Ähnlich entspricht auch die schroffe, entpsychologisierte Dynamik Judiths[113] mit ihrem unrealistischen Schwanken zwischen weibchenhafter Ängstlichkeit und heroischer Dominanz der Döblinschen Wirkungsästhetik vom steinernen Stil, der sich auf den Roman bezieht. Das Ziel ist die Schilderung vitaler Gebärden und Gegebenheiten jenseits einer engen Kausalität, die den irrationalen Lebenshintergrund, wie Döblin ihn annahm, nur verdecken würde. Dies vorausgesetzt, gilt: «Die Deutlichkeit [...] jedes Kunstprodukts, ist die der Anschauung, des Gefühls.»[114] Danach wäre das Judith-Drama Döblins zu beurteilen.

Der lockere, szenische Aufbau des Stückes entspricht in seiner Konzentration auf einzelne, starke Ausdrucks- oder Konfliktmomente Döblins epischer ‹Regenwurm-Theorie›: «Wenn ein Roman nicht wie ein Regenwurm in zehn Stücke geschnitten werden kann und jeder Teil bewegt sich selbst, dann taugt er nichts.»[115] Hier wie im Drama geht es um die stilistische Umsetzung der Erkenntnis, daß «jeder Augenblick unseres Lebens eine vollkommene Realität ist» und daß sich die künstlerische Darstellung deshalb «Moment um Moment [...] aus sich selbst rechtfertigen» müsse.[116] Für das produktionsästhetische Konzept der ‹Nonnen von Kemnade› ist die Forderung des Erzählers Döblin, daß «in höchster Gedrängtheit und Präzision [...] «die

[112] A.D., Über Roman und Prosa, in: Marsyas 1 (1917), S. 213–218, hier S. 213 f.

[113] Der biblische Name der Holofernes-Töterin Judith dürfte für Döblin, obwohl er historisch vorgegeben war, zusätzlich die Geschlechterkampf-Dimension verdeutlicht haben.

[114] ‹Über Roman und Prosa› aaO (wie Anm. 112), S. 217.

[115] A.D., Bemerkungen zum Roman, in: AzL, S. 21.

[116] Ebd., S. 21.

Fülle der Gesichte» vorbeizuziehen» habe[117], durchaus zu beanspruchen.

Das Schauspiel lebt daraus, daß geballte, gedrängte Szenenbilder gestaltet worden sind, von denen jedes im Grunde für sich schon ausdrucksfähig wäre. Vom Werdegang des Dramas und seiner Initiation durch einen «bildliche(n) Reiz»[118] her ließe sich dieser Sachverhalt sogar bestätigen. Die einzelnen Szenen sind gleichsam ‹einzeln› entstanden[119], lediglich geeint unter dem Prinzip einer steten «Ichführung», so daß letztlich im Stück «ein Katarakt von Ichs»[120] zusammenschießt.

Angesichts der Überzeugung Döblins, daß «Sexualität Ichdokument» sei[121], erschließt sich hieraus ein wesentlicher, dramatischer Ansatzpunkt. Dabei darf die Geschlechtlichkeit nicht als Medium der Individuation mißverstanden werden. In der Sexualität wird nach Döblin dem einzelnen nur bewußt, daß er dafür «kämpfen, leiden, sterben» müsse[122]. Dies aber ist ein Kollektives, durch das die Ichs im Kunstwerk wie in der Wirklichkeit in Antagonismus wie Verschmelzung zusammengeschlossen sind: «Und es ist nicht weniger und mehr Richtung in der Geschichte der Liebe und ihren Aktionen als überhaupt in der Geschichte – also so: vom Sinn getränkt sein, aber ohne Richtung auf ein Endziel und ohne die Möglichkeit eines zeitlichen Ergebnisses.»[123] Diese Einsicht führt zum Verständnis, weshalb Judith und ihre Gegenspieler ihren Weg in den Tod so und nicht anders gehen müssen. Die Geschichte der Liebe ist die des Lebens überhaupt. Um den Fatalismus zu überwinden, bedarf es

[117] A.D., An Romanautoren und ihre Kritiker, in: AzL, S. 17, wobei «Fülle der Gesichte» Zitat aus dem (Prosa-)‹Faust› Goethes von 1790 ist.

[118] Vgl. Vorwort o.S. 107.

[119] Ebd., o.S. 107 bezogen auf die Templerszene IV, 4 als Selbstaussage Döblins. Aber auch das Materialkonvolut belegt diese Art der Entstehung. Vgl. o. S. 550 die Bemerkungen zur handschriftlichen Überlieferung.

[120] Vgl. Vorwort o.S. 108.

[121] A.D., Über Prostitution und Jungfräulichkeit aaO (wie Anm. 48), S. 152.

[122] A.D., Das Ich aaO (wie Anm. 76), S. 127.

[123] Ebd., S. 134.

der Bewußtwerdung und des Bekenntnisses zu sich selbst[124]. Der Sinn aller verstrickten Existenz liegt, wie dies Döblin schon in ‹Lusitania› feierte, in ihrer kosmologischen Transzendierung.[125]

Die Ehe

Über die Entstehung des Stückes hat Döblin selbst sarkastisch berichtet, nachdem die Münchner Uraufführungsinszenierung wegen vorgeblicher «kommunistischer Propaganda» des Textes verboten worden war und nachdem Erwin Piscator und Bertolt Brecht eine Pressemeldung lanciert hatten, daß «die Idee und der dramaturgische Rahmen, insbesondere die Einführung des Sprechers» von Piscator, «der wesentliche Teil des dramaturgischen Aufrisses und seiner Durchführung» aber von Brecht stammten[126]. Aus Döblins Sicht verhielt sich die Sache anders:

> Da hatten wir in Berlin einen kleinen diskutierenden Kreis, und an uns trat eines Tages ein Theatermann [sc. Piscator] heran, ob wir (es gehörten auch Schriftsteller dazu) nicht für ihn etwas hervorbringen könnten. Wir debattierten nun in alter Weise weiter, auch über Stoffe für ein Stück, über Themen allgemeiner Art, und das war manchmal ganz lustig, manchmal lebendig, manchmal auch langweilig. Im ganzen kam natürlich nichts dabei heraus. Nur ich – setzte mich eines Tages hin, denn ich hatte einen regelrechten Einfall, Figuren und eine Form wurden mir deutlich, einiges erzählte ich davon abends bei unseren Zusammenkünften, aber nur einiges, das meiste behielt ich für mich (und wie hätte ich auch die ganzen langen Jahre schreiben können, wenn ich, einsam und ohne Hilfe und Anhang, wie ich bin, für andere, etwa für einen Theatermann also, hätte schreiben wollen; es ist nichts los damit). Und als ich nun in aller Lautlosigkeit mein Stück geschrieben hatte, las ich eines trüben Abends einen Akt diesem Kreis davon vor und – wurde mit eisigem Schweigen begraben.

[124] Vgl. o. S. 163.
[125] Vgl. o. S. 162f. die Templerstein-Szene. Döblin verwertete seine naturalen Vorstellungen in diesem Motiv des «niederen Gottes», der in den Stein gebannt ist. Der religiöse Aspekt auf der Ebene eines mittelalterlichen Verständnisses ist dabei ganz zurückgedrängt zugunsten eines neuen Naturmythos.
[126] Neue badische Landeszeitung (Mannheim) vom 12. 12. 1930, in: Schuster/Bode, S. 312.

Und dann gab ich das Stück dem Theatermann – und er schwieg, und in einer Zeitung las ich plötzlich gedruckt, daß der Theatermann zwar den Plan meines Stückes gebilligt habe, aber, da ihm die Aufführung nicht zusage, von einer Übernahme des Stücks absehe. [...]
Als dann das Stück in ein, zwei Städten gut vom Stapel lief, ereigneten sich [...] drollige und weniger drollige Dinge, und ich genoß die Freude, ein Stück geschrieben zu haben, in vollen Zügen – nachdem ich die langen Jahre vorher nicht weniger voll die Freude genossen hatte, sogenannte, aber nicht ganz richtige «Romane» geschrieben zu haben. In einer Provinzzeitung also stand eines Tages, das Stück (das vorher kein Hund beschnuppern wollte), sei gar nicht von mir; ich habe es quasi bloß aufgeschrieben nach dem Diktat – ja, ich sage nicht wessen. Also das Glück war da: ich hatte eine Klage wegen Feststellung, Beleidigung, Schadenersatz und weiß ich was noch anzustrengen.[127]

Der «diskutierende Kreis», von dem Döblin anonym spricht, ist der in der Wohnung Brechts tagende Zirkel mit Erwin Piscator, Fritz Sternberg, Alfred Döblin und einigen anderen, wechselnden Teilnehmern. Über seine produktive Bedeutung schrieb Brecht selbst an Döblin im Oktober 1928:

[127] A.D., Reines Vergnügen am Theater (1931), in: Stücke, S. 218–221, hier S. 219f. – Abgemildert, aber in der Sache gleich berichtet Döblin über die Ereignisse auch im Nachruf-Brief für Brecht an J. R. Becher vom 10.9. 1956 (Briefe, S. 475–477, hier S. 476): «Wir hatten eine kleine linksradikale Gruppe, sie nannte sich, glaube ich, Gruppe 1925, Treffpunkt Kaffee an der Motzstraße, wo wir miteinander diskutierten. Wir trafen uns auch bei Fritz Sternberg am Bülow-Platz, der uns sehr sicher und autoritativ seine Theorien über die Lehren von Karl Marx entwickelte. Wir trafen uns auch als Sonderkolonne oben bei Brecht, am U-Bahnhof Knie, nachdem wir beschlossen hatten eine Arbeitsgruppe zu bilden, für die Präparation von Stücken etc. Erwin Piscator saß wachsam dabei. [...] Nach einer Anzahl von Sitzungen griff ich selber ein Thema an, das wir theoretisch öfter gestreift hatten, die Einrichtung der Ehe. Ich schrieb auf meine Art gleich los, es entstand das dreiaktige Stück «Die Ehe» [...]. Man nahm in unserem Kreis wenig Kenntnis davon [...]. Das Prinzip der Arbeiterkollektive hatte sich bei uns an entscheidender Stelle nicht bewährt.» – Zur «Gruppe 1925» vgl. K. Petersen, Die «Gruppe 1925». Geschichte und Soziologie einer Schriftstellervereinigung, Heidelberg 1981, der den Aufsatz von K.-P. Hintze, Gruppe 1925. Notizen und Dokumente, in: Dt. Vierteljahrsschr. f. Lit.wiss. u. Geistesgesch. 54 (1980), S. 334–356 überholt. – Zu den Zusammenkünften bei Sternberg vgl. ders., Der Dichter und die Ratio. Erinnerungen an Bert Brecht, Göttingen 1963, S. 16f.

Es wäre wunderbar, wenn wir die wöchentlichen Abende diesen Winter wieder abhalten könnten. Ich habe eine Unmenge herausgezogen. Ich habe immer gewußt, daß die Art Ihrer Dichtung etwa das neue Weltbild ausdrücken kann, aber jetzt wird es auch noch klar, daß sie gerade jenes Loch ausfüllt, das durch die jetzige marxistische Kunstauffassung gebildet wird.[128]

Brechts hohe Wertschätzung Döblins und dessen Wirkung auf die Ausbildung der epischen Dramentheorie sind bekannt[129]. Die Verstimmung im Zusammenhang des ‹Ehe›-Stückes muß deshalb wichtige Gründe gehabt haben. Ein primärer Dissenspunkt scheint qualitativer Natur gewesen zu sein, will man den Erinnerungen Fritz Sternbergs glauben. Ihm zufolge habe der Kreis über literarische Möglichkeiten gesprochen, «die Umwälzungsgründe für die einzelnen Mittelschichten» darzustellen, die den Aufstieg des Nationalsozialismus ermöglichten, wobei auch gleich «positive Gegen-Vorschläge» gemacht werden sollten.[130]

[128] B. Brecht, Gesammelte Werke in acht Bänden, Bd. 8, Frankfurt/M. 1967, S. 64f. und ders., Briefe, hg. G. Glaeser, Frankfurt/M. 1981, S. 145.

[129] Vgl. als Selbstzeugnisse Brechts seine Tagebuchaufzeichnungen von 1920 (B. Brecht, Tagebücher 1920–1922, Hg. H. Ramthun, Frankfurt/M. 1975, S. 48, 65f., 82), den Brief Brechts an Döblin vom 28.9. 1938 (in: Katalog Döblin, S. 293f.) und die Glückwunschadresse Brechts zum 65. Geburtstag Döblins vom 14.8. 1943 (in: Katalog Döblin, S. 294). – Als Außenzeugnis vgl. F. Sternberg, Der Dichter aaO (wie Anm. 127), S. 16f.: «Brecht liebte ihn [sc. Döblin] sehr. Er sagte mir einmal, er habe zwei uneheliche Väter: der eine sei Georg Kaiser, der andere Alfred Döblin. Diesen beiden [...] fühlte er sich verpflichtet für die Ausarbeitung seiner eigenen Anschauungen über das epische Drama.» – Man vgl. auch einige weitere Äußerungen Brechts, so die ‹Vorrede zu Macbeth› (14.10. 1927), wo er Döblins gesprächsweise Einstellung zum Drama referiert (B. Brecht, Ges. Werke, Bd. 7, Frankfurt/M. 1967, S. 118) und ‹[Notizen über] Die dialektische Dramatik› (entstanden ca. 1929/30): «Die neue Dramatik gelangte zur epischen Form (übrigens unterstützt wieder von den Arbeiten eines Romanschreibers, nämlich Döblins).» (Ebd., S. 221). Zu den poetologischen Berührungspunkten zwischen Döblin und Brecht vgl. schon O. F. Best, «Epischer Roman» und «Dramatischer Roman». Einige Überlegungen zum Frühwerk von Alfred Döblin und Bert Brecht, in: Germ.-Roman. Monatsschr. 53 (1972), S. 281–309.

[130] F. Sternberg, Der Dichter aaO (wie Anm. 127), S. 19.

Döblin «war durchaus mit uns einig; er machte sich auch an die Arbeit. Aber was damals herauskam, war nur ein Ehestück, besser: eine Ehesatire.» [131]

Die Ablehnung des Dramas durch den Brecht-Kreis erfolgte also aufgrund der Auffassung, Döblin habe ein schwaches Stück geschrieben, dessen Inszenierung durch Piscator zwangsläufig nicht in Frage kam [132]. Mag dieses Urteil auch zugetroffen haben, so stimmt nachdenklich, daß Piscator und Brecht es dann nötig gehabt haben sollten, Döblin des Plagiats zu bezichtigen. Der Vorwurf minderer Qualität wäre damit ja hinfällig. Diese Diskrepanz führt aber zu den eigentlichen Gründen, die den Streit zwischen Döblin auf der einen und Brecht/Piscator auf der anderen Seite um ‹Die Ehe› ausgelöst haben. Es ist letztlich die Frage der geistigen Urheberschaft am Prinzip des epischen Theaters [133], um die später – unter völliger Ausblendung Döblins – dann ja auch zwischen Piscator und Brecht gestritten wurde. [134] Daß die ästhetische Konzeption der ‹Ehe› aber eine eigenständige Leistung Döblins war, läßt sich zu seinen Gunsten klären.

Döblin hat zweifellos, obwohl er der ältere und erfahrenere Autor war, aus dem Berliner Diskussionszirkel mit den viel Jüngeren, Brecht, Sternberg und Piscator, für die Prinzipien eines ‹neuen› Theaters gelernt. Das Verhältnis bei der Erarbeitung innovativer theoretischer und aufführungspraktischer Positionen war jedoch sicher wechselseitig. Der Epiker Döblin konnte für sich in Anspruch nehmen, daß seine Romane und die dazuge-

[131] Ebd., S. 19.

[132] Piscators Ablehnung kann zumindest anfangs so entschieden nicht gewesen sein, da noch im August 1930 in einem Interview Döblins ‹Nur der veränderte Autor kann den Film verändern› (in: Film-Kurier, Jg. 12, hier Ausg. vom 16. 8. 1930; Neudruck in: Stücke, S. 254–256, hier S. 256) davon die Rede ist, daß Piscator Döblins neues Stück ««Ehe und Kapital» [...] aufzuführen gedenkt».

[133] Zu dessen Genese (weitgehend unter Ausklammerung Döblins) vgl. die Beiträge in: R. Grimm (Hg.), Episches Theater, Köln ^{3}1972.

[134] Vgl. dazu im Überblick J. Knopf, Brecht-Handbuch. Theater, Stuttgart 1980, S. 394 f. (mit weiterer Lit.).

hörigen, theoretischen Überlegungen eine wesentliche Voraussetzung für die Entwicklung einer episierten Dramatik in den zwanziger Jahren waren. Brecht[135] wie Piscator haben dies zeitgenössisch bezeugt. Im ‹Politischen Theater› reflektiert Piscator 1929 ausdrücklich auf Döblin, um seinen eigenen Anspruch auf die Ausbildung eines «epische(n) Drama(s)» abzusichern. Ansatzpunkt ist seine Inszenierung von Alfons Paquets Revolutionsstück ‹Die Fahnen› aus dem Jahr 1924. Hierzu zitiert er Döblins seinerzeitige Rezension[136] und dessen zukunftsträchtige Bestimmung des «dramatischen Romans» als eine ausdrückliche Referenz der eigenen Leistung[137]: «In «Fahnen» sah Alfred Döblin 1924 diesen Weg [sc. zum Roman – Drama].»[138]

Döblin war, wie seine Rezension bezeugt, von Piscators Paquet-Aufführung beeindruckt und er hat daraus nicht zuletzt auch für sein ‹Ehe›-Stück Anregungen empfangen. Entscheidend aber

[135] Vgl. dazu o. Anm. 129. Wirkungsgeschichtlich dürfte für Brecht von den theoretischen Äußerungen Döblins aus den zwanziger Jahren am wichtigsten ‹Der Bau des epischen Werks› von 1929 gewesen sein. Brecht schätzte diesen «Aufsatz über Epiker» derart, daß er im Exil seine Übertragung ins Russische vermitteln wollte. Vgl. seinen Brief an Döblin vom 31.7. 1935 in: B. Brecht, Briefe, Frankfurt/M. 1981, S. 260.

[136] In: A.D., Ein Kerl aaO (wie Anm. 3), S. 250f. (für das «Prager Tageblatt» vom 5.6. 1924). Piscator (wie Anm. 137) zitiert Döblins Text allerdings stilistisch bereinigt und geringfügig gekürzt.

[137] E. Piscator, Das politische Theater. Faksimiledruck der Erstfassung 1929, Berlin DDR 1968, S. 58f. (= E. Piscator Schriften Bd. 1). In der bearbeiteten Fassung des Buches von F. Gasbarra aus dem Jahr 1963 (Reinbek bei Hamburg 1963; Nachdruck als Taschenbuch ebd. 1979) findet sich die Passage abgeändert und vermehrt um einen deutlichen Seitenhieb auf Brecht (S. 62: «Ich hatte nur die Möglichkeit, eine Art Regie zu entwickeln, die Jahre später von anderer Seite als «episches Theater» proklamiert wurde.») – Zum Streit Piscator/Brecht über das epische Theater vgl. jetzt J. Willett, Erwin Piscator. Die Eröffnung des politischen Zeitalters auf dem Theater, Frankfurt/M. 1982, S. 141 ff.

[138] E. Piscator, Theater aaO (wie Anm. 137), S. 59. Die Einführung des Begriffs «episches Drama» für das Paquet-Stück erfolgte durch Piscator rückwirkend. Der Gattungsuntertitel von ‹Fahnen› lautete im Original «dramatischer Roman».

ist, daß er daraus ein eigenes Denkmodell ableitet, für das er eine antike Tradition beansprucht, das «Romandrama» aus «Aischylos Zeiten» als «Mutterboden des Dramas» überhaupt. Und er hofft, daß «er... es wieder werden (kann)»[139]. Das Postulat einer Urform, die Episches und Dramatisches gleichermaßen umfaßt, bestimmt Döblins Vorstellungen, innerhalb derer nahezu keine Sonderung von epischer Dramatik und dramatischer Epik mehr bestünde. Döblin beschäftigte der Unterschied allenfalls unter wirkungsästhetischen Gesichtspunkten. Er reflektiert ihn im Rahmen seiner theoretischen Überlegungen ‹Der Bau des epischen Werks›, deren produktiver Erfahrungshintergrund ‹Berlin Alexanderplatz› war: «Das Buch ist der Tod der wirklichen Sprache. Dem Epiker, der nur schreibt, entgehen die wichtigsten formbildenden Kräfte der Sprache; ich habe seit langem die Parole: Los vom Buch, sehe aber keinen deutlichen Weg für den heutigen Epiker, es sei denn der Weg zu einer – neuen Bühne.»[140]

Piscator versuchte diese Äußerung für seine eigene Theaterarbeit als Leitmotiv zu reklamieren[141], doch seine Inanspruchnahme beruht auf einem Mißverständnis. Döblin hatte nicht so sehr eine neue Form der dramatischen Inszenierungstechnik im Auge, als eine neue «Haltung und Form»[142] des Schreibens überhaupt. Was er zu bezeichnen sucht, ist sein eigener Weg weg von der traditionellen Erzählweise der «Berichtform»[143] zu ei-

[139] In: A.D., Ein Kerl aaO (wie Anm. 3), S. 251. Der Bezug zum Drama des Aischylos findet sich auch in direktem Kontext zur ‹Ehe›. Vgl. Döblins Erwiderung auf Kerrs Kritik am Stück ‹«Die Ehe» und ein Krr-itiker›, in: Stücke, S. 224–229, hier S. 227: «Das Drama des Aischylos, seine Haltung und Form, entspricht stärker der Zeit, deren Ausdruck wir erleben.»

[140] A.D., Der Bau des epischen Werks, in: AzL, hier S. 132.

[141] Piscator benutzte im ‹Politischen Theater› (aaO, wie Anm. 137, S. 59) nicht den endgültigen (hier zitierten) Drucktext Döblins, sondern eine Vorfassung (Vortragstext?), da Abweichungen vorhanden sind. Es wäre allerdings auch an eine lasche Zitierpraxis Piscators (vgl. o. zu Anm. 137) zu denken.

[142] Vgl. das aufführliche Zitat o. Anm. 139.

[143] A.D., Der Bau des epischen Werks, in: AzL, S. 112.

ner ganz offenen Darstellungsweise, die Bericht und direkten Erzählkommentar in lyrischer, dramatischer oder reflektierender Form miteinander mischt bzw. einander entgegenstellt: «Wir werden aus dem Roman machen, was uns gutdünkt.»[144]
Dieser innovatorische Wille zur Grenzüberschreitung bezieht sich zwar primär auf den Roman, doch Döblin überträgt ihn gleichsam nebenbei auch auf das Drama, dessen traditionelle Formung als reine «Dialoghandlung» ihm ebenso überholt erscheint wie die epische «Berichtform». Als Erweiterung des «Dialogdramas» sah er hier den Einsatz des Films an, der als «Bilderzählung» die Schranke zwischen Bühne und Zuschauer durchbricht und einen Zusammenhang, eine Beteiligung schafft, eine «freie wechselnde Kunstaktion» zwischen Parkett und fiktivem Spielgeschehen auf der Bühne.[145]
Döblins Versuch einer ‹epischen Dramatik›, wie er sie im ‹Ehe›-Stück unternahm, beruht somit auf Überlegungen, deren Grundlagen in der Auseinandersetzung mit der epischen Technik zu suchen sind. Ihre erste Werkprobe hatten sie in ‹Berlin Alexanderplatz› bestanden, der die «Zwangsmaske des Berichts» fallenläßt und den im Text mitredenden, mitagierenden Autor einbringt.[146] ‹Die Ehe› führt diese Errungenschaften einer «zukünftigen Epik»[147] im dramatischen Medium fort.
Der von Piscator erhobene Vorwurf, Döblin habe das Modell eines «Sprechers» für das ‹Ehe›-Stück von ihm übernommen[148], erledigt sich vor dem skizzierten, poetologischen Hintergrund. Die Funktion des Sprechers ergibt sich konsequent aus Döblins Überlegungen, die in sich geschlossene Welt des Dialogdramas durch ‹direkte› Anredeformen an das Publikum aufzubrechen

[144] Ebd., S. 113 (einschließlich des vorher referierten Inhalts).

[145] Ebd., S. 113.

[146] Ebd., S. 114f.

[147] Ebd., S. 112. Zur im Urteil Döblins negativen Form des Romans als «Pseudoepik», in dem «dummerweise das Drama» nachgeahmt wird vgl. ebd., S. 125 und S. 127.

[148] Vgl. o. S. 616.

und zu erläutern. Das gleiche soll die Einblendung von Filmen bewirken. Beide Ausdrucksmittel ermöglichen erst die Form einer Dramatik, die ein «Erzählen» einschließt. Döblin war sich dabei durchaus bewußt, daß sein Versuch in älteren Traditionen stand, von denen er die antike Dramatik mit ihren Chören außerhalb «der ablaufenden Handlung» und Shakespeares zuweilen vor den Vorhang tretende Personen namhaft macht.[149]

Reduziert man Brechts und Piscators Plagiat-Vorwurf, der ohnehin angesichts der kollektiven Arbeitsweise im fortschrittlichen Theaterwesen der Weimarer Republik unsinnig wäre[150], so bleibt als Kern der Sachverhalt, daß Döblin sensibel Anregungen aus dem Diskussionskreis bei Brecht aufgenommen und sich dadurch die eigenen schriftstellerischen Positionen bewußter gemacht hat. Daraus eine Abhängigkeit abzuleiten, erscheint unsinnig, da der Fundus im eigenen Werk nicht zu übersehen ist. Die Gespräche mit Piscator und Brecht veranlaßten Döblin zwar zum dramatischen Versuch, wenn auch echte Mitarbeit im Kollektiv der Piscator-Bühne eine von diesem übertriebene Vereinnahmung sein dürfte.[151] Die Tatsache, daß das Ehe-Thema zu den gesellschaftlichen Stoffbereichen gehörte, die Piscator neben anderen wie «Presse, Justiz, Sport, Medizin, Bank» als Projekte seiner Bühne dramatisieren wollte[152], sagt nicht einmal bezüglich Döblins Originalität etwas, da die Auseinandersetzung mit der Institution der bürgerlichen, aber dann auch der

[149] A. D., Bau des epischen Werks, in: AzL, S. 112f.

[150] Grundsätzliches dazu hat H. Ihering in ‹Plagiate› gesagt, in: ders., Der Kampf ums Theater und andere Streitschriften 1918–1933, Berlin 1974, S. 270–277. Brechts eigener Standpunkt in dieser Frage findet sich in seiner Erklärung vom 6. 5. 1929 zu Kerrs Vorwurf, er habe den Übersetzer der Villon-Songs nicht genannt (in: B. Brecht, Gesammelte Werke, Bd. 8, Frankfurt/M. 1967, S. 100).

[151] E. Piscator, Das politische Theater, Reinbek bei Hamburg 1963, S. 141 (Mitarbeit Döblins am Kollektiv) und S. 142: «Döblin schrieb ein Drama über die moderne Ehe und ihre Schwierigkeiten [...].» – Zu den kollektiven Produktionsbedingungen der Piscator-Bühne am Nollendorfplatz vgl. jetzt K. Gleber, Theater und Öffentlichkeit, Frankfurt a. M./Bern/Las Vegas 1979, S. 208ff.

[152] E. Piscator, Politisches Theater aaO (wie Anm. 137), S. 251.

proletarischen Ehe zu seinen genuinen Interessengebieten seit dem Erstling ‹Modern› gezählt werden kann.[153]

Piscators Konzept einer politischen Dramaturgie hat zweifellos Döblin bei seinem ‹Ehe›-Stück beeinflußt, so daß er deren Errungenschaften aufgreift, sie dann aber mit eigenem Profil fortentwickelt. Waren die Inszenierungen Piscators eindeutig Regie-Theater, für das der auktorial entworfene Text nur das Gerüst abgab, so beansprucht Döblin für ‹Die Ehe› wieder die künstlerische Führungsrolle des Autors. Die Texte der Lehrtafeln sind ebenso wie die Projektionsbilder detailliert von ihm bestimmt worden. Die zweite, kommentierende Textebene, die über die gespielte Handlung gelegt ist, entspricht dem Aussagewillen Döblins. Dieser grundsätzliche Sachverhalt bedeutet allerdings nicht, daß er sich praktischen Anregungen der Bühne verschlossen hätte. Der Druck der ‹Ehe› von 1931 verarbeitet offenkundig Erfahrungen aus den Inszenierungen. Der Vergleich mit den erhaltenen szenischen Entwürfen zeigt aber, daß diese Einflüsse nicht das Grundkonzept und die Textanlage verändert haben. Sie erstreckten sich hauptsächlich auf eine Präzisierung und Straffung des Textes im Detail.

Döblin hat der Buchausgabe seines Stückes eine «Anweisung» vorangestellt[154], die seine Intention bei der stofflichen Gestaltung und seine Vorstellungen über die Art der Aufführung umreißt. Die These des Stücks läuft auf die zerstörerische Wirkung der modernen kapitalistischen Wirtschaftsgesellschaft auf die «alte Ehe und Familie» hinaus, wobei Arme und Reiche zwar unterschiedlich, aber vom Ergebnis her doch gleich betroffen sind. Diese Aussage Döblins bezeichnet einen ausgesprochen politischen und zugleich zivilisationskritischen Standpunkt, über dessen Berechtigung man im Detail rechten kann. Eine abgewo-

[153] Beispiele liefert u.a. auch dieser Band. Für die zwanziger Jahre wäre Döblins «Linke Poot»-Artikel ‹Berliner Ehen› von 1923 z.B. zu nennen (in: Zeitlupe, S.63–65), den er erweitert in ‹Unser Dasein› (aaO, wie Anm.23, S.300ff.) unter dem Titel «Von allerhand Leuten» übernahm.

[154] Vgl. o. S.172f.

gene Darstellung lag nicht im Interesse Döblins, der in der Sache wie im Stil eine klare und deshalb bewußt überzeichnete Szenerie entfalten wollte.

Die Ursache dieser Konzeption dürfte mit Erfahrungen und Kritik zusammenhängen, die Döblin im Brecht-Kreis allgemein und besonders durch eine negative Bewertung von ‹Berlin Alexanderplatz› vermittelt worden sein dürften. Dort war, will man Fritz Sternberg folgen, die Aussparung der echten Arbeiterklasse moniert worden[155]. Dieser Vorwurf, dessen radikalere Form von seiten der orthodoxen Marxisten[156] Döblin souverän zurückgewiesen hatte[157], mag mitgespielt haben, wenn ‹Die Ehe› ein polemisches und kämpferisches Stück geworden ist, das soziale Mißstände deutlich anprangert. Im literarischen Medium regt sich hier wieder der politische Autor Döblin, der als Dichter «Helfer, Vorkämpfer, Fechter und Krieger des Menschlichen» sein will.[158] Und da kann es keinen «wahnhaften Objektivitätsdrang» geben, sondern es geht um die «alleinige Echtheit, die es für Individuen auf dieser Welt gibt», die «Parteilichkeit des Tätigen»[159].

Ein naives Tendenzstück ist ‹Die Ehe› trotz ihrer offensiven, klassenkämpferischen Substanz nicht geworden, da es «geistig

[155] F. Sternberg, Der Dichter aaO (wie Anm. 127), S. 17: «Döblin hatte die Arbeiter *vergessen* [...]. Döblin machte erst eine Reihe von Einwendungen – dann wurde er still und nachdenklicher. [...] An diesem Abend meinte Döblin, er werde einen weiteren Band über den Alexanderplatz schreiben, in dessen Mittelpunkt dann die Arbeiter stünden.»

[156] K. Neukranz in: Die Linkskurve 1 (1929), Nr. 5, S. 30 f. (Neudruck Schuster/Bode, S. 228 f.), der im Buch «einen reaktionären und konterrevolutionären Angriff auf die These des organisierten Klassenkampfes» sah und «linksbürgerliche Schriftsteller» vom Schlage Döblins als «eine politische Gefahr für das Proletariat» einstufte. Der Verriß wurde ergänzt von J. R. Becher in einem Leitartikel der ‹Linkskurve› 2 (1930), S. 1–5 (vom Januar 1930), hier S. 4.

[157] ‹Katastrophe in einer Linkskurve› (Mai 1930), in: SzPuG, S. 247–253 (Mai 1930).

[158] ‹Die deutsche Literatur [im Ausland seit 1933]›, in: AzL, S. 204.

[159] ‹Der historische Roman und wir›, in: AzL, S. 182.

[...] die Linie» der «früheren Gedanken» schon im Selbstverständnis Döblins hielt[160]: «Wie man sich doch gleichbleibt, man ist ein Typus.»[161] Andererseits bedeutet das Stück eine deutliche stilistische Abweichung vom Alexanderplatz-Roman, die als künstlerischen Abstieg zu verstehen voreilig wäre. ‹Die Ehe› ist der programmatische Versuch einer literarischen Öffnung: «Niemals rufe ich: Nieder mit dem Geist, ich führe aber den Geist da hin, wo er real wird, aus der abstrakten Studierstube heraus.»[162] Literatur als esoterisches Ghetto für ein Bildungsbürgertum schien ihm nicht mehr angemessen zu sein.

In der Gedächtnisrede für Arno Holz am 14.12.1929, während der Arbeit am ‹Ehe›-Stück also, hat er programmatisch jenes neue Literaturverständnis formuliert, das durch die Gespräche mit Brecht, Sternberg und Piscator angeregt worden sein dürfte und das ihm die angegriffenen Gralshüter einer hohen Literatur so übel vermerkt haben[163]: «Aus dem Bildungskäfig, in dem unsere heutige Literatur steckt, in dem sie von breiten Volksmassen nur als Attribut der feinen Leute angesehen wird, muß sie heraus.»[164] Döblin wollte jene 80 Prozent «Volk» erreichen, denen ihr sozialer Status einen kompetenten Umgang mit künstlerischen Texten verwehrte. Die Devise, unter die das ‹Ehe›-Stück dann gestellt wurde, lautete denn auch «Wissen und Verändern»[165]. Das Werk sollte belehrend Wissen vermitteln, dadurch aber auch eine Veränderung in der Bewußtseinslage der

[160] ‹Antwort auf Kornfelds Kritik›, in: SzPuG, S. 262.

[161] Widmung Döblins in einer Ausgabe des ‹Wang-lun› von 1947 an Robert Minder (vgl. ders., Dichter in der Gesellschaft, Frankfurt/M. 1972, S. 205).

[162] ‹Antwort auf Kornfelds Kritik›, in: SzPuG, S. 262.

[163] Vgl. Döblins Auseinandersetzung (in: ‹Nochmal: Wissen und Verändern›, in: SzPuG, S. 276f.) mit Max Rychner, der Döblin die These von der «Senkung des Gesamtniveaus der Literatur» (vgl. in: AzL, S. 145) symptomatisch in seiner Kritik von ‹Wissen und Verändern› verdacht hatte (in: Neue Schweizer Rundschau 24, 1931, S. 321–325; Neudruck in: Schuster/Bode, S. 289–293).

[164] ‹Vom alten zum neuen Naturalismus› (Arno Holz-Gedächtnisrede), in: AzL, S. 138–145, hier S. 145.

[165] Vgl. o. S. 182.

von den dargestellten Zuständen Betroffenen bewirken: «Man faßt das Stück am besten als Volksstück mit aufklärendem Hintergrund.»[166]

Man kann diese Wirkungsabsicht Döblins für idealistisch oder gar utopisch halten, man muß sie aber dennoch für Verständnis und Bewertung des Stückes im Auge haben. Der Versuch eines Lehrstücks bedeutete für Döblin einen Vorstoß in Neuland. Obwohl er zu einer ganz anderen Konzeption als Brecht[167] kam und gemessen an diesem eine weitaus einfacher kalkulierte, weil ganz unartifizielle Ästhetik entwickelte, muß man Döblins Unternehmen zumindest doch historisch ernst nehmen, zumal dahinter auch ein wechselseitig befruchtender Austausch zwischen beiden Autoren im Bemühen um neue literarische Ausdrucksformen festzustellen ist[168]. Für Döblin war es ein eher blinder Weg, was für Brecht eine Schaltstelle seines Werks werden sollte. Doch mindert dies nicht die Bedeutung des ‹Ehe›-Stückes für die Ausbildung eines didaktischen Literaturprofils am Ende der Weimarer Republik, dessen allgemeinere Dimensionen noch gar nicht ausgeleuchtet sind.

Döblins Vorstellungen von einer epischen Dramatik liefen in der ‹Ehe› äußerlich auf einen «simplen, revueartigen, erzählenden Ablauf» hinaus.[169] Es handelt sich um ein reines Szenenstück ohne eine dramaturgisch konstruktive Verkettung: «Es ist eine geöffnete Bühne, geöffnet im geistigen Sinne und konsequenterweise in der Form. Wie ich im Epischen gegen die Tyrannei der Berichtsform war und im Roman dem Reflexiven, Lyrischen, Dramatischen Raum geschaffen habe, so habe ich, im Moment, wo ich mich dem Drama näherte, die Unzulänglichkeit des

[166] Vgl. «Anweisung» o. S. 173.

[167] Vgl. zu dieser Auseinandersetzung Döblins mit Brecht auf dem Gebiet des Lehrstücks auch u. S. 636 ff.

[168] Vgl. hierzu W. Stauffacher, Alfred Döblin und Bert Brecht. Zwischen ‹Berlin Alexanderplatz› und dem ‹Badener Lehrstück vom Einverständnis›, in: Germ.-Roman. Monatsschrift N. F. 26 (1976), S. 466–470.

[169] Vgl. o. S. 173 «Anweisung».

heutigen geschlossenen Dialogdramas empfunden.»[170] Der Aufbruch in ein neu definiertes Literaturkonzept verband sich für Döblin mit dem Willen, dafür auch eine technisch neue Schreibart zu entwickeln. Ob das ‹Ehe›-Stück als deren Ergebnis überzeugen kann, darüber läßt sich sicher und mit Gründen streiten. Was Döblin im Roman gelungen war, konnte offenkundig nicht so leicht in das Drama übertragen werden. Der produktiven Idee verweigerte sich die Schreibpraxis. Die Ursache liegt auf der Hand, war doch die Einbringung des Autors in sein Werk, diese Entdeckung von ‹Berlin Alexanderplatz›, auf der Bühne nicht auf gleiche Weise realisierbar. Fortführen ließ sich aber, was Hermann Kesten schon zeitgenössisch betonte, daß Berlin-Roman und Ehe-Drama auf der Ebene eines gleichen gedanklichen Stils lagen, der darin bestand, «die äußere Wirklichkeit mit der Wirklichkeit der Seele zu einer ‹überwirklichen› Einheit» zusammenzufassen, zusammenzuschauen[171]. Döblins Versuch, die konventionelle Form der Dialogdramatik zu überwinden, konkretisiert sich außer durch die Kommentierung des Spieltextes durch Sprecher, Lehrtafeln und Bilder bzw. Filme vor allem durch die Kontrastierung des Ausdrucksstils. Den düster-ernsten Szenen eins und zwei stehen ironisch-witzige Teile (Vor- und Zwischenspiel; 3. Szene) gegenüber. Diese nicht einmal streng durchgeführte Mischung setzt entsprechende Versuche der frühen Einakter, aber auch erzählerischer Texte Döblins fort. Er selbst hat diesen im ganzen Werk präsenten Stilgestus als einen ironischen verstanden, der allerdings kaum allgemein als solcher begriffen werden dürfte. Unabhängig von seiner terminologischen Exaktheit macht er einen sehr spezifischen Wesenszug Döblinschen Schreibens aus. Es handelt sich,

[170] ‹«Die Ehe» und ein Krr-itiker›, in: Stücke, hier S. 227.

[171] H. Kesten, Zum neuen Drama, in: Die Weltbühne 27, 1 (1931), S. 392–394, hier S. 393. Kesten hebt auch auf Döblins Eigenleistung ab: «Wenn dies Stück einen einheitlichen Darstellungsstil finden kann, so nicht im Anschluß an Piscator oder an Brecht, deren Wirkung auf Döblin sichtbar ist und deren Vorbild Döblin zu Recht abgelehnt hat […].»

wenn man so will, um ‹döblinistische› Ironie, die Hermann Kesten dazu verleitet hat, in der ‹Ehe› den Typus eines «neue(n) ironische(n) Drama(s)» zu sehen.[172]

Die Grundtendenz der ‹Ehe› läuft darauf hinaus, die Welt der Armen und Leidenden mit identifikatorischer Anklage vorzuführen, die Gegenwelt der Macht, des Kapitals und der bourgeoisen Arroganz in der Karikatur didaktisch verfremdet zu entwerfen.[173] Wenn Döblin behauptete, daß «die Methode des Stücks war: streng, stilistisch und sachlich, wirklichkeits- und wahrheitsnah die Einflüsse der Kapitalmacht [...] darzustellen»[174], so scheint dies zunächst nur für die proletarische Spielebene zuzutreffen. Die grotesk-satirisch geschilderten bürgerlichen Gesellschaftszustände einschließlich des Literaturbetriebes (im Vorspiel) sind für Döblin durchaus auch «wirklichkeits- und wahrheitsnah» in einem übergeordneten Sinne, da sie im Modus von «Fortsetzungen der Realität» geschrieben sind.[175] Die Durchschaubarkeit dieser Darstellungsart von seiten eines ungeschulten Publikums darf bezweifelt werden, wie auch die negativen Kritiken aus der Zeit es mehrfach belegen. Die naiv verfremdete Wirklichkeit bot für Mißverständnisse einen zu naheliegenden Angriffsstoff, als daß er nicht ergriffen worden wäre. Dies nicht erkannt und abgeschätzt zu haben, wird man Döblin anlasten müssen, doch sollte dadurch die grundsätzliche Dimension seines Ansatzes nicht übersehen werden.

Die Ehe als Thema der eigenen Gesellschaftskritik wird zwar

[172] Ebd., S. 394. Nach Kesten kenne es «die Ironie, die von der Tragödie zur Burleske, von der Realität bis zum Geist, von der Poesie bis zur Nüchternheit, vom Menschen bis zur Welt, von Gott bis zum Teufel reicht.»

[173] Die szenische Karikierung übernimmt Muster aus der bildenden Kunst der Zeit. So wird im Bildtext zu Anfang der dritten Szene (vgl. o. S. 226) «Der Unternehmer» zweifellos George Grosz stilistisch zitiert. Über persönliche Kontakte Döblins zu Grosz ist zwar nichts bekannt, man darf sie aber über Brecht und Piscator vermittelt wohl annehmen.

[174] ‹«Die Ehe» und ein Krr-itiker›, in: Stücke, hier S. 227.

[175] A. D., Unser Dasein aaO (wie Anm. 23), S. 255 als grundsätzliche Definition von Kunst überhaupt.

von Döblin im Machtfeld der ökonomischen Lebensbedingungen gesehen und behandelt, doch er trägt seinen Angriff nicht aus einer orthodoxen Perspektive marxistischer Observanz vor. Dem Stück «kommunistische Propaganda» zu unterstellen, wie es das Münchner Aufführungsverbot getan hat, beruhte auf der Verwechslung von Döblins Intentionen mit parteipolitischer Agitation. ‹Die Ehe› ist moralisches Theater, das der Künstler als Bürger im Bewußtsein seiner gesellschaftlichen Verantwortung für den Staat und die darin Unterprivilegierten zu schreiben hat.[176] Die Entlarvung negativer Zustände ist deshalb kein Angriff gegen die staatliche Ordnung der Republik, sondern umgekehrt ein Vorstoß gegen die Kräfte, die diese von innen heraus zerstören. Für Döblin stand künstlerisch dabei im Hintergrund das politisch-gesellschaftliche Selbstverständnis seines eigenen Schreibens, «die Politik in die Menschen (zu) legen, aus den Menschen wachsen zu lassen»[177].

Als Vermittler der Vorstellungen, die mit der Spielhandlung angestrebt werden, dient in der ‹Ehe› die Rolle des Sprechers, der «die menschlich-sachliche Beziehung der Zuhörer mit den Vorgängen her(stellt), urteilt und... Resultate» zieht.[178] Es sind Positionen eines ethisch gebundenen, humanen Sozialismus[179] jenseits eines Klassenkampfdenkens, die da vorgebracht werden. Sie liegen auf der Linie der politischen Publizistik Döblins seit 1918, und ihre argumentative Entfaltung legte er in seiner Schrift ‹Wissen und Verändern› (1931) vor. Der gesellschaftliche, durch «den anarchischen und verantwortungslosen neuen Privatkapitalismus»[180] ausgelöste Krieg, der die Menschen in

[176] Zu dieser Selbsteinschätzung Döblins vgl. E. Kleinschmidt, Tag aaO. (wie Anm. 7), S. 420 ff. u. a.

[177] Diese Überzeugung formulierte Döblin aus Anlaß seiner Rezension von Tollers ‹Die Maschinenstürmer› 1922, und zwar gegen den Text des Autors gewendet als konträre Position. Vgl. A. D., Ein Kerl aaO (wie Anm. 3), S. 97.

[178] Vgl. o. «Anweisung», S. 172.

[179] Vgl. dazu E. Kleinschmidt, Tag aaO (wie Anm. 7), S. 419 ff.

[180] ‹Nochmal: Wissen und Verändern›, in: SzPuG, hier S. 273.

Deutschland als Opfer wie als scheinbare Nutznießer gleichermaßen trifft, wird, wie schon am Schluß von ‹Berlin Alexanderplatz›, von Döblin in der ‹Ehe› mit dem Willen dargestellt, ihn zu überwinden und durch ein Gesellschaftsmodell zu ersetzen, das auf der Friedfertigkeit und Solidarität selbstbestimmter Individuen beruht. Die Utopie der Befreiung – «einmal für uns der Morgen tagt, einmal kommt Brot und Freiheit und Licht für uns und jedes Menschengesicht»[181] – steht hinter der von «kämpferischer Güte»[182] getragenen Kritik des ‹Ehe›-Stückes, dessen Substanz Döblins eigene Lebensprägung aus der Erfahrung des «kleine(n) Leben(s)»[183] widerspiegelt.

Der Verzicht auf eine raum-zeitlich realistische Dramatik mit «realen Handlungsbeziehungen»[184] lag unabhängig von den aktuellen, ästhetischen Wirkungsabsichten Döblins durchaus auf der Linie der früheren Dramatik. Zeigten sich diese Verstöße gegen eine konventionelle Theaterform eher auf stilistischem und inhaltlichem Gebiet, so kennzeichnet ‹Die Ehe› der Zug zum diskursiven Theater, das in seinem strikten Verzicht auf illusionistische Möglichkeiten ganz auf den Text konzentriert wirkt. Im Grunde ist das Stück, wie dies schon Rudolf Arnheim als Zeitgenosse sah, in seiner Darstellungstechnik dem Hörspiel verwandt[185], einer dramatischen Form, die Döblin denn auch konsequenterweise als nächste in seiner ‹Geschichte vom Franz Biberkopf› 1930 produktiv aufgriff.

Die Entwicklung eines «politische(n) Theater(s)»[186] sah Döblin nicht nur auf der inhaltlichen, sondern auch auf der formalen Ebene, wobei diese als Bestandteil eines umfassenderen poetolo-

[181] Vgl. o. S. 261 als Text des Schlußchors.

[182] So Leopold Jeßners charakterisierende Formulierung in seiner Begrüßungsrede für Döblin bei dessen Ankunft im amerikanischen Exil. Vgl. L. Jeßner, Schriften, Berlin 1979, S. 206–210, hier S. 209.

[183] ‹Nochmal: Wissen und Verändern›, in: SzPuG, S. 277.

[184] So die Formulierung von R. Arnheim in ‹Döblins Oratorium›, in: Die Weltbühne 27, 1 (1931), S. 625–627, hier S. 627.

[185] Ebd., S. 627.

[186] ‹Vom alten zum neuen Naturalismus›, in: AzL, S. 144.

gischen Konzepts begriffen sein will. Er proklamiert einen neuen «Zugang zur Realität»[187] aus dem Geist des «Naturismus», dieser seit Anfang der zwanziger Jahre entwickelten Neudefinition einer naturalistischen Bewegung.[188] Auf den Ansatz des ‹Ehe›-Stückes bezogen, ergibt sich als Programm eine Vermischung von geöffnetem Literaturbegriff unter der Signatur einer Wirklichkeitsannäherung mit politischen Wirkungszielen: «Weg von den Gebildeten, heran an die Massen, aber zu diesem Zweck erst einmal ganz heran an die Realität! Und immer dichter an die Realität, und je dichter wir dran sind, um so wahrer sind wir und um so mehr und besser wird man uns hören, und dann wird es wieder richtige Literatur geben [...].»[189]

‹Die Ehe› als «Zeitstück»[190] reflektiert Döblins Bemühen, die gesellschaftliche Funktion des Autors und damit der Literatur neu zu legitimieren[191], ihnen eine politische Aufgabe und Verantwortung im sozialen Leben über den engen Bezirk der Bildungsschicht hinaus zuzuweisen. Sein Bewußtsein davon, daß Kunst «nicht frei, sondern wirksam» als eine «ars militans» sein müsse[192], begründet eindeutig im ‹Ehe›-Stück die Textbotschaft. Das obrigkeitliche Verbot des Dramas bestätigt als bittere Pointe Döblins Forderung, daß die Kunst keinen gesellschaftlichen Freiraum für sich beanspruchen dürfe, da sie sonst unwirksam

[187] Ebd., S. 144.

[188] Die gedanklichen Vorstufen finden sich in Döblins Aufsatz von 1924 ‹Der Geist des naturalistischen Zeitalters›, in: AzL, S. 62–82; ausgebaut formuliert Döblin die Vorstellungen seines neuen «Naturismus» dann in ‹Wissen und Verändern› (1931), die, wie er selbst betont hat (‹Nochmals: Wissen und Verändern›, in: SzPuG, S. 267), auf den Gedanken von ‹Das Ich über der Natur› (und implizit damit auch ‹Unser Dasein›) beruhen.

[189] ‹Impressionen von einer Rheinreise› (1931), in: Zeitlupe S. 166–179, hier S. 173.

[190] ‹«Die Ehe» und ein Krr-itiker›, in: Stücke, S. 226.

[191] Die Diskussionen darüber beherrschen auch den Brecht/Piscator/Sternberg-Kreis, wo Döblin seine eigenen Vorstellungen eingebracht haben dürfte, wenn auch ohne allzu große Wirkung bei den jüngeren und kämpferisch eingestellten Teilnehmern.

[192] Zitat ist Titel eines Aufsatzes von Döblin aus dem Jahr 1929, in: AzL, S. 97–103.

sei: «Wir wollen wirken, und darum haben wir – ein Recht auf Strafe.»[193] Die ‹Ehe› artikulierte den Anspruch Döblins auf «seine Freiheit» selbstbestimmten Denkens und Schreibens in Verantwortung vor der Gesellschaft und für sie. Dies aber ist nicht «Politisierung der Kunst, sondern Wiederherstellung, Renaissance der Kunst und ist zugleich der einzige Weg zu einer Rehabilitierung»[194]. Die Umstände waren einer solchen Absicht nicht günstig.

Wie genau Döblin für ‹Die Ehe› von vornherein den Einbezug von Musik geplant hatte, läßt sich mangels Zeugnissen nicht mehr rekonstruieren. Möglicherweise ging die Initiative von dem Franz-Schrecker-Schüler Karol Rathaus[195] selbst aus[196], der die Begleitmusik dann auch geschrieben hat. Wie und in welchem Umfang Döblin mit Rathaus, der seit 1922 in Berlin lebte und in den späten zwanziger Jahren zu den aufsteigenden Sternen unter den zeitgenössischen Komponisten gehörte[197], künst-

[193] ‹Kunst ist nicht frei, sondern wirksam: ars militans›, in: AzL, S. 101.

[194] Ebd., S. 103.

[195] Zu ihm vgl. B. Schwarz, Karol Rathaus, in: The Musical Quarterly 41 (1957), S. 481–495 und ders., in: Die Musik in Geschichte und Gegenwart Bd. 11, 1963, Sp. 17–19.

[196] In ‹Reines Vergügen am Theater› (in: Stücke, hier S. 219) spricht Döblin nur von einem «Musiker, der die Musik zu dem Stück schreiben wollte». Daraus kann man nur bedingt eine Initiative von seiten Rathaus' ablesen.

[197] Näheres vgl. bei B. Schwarz aaO (wie Anm. 195). Beispielhaft wären etwa nur sein Ballett von 1927 ‹Der letzte Pierrot› (Uraufführung durch George Szell in der Berliner Staatsoper), seine ‹Ouvertüre› für großes Orchester (1928 mit den Berliner Philharmonikern unter Wilhelm Furtwängler) und die Oper ‹Fremde Erde› (1930 unter Erich Kleiber) zu nennen. 1929 beginnt Rathaus' Tätigkeit als Komponist von Bühnenmusik im Umfeld des jüdischen russischen Theaters (zu den Dramatisierungen von Arnold Zweigs ‹Streit um den Sergeanten Grischa› 1929 und ‹Uriel Acosta› nach K. Gutzkow sowie zur Alexis Granowski-Inszenierung von S. M. Tretjakows ‹Brülle China› 1930). 1928 hatte Rathaus schon für das Düsseldorfer Schauspielhaus die Musik zu der Komödie ‹Der Soldat Schwejk› (nach J. Hašek) geschrieben (vgl. Musikblätter des Anbruchs 10, 1928, S. 37). Berühmt wurde auch seine Filmmusik zu ‹Die Brüder Karamazov› nach Dostojewski 1931 (auch als Partitur gedruckt bei der Universal-Edition, Wien).

lerischen Kontakt gefunden hat, entzieht sich meiner Kenntnis. Immerhin wäre es möglich, daß Döblin auf Rathaus durch dessen am 14.2.1930 in Berlin unter Erich Kleiber uraufgeführte Auswanderer-Oper ‹Fremde Erde› gestoßen ist. Dieses Werk verstand sein Komponist als Ergebnis einer «gesteigerte(n) soziale(n) Verantwortlichkeit»[198] von Künstlerschaft, was ihn intentional mit Döblin verband, dessen Biberkopf in ‹Berlin Alexanderplatz› durchaus verwandte Züge mit dem nach Amerika verschlagenen litauischen Bauernburschen Semjin in Rathaus' Oper hat.[199] Komponist und Autor der ‹Ehe› werden sich verstanden haben.

Beide dürfte das erfolgreiche und von Döblin auch ironisch zitierte[200] Modell der ‹Dreigroschenoper› von Brecht und Weill (Berliner Uraufführung 31.8.1928) angeregt haben, den Versuch eines durch die Musik zusätzlich kommentierten epischen Theaters zu wagen. Über Charakter und Leistung der Rathausschen Vertonung orientiert eine Kritik der Münchner Inszenierung:

Zu Döblins drei Szenen hat der junge Carol Rathaus eine Begleitmusik geschrieben, die – anknüpfend an die durchschlagskräftigere und sozial-ethisch weniger belastete Dreigroschenoper – ihren Schwerpunkt in der konzentrierten Intensivierung der einzelnen Bühnengeschehnisse findet. Sie gliedert sich der Handlung entsprechend in eine Reihe kleinerer, meist abgeschlossener Formen und bringt in bunter Folge Chöre, Soli und Zwischenspiele mit Verwendung verschiedenster Tanzformen. Am unmittelbarsten erfaßt ist der Charakter des *Sentimental-Volkstümlichen,* das besonders stark ausgeprägt erscheint im ersten Zwischenspiel am Anfang, weiterhin dann im Trauermarsch und in der F-dur-Episode «Eine Kneipe». Von grandioser und unerbittlicher Hoffnungslosigkeit: das Arbeiterlied. Die jazzmäßigen Elemente an sich geben sich dagegen sehr zahm. Sie sind vor allem durchaus herkömmlich verarbeitet, dazu kommt das Melodische sehr häufig aus zweiter Hand. Obwohl die Musik im wesentlichen begleitend und untermalend gedacht ist, zeigt sie doch bemerkenswerte Selb-

[198] Vgl. K. Rathaus, Meine Oper «Fremde Erde», in: Anbruch 12 (1930), S. 13 f.

[199] Vgl. ebd., S. 14 die Inhaltsangabe. Das Libretto zur Oper stammt von K. Palffy-Wanick.

[200] Vgl. o. S. 227.

ständigkeit gegenüber dem Geschehen auf der Bühne. Sie hält sich fast durchwegs frei vom rein Illustrativen, unterstreicht aber knapp und eindringlich die dramatischen Höhepunkte mit den sparsamsten Mitteln. Das kammermusikalisch besetzte und verwendete Orchester (mit Harmonium und Klavier) ist sehr durchsichtig behandelt. Die Satztechnik im allgemeinen bevorzugt eine lockere, vom Motivischen bestimmte und im Rhythmischen sehr eigenwüchsige Polyphonie, deren Klangstil vorwiegend von einer sehr frei behandelten Diatonik bestimmt ist.[201]

Daß Döblin sich eines Komponisten vom Range und Ruf eines Rathaus versichert hatte, belegt nicht zuletzt seinen offensiven Wirkungswillen, der sich in der ‹Ehe› artikuliert. Dahinter steht denn auch trotz einer durchaus eigenen Konzeption die Selbstbehauptung gegenüber Brecht und seinem Komponisten Weill. Mittelbar bezeugt dies seine kritische Kommentierung von ‹Aufstieg und Fall der Stadt Mahagonny›, deren Leipziger Uraufführung am 9.3.1930 zu einem Skandal geführt hatte. Die von ihm darin diagnostizierte «Selbstschändung des Bürgers»[202], der sich nur vulgärmarxistisch maskiert, ist nur verständlich vor dem Hintergrund der eigenen, in der ‹Ehe› formulierten Position. Sieht man von dieser Kritik ab, die aus der subjektiven Sicht Döblins zu begründen ist, so wirkt das ästhetische Konzept der Brecht/Weillschen Oper im Kern gar nicht so verschieden von dem des ‹Ehe›-Stückes.[203] Beide Werke sind Ausdruck einer künstlerischen Zeitströmung, deren wirkungsgeschichtlich rich-

[201] Von Tim Klein und Fritz Valentin in: Münchner Neueste Nachrichten 1.12.1930, Neudruck in: Schuster/Bode, S. 306–308, hier S. 308.

[202] Titel eines Aufsatzes, der sich nur als Typoskript im Nachlaß befindet, also von Döblin nicht veröffentlicht worden war. Jetzt in: SzPuG, S. 253–257, hier zur Brecht/Weill-Oper S. 256f.

[203] Man vgl. Kurt Weill, Vorwort zum Regiebuch der Oper ‹Aufstieg und Fall der Stadt Mahagonny›, in: Anbruch 12 (1930), S. 5–7: Keine Verschiebung bei der Darstellung des Werks nach der Seite des Ironischen oder Grotesken; größte Sparsamkeit der szenischen Mittel; Stil des Werks weder naturalistisch noch symbolisch: «Er könnte eher als «real» bezeichnet werden, denn er zeigt das Leben, wie es sich in der Sphäre der Kunst darstellt.» (S. 7); weitgehender Verzicht auf Requisiten, dafür Projektionsbilder.

tige Anbindung an Brecht und seinen Kreis gerade Döblins Sonderweg nicht übersehen lassen sollte.

Das Wasser

Der Textdruck von Döblins Kantaten-Libretto für Ernst Tochs Vertonung ordnet ‹Das Wasser› der Gattung «Lehrstück» zu.[204] Im Partitur-Druck von 1930 fehlt diese Bezeichnung. Der Grund dafür ist nicht ganz ersichtlich, doch dürfte der Verzicht Tochs mit einem gewissen Vorbehalt gegenüber der textmusikalisch aktuellen Form des Lehrstücks um 1930 zusammenhängen. Die Anregung zur ‹Wasser›-Kantate ging jedenfalls ohne Zweifel von zwei «Lehrstücken» Brechts aus dem Jahr 1929 aus. Es handelt sich um das ‹Badener Lehrstück vom Einverständnis› und den ‹Flug der Lindberghs›. Beide Werke waren während der «Deutschen Kammermusik Baden-Baden 1929» zur Uraufführung gelangt und hatten als neue Versuche einer didaktischen, gemeinschaftsbildenden Form Aufsehen erregt und eine ganze musikästhetische Diskussion ausgelöst. Im «Lehrstück» sah man ein «Gemeinschaftsstück», dessen Aufführungszielgruppen «höhere Schulklassen [...], Liebhaberkreise und Spielvereinigungen» sein sollten. Hierzu war es notwendig, daß «keinerlei dekorativer Aufwand» erforderlich sei und daß «im musikalischen Teil je nach den vorhandenen Mitteln und Fertigkeiten der Spielenden» die Ausführung noch sinnvoll vorgenommen werden könne.[205]

Tochs Kantatenvertonung entsprach diesen Erfordernissen nur bedingt, da ihr Schwierigkeitsgrad recht hoch ist. Aber auch Döblins Textkonzeption folgte nicht der spezifischen Gattungstheorie Brechts, deren volle Entwicklung allerdings erst nach

[204] Vgl. o. S. 263.

[205] So lautet zumindest die Charakteristik für Lehrstücke in der «Vorschau» H. Burkards auf die Veranstaltung «Neue Musik Berlin 1930», in: Musik und Gesellschaft 1 (1930/31), S. 71 f., hier S. 72.

den beiden Lehrstücken von 1929 zutage trat.[206] Döblin verstand seinen Text schlichtweg als nur inhaltlich belehrend. Der Aspekt eines von Spielern und Publikum gemeinsam bei der Aufführung zu vollziehenden Lernprozesses, wie er für Brecht im Vordergrund stand, entfällt bei ihm. Döblins und Tochs Plan, für die Fortsetzung der Baden-Badener Musiktage in Berlin vom 17. bis 21. Juni 1930 unter dem Titel «Neue Musik Berlin 1930» ein «Lehrstück» zu schreiben[207], entsprang nur einem aktuellen musikkulturellen Interesse. Unklar ist dabei, ob bei Döblin oder bei Toch die Initiative lag, sich mit einer Lehrstück-Produktion an den Berliner Musiktagen 1930 zu beteiligen.[208]

Vom Thema her wird man die Idee bei Döblin vermuten dürfen, da ‹Das Wasser› schon der Gegenstand seines ersten naturphilosophischen Aufsatzes von 1922 war[209] und später Eingang in die Lehrschrift ‹Das Ich über der Natur› (1928) gefunden hatte.[210] Angesichts der Faszination, die das Wasser für Döblin hier und als Motivkomplex in seinem ganzen Werk besaß, verwundert seine Wahl als Sujet eines «Lehrstückes» nicht. Trotzdem wäre es denkbar, daß Toch Döblin um einen stofflichen Vorschlag angegangen hätte und dieser dann nur die Wasser-Thematik seinerseits vorgeschlagen haben würde. Hierfür spräche immerhin, daß der «Neoromantiker» Toch beim «Neuen

[206] Vgl. dazu umfassend R. Steinweg, Das Lehrstück, Stuttgart 1972 und ders. (Hg.), Brechts Modell der Lehrstücke. Zeugnisse, Diskussionen, Erfahrungen, Frankfurt/M. 1976.

[207] Vgl. dazu auch R. Steinweg, Lehrstück aaO (wie Anm. 206), S. 76. Ein weiteres Lehrstück ‹Der neue Hiob› von Robert Seitz (Musik von Hermann Reuter) wurde für den gleichen Anlaß u. a. geschrieben.

[208] Veranstalter der Musiktage war die Rundfunkversuchsstelle bei der Staatlichen Hochschule für Musik in Berlin. Zum Programm vgl. H. Burkard, Vorschau auf die «Neue Musik Berlin 1930» (17. bis 21. Juni), in: Musik und Gesellschaft 1 (1930/31), S. 71 f. Zum Ablauf und zur Problematik der Tage vgl. den Bericht von H. Boettcher ebd., S. 162–165.

[209] In: Die Neue Rundschau 33 (1922), S. 853–858.

[210] A. D., Das Ich aaO (wie Anm. 76), S. 22 ff. (nur teilweise).

Musik»-Fest mit weiteren, eigenen Werken präsent gewesen ist. Vor allem seine «wildvirtuose, epochemachende»[211] ‹Geographische Fuge für Sprechchor› erregte die Aufmerksamkeit der Kritik. Sie verweist auf Tochs einschlägiges Interesse an textmusikalisch neuen Formen, so daß man auch seine ‹Wasser›-Kantate nach Döblin diesem Experimentierfeld des Komponisten Ernst Toch (1887–1964)[212] zurechnen könnte.

Auf welchem Weg und in welcher Intensität Döblin mit Toch überhaupt um 1930 in Beziehung gekommen ist, läßt sich mangels Quellen nicht mehr feststellen. Der Kontakt zwischen beiden dürfte, da Toch erst seit 1919 (bis 1933) in Berlin lebte, jüngeren Datums gewesen sein. Er begründete aber offenkundig eine dauernde Freundschaft, die sich dann im amerikanischen Exil hilfreich bewährte.[213] Allgemein kann man Döblins Beziehung zur zeitgenössischen Musik der zwanziger Jahre nur als glücklich bezeichnen, da sowohl Karol Rathaus, der Vertoner des ‹Ehe›-Stücks, als auch Ernst Toch zu den Spitzenvertretern der kompositorischen Zunft ihrer Zeit gehörten.

In der Anlage des Kantatentextes nimmt Döblin stilistische Positionen des ‹Ehe›-Stückes insofern auf, als er eine ironisch-fragende (Tenor) und eine ernst-belehrende (Bariton) Rolle einander gegenüberstellt. Als leitender Kommentator tritt wieder ein «Sprecher» auf, dem ein fragender und bestätigender Chor korrespondiert. Diese Form ganz lockerer, nicht konsequent durchgehaltener und hebungsungleicher Reimverse findet sich ebenfalls schon in der ‹Ehe›, allerdings dort noch in der Gestalt von Reimprosa, wie Döblin sie vor allem in ‹Unser Dasein›

211 K. Stone in: Die Musik in Geschichte und Gegenwart, Bd. 13, 1966, Sp. 446.

212 Zu ihm vgl. K. Stone aaO (wie Anm. 211), Sp. 444–446 (mit weiterer Literatur).

213 Vgl. dazu A. D., Briefe, S. 265, 292, 310 und 592. Zu Toch im amerikanischen Exil vgl. auch die Hinweise bei R. Goldschmidt Kunzer, Die deutsche Literatur im Exil und die Universitäten in Kalifornien, in: J. M. Spalek/J. Strelka (Hgg.), Deutsche Exilliteratur seit 1933, Bd. 1 Kalifornien, Bern/München 1976, S. 147–167, hier S. 160f. – Zur Beziehung Döblin-Toch im USA-Exil vgl. K. Weissenberger, Alfred Döblin, in: ebd., S. 299–322, hier S. 307.

kultiviert hat. Im Drama wie in der Reflexionsprosa vertrat für Döblin die Verstechnik allem Anschein nach den lyrischen Stilzug im Sinne eines kontrastierenden «Eingriff(s)» zur dialogischen oder narrativen Grundstruktur eines Textes.[214] Für Döblins «Lehrstück» wird dieser Gesichtspunkt kaum eine Rolle spielen, wenn auch ein ironisch brechendes, sprachspielerisches Motiv mitbestimmend gewesen sein dürfte. Ganz vordergründig wird die bessere Verständlichkeit von Belang gewesen sein. Hinzu trat auch ein parodistischer Zug, der sich an die Tradition schulischer Merktexte in Versform anknüpfte.

Insgesamt war der Text der ‹Wasser›-Kantate eher nachrangig. Sie wurde von ihren Autoren ohnehin als «reines Singstück» verstanden, das lediglich «durch seine lehrhafte Tendenz» auch als «Gemeinschaftsstück» im Sinne der Brechtschen Konzeption gelten sollte.[215] Die Priorität der Textaussage ist demgegenüber für die Brechtschen Lehrstücke von 1929 zumindest latent[216], für die von 1930 (‹Der Jasager› und ‹Die Maßnahme›) auf jeden Fall charakteristisch gewesen.[217] Döblin und Toch bewegten sich trotz des Bemühens um Anteil an aktuellen Formexperimenten mit ihrer «Lehrstück»-Kantate in eher traditionellen Bahnen, was nicht von vornherein gegen eine eigene, aber in Konventionen befangene Qualität sprechen muß. Ein neuartiger Beitrag im Dialog mit Brechts Lehrstück-Bemühungen war sie jedenfalls nicht. Ob sie es sein sollte, sei dahingestellt, wenn auch der seltsam verschränkte Produktionscharakter von Werken Döb-

[214] ‹Der Bau des epischen Werks›, in: AzL, S. 113.

[215] Zitat aus dem «Programmbuch der «Neuen Musik Berlin 1930»», hier zitiert nach H. Trede/H. Boettcher, Lehrstück, in: Musik und Gesellschaft 1 (1930/31), S. 112–116, hier S. 114, Anm. 1.

[216] Bezüglich des ‹Badener Lehrstücks› hat sich Brecht selbst hierzu kritisch geäußert. Vgl. R. Steinweg (Hg.), Brechts Modell aaO (wie Anm. 206), S. 59. Von hier aus gesehen ließe sich für ‹Das Wasser› allenfalls noch ein «Lehrstück»-Verständnis vertreten, wie Brecht es anfänglich geäußert hat.

[217] Deutlich wird dies in der am Text festgemachten Zurückweisung der ‹Maßnahme› durch die Leitung der «Neuen Musik Berlin 1930», obwohl die Aufführung ursprünglich vorgesehen war.

lins und Brechts[218] in den Jahren 1929/30 hierzu hypothetisch zu einem solchen Schluß verleiten mag.
‹Das Wasser› erfüllte unabhängig von einem Vergleich mit Brechts Lehrstücken keineswegs die Belange eines «existentiellen Musizierens», wie sie von Zeitgenossen im Umfeld der allgemeinen Lehrstückdiskussion erhoben wurden.[219] Döblins Text verblieb in der Zone reiner Belehrung. «Das Lehrstück soll» aber «nicht irgendeine Befestigung des Glaubens und Handelns, kein Dogma geben, wie das mittelalterliche religiöse Spiel, sondern es soll zur Bewegung und Aufrüttelung jedes Einzelnen in seinem Selbst führen.»[220] Keinen Lernprozeß der Selbstfindung, verbunden mit «unverblümte(r) und vollständige(r) *Anschaulichkeit*», der zu «Offenheit und Wahrhaftigkeit» führte, «mit der die Dinge ergriffen werden»[221], vermag bei kritischer Betrachtung ‹Das Wasser› anzubieten. Das gedankliche Gerüst des Kantaten-Textes ist zu dünn, als daß es derartiges leisten könnte. Und die hinter ihm stehende naturphilosophische Lehre Döblins vom Ich und der Natur, die solche Ansprüche befriedigte, ist in dieser Kürze nicht mehr vermittelbar.
Was Döblin andernorts selbst als idealen Wirkungsprozeß eines Bühnenspiels beschrieben hat, «das Leben, die Ziele» aufgehen zu lassen, um «ein Lehrstück» zu sein, das «nicht vergessen wird» und privates wie öffentlich-politisches Verhalten bestimmt[222], all das vermittelt ‹Das Wasser› sicher nicht. Die Kantate bleibt ein ästhetischer Versuch, ein musikliterarisches Experiment, das nicht in die Existenz des Menschen eingreift. «Sein alltägliches Dasein wie sein geistiges Selbst»[223] steht hier nicht

[218] Vgl. dazu W. Stauffacher, Alfred Döblin aaO (wie Anm. 168).

[219] Vgl. hierzu den programmatischen Artikel von H. Trede/H. Boettcher aaO (wie Anm. 215).

[220] Ebd., S. 114.

[221] Ebd., S. 114.

[222] A. D., Unser Dasein aaO (wie Anm. 23), S. 247.

[223] So die Formulierung Manfred Bukofzers in: Zur Frage nach der Wirklichkeit des Musizierens, in: Musik und Gesellschaft 1 (1930/31), S. 147–151, dessen Beitrag in den Rahmen der grundsätzlichen Diskussion im Umfeld des Lehrstücks

zur Debatte, wie gerade Döblin es in anderen Werken für sein eigenes Literaturverständnis in Anspruch genommen hat.

Die Geschichte vom Franz Biberkopf

Für die Entscheidung Döblins, seinen erfolgreichen Roman ‹Berlin Alexanderplatz› in ein Hörspiel umzuarbeiten, sind die veranlassenden Gründe nur mittelbar zu rekonstruieren. Ob die Initiative von ihm selber oder vom Rundfunk ausging, entzieht sich mangels Quellen der gesicherten Aussage. Döblins grundsätzliches Interesse am Rundfunk und seine gelegentliche Mitarbeit dort seit 1925 sind bekannt.[224] Der entscheidende Anstoß für eine ausgesprochen literarische Beschäftigung mit dem neuen Medium dürfte erst seine engagierte Teilnahme an der Arbeitstagung «Dichtung und Rundfunk» am 30.9. und 1.10.1929 in Kassel-Wilhelmshöhe gewesen sein, die gemeinsam von der Reichsrundfunkgesellschaft und der Preußischen Akademie der Künste, Sektion für Dichtkunst, ausgerichtet worden war. Ziel der Tagung war die Annäherung der literarisch führenden Autoren an den Rundfunk, deren Gewinnung das ausdrückliche Ziel des im Juni 1929 neu berufenen Intendanten der «Berliner Funkstunde», Hans Flesch, und seines Leiters der literarischen

und der daran geknüpften, neuen musiksoziologischen Standortbestimmungen gehört.

[224] Zu Döblins Rundfunkbeiträgen bis 1933 vgl. Huguet, Nr.938 (Lesung 15.11. 1925); Nr.942 (Lesung 17.8. 1926); Nr.949 (Paracelsus-Vortrag 25.9. 1928); Nr.950 (Gespräch 6.11. 1928); Nr.953 (Lessing-Vortrag vom 16.11. 1929); Nr.954 (Gespräch 26.2. 1929); Nr.958 (Lesung 9.9. 1929); Nr.961 (improvisierte Erzählung 1.12. 1929); Nr.963 (Mitwirkung an Matinée 29.12. 1929); Nr.964 (Autobiographisches 21.4. 1930); Nr.964a (Gespräch 13.8. 1930); Nr.968 (Arno Holz-Einführung 26.10. 1930); Nr.977 (Döblin über Bilder und Malerei vom 11.4. 1931); Nr.978 (Gespräch 16.4. 1931). Die Übersicht dürfte vollständig sein, da auch die Auswertung der Programmzeitschriften durch E. Lindemann, Literatur und Rundfunk 1923–1932, Diss. phil. Göttingen 1980, Bd. 2 keine weiteren Nachweise erfaßt.

Abteilung dort, Edlef Köppen, gewesen ist.[225] Die angestrebte Initiative hatte insgesamt gesehen Erfolg, und das Zustandekommen von Döblins Hörspiel gehört zunächst auch in diesen allgemeinen, kulturpolitisch wichtigen Vorgang.

Daß Döblin sich mit der Form des Hörspiels überhaupt produktiv auseinandersetzte, hängt eng mit seinem radiotheoretischen Beitrag ‹Literatur und Rundfunk›[226] zusammen, den er in Kassel vortrug. Durch ihn wurde er zu einer grundsätzlichen Auseinandersetzung gezwungen[227], deren Niederschlag ‹Die Geschichte vom Franz Biberkopf› geworden ist. Döblins Überlegungen zu den Bedingungen der Literatur im Radio sind kein völliger Neuansatz, sondern sie bewegen sich auf der Linie seiner anderen poetologischen Schriften, deren letzten, 1929 erreichten Stand aus ‹Der Bau des epischen Werks› und aus der Akademierede über Arno Holz ‹Vom alten zum neuen Naturalismus› er voll reflektiert.

Der Kasseler Vortrag bringt Döblins vertraute Klage über die Isolierung des an das Buch gebundenen, modernen Autors vor, der anders als der alte Epiker kein unmittelbares Gegenüber im Leser mehr kennt. Die zumindest teilweise Auflösung dieser Vereinsamung erhofft er vom Massenmultiplikator Radio. Literatursoziologisch scheint ihm dafür wichtig die bewußte Senkung des Textniveaus[228]. Er schlägt den Weg vor, die bildungselitären ‹aristokratischen› Ausdrucksformen einer «überartistischen Literatur»[229], die notwendig an das Buch gebunden sind,

[225] Vgl. dazu auch E. Lindemann, Literatur aaO (wie Anm. 224), Bd. 1, S. 140 ff.

[226] Erstdruck im Protokollband der Tagung Dichtung und Rundfunk, 1930, S. 7–15; danach H. Bredow, Aus meinem Archiv. Probleme des Rundfunks, Heidelberg 1950, S. 311–317 und G. Hay (Hg.), Literatur und Rundfunk 1923–1933, Hildesheim 1975, S. 230–236 (danach als dem zugänglichsten Abdruck im folgenden zitiert) sowie in: Stücke, S. 244–252.

[227] Zum Stellenwert vgl. M. Prangel, Die rundfunktheoretischen Ansichten Alfred Döblins, in: G. Hay (Hg.), Literatur aaO (wie Anm. 226), S. 221–229.

[228] Zum Streit um diese These vgl. o. S. 626, Anm. 163.

[229] ‹Literatur und Rundfunk›, in: G. Hay (Hg.), Literatur aaO (wie Anm. 226), S. 232 f.

aufzugeben und die Chance einer Literatur der «großen Volksmasse» zu nutzen, wie sie ihm der Rundfunk zu ermöglichen schien.

Doch schon die kritischen Überlegungen zu den radiokonformen Literaturgattungen lassen erkennen, daß ihn selbst Skepsis bei seinen Gedanken bewegte. Denn mögen Essayistik und Lyrik noch geeignete Vermittlungsformen sein, der moderne Roman, «von der Buchform erzeugt»[230], ist es «zu hundert Prozent»[231] sicher nicht. Der eigene Werkanspruch leitet ihn hier wie auch im Falle des Dramas deutlich, dessen theatralische Realisierung als «Kollektiverlebnis»[232] er in der Vereinzelung des Rundfunkhörers aufgehoben sieht. Döblins Schlußfolgerung lautet denn für alle «Radioaktiven» auch: «Das Manko des Rundfunks gegenüber dem Status der heutigen Literatur ist zu groß.» Im Radio sind «die Epik und die Dramatik der Literatur» nicht angemessen zu vermitteln.[233]

Doch gerade dies bedeutet dann doch eine neue Möglichkeit für eine «spezifische, volkstümliche Rundfunkkunst» jenseits eines aufgehobenen «Unterschied(s) zwischen Epik und Dramatik», die nur «Trennungen der Literatur» sind, «welche das Buch und das Theater kennen»[234]. Es gilt eine neue Gattung zu entwickeln, die sich an den Merkmalen des Radios «Hörbarkeit, Kürze, Prägnanz, Einfachheit» zu orientieren habe. Diese ist das genuine «Hörspiel» aus der Vereinigung von «Sprache und dichterische(r) Phantasie», die in Döblins Sinne erst die «wirkliche Literatur» ausmacht.[235] Der epische Modus von ‹Berlin Alexanderplatz›, der theoretisch im ‹Bau des epischen Werks›

230 Ebd., S. 234.

231 Ebd., S. 235.

232 Ebd., S. 235.

233 Ebd., S. 235.

234 Ebd., S. 236.

235 Ebd., S. 235 alle Zitate. Dieser letztgenannten Integration zugehörig sind auch Döblins ausführliche Überlegungen in: ‹Der Bau des epischen Werks›, in: AzL, S. 128ff. «Die Sprache im Produktionsprozeß».

reflektiert wurde, steht Pate für das rundfunkgemäße «lebende Wortkunstwerk».[236]

Daß sich Döblin mit seiner Ablehnung von Epik und Dramatik als nicht für den Rundfunk wirklich geeigneter Vermittlungsformen in keinem widerspruchsfreien Raum bewegte, braucht kaum betont zu werden. Zumal Arnold Zweig opponierte auf der Kasseler Tagung heftig zugunsten des Epischen[237], wie ihm sekundierend Ernst Hardt dem «Theater ohne Augen» (Schmidtbonn), der «Hörbühne», eine optimale Radioqualität zusprach.[238] Döblin focht dies wohl kaum an, da er ohnehin bezüglich Epik und Dramatik nicht in den traditionellen Kategorien der Gattungen dachte, sondern für diese Textfelder seine eigenen Konzepte verfolgte.

Man darf annehmen, daß Döblin in seinem Hörspiel ‹Die Geschichte vom Franz Biberkopf› eine zumindest ungefähre Realisierung seiner gleichzeitig entstandenen rundfunktheoretischen Überlegungen unternommen hat und daß an diesen das Hörspiel auch zu messen ist. Zunächst gilt es festzuhalten, daß auch nach Döblins Verständnis trotz der stofflichen Kongruenz das Hörspiel nicht einfach eine Rundfunkfassung des Romans gewesen ist[239], an dessen epischem Panorama beurteilt es defizitär wirken müßte. Entfällt dieser Bezug, der die Forschung, scheinbar sicher gestützt duch den Untertitel des Funk-Manuskriptes[240], durchweg beherrscht hat, so bleibt das ‹Hörspiel› Döblins, das ja diesen Gattungsnamen nirgends im erhaltenen Typoskript führt, ein literarisches Radiowerk von ganz neuer und besonderer Qualität. Die bis 1930 realisierten Formen des Radiohör-

[236] ‹Der Bau des epischen Werks›, in: AzL, S. 132.

[237] In: ‹Epik und Rundfunk›, in: G. Hay (Hg.), Literatur aaO (wie Anm. 226), S. 211–214.

[238] ‹Drama und Rundfunk›, in: G. Hay (Hg.), Literatur aaO (wie Anm. 226), S. 131–137.

[239] Vgl. hierzu auch M. Prangel, Alfred Döblin, Stuttgart 1973, S. 64 und Chr. Hörburger, Das Hörspiel der Weimarer Republik, Stuttgart 1975, S. 262.

[240] Vgl. o. S. 558: «(nach dem Roman «Berlin Alexanderplatz»)».

spiels überhaupt und ohnehin die spärlichen Adaptationen von Romanen[241] sind mit Döblins Unternehmen kaum zu vergleichen, das durchaus Ernst macht mit radiophonischen Ausdrucksmitteln, das zugleich aber auch ein weiterer Vorstoß im Feld der epischen Dramatik zu sein versucht.

Döblin vollzog ähnlich wie Brecht, wenn auch weitaus unschärfer als bei diesem durch Selbstaussagen dokumentiert, eine Anpassung seiner Vorstellungen über das epische Drama an die spezifischen Möglichkeiten des Rundfunks. Dem Massenmedium angemessen erschien beiden eine Lehrstück-Form, die Brecht auf der Ebene seines musikliterarischen Lehrstück-Konzeptes fortentwickelte[242], während Döblin auf der rein didaktischen Grundhaltung beharrte. Wie ‹Die Ehe› und ‹Das Wasser› konzentriert sich auch das Biberkopf-Hörspiel auf eine ‹Lehre›. Roman und Radiotext unterscheiden sich dem Kern nach dabei nicht, wie der nahezu wörtlich übernommene Schluß sinnfällig zum Ausdruck bringt. Darum ist das Hörspiel kein in der Aussage neues Modell. Was Döblin entscheidend ändert, ist aber die Vermittlung der Opfer-Thematik von ‹Berlin Alexanderplatz›, für dessen erzählerisch weiträumige urbane Situierung aufgrund der theoretischen Einsichten im Hörspiel kein Platz war. Angesichts der allein dem «Buchroman» angemessenen raschen Lektüre, um «Breite, Ausdehnung und Fluß» des Textes zu erfassen, bedarf es bei der akustischen Darbietung einer starken Reduzierung der narrativen Komplexität: Ein einfacher «mündlicher Vortrag (ist) ein Fehler»[243]. Für Döblin galt, daß «die mündliche Sprache [...] überhaupt schlecht für das bisherige epische Werk» ist:

241 Vgl. E. Lindemann, Literatur aaO (wie Anm. 224), Bd. 1, S. 257 f.

242 Zu Brechts Rundfunkarbeit im Zusammenhang der Entwicklung einer Lehrstück-Konzeption vgl. zuletzt P. Groth, Hörspiele und Hörspieltheorien sozialkritischer Schriftsteller in der Weimarer Republik. Studien zum Verhältnis von Literatur und Rundfunk, Berlin 1980, S. 175 ff.

243 ‹Literatur und Rundfunk›, in: G. Hay (Hg.), Literatur aaO (wie Anm. 226), S. 234.

Die tönende Sprache tut nichts Positives hinzu, nämlich das Tönen zum Roman, sondern sie engt die Phantasie ein durch den Stimmklang, die besondere Art der Stimme, ihren Tonfall, der vom Autor nicht vorgesehen ist. Der eigentliche Ort des Romans ist unstreitig die Phantasie, das geistig sinnliche Mitphantasieren, und dahin führt unendlich besser das Lesen.[244]

Das literarische Hörspiel kann sich bezüglich «Sprache und Phantasie»[245] nicht auf der Ebene des Buchromans bewegen, sondern es muß den rezeptiven Gegebenheiten des Radios Rechnung tragen. Diese aber erfordern eine einfache, überschaubare Struktur bezüglich Inhalt, Personen und Textgestalt. Döblin versuchte es in der ‹Geschichte vom Franz Biberkopf›.

Der erhaltene Entwurf noch mehr als die Sendefassung ging ohnehin bis an die Grenzen der damals für möglich gehaltenen Hörspielgestalt. Die Kritiker, die eine zu große Zahl der «Stimmen» monieren, deren akustische Differenzierung schwierig sei, belegen nur eine von Döblin möglichst komplex gehaltene Textstruktur, die innerhalb des Hörmediums wenigstens eine Andeutung der produktiven Idee von ‹Berlin Alexanderplatz› bewahren sollte. Der Roman wie das Hörspiel wollten keine «Schablonenarbeit»[246] sein.

Döblin hat bei seiner Arbeit am Hörspieltext allem Anschein nach wie bei all seinen sonstigen Werken auch verschiedene Realisationsstufen ausgeführt. Die einzelnen Phasen sind mangels handschriftlicher Fassungen nicht nachzuvollziehen, wie auch Einflüsse seines Bruders Hugo Döblin[247] oder der Funkre-

[244] Ebd., S. 234f.

[245] Ebd., S. 236.

[246] So Döblin in ‹Epilog› (AzL, S. 391) mit Abwehr gegen Mißverständnisse von ‹Berlin Alexanderplatz›.

[247] Hugo Döblin (1876–1960) war Schauspieler (mehr als 500 Rollen in Stummfilmen und als Mitglied des Reinhard-Ensembles); er gründete 1931 die erste deutsche Tonfilmschule in Berlin (Schließung 1933); Exil in der Schweiz und in USA. Verfasser von Gedichten (‹Stimmen aus dem Dunkel› 1923; Pressedruck 1929) und Dramen (u.a. ‹Goliath erschlägt David› 1932; Typoskript Dt. Literaturarchiv Marbach). Über den intensiven Kontakt zwischen den Brü-

gisseure Alfred Braun und Max Bing[248] im einzelnen nicht abzuschätzen sind. Die in diesem Band gedruckte längere Fassung dürfte einen ursprünglichen Endzustand aus der Sicht Döblins repräsentieren. Ihr gegenüber ist die nur als Plattensatz ohne schriftlich fixierten Text erhaltene Sendefassung um knapp ein Fünftel gekürzt. Die Forschung hat dabei vor allem den Wegfall ‹politischer› Passagen bemerkt und entsprechend interpretiert.[249] Doch dieser zweifellos richtige Sachverhalt erfaßt nur bedingt die gestalterische Tendenz der Kürzung, obwohl die völlige Streichung der mythisch-allegorischen Hiob-Szenen eigentlich den Blick dafür hätte schärfen müssen.

Die Sendefassung ist vor allem ein in sich gestraffter Text. Das Wegschneiden spezifisch epischer Montageelemente («Stimmen») zugunsten einer möglichst klaren, deiktischen Struktur erweist sich denn auch als Anpassung an die radiophone Vermittlung, für die man sogar eine Einsicht Döblins namhaft machen könnte: «Beides, mündlich zu sprechen oder sprechen zu lassen, und sich auf den lebenden einfachen Menschen der Straße und des Landes einzustellen: diese beiden literaturfremden, funkformalen Ansprüche sind auch literarisch gute Ansprü-

dern Alfred und Hugo Döblin berichtet die letzte Frau Hugo Döblins Margo H. Wolff in ihrem Aufsatz ‹Die Brüder Alfred und Hugo Döblin› (Typoskript-Entwurf 15 Blatt als Kopie im Dt. Literaturarchiv Marbach). Danach vermittelte Hugo erste Kontakte Alfreds zum Theater («Alfred wurde nie müde, sich von Hugo einige Szenen aus Hauptmann-Stücken oder Ibsen-Dramen noch einmal vorspielen zu lassen.»): «Damals schon träumte der junge Dichter Alfred davon, einmal ein großer Dramatiker zu werden.» (S. 3). Hugo war vor allem ein großer Interpret der Romane, besonders des ‹Wang-lun› und des ‹Manas›: «[...] demonstrierte er seinem Bruder vor, wie einige Szenen aus seinem indischen und chinesischen Roman «Epische Dramen» wären.» (S. 3f.) Nach Huguet Nr. 1083 existiert ein Entwurf der Brüder vom ‹Manas› als «Oratorium».

248 Zu ihrem potentiellen Anteil vgl. H. Schwitzke in seiner Edition des Hörspiels (Stuttgart 1976), S. 63f.

249 Ebd., S. 62f. Ausführlicher Ulrike Kerschbaum, Die Darstellung von alltagsbezogenen Problemen im Hörspiel, Diss. phil. Wien (Masch.) 1978, S. 43ff. Zur ‹Entpolitisierung› des Hörspiels gegenüber dem Roman vgl. auch Chr. Hörburger, Hörspiel aaO (wie Anm. 239), S. 263ff. (bezogen nur auf die Sendefassung).

che.»[250] Die Straffung könnte demnach durchaus eine Entscheidung Döblins gewesen sein, zumal seine Arbeitstechnik auch sonst häufig darauf hinauslief. Der Verdacht eines relativ selbstherrlichen Regieeingriffs aus politischen oder auch vermeintlich sachlichen Glättungsgründen drängt sich natürlich ebenfalls auf. Ein Punkt, der in diesem Zusammenhang bedeutendes Gewicht erlangt, ist die Tatsache, daß ‹Die Geschichte vom Franz Biberkopf› 1930 und in den Jahren danach nie gesendet worden ist.[251] Nach mehreren Verschiebungen war zwar für den 30. 9. 1930 die Ausstrahlung von 20.35 bis 22.15 Uhr angesetzt worden[252], wurde dann aber kurzfristig auf den 1. 10. verschoben, um schließlich endgültig abgesagt zu werden.[253] Die erhaltene Plattenaufnahme hat demnach gerade in dieser Absetzung ihren Grund, da man die Produktion mit den eingesetzten Spitzenkräften für einen späteren Sendetermin konservieren wollte.
Über die Zusammenhänge dieses ganzen Vorgangs existieren nun glücklicherweise zwei wichtige Dokumente in den Akten des Politischen Überwachungsausschusses der Berliner Funkstunde.[254] Danach haben die politischen Zeitumstände im Ge-

[250] ‹Literatur und Rundfunk›, in: G. Hay (Hg.), Literatur aaO (wie Anm. 226), S. 233.

[251] Vgl. F. W. Hymmen, Das authentische «Alexanderplatz»-Hörspiel: nie gesendet. Alfred Döblin und der Hörfunk, in: evangelischer presse dienst (epd) / Kirche und Rundfunk Nr. 94 vom 29. 11. 1980, S. 1–4.

[252] Anhaltspunkt dafür ist die Programmankündigung in den beiden Zeitschriften «Der Deutsche Rundfunk» und «Die Funk-Stunde».

[253] Vgl. Chr. Hörburger, Nachtrag zu einer hörspielgeschichtlichen Sensation, in: FUNK-Korrespondenz Nr. 51 vom 18. 12. 1980, S. 14 f., der aus «Der Deutsche Rundfunk» 8 (1930), Heft 41, S. 62 die Notiz zitiert: «Seit einem halben Jahre wird die Hörspielbearbeitung des Alexanderplatz-Romans von Döblin angekündigt. Endlich war es für Montag angesetzt [= 30.9.]. Dann auf Dienstag verschoben. Schon acht Tage vor dieser ersten nennenswerten Hörspielveranstaltung in diesem Winter verschwand der Name Alfred Braun [sc. als des Regieführenden] aus dem Programm. Und vier Stunden vor der Aufführung wurde sie abgesagt.»

[254] Vgl. Ansgar Diller, Nachtrag zum «Nachtrag zu einer hörspielgeschichtlichen Sensation», in: FUNK-Korrespondenz Nr. 1–2 vom 7. 1. 1981, S. 15 f.

folge der Reichstagswahlen vom 14.9.1930 die entscheidende Rolle gespielt, da diese den erdrutschartigen parlamentarischen Durchbruch der Nationalsozialisten mit 107 Mandaten gebracht hatten. Das Sitzungsprotokoll des Ausschusses vom 1.10. vermerkt:

Herr Riedel[255] erkundigt sich, aus welchen Gründen gestern die Aufführung des Hörspiels ‹Die Geschichte vom Franz Biberkopf› unterblieben sei. Herr Dr. Flesch[256] erklärte, sie im Einverständnis mit dem Autor Döblin angesichts der jetzigen aufgeregten Zeiten verschoben zu haben, um sie später als Hörfilm auf Schallplatten vorzunehmen.[257]

Der Sachverhalt erscheint damit geklärt. Die von Flesch brieflich am 4.10. erbetene Neuformulierung des Protokolls wirft jedoch weitere Fragen auf. Flesch schlug als zweiten Satz vor:

Herr Dr. Flesch erklärte, daß im Einverständnis mit dem Autor Döblin das Stück umgearbeitet und auf Schallplatten aufgenommen werden sollte. Das Hörspiel gäbe, so wie es von der Regie zusammengestrichen war, inbesondere durch das Fehlen der wichtigen Hiobs-Szenen, zu Mißverständnissen Anlaß.[258]

Hieraus ergäbe sich, daß gerade die erhaltene Sendefassung ohne die Hiobsszenen Probleme aufgeworfen hat, dann aber offen-

[255] Oswald Riedel bildete zusammen mit seinem SPD-Fraktionskollegen Ernst Heilmann aus dem Preußischen Landtag und Erich Scholz vom Reichsinnenministerium den Politischen Überwachungsausschuß der Berliner Funkstunde. Vgl. A. Diller, Nachtrag aaO (wie Anm. 254), S. 16.

[256] Seit 1929 Intendant der Berliner Funkstunde.

[257] Bundesarchiv Koblenz R 55/1277. Zitat nach A. Diller, Nachtrag aaO (wie Anm. 254), S. 16.

[258] Ebd., S. 16. Die Briefstelle belegt, daß die Produktion des Hörspiels erst nach dem 30.9. 1930 vorgenommen wurde, wenn Fleschs Einlassung so stimmt. Die Tatsache, daß offenkundig die gekürzte ‹Sendefassung› auf Platten aufgezeichnet wurde, läßt allerdings Bedenken an Flesch aufkommen. Wahrscheinlich war das Hörspiel doch schon produziert und die behauptete Offenheit einer Neufassung ist entweder vorgetäuscht oder aber man unternahm nichts mehr, da ein Mitschnitt vorlag und an einer Sendung des Hörspiels im Grunde keiner mehr interessiert war.

kundig doch produziert worden ist, um sie später senden zu können. Die Striche wären der Regie anzulasten. Andererseits aber soll eine Umarbeitung der gekürzten Fassung vorgenommen werden. Nur, wie sollte diese ausgesehen haben? War eine dritte Fassung, die auf den erhaltenen ersten Text Döblins zurückgriff, aber doch in Richtung der Sendefassung Änderungen vornahm, geplant gewesen? Endgültiges Licht in das Dunkel wird sich nicht bringen lassen, zumal auch Döblins eigene Sicht in dieser Sache unbekannt ist.

Rundfunkgeschichtlich müssen die an sich ungünstigen Konstellationen um das Hörspiel eher als Glücksfall gewertet werden, da ihnen die Erhaltung der Schallaufnahme zu verdanken ist, mag es auch in Döblins Sinne die falsche, weil den eigenen Text verkürzende Version sein. Historisch bedauerlich bleibt der Sendeverzicht allerdings doch, da ‹Die Geschichte vom Franz Biberkopf› als innovatives Hörspielmodell hohen Ranges so nicht wirken konnte, obwohl gerade mit diesem Hörspiel Döblin seine literaturpolitischen Ziele noch am ehesten hätte praktisch einlösen können.

Der Weg in die künstlerische Isolation des Exils nach 1933 zeichnet sich hier für Döblin schon früh ab. Seine politische Botschaft in diesen letzten Jahren der Weimarer Republik, die auch jenseits des parteiischen Gezänks dieser Epoche hinter seinem Hörspiel steht, sie wurde nicht mehr gehört. Das Spiel um Biberkopf betreibt gesellschaftliche Aufklärung «für die alte Menschensache des echten Sozialismus [...]: Freiheit, Ablehnung des Zwangs, Empörung gegen Unrecht, Widerwillen gegen Barbarei, – und für die junge Menschensache: Entwicklung des natürlichen gesellschaftlichen Menschen.» [259]

[259] A. D., Wissen und Verändern (1931), in: ders., Der deutsche Maskenball von Linke Poot. Wissen und Verändern, hg. von H. Graber, Olten/Freiburg i. Br. 1972, S. 230 f.

Die Beschäftigung Döblins mit dem neuen Medium des Jahrhunderts, dem Film, ist bisher weitgehend unbekannt geblieben, da sie ohnehin nur beiläufig wirkte und zudem das Textmaterial weitgehend unzugänglich war. Seine nahezu vollständige Herausgabe in diesem Band – nur das handschriftlich unausgearbeitete, unvollständig erhaltene und teilweise unleserliche Manuskript ‹Der Ausreißer› aus der amerikanischen Exil-Zeit in Hollywood[260] wurde nicht aufgenommen – vermag zwar auch nicht den Sachverhalt zu ändern, daß Döblin kein idealer Filmautor war, aber es zeigt sich doch, daß er wie nahezu alle aufgeschlossenen Literaten seiner Generation die ästhetische und produktive Auseinandersetzung mit den Fragen des Films unternommen hat. Sein Werk, das im epischen und dramatischen Bereich ohnehin Einflüsse des Films enthält, wird durch diese Filmszenarien und Filmerzählungen um Aspekte bereichert.
Döblin entdeckte mit sozial geschärftem Blick in den Anfängen des Stummfilms diesen zunächst als «das Theater der kleinen Leute»[261]: Kintopp als kulturelle, auf Aktion und Visualität gerichtete Bedürfnisbefriedigung der Unterschicht, der Ungebildeten, aber doch mit Anziehungskraft für «Höhergebildete». Döblins eigenes Verhältnis zur Realität des frühen Films bleibt denn auch distanziert, was ihn nicht hinderte, den «Kinostil» für sich als episches Prinzip zu entwickeln.[262] Die bildhafte Bewegungsästhetik des Films faszinierte ihn, aber nicht, wie die meisten seiner Schriftstellerkollegen[263], die Trivialkultur der Ki-

260 Vgl. u. S. 665 f.

261 A. D., Das Theater der kleinen Leute, in: Das Theater 1 (1909), S. 191–192; Neudruck in: Stücke, S. 233 f. und durch A. Kaes (Hg.), Kino-Debatte. Texte zum Verhältnis von Literatur und Film 1909–1929, Tübingen 1978, S. 37 f.

262 ‹An Romanautoren und ihre Kritiker› (1913), in: AzL, S. 17.

263 Vgl. dazu ausführlich Th. Koebner, Der Film als neue Kunst. Reaktionen der literarischen Intelligenz. Zur Theorie des Stummfilms, in: H. Kreuzer (Hg.), Literaturwissenschaft – Medienwissenschaft, Heidelberg 1977, S. 1–31 (mit Lit.).

nematographie. Auch die Perspektive des Films als Medium der Massen, des Volks interessierte ihn anfangs noch nicht. Erst im Zusammenhang seiner eigenen Bestrebungen um eine Öffnung der Literatur 1929/30[264] begann ihn der Film wieder anzuziehen.

Döblins frühe poetologische Postulate einer kinetischen Phantasie für seine Art, episch zu schreiben, schlagen sich immerhin doch im Versuch eines Filmszenariums nieder. Die «Vorbemerkung»[265] zum Film ‹Die geweihten Töchter› stellt die Prinzipien vor, durch die Döblin für sich einen formalen Fortschritt gegenüber den konventionellen Filmstrukturen seiner Zeit beanspruchte. Dieser besteht erstens in der Bildung von «Scenengruppen» nach dem Vorbild eines Romankapitels, wobei die Überblendung mit einer verbindenden Figurenkontinuität den üblichen, abrupten Szenenschnittwechsel ersetzen soll. Das Ziel ist dabei eine narrative Verstetigung. Zweitens versucht Döblin, einen «imaginären Raum» mit symbolhaften Elementen als Kontrapunkt zum «naturalistischen Raum» einzuführen.

Die Idee einer zweiten filmischen Ausdrucksebene, die keine Abbildung von (faktisch inszenierter) Wirklichkeit mehr sein will, war in der Tat neu, zumindest was den Film betraf. Als literarisches Mittel genommen, wäre die Einführung zweier Darstellungsebenen keineswegs innovativ. Die Übertragung literarischer Stilformen, wie Döblin sie hier vorzunehmen versuchte, wirkt aber problematisch, da die simple symbolische Sprache der «Zwischenbilder» eher naiv als artifiziell erscheint. Immerhin weist das Experiment einen prinzipiell produktiven Weg im Stummfilmgenre. Der Ansatz ging dabei einher mit dem Verzicht auf sprachliche Mittel (Zwischentitel), denn «völliges optisches Denken und Phantasieren, [...] wirkliches optisches Ausdrücken mit den eigenen Mitteln der optischen Phantasie»

[264] Vgl. dazu schon o. S. 626. In Döblins These von der «Senkung des Gesamtniveaus der Literatur» und der «Hinwendung zur breiten Volksmasse» (AzL, S. 145) hat allerdings der Film noch keinen näher bestimmten Platz.

[265] Vgl. «Vorbemerkung» o. S. 325.

war Döblins Ziel.[265a] Inwieweit er mit seinem Szenarium das verwirklichte, mag zweifelhaft erscheinen. Zumindest fehlt die filmische Probe, die Umsetzung des Textes in die Sprache der Kamera.

‹Die geweihten Töchter› sind denn wohl auch als ein Versuch zu werten, den Anschluß an aktuelle Entwicklungen einer neu formierten, intellektuellen Filmästhetik zu behalten. Döblin sah sich dabei mit der Situation konfrontiert, daß die Beschwörung einer reinen Bildersprache, einer «visuellen Kultur» des Films schon längst zum Standard der zeitgenössischen Filmtheorie gehörte.[266] Was Döblin hier einbringen konnte und wohl auch wollte, waren die Erfahrungen seiner narrativen Romanpoetik. Ihre filmische Tragfähigkeit hat Döblin kaum oder gar nicht reflektiert. Die Tatsache, daß für seine epische Theorie die gestalterischen Möglichkeiten des Films anregend, wenn nicht prägend gewirkt haben, schien ihm wohl genug an Voraussetzung zu sein, ihre Rückübertragbarkeit zu erproben. Als besonders überzeugend und geglückt kann man dieses Unterfangen nicht bezeichnen. Aber es ging Döblin wohl auch mehr um das Experiment.

Seine gestalterische Unsicherheit zeichnet sich indizienhaft schon durch die Stoffwahl ab. Der Rückgriff auf ‹Comteß Mizzi› für eine kurze Filmerzählung (‹Siddi›)[267] und für ein ausgearbeitetes Filmszenarium in 91 Bildern (‹Die geweihten Töchter›), das zu den frühen, echten, einer literarisch selbständigen Gattungsform angenäherten Drehbüchern gehört[268], wirkt als eine Art Verlegenheitslösung, die negative Folgen hatte. Die

[265a] Vgl. «Vorbemerkung» o. S. 325.

[266] Vgl. Th. Koebner, Film aaO (wie Anm. 263), S. 17.

[267] Vgl. o. S. 321 ff. Inwieweit der Stoff dieser Filmerzählung faktisch ausgearbeitet war, entzieht sich dem Materialzugriff im Nachlaß. Vgl. o. S. 561 f.

[268] Zur Entstehung des Drehbuchs als «ganz neue(r) literarische(r) Kunstform» Anfang der zwanziger Jahre vgl. Béla Bálasz, Der Film. Werden und Wesen einer neuen Kunst, Wien [4]1972, S. 230 und ff. allgemein zur älteren Drehbuchfrage.

dramatische Grundkonzeption wird zumindest in den ‹Geweihten Töchtern› nicht verlassen. Von genuin «optische(m) Denken und Phantasieren» kann hier kaum die Rede sein. Eher gilt dies noch für ‹Siddi›, doch ist diese Filmerzählung eben narrativ entfaltet und vermag so die epische Bildtechnik Döblins im Text zu reproduzieren.

Ein Drama als Pate eines Films entsprach auch nicht der fortgeschrittenen Filmtheorie seit Kurt Pinthus' Einleitung zum ‹Kinobuch› von 1913[269], dessen Kenntnis man für Döblin voraussetzen kann. Hier galt die innere Verwandtschaft zwischen Film und Roman als gegeben, da nur im Roman auch eine dynamisierte Raum/Zeit-Erfahrung ähnlich wie im Film vermittelbar sei. Die ‹filmischen› Darstellungsweisen, wie sie die expressionistische Prosa und nicht zuletzt Döblin selbst als neue epische Möglichkeiten entdeckt und praktiziert hatten, schienen diese Beziehung zwischen Film und erzählerischen Texten zu bestätigen. Die Frage der ‹Verfilmung› von Romanen stand dabei nicht zur Debatte, da man die unterschiedlichen Realisationsmöglichkeiten durchaus sah. Es ging, wie dies auch Döblin wiederum selbst belegt, um die grundsätzliche Übertragbarkeit epischer Prinzipien des modernen Romans in die Gestaltungssphäre des Films.

Döblins Versuch, ein Drama zu verfilmen, lag zwar nicht außerhalb der filmischen Wirklichkeit seiner Zeit. Eindrücklich belegt dies etwa die Verfilmung von Georg Kaisers Stück ‹Von Morgens bis Mitternacht› (1916) durch Karl-Heinz Martin (1886–1948) im Jahr 1920, die neben dem ‹Caligari›-Film Robert Wienes von 1919 als reinste Verwirklichung expressionistischer Filmkunst gelten kann. Für Döblin war es aber offenkundig ein Problem, sich von den dramaturgischen Belangen eines Bühnenstückes, wie es ‹Comteß Mizzi› ist, zu lösen und sich den Regeln einer filmischen Fiktion anzupassen. Die Umsetzung klammert sich an einer szenischen Struktur fest, und nur verein-

[269] Neuausgabe Zürich 1963.

zelt gelingt es Döblin, die assoziativen Bildprinzipien des «absoluten Films»[270] mit seiner optischen Vermischung von äußerem, gespieltem Verhalten und inneren Vorgängen (Assoziationen, Gedanken, Zwangsvorstellungen usw.) zu verwirklichen. Die Einfügung grotesker Elemente aus der phantastischen Sphäre (Teufel) weist funktional immerhin auch noch in diese Richtung. Möglichkeiten einer souveränen Filmsprache sind bei Döblin zwar angedeutet, doch es gelingt ihm kein entscheidender Durchbruch mit diesem Szenarium.

Die stoffliche Grundlage der ‹Comteß Mizzi› ist beibehalten, wenn auch Filmerzählung und Filmszenarium weitaus mehr und andere Einzelheiten zur Vorgeschichte und zum Handlungsverlauf bieten als der Einakter. Aber auch eine psychologische Vertiefung wird erreicht. Die erotisch schwüle Salon-Atmosphäre des Dramas ist durch eine viel umfangreichere Raum/Zeit-Strukturierung und eine detailliertere Handlungsführung geweitet und dadurch entschärft worden. Damit ist die gesellschaftliche Entpolitisierung des Sujets, das in seiner ursprünglichen Gestalt eine aggressive Tabuverletzung darstellte, eingeleitet. Das ursprüngliche Motiv der sexuellen Konflikte einschließlich psychopathologischer Momente wird gleichermaßen hinter einer mystischen Erlösungsidee und grotesker Stilisierung verschleiert. Das Anstößige bleibt nur noch angedeutet, wird nahezu eingeholt von der Projektion einer mythischen Handlung, die den alten Geschlechterkampf auflöst.

Der Entwurf von mehr oder minder intensiven Bildketten dominiert in den ‹Geweihten Töchtern› über die erotische Konfliktthematik. Darin gelang Döblin eine filmische Konzeption, die durchaus das leistet, was Arnold Zweig als Zeitgenosse in seiner ‹Theoretischen Grundlegung des Films in Thesen› 1922 zur künstlerischen «Sublimierung des Films» forderte:

[270] Zu seiner Theorie vgl. Béla Bálasz, Der Geist des Films, Halle/S. 1930, S. 105 ff. (Neudruck Frankfurt/M. 1972).

Schicksalsgestaltung, die in wortlos anschaubaren Szenen ein Leben oder einen Handlungsablauf so anordnet, daß aus dem Zusammentreten der bewegten Menschen und der belebten Natur ein Sinnbild für die Verlassenheit oder Erhabenheit, für das Geleit- oder Preisgegebensein des Menschen auf der Erde sich darbietet.[271]

Das Beispiel für eine solche Konzeption war Arnold Zweig Paul Wegeners ‹Golem›-Film, dessen Berliner Uraufführung am 29.10.1920 stattgefunden hatte. Döblin dürfte diesen Film gekannt haben, denn es spricht einiges dafür, daß seine eigene Arbeit an einem fünfaktigen Film im Herbst dieses Jahres von diesen «Bilder(n) aus einer alten Chronik» in «fünf Kapitel(n)» inspiriert gewesen ist.[272] Die Darstellungstechnik dieses klassischen Stummfilms ist in wichtigen Teilen mit der allerdings nur sprachlich fixierten Gestaltungsweise Döblins verwandt, dem ein letztliches Defizit an Kunstanspruch für den Film schon damals bewußt gewesen sein dürfte, wenn er sich dazu auch erst 1922 pointiert äußerte.[273] Der Versuch eines Filmentwurfs, der Döblin wohl primär nur als strukturelles Experiment beschäftigt hat, wie dies auch der Publikationsversuch 1921 und die Teilpublikation 1930 verdeutlichen[274], blieb eine Episode. Eine Verfilmung dürfte ernsthaft nie zur Debatte gestanden haben.

Der Erfolg des Romans ‹Berlin Alexanderplatz› ließ bei Döblin die Bereitschaft entstehen, eine Filmversion zu entwerfen, die ihm neben dem Hörspiel – das denn auch strukturell Pate für das Filmskript stand – die adäquate Form im Gegensatz zu einer

[271] Abdruck in: E. Pick, Schriftsteller und Film. Dokumentation und Bibliographie, Berlin DDR, 1979, S. 12f.

[272] Als Buch erschienen: Paul Wegener, Der Golem wie er in die Welt kam. Eine Geschichte in fünf Kapiteln, Berlin 1921.

[273] A. D., Film. Deutsche Dichter über den Film (Brief an Herbert Ihering), in: Berliner Börsen-Courier, Jg. 54, Nr. 431, 14.9. 1922 (Berlin). Der Text ist besser zugänglich in: L. Greve/M. Pehle/H. Westhoff, Hätte ich das Kino. Die Schriftsteller und der Stummfilm, Katalog einer Ausstellung des Dt. Literaturarchivs Marbach a. N. 1976, S. 222f.

[274] Vgl. o. S. 563f.

dramatischen Fassung zu sein schien. In einem Interview zur Uraufführung des Alexanderplatz-Films bezeugt er 1931:

Dann sah ich auch, daß ein Theaterstück sich nicht aus Alexanderplatz formen ließ. Denn die Schicksalslinie Biberkopfs, besser gesagt, die Schicksalsmelodie war nicht in die Bühnenform zu pressen. In die Bühnenform, deren Form vorschreibt – Aufteilung in Szenen und in Aktschlüsse und in einen Schluß, eiserner Vorhang herunter – das ging nicht. Es konnte nur ein Rundfunk-Hörspiel oder ein Film werden. Gerade die Mittel des Films, die der Tonfilm dem Drama voraus hat, konnten hier helfen. Die Photographie – die unverändert die Atmosphäre, das Lokalkolorit des Alexanderplatz-Viertels spiegelt, zweitens die Sprache, die Franz Biberkopf unmittelbar sprechen läßt und daher akustisch echter als jeder Roman sein kann, und dann drittens – die Begleitmusik, die besonders wirksam das ewig Gleitende in diesem Biberkopfschicksal unterstützt und ausdrücken kann.[275]

Die Hinwendung zum Film bei gleichzeitiger Absage an die Bühne, wie sie im Sinne einer «bildgewordenen Epik» 1931 auch Bruno Frank für den Film forderte[276], findet sich auch in einer nicht näher identifizierbaren Zeitungsnotiz, die sich Döblin für seinen Roman ‹Berlin Alexanderplatz› ausschnitt und in die Entwurfsfassung einklebte, später dann jedoch strich.[277] Obwohl die Äußerung nicht von ihm stammt, so spiegelt sie doch wohl in seinen Augen sinnvolle Überlegungen zum Film und seinen künstlerischen Möglichkeiten Ende der zwanziger Jahre:

Der Film steht dem natürlichen Leben so viel näher als die Bühne, daß gerade die Einzelheit, das Detail, eine besondere Bedeutung gewinnt. Schon das rein Photographische im Film bietet [...] im Detail einen besonderen Genuß. [...]

[275] In: Licht Bild Bühne, Jg. 1931, Nr. 240 «Gespräch mit Alfred Döblin».
[276] In: Licht Bild Bühne, Jg. 24, Nr. 95 vom 21. 4. 1931 «Bekenntnis zum Film». Auch Frank wendet sich gegen den Film als «Ersatzdrama» und sieht ihn als Betätigungsfeld der «vielen ausgezeichneten Erzähler, die es heute überall auf der Welt gibt».
[277] Marbach, Dt. Literaturarchiv Nachlaß Alfred Döblin (Depot), Mappe I des ‹Berlin Alexanderplatz›-Konvolutes; in derzeitiger Ordnung in der Konvolutnotierung zum Druck (Ausgabe W. Muschg, Olten/Freiburg i. Br. 1961), S. 62–71, 24 ziemlich am Ende.

Auf der Bühne scheiden solche Begleitverhältnisse der Handlung ganz aus, ja sie könnten, wenn wirklich versucht, nur von der Handlung ablenken. Im Film lassen sie sich […] «einfügen» […].[278]

Die Faszination durch das Bild verbindet den Epiker mit dem Filmdilettanten Döblin, der die realen Gegebenheiten des Films nur unzureichend überblickte.

Die Idee einer Verfilmung von ‹Berlin Alexanderplatz› scheint von Emil Jannings ausgegangen zu sein, der offenkundig auf der Suche nach einer literarisch hochwertigen Filmrolle auf die des Franz Biberkopf gestoßen war und sich darüber mit Döblin unterhalten hatte.[279] Aus dem Plan wurde zwar nichts, da Jannings sich dann für den Prof. Unrat im ‹Blauen Engel› (1930; Regie J. v. Sternberg) entschied, doch war die Idee einer Verfilmung dadurch bei Döblin lebendig geworden. Die Allianz-Tonfilm GmbH erwarb im Frühjahr 1931 die Verfilmungsrechte[280] und verpflichtete Heinrich George als Biberkopf unter der Regie Piel (Phil) Jutzis.

In einem Interview hat Döblin Rechenschaft über seine Einstellung zum Medium Film abgelegt und dabei auch über das Problem der Filmautorenschaft gesprochen. Er plädiert gemäß seiner um 1930 neu gewonnenen Überzeugung[281] für eine neu orientierte Schreibhaltung, die den Massencharakter des Films berücksichtigt. Die «Literatur der begüterten und höheren Kreise», die er als die in Buch und Theater herrschende ansah, schien

[278] Der Text der Notiz findet sich vollständig – irrig als Originaltext Döblins markiert – abgedruckt bei N. Miller, Prolegomena zu einer Poetik der Dokumentarliteratur, München 1982, S. 343.

[279] Vgl. ‹Nur der veränderte Autor kann den Film verändern› [Interview mit Alfred Döblin], in: Film-Kurier Jg. 12, Berlin 16. 8. 1930; Neudruck in: Stücke, S. 254–256, hier S. 255.

[280] Vgl. die Ankündigung des Projekts in: Licht Bild Bühne Jg. 24, Nr. 80/81 vom 4. 4. 1931 (Wochenbeiblatt) mit Fotos von Jutzi, George und Döblin. Erste Werbeankündigung ebd. 16. 4. 31. – Bericht ‹Der Döblin-Film im Werden› ebd., Nr. 122 vom 22. 5. 31; Uraufführungsankündigung ebd., Nr. 239 vom 6. 10. 31 (mit Werbetext von Döblin).

[281] Vgl. o. S. 626 und S. 642.

ihm nicht übertragbar: «Kulturgüter können nicht einfach übernommen werden.» Für die Praxis der Drehbucharbeit bedeutete dies, daß der literarische Autor mit einem «Filmschaffenden» in «eine wirklich intensive Gemeinschaftsarbeit» eintreten müsse: «Es geht nicht an, daß man einfach einem Filmmann das Manuskript übergibt und ihn machen läßt, was er will. Der Autor muß mitarbeiten und dabei jemand haben, der ihm neue Vorhänge aufreißt.»[282]

Praktisch hat Döblin diese Anschauungen zu befolgen versucht, da er das Drehbuch («Tonfilmbuch»[283]) zu ‹Berlin Alexanderplatz. Die Geschichte vom Franz Biberkopf› zusammen mit dem erfahrenen Filmschriftsteller Hans Wilhelm[284] verfaßte. Dessen Kompetenz war in der Filmbranche unstrittig. Seine Drehbucharbeiten umfaßten ein breites Spektrum vom trivialen Unterhaltungsfilm bis hin zur anspruchsvollen Literaturverfilmung (neben dem Döblin-Film z.B. ‹Liebelei› 1933 nach Arthur Schnitzlers gleichnamigem Stück). Für Döblin dürfte die Mitautorschaft Wilhelms durchaus lehrreich gewesen sein, wenn auch völlig unklar ist, welcher Anteil dem einen oder anderen zukommt.

Döblins Zielvorstellungen von der Bedeutung der Sprache im Film wurden jedenfalls im Drehbuch von ‹Berlin Alexanderplatz› nicht verwirklicht: ««Worte werden Freskocharakter bekommen müssen, sie werden tiefer sein müssen als bisher, fester stehen müssen.» Und er [sc. Döblin] spricht von dem hieb- und stichfesten Wort, dem stabilen, betonierten Wort.»[285] Die Re-

[282] Alle Zitate nach Interview-Text aaO (wie Anm. 279), S. 255.

[283] So die Formulierung in: Licht Bild Bühne 24. Jg., Nr. 80/81 vom 4. 4. 1931 (Wochenbeiblatt).

[284] Wilhelm (geb. 1904) war seit 1924 beim Film tätig; intensive Drehbucharbeit für realisierte Projekte ab 1927 (vgl. die Nachweise bei A. Bauer, Deutscher Spielfilmalmanach 1929–1950, München 1976, Register); ins Exil (Ungarn, Frankreich, Santo Domingo, USA) 1933; zu ihm vgl. J. W. Rodan, Hans Wilhelm, in: J. M. Spalek/J. Strelka (Hgg.), Deutsche Exilliteratur seit 1933, Bd. 1 Kalifornien, Bern/München 1976, S. 827–832.

[285] Interview aaO (wie Anm. 279), S. 256.

miniszenz an den ‹steinernen Stil› des ‹Berliner Programms› von 1913 ist hier unüberhörbar.[286] Sie bezeugt einmal mehr die mangelnde Vertrautheit Döblins mit den Realitäten filmischer Praxis. Was er hier forderte, ist seine eigene, epische Poetik, ungeeignet für nahezu jeden Drehbuchtext. Man muß allerdings bedenken, daß der Alexanderplatz-Film zu den ersten Tonfilmen in Deutschland gehörte und seine sprachliche Gestaltung ohnehin schon als eine eigene Leistung bewertet werden muß.[287] Auch Döblin ist kein Gegenbeweis für die künstlerische Minderung der poetischen Autorleistung beim Drehbuchschreiben, wie dies schon Rudolf Arnheim als Zeitgenosse kritisch vermerkte.[288]

Leider existiert ein weiteres Filmmanuskript zu ‹Berlin Alexanderplatz› nicht mehr, von dem Herbert Ihering in seiner Rezension des Films lobend berichtet: «Ein junger Filmautor, Heinrich Oberländer[289]», habe eines erstellt, das «ausgezeichnet und durchaus filmisch» gewesen sei, da es die «Elemente Döblins selbständig konzentrierte und durchkomponierte.»[290] Die Gründe für die Ablehnung sind undurchsichtig. Möglicherweise lagen sie bei Döblin selbst, dessen Einfluß auf die Art der Verfilmung auch sonst eher gering einzuschätzen ist.

[286] In: AzL, S. 15–19, hier S. 17.

[287] Ausdruck findet diese denn auch in einer eigenen «Dialogleitung» (= Wortregie) durch den erstrangigen Berliner Theaterregisseur Karl-Heinz Martin, der für den Stil der expressionistischen Aufführungen wegweisend gewesen ist. Döblins faktischer Anteil an der Dialoggestaltung ist deshalb unklar.

[288] R. Arnheim, Film als Kunst, Berlin 1932, S. 220–223 zum Thema «Manuskript und Regie»; zu Döblin S. 222; zu Arnheims Beurteilung von ‹Berlin Alexanderplatz› als Film vgl. seine negative Kritik in: Die Weltbühne 27 (1931), S. 573.

[289] Heinrich Oberländer ist ab 1933 mehrfach als Drehbuchautor realisierter Filme nachweisbar, darunter für die ‹Pygmalion›-Verfilmung nach G. B. Shaw; vgl. A. Bauer, Spielfilmalmanach aaO (wie Anm. 284), nach Register.

[290] ‹Der Alexanderplatz-Film› in: Berliner Börsen-Courier Jg. 64, 9. 10. 1931; auch in: M. Prangel (Hg.), Materialien zu Alfred Döblin ‹Berlin Alexanderplatz›, Frankfurt/M. 1975, S. 241–243, hier S. 241.

Die Wahl des Regisseurs Piel (Phil) Jutzi (1894–1945) für ‹Berlin Alexanderplatz› dürfte mit seiner bedeutenden Leistung bei der Verfilmung von ‹Mutter Krausens Fahrt ins Glück› aus dem Jahr 1929 zusammenhängen. Dieser zweistündige, Heinrich Zille gewidmete Stummfilm machte Jutzi neben Werner Hochbaum und Carl Junghans zum Hauptvertreter einer an Zille anknüpfenden ‹proletarischen› Filmtradition in Deutschland, in die trotz einer Realitätsauflösung[291] die Verfilmung von Döblins Roman der Gestaltung nach durchaus gehört, wenn dies auch an der Intention der Buchvorlage gemessen auf einem Mißverständnis beruht.

Der am 8. Oktober 1931 in Berlin uraufgeführte Film[292], der für seinen Regisseur wie für Maria Bard (als Cilly) und Bernhard Minetti (als Reinhold) das Tonfilmdebüt war[293], vermochte nur ein relativer Erfolg zu werden, der vor allem Heinrich George zu danken war. Die Kritik äußerte sich zurückhaltend bis ablehnend, da sie als Maßstab die Vorlage nahm. Aus heutiger Sicht ist dieser Bezugspunkt zwar falsch, zumal Döblin selbst mit dem Film die Masse ansprechen wollte[294], doch erweist sich Jutzis Leistung gemessen am filmgeschichtlichen Standard der Entstehungszeit auch nicht mehr als eine besonders herausragende. ‹Berlin Alexanderplatz› ist zwar ein achtenswertes Stück deutscher Filmgeschichte, aber von einem Meilenstein kann

[291] Hierzu Jutzi selbst: «Bedingt durch die Eigenart des Döblinschen Romans wollte ich die Wirklichkeit nicht immer so zeigen, wie sie dem realen Durchschnittsmenschen entgegentritt. Die Charakteristik der handelnden Personen – oder Dinge – im Film bleibt ohne Bedeutung, wenn sie nicht in optisch wirksamen Bewegungen, Situationen oder Stellungen gebracht wird.» (nach Interview Licht Bild Bühne, Jg. 24, Nr. 241 vom Oktober 1931)

[292] Vgl. A. Bauer, Spielfilmalmanach aaO (wie Anm. 284), S. 50 und o. Anm. 280. Die Zensurfreigabe (nach zeitüblicher Bewertungspraxis mit Jugendverbot) am 30.9. 1931. – Filmlänge 2440 m; Programmheft: Illustrierter Film-Kurier Jg. 13 (1931), Nr. 1652 (Exemplar im Dt. Literaturarchiv Marbach).

[293] Vgl. Licht Bild Bühne Jg. 1931, Nr. 241 «Drei Tonfilmdebütanten in «Berlin Alexanderplatz»» (Stellungnahmen der drei Betroffenen).

[294] Vgl. Interview aaO (wie Anm. 279), S. 256.

man nicht sprechen. Der Film bezeichnet allenfalls eine Etappe im Schnittfeld von Literatur und Kino während der Weimarer Republik, die historische Beachtung erfordert, aber auch nur noch eine geschichtlich interessante ist.

Döblin selbst dürfte mit dem Ergebnis nicht zufrieden gewesen sein. Jedenfalls beschäftigte er sich vorerst nicht mehr mit dem Film. Erst die produktiven Nöte des Exils verleiteten ihn wieder dazu, sich mit dem Plan eines Filmexposés herumzuschlagen. ‹Natascha macht Schluß› ist ein launiger «Filmentwurf» von 1935, der das eigene Pariser Emigrantendasein ironisiert. Die Schreibhaltung entspricht thematisch wie stilistisch ganz dem ersten im Pariser Exil abgeschlossenen Roman ‹Babylonische Wandrung›. Sie kaschiert Unsicherheit im tragisch-grotesken Sujet. Aus dem Werk vertraute Motivkomplexe werden dabei einmal mehr variiert. Die fragmentarische Ausarbeitung, bei der Döblin weder filmtechnisch noch -thematisch Neuland betritt, erhellt seine eigene Unzufriedenheit mit dem Entwuf. Er füllt die produktive Lücke vor der großen ‹Amazonas›-Trilogie, diesem neuen epischen Weg des Exilautors Döblin.

Die Fluchtwege der Emigration brachten Döblin noch ein letztes Mal, wenn auch unfreiwillig, mit dem Schreiben von Filmentwürfen in Berührung. In der Flüchtlingsnot, die durch die deutsche Besetzung Frankreichs im Mai/Juni 1940 eingetreten war und einen Rettungsweg erzwang, bot ihm wie einigen anderen Exilautoren die auch politisch motivierte Bereitschaft amerikanischer Filmfirmen in Hollywood, Arbeitsverträge für ein Jahr als Drehbuchautoren abzuschließen, die Möglichkeit zur Einreise in die Vereinigten Staaten.[295] Gemäß einer firmeninternen Absprache wurde Döblin mit Walter Mehring, Alfred Polgar, John Kafka und Jan Lustig bei Metro-Goldwyn-Mayer zu einem Wochengehalt von 100 Dollar vom 8.10. 1940 bis 7.10. 1941 angestellt.

[295] Zum amerikanischen Exil Döblins vgl. ausführlich K. Weissenberger, Alfred Döblin, in: Spalek/Strelka (Hgg.), Exilliteratur aaO (wie Anm. 284), S. 299–322.

Ihr Vorgesetzter dort war der schon früher (1936) emigrierte und seit April 1939 bei MGM beschäftigte ehemalige Ullstein-Chefredakteur Georg(e) Froeschel[296], der ihnen zum Teil schon aus Berliner Zeiten freundschaftlich verbunden war. Das kollegiale Klima muß nicht schlecht gewesen sein, obwohl die erzwungenen Arbeitsumstände und die völlige Unvertrautheit mit dem produktiven Milieu des amerikanischen Filmzentrums eine erhebliche Belastung darstellten.

Gerade für den zweiundsechzigjährigen Döblin ergaben sich erhebliche Probleme, zumal er die Funktion eines Filmschriftstellers in Hollywood völlig mißverstand und daher auch ablehnte. Die Briefe aus dieser Zeit bezeugen vor allem die empfundene Erfolglosigkeit seiner Entwürfe, deren Sinn er denn auch nicht einzusehen vermochte. Sein Mißerfolg lag zwar wesentlich an der mangelnden Anpassung an die Produktionsbedürfnisse der amerikanischen Filmindustrie, doch ist die von Döblin nur als individuell eingeschätzte Situation, viele Ideenkonzepte ohne sichtbare Verwertung produzieren zu müssen, durchaus eine charakteristische und allgemeine bei dieser Art von Tätigkeit gewesen. Die Durchsetzung eines Drehbuches zählte zu den prozentual seltenen Erfolgen an diesem Ort und in diesem Metier.[297]

Nüchtern betrachtet, war Döblin sogar relativ erfolgreich, obwohl er es selbst nicht so empfand. Zu zwei sehr erfolgreichen Filmen, ‹Mrs. Miniver› und ‹Random Harvest›, hat er, vermittelt durch George Froeschel, Szenenideen beigesteuert[298], die in

[296] Vgl. zu ihm H.-B. Moeller, George Froeschel, in: Spalek/Strelka (Hgg.), Exilliteratur aaO (wie Anm. 284), S. 720–730.

[297] Vgl. dazu auch H.-B. Moeller, Exilautoren als Drehbuchautoren, in: Spalek/Strelka (Hgg.), Exilliteratur aaO (wie Anm. 284), S. 676–714, hier S. 680 ff. Zu den Lebens- und Arbeitsbedingungen im Exil, was die Filmbranche betraf, vgl. jetzt auch M. Hilchenbach, Kino im Exil. Die Emigration deutscher Filmkünstler 1933–1945, München/New York/London/Paris 1982 (= Kommunikation und Politik Bd. 14).

[298] Vgl. dazu George Froeschel, Döblin in Hollywood, in: Die Zeit, Jg. 1962, Nr. 24 (15. 6. 1962), S. 14.

die Drehbücher und dann auch in die Verfilmungen eingingen. Für ‹Mrs. Miniver› war es die Dünkirchen-Episode[299], für ‹Random Harvest› die Gesprächs-Situation zwischen Paula und dem Arzt[300]. Beide Beiträge waren, will man Froeschel glauben, direkte Auftragsarbeiten.

Döblin entwickelte dabei durchaus selbständige Ideen, wenn sie auch innerhalb des herrschenden Hollywood-Betriebs verquer ausfielen. Sein Vorschlag etwa, die Figur der Mrs. Miniver als «eine Art weiblicher Chaplin» anzulegen[301], war zwar prinzipiell kein ganz abstruses, sondern eher ein künstlerisch originelles Konzept, doch es entbehrte völlig der Einsicht in die damalige Welt- und Filmsituation der USA, innerhalb derer ‹Mrs. Miniver› eine ideologische Unterstützung Englands im Krieg gegen Deutschland werden sollte und ja auch wurde.

Die Entwürfe zu ‹Random Harvest› sind zwar weniger abwegig gewesen, doch auch sie wirken kaum geeignet für die Verfilmung eines «spannend(en) und sentimental(en)» Buches[302]. Döblin gelingen dabei keineswegs schlechte Szenen, versuchen sie doch psychologisch zu rationalisieren, was die Romanvorlage und der Film nur plakativ in einer kühn konstruierten Story von einem zweimaligen Gedächtnisverlust angelegt und gelöst hatten.

Döblin hat neben solchen Auftragsprojekten, während er ohnehin an «eigenen Sachen»[303], der Fortführung des ‹November 1918›-Zyklus, stets intensiv arbeitete, auch eigene Filmideen verfolgt, mit denen er zwar scheiterte, die aber sowohl seinen Lernprozeß während der einjährigen Arbeit beim Film als auch

299 Vgl. o. S. 445ff.

300 Vgl. die zwei Fassungen o. S. 482ff.

301 Brieflich an A. und E. Rosin vom 4. 12. 1940, in: Briefe, S. 247. Gleiches bezeugt als Aussage Döblins ihm gegenüber George Froeschel, Döblin aaO (wie Anm. 298), S. 14: «Man könnte aus dem Stoff einen ausgezeichneten Film für Charlie Chaplin machen.»

302 So Döblins Urteil im Brief an A. und E. Rosin vom 11. 7. 1941, in: Briefe, S. 253.

303 Vgl. Döblins Brief an H. Kesten vom 11. 12. 1940, in: Briefe, S. 248.

sein gar nicht so beiläufiges Bestreben bezeugen, ein wirklich ernsthaftes Drehbuch vorzulegen.

Das unmittelbar nach Arbeitsantritt bei MGM konzipierte Filmszenarium ‹Die Enteisung Grönlands›[304] aufgrund des eigenen Romans ‹Berge Meere und Giganten› entbehrt in seiner engen Anlehnung an die Vorlage jeden Gespürs für ein in Hollywood realisierbares Projekt. Ein von Döblin geplantes «Outline» des ‹Blauen Tiger›[305] kam dann schon gar nicht mehr zustande. Die epische Kompositionsweise dieser Art von Romanen entzog sich wie ja auch schon im Fall von ‹Berlin Alexanderplatz› einer adäquaten filmischen Fassung wohl überhaupt und einer für den amerikanischen Markt konzipierten allemal. Allein thematisch waren solche Filmpläne schon unmöglich.

Das Szenarium ‹Bergromance›[306] entsprach zwar in seiner wilden Geschlechterkampf-Thematik, die auf Motivkontinuität bei Döblin verweist, auch nicht dem amerikanischen Geschmack jener Zeit. Als Filmentwurf für sich genommen, entbehrt es aber des originellen Reizes nicht. Dramatische Konstruktion und Thema wären unter anderen produktiven Konstellationen durchaus akzeptabel gewesen, und die Leistung Döblins bezeugt auch eine grundsätzliche Befähigung zum Filmschriftsteller. Die Annäherung an das amerikanische Milieu ist hier schon vollzogen, die sich in den beiden letzten, für MGM bestimmten Entwürfen noch verstärken sollte.

Der Filmentwurf ‹Staatsanwalt Fregus› ist dabei nicht nur der gelungenere, sondern auch der allein ausgearbeitete. ‹The Runaway›, ‹Der Ausreißer›, ist nur handschriftliches Fragment geblieben[307], was wohl auf den äußeren Umstand der Entlassung

[304] Vgl. o. S. 405 ff.

[305] So Döblin im Brief an A. Rosin vom Nov. 1940, in: Briefe, S. 246. Dieser Roman, der den zweiten Band der ‹Amazonas›-Trilogie darstellt, war im Frühjahr 1938 im Amsterdamer Querido-Verlag erschienen.

[306] Vgl. o. S. 418 ff.

[307] Es handelt sich um einen erzählerisch gehaltenen Vorentwurf, der auch unterschiedlich ausgearbeitet ist (z. T. nur stichwortartig, bzw. syntaktisch ver-

Döblins zurückzuführen sein wird. Die ‹Fregus›-Story, als psychologischer Kriminalfilm im Rauschgiftmilieu der Südstaaten angelegt, weist ihren Verfasser schon als einen geradezu angepaßten Scriptwriter aus, wenn auch die Handlung für durchschnittliche Filmbedürfnisse der Zeit zu kompliziert angelegt war. Eine übliche dramaturgische Weiterentwicklung im Zusammenhang einer Verfilmung hätte aber die Grundidee sicher praktikabel ausgestalten können.

Der über mehrere Fassungen entstandene Entwurf hat Döblin längere Zeit 1941 beschäftigt und er versprach sich von ihm wohl auch zumindest den relativen Erfolg einer Vertragsverlängerung, war er doch bemüht, vor Ablauf seines einjährigen Arbeitsverhältnisses, eine fertige Fassung zu erstellen.[308] Daß er offenkundig auch Thomas Mann darüber informierte und dieser sich in einem Brief an Louis B. Mayer unter Berufung gerade auf diese Story für Döblin einsetzte[309], deutet ganz in diese Richtung. Eine ernsthafte Prüfung des Projektes auf Brauchbarkeit ist wohl überhaupt nicht erfolgt[310] oder sie fiel ungenügend aus.

kürzt). Das Konvolut im Deutschen Literaturarchiv Marbach, Depot des Alfred Döblin-Nachlasses, umfaßt 50 Blätter, von denen nur Blatt 1–6 paginiert sind. Es handelt sich um Einzelblätter im Format DIN A 4 mit mehreren, eingelegten kleinen gelben Zusatzblättchen, deren Standortbestimmung im Text schwierig bis unmöglich ist, da ein eindeutiges Markierungssystem Döblins fehlt. Der Text ist sehr unterschiedlich sorgfältig geschrieben. Zum größeren Teil ist er sehr stark korrigiert (mit Tinte oder auch Blei- bzw. Kopierstift, manchmal unlesbar) mit umfangreichen Streichungen und Zusätzen. In der vorliegenden Form ist der ‹Ausreißer› (‹The Runaway›), dessen Titel in beiden sprachlichen Versionen von Döblin selbst stammt, unvollständig. Ob er nicht weiter geführt worden ist oder ob Text verlorengegangen ist, entzieht sich meiner Kenntnis.

308 Vgl. o. S. 576 f.

309 Th. Mann, Briefe 1937–1947, hg. von Erika Mann, Frankfurt/M. 1963, S. 210–212, hier S. 211 (Brief undatiert Oktober 1941).

310 Ebd., S. 211: «Was Döblin betrifft, so hat er soeben eine story eingereicht, die bei Mr. Keneth McKenna großes Gefallen gefunden hat. Es ist Döblin ein American «Junior» Writer zur Seite gegeben worden, um seine story zu entwickeln.»

Selbst in diesem Filmentwurf, der deutlich stiltechnische Zeichen der Anpassung aufweist, verrät Döblin seine eigenen Schreibantriebe nicht. Der verdeckte Vater-Sohn-Konflikt bezeugt nur zu deutlich den biographischen Werkhintergrund. Noch stärker ist er aber im ‹Ausreißer›-Entwurf erkennbar, der die traumatische Erfahrung Döblins, den Weggang des Vaters aus der Familie, direkt im amerikanischen Milieu thematisiert. Noch verschärft wird diese Konstellation durch das Konfliktmodell, mit Hilfe einer ehelichen Einbindung das Fluchtverhalten des jungen Ausreißers Clinton durch Braut und Mutter zu unterbinden. Jenseits der eigenen, biographischen Frauenproblematik, die sich hier spiegelt, ist der Filmentwurf auch dadurch wichtig, daß er Motivbezüge zu Döblins letztem großen Roman ‹Hamlet oder die lange Nacht nimmt ein Ende› aufweist.[311]

Bedeutsam ist in diesem Zusammenhang auch die bewußte mythische Dimensionierung der Gegenwartshandlung. Im Rückgriff auf eine altjapanische Überlieferung, das «Buch Kojiki»[312], versucht er, der Geschlechterkampf-Thematik einen tieferen, narrativen Hintergrund zu geben, der im Handlungsverlauf möglicherweise auch noch strukturell hätte eingelöst werden sollen[313]. Döblins Einordnung des weiblich-männlichen

[311] Vgl. dazu ausführlich (allerdings wesentlich auf ‹Random Harvest› bezogen) K. Weissenberger, Döblin aaO (wie Anm. 295), S. 315 ff.

[312] Kojiki (Kodschiki) ist die 712 n. Chr. entstandene Sammlung des Gelehrten Oho no asomi Yusamaro von japanischen Mythen des Tenno-Hauses und seiner Ahnengottheit. Eine deutsche Ausgabe des Werks besorgte K. Florenz, Die historischen Quellen der Shinto-Religion, Göttingen/Leipzig 1919. Die von Döblin an den Anfang seines Filmentwurfs gestellte Erzählung ist die selbständige Zusammenfassung von Nr. 3 und Nr. 4 der Sammlung (S. 12–14).

[313] Der «Ausreißer» Clinton, der vor der Ehe mit seiner Braut Lillian flieht – nennt sie ihn «doch ihr Clintonbübchen» –, reist zur Südsee, wo ihm wieder Ehebande drohen. Er muß also weiter flüchten und geht nach Japan. Über seine Geschicke dort und über einen wohl versöhnlichen Schluß berichtet der Text nichts mehr. Clintons Ausreißerschaft hat Familientradition: «Der längst tote Mann der Mutter ... war auch ein Ausreißer, und es hieß, daß auch dessen Vater ein Ausreißer war.»

Schöpfungsmythos als «ironische Geschichte» verrät im Grunde nur seine Betroffenheit:

In dem alten japanischen Buch Kojiki kann folgende ironische Geschichte man lesen:
Im Anfang war das Chaos, wo Erde und Wasser ungetrennt zusammen schwammen. Da lösten sich aus der Zahl der Götter zwei, ein Gott und eine Göttin (Izanagy und Izanami) und stiegen vom Himmel herunter. Der Mann, der stieß seinen Diamantenspeer in das Wasser, und wie er ihn wieder herauszog, hingen daran Erdwasser, die in das Wasser grünten, tropften und die Erde, segnend, die Insel Nippon bildeten. Auf sie ließ sich das himmlische Paar herunter – wir können sie Adam und Eva nennen – und begannen auf ihr einen Rundgang in entgegengesetzter Richtung. Und als sie sich trafen, lächelte die Frau, hob die Arme und rief: «Welche Freude, einen lieben Mann zu treffen.» Verblüfft blieb der Mann stehen und rieb sich die Stirne. Er ärgerte sich. Es beleidigte seine Ehre, daß die Frau es sein sollte, die auf der Erde das erste Wort sprach. Er wünschte daher, daß man den Rundgang wiederholte, in derselben Weise. Und als man sich nun wieder begegnete, war er auf der Hut, lächelte schon von weitem, hob die Arme und schrie: «Welche Freude, eine liebe Frau zu treffen.» Worauf sie sich in die Arme fallen und das Menschengeschlecht in die Welt setzten, so wie es bis zum heutigen Tag mit Ach und Krach existiert.[314]

Die zitierte Konstellation, von der unklar ist, wodurch bzw. über wen sie Döblin gerade in den USA vermittelt wurde, faszinierte ihn. Ihre exemplarische Umsetzung in die amerikanische Gegenwart entsprach sicher nicht den filmindustriellen Erwartungen, woran auch der Einbezug exotischen Milieus (Südsee/Japan) nichts änderte. Die Zitierung Japans und seiner literarischen Überlieferung entbehrt Mitte 1941 in Los Angeles nicht der historischen Pikanterie angesichts der politischen Spannungen zwischen diesem Land und den USA, die im Desaster von Pearl Harbor und damit dem Kriegsausbruch am 7./8. 12. 1941 endeten. Döblins Unzeitgemäßheit könnte nicht deutlicher bezeichnet werden.

Döblins amerikanische Filmentwürfe sind, sieht man von der ‹Enteisung Grönlands› ab, fern von formalistischen Experimen-

[314] Textabdruck nach Bl. 1 des Marbacher Konvoluts (Vorder- und Rückseite).

ten. Die früher für den Film geforderte visuelle Phantasie ist aber nicht erst in den Büros von MGM aufgegeben worden, da auch ‹Natascha macht Schluß› wie zuvor schon ‹Berlin Alexanderplatz› die Tendenz zum planen, narrativen Film einschlagen. Döblin blieb Erzähler. Dies allein wäre so schlimm nicht gewesen, da die filmindustriellen Tendenzen der dreißiger und vierziger Jahre filmkünstlerischen Versuchen ohnehin abhold waren und auf einfache Wirkungsstrukturen hinausliefen. Was Döblin im Wege stand, war seine spezifische Konfliktwahl, die in den Zusammenhang seines ganzen Werkes gehört. Aktualität und Reiz für die Filmfabriken Hollywoods waren daraus nicht abzuleiten. Zu wenig vermochte Döblin seine ureigensten Schreibantriebe zu verleugnen. Und so sind seine amerikanischen Filmskripte trotz der abhängigen Situation, in der sie entstanden sind, Wegmarken eines Schriftstellers, der sich nicht professionell gebärden kann, sondern der sich stets selbst «äußern will und muß»[315].

Erich Kleinschmidt

[315] Selbsteinschätzung Döblins im Brief an Irma Loos vom 28. 11. 1951, in: Briefe, S. 436.

Walter Literarium
Herausgegeben von Bernd Jentzsch

Friedrich Halm
Die Marzipanlise

Kriminalerzählung
112 Seiten, Leinen

«‹Die Marzipanlise› beruht auf einem bekannten Kriminalfall, den Halm, formal Kleist nacheifernd, novellistisch verdichtete, wobei er auch vor dramatischen Effekten nicht zurückschreckte. Halm erweist sich als Erzähler von Format.»
Tagesspiegel, Berlin

Walter-Verlag